Unicorn
独角兽书系

飓光志[卷一]

王者之路
The Way Of Kings

[美] 布兰登·桑德森 —— 著

黄公夏 —— 译

THE WAY OF KINGS
By Brandon Sanderson
Copyright © 2010 by Dragonsteel Entertainment, LLC.
published in agreement with JABberwocky Literary Agency,Inc.,
through The Grayhawk Agency LTD.
Simplified Chinese Translation Copyright © 2019 by Chongqing Publishing House Co.,Ltd.
All right reserved.

版贸核渝字（2019）第130号

图书在版编目（CIP）数据

飓光志.卷一，王者之路/（美）布兰登·桑德森著；黄公夏译.—重庆：重庆出版社，2019.10
ISBN 978-7-229-12562-2

Ⅰ.①飓… Ⅱ.①布… ②黄… Ⅲ.①长篇小说-美国-现代 Ⅳ.①I712.45

中国版本图书馆 CIP 数据核字（2017）第 187015 号

飓光志（卷一）王者之路
JU GUANG ZHI (JUAN YI) WANGZHE ZHI LU

[美] 布兰登·桑德森　著　黄公夏　译
联合统筹：重庆史诗图书信息咨询有限公司
责任编辑：邹　禾　唐弋淄　陈　垦
装帧设计：谢颖设计工作室
封面图案设计：罗　烜
责任校对：杨　婧

重庆出版集团 出版
重庆出版社

重庆市南岸区南滨路162号1幢　邮政编码：400061　http://www.cqph.com
重庆出版社艺术设计有限公司 制版
重庆豪森印务有限公司 印刷
重庆出版集团图书发行有限公司 发行
E-mail:fxchu@cqph.com　邮购电话：023-61520646
全国新华书店经销

开本：890mm×1230mm　1/32　印张：38.75　字数：992千
2019年10月第1版　2019年10月第1次印刷
ISBN：978-7-229-12562-2
定价：178.00元（全两册）

如有印装问题，请向本集团图书发行有限公司调换：023-61520678

版权所有　侵权必究

献词

献给埃米莉
你的耐心、温柔和美好
叫人穷尽笔墨
也嫌词不达意

鸣谢

我于 2003 年完成《王者之路》的初稿，但早在 20 世纪九十年代后期，我就开始零敲碎打地撰写书中各个章节了。这篇小说的构思还可追溯到更早时候，我的任何一本书都没有经历如此之久的酝酿和发酵——实际上，小说构建花去了我十年以上的光阴。所以，自然有很多人在这过程中帮助过我。我无法把所有人的名字都列出来，我的记忆力实在不够好。不过，我至少要向其中发挥过重要作用的人士表达深切谢意。

首先是我的妻子埃米莉，也即本书题献的对象。在本书从无到有的过程中，她付出了太多，不仅是阅读手稿、提建议那么简单，还允许我——她的丈夫——长年为写作投入大量时间。如果诸位读者有机会与她见面，不妨表示一下谢意（她喜欢巧克力）。

我杰出的编辑摩西·费德和我的经纪人乔舒亚·比尔梅斯一如既往地为本书奉献了极大心力。尤其是摩西，作者交给他一部四十万单词的稿子，厚得吓人，他不会因此多拿报酬，但还是毫无怨言地编辑了整本小说。这些稿子能变成您手中捧着的书，他的帮助是无价的。他还请来保罗·威尔逊审阅小说中有关医疗的段落，使其具备最大的可信度和感染力。

我还要特别感谢哈丽雅特·麦克杜格尔，这位当代最伟大的编辑。出于纯粹的热心，她帮我审校了作品。"时光之轮"系列的爱好者一定都知道她的大名，是她发掘出罗伯特·乔丹，编辑了他的作品，最后还嫁给了他。除《时光之轮》，她现在不太从事编辑工作，所以，能得到她的指点和惠鉴，我感到非常荣幸，也受宠若惊。和她共事的艾伦·罗曼祖克先生协助了编辑工作，也在此一并致谢。

Tor 出版社的保罗·史蒂文斯帮了大忙，作为我的出版联络人，他的工作很出色，能得到他的匡助，是摩西和我的幸运。同样，美术总监艾琳·加洛也给予了巨大帮助，对我这个咄咄逼人、总想给作品中的插画提出离谱要求的作者，她总是很有耐心。我也非常感谢艾琳、贾斯廷·格伦波克、格雷格·科林斯、卡尔·戈尔德、内森·韦弗、希瑟·桑德斯、梅里尔·格罗斯和 Tor 出版社的其他全体员工。多特林在本书出版前一直负责宣传工作（现在正忙着在娘家姓之前加上夫姓），她不仅在宣传方面建树良多，也从纽约给我送来不少建议和鼓励。感谢你们每一个人。

说到艺术部分，您也许会发现，本书的插画比一般的史诗奇幻作品要多得多。这都要归功于格雷格·考尔、艾萨克·斯图尔特和本·麦克斯威尼非比寻常的努力。为达到理想的效果，他们不辞辛苦地反复绘制草稿。沙兰的素描出自本之手，堪称美轮美奂，完美融合了我的想象和他的艺术诠释；艾萨克同时也是"迷雾之子"系列的插画家，他的付出远远超出了作为插画家的本分。熬夜、为截稿期赶工，都是他为这部作品工作的常态。我们应当为他送上赞誉（各章标志、地图、彩色内页和纳瓦妮的笔记也都出自他手）。

我的写作团队一如既往地提供了极大帮助。以下是团队成员和一些初稿、二稿试读者的名单，排名不分先后：杰夫·比辛格和雷切尔·比辛格、伊桑·斯卡尔斯泰特、内森·哈特菲尔德、丹·韦弗斯、凯林·佐贝尔、艾伦·莱顿和珍妮特·莱顿、扬奇·奥尔兹、克里斯蒂娜·库格勒、史蒂夫·戴蒙德、布赖恩·德朗布尔、贾森·登策尔、米歇尔·特拉梅尔、乔希·沃克、克里斯·金、奥斯汀·赫西和亚当·赫西、布赖恩·希尔，还有那个总被我拼错名字的本。我肯定没把这份名单记全，你们都是很棒的家伙，如果我有碎瑛刃，一定会送给你们，一人一把。

哇噢，这快变成史诗级的鸣谢了。但还有几个人值得提及。写下这段文字时，我聘用彼得·阿尔斯特伦的时间刚好满一周年，他是我的私人助理、编辑助手和第二个大脑，他真是个无敌的家伙。如果您读过我以前的作品，应该总能在鸣谢名单中找到他。他是我多年来的挚友和支持者。现在，能让他为我全职工作，我感到由衷的幸运。就今天，他还在凌晨三点起床，为终稿做最后一次校对。下次在见面会上见到他时，请为他买一块奶酪。

还有汤姆·多尔蒂，不对他说声谢谢，我就太粗心大意了。是他让我走上创作本书的漫漫长路，正因他的信心，我们才能一路坚持下来，完成这部长得要命的小说。而且，能请到迈克尔·惠兰来绘制本书封面，也要归功于汤姆的一通电话。汤姆的付出简直令我受之有愧；本书篇幅极长、插画繁多，看到这样的小说，很多出版社恐怕会拔腿就跑，而正因有他，Tor出版社才能不断推出这么精彩的书籍。

最后的致谢献给迈克尔·惠兰绘制的精美封面。如果您还不知道，那我要告诉您，我十多岁开始阅读幻想小说（没错，起初我也是个读者），就是被迈克尔笔下的漂亮封面所吸引。他有种独一无二的才能，能用画笔点亮整本书的灵魂所在——我一直都把他的封面视作一本小说的品质保证，也一直梦想某天能请他为我的作品绘画，而且曾经以为这梦想遥不可及。

通过多年呕心沥血，最终梦想成真，真是一份无上的光荣。

目　录

引子	1
卷一　　王者之路	1
第一部分　静默之上	21
插曲	179
第二部分　耀闪风暴	199
插曲	513
第三部分　垂死闪耀	541
插曲	851
第四部分　风暴闪耀	871
第五部分　上之默静	1167
尾注	1214
秘典	1215

柔刹
无尽海
蒸腾海
雷希群岛
雷希海
艾米亚海
艾米亚
南之深渊
飓涡海
长眉海峡
塔拉特海
伊里
里拉
巴巴萨那姆
彩图
德施
亚泽尔
伊泽尔
埃姆
里亚弗
塔石科
埃穆尔
山谷
大赫西
图卡
玛拉特
图法利亚
特里雅克斯
图拜拉
雅克
维德
赫达孜
斯卡
阿勒
霜冻之地
涥湖
玛拉勾提亚
玉威
卡西托
伊埃拉
库尔兹
帕纳撒
鲁帕拉特
依拉纳
瓦拉瑟
巴雨兰德
希尔纳森
臻德纳
杜马大理
卡拉纳克
拉萨拉斯
塔冠城
书林
瓦利科夫
哀伤城
北爪城
阿兹米尔
斯提恩
冰水城
浅滩地穴
新纳塔林
泰勒
北
南

引子

卡拉克绕过石脊，途中被一只垂死的雷岩兽绊了一下。巨大的石兽侧躺在地，胸部肋骨状的凸起物已然碎裂。这种畸形的怪物骨架并不明显，奇长的胳膊从它花岗岩的肩部长出，它箭镞般的脸上生着一对殷红圆点，仿佛岩石中的烈焰在表面灼烧出的痕迹。那是它的眼睛，如今已黯然失色。

即便经历了无数世纪的历练，近距离观察雷岩兽还是让卡拉克战栗不已。它手掌有一人多高，他曾数次死在那样的手掌下，那滋味并不好受。

死的滋味向来不好受。

这里是战场。他绕过雷岩兽的尸体，更加谨慎地选择前进路线。大平原上到处是奇石怪岩，石柱林立，尸横遍野，草木却难得一见。

石脊和山丘伤痕累累，有些地方被粉碎、炸裂，那是飓能者战斗的痕迹。还有一些少见的古怪豁口，那是参战的雷岩兽挣脱岩石桎梏时留下的。

周围有很多人类尸体，也有很多尸体不属于人类。斑驳的血液汇成杂锦，有红色的血、有橙色的血，还有紫色的血。虽然尸体都一动不动，空气中却氤氲着一股迷离之音，那是痛苦的呻吟、悲伤的号哭，丝毫不像胜利的欢呼。零星的植被和焚烧的尸堆冒出袅袅黑烟，甚至有些岩块都在闷烧，想必是归尘骑士的杰作。

*我活下来了。*卡拉克一边想，一边捂着心口，快步朝会合点前进。*这一次，我真的活下来了。*

他经历千难万险方才撑到现在。如果他在灭世之战中死了，就会立即被遣返，别无他选；幸存下来，到头来也一样要回去，回到那个噩梦般的地方，回到那片痛苦和烈焰之地。如果……如果他不回去呢？

危险的念头，也许算得上背信。他加快脚步。

会合点在一块冲天而起的巨型尖石遮蔽出的阴影中。一如既往，他们十个人在开战前定下会合点，幸存者在那里集中。怪了，等待他的只有杰兹雷恩，其余八人都死了吗？有可能。这一战尤其惨烈，鲜有更糟的战例。敌人越来越难缠了。

不对。卡拉克踏上尖石的基台，困惑地皱起眉头。七把尖端没入岩地的宝剑傲然挺立于此，全都刻着古铭文和花纹，巧夺天工又浑然天成。每一把他都认得，如果主人死了，这些荣刃就会消失。

荣刃比碎瑛刃更强，且独一无二、珍贵无比。杰兹雷恩立在围成一圈的七剑旁，向东眺望。

"杰兹雷恩？"

蓝白衣袍的杰兹雷恩背着双手，转身看向卡拉克。虽然一起战斗了千百年，他的外貌依然年轻，仿佛才三十岁出头。他黑色的短髯打理得整整齐齐，但精美的衣冠沾满焦痕和血污。

"怎么回事？"卡拉克问，"其他人呢？"

"都走了。"杰兹雷恩的嗓音沉静如渊，充满王者之威。尽管在这若干世纪里他没再戴王冠，但那份气度还留在他身上，他仿佛总是知道该做什么。"你可以称之为奇迹，这次我们只死了一人。"

"塔拉内。"卡拉克说。那是唯一一把消失不见的荣刃的主人。

"正是。他坚守北边的水道，力战而死。"

卡拉克点点头。塔恩[1]总是选择一些毫无胜算的战场去拼命，然后战死。现在，他应该已被遣回那个噩梦之地，那是他们在灭世之战

---

[1] 塔拉内的昵称。

的间歇逗留的场所。

卡拉克觉得自己发起抖来。他何时变得如此软弱？"杰兹雷恩，我不想回去。"他低语着，走上前抓住杰兹雷恩的手臂，"我办不到……"

话一出口，卡拉克觉得心里某些东西崩溃了。折磨会持续多久？几个世纪、几千年？坚持下去实在太难，每一天都要重新感受烈火焚身和利爪穿心的滋味，先是皮肤被烧焦，从手臂上脱落，接着血肉也燃烧起来，直入骨髓。他能闻到，全能之主啊，真的能闻到！

"把你的剑留下。"杰兹雷恩说。

"什么？"

杰兹雷恩冲那一圈剑点点头。"我们不知你生死，便商定由我来等你。我们做了一个……一个决定，终结约誓的时候到了。"

一阵刺骨的恐惧涌上卡拉克心头。"那会带来什么后果？"

"艾沙认为，遵守约誓的人可能只需一个就够了。我们或许已经终结了灭世的轮回。"

卡拉克看着这位不朽之王的双眸。两人左边的土地上升起黑烟，垂死的哀号在他们身后萦绕。从杰兹雷恩眼里，卡拉克看到痛苦和悲伤，甚至可能有懦弱。这是一个濒临崩溃的人。

卡拉克心想，苍天啊，你也支持不住了，不是吗？他们都一样。

他转过身，走到一边的矮石墩上，那里能俯瞰一部分战场。

战场尸积如山，活动的身影穿行其间，那是一些衣衫褴褛、手持铜尖长矛的人类，不时也出现几个闪亮银甲的身影。四名男子组成的队伍经过，他们或穿着褴褛的鞣制兽皮、或披着粗劣的皮衫。一个伟岸的身形与他们会合，他穿着一套极其精美的银质盔甲。多么巨大的反差。

杰兹雷恩走上前，站到他身边。

"他们视我们为神明，"卡拉克低语道，"他们仰赖我们，杰兹雷恩。失去我们，他们一无所有。"

"他们还有光辉骑士，那便足矣。"

卡拉克摇摇头："他不会受制于此，我是说那个敌人。他会找到突破口。你知道这一点。"

"也许吧。"令使之王没再多说。

"塔恩呢？"卡拉克问。焚烧的血肉，那烈焰，那永无止境、无休止的痛苦……

"一人受难好过十人受苦。"杰兹雷恩低声说。他如此冷峻，仿佛是光和热在某个真实而可敬的人身上投下的阴影，一道黑色的轮廓。

杰兹雷恩走回剑圈，他的荣刃自手中具现，从雾气中显形，挂着冷凝后的露滴。"决议已定，卡拉克，我们要分道扬镳，不再寻找彼此。荣刃必须留下，约誓就此终结。"他扬手把剑插入岩块，与其他七把同列。

杰兹雷恩看着剑，犹豫片刻，俯首转身，仿佛有愧于心："我们自愿担此重任，自然也有权放弃。"

"我们该如何向天下人交代？"卡拉克问，"他们会如何谈论今日的变故？"

"不难，"杰兹雷恩走开几步道，"我们就说人类终于赢得了胜利。圆这个谎很容易，谁知道呢？也许它终究会成为事实。"

卡拉克看着杰兹雷恩在焦黑的大地上渐行渐远。最后，他也唤出自己的荣刃，挨着另八把剑扎入石地，随后转身朝与杰兹雷恩相反的方向走去。

然而，他终究不禁要回望剑圈和其中唯一的缺口——第十把剑应该在的位置。

那是他们失去的人，被他们抛弃的人。

*原谅我们。*卡拉克默念着，大步离去。

卷一

王者之路

4500年后

阿勒斯卡及周边地图，迦维拉尔·寇林陛下的皇家测绘师绘制于1167年前后。

序幕

杀戮

"人间的爱如此冷漠，[像那冰封在即的山溪。]我们是他的了，噢，飓风之父……我们是他的了。千日之后，灭世风暴将临。"

——收集于1171年第六月第五周第一天，死前三十一秒。死者是一名暗眼种中年孕妇，胎儿未能存活。

瓦拉诺之孙泽斯——一名深国无真奴——在弑君之日穿起了白衣。这是仆族智者的传统，他对此并不了解，主人如此要求，他便不问缘由。

他坐在宽敞的石室中，周围是纵酒高歌的狂欢者，他们时而呼喝起舞、拍手鼓噪。巨大的火盆炙烤着他，也给狂欢者打上艳丽的光影，催出颗颗汗珠。有些人经不起此等狂欢，涨红脸跌倒在地，证明他们的胃乃是劣等酒囊。醉汉看起来与死人无异，直到被朋友抬出宴厅、放上事先备好的床铺，这才显出一点活气。

泽斯没有随鼓点摇摆，没有品尝蓝宝石般的琼浆，也没有站起来跳舞。作为待命的仆人，他穿着白袍，坐在靠后的长凳上。前来签署协议的贵人几乎没看他一眼，反正是个仆人，深族也总是被人忽视。

这里是东部，这里的人大多觉得泽斯这一族温驯无害。

一般而言，这并没有错。

鼓手打起新的节奏，鼓点让泽斯颤抖，就像怦怦跳动的心脏锤出的四重奏，泵出汹涌无形的血浆，使整个房间有了活力。泽斯的主人们都坐在桌旁，他们的黑皮肤带着红色纹理。世上大部分地方所称的"仆族"乃是他们的近亲，处世态度更为驯服；而他们虽被称为"仆族智者"，那些更文明的王国却仍将他们视为蛮族，对他们不屑一顾。值得一提的是，这并非他们的自称，而是阿勒斯卡人起的名字，大意为"会思考的仆族"。两方似乎都不觉得这是侮辱。

鼓手是仆族智者带来的。起先，阿勒斯卡的光眼种①有些犹豫。对他们来说，鼓是暗眼种庶民的粗鄙乐器。但酒对传统和体面都有极大的杀伤力，阿勒斯卡的权贵们很快也放浪形骸地跳了起来。

泽斯站起身，从人群中挤出一条路。狂欢持续了很久，国王几个时辰前就就寝了，但很多人还在喧闹。泽斯不得不绕过国王的亲弟弟达力拿·寇林——这位上了年纪、但依然孔武有力的男子一身酒气，扑倒在一张小桌上，不断推开那些想劝他上床休息的人。国王的女儿迦熙娜不见踪影。王子暨继承人艾尔霍卡坐在主桌旁，代替离场的父王主持饮宴。他正与两名男子交谈，其一是黑皮肤的亚泽尔人，脸颊有一块突兀的白斑；另一位更瘦削，从外表看是阿勒斯卡人，正不断回头张望。

王子的宴会饮伴无关紧要，泽斯与他保持距离，贴着墙根走，经过鼓手所在的区域。乐灵在空中穿梭，这种微小的精灵看起来像是透明的旋转丝带。从鼓手们身边经过时，他们看了看泽斯。很快，他们会和其他所有仆族智者一同撤离。

仆族智者看起来没有被冒犯，也并无怒气，可他们将要撕破才

---

①光眼种是指眼睛颜色为淡色，如绿色或蓝色的人类，这样的人在沃林教国家里是贵族和统治阶级；与之相对是暗眼种，眼睛颜色为深色，如褐色或黑色的人类，这样的人在沃林教国家里是平民和奴仆，社会地位较低。

签署几小时的协议。这毫无道理，但泽斯不问问题。

在墙边，他经过一排排突起的天蓝色灯盏，灯盏都牢牢固定在墙壁和地板的交接处，灯里的发光物是充盈着飓光的蓝宝石。真是亵渎神物，这片土地上的人怎么会把如此神圣的东西用来照明？更糟的是，听说阿勒斯卡的学者快要造出新的碎瑛刃了。泽斯希望这只是刻意的夸大其词。如果是真的，世界将天翻地覆，所有国家、所有民族，从遥远的泰勒拿到高高在上的雅克维德，也许都得教孩子们说阿勒斯卡语。

阿勒斯卡人是华丽的民族，哪怕醉酒，也有天生的高贵气质。男子身形高挑健美，穿深色丝质外套，扣子自胸侧一字往下，衣服上有精美的金丝或银丝刺绣。人人都像战场上的将军。

女子的风采更胜一筹。她们身穿华美的紧身丝裙，色泽明艳，与男子的深色调相互呼应，裙子的左袖长于右袖，藏住纤手——阿勒斯卡人的羞耻观颇为古怪——乌黑的秀发用发簪盘在头顶，或是编成复杂的结辫，抑或慵懒地堆拢。发上常以金丝带或饰物点缀，也有闪耀着飓光的宝石。美，暴殄天物的美。

泽斯走出宴会厅，穿过门廊，来到对门的乞丐宴。这是阿勒斯卡的传统，要为城里最穷的男男女女也辟出一间房，国王和贵客的宴会才算完整。有个男子一脸灰黑混杂的长须，坐倒在门廊里傻笑，泽斯不知他是醉了还是痴呆。

"你看到我了？"他含糊不清地笑了笑，然后一边说胡话，一边伸手掏酒袋。看来是喝醉了。泽斯从旁挤过，继续前进，经过一排雕塑，雕的是古代沃林宗教中的十令使。杰泽雷泽[①]、艾什、克勒克、

[①]令使即"引子"部分出现的杰兹雷恩、卡拉克、塔拉内、艾沙等人，一共十人，五男五女，至今仍被沃林教国家崇拜。这十位令使为"约誓"所束缚，必须替柔刹大陆的人类一次又一次地对抗"灭世"灾难。由于千百年间语言的变化，杰兹雷恩又被称为杰泽雷泽或杰泽雷泽艾林；卡拉克又被称为克勒克；塔拉内又被称为塔拉内拉登、塔拉内拉塔艾林或塔恩；艾沙又被称为艾什。本书每章题头不同的画像分别代表了十令使。

塔拉内拉塔……他一路数过去，发现只有九尊，少了一尊。莎拉什的雕像为何被撤走？据说迦维拉尔对沃林教的信仰非常虔诚，以某些人的标准来看，可以说过于虔诚了。

走廊绕着穹顶王宫外沿向右转，他目前在国王居住的楼层，地上两层，被石墙、石天花板和石地板包裹。真是亵渎，石头不是任人踩踏的对象。可他又能做什么？他是无真奴，只能按主人的要求去做。

今天，主人还要求他一身雪白。一条宽松的白裤用绳子系在腰间，外披一件薄如蝉翼的长袖上衣，前襟敞开。杀手穿白衣是仆族智者的传统。虽然泽斯没问，主人还是解释了原因。

白色代表胆魄。白色不融入夜。白色发出警告：
你要刺杀对方，对方有权看到杀手现身。

泽斯沿走廊往右转，径直走向国王的卧房。墙上火把的光亮太弱，像是大快朵颐后的几口薄汤。微小的火灵在火焰周围起舞，犹如由光凝聚成的飞虫。他不用火把，而是打算从口袋里取出一些球体，但他犹豫了一下，因为前方又有蓝光：墙上挂着一对飓光灯盏，灯里的蓝宝石射出璀璨光辉。泽斯走到一盏灯前，以手虚拢玻璃罩下的宝石。

"什么人！"有人用阿勒斯卡语喊。走廊岔口有两名守卫，今晚塔冠城里有不少野蛮人，所以守卫力量加倍了。这些蛮子如今是盟友不假，可同盟也像流沙一般不牢靠。

这份盟约将在这个时刻终结。

泽斯看着两名守卫逼近。他们手执长矛——他们不属于光眼种，所以不得持剑，但他们红色的胸甲和头盔上都有图绘装饰。也许是等级较高的暗眼种市民，得以担当王室守卫这一光荣的职位。

走在前面的守卫停在几步开外，拿矛尖冲泽斯晃了晃。"快走，这里不是你待的地方。"他有阿勒斯卡人的深色皮肤，嘴边一圈稀疏的胡子在下颌聚成一把。

泽斯没有挪动分毫。

"嗯？"守卫道，"你还磨蹭什么？"

泽斯深吸一口气，飓光涌动，仿佛受呼吸的引导，从那对蓝宝石灯盏中向他流去，如狂涛般涌入他体内。走廊瞬间变得昏暗，陷入阴影，就像是暂时被云挡住阳光的山头。

泽斯可以感到飓光的炙热和肆虐，像一阵暴风涌入血管，裹挟着充实而危险的力量，催促他行动，催促他去腾挪、击杀。

他屏住呼吸，不让飓光逸散，但还是能感觉到这股能量在泄漏。飓光于体内逗留的时间并不长，最多不过几分钟，因为作为容器，人体的密封性太差。他听说，虚渡能将飓光完美地保留在体内。但说到底，它们究竟是否存在过？宣称它们存在将遭受惩罚，然而承认它们不存在有违于他的荣誉感。

泽斯转向守卫，神圣的能量在体内燃烧。守卫能看到飓光从他体内缕缕逸出，从毛孔中盘旋而上，仿若发光的烟雾。带头的守卫不禁觑起眼睛。此人肯定没见过这番景象，就泽斯所知，所有亲眼见识过他能耐的踩石客①都被他杀了。

"你……你是何方妖孽？"守卫颤抖着问，"鬼还是人？"

"我？"泽斯望着那人背后狭长的走廊，低声轻语，一丝光雾从口中喷涌而出，"我是……抱歉了。"

泽斯眨眨眼，以走廊远端为基准对自己施放风行术。飓光如闪电般从体内涌出，使他遍体顿生极寒，地面立刻失去重力，而走廊远端对他产生了拖拽力——也就是说，对他而言，世界横了过来。

这是基础风行术，他所掌握的三种风行术的第一种，能操控一切把人束缚在地表的力、灵或神。凭此能力，他能将人或物束缚在不同平面，或推向不同方向。

以泽斯的视角来看，走廊成了一口深井，他所掉落的方向是井底，

---

①深族将在石头上行走的人都称为踩石客。

两名守卫则站在井壁的一边。他们目瞪口呆地看着泽斯的双脚分别踢到自己脸上，旋即跌倒在地。泽斯调整视角，用风行术把自己甩回地面，飓光逸出，走廊地板又成了下方。他落在两名守卫中间，衣服簌簌作响，掉下片片雪花。

起身后，他开始召唤碎瑛刃。

一名守卫笨手笨脚地摸到了长矛。泽斯伸手碰触他肩头，两眼上抬，聚焦于上方一点，同时将飓光排出体内，注入守卫的身体，用风行术将这可怜人甩向天花板。

守卫感觉到上下颠倒，惊得大叫起来，一头撞上天花板。飓光从他体内飘散，拽出一道光轨。长矛没受法术的直接影响，从他手中脱落，落在泽斯身旁的地面。

杀戮，是最深的罪孽。但泽斯是个无真奴，他大逆不道地踩踏着用来造房子的石头，并且还要继续踩下去。作为无真奴，只有一个人的生命不容他褫夺。

他自己的命。

心跳数到第十下，碎瑛刃从他久候的手中现形，仿佛由雾气凝结而成，水珠沿金属剑身流淌。他的碎瑛刃既长且薄，两面开刃，比大部分碎瑛刃要小。泽斯挥出一击，在石地中划出一条直线，穿过另一个守卫的脖颈。

碎瑛刃夺人性命的方式总是不同寻常。虽然它能毫不费力地切开石块、钢铁或一切没有生命的物体，可一碰到活生生的血肉就会变得模糊、发出奇怪的噪音。刀刃从守卫的脖颈中穿过，没留下丝毫痕迹，可他的眼睛开始冒烟、燃烧、焦黑、坍缩，最后他砰然倒地，成为尸体。碎瑛刃不切割活物，而是毁灭灵魂本身。

上方的守卫倒吸一口凉气，尽管双脚被定在天花板上，还是挣扎着站了起来。"碎瑛武士！"他高呼，"碎瑛武士来袭！准备战斗！"

总算明白了。泽斯心想。守卫对他运用飓光的方式并不熟悉，但碎瑛刃还是认得出来的。

泽斯弯腰捡起方才从天花板掉落的长矛，同时开始呼气。他从吸入飓光起一直屏息到现在，只要飓光还在体内，不呼吸也支持得住，可那两盏灯所含的飓光并不多，他需要马上恢复呼吸。随着他的吐息，飓光以更快的速度逸出。

泽斯用矛尾抵住地面，朝上看去。那个守卫停止了喊叫，发觉上衣后摆开始下坠，不禁双目圆睁。从他体内冒出的光亮衰减了，地面正逐步夺回重力的控制权。

他看了看下面的泽斯，看了看正对自己心脏的矛尖，紫色的惧灵从他周围的石块中蜂拥而出。

飓光熄灭，守卫直坠而下。

伴随着一声惨叫，矛头扎入他的胸口，把他钉在半空。泽斯松开手，长矛带着扭成一团的尸体倒向地面，砸出一声闷响。他手提碎瑛刃，按记忆中的方位转入一条侧廊，走到拐角处，紧贴墙边，隐匿身形，待一对守卫经过他，走到死去的同伴身边。后来的守卫立即呼喊，发出警报。

他得到的命令很清楚：杀死国王，但要有目击者，必须让阿勒斯卡人知道他来了、知道他要做什么。为什么？为什么仆族智者同意签署协议，却又在签约当晚派出刺客？

这段走廊的墙上有更多发光的宝石。迦维拉尔国王素喜奢华铺陈，却不料给泽斯留下了使用风行术所需的飓能。泽斯施展的法术已经消失有上千年。当初的历史一片空白，传说则飘渺难信。

泽斯闪身回到廊下，交叉口的一名守卫看到了他，边指边喊。待其看得分明，泽斯已猫腰遁去，边跑边大口呼吸，吸走壁灯内的飓光。他的躯体再次苏醒，他的速度越来越快，肌肉因能量而膨胀。飓光若风暴般在他体内暴发，血液有如奔雷涌上耳根。这种体验既可怕又美妙。

穿过两段走廊、转进一条侧廊、推开一扇储藏室的门后，他停了片刻——堪堪够让一名守卫转过拐角看到他——才冲进室内。他抬起胳膊，聚集的飓光使手臂光芒四射，这是施放捆缚风行术的准备动作。接着，他对门框扬手一挥，白色荧光喷洒而出，如涂料般渗入木体。就在守卫抵达的同时，他猛地把门关上。

这些飓光以百臂之力把门框得死死的。捆缚风行术能把物体紧密结合在一起，直到飓光耗尽。与基础风行术相比，其施放准备时间更长，飓光也消耗得更快。门把手颤动起来，木头出现裂纹，这是守卫在撞门。有人高喊："拿斧子来。"

泽斯大步流星地走向房间另一侧，在家具间穿梭。家具的材质是昂贵的深色木料，上面盖着红布。他走到那里，准备做另一桩渎神的勾当——举起碎瑛刃，在深灰色石墙上划出一道水平切痕。砖石毫不费力地被一分为二，碎瑛刃能切开一切无生命的物体。接着是两下竖劈，最后沿墙根平砍，从墙上切下一大块方石。他伸手按住这块石头，将飓光注入石体。

身后的房门开始碎裂。他转过头，凝视着颤动的门扉，朝那个方向对石块施放基础风行术。他的衣衫又现出一层白霜——对如此庞大的物体施放风行术需要大量飓光——体内的狂暴暂时停歇，就像风暴过后的细雨。

他退到一边，大石"喀啦啦"一阵晃动，滑向室内。正常状况下，这么大的石块是不可能移动的，其自身的重量会把它牢牢压在地上。可现在，这份重量却使它挣脱了束缚，因为对这块石头来说，门的方向才是下方。伴随着低沉的摩擦声，石块完全滑出墙体，在空中翻滚，将家具砸得粉碎。

卫兵终于冲破了门，跌跌撞撞闯进室内，石块也恰到好处地滚到门口，给他们当头一击。

泽斯转过身，把恐怖的号叫、木头的碎裂和骨头的断裂声抛在身后。他低身穿过新开的墙洞,走进外侧的走廊。

他不紧不慢地走,沿途吸取壁灯内的飓光,重新催动体内的风暴。壁灯盏盏熄灭,走廊陷入昏暗。尽头出现一扇厚重的木门,等他走近,石墙中冒出一群小小的惧灵,如一滴滴紫色黏胶,尖端朝走廊的方向蠕动着。吸引它们现身的,是门另一头的恐惧。

泽斯推开门,踏上国王卧榻前最后一段走廊。高大的红色陶瓷花瓶分列两侧,花瓶间林立着如临大敌的士兵。花瓶和士兵中间是一条狭长的厚地毯,腥红犹如血河。

前排矛兵不等他走近便小跑着冲上前,擎起投掷用的短矛。泽斯把手往边上一拍,将飓光注入木门,施放第三种、也是最后一种风行术:逆转风行术。它与前两者不同,没有让木门放射飓光,恰恰相反,周围的光芒似乎被门所吸收,投射出离奇的半影。

矛兵开始投掷,泽斯手扶木门,岿然不动。逆转风行术需要施法者与施法对象保持接触,但所需飓光相对较少。施法过程中,一切接近他的物体,尤其是轻型物体,都会被法术目标所吸引。

于是短矛在空中改变方向,从他身边绕过,扎入木门。感受到矛头的冲力后,泽斯一跃而起,用风行术把自己甩向右侧墙壁,双脚"啪"的一声贴上石壁。

他立刻调整好方向感,在他眼里,站在墙上的不是他,而是士兵,血红的地毯在两排士兵之间穿过,成了长长的壁毯。泽斯冲进走廊,挥出碎瑛刃,划过两名投矛手的脖子,他们立刻两眼焦黑,瘫倒在地。

其他守卫开始恐慌。有人试图攻击,有人大声呼救,也有人往后退缩。他们陷入了混乱,攻击挂在墙上的人感觉怪异,令人晕头转向。泽斯砍倒几人后,旋空而起,身子蜷成一团,用风行术重新把自己甩回地面。

他落在士兵们当中,身陷重围,但碎瑛刃在手。

传说,碎瑛刃最早的主人是无数个世代以前的光辉骑士,这是神赐的圣物，让他们能与岩石和火焰组成的恐怖化身战斗。那些名曰"虚渡"的敌人有几十甚至上百尺高，双眼迸发出仇恨的火焰。如果敌人的皮肤本就坚硬似铁，普通兵刃便毫无用处，因而需要神圣的武器。

泽斯站直身子，为自己的罪孽牙关战战，宽大的白衣簌簌颤抖。他出手了，刀刃泛着火焰余光，划出洒脱优雅的线路，三名守卫接连丧命。他无法对惨叫声充耳不闻，也不能对倒下的男子视而不见。他们像被粗心的孩子踢翻的玩具般东倒西歪。被碎瑛刃切到脊柱，人会两眼冒火而死；如果被切到四肢的筋骨，那条肢体也会死去。有个士兵跟跄着从泽斯身边逃开，一条胳膊累赘般自肩头垂下。那条手臂再没有用处，也不会有知觉。

泽斯放下剑，周围是一圈两眼焦黑的尸体。在阿勒斯卡，人们常谈论传说，谈论人类艰苦卓绝战胜虚渡的经过。但是，当为了斩断噩梦而创造出来的武器被用来对付寻常士兵，人命就变得与草芥无异。

泽斯转身继续前进，平底鞋落在柔软的红地毯上。碎瑛刃一如既往的银亮透净，用碎瑛刃杀人不会见血。这似乎意味着什么。碎瑛刃只是器具，不担杀戮的罪责。

走廊尽头的门被猛地推开。泽斯定住身形，看着一小队士兵冲出，后面跟着一名身穿御袍的男子，他缩着脑袋，似乎怕被箭矢伤到。士兵全身深蓝，那是国王卫队的专用色。他们没在尸体前却步停留，而是义无反顾地面对碎瑛刃的神力。门一打开，他们便不管不顾地往前推进，有几人一边前进、一边冲泽斯挺起长矛。

又有一人迈出国王的卧房，身着光彩夺目的蓝色板甲，与寻常板甲不同的是，甲片之间接合得分毫不差，接缝处看不到皮革或链子。这件盔甲简直是天衣无缝，蓝色甲片周围都裹着金边，头盔上装饰着三对号角状的飞翼。

这是碎瑛甲，常与碎瑛刃配套。此人也持着一把六尺长的巨型碎瑛刃，刃锋形如燃烧的火焰，剑身光华流转、似若一触即燃。这是用来斩杀黑暗之神的武器，与泽斯手中的兵刃系出同宗，但尺寸更大。

泽斯有些犹豫，他不认得这件铠甲。他事先并没得到消息，也没有充裕的时间来记住阿勒斯卡人所拥有的甲刃组合。但要猎杀国王，必须先对付碎瑛武士，不能放任这样的敌人在身后。

况且，碎瑛武士也许能打败并杀死他，结束他可悲的一生。风行术无法直接作用于穿碎瑛甲的人，碎瑛甲拥有强大的效力。泽斯的荣誉感不允许他有辱使命或寻死，但如果死亡来临，他甘之如饴。

这名碎瑛武士挺剑出击，泽斯用风行术把自己甩到一边，扭身一跃，落到墙上。他踏着舞蹈般的步点往后退，手中碎瑛刃蓄势待发。碎瑛武士摆出极具攻击性的姿势，那是东方国度的人士喜欢的起手式。他的动作非常敏捷，和庞大盔甲毫不相称。碎瑛甲绝非凡物，它与所配的碎瑛刃一样古老且充满魔力。

面对碎瑛武士的招式，泽斯一个侧步，利用风行术踩上天花板，武士的刃锋划过墙面，留下深深的切口。泽斯燃起棋逢对手的快意，箭步上前，居高临下劈向碎瑛武士的头盔。对方单膝蹲下，让泽斯的碎瑛刃扑了个空。

泽斯向后一跳，躲开碎瑛武士自下而上的一击，令其只在天花板上留下一道痕迹。泽斯没有碎瑛甲，也不介意。风行术会干扰给碎瑛甲提供能量的宝石，他只能选择其一。

趁碎瑛武士转身的当口，泽斯大步冲向天花板另一侧。不出所料，碎瑛武士又挥出一剑。泽斯侧滚闪过，起身后如陀螺般跃起，再次用风行术回到地面。他带着侧旋落到碎瑛武士身后，挥舞碎瑛刃，砍向对手门户大开的后背。

可惜，碎瑛甲有一大优势：能挡住碎瑛刃。泽斯的剑狠狠砍在对手身上，在盔甲背面激起一片不断蔓延的光网，飓光从中逸出。碎瑛甲不会像寻常金属那样凹陷或弯曲，泽斯必须在同一位置攻击至少两次才能打破防御。

碎瑛武士愤怒地反击，攻向泽斯的膝盖，泽斯以华丽的步法退出对手的攻击范围，他体内的飓光风暴带给他很多优势——包括迅速治愈轻伤的能力，但无法修复被碎瑛刃杀死的肢体。

他兜着圈子，寻找破绽。碎瑛武士再次挥剑，泽斯翻转重力，弹向半空，跃过刀锋，随后又立即回到地面，同时挥剑而击。不过碎瑛武士陡然变招，使出一记完美的二连斩，刀锋与泽斯擦肩而过。

此人功夫十分了得，是个危险的对手。很多碎瑛武士太过依赖武器和盔甲，但他不是。

泽斯跳上墙，出手愈发干净利落，宛如一条扑向猎物的飞鳗；碎瑛武士则大开大阖，依靠碎瑛刃的长度阻止泽斯近身。

拖得太久了！泽斯心想。如果国王逃脱，杀多少人也是枉然。他再次欺身进击，又被碎瑛武士逼退。每耽误一秒，国王就能多逃一秒。

只能孤注一掷了。泽斯腾空而起，双脚冲着对手，用风行术把自己甩向走廊末端。碎瑛武士毫不犹豫地挥剑，但泽斯用风行术改变了下落角度，呈斜线迅速接近地面。对手的碎瑛刃从他上方划过。

他半蹲落地，靠惯性前冲，猛砍向盔甲破裂的一侧。随着狠狠一击，碎瑛甲的甲片碎裂开来，熔融的金属碎屑四散飞溅。碎瑛武士发出痛苦的呻吟，单膝跪地，抬起靠近泽斯的手臂虚弱地阻挡。泽斯抬腿朝他身侧猛踹，这一脚灌注了飓光的能量，将他踢得向后飞起。

披甲戴盔的碎瑛武士分量不轻，一下子撞破了门，摔进国王的卧房。泽斯不再纠缠，敛起身形，奔向右侧走廊，沿国王离开的方向追去。那条走廊铺着同样的红地毯，墙上的飓光灯给泽斯提供了能量。

体内的风暴再次炙烧起来。他加快脚步，如果跑得够快，还有机会处理掉国王，再回头收拾那个碎瑛武士。这不容易，用捆缚风行术封闭门廊也挡不住碎瑛武士,碎瑛甲仍能让他健步如飞。泽斯回头望了望。

碎瑛武士并未跟来。他披甲坐在地上,看起来神志不清。泽斯只能隐约看到他坐在房内,周围一地木片。也许他的伤比泽斯想的要重。

又或许……

泽斯猛地刹住脚步。他想起那个缩着脑袋逃跑的男子,连长相都看不清。碎瑛武士依旧没有跟来。武士的武艺如此高明,而据说能与迦维拉尔一较剑术的人寥寥无几,莫非……

泽斯相信自己的直觉,立刻飞奔着折返回来。碎瑛武士一见到他,干脆利落地起身。泽斯加快脚步。你的国王在哪里更安全?和几名守卫一起逃跑?抑或装成守卫,在一套碎瑛甲的保护下落在后面?

聪明。泽斯心想。之前一动不动的碎瑛武士现在摆出了另一种剑姿。泽斯重燃斗志,把碎瑛刃舞得如雪花一般。碎瑛武士——也就是国王——毫不退让,以大开大阖的横砍应对。泽斯避开一击,感到挥砍的劲风离自己只有几寸。他算准对手下一次出招时间,向前猛冲,伏身从下方躲过国王的第二斩。

国王预判他会再次攻击同一侧,便扭臂护住碎瑛甲上的缺口。借此空隙,泽斯突到他身后,闯入国王的卧房。

国王转身跟来,但泽斯穿过陈设奢华的卧房,张开双手,一路触摸身旁的家具并注入飓光,向国王身后的方向施放风行术。家具接连翻倒,整个房间仿佛横了过来,卧榻、凳子和桌子砸向惊诧的国王。迦维拉尔举剑便砍,他上当了。碎瑛刃轻易撕开一张大号睡椅,但碎块还是撞到他,晃动了他的身形,接着一只脚凳砸到他,把他撞翻在地。

迦维拉尔滚了几圈,避开家具的攻击,接着向前突进,飓光从碎瑛甲破损处喷涌而出。泽斯定了定神,一跃而起,先用风行术把自己甩向后方，待国王靠近时又转向右侧。他以之字形路线躲开国王的剑锋，然后连着两个风行术将自己甩向前方。他身上的飓光骤然变亮，衣衫沾满冰霜，以两倍的加速度坠向国王。

国王不禁大惊失色，他看着泽斯在空中斜行，又陡然以诡异的路线朝他飞来，顿时手忙脚乱。泽斯击中了国王的头盔，接着靠风行术冲向天花板，并重重地摔在石顶上。他摇摇晃晃地站起来，频繁地变换重力方向让他的身体失去了平衡，难以安全着地。

下方的国王后退几步，想找到向上攻击泽斯的角度。他的头盔已经破裂，泄出飓光。他摆出防御姿态，护着盔甲破损的一侧，单手挥剑直取屋顶。泽斯判断国王这一击无法及时收招，便立即朝下方放出风行术。

泽斯低估了他的对手。国王迎着剑锋而上，把性命托付给头盔的防护力。就在泽斯二度击中头盔并使之粉碎时，迦维拉尔左手猛地一拳，隔着金属手套砸中泽斯的脸。

泽斯被打得眼冒金星，与突如其来的剧痛交相辉映。他的视野渐渐模糊，一切都混沌起来。

痛苦，如此痛苦！

他大声号叫，飓光喷涌而出，后背撞到了硬物，那是阳台的门。双肩也痛起来，仿佛万剑攒刺，他倒在地上，滚了几圈不再动弹，肌肉兀自颤抖不停。这一拳足以让普通人丧命。

没时间理会疼痛。没时间理会疼痛。没时间理会疼痛！

他眨眨眼，甩了甩头，世界在他眼里模糊昏暗。他瞎了吗？不。天黑了，这里是户外，他躺在木质阳台上，因那一拳的冲力撞穿了门。一阵响动传来，那是沉重的脚步声，碎瑛武士来了！

泽斯挣扎起身，眼前一片扭曲。他半边脸血流如注，飓光从体表腾起，遮挡了左眼的视线。只要不超出飓光的治愈能力，这些光就会治好他的伤。下巴似乎脱落了，骨头断了吗？碎瑛刃已不知去向。

一个影子慢腾腾地在他前方挪动。碎瑛武士盔甲中的飓光泄掉了很多，国王连路都走不稳，但他正一步步靠近。

泽斯嘶吼一声，双膝跪地，将飓光注入阳台的木头，以大地为重力面施放风行术。他周围的空气冷凝成霜，体内的风暴轰鸣着，经其手臂涌向阳台。他又施放一次，接着再一次，当迦维拉尔踏上阳台，他第四次施法，阳台在新增的重量下倾斜，木头开裂，摇摇欲坠。

碎瑛武士一时不知如何是好。

泽斯第五次对阳台施放使其下坠的风行术，承重结构终于断裂，整个阳台与建筑分离。泽斯张开破碎的下颚大吼一声，用体内最后一点飓光把自己甩向建筑的外墙。他的身子从错愕的碎瑛武士身旁掠过，撞到墙面后依然翻滚不止。

阳台轰然倒塌，国王惊讶地抬头张望，两脚却已悬空。坠落过程很短暂，在月光下，泽斯一脸肃然地看着阳台坠向下方的石地——视野依旧模糊，有只眼睛什么都看不见。宫殿外墙一阵颤抖，断裂木头的撞击声在周围建筑物间回荡。

趴在外墙上的泽斯呻吟着起身。他很虚弱，刚才飓光用得太快太猛，给身体造成了负担。他晃晃悠悠地沿墙走向地面，来到一片狼藉的坠落点附近，几乎连站都站不住。

国王还能动弹。从这种高度坠落对穿碎瑛甲的人来说不算什么，但一大根染血的木条从迦维拉尔的肋底穿过，穿透了泽斯之前在碎瑛甲上造成的破口。泽斯跪下去，检视国王因痛苦而扭曲的脸庞。这是一张强悍的脸，下巴方正，黑胡子中有星星点点的白须，淡绿色眼珠射出凌厉的光芒，这是迦维拉尔·寇林的脸。

"我……知道有人想……取我的命。"国王大口喘着气，断断续续地说。

泽斯把手伸到他胸甲里，松开扣带，卸下胸甲。里面的宝石显露出来，有两块已经碎裂、燃尽，另外三块还在发光。浑身冻僵的泽斯急促地呼吸，将飓光吸入体内。

风暴再起，更多光芒在他脸侧浮现，修复起破损的皮肤和骨骼。痛苦依然剧烈，飓光的疗效远远算不上立竿见影，要好几个钟头才能恢复。

国王咳嗽起来，"你告诉……萨尔达卡……他已经迟了……"

"我不知道他是谁。"泽斯站起身，折断的下巴让他的话有些含糊不清。他摊开一只手，开始召回碎瑛刃。

国王皱眉："那是谁……瑞斯塔雷？撒迪亚斯？我真没想到……"

"我的主人是仆族智者。"话音刚落，他的心跳也数到了十下，碎瑛刃带着凝结的湿气落到他手里。

"仆族智者？这没道理。"迦维拉尔又咳嗽几声，颤抖着的手伸进前襟，摸出一只袋子，再从袋子里取出一条链子，链子系着一颗晶质小球，"这个，你必须拿着，绝不能让他们得到。"他似乎开始神志不清，"告诉……我弟弟……一定要找到人世间最重要的真言……"

迦维拉尔往后一倒，不再动弹。

泽斯犹豫片刻，跪地拾起晶球。他从未见过这般奇物——虽然通体黝黑，可仿佛在发光发热，射出某种黑色光芒。

仆族智者？迦维拉尔刚才说，这没道理。

"一切都再无道理可言。"泽斯喃喃自语，收起晶球，"一切终会揭晓。对不起，阿勒斯卡的王者，但我想你再也不用操心了。"他站起来，"至少，你不用眼睁睁看着世界连同我们这些余孽一起灭亡。"

在国王的尸体旁，失去主人的碎瑛刃从雾气中具现，空落于石地，发出一串清脆的响声。这可是了不得的宝物，因一把碎瑛刃而起的纷争曾令好几个王国覆亡。

宫殿内传来警报和叱喝声，泽斯得离开了。不过……

告诉我弟弟……

对泽斯这一族而言，临死前的要求是神圣的。他提起国王的手，蘸上国王自己的血，在木板上潦草地写下：*弟弟，你一定要找到人世间最重要的真言。*

写毕，泽斯遁入黑夜。国王的碎瑛刃还在原地。泽斯已有了一把，不想再添新的诅咒。

第一部分
静默之上

卡拉丁 沙兰

I

飓风恩护者

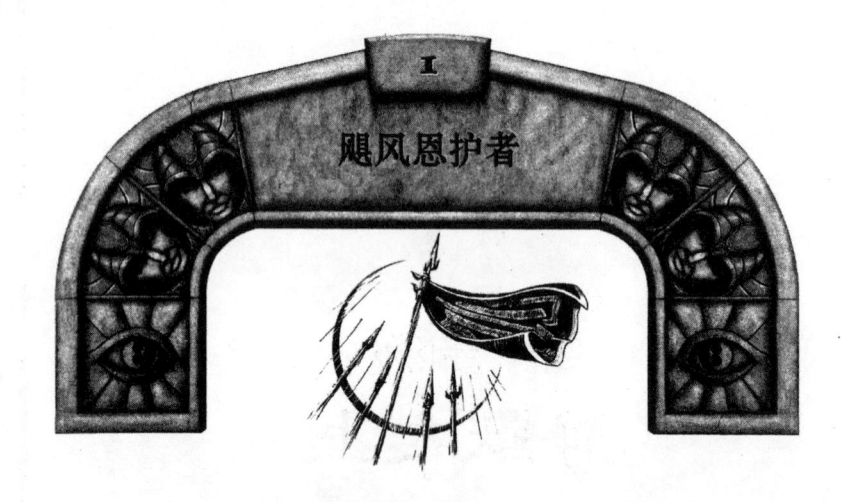

"你杀了我,你们这帮畜生,你杀了我!太阳还如此灼热,我却要死了!"

——收集于1171年第七月第三周第五天,死前十秒。死者是三十一岁的暗眼种士兵。此例有可疑处。

五年后

"我要去送死了,是吗?"塞恩问。

塞恩身边,一名久经沙场的老兵转头打量他。老兵一脸短须,连着鬓角,两鬓华发渐生。

我要死了,塞恩心想,攥紧了长矛——矛杆沾了汗,握起来滑腻腻的。我要死了,哦,飓风之父,我死定了。

"孩子,你多大?"老兵问。塞恩不记得那人的名字,当你看着另一支军队结成战阵、在岩石裸露的战场上一字排开,想记住任何东西都很困难。战阵看起来是如此简练、有序,充满文明气息。前列是短矛手,随后是长矛手和标枪手,弓手在两翼。暗眼种矛手的装备和塞恩类似：皮坎肩和齐膝护裙，一顶简陋的钢盔和配套的胸甲。

很多光眼种骑着马，披戴全套盔甲，亲卫队簇拥在他们周围，胸甲上泛出紫红色和深绿色光辉。其中有无碎瑛武士？光明贵人亚马兰不是碎瑛武士，但他的手下里有没有呢？塞恩会不会被迫与碎瑛武士交手？凡人杀不了碎瑛武士，能做到的人非常罕见，所以全都成了传奇。

这是真刀真枪的战场，这个念头使他的恐惧又多了几分。不是演习，不是挥挥木棒的训练，是真正的战场。直面事实令他两腿发软，心脏如受惊的动物般怦怦直跳。塞恩突然意识到自己是个懦夫，他不该丢下蟹群！他永远也不该——

"孩子，"老兵不慌不忙地说，"你多大？"

"十五。"

"叫什么？"

"塞恩。"

山一般的胡子老兵点点头："我叫戴立特。"

"戴立特，"塞恩重复了一遍，依然盯着对面的军队。他们太多了，有好几千！"我死到临头了，对吗？"

"不。"戴立特说话粗声粗气，但不知为何使人心安，"你不会有事的，抬起头，保持队形。"

"我才训练了三个月！"他敢打赌能听到些许敌人的盔甲或盾牌发出的敲击声，"我连矛都握不住！飓风之父啊，我要死了，我办不到——"

"孩子，"戴立特温和但坚决地打断塞恩的话，一手按住他肩头。老兵背着一面大圆盾，边缘反射出一圈寒光，"你不会有事的。"

"你怎么知道？"他的语气简直像是哀求。

"小鬼，因为你在'飓风恩护者'卡拉丁的小队。"他一说完，两旁的士兵也点头赞同。

一波又一波士兵在他们身后集结——为数好几千。塞恩位于最前沿，卡拉丁的小队共有三十来人。塞恩是在战前突然被调入这个小队的，为什么？也许是军营内斗的结果。

为什么这个小队在伤亡必定最惨重的前锋位置？紫色胶体状的小小惧灵从地面涌出，聚集在他脚边。有那么一瞬，在极度恐惧之下，他几乎要抛开短矛、连滚带爬地逃走。戴立特用力捏了一把他的肩膀。看着戴立特充满信心的黑眼睛，塞恩犹豫了。

"在我们列阵之前，你有没有小便？"戴立特问。

"我没时间——"

"现在尿。"

"在这儿？"

"不然你会在战场上尿裤子，让你分心，没准儿会要了你的命。快尿吧。"

塞恩尴尬地把短矛交给戴立特，就地往石地上行了方便。尿完，他瞥了瞥身旁的人。没有一名卡拉丁的士兵显出轻蔑的神情，他们都牢牢站定，背着盾牌，执矛于侧。

敌军即将完成列阵。两军之间是光秃秃的地面，除了零星的石壳木①，全是极为平整的砂岩。这里是放牧的好地方。暖风熏着塞恩的脸颊，带着昨夜飓风留下的潮气和味道。

"戴立特！"有个声音传来。

一名男子穿过阵列上前，手执短矛，矛杆上系着两口皮鞘，插着两把匕首。此人相当年轻，目测只比塞恩大四岁左右，但就连戴立特也比他矮上几指。他穿着矛兵的寻常皮甲，只是下身有一条黑裤，那不合军规。

---

①一种能适应飓风气候的植物，其共同特征是带有某种硬壳，枝叶在硬壳中生长，从而保护植物免受猎食者和风暴的摧折。

他有阿勒斯卡人的标志性黑发，长度齐肩，打着卷，眼睛为深褐色。坎肩上有白绳打的结，这是小队长的标志。

塞恩身边的三十个人齐刷刷立正，举矛致敬。他就是"飓风恩护者"卡拉丁？塞恩觉得不可思议，这么年轻？

"戴立特，马上会有个新兵加入，"卡拉丁的声音非常有力，"我想让你……"他看到了塞恩，便没有说下去。

"长官，他几分钟前自己找来了。"戴立特笑道，"我已经让他准备好了。"

"干得好，"卡拉丁道，"我花了不少钱才让那孩子离开贾雷的小队。贾雷那个废物，打起仗来只会帮敌人的忙。"

什么？塞恩心想，居然有人花钱要我？

"你们觉得哪里合适？"卡拉丁问。附近的几名矛手抬手遮住阳光，检视起战场的岩地。

"右侧远端两块大石旁的斜坡怎么样？"戴立特问。

卡拉丁摇摇头："地面不够平，不方便落脚。"

"啊哈，有道理。那边的小山包怎么样？足够避开第一波箭矢，也不会过于突出。"

卡拉丁点点头："看起来不错。"塞恩顺着他们的视线看去，可什么也看不到。

"伙计们，大家都听到了？"戴立特大喊。

众人高高举起矛。

"戴立特，待会儿关照一下新来的小鬼，"卡拉丁说，"他还不知道咱们的传令信号。"

"那当然。"戴立特笑着说。他笑了！他是怎么办到的？敌军号角吹响，是不是准备开战了？尽管塞恩刚刚解过手，可他还是感觉到一股尿液顺着大腿流了下去。

"坚守战阵。"卡拉丁说完，一路小跑着穿过前沿，和下一个小队的队长碰头。塞恩等人身后的几十排战列还在扩大,两翼的弓箭手张弓待发。

"别担心,孩子。"戴立特说,"咱们不会有事的,卡拉丁是个会带来好运的队长。"

站在塞恩另一侧的士兵点点头,他是个红发的雅克维德人,高高瘦瘦,肤色较阿勒斯卡人更深。为什么雅克维德人会在阿勒斯卡军中效力?"没错,卡拉丁得到飓风的恩护,这毫无疑问。上一仗我们损失了……多少?才一个吧?"他说。

"还是有人死。"塞恩说。

戴立特耸耸肩:"死人不稀奇,我们小队死得最少,你瞧着吧。"

和另一名小队长说完话,卡拉丁跑回自己的队伍。虽然他拿的是短矛——也就是单手武器,另一只手持盾——可他的短矛比其他人多出一只手掌的长度。

"各就各位!"戴立特喊道。卡拉丁和其他小队长不同,他没有退入阵后,而是站在小队阵前。

塞恩周围的人躁动起来,发出细碎的杂音。这种声音传遍整支大军,肃穆被嗜血的欲望取代,千百只脚在地面摩挲,盾牌哐哐作响,各种金属扣子叮叮当当响成一片。卡拉丁一动不动地盯着前方的敌军,头也不回地说:"稳住,伙计们。"

后方一名光眼种军官骑着高头大马经过。"准备战斗!我要他们血流成河。大家奋勇作战,奋勇杀敌!"

"稳住。"那人走开后,卡拉丁重复了一遍。

"准备跑步前进。"戴立特告诉塞恩。

"跑?可训练时要求我们结阵推进!保持阵线!"

"没错。"戴立特说,"大部分人所受的训练不比你多。好手最后都被派往破碎平原与仆族智者作战了,卡拉丁想让我们平安无恙地到那儿为国王战斗。"戴立特朝阵线远端努努嘴,"大部分士兵会散开来，自顾自地冲锋；这些光眼种不是什么高明的指挥官，没法保持阵形。所以你得跟我们一起跑。"

"我要把盾取下来吗？"周围的士兵纷纷解下盾牌，但卡拉丁的小队还是把盾背在身上。

戴立特还没来得及回答，后方便传来一声号响。

"跑！"戴立特喊道。

塞恩别无选择。整支军队开始推进，战靴踏得砰砰作响。不出戴立特所料，扎实的推进没有持续多久。有人开始呐喊，其他人跟着鼓噪。光眼军官大声叫他们前进、加快脚步、投入战斗。阵形很快解体了。

与此同时，卡拉丁小队猛冲到阵线之外，开始全速奔跑。塞恩跟跟跄跄地跟上，又慌又怕。地面不像看起来那般平整，一丛不起眼的石壳草差点把他绊倒，受惊的藤蔓随即缩回壳内。

他稳住身子，继续前进，一手持矛，盾牌不住敲打着背脊。对面的军队也在行动，士兵冲入开阔地带，看不出丝毫阵形或章法。这和训练时定义的战斗完全不是一回事。

塞恩甚至不清楚敌人是谁。有个领主侵入了光明贵人亚马兰的领地，而在亚马兰之上，此地属于轩亲王撒迪亚斯。这是一场边境冲突，塞恩觉得敌人来自阿勒斯卡的其他公国[①]。他们为什么要打来打去？也许国王能阻止这一切，但他在破碎平原，为五年前遇刺的前国王迦维拉尔报仇。

敌军有大量弓箭手。第一波箭矢飞上半空，塞恩的恐惧也随之达到顶峰。他又绊了一步，忙着取下盾牌。可戴立特抓住他的手臂，大声催促他前进。

[①]公国是阿勒斯卡王国内的行政区域，原本都是独立的，其统治者被称为"轩亲王"。

数百支箭矢破风而来，遮天蔽日，达到最高点后划着弧线俯冲，仿若凌空捕猎的飞鳗。亚马兰军士兵纷纷举盾，只有卡拉丁小队不一样，他们头顶空无一物。

塞恩发出惊叫。

箭矢从他们上方掠过，落向亚马兰军阵中。塞恩一边跑，一边回头看了一眼。箭矢落在了他们身后。士兵们发出惨叫，盾牌被箭头击穿。只有少数箭矢没到预定射程，散落在阵前。

"为什么？"他冲戴立特大喊，"你们怎么知道？"

"他们瞄准人群最密集的地方，"大块头回答，"这样事半功倍。"

几个处于阵前的其他小队也收起了盾牌，但大部分人还是举盾别扭地跑，为不会落到头上的箭矢操心。这拖慢了速度，增加了被真正位于箭雨中的后排士兵踩踏的风险。塞恩还是很想举盾，毫无防备地向前猛冲太奇怪了。

第二波箭雨来袭，激起一阵痛苦的哭号。卡拉丁的小队直冲向敌军，有些敌兵被亚马兰军弓箭手击中，眼看命不久矣。塞恩能听到敌军士兵发出的战斗呼喊，能看清他们的长相。突然，队伍刹住脚步，结成密集阵形。他们已抵达卡拉丁和戴立特之前选好的小斜坡。

戴立特抓住塞恩，把他推到阵形正中心。卡拉丁的战士们放低矛头，迎着不断靠近的敌兵挺盾而立。敌人没有组成审慎的队形，没有保持短矛手在前、长矛手在后的布阵，只顾一个劲儿向前冲，发出狂热的呐喊。

塞恩笨手笨脚地从背上取下盾牌。一队队人马彼此交锋，矛与矛的撞击声在空中回荡。也许是觊觎高地的优势，一群敌军矛手向上冲向他们的阵地。这三十多名攻击者保持了一定队形，但不像塞恩他们排列得那么紧密。

敌人似乎决心用战意来弥补阵形的不足，在狂暴的怒吼声中冲向他们。卡拉丁的士兵守住队形，像保护光眼贵族的亲卫队一般护着塞恩。两军冲突化作金戈交响、矛盾撞击。塞恩吓得直往后退。

交锋短促激烈，眨几下眼的工夫，敌人就退却了，在石地上留下两具尸体。卡拉丁小队没有任何损失，V形阵列纹丝不动，散发出凛冽杀气。有一人退后，扯出一块绷带裹住大腿上的伤口。其余人靠拢堵住了缺口。伤者体形敦实，盔甲厚重，他咒骂了几句，但伤势看起来并不严重。他很快起身，却没有回到原先的位置，而是换到V形阵一端，一个防护更严密的地方。

战场一片混乱，两军短兵相接，铿锵声、碎裂声和惨叫声不绝于耳，响成一片。队伍打散了，士兵们随意寻找对手。他们就像猎食者，三四人一组，专找落单的敌人，然后恶狠狠地猛扑上去。

卡拉丁的小队坚守原地，只对付靠近的敌人。这就是战场的真实面貌？塞恩所受的训练要人打仗时肩并肩排成长列，而非发疯似的撕咬一团，不是这种野蛮的混战。为什么其他人不守住队形？

真正的士兵都走了，塞恩心想，到破碎平原去打像模像样的仗。怪不得卡拉丁想把自己的队伍带去那里。

四面八方都是矛头闪动的寒光，尽管有胸甲上的徽章和盾牌的颜色作标志，要区分敌我还是很难。战场被分割成数百块，仿佛上千场战斗同时上演。

经过最初几次交锋后，戴立特抓住塞恩的肩膀，把他安排到V形阵最底部。塞恩完全派不上用场，卡拉丁的战士与敌交锋时，他便把训练要领忘得一干二净，能做的仅是站在原地、扬起矛尖、努力摆出唬人的样子。

大半个小时中，卡拉丁的小队一直守着斜坡，肩并肩协同作战。卡拉丁经常离开前沿阵位，冲到某个方位，用矛在盾上击出古怪的节奏。

这就是传令信号。塞恩意识到队伍开始运动，从V形转为环形。在垂死者的哭喊和数千人的呼喊声中，要分辨一个人的声音几乎不可能。但矛头在金属盾牌上的击打声清脆可辨。每次变阵，戴立特都会抓住塞恩的肩头，引导他移动。

卡拉丁的队伍不追击落单者，始终保持防御态势。虽有数人受伤，但没人倒下。小股敌军不敢撄其锋芒，较大的集群经过几次交手也都知难而退，去寻找更好对付的敌人。

情况终于有了变化。卡拉丁转过身，用一双老练的褐眼打量战局走向。他举起短矛，以之前未曾用过的短促节奏敲打盾牌。戴立特抓住塞恩的胳膊，把他推下小山。为什么现在要放弃？

就在此刻，亚马兰军的一个大方阵崩溃了，士兵四散逃窜。塞恩没意识到这片战区的状况对本方有多不利。后撤途中，卡拉丁的队伍碰到许多受伤或垂死的士兵。塞恩一阵反胃，这些士兵缺手断腿、膛开肚破，内脏洒了一地。

没时间害怕了，友军的撤退马上演变成溃逃。戴立特咒骂起来，卡拉丁再次击打盾牌，小队改往东去。塞恩看到那边有一个更大的亚马兰军方阵在坚守阵地。

但敌人看到了阵列的缺口，士气高涨，一拥而上，如同一大群捕猎落单野猪的斧狐犬。卡拉丁的小队在这片满是尸体和垂死者的战地中穿行，还没走完一半路程，就被一大群敌兵拦住去路。卡拉丁心有不甘地敲起盾牌，队伍放慢了脚步。

塞恩感到心跳频率一再加快。附近有一队亚马兰士兵被蚕食殆尽，一个接一个踉跄倒地，剩下的惨叫着四散奔逃。敌人挥舞手中的长矛，如同烤肉的扦杆，倒在地上的人被一个个扎死，活像待宰的飓虫。

卡拉丁的队伍与敌人迎面硬撼，矛与盾撞成一团。塞恩被四面八方的肢体推挤着，顿时天旋地转、不辨方向。在敌友混杂、死亡笼罩下的惊涛骇浪中，塞恩就像一叶孤舟。没有前后、没有左右，全是人！

他吓坏了，拼命想找个安全的地方。附近的一队士兵穿着阿勒斯卡的制服，应该是卡拉丁的队伍。塞恩拔腿就往那儿跑，可等到几个士兵转过头来，他才惊恐地发现自己认错了人。那不是卡拉丁的小队，而是一小群陌生的士兵。他们受了伤，已如惊弓之鸟，堪堪守着一条支零破碎、歪歪斜斜的防线。一队敌兵刚靠近，他们就作鸟兽散了。

塞恩僵立在原地，持矛的手全是汗。敌兵朝他直冲过来。他本能地想逃跑，但见了那么多被逐个收割的溃兵后，他明白自己必须坚持！必须面对敌人！他不能逃，不能——

他大吼一声，挺矛朝领头的士兵刺去。那人漫不经心地用盾拨开矛尖，把短矛扎入塞恩的大腿。痛楚如此炙热，相比之下，就连喷出的鲜血都给小腿带来冰冷的触感。塞恩疼得直抽凉气。

那士兵猛地从伤口中拔出兵器。塞恩往后晃了晃，盾矛齐齐落地。他倒在岩地上，倒在别人的血泊当中。他的对手高举短矛，一步步靠近，准备刺透塞恩的心脏。在他眼中，敌人成了一片模糊的剪影，在空旷的蓝天下不断放大。

此时，他出现了。

小队的领袖、"飓风恩护者"卡拉丁的短矛仿佛从天而降，在千钧一发之际挡开原本要取塞恩性命的一击。卡拉丁挡在塞恩身前，独自面对六个矛手，毫无惧色，反倒向敌人猛冲上去。

一切都发生得太快。卡拉丁首先攻击刺伤塞恩的士兵，矛头扫中其下盘。那人还没倒地，卡拉丁便从绑在矛杆上的皮鞘里抽出一把匕首，扬手便掷。刀光一闪，正中第二名敌兵的大腿。敌人单膝跪地，惨叫起来。

第三人看着倒下的同伴，愣了一下，卡拉丁趁机踢开受伤的敌人，将矛头扎入他的脏腑。第四个敌兵眼窝里插着一把匕首，倒在地上。卡拉丁什么时候拔出那把匕首的？他在最后二人中间闪转腾挪，短矛在他手中如同轻盈的木棒，只闻其声、不见其踪。有那么一小阵子，塞恩觉得小队长似乎被一层东西包裹着，那是纵横交织的空气，仿佛风本身被赋予了形体。

我流了很多血。流得真快啊……

卡拉丁凌空侧旋，顺势出矛，最后两个矛手倒在了地上，伴随着汩汩血声。在塞恩耳中，那仿佛是士兵未发出的惊叫。敌人全都倒下后，卡拉丁回身跪到塞恩身旁，放下短矛，从口袋里抽出一条白布，麻利地裹紧塞恩的大腿。他的动作驾轻就熟，看起来曾做过上百次。

"长官！"塞恩指着被卡拉丁打伤的一名士兵叫出了声。那士兵扶着自己的腿，挣扎着站了起来。但转瞬间，戴立特山一般的身形出现在他身后，用盾牌把他推开。戴立特不杀伤患，只是缴了他的械，让他一瘸一拐地离开。

小队其余成员也来了，结成环阵，把卡拉丁、戴立特和塞恩围在中央。卡拉丁站起身，将短矛扛在肩上；戴立特从敌人尸体上拔下匕首交还给他。

"我着实担心了一阵，长官。"戴立特说，"您就这么跑了。"

"我知道你会跟来。"卡拉丁说，"扬起红绸。凯恩、寇拉特，带这孩子离开战场。戴立特，你和其余人守在这里。亚马兰的战线正朝这边合拢，我们很快就安全了。"

"那您呢，长官？"戴立特问。

卡拉丁望向战场那头。敌军阵线中撕开一条口子，那里有一名骑白马的男子，挥舞着一把狰狞的钉头锤。他穿着一套银光闪闪的全身甲，打磨得光可鉴人。

"碎瑛武士。"塞恩说。

戴立特嗤之以鼻。"不，感谢飓风之父，那只是个光眼种军官。碎瑛武士可是宝贵的战斗力，不会浪费在边境的小打小闹上。"

卡拉丁看着那个光眼种，恨意在眼中流转。那是塞恩的父亲说起偷红甲蟹的贼时表露的恨意,也是塞恩的母亲听人提起库熙莉时显出的恨意——库熙莉与修鞋匠之子私奔了。

"长官?"戴立特的语气有些犹豫。

"第二、第三分队,钳形布阵。"卡拉丁语气强硬,不容辩驳,"让我们把那个光明贵人拉下马。"

"您确信这是个好主意?有同伴受了伤。"

卡拉丁扭头看着戴立特:"他是哈劳的手下,也许是我要找的那个人。"

"您没法肯定,长官。"

"无所谓,他是个军校,杀掉如此显赫的敌人,离破碎平原就只有一步之遥了。我们要干掉他。"他的视线飘向远方,"想想吧,真正的士兵,纪律严明的营堡,正直可敬的光眼种。**一个让战斗变得有价值的地方。**"

戴立特叹口气,点头应下。卡拉丁招呼一群士兵跟他一起奔向战场另一端,余下不到半数的士兵和戴立特一起保护伤患。其中有名黑发中夹杂着几缕金发的瘦削男子——这表明他是混有异国血统的阿勒斯卡人——从口袋里取出一条长长的红绸带,系在矛上,再把矛高高举起,让绸带迎风招展。

"那是信号,召唤救护兵撤走战场上的伤员。"戴立特告诉塞恩,"我们马上就把你送到后方。你很勇敢,面对六个敌人也不退缩。"

"逃跑是蠢办法。"塞恩试着把注意力从颤抖的大腿上移开,"战场上那么多伤员,为什么救护兵会来帮我们呢?"

"因为卡拉丁队长塞了钱。"戴立特道,"他们一般只救光眼种,这样人手反而有富余。队长把自己大部分的饷钱都用来行贿了。"

"这支队伍挺特别。"塞恩说,他觉得头轻飘飘的。

"我早说过。"

"不是凭运气,是历练。"

"历练只是一部分,更因为大家知道受伤后会被卡拉丁弄出战场。"他顿了顿,回头看了一眼。如卡拉丁所言,亚马兰军的阵形正在合拢、复原。

敌营中的光眼种骑将用力挥舞钉头锤发令,他的亲卫队移到一侧,和卡拉丁的队伍缠斗。光眼种骑将掉转马头,他戴一顶无面罩、两侧倾斜的头盔,上饰一大簇羽毛。塞恩看不清他眼珠的颜色,应该是蓝色或绿色,也可能是黄色或浅灰色。他是个光明贵人,生来就被令使选中,标上了统治者的记号。

他对周围的战斗无动于衷,但突然之间,卡拉丁的匕首飞入了他右眼。

光明贵人惨叫着跌下马鞍,卡拉丁绕过战线,高举短矛,跃到他上方。

"啊,这也是历练出来的。"戴立特摇摇头,"别人基本没戏。他打起仗来就像飓风,而且思考速度比别人快一倍。有时候,他的动作……"

"他为我包扎了腿上的伤口。"塞恩语毕,才意识到自己因失血过多开始说胡话了。为什么要提包扎的事情呢?那不算大事。

戴立特只是点点头。"他知道很多医疗知识,还认识古铭文。我们队长是个奇人,他本身只是个地位不高的暗眼种矛兵啊。"他转头对塞恩说,"可你该省点儿力气了,孩子,如果没把你活着带回去,队长会不高兴的,他付了一大笔钱呢。"

"为什么?"塞恩问。战场渐渐安静下来,似乎垂死的人大多已喊哑了嗓子。附近几乎全是友军,但戴立特依然保持警惕,提防敌兵来攻击卡拉丁手下的伤员。

"告诉我,戴立特,"塞恩又问了一遍,急于知道答案,"为什么把我调到他的小队?为什么是我?"

戴立特晃晃脑袋,"他就是那样。一想到你这样的孩子,没怎么训练就被送上战场，便气不打一处来。他时不时把这样的孩子调进自己的小队，咱们当中有七八个人过去和你一样。"戴立特看向远方，"我猜，你让他想起了过去的某个人。"

塞恩盯着自己的腿。痛灵像许多手指奇长的橙色小手，在他身边爬行，应和着他痛苦的节拍。现在，它们开始朝其他方向匆匆离去，寻找别的伤患。痛苦在退去，他的腿、他全身，都感到麻木。

他仰头躺下，直视苍穹。他能听见若隐若现的雷声，可奇怪的是，天空万里无云。

戴立特咒骂起来。

塞恩扭过头，眼前震撼的景象令他浑噩的神志顿时清醒。只见一匹巨大的黑马朝他们飞奔而来，马背上有一套流光溢彩的盔甲，那并非反光，而是盔甲本身辐射出的。盔甲没有接缝，没有接合的链条，完全以精美得不可思议的小块金属板拼成。骑手戴一顶朴素无华、金光闪耀的全盔，一手提着一人高的巨剑。那并非普通的剑，它略带弧度，未开刃的一侧有起伏的波纹，宛如流淌的浪花。剑身上覆满蚀刻的图文。

真美，就像一件艺术品。塞恩从未见过碎瑛武士，但立刻就意识到眼前这位骑士的身份。他之前怎会把一个仅仅穿了盔甲的光眼种误认作高贵的存在？

戴立特不是说这片战场不会出现碎瑛武士吗？戴立特已匆匆起身，招呼小队布阵。塞恩依然坐在原地，拖着那条伤腿，站不起来。

他头晕目眩，几乎无法思考。已经流了多少血呢？

不管有没有受伤，他都没法战斗。你没法与这样的人战斗。阳光在盔甲上荡漾，那把巨剑是如此不可方物，巧夺天工，蜿蜒似水。就好像……就好像全能之主下凡，化作人形君临战场。

你怎么和全能之主战斗呢？

塞恩闭上了眼睛。

2 荣誉已死

"十大骑士团,我们曾得爱护。全能之主!为何抛弃我们?我以灵魂崇敬的神瑛,如今你去了哪里?"

——收集于1171年第八月第六周第二天,死前五秒。死者是二十多岁的光眼种女性。

八个月后

卡拉丁从围栏的缝隙间伸出手,接过一碗泔脚,胃恰到好处地发出一阵咕噜声。他把小碗——其实更像杯子——放到栏板上沿,闻了闻,露出一脸苦相。此时,笼车又上路了。这碗泔脚的原料是煮过头的溺娄米,漂着零星的隔夜残渣,与各种污秽和油污混杂在一起。

虽然令人作呕,可他只吃得到这个。他一边吃,一边从围栏缝隙间伸出双腿,晃荡着,查看沿途的风景。同一个笼子里的其他奴隶小心翼翼地攥着自己那份食物,生怕被别人偷去。头一天,有个奴隶想偷卡拉丁的口粮,差点被打断手。现在,所有人都离他远远的。

这再好不过。

他用手抓着吃,全然不顾有多脏。几个月前,他就不介意脏不脏了。他痛恨自己变得和其他人一样麻木不仁。但经过八个月的殴打和虐待、失去一切之后,还能怎样呢?

他与自己斗争。他不会和其他人一样。哪怕已经放弃一切——哪怕已被夺走一切,哪怕再也没有逃脱的希望。有一样东西他还会保留:他是奴隶,但他不会以奴隶的方式思考。

他很快便把一碗泔脚吃得精光。不远处,一个奴隶有气无力地咳嗽起来。笼车装着十个奴隶,全是男性,胡子拉碴,肮脏不堪。在这支穿越无主山岭的车队里,这样的笼车共有三辆。

白里泛红的太阳照亮了地平线,像铁匠铺的炉火中最耀眼的那块煤炭,舔燃云边,撒上一圈色彩,仿佛画布上无心的涂鸦。山丘被绿得一成不变的长草覆盖,一眼望不到头。不远处的山包上,有个小小的身影在草尖飞来飞去,仿佛恣意起舞的飞虫。那个影子微微透明,没有固定的形状。风灵是一些淘气鬼,作为不速之客,还常赖着不走。他希望这只风灵玩到无聊就会离开,可当卡拉丁想把木碗扔到一边时,他发现木碗牢牢粘住了指尖。

风灵嬉笑着从他身边一闪而过,拉出一条无形的光带。卡拉丁咒骂一声,动手拉碗。风灵经常玩这种鬼把戏。他使劲撬了半天,总算把碗与手指分开,咕哝着递给其他奴隶。那人马上开始舔食碗底的残渣。

"嗨。"有人低语。

卡拉丁往边上一看,有个肤色黝黑、头发蓬乱的奴隶战战兢兢地朝他爬过来,似乎怕惹怒卡拉丁。"你和别人不一样。"他的黑眼睛向上一瞟,看着卡拉丁烫着三行烙印的额头。前两行组成一个象形对铭图案,刻于八个月前,那是他在亚马兰军的最后一天。第三条是他最近的主人新烙的,写做"Shash",即"危险"之意。

那个奴隶把一只手藏在裹身的碎布里。是匕首?不,那太荒谬了,这些奴隶不可能把武器藏在身上；卡拉丁腰带里藏的树叶是奴隶能携带的最接近武器的东西。可积习难改，所以卡拉丁始终留意着对方那只手。

"我听到守卫的谈话，"那人稍微凑近了一点继续说。他眨眼的频率太快，是某种神经抽搐，"他们说你企图逃跑，*而且确实逃走过*。"

卡拉丁不置可否。

"瞧，"奴隶亮开藏在衣服后面的手，露出那碗一口没动的泔脚。"下次带我一起跑，"他轻声说，"从现在起，我把一半的口粮分给你，请慢用。"说话间，几只饿灵被他吸引过来，形如褐色飞虫，在他脑边飞舞，几不可见。

卡拉丁扭过头，望着连绵不断的山丘和地表一闪而过的青草。他把一只手伸到围栏外，用这条胳膊枕着头，双脚依然悬在外面。

"怎么样？"奴隶问。

"笨蛋。如果给我一半的口粮，就算我要逃跑，你也没力气跟着。如果我不跑，那就全白费了。"

"可是——"

"十次了。"卡拉丁低声说，"八个月来，我从五个不同的主人手里逃了十次，又有哪次得逞？"

"好吧……可是……你还活着……"

八个月。八个月的奴隶生涯，八个月的泔脚和殴打。可能会一直持续下去。他都快记不得军队是什么样了。"身为奴隶，你无处可藏，"卡拉丁说，"没法带着额头的烙印藏身。哦，我是成功逃跑了几次，可他们总能找到我，把我抓回去。"

人们曾称他是命运的宠儿，是"飓风恩护者"。那都是骗人的——就算有运气，卡拉丁也只有厄运。士兵们都很迷信，虽然起初他抵制这种想法，可后来越来越困难：毕竟，所有他想保护的人都死了，一次又一次。现在，他沦落至此，比开始时更糟。还不如不去反抗，这是他的命，他认了。

屈服于命运，这给人以某种力量。这是自由，不用操心的自由。

那个奴隶终于意识到卡拉丁不打算再开口，于是退开，享用起自己的食物。笼车继续前进，上下颠簸，绿草向四面八方蔓延，笼车周围却一片荒芜。当车轮靠近，那些草自行遁去，每根茎秆都缩进细长的岩孔。笼车经过后，草又羞答答地探出头来，向着天空伸展枝叶。于是，笼车像在一条专门为它用岩石砌成的快速通道上飞驰。

他们已进入无主山岭的腹地，飓风在这片区域尤其猛烈。植物学会了生存之道，这也是你必须做的——学着生存。做好准备，迎接风暴。

卡拉丁又闻到一股没洗澡的汗臭味，听到一阵轻微细小的脚步声。他疑虑地转头张望，以为那个奴隶又回来了。

但这次是另一个人，蓄着长长的黑胡子，上面粘着食物和污秽。卡拉丁的胡子一直不算长，每隔一段时间，他就会让图拉科夫的佣兵割掉一些。那个奴隶和卡拉丁一样，套着口棕色的破麻袋，腰间系着破布。不消说，他的眼睛是黑色的——也许是很深的暗绿，但暗眼种之间的差异并不明显，除非在特定的角度和光线下，否则看起来都是褐色或黑色。

那人注意到卡拉丁在看他，吓得一缩，举起双手。他肤色近墨，一只手上长着皮疹。他靠过来是因为看到卡拉丁刚才肯和人说话。从第一天起，奴隶们就怕他，但显然也非常好奇。

卡拉丁扭过头，叹了口气。那个奴隶战战兢兢地坐下，问道："朋友，能不能问一下，你是怎么变成奴隶的？我们实在好奇。"

根据口音和黑发判断，他应该和卡拉丁同为阿勒斯卡人。大部分奴隶都是。卡拉丁没有回答。

"我呢，是因为偷了一群红甲蟹。"他接着说，嗓音有点刺耳，就像纸张摩擦，"如果只偷一只，可能打我一顿就完事了。但一整群，十七头……"他自顾发笑，佩服自己的胆气。

笼车远端又传来咳嗽声。那里是一群可怜人,哪怕在奴隶当中也算可怜——体弱多病,口粮更少。其中有些人和卡拉丁一样,是脱逃的惯犯,不过只有卡拉丁被打上了"危险"的烙印。作为废物中的废物、贱种中的贱种,卖价自然大打折扣,也许会被送往劳力极其稀缺的偏远地区倒卖。无主山岭的沿海一带有很多独立的小镇,督管奴隶使用方式的沃林教义在那里只是遥远的传闻。

这一路相当凶险,沿途无人管辖。图拉科夫不走现成的贸易路线,专在野地里辟道而行,很可能遇上闲散无业的佣兵。那些人没有荣誉、不知恐惧,会为几头红甲蟹和几辆马车把奴隶主和奴隶屠得干干净净。

没有荣誉。拥有荣誉感的人存在吗?

不,卡拉丁心想,荣誉八个月前就死了。

"你呢?"那人挺着蓬乱的胡子问,"你是干了什么才沦落为奴的?"

卡拉丁又把手倚到围栏上,"你怎么被抓的?"

卡拉丁没有回答问题,但毕竟回话了,这已足够。"说来可笑,"对方说,"是个女的。当然啦,早该料到她会出卖我。"

"不该偷红甲蟹,跑得太慢,偷马才好。"

那人肆无忌惮地大笑起来:"马?你当我是疯子?如果偷马被抓,我早被吊死了。红甲蟹至少还给我换来个奴隶的烙印。"

卡拉丁侧头一看,那人额头的烙印比自己的更旧,伤痕周围的皮肤已经褪色。那段象形对铭是什么意思?"撒莫奴。"卡拉丁念到。"莫"代表此人第一次被打烙印时所在的地区,某个领主[①]的辖地。

此人一脸震惊地抬头看他:"喂!你懂古铭文?"

旁边几个奴隶也激动起来:"伙计,你的故事肯定比我们想象

[①]某个领主指的是撒迪亚斯,"撒"就是撒迪亚斯公国的缩写。

的还精彩。"

卡拉丁凝视着轻风吹拂下的草岭。每当起风,那些较为敏感的草杆便缩进洞,在地表留下缺口,就像病马的皮毛。那只风灵还在,在一块块草地间游走。它跟着自己有多久了?到现在为止,至少有几个月。这实在很不寻常,也许并不是同一只,毕竟完全没法分辨。

"那么?"那男子试探道,"你为啥会在这儿?"

"有很多原因,"卡拉丁说,"失败、罪行、背叛,我们大部分人不都是一样吗?"

周围有若干人低声附和,其中有个声音逐渐衰变成急促的咳嗽声。反复的咳嗽,卡拉丁的一部分头脑开始思考,伴随着过量痰液和夜晚发烧说胡话。像是顽疾。

"好吧,"那个健谈的奴隶说,"也许我该换个问法,更具体一点儿,就像我妈妈常说的:说要说得明白,问要问到点儿上。你的第一条烙印背后有什么故事?"

卡拉丁坐在那儿,感受着身下笼车的跳动和颠簸。"我杀了一个光眼种。"

不知姓名的同伴吹起口哨,显得比之前更友好:"真奇怪,竟没杀了你。"

"杀死光眼种不是我成为奴隶的原因,"卡拉丁说,"我没杀的那个才是问题。"

"怎么会?"

卡拉丁摇摇头,不再回答任何问题。最终,那个滔滔不绝的男子踱回笼子靠车头的那边坐下,一言不发地凝视着他的后背。

♛

好几个小时,卡拉丁没挪过地方,无所事事地抚摸额头上的铭文。

这是他的人生，坐在这些该死的笼车上看日出日落。

第一次的烙印早就愈合了，但"危险"字样旁的皮肤还是又红又痒，结了硬痂。它会搏动，简直像第二颗心脏。那痛苦甚至比他小时候抓到滚烫的锅柄时还要厉害。

记忆中父亲的教诲从脑后轻轻传来，讲述护理烧伤的正确方法。覆上药膏避免感染，每天清洗一次伤口。这些回忆并不使人安心，反而令人烦躁。他没有四叶木的树汁，也没有李斯特油膏，连清洗用的水都没有。

结疤处牵扯着皮肤，使额头感到紧绷。每隔几分钟他都要抬抬眉毛、挠挠伤处。他已经习惯抬手擦拭裂口渗出的血珠，右前臂沾上了一片片血污。如果他有镜子，没准儿能找到聚集在伤口周围的微小红色腐灵。

太阳西沉，可笼车继续前进。紫罗兰色的萨拉斯①从东方地平线探出头来，一开始似乎有些犹豫，仿佛要先确定太阳有没有消失。这是个清朗的夜晚，星星在空中闪烁。塔恩之疤——深红色的带状星座——与闪烁的白星对比鲜明，在这个季节升得很高。

早先咳过的奴隶又开始咳嗽，一阵撕心裂肺、带着痰响的咳嗽。曾经的卡拉丁会马上施以援手，但他内心深处某些东西变了。那么多他曾试图帮助的人都死了。在他看来，不去多管闲事反而会让别人过得更好。真是讽刺。提安倒下了，接着是戴立特和他的队伍，再然后是一连十队奴隶，经过这一切，你很难鼓起再次尝试的勇气。

初月之后两小时，图拉科夫终于叫停车队。两名体格魁梧、面目狰狞的佣兵从车顶爬下来，生起一小堆火。打下手的男孩叫塔伦，长得像根竹竿，他跑去照料红甲蟹。这些几乎和笼车一般大的大型甲壳动物，慢慢缩进石壳，用钳子把作为晚餐的谷料扒拉进去。没过多

---

①三月亮中的第一个。

久，夜色中就只剩下三块几乎和小石丘一般模样的东西。图拉科夫开始挨个检查奴隶，给每人一舀水，确保自己的投资无恙，或至少是达到可怜人该有的健康标准。

图拉科夫从第一辆笼车开始检查，卡拉丁依然坐在原地，把手指插进充当腰带的布条，摸摸藏在里面的叶片。干裂的状况还不错，干燥、刺人的粗糙叶片摩擦着他的皮肤。他还没打定主意，不知要拿这些叶子干什么。有一次，他获准到笼子外面去舒展筋骨，一时兴起抓了几片。他估计车队里没有第二个人认识这种名叫黑毒的东西——分成三权的细长叶片——所以这么干并没有多大风险。

他漫不经心地取出叶子，用食指和掌心摩挲。这种毒药必须干燥后才能发挥效力。为什么要带在身上？他是不是想复仇、想给图拉科夫下毒？抑或是备不时之需，当情况变得太糟、太无法忍受时给自己下毒？

我肯定没到那步田地，他心想。这只是一种本能，看到武器就想得到的本能，不管是多不寻常的武器。夜色深沉，萨拉斯是最小最暗的月亮，它紫色的光辉虽然催生出无数诗篇，却没法帮你看清眼前的手掌。

"哦！"有个轻柔的女声说，"这是什么呀？"

一个半透明的身影——只有一手的高度——从卡拉丁身旁的地板边缘探出头来。她使劲爬进笼车，仿佛在攀登险峻的高原。这只风灵化作了少女的形象——较大的灵体能改变形状和大小。她长着一张瓜子脸，飘荡的长发从发根到发梢逐渐淡化，最终在脑后化作一团雾气。她——卡拉丁只能把这只风灵看作女性——以苍蓝和白色的光芒缀成，穿着一件少女风情的朴素白裙，长度过膝，和头发一样向底部逐渐淡化，最后融入雾气。她的手、脚和脸部轮廓都锐利而清晰，体态苗条但凹凸有致。

卡拉丁冲精灵皱起眉头。灵体无处不在，大部分时候都被人忽略，但这只是异类。风灵朝上走来,仿佛走在看不到的阶梯上。她来到可以观察卡拉丁手心的高度,于是他屈起手指,挡住了黑叶子。她绕着拳头走了一圈,虽然看起来如同被太阳灼伤眼底后留下的亮斑,但她的身形不能照亮别的东西。

她弯下腰,从不同角度观察他的手,就像是以为大人手心藏着糖果的孩子。"这是什么呀?"她的声音仿佛风语,"给我看看吧,我不告诉别人。是宝贝吗?你是不是藏了一块从黑斗篷上割下来的料子?这是不是很小但很厉害的甲虫的心脏?"

他一言不发,急得精灵噘起嘴来。虽然没有翅膀,她却盘旋到半空,盯着他的眼睛说:"卡拉丁,你为什么不理我?"

卡拉丁吓了一跳:"你说什么?"

她俏皮地笑了笑,扭头就跑,身影倏地化作一条蓝白色光带。她在围栏之间飕飕翻飞,使空气扭曲变形,留下一条定格在空中的缎带,接着她一头扎到笼车底下。

"风操的①!"卡拉丁一跃而起,"精灵!你说什么?再说一遍!"灵体不会用人名,也没有智慧,较大的灵体,例如风灵或河灵,会模仿人的声音和表情,但它们不会思考,不会……

"你们听到了吗?"卡拉丁冲笼子里的其他人问。笼子的高度堪堪够卡拉丁站立,其他人都卧着,等待分水。除了几声叫他安静的低语和角落里的病号发出的咳嗽,没人回应。就连先前和卡拉丁攀谈的"朋友"也没理他。那人迷迷糊糊地躺着,盯着自己的脚丫,时不时扭扭脚趾。

也许他们看不到。很多大个的灵体只对它们想骚扰的人显形。卡拉丁一屁股坐回去,把脚挂到笼外。**那只风灵确实叫了他的名字,但毫无疑问,那只是在复述以前听到的内容。可是……囚笼里的人都**

---

①飓风世界的粗口,类似于"他妈的"。

不知道他叫什么。

也许我快疯了，卡拉丁想，看到不存在的幻影，听到不存在的声音。

他深吸一口气，张开手掌。刚才的一握把叶片捏碎了，他得收好，免得——

"有趣的叶子，"那个女声又出现了，"你很喜欢，对吗？"

卡拉丁跳起来，一转头，那只风灵就在他耳边，白裙上涟漪阵阵，但卡拉丁感觉不到有风。

"你怎么知道我的名字？"卡拉丁咄咄逼人地问。

风灵没有回答。她凌空踏步，走到围栏上，探头看着奴隶主图拉科夫给第一辆笼车的最后几个奴隶分水，又回头看看卡拉丁，"为什么不反抗？你战斗过，现在却什么也不做。"

"这关你什么事呢？"

她歪歪脑袋，仿佛自己也觉得惊讶。"我不知道，可我就是介意。是不是很奇怪？"

岂止是奇怪。他究竟做了什么？一只灵体不仅会叫他的名字，*而且似乎记得他几周前做的事情。*

"人不吃叶子，你知道的，卡拉丁。"她半透明的胳膊交叉在胸前，又歪歪脑袋，"难道你们会吃？我不记得了，人类很奇怪，会把一些东西塞进嘴里，又在以为没人看见的时候洒出另一些东西。"

"你怎么知道我的名字？"他低声说。

"你又怎么知道我知道？"

"因为……因为那是我的名字，父母告诉我的。也许吧，我不知道。"

"我也不知道。"她点点头，仿佛赢了一场了不起的辩论。

"好吧，"他说，"可你为什么叫我的名字？"

"因为这叫礼节。*而你就不讲礼貌。*"

45

"灵体才不懂什么是礼貌!"

"看啦,"她指着他说,"不礼貌。"

卡拉丁眨眨眼睛。嗯,他现在远离自己成长的地方,踏着异乡的岩地、吃着异乡的食物。也许生活在这里的灵体和故乡的不太一样。

"说呀,你为什么不战斗?"她落到他腿上,仰头看着他的脸问。卡拉丁感觉不到任何重量。

"我不能。"他柔声道。

"你以前可以。"

他闭上眼,用额头抵住围栏。"我太累了。"这并非身体上的疲劳,尽管连吃八个月的残渣已经耗去他战争中磨砺出的大部分精悍和力量。他感到疲倦,哪怕睡眠充足,哪怕在偶尔不会饥寒交迫、不会被打得动弹不得的日子里,也依然疲倦。

"你又不是没累过。"

"我是个失败者,精灵。"他紧闭双眼,"你非要逼我说出来?"

都死了。塞恩、戴立特、之前是图克斯和整支小队。提安更早。再之前,他抱着一个肤色苍白的女孩的尸体,鲜血溢满他的双手。

周围几个奴隶在窃窃私语,似乎觉得他疯了。任何人都会一时兴起、把灵体画在纸上,可小孩都知道与它们交谈是白费力气。他疯了吗?也许疯了才好呢,疯子可以远离痛苦。

他着实被自己的念头吓了一跳。

他睁开眼,图拉科夫终于提着一桶水,大摇大摆地走到卡拉丁所在的笼车跟前。他是泰勒拿人,所有泰勒拿男子都有纯白无瑕的胡子和眉毛,这无关年龄或发色。他眉毛很长,统一梳到耳朵上面,使他原本纯黑的鬓角上出现两条白纹。

他的行头——红黑相间的条纹裤、深蓝色套衫,一顶与上衣同色的绒帽——都是上等货,可已经变得破旧。他是不是有过别样的身份?这种奴隶主的生活——麻木、无动于衷地买卖活人——似乎会影响一个人、榨干他的灵魂，哪怕同时能把钱袋塞得鼓鼓囊囊。

图拉科夫与卡拉丁保持一定距离，举起油灯，打量笼子前部不停咳嗽的奴隶。他朝佣兵打了声招呼，布鲁斯——卡拉丁不知自己为什么会费神记他们的名字——走了过来。图拉科夫指着那个奴隶，小声说了几句，布鲁斯点点头，门板似的大脸隐藏在提灯的阴影下，从腰带里抽出短棍。

风灵化作一条白色光带，画着之字形轨迹蹿到病弱的男子身边。她转了几圈，恢复少女的身形后落地，像个好奇的孩子般观察起那人。

卡拉丁扭过头，闭上眼，可还是能听到咳嗽。父亲的话语在脑中回荡。要治疗顽固性咳嗽，那个一丝不苟、字正腔圆的声音说，需每天服用两把捣成粉末的血春藤。如果没有血春藤，务必给患者服用大量的水，最好加糖搅拌。只要摄入足够的水分，患者就很有可能存活。这种病症没有表面上看起来那么严重。

很有可能存活……

咳嗽声没有停。不知是谁打开了笼子的门闩。他们知道怎么帮这个可怜人吗？其实很简单，给他水，他就能活。

管他呢，还是不掺和的好。

战场上，有人奄奄一息。一张年轻的脸庞，如此熟悉亲切，那双眼睛看着卡拉丁，央告、祈求他的拯救。一道剑伤印在脖子的一侧，裂成一条伤口。一名碎瑛武士在亚马兰阵中穿梭，如入无人之境。

鲜血、死亡、失败、痛苦。

父亲的声音又响起。儿子，你真的能弃他不顾？你能帮他，却要眼睁睁看着他死？

风操的！

"别说了！"卡拉丁起身大喊。

其他奴隶都转过身，背对着他。布鲁斯跳了起来，猛地甩上笼门，高举短棍。图拉科夫躲到佣兵身后，拿他当肉盾。

卡拉丁深吸一口气，攥紧握着碎叶的手，抬起另一只手抹去额头的血污。他走到逼仄囚笼的另一头，光脚把木板踩得轰隆作响。布鲁斯怒目圆睁，看着卡拉丁跪在病奴身旁。闪烁的灯光照出一张憔悴的长脸，嘴唇几无血色。他已经咳出粘稠的绿色痰液。卡拉丁摸了摸他脖子上的肿块，又盯着他黑褐色的眼睛检查了一番。

"这种病叫作顽固性咳嗽，"卡拉丁说，"只要每两小时给他一舀水、持续五天左右，他就不会死。你得想办法把水灌下他的喉咙。如果有糖，就在水里拌一点。"

布鲁斯用手搓搓门板似的大脸，低头看着矮他一截的奴隶主。

"把他拖出来。"图拉科夫说。

那个病号在布鲁斯打开笼门时醒转过来。佣兵挥舞短棍，示意卡拉丁退开。卡拉丁勉强照办了。收起棍子后，布鲁斯抓着奴隶的两肋把他拖到笼外，警惕的视线尽量不离卡拉丁。上次企图逃跑时，卡拉丁拉了二十个奴隶入伙，并把他们武装起来。凭这点，主人本可把他处死，但最后只是宣称他"图谋不轨"，烙上"危险"的字样后贱卖了。

似乎总有某种理由让卡拉丁活下去、让他试图帮助的人丧命。也许有人会视之为好运，可他认为这是命运的嘲讽和折磨。在上一任主人手里，他曾和一名来自西域的奴隶聊天，那个瑟莱人谈到他们传说中的古魔法，谈到这种魔法的诅咒之力。卡拉丁是不是中了那样的诅咒？

别傻了。他告诉自己。

笼门归位，上了锁。囚笼是必要的——图拉科夫必须保护这些弱不禁风的商品不被飓风摧毁。笼子四面设有木板，如果遇上狂风，可以抬起并锁牢。

布鲁斯把那个奴隶拖到篝火旁，从行李中取出水桶放在一旁。卡拉丁松了口气。看，他对自己说，*也许你能帮上忙，也许还有关心*

别人的理由。

卡拉丁摊开手，低头看着掌心黑色的碎叶。他不需要这些东西。给图拉科夫下毒不仅困难，而且没有意义。他真的想让奴隶主死吗？那能换来什么？

空气中传来某种东西折断的闷响，接着又是一下，更压抑，像是米袋子落地。卡拉丁刷地抬起头，朝布鲁斯安顿病号的地方张望。那个佣兵又一次举起短棍，狠狠砸下，爆出头骨的碎裂声。

奴隶发出一声痛苦的号叫，又像是控诉。他的尸体瘫倒在黑暗中，被布鲁斯浑不在意地扛起来，甩到肩上。

"不！"卡拉丁大喊着，贴紧笼栅，伸出手狠拍栏杆。

图拉科夫站在火边取暖。

"风操的！"卡拉丁怒吼，"他可以活下去，你这禽兽！"

图拉科夫瞅了他一眼，漫不经心地踱了过来，正了正深蓝色绒帽。"瞧，他会传染你们，让你们都得病。"他说话略带口音，词语之间含混不清，重音全然不对。在卡拉丁听来，泰勒拿人说话总像含着一口水，"我不会为一个人损失整车的货。"

"他已经过了传染期！"卡拉丁说着，又一次拍起围栏，"如果会传染，我们早就染上了。"

"但愿你们没有。我想他没救了。"

"我告诉过你，不是这样！"

"我该信你的话吗，逃兵？"图拉科夫乐了，"看你那双充满仇恨的眼睛，快冒出火来了。你会杀了我。"他耸耸肩，"但我不介意，只要你在卖家面前显得身强体壮就好。你该为我祈福，是我从那人的恶疾中拯救了你。"

"我会为你的乱石坟祈福，我会亲手堆就它。"卡拉丁回答。

图拉科夫笑了，回身朝火堆走去："留住这股狂暴的怒气，逃兵，那是力量的源泉。到了目的地，你会为我好好赚上一笔。"

除非你能活那么久。 卡拉丁心想。图拉科夫总会先给奴隶派水，然后把桶挂到火上，烧热余下的水泡茶喝。如果卡拉丁能让自己排在最后，并将叶片捏成粉撒进去——

想到这儿，卡拉丁突然呆了，接着低头看向自己的手。方才情急之下，他忘了手里攥着黑毒，在拍打栏杆时把叶子撒没了，只有一丁点还粘在掌上，不足以致命。

他翻身朝后看，笼门污秽不堪，覆满灰尘，如果叶片落到了那儿，就找不回来了。风突然掠起，将灰尘、碎屑和污垢吹出笼车，吹向夜色之中。

即使在这件事上，卡拉丁也失败了。

他跌坐在地，背靠围栏，认命地垂下头。那只该死的风灵在他身旁不停地窜来窜去，露出不解的神情。

飞鳗

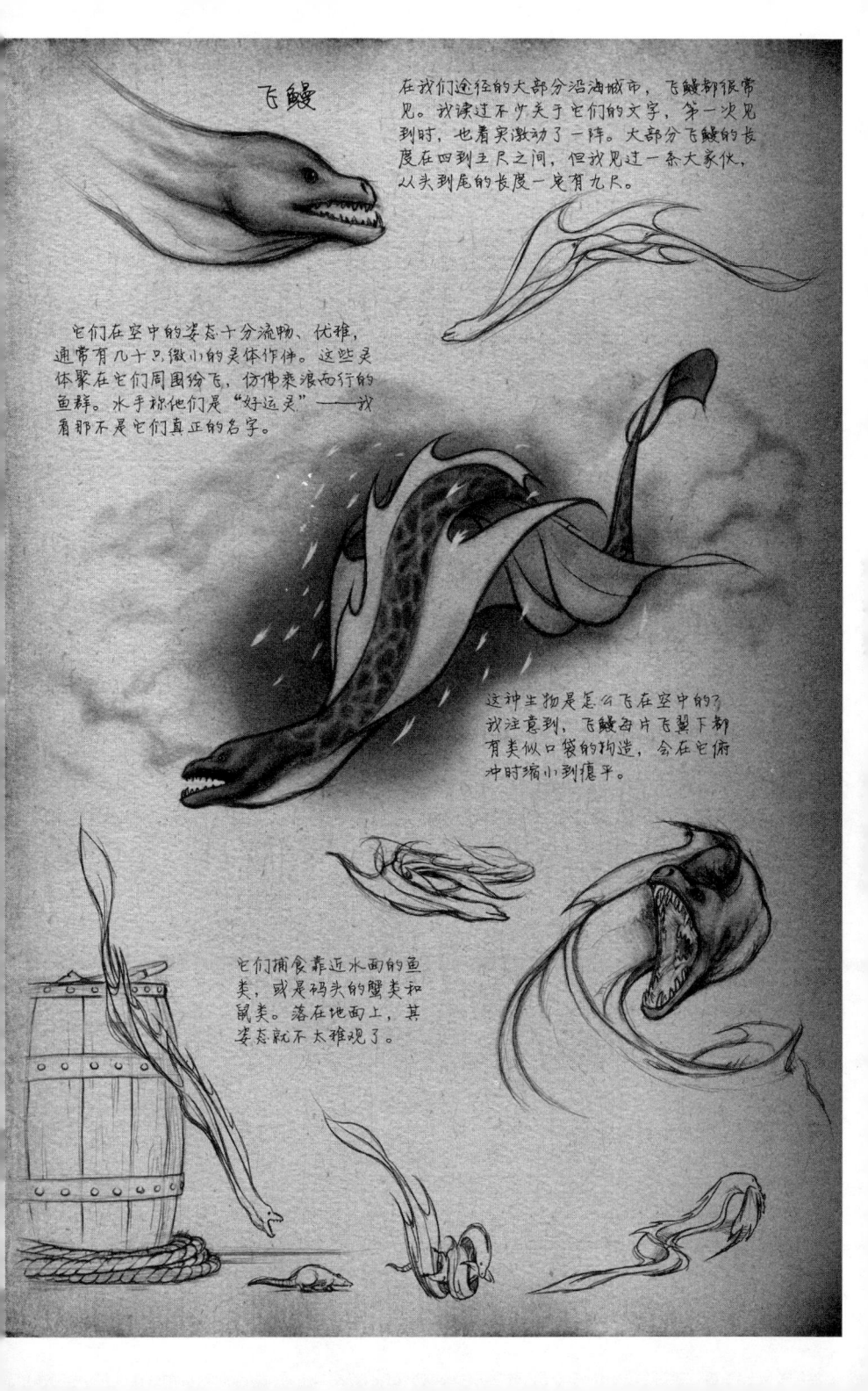

在我们途径的大部分沿海城市，飞鳗都很常见。我读过不少关于它们的文字，第一次见到时，也着实激动了一阵。大部分飞鳗的长度在四到五尺之间，但我见过一条大家伙，从头到尾的长度一定有九尺。

它们在空中的姿态十分流畅、优雅，通常有几十只微小的灵体作伴。这些灵体聚在它们周围纷飞，仿佛乘浪而行的鱼群。水手称他们是"好运灵"——我看那不是它们真正的名字。

这种生物是怎么飞在空中的？我注意到，飞鳗每片飞翼下都有类似口袋的构造，会在它俯冲时缩小到摺平。

它们捕食靠近水面的鱼类，或是码头的蟹类和鼠类。落在地面上，其姿态就不太雅观了。

3 铃城

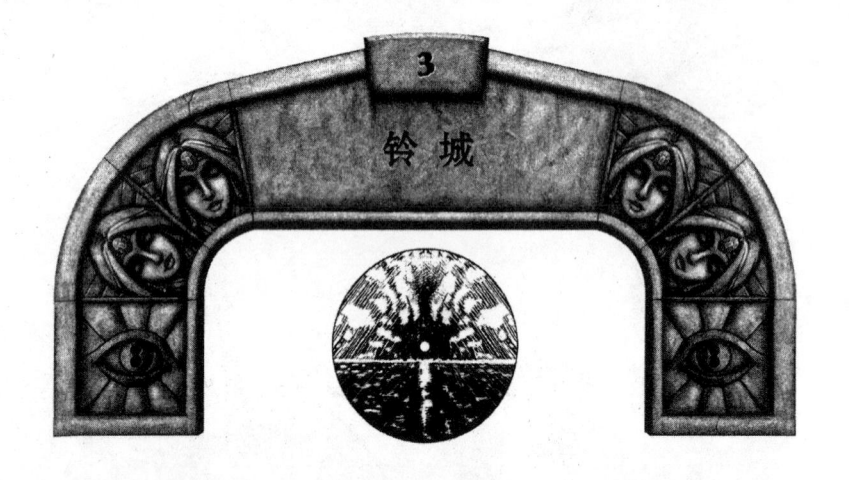

"一名男子立于崖畔,看着家园化作粉齑。水从很深很深的地下涌出。他听见有个孩子在啼哭,那是他自己的眼泪。"

——收集于1171年第九月第一周第四天,死前三十秒。死者是一名小有名气的补鞋匠。

铃城卡哈巴兰斯,沙兰从没想过会来这种地方。她常在梦里神游各地,但其实只是在家人看护下度过与世隔绝的少女时光,偶尔借父亲藏书阁里的书本逃出牢笼。然后,她会与父亲的某个盟友联姻,在某个他的看护下度过继续与世隔绝的余生。

但期望如同精美的陶器,握得越紧,就越可能碎裂。

码头工人将船拖入泊位时,她觉得透不过气来,连忙用皮封的素描本按住胸口。卡哈巴兰斯规模极大,楔形布局,位于陡峭的斜坡上,仿佛卡在宽大的豁口里,开口朝海。市内建筑结构敦实,带着四四方方的窗户,看起来以某种黏土或涂料为原料。也许是飓砂?楼房色彩明艳,大多刷成红橙色,偶有蓝色和黄色。

她已经听得到空中叮当作响的铃声,清脆纯净,不带丝毫杂音。

她得仰到脖子发酸,才能看到城市最高处的边缘:卡哈巴兰斯像大山般横亘在她面前。有多少人在里面生活?数千?数万?她又颤抖起来,一半是害怕、一半是激动,接着她用力眨眨眼,将城市的景象定格在脑海。

身边到处是水手奔忙的身影。"风之愉悦"号是一艘窄小的单桅帆船,堪堪够容纳她、船长、船长夫人和六名船员。乍一看,这船小得叫人放心不下,托兹贝克船长又是异教徒,但他稳重可靠,也是一流的海员,一直沿着海岸引导航向,总能在飓风来临前找到避风的海湾。

船长监督众人泊船。托兹贝克个头不高,与沙兰差不多,一双泰勒拿式的长眉向上挑起,形成有趣的尖钩,仿佛眼睛上生了两把摇动的扇子,且每把都有一尺长。他戴一顶简约的绒帽,穿一件银扣黑大衣。在沙兰的想象中,他下巴上那条伤疤是同海盗恶斗时留下的;可昨天她失望地得知,那只是大风大浪下没固定好的帆具砸出来的。

他的妻子娅什露走下跳板,去港口登记船只。眼见沙兰在瞧他,船长迈步上前。他与沙兰的家族有些生意往来,她父亲颇为倚重他。这样很好,因为在她和兄长们定下的计划中,没有让她带侍从或女倌出行的余地。

那份计划令沙兰紧张。非常、非常紧张。她讨厌做行骗的勾当,可家族的账面……他们需要一大笔钱,或是其他能在雅克维德的地方家族政治中发挥效用的优势,否则撑不过今年。

先做第一件事,沙兰心想,强迫自己冷静下来,找到迦熙娜·寇林,别让她再把你撇下。

"我已经以您的名义派出了一个伙计,光明女士。"托兹贝克说,"如果王女殿下还在,我们马上就会知道。"

沙兰感激地点点头,依然抓着她的素描本。外面就是城市,到处都是人。有些人的服装较为眼熟——男子身穿胸口系带的上衣和裤子，女子一身多彩的花衬衫和裙子，这些人应该来自她的故乡雅克维德。卡哈巴兰斯是一座自由之城，这个蕞尔城邦只有丁点大的领地，在政治上无足轻重，但向所有途经的船只开放码头，不论国籍或身份。所以人们纷纷涌向这里。

因此，她能看到很多异邦人。用一整块布料裹体的男男女女来自遥远西陲的塔石科；前襟敞开、一直覆盖到踝关节的长袍……又是哪国服装？她看到很多仆族在码头干活，背上驮着货物，数量多得令她大开眼界。和她父亲名下的仆族一样，这些生灵体格敦实、四肢粗壮，怪异的皮肤犹如大理石——有些部分惨白、有些部分漆黑，还有一些深红色斑点。这种斑驳的肤纹在每个仆族身上都不一样。

经过六个月的追逐、在一个又一个城镇间不停辗转，沙兰开始觉得自己永远也追不上迦熙娜·寇林。王女殿下是有意回避她吗？不，不太像，应该只是因为沙兰无足轻重，不值得特意等候。光明女士迦熙娜·寇林是世上最有权势、也最声名狼藉的女子之一。在虔诚的王室成员中，她是唯一一个公开的异端。

沙兰努力不去紧张。他们很可能会发现迦熙娜又先走一步。"风之愉悦"号将停泊一夜，沙兰要和船长商谈送她去下一个港口的价钱——她得狠狠打个折，因为他的船运业务得到其家族的投资。

托兹贝克几个月前就想甩掉她这个包袱，但她从未感受到船长表露出任何不满。荣誉感和忠诚心使他不能回绝她的请求。不过，这份耐心不会永远持续，她的钱包也是。带出门的润石只剩下不到一半，他当然不会把她抛弃在某个陌生城市，但也许会抱着歉意坚持送沙兰返回魏德纳。

"船长！"一名船员边说边冲上跳板，他只穿了件背心和一条破破烂烂、松松垮垮的裤子，皮肤因长年的户外工作晒得黝黑。"没看到发船的消息，码头登记处说迦熙娜还没离港。"

"哈！"船长冲沙兰说，"捉迷藏结束了！"

"令使保佑。"沙兰柔声道。

船长笑了,绚丽的双眉好似从眼里射出的光斑。"一定是您的美貌为我们借来了风,光明女士沙兰!风灵都为您着迷,才把我们带到这儿!"

沙兰两腮微红,心生一句有失矜持的回答。

"啊!"船长指着她说,"我看得出,您有话要说——您的双眼吐露了心声。大胆说出来吧,年轻的女士!言语是自由的生灵,不该闷在心里,如果硬吞下去,可会憋坏肚子。"

"那有失礼节。"沙兰反驳。

托兹贝克笑弯了腰:"都一块儿航行几个月了,您还说这种话!我一次又一次地告诉您,我们是水手!一踏上船就忘了礼节两字该怎么写,我们早就无药可救啦。"

她笑了。严厉的女傧和师长告诫她慎言——可惜兄长们唱反调的劲头更大。当四下无人时,她总会搜刮些妙语和他们逗笑,这成了一种习惯。她满怀眷恋地回想起那些在卧房噼啪作响的壁炉边度过的时光,四位兄长中较小的三个围拢在她身边,听她拿父王跟前新近冒出的马屁精,或某个途经本地的虔诚者开涮。她还常拿路人取乐,模仿他们的语气,杜撰一些傻乎乎的对白(这些当然不会让对方听见)。

那种气质已在她身上根深蒂固,也就是女傧所谓的"一点儿放肆"。而水手们比她的兄长更会享受玩笑。

"好吧,"虽面有赧色,沙兰仍跃跃欲试,"我只是在想,你说是我的美貌哄得风开心,才能这么快就把我们送到卡哈巴兰斯。这岂非话里有话,责备我的丑陋在别的旅程中拖了后腿?"

"这个……呃……"

"所以实际上,"沙兰说,"你的意思是我貌美的时候只有六分之一,不多不少。"

"胡说!美丽的小姐,您就像那朝阳,您就是朝阳!"

"像朝阳？就是说红得发黑，"她扯扯自己的红色长发，"而且男人见了就抱怨？"

他笑了，周围有几名船员也跟着笑起来。"行了行了，"托兹贝克船长道，"您就像一朵鲜花。"

她挤出个鬼脸："我对花过敏。"

他的一条眉毛往上一扬。

"不不，说真的，"她一脸诚恳，"我觉得花很迷人。可如果你把一大捧花摆到我面前，就会发现我的肺活量有多大，我的喷嚏能喷飞脸上的雀斑，还得劳烦你打扫墙壁。"

"就算真是这样，我还是要说您和鲜花一样可爱。"

"如果是这样，那和我同龄的小伙子们一定得了同样的过敏症——他们明显在躲着我。"她突然一脸沮丧，"你瞧，我说过那不礼貌，年轻女子不该如此乖张。"

"啊，年轻的女士，"船长对她抬了抬帽子，"船上的伙计和我都会想念您的伶牙俐齿的。真不知没了您我们该怎么办。"

"扬帆远航，"她说，"吃饭、唱歌、观风看浪，就和现在一样，唯一的差别是会有更多时间来完成这一切，不会被一个坐在甲板上、一边乱涂乱画、一边自言自语的小女孩挡道。但作为这些麻烦的回报，我奉上我的谢意，船长，为这趟美妙的旅程——虽然行程长得有些离谱。"

他又冲她抬抬帽子，算是回礼。

沙兰不禁莞尔——她没想到独自出行会如此无拘无束。兄长都担心她会被吓坏，以为她胆小，因为她在人多时总是安安静静的，不喜欢高谈阔论。也许她确实胆怯过——为离开雅克维德而胆怯。可远足的经历很精彩。她已经涂满三本素描本，全是她见到的各种动植物和人物。对家族财务的担忧是挥之不去的阴霾，不过愉快至极的旅行体验是很好的补偿。

托兹贝克正安排手下完成靠港的收尾作业。他是个好人，至于对她所谓美貌的赞美之词，她很明白，只是一种亲切的表示，不免有些夸大。在这个时代，阿勒斯卡式的黑褐肤色被视为真正的美，而她皮肤苍白。虽有一双淡蓝色眼睛，可红褐色头发还是暴露出血统的不纯，没有一丝一缕是堂皇的黑色。令使保佑，进入淑女期后，她的雀斑已经褪去，但没有完全褪尽，使得脸蛋和鼻子白玉微瑕。

船长和手下谈论片刻后，对她说："小姐，您的光明女士迦熙娜肯定在大岩宫里，准没跑。"

"哦，就是帕拉奈图书馆的所在地？"

"对对，国王也住在里面。那是城市的中心……呃，并不尽然，因为洞在最高处。"他摸摸下巴，"不管怎样，光明女士迦熙娜·寇林贵为国王的姐姐，她在卡哈巴兰斯，就不会住别的地方。幺伯会为您引路。"

"非常感谢，船长。"她说，"Shaylor mkabat nour。"风将我们安然送达，这是泰勒拿语中的谢辞。

船长笑开了花："Mkai bade fortenthis！"

她不知道这句话的意思。她的泰勒拿文阅读水平很不错，可听和说是另一回事。她对托兹贝克笑笑，似乎还算得体，因为他也笑了，然后朝一名船员打了个招呼。

"我们在港口停泊两天，"他告诉沙兰，"明天要刮飓风，所以走不了。如果没法顺利找到光明女士迦熙娜并达成目标，我就带您回雅克维德。"

"请容许我再次道谢。"

"不必言谢，小姐，"他说，"我们总要出海的，不管到哪儿都可以装点货。况且，我妻子很喜欢您，很喜欢。"

他走到幺伯身边，下了一些指示。沙兰在旁等候，把素描本放回皮包。幺伯，这名字用她的雅克维德口音念起来很别扭。为什么泰勒拿人热衷于起一些拗口的名字呢?

幺伯朝她招手,她迈步跟上。

"您可要当心点儿,姑娘。"经过船长身边时,船长提醒道,"哪怕是卡哈巴兰斯这样安全的城市也暗藏危险,拿出您的聪明劲儿来。"

"我宁可把聪明劲儿留在脑壳里,船长,"她一边回答,一边小心翼翼地踏上跳板,"如果聪明劲被'拿出来'了,准是棍子离我的脑袋近过了头。"

船长笑着向她挥手作别,看她用闲手扶着护栏,沿跳板走向岸边。和所有信仰沃林教的女性一样,她始终藏住左手——也就是禁手,只露出闲手。暗眼种平民女性会戴一只手套,但像她那般地位的人应当更加端庄。她的做法是在左袖缝一道大袖口包住禁手,底边缝死。

裙身的剪裁是传统的沃林式样,紧贴胸部、肩膀和腰部,下身是无褶的半裙。裙子的料子是蓝绸,两侧各有一排红甲蟹壳做的扣子。她用禁手把小包按在胸前,以便腾出闲手来扶栏杆。

她走下跳板,走进人声鼎沸的码头,信使们东奔西跑,红衣女子在分类账目上做货物进出记录。和阿勒斯卡、也和沙兰的故乡雅克维德一样,卡哈巴兰斯信仰沃林教。这里的人不是异教徒,文字书写是女性专属的技艺;男人只学古铭文,让他们的内人和姐妹去倒腾文字和阅读。

虽然没问,但她肯定托兹贝克船长能够阅读,因为见过他捧着书。她曾为此感到别扭,读书对男性来说是不体面的,至少,对于不属于虔诚会的男人是不体面的。

"您要坐车去吗?"幺伯用浓重的泰勒拿乡村口音问,她几乎连词都辨不出。

"嗯,请帮我安排。"

他点点头,飞奔而去,把她留在码头上。周围有一群仆族,在卖力地把木箱从一个泊位搬到另一个泊位。仆族头脑愚钝,可干活是把好手,从不抱怨、永远听话。比起普通奴隶,她父亲更喜欢使唤他们。

阿勒斯卡人真的在破碎平原同仆族作战?沙兰觉得这太奇怪了。仆族不会战斗。他们性格温驯,连话都不会说。当然,她听说破碎平原上的敌人与普通仆族有本质区别,那些被称做"仆族智者",更强壮、高大、聪慧。也许他们根本不是真正的仆族,只是某种外表类似的生物。

令她吃惊的是,码头到处都能看到动物的踪影。几只飞鳗在空中起伏翱翔,搜寻鼠类或鱼类。丁点儿大的螃蟹躲在码头突堤的石缝里,一堆哈斯帕贝吸附在支撑突堤的粗大木桩上。靠近陆地的一条码头街上,一只鬼头鬼脑的貂在阴影中偷偷摸摸地爬行,等待可能从天而降的零碎食物。

她按捺不住地打开手袋开始素描,对象是一只俯冲而下的飞鳗。它一点儿也不怕人吗?她用禁手扶住素描本,藏在袖子里的手指搂着素描本上沿,闲手则握着一支炭笔作画。没等她画完,向导就回来了,身后跟着一名男子,拉着一辆奇奇怪怪的小车,两圈硕大的轮子上安装着复杂的机械装置,还有一张带华盖的座椅。她不情不愿地放下素描本——如果是轿子才好呢。

那名拉车男子五短身材、皮肤黝黑,厚厚的嘴唇咧开,笑得十分灿烂。他招呼沙兰坐上去,后者以女倌训导下养成的端庄娴雅的姿态落座。车夫向她发问,发音短促,音节之间常有省略,她听不出是哪种语言。

"他说什么?"她问幺伯。

"他想知道您愿意走远路还是近路。"幺伯挠挠头,"我不太明白有啥差别。"

"我想远路更长一些。"沙兰说。

"哦,您真是聪明人。"幺伯用同样短促的语言对车夫说了些什么,那人回答了。

"他说，远路可以让您顺道看看城里的风景，"幺伯道，"近路直接去大岩宫，一路没啥可看的。我猜他是看出您才进城不久。"

"有那么明显吗？"沙兰红着脸问。

"呃，不，当然不是，光明女士。"

"可照你刚才的意思，我就像女王鼻子上的疣子那么显眼。"

幺伯笑了："恐怕还真是。但每到一个新地方总有头一次，否则哪来第二回？谁都有出洋相的时候，您只要跟往常一样，拿出可爱的一面来就成。"

她已习惯了船员们不失礼数的调笑，他们从来不会太直白。她揣摩，船长夫人留意到她脸上的红晕后，一定板着脸训过他们。在父亲的领地内，别说仆人，就连具有完整公民权的臣民都不敢僭越自己的身份。

车夫还在等他们回话。"请让他走近路。"虽然很想沿途看看风景，她还是这么告诉幺伯。她终于踏进了一座真正的城市，难道要直奔目标？可过去的经历表明，光明女士迦熙娜来去无踪，就像野生的歌灵贝，最好还是抓紧点儿。

城市的之字形主道把山坡一分为二，所以近路也有足够时间饱览城内风光。一路景象美不胜收，令人目眩神迷。沙兰躺倒在座椅上，尽情领略各种异人异景，还有铃声。建筑以颜色区分，不同的颜色似乎表示不同的功能。出售同一种货品的商店被漆成同样的色彩——服装店是紫色，食品店是绿色。住宅有独特的建筑范式，但沙兰看不出所以然。所有房屋色调都十分柔和，像是被水冲过，宛如淡淡的水彩。

脚夫扭头和她交谈，陪在车旁步行的幺伯帮忙翻译，两手插在背心口袋里。"他说这座城市的特别之处在于避风地。"

沙兰点点头。很多城市都建在避风地——被周围岩石构造保护，不受飓风侵袭的区域。

"世上没有几座大城市的防风设施比卡哈巴兰斯更牢靠，"幺伯接着翻译,"那些铃铛就是安全的象征。据说,挂铃起初是为预警飓风,因为预兆很轻微,人们有时不会察觉。"说到这儿,幺伯顿了顿,"他刚才那段话只是为了讨一大笔小费,光明女士。我听过传说,可我觉得那是扯犊子。如果风力可以吹动铃铛,人也该察觉了。难道雨砸到头上还会不知道?"

沙兰笑了:"没关系,让他接着讲。"

脚夫用生脆的口音和她攀谈——那究竟是什么语言?沙兰听着幺伯的翻译,沉浸在城市的声色之中,但不幸的是,城市的气味也侵占了她的感官。孩提时期的生活使她习惯了一尘不染的家具和厨房烘焙的面包干发出的干爽气味。航海之旅让她获得了崭新的嗅觉体验,那是海风的味道,咸咸的,但很干净。

可这里的一切闻起来都不干净。每条小巷都散发出恶臭,而且各不相同。这些臭味与街头小贩出售的香料和食品的味道此起彼伏,形成更令人作呕的组合。幸好脚夫挪到了道路中央,使恶臭稍微减淡了一些,不过这也拖慢了速度,因为路中央交通更拥挤。她盯着路人瞧个没完。那些戴着手套、皮肤微微透蓝的男子来自纳塔纳坦。可那些高大威严的黑袍人又是哪国的?还有那些胡子用绳扎成一根棍的人呢?

这里的声音使沙兰想起家乡附近的野生歌灵贝竞相争鸣的交响,只是更加高亢纷繁。上百人同时在交谈,混杂着摔门声、车轮碾过石地声以及飞鳗的一两声啼鸣。永不停歇的铃声是这交响曲的背景音,它随风势忽高忽低。铃铛陈列在商店窗户上,悬在房檐下。街边每根灯柱的灯盏下都挂着一口铃,她的车上也有一口小银铃,挂在车篷尖顶。差不多走到半山腰时,一阵此起彼伏的铃声响起报时。各种音调、错落无序的铃音合奏成一段喧闹的重唱。

进入城市上半区后,人流渐渐稀疏,最终,脚夫把她拉到一座位于城市最顶端的庞大建筑前。那白色的建筑并非砖瓦搭建,而是直接沿山体开凿而成。门前的石柱也是山体的一部分，之间没有缝隙，建筑后部与悬崖浑然一体。建筑的顶部突出在岩体之外，上方有许多涂成金属色的敦实圆顶。光眼种女子在门口进进出出，携着文具，穿着和沙兰类似的衣服，左手安安分分藏在袖子里。来来往往的男子穿着沃林式样的戎装，裤子笔挺，上衣两侧各有一排扣子，一直排到裹住整个脖子的硬领下面。很多人挎着长剑，及膝外套系着腰带。

脚夫停下来和幺伯说了些什么，船员开始和他争辩，一边还指指点点，差点儿戳到他嘴上。看幺伯一本正经的表情，沙兰不禁莞尔，她眨着眼睛用心观察，将这番场景印入脑海，以便以后画下来。

"他叫我帮他抬价，还说分我一些好处。"幺伯边说边摇头，伸出一只手扶沙兰下车。她落了地，看着脚夫，后者耸耸肩，笑得像个偷糖果被抓个正着的小孩。

她用裹着袖子的那条手臂夹住小包，用闲手掏出钱袋，"我该给他多少？"

"两颗清齐普足够了，如果要我出价，最多一颗。那小贼想要五颗。"

离家之前，她从没使过钱，只是单纯赞叹于润石的美。润石也叫球币，是比大拇指略大的玻璃珠，球心嵌着一片小得多的宝石。这些宝石能吸收飓光，使玻璃球发光。她打开钱袋，红宝石、绿宝石、蓝宝石和钻石的光把她的脸庞照得五彩斑斓。她挑出三颗钻石齐普，这是最小的货币单位。绿宝石最值钱，塑魂者能用它来制造食物。

所有润石的玻璃容器都一般大小，其价值取决于中心部位的宝石的尺寸。例如，这三颗齐普内都有一片很小的碎钻，足以凭飓光发出光亮，虽然远比提灯暗淡，但依然可见。第二级润石货币单位是马克，其光度略低于一根蜡烛，价值等同于五个齐普。

她只带已注入飓光的润石，因为听说不会发光的润石会招人怀疑，有时还得请钱庄的人来鉴定真伪。她把最值钱的润石藏在禁袋里，当然,那个口袋缝在左袖内侧。

她将三个齐普交给幺伯,后者歪头接过。她朝脚夫点点头,突然脸一红,意识到自己不加掩饰地把幺伯当作侍从大师使唤。他会不会不高兴呢?

幺伯笑着站得笔直,仿佛在模仿侍从大师的举止;向脚夫付钱时,他还刻意装出一本正经的样子。脚夫也笑了,朝沙兰鞠了一躬,拉着车子走了。

"这个给你。"沙兰掏出一颗红宝石马克递给幺伯。

"光明女士,这也太多了!"

"一来是为了表示感谢,"她说,"二来嘛,这是请你留在此地等我几个小时的报酬。如果我还回来的话。"

"等几个小时就能赚一颗火马克?那是出海一星期的报酬!"

"也足够保证你不开小差了?"

"绝不走开!"幺伯说完,行了一个非常讲究的鞠躬礼,叫人吃惊的是,他居然做得很像模像样。

沙兰深吸一口气,踏上通往大岩宫宏伟正门的台阶。门上石雕非常精美——她体内的艺术之魂想让她驻足细细鉴赏,可她不敢。她迈过大门,感觉仿佛被这栋巨大的建筑吞噬。门后是一条长廊,摆着一排飓光灯,闪耀出白色的光。灯里可能装有钻石布罗姆,大部分上等建筑都用飓光照明。布罗姆是第三级货币单位,也是最高级的,其亮度抵得上好几根蜡烛。

灯光均匀柔和,照在长廊里行走的许多侍从、文书和光眼种身上。建筑的结构似乎是一条直入岩体内部的隧道,距离很长,又高又宽,两侧开着很多气派的房间,偶尔有旁支延伸出去。她觉得洞里比洞外更舒服,这里的景象并不陌生——有忙碌的侍从,以及数量较少的光明贵人和光明女士。

她扬起闲手求助,果不其然,一名白衣黑裤的侍从大师快步走来,衣着干净整洁。"光明女士,能为您效劳吗?"他用的是雅克维德语,她的母语,也许是认出了她的发色。

"我求见迦熙娜·寇林,"沙兰说,"听闻她在石洞某处。"

侍从大师利落地鞠了一躬。大部分侍从大师都以优雅的举止为傲——正如幺伯刚才模仿的作派。"光明女士,我很快回来。"他应是二等暗民,在暗眼种中地位颇高。在沃林教信仰中,感召——即为使命奉献一生——对一个人极为重要。要想在死后得到全能之主的垂青,最好的办法是选择一份好职业并努力工作。

沙兰把两手交叉放在身前,等待结果。关于自己的感召,她考虑过很久,凭直觉显然是艺术,因为她对素描如此热衷。可吸引她的不只是画画——还有研究、通过观察提出疑问。为什么飞鳗不怕人?哈斯帕贝吃什么?为什么老鼠只在某些地区大量繁衍?她想选择的是自然史。

她渴望成为真正的学者,接受真正的学术指导,投身艰深的研究和学习。她之所以会提出这项大胆的计划——找到迦熙娜并成为她的学徒,这份渴望是不是一部分原因呢?也许吧。不过,她需要保持专注,成为迦熙娜的学徒、做她的学生,只是计划的第一步。

她一边思索,一边漫步到一根石柱旁,伸出闲手感受光滑的表面。柔刹大陆的大部分城市都似卡哈巴兰斯这般,建在完整的原生态石层上,只有一些沿海城市例外。洞外的建筑直接造在石地上,洞穴则深入石腹。柱子大概是花岗岩的,不过她对地质学只懂个大概。

地面铺着长长的焦橙色地毯,质地密实,设计兼顾美观和耐用。四四方方的宽大走廊散发出古老气息。她曾在一本书中读到,卡哈巴兰斯建于比最后的灭世更古老的影时代,据说那时以石头为血肉的虚渡还在这片大陆出没。那是很久很久以前了,有数千年之久,早于神权统治的恐怖时代,甚至远远早于光辉骑士的变节。

"光明女士?"有个声音传来。

沙兰转身一看，那名侍从回来了。

"请随我来，光明女士。"

她点点头，侍从引她快步穿过人来人往的走廊。她在心中预演如何在迦熙娜面前表现自己。那个女人是传奇，连远在雅克维德的沙兰都知道阿勒斯卡国王这位信仰异端、聪慧非凡的姐姐。迦熙娜才三十四岁，可很多人觉得，若非公开抨击沃林教，她本来早就能戴上学者大师的荣誉桂冠。具体地说，她抨击的是虔诚会，即正派沃林信徒参与的各类宗教团体。

在这里，轻佻的妙语不会让沙兰讨得好处。她必须端庄一些。得到一位声名显赫的女子的监护是学习女性技艺的最好方式：音乐、绘画、书写、逻辑和科学。就好比少年会在他敬仰的光明贵人的亲卫队中接受训练。

起初，沙兰在绝望中给迦熙娜写过一封信，央求她成为自己的监护人，并没指望得到肯定的答复。可令她震惊的是，对方不仅回了信，还命沙兰在两周内到杜马大理去见她。从那以后，沙兰就一直在苦苦追寻她的行踪。

迦熙娜是异端，她会不会要求沙兰放弃自己的信仰？沙兰不知道。在那些艰难的日子里，在父亲病危时，沃林教中有关荣耀和感召的教诲是她排解痛苦的慰藉之一。

两人转进一条狭窄的侧廊，经过一条条岔道，离主厅越来越远。最后，侍从大师停在某个转角前，示意沙兰过去。有话语声从转角右侧的走廊传来。

沙兰有些犹豫。有时，她不知道自己是怎么走到这一步的。她是五兄妹中最安静、最胆小、最年轻的，也是唯一的女孩子。一生被包容、保护。而现在，整个家族的未来都压在她肩头。

父亲死了，而且绝不能让外人知道。

她不愿去回想那一天，几乎完全把这份记忆封印起来，也慢慢学会了转移思绪、努力想些别的。可他的死造成的后果无法漠视,他做过很多承诺——一些是生意上的,一些是见不得光的,还有一些伪装成生意、实则见不得光的。达瓦家族欠了很多人的钱,数额十分巨大,没有了父亲的手段,这些债主会马上上门来催债。

他们没有任何人可以求助。因为父亲的关系,连盟友也憎恨她的家族。他们一家效忠的光明贵人、轩亲王瓦拉姆身染恶疾,再不能像往常一样提供庇护了。一旦父亲去世、家族破产的消息传出,达瓦家族的末日就到了。他们会任人鱼肉,被另一个家族吞并。

他们会受到惩罚、成为苦役,甚至被不满的债主派人追杀。能否阻止这一切取决于沙兰,而见到迦熙娜·寇林是计划的第一步。

沙兰深吸一口气,迈过走廊转角。

4 破碎平原

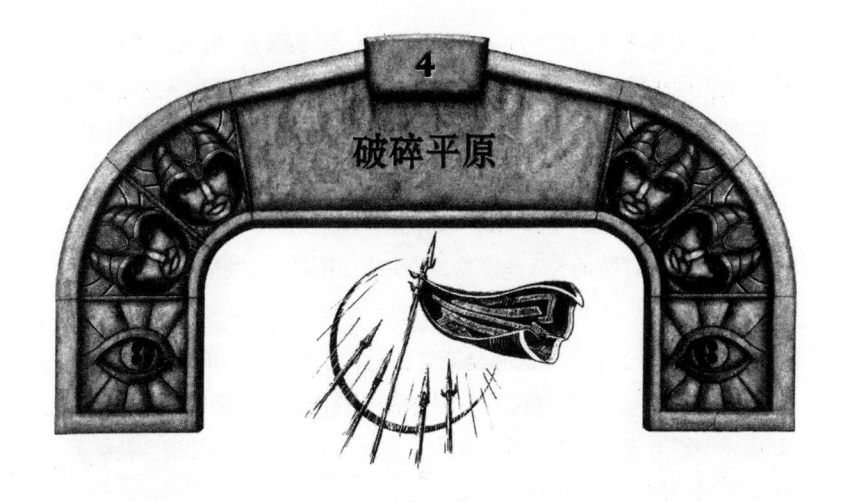

"我要死了,对吗?医生,为什么你抽走我的血?你边上是谁?为何他的头由符号组成?我看到一轮远方的太阳,黑暗冰冷,闪耀在黑色的天空。"

——收集于1172年第一月第二周第三日,死前11秒。死者是一名雷希的驯蟹员。本例尤其重要。

"你为什么不哭?"风灵问。

卡拉丁靠在囚笼的一角。跟前的木板有些裂痕,似乎有人用指甲抠过。干燥的灰木吸收了血液,把裂开部分染成黑色。这是痴心妄想的逃亡准备。

笼车继续颠簸前行,每天都一成不变:从没有被褥、整晚辗转反侧的睡眠中带着一身酸痛醒来,几车奴隶轮流放风,拖着脚镣蹒跚着走几步、舒展一下腿脚,然后重新装笼,分一点泔脚作早餐,继续上路,直到中午喂食,继续颠簸、晚上喂食、分一勺水、然后睡觉。

卡拉丁额头上的"危险"烙印还没愈合,还在流血。至少笼顶能挡挡太阳。

风灵化作雾气,像一片丁点儿小的云,飘来飘去。她挪近卡拉丁,从云朵里现出脸来,仿佛雾气被风吹散,露出底里的真容。这是一张挂珠带露、棱角分明、充满女人味的脸,还有一双好奇的眼睛。他从没见过这样的灵体。

"其他人晚上都哭鼻子,"她说,"可你不。"

"有什么好哭的?"他说着,仰头靠住围栏,"哭能改变什么?"

"我不懂,人为什么要哭?"

他笑着闭上眼:"去问全能之主吧,小精灵,别问我。"东部大陆的夏季很潮湿,一颗颗汗珠从他额头冒出,渗入伤口,引起阵阵刺痛。但愿春天马上来。季节和天气变化无常,永远不知道会持续多久,不过一般是几个星期。

笼车继续前行。过了一阵,他感到脸上一阵暖意,睁开眼,发现阳光从笼子上方的缝隙透进来。这么看,正午已过了两三个小时。午饭呢?卡拉丁一手抓住钢围栏,借力起身。他看不到在最前方驾驶笼车的图拉科夫,只能看到殿后的布鲁斯的扁脸。佣兵穿着脏兮兮的上衣,前襟用绳子扎起,头戴一顶宽檐帽遮阳,短矛和短棍放在身旁的车凳上。他没佩剑——就连图拉科夫也没有,至少在阿勒斯卡的领地附近不行。

草丛还在为笼车让道,从车轮前消失,又从后面偷偷冒出头来。这片地区生长着一种卡拉丁不认识的奇异灌木,茎秆粗大,上面长着尖刺状绿色针叶。每当笼车靠近,这些针叶会回缩,只留下枝杈虬结、形状扭曲的主干,仿佛一条蠕虫。这类灌木零星散布在山陵中,在覆盖岩石的青草间冒头,就像小小的哨兵。

笼车一直不停,中午早就过了。**为什么不停下喂食?**

领头的笼车终于缓缓停下,其他两辆也在后面跌跌撞撞地刹住车,拖车的红甲蟹显得烦躁不安,触须前后摆动。这种体型方正的生物长着隆起的石质外壳和粗壮的红腿。卡拉丁听说,它们的大螯能夹断人的胳膊。但红甲蟹性情温顺，尤其是驯养的。他从未听说军中有谁被它们弄伤过，顶多不过玩闹似的夹一下。

布鲁斯和塔格爬下笼车，走到图拉科夫身旁。奴隶主站在车座上，一手遮挡明亮的日光，一手握着一张纸。三人争执了一会儿，图拉科夫朝他们刚才行进的方向挥挥手，接着在那张纸上戳戳点点。

"迷路了？图拉科夫？"卡拉丁喊道，"也许你该向全能之主祈求指引。我听说他特别喜欢奴隶主，特意在诅咒之地为你们留了位。"

卡拉丁左边有个奴隶——就是几天前和他聊过天的长胡子——悄悄挪远了点儿，不想和惹恼奴隶主的人靠得太近。

图拉科夫犹豫片刻，朝手下佣兵猛一挥手，示意安静。这个胖男人伸脚跳下笼车，朝卡拉丁走来。"你，"他说，"逃兵，阿勒斯卡军作战时曾行经这一带。你知道这里的情况吗？"

"我看看地图。"卡拉丁说。图拉科夫有些犹豫，最后还是把地图递了过去。

卡拉丁从围栏缝隙里伸手接过地图，看都不看就一撕了。只几秒钟工夫，地图就在图拉科夫惊恐的注视下化作上百碎片。

图拉科夫叫来佣兵，可他们只是被卡拉丁手里的两把碎纸屑撒了一头。"风息日快乐，畜生。"卡拉丁伴着漫天飞舞的纸片吐出这几个字来，随后走到笼子另一头，面对他们坐下。

图拉科夫一言不发地站着，随后涨红了脸指着卡拉丁，对佣兵咬牙切齿地说了几句。布鲁斯向笼子迈出一步，又细细思量一番，瞅瞅图拉科夫，耸耸肩走开了。图拉科夫又跟塔格商量，但那个佣兵直摇头，嘀嘀咕咕地说了些什么。

和两个胆怯的佣兵折腾了几分钟后，图拉科夫绕到笼子后面，走近卡拉丁坐的位置。意外的是，他开口时语调很平静。"你很聪明，逃兵。没了地图，你成了唯一的指望。其他奴隶都不是本地人，我也是头一次走这条道。我需要你为我们指路,作为交换,你可以开条件。想要什么?如果能让我满意,我保证每天多给你一顿饭。"

"你想让我给车队指路?"

"洗耳恭听。"

"行啊。先找一处悬崖。"

"是为了方便你观察地形?"

"不,"卡拉丁说,"是为了方便我把你扔下去。"

图拉科夫气鼓鼓地整整帽子,把一根长长的白眉往后捋了捋,"你恨我,很好,憎恨使你强壮,会让你卖出好价钱。可如果我不能把你带到集市,你也没办法复仇。我不会让你逃跑,但或许其他奴隶主会。把你卖出去对你有好处,明白吗?"

"我不想复仇。"卡拉丁说话间,风灵回来了——她刚跑开一小会儿,去观察那种奇怪的灌木。此刻她在半空中落下脚,开始绕着图拉科夫的脸踱步,细细打量他。看来图拉科夫看不到她。

图拉科夫皱皱眉:"不想复仇?"

"没有用,"卡拉丁说,"我很久以前就学到教训了。"

"很久以前?你最多也就十八岁,逃兵。"

猜得挺准,他才十九。加入亚马兰军真的只是四年前的事吗?卡拉丁觉得自己老了十几岁。

"你还年轻,"图拉科夫接着说,"能够摆脱这种命运。带着奴隶烙印生活下去的人不是没有——你可以攒钱赎身,知道吗?或者赢得某个主人的信赖,让他给你自由。你可以重新成为自由人。这并非天方夜谭。"

卡拉丁嗤之以鼻:"我永远也摆脱不了这些烙印,图拉科夫。我逃了十次,但都失败了,这你不会不知道。让你手下紧张的可不光是我额头的铭文。"

"曾经的失败不代表将来没有机会,对吧?"

"我已经完了。我不在乎。"他盯着奴隶主,"另外,你那些鬼话连你自己都不信。一想到曾经卖出的奴隶有一天会重获自由,像你这样的人能睡得踏实吗?我很怀疑。"

图拉科夫笑了:"也许吧,逃兵,也许你说得没错。又或者,我想的是,如果你当真能恢复自由,首先会去追杀使你沦为奴隶的那个人,对吧?是不是亚马兰轩领主?他的死讯就是警告,我可以及时逃走。"

他怎么会知道?他怎么会听说亚马兰的事?*我会找到他*,卡拉丁心想,*我会亲手揪住他,把他的脑袋从脖子上拧下来,我会——*

"很好,"图拉科夫端详着卡拉丁的表情,"我看出来了,你说不渴望复仇,那可不诚实。"

"你怎么会知道亚马兰的事?"卡拉丁怒容满面,"此后我又被倒卖过六次。"

"人与人之间需要沟通,奴隶主之间更是如此。我们必须好好相处,瞧,别人一见我们就恶心。"

"也就是说,你知道我并非因为当逃兵才被烙上奴隶印的。"

"啊,可我必须装装样子,明白吗?犯过重罪的人卖不出好价钱。带着额头上那个'危险'的字样,你已经不那么好卖了。如果我没法把你卖掉,那你……嗯,你不会希望发生那种事。所以,我们要演一出小把戏,我说你是逃兵,你什么也不用说。我想这很简单。"

"这是犯法。"

"我们不在阿勒斯卡地界,"图拉科夫说,"没什么王法可言。而且,你出售时标的正式罪名就是开小差,你不承认也没用,只会让别人以为你撒谎成性。"

"我会让你头疼。"

"可你刚才说并不想找我复仇。"

"仇恨可以培养。"

图拉科夫笑了："哈，没苗怎会有果。你不是威胁要把我扔下悬崖吗？我看你已经培养得不错了。不过现在，我们必须谈谈赶路的事。你知道，我的地图尸骨无存了。"

卡拉丁顿了顿，叹道："我不知道，"这是真心话，"我也没走过这条道。"

图拉科夫皱皱眉，靠近笼子细细打量卡拉丁，但依然保持一定距离。片刻后，他晃晃脑袋，"看来是真的，逃兵，这很遗憾。好吧，我得凭记忆找路，反正那张地图绘制得一塌糊涂，你能撕掉它算是大快人心，我自己也忍不住。以后啊，我要是凑巧看到哪位前妻的画像，一定交到你手里，让你好好施展这独门手艺。"说完，他大步走开。

卡拉丁看着他走开，接着自顾咒骂起来。

"这是为什么？"风灵走到他跟前，歪着脑袋问。

"我简直要喜欢上这家伙了。"卡拉丁说着，后脑重重砸向笼壁。

"可是……他的所作所为……"

卡拉丁耸耸肩。"我没说他不是畜生，但是个看得顺眼的畜生。"他顿了顿，挤出一个苦笑，"这种人最头疼，如果杀了他们，你会有负罪感。"

飓风在车外呼啸，从笼子的缝隙里钻进来，这并不意外。卡拉丁推测，是不幸的命运逼迫图拉科夫倒卖奴隶。他本可做其他买卖，但一些原因——本钱不够、急着离开原先生活的地方——迫使他选择这门最可耻的营生。

他过不起奢侈生活，甚至没法讲究生活品质，能不被债务压垮就谢天谢地。在这种情况下，笼子漏风也就理所当然了。四边的挡板足够坚固，可以抵挡飓风呼啸，但谈不上舒适。

图拉科夫勉强在飓风来临前做好了准备。显然，卡拉丁撕碎的地图里有一份从某个居无定所的读风者手中买来的飓风预报，列出了起飓风的日期。这些风暴可以凭统计学预测，卡拉丁的父亲有此爱好，十次中有八次能准确预测。

挡板敲打着笼子围栏，车体在狂风肆虐下摇摇晃晃，仿佛笨拙的巨人手里的玩具。木头在强压下吱呀作响，透过挡板缝隙，雨水混着冰碴喷涌而入，闪电伴着雷鸣，给囚笼带来仅有的、转瞬即逝的光明。

有那么一两次，只见闪电、不闻雷响。奴隶们发出恐惧的呻吟，想到了飓风之父、光辉变节者的幽灵或是虚渡——据说这些东西会在极为猛烈的飓风中出没。他们聚在笼车一端互相取暖，卡拉丁由得他们去，独自背靠围栏坐在另一头。

卡拉丁并不害怕那些暴风中鬼神出没的传说。从军时，有那么一两次，他被迫在凸出的岩块或其他临时凑合的遮蔽物下熬过飓风。没人愿意在风暴肆虐时待在户外，可有时无法避免。飓风中出没的东西——也许连飓风之父本人——都远不如被卷入半空的石块和树枝致命。飓风初期掀起的暴风骤雨，即所谓的"飓幕"，是最危险的。你熬得越久，风暴就变得越弱，最后只剩细雨绵绵的飓尾。

不，他不担心想用人类大快朵颐的虚渡，他担心图拉科夫会倒霉。奴隶主藏在他所在笼车底部的一个窄小的木板隔间内，看似是整支车队最安全的地方，可一旦出点儿不幸的意外——暴风卷来一块大石、笼车翻倒——那他就小命不保了。卡拉丁可以想见，在那种情况下，布鲁斯和塔格一定会落荒而逃，丢下所有人不闻不顾。奴隶们会被困在锁死的囚笼中，在太阳炙烤下，因饥饿和缺水慢慢死去。

风暴继续呼啸，摇晃着笼车。有时，风仿佛是有生命的活物。谁敢说他们不是呢？风灵会不会被狂风吸引？或者他们就是狂风本身？元素之力的魂魄如此急于毁掉卡拉丁所坐的笼车？

这股力量——不管有没有感知——最终失败了。笼车被锁链拴在附近的大石上,轮子也被牢牢锁死。大风倦怠下来,闪电停止,雨点疯狂的捶打变成了安静的叩击。在他们的行程中,只发生过一次笼车被飓风颠覆的事故,但除了一些凹痕和淤伤,车辆和里面的奴隶都没大碍。

卡拉丁右侧的挡板突然晃了晃,然后倒开——是布鲁斯打开了锁扣。这名佣兵穿着皮衣,以抵御雨水和从帽檐垂下的水帘。他去除挡板,把笼子的围栏和里面的乘客暴露在雨水之下。冰凉的雨水劈头盖脸溅到卡拉丁和聚团取暖的奴隶身上,但不似风暴最猛烈时那般刺骨。图拉科夫总是下令在雨停之前除去挡板,他说这是唯一能把奴隶身上的恶臭冲掉的办法。

布鲁斯将挡板插到笼车下方的卡槽内,接着打开另外两侧。只有笼车前侧、驾手后方的挡板不能拆卸。

"现在拆有点儿早啊,布鲁斯。"卡拉丁说。这还不是飓雨——飓风临近尾声时的微微细雨。现在雨势仍大,时不时还有大风吹过。

"头儿今天想把你们好好洗一洗。"

"为什么?"卡拉丁起身问,水滴顺着土色的破衣衫直往下淌。

布鲁斯没理他。*也许目的地快到了。*卡拉丁心想,抬眼环视四周地貌。

最近几天,山陵逐渐被崎岖的岩石地貌取代——季风在这片地区留下很多支零破碎的崖地和犬牙交错的岩块。阳光最充足的岩面长着青草,另一些植物在阴影中大量繁衍。飓风刚过,正是大地最具生机的时刻。石壳木的果荚开始分裂抽藤,其他种类的藤蔓也爬出石缝舔舐水源。灌木和树木的叶子舒展开来,各种飓虫在水坑中游动、享受盛宴。昆虫在空中嗡嗡飞舞;较大的甲壳动物——甲蟹和多足虾——离开藏身之处。连石头也仿佛有了生气。

卡拉丁发现有六七只风灵在头顶飞来飞去,半透明的身影追逐着飓风最后的余波,却又像是随风滑翔。微小的光点在植物四周扬起,那是生灵,看起来就像闪耀的绿色尘埃,又像一群透明的微型昆虫。

一只多足虾顶着细如发丝的毛刺——用来察觉风向变化的警报装置——沿笼车的一边爬行,长条状的躯干两侧排着几十对足。多足虾很常见,可他从未见过这种深紫色外壳的类别。图拉科夫究竟把车队带到哪儿了?这片未开垦的山区是完美的农田。在泣雨季过后飓风较弱的季节,可以在地里洒下混着谷瓜籽的墩树汁,不出四个月,就能收获漫山遍野比人头还大的谷荚,里头满满都是谷子。

红甲蟹在四周笨拙地爬行,采食石壳木、蛞蝓和风暴后露头的小型甲壳动物。塔格和布鲁斯悄无声息地给那些牲畜套上挽具。此时,一脸阴沉的图拉科夫爬出防水隔层,扣上帽子、披上纯黑披风以遮挡雨水。这名奴隶主很少在暴风完全停歇前现身,看起来他现在非常急于赶到目的地。是不是邻近海岸了?无主山岭只有到沿海一带才能找到城市。

不出几分钟,车队开始在崎岖的地面颠簸前行。天已放晴,卡拉丁坐回原位。飓风成了西方地平线上一团黑影,太阳带来久违的暖意,奴隶们沐浴在阳光下,水滴从衣服上滚落,从一蹦一跳的笼车后部流走。

一道半透明的光带七弯八拐地蹿到卡拉丁身前。他习惯了风灵的存在,暴风来临时她会离开,但总会回来。

"我见到一些你的同类。"卡拉丁随口说。

"同类?"她幻化作少女的形象,在半空绕着他踱步,时不时踮脚转上一圈,像是和着听不见的节拍起舞。

"是一些风灵,"卡拉丁说,"随风暴飞走了。你真的不想跟他们一起走?"

她眺望西方,眼神充满向往。最后,她开口道:"不,我喜欢这里。"说完继续舞蹈。

卡拉丁耸耸肩。她恶作剧的次数不像先前那么多了，所以他也不再觉得风灵是个麻烦。

"附近还有一些，"她说，"和你类似的人。"

"奴隶？"

"不知道。是人，不是这里的人，是其他人。"

"在哪儿？"

她用半透明的白色手指指向东面："那儿，有很多，好多好多。"

卡拉丁站起来。他无法指望灵体能好好把握距离和数量的概念。*没错……*卡拉丁眯眼审视地平线。*那边有烟，是烟囱？*他嗅到一股随风而来的烟味，若非降雨的关系，也许他早就闻到了。

他该操心吗？不管在哪里为奴，他都不过是个奴隶。他已经接受了这种生活，这是他现在的处世之道：无动于衷、不寻烦恼。

但当笼车一路上坡、让他的视野更加开阔时，他还是好奇地看了几眼。那不是城市，而是一个规模宏大的聚落，那是一支大军的扎营地。

"伟大的飓风之父在上……"卡拉丁低语。

营地共分十块，是他熟悉的阿勒斯卡式布局——按等级排列的圆形。随军人员在最外围，佣兵挨着他们布成一圈，暗民士兵更靠近中心，光眼种军官在正中。这些营地位于一个个巨大的火山状岩坑构造中，不过岩坑边缘不太规整，布满了锯齿，就像打破的蛋壳。

八个月前卡拉丁告别的军队和眼前这支很像，但亚马兰的部队少得多。这支大军在石地中绵延数里。上千面旗帜、印着上千个不同家族的象形对铭，在风中昂然招展。这里有一些帐篷——主要在营地外沿，但大部分官兵住在石头搭的大营房里。这说明军中有塑魂者。

位于车队正前方的营地竖着一面旗，卡拉丁在书里见过。深蓝底色，白色象形对铭以抽象的笔触画出一把竖在王冠前的剑。那是冠与剑之旗，属于寇林家族，也就是王室。

卡拉丁心怀敬畏地望向营地后方。他听过十几种讲述国王与背叛的仆族智者作战的传闻，东方的地貌就和传闻所说的一样。那是一片巨大的岩石平原，千沟万壑，无比广袤，望不到尽头，布满陡峭的、二十到三十尺宽的裂口。这些裂隙深不见底，只能看到无底的黑暗，把平原切割成高低不一、大大小小的块状。巨大的平原就像一口打碎后重新拼接的大碟子，每块碎片间都有小小的缝隙。

　　"破碎平原。"他自言自语。

　　"怎么啦？"风灵问，"有什么不对劲吗？"

　　卡拉丁摇摇头，觉得一切实在耐人寻味。"我努力了这么多年，就是为了来这里。那是提安的心愿，至少是提安最后的心愿。到这里来，在国王的军中战斗。"

　　现在，经历过一切，卡拉丁终于到了。巧合？他真想嘲笑这个荒谬的想法，*我本该料到*，他想，*我本该知道。我们从来没有朝沿海一带、朝那里的城市前进，而是朝这里，朝着战场*。

　　此地受阿勒斯卡统治，受其法律管辖。他本以为图拉科夫会尽力避开，但在这里，他的奴隶或许能卖出最好的价钱。

　　"破碎平原？"有个奴隶说，"真的吗？"

　　其他人聚拢过来，探头张望。在突如其来的激动场面下，他们似乎忘了对卡拉丁的恐惧。

　　"这真是破碎平原！"一个人说，"那是国王的军队！"

　　"没准儿我们能在这里找到正义。"另一个人说。

　　"听说王宫里的仆人过得和最上等的商人一样，"又一个人说，"他的奴隶肯定也活得更好。我们在信仰沃林教的土地上，甚至会有工资拿！"

　　这倒没错。工作的奴隶可领取一小笔报酬，虽然只有非奴隶的一半——拥有完整公民权的人收入还要高——可毕竟是有报酬，这是阿勒斯卡法律的要求。只有虔诚者不领报酬，他们本不能拥有任何东西。不只他们,仆族也一样,仆族更类似于动物。

奴隶可以用自己的收入来赎身,经过年复一年的劳动,最终换得自由。不过,这只是就理论而言。笼车开始下坡,其他人继续交谈,卡拉丁不想掺和,便挪到笼子后部。他怀疑,给奴隶赎身的机会只是幌子,是为了让奴隶乖乖听话。赎身金额是个天文数字,远高于售价,实际上根本不可能攒够。

在过去的主人手下,他曾要求领取工资,可主人总有办法蒙混——例如收取住宿和饮食费。那是光眼种的德性。荣寿、亚马兰、卡塔罗坦……每个卡拉丁认识的光眼种,无论他当时是奴隶还是自由身,不管他们外表多么美丽和端庄,都败坏到了骨子里,就像一具具披着华丽丝绸的腐尸。

其他奴隶继续谈论国王的军队、谈论正义。正义?卡拉丁背靠围栏,心想,我可不信这世上还有什么正义。但他发现自己有点心动。那是国王的军队——由所有十名轩亲王联合组成的军队,践行复仇誓约的军队。

如果说还有一件事会使他产生渴望,那就是握住矛再次投入战斗,努力找到一条路,变回从前的自己,那个懂得关心的人。

如果还有个地方能让他找到这条路,那就是这儿了。

5 异端

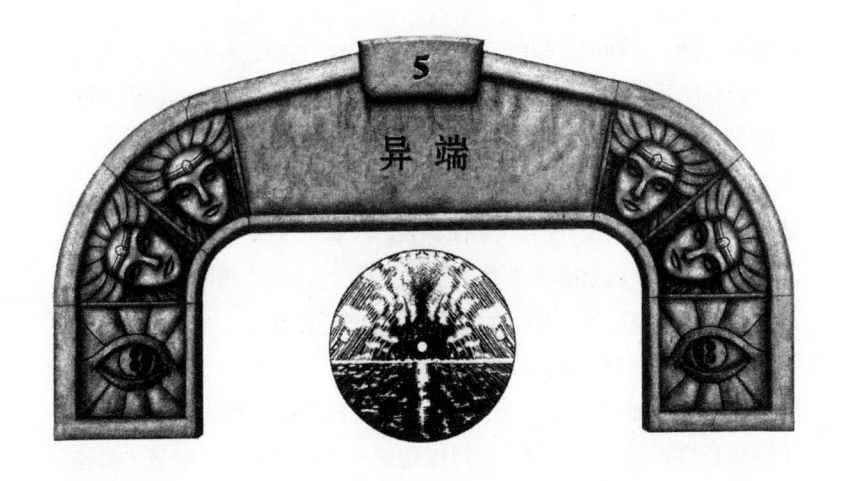

"我看到了末日,听到了末日的名字:悲惨之夜、终极灭世、灭世风暴。"

——收集于1172年第二月第一周第一天,死前十五秒。死者是一名来历不明的年轻暗眼种。

沙兰没想到迦熙娜·寇林长得这般漂亮。

这是一种大气成熟的美——一种会在历史学者绘制的肖像中看到的美。沙兰意识到,她过去太天真了,竟把迦熙娜想象成丑陋的老处女,就像多年前让她吃够苦头的那几个严厉女倌。毕竟,一个异端女子,三十好几还没成婚,在别人想象中能是什么样呢?

迦熙娜绝非如此。她身材高挑修长,皮肤光滑,有两道细长的黑眉。一头浓密的深玛瑙色鬈发,一部分高高拢起,用卷状金色小饰物圈住,以两根长长的发簪固定;其余头发在颈后施施坠下,呈现出小而细密的发卷。她的头发尽管盘起来,仍然一直垂到肩头,如果完全披散下来,会和沙兰的头发一样长,接近腰际。

她脸型方正,有一双洞彻一切的淡紫色眼眸。她正在听一名长袍男子说话，长袍焦黄和白色相间，是卡哈巴兰斯王室的颜色。光明女士寇林比那男子还高几寸——阿勒斯卡人以身材高大出名，显然绝非虚言。迦熙娜瞥了一眼沙兰，略作打量，接着继续谈话。

飓风之父在上！这位女子曾是国王的姐姐。矜持庄重、雍容华贵，裙子为蓝银二色，没有半点瑕疵或不合身。和沙兰一样，迦熙娜的衣服在两侧系扣，肩上围成高领，但她的胸部比沙兰丰满许多。裙子腰线以下的部分披散着，有一大片盈盈袅袅地落在地上。一双华贵的长袖垂在手边，左袖扣死，藏住了禁手。

她的闲手戴着一件与众不同的饰物：两枚指环和一副手镯以若干链条相接，固定住手背上一组排列成三角形的宝石。那是"塑魂者"——这个词既指拥有此能力的人，也指他们施法所需的魂器。

沙兰贴着墙边走进屋子，想把那些闪耀的大块宝石看得更清楚。她的心跳有些加速。这件魂器看起来与她和几位兄长在父亲外套的内袋里找到的东西完全一样。

迦熙娜和长袍男子朝沙兰所在的方向走来，一边还在交谈。要求监护的人终于赶来了，迦熙娜会作何反应？她会不会因为沙兰来得太晚而生气？这不是沙兰的错，可人们往往会对比自己低贱的人提出无理要求。

和室外宏伟的洞窟一样，这条过道是直接在岩体里开凿的，但陈设更考究。顶部的雕架挂着一盏盏用注入飓光的宝石制成的枝形吊灯。大部分宝石是深紫色石榴石，属于价值较低的类别。即便是这样，就凭如此之多的宝石数量——悬挂在头顶、闪耀着紫罗兰色光辉——这些吊灯的价值也相当不菲。沙兰还注意到，吊灯设计的对称性、侧边悬挂的水晶所呈现的美丽图案都值得欣赏。

迦熙娜慢慢走近，沙兰能听见他们的一部分对话。

"您知道这么做可能引来虔诚者的不满？"她用阿勒斯卡语说。这种语言和沙兰的雅克维德母语非常接近，她小时候就学得很流利了。

"我知道,光明女士。"长袍男子道。他年纪有点大,长着一把稀疏的白胡,眼珠是淡灰色。他的表情诚恳友善,似乎非常忧虑,头戴一顶矮矮的圆筒帽,与橙白相间的袍子同色系。袍子的质地非常华贵。也许他是王室管家?

不。他手指上的宝石、他的举止和谈吐、其他光眼种侍从对他俯首帖耳的态度……飓风之父在上!沙兰心想,那一定是国王本人!不是迦熙娜的弟弟艾尔霍卡,而是卡哈巴兰斯之王,塔拉梵吉安。

沙兰急忙行了个像模像样的屈膝礼。迦熙娜注意到了。

"虔诚者在此地很有势力,陛下。"迦熙娜的语调平静似水。

"我也一样,"国王道,"您无须为我担心。"

"很好,"迦熙娜说,"我同意您的条件。带我到事故地点,我会尽力而为,但请容许我先和别人说几句。"迦熙娜冲沙兰做了个短促的手势,招呼她过去。

"请便,光明女士。"国王说。他对迦熙娜相当客气。卡哈巴兰斯是个很小的王国——只有一座城市——而阿勒斯卡是整个柔刹大陆最强大的国家之一。不管外交礼仪如何要求,阿勒斯卡王女的实际地位远高于卡哈巴兰斯的国王。

国王快步走开,和某个侍从交谈起来,迦熙娜放慢脚步,稍稍落在后面。沙兰急忙赶到她身边。"光明女士,"沙兰说,"我是沙兰·达瓦,得蒙贵允,特来觐见。没能及时赶到杜马大理与您会面,我很抱歉。"

"错不在你,"迦熙娜晃了晃手指,"我没指望你能赶上。不过,发出回函时,我也不知道离开杜马大理后会去哪里。"

迦熙娜没有生气,这是个好兆头。沙兰觉得紧张感消除了一些。

"你的执着使我另眼相看,孩子。"迦熙娜接着说,"坦白说,我没想到你会追到这里。我本以为你已经放弃,所以打算在离开卡哈巴兰斯后忘记这件事。大部分人辗转几次之后都会放弃。"

大部分?那么说这是某种考验?而且沙兰已经通过了?

"没错，"迦熙娜若有所思地续道，"也许，我甚至会给你一个机会，让你求我收下你、做你的监护人。"

沙兰惊讶得一时语塞。求她？她不是早就求过了吗？"光明女士，"沙兰道，"我以为……呃，您的信里……"

迦熙娜朝她抬抬眼。"我在信中让你来见我，达瓦小姐。我没有承诺接纳你。培养和照料学徒会耗费我所剩不多的耐心和时间。既然你千里迢迢来找我，我会考虑你的请求，不过你要明白，我的要求非常严格。"

沙兰本想蹙眉噘嘴，不过忍住了。

"没有臭脾气，"迦熙娜注意到她微妙的表情，"这点还不错。"

"臭脾气？光眼种女性会有臭脾气吗，光明女士？"

"你会大吃一惊的。"迦熙娜话里有话地说，"单凭态度是不够的，告诉我，你的教育程度如何？"

"某些学科比较深入，"沙兰说罢，又结结巴巴地补上一句，"某些学科很欠缺。"

"很好。"迦熙娜说。走在前面的国王似乎很匆忙，但他年纪太大，脚步再紧，速度依然不快。"那我们来做个评定。照实回答，不许夸大，如有虚言，我马上会发现。也别假装谦虚，我没耐心同扭扭捏捏的人打交道。"

"遵命，光明女士。"

"就从音乐开始。你觉得自己水平如何？"

"我有一双善听的耳朵，光明女士。"沙兰实话实说，"我的强项是声乐，也练过齐特琴和风笛。我远不如您听过的第一流的声乐家，但也远不是最差的。大部分历史歌谣都被我熟记于心。"

"唱一段《快乐的阿德勒内》中的叠句。"

"现在？"

"我不喜欢重复自己的话，孩子。"

沙兰的脸开始发烧，不过还是开口唱起来。这不算她最好的表现，但声线还算纯净，也没有任何磕磕绊绊。

"不错，"沙兰换气时，迦熙娜突然开口，"语言呢？"

沙兰一时语塞，脑子里还在拼命回想接下来的歌词。语言？"显然，我会说您的母语阿勒斯卡语。"沙兰道，"我粗通泰勒拿书面语阅读，亚泽尔口语水平尚佳，我可以听懂瑟莱语，但不会读。"

迦熙娜不置可否，沙兰开始紧张。

"书面文字呢？"迦熙娜问。

"我认识所有大铭、小铭和题铭，也会铭文书法。"

"大部分小孩子都会。"

"认识我的人都觉得我画的铭守符相当不错。"

"铭守符？"迦熙娜说，"看起来，我还真该相信你想当学者，而不是靠装神弄鬼糊口的巫婆。"

"我从小就坚持写日记，"沙兰接着说，"以此来磨炼写作技巧。"

"恭喜你，"迦熙娜说，"如果谁有一只毛绒玩具小马、或是找到一块有趣的鹅卵石，想写成论文的话，我会让他们请你代笔。你究竟有没有真正拿得出手的本事？"

沙兰涨红了脸。"恕我直言，光明女士，您手里有一封我写的信，那封信本身已有足够的说服力，因为您给了我一次面试的机会。"

"这是有力的陈述，"迦熙娜点点头，"但之前绕了不少弯路。你的逻辑和相关学科素养如何？"

"我学完了初级数学，"沙兰依旧有些慌张，"经常帮父亲整理些不重要的账目。我读过桃玛斯、纳珊和公正者尼丽雅的全部著述，当然还有诺哈东的。"

"普拉西尼的呢？"

那是谁？"没有。"

"加布拉欣、尤斯塔拉、马纳林、塞亚希克、哈斯维斯之女邵喀？"

沙兰缩起身子，只顾摇头。最后一个名字显然是深国的。难道深族也有逻辑大师？迦熙娜真的指望她的学生读过那些晦涩的文字？

"我明白了。"迦熙娜说，"好吧，历史呢？"

历史。沙兰把身子缩得更低。"我……这是我明显欠缺的学科之一，光明女士。父亲一直没法为我找到合适的导师。我就读他的历史书……"

"哪些书？"

"巴雷沙·洛汗的《史论》全集，基本上没别的。"

迦熙娜轻蔑地挥挥闲手。"那种书抄录下来也是浪费时间，不过是一部讲述历史事件的通俗读物。"

"对不起，光明女士。"

"这个缺口对你的学术发展很不利。历史是最重要的学术分支，如果你父母希望把你送到我这样的历史学者门下，就该特别注意这方面教育。"

"我的情况比较特殊，光明女士。"

"无知从来就不特殊，达瓦小姐。我活得越久，就越是肯定，无知是人类的本性。有很多人会拼命捍卫无知的神圣性，还期待你为他们的努力喝彩。"

沙兰的脸又红了。她知道自己有些不足，可迦熙娜的期望也太不切实际。但她什么也没说，继续跟这位高挑的女子走着。这条走廊到底有多长？她过于紧张，连沿途的壁画也没瞧上一眼。转了个弯后，她们朝山体更深处走去。

"好了，来谈谈科学吧，"迦熙娜似乎不太高兴，"你如何评价自己？"

"我有一定的科学基础，就像同龄女子该有的程度。"沙兰显得比平时更为局促。

"什么意思？"

"我能娴熟地讨论地理、地质、物理和化学课题。我对生物和植物有特别深入的了解，可以在父亲的领地开展具有一定独立性的研究。但如果您期望我能轻而易举地解开法布里森谜题，那恐怕会失望。"

"我难道无权对未来的学生提出合理要求吗，达瓦小姐？"

"合理？也许您的要求是'合理'的，就像十令使在证明之日提出的要求！恕我直言，光明女士，您理想中的学生似乎已经是大师级的学者了。我也许能在城里找出一两个八十岁的虔诚者，没准儿能满足您的要求。他们可以来面试，但耳朵未必好使，未必听得清您的问题。"

"我知道了，"迦熙娜答道，"你对父母说话也这么冲？"

沙兰恨不得找条缝钻进去。她和水手们一起待的时间太久，管不住舌头了。难道一路辛苦最终只换来迦熙娜的回绝？她想到兄长，在一无所有的家中苦撑着一捅即破的门面。难道她就这么挥霍掉眼前的机会，带着失败回去？"我从不这么对他们说话，光明女士，也不该这么对您说话。抱歉。"

"好，至少你还算谦逊，愿意承认错误。不过，我还是感到失望。以你的程度，你母亲怎会让你出门求学？"

"我还是孩子时，母亲就去世了，光明女士。"

"你父亲马上续了弦，你的继母应该是玛丽瑟·吉维尔马。"

沙兰被她的博闻广识震惊了。达瓦家族历史悠久，但实力和地位只是平平。迦熙娜知道沙兰继母的名字，这能说明很多东西。"继母也在不久前去世了。做您的门下弟子不是她的主意，而是我自己的决定。"

"请允许我致以悼唁。"迦熙娜说，"也许你该留在父亲身边，照管他的家产、安慰他的心灵，而不是来这里浪费我的时间。"

走在前面的几名男子转入另一条支道。迦熙娜和沙兰跟在后面，前面是一条更窄小的走廊，地面铺着华美的红黄两色地毯，墙上还挂着镜子。

沙兰扭头对迦熙娜说："父亲不需要我。"嗯，那是真话，"但我非常需要您，就如这次面试所证明的那样。如果您对无知如此痛恨，那凭您的好心，又怎能放弃使我摆脱无知的机会呢？"

"我不是没放弃过，达瓦小姐，你是今年第十二位要求入我门下的年轻女子。"

十二个？沙兰心想，在一年之内？她本以为其他女子会因迦熙娜与虔诚会为敌而躲得远远的。

一行人来到走廊尽头，转过拐角，沙兰惊讶地发现，前方有一大堆从道顶塌落的石头。十多名侍从站在这里，神色焦虑。到底发生了什么？

现场显然已清理过，搬走了很多碎石，但顶部露出一个骇人的豁口，从那里看不到天。他们往下走了很久，可能在地下深处。左侧，一块比人还高的巨石落在一扇门前，那个房间没有其他出口。沙兰似乎听到另一侧传来一些声响。国王走到落石边，用宽慰的语气说了些什么，然后从口袋里取出一块手帕，擦了擦苍老的额头。

"在直接从岩石里开凿出的洞穴生活，就会遇到这样的危险。"迦熙娜向前一步，"这是何时发生的？"看得出，她不是为此事来的，国王只是借她在场的机会请她襄助。

"就在最近一场飓风来临时，光明女士。"国王摇摇头，无精打采的白胡随之抖动，"宫殿的建筑师也许能钻出一条通道，但需要不少时日，下一场飓风几天后就到。况且，硬来可能会使洞顶塌下更多石块。"

"我以为卡哈巴兰斯不受飓风侵害，陛下。"沙兰开口道，引来迦熙娜凌厉的一瞥。

"城市是安全的，姑娘。"国王说，"可我们背后的山体会受到相当强烈的冲击，有时会在山的另一侧造成塌方，使整座山都为之震动。"他看了洞顶一眼，"洞里很少发生塌陷，我们以为这片区域相当安全，可……"

"可这是岩石，"迦熙娜说，"看似坚固的表面背后，永远也不知哪里暗藏裂缝。"她细细打量着从洞顶落下的那块巨石，"这不好办，我也许会损失一块非常珍贵的焦石。"

"我——"国王又擦起额头，"如果我们有碎瑛刃就好办了——"

迦熙娜挥手打断他："我并不打算重谈条件，陛下。只要能进入帕拉奈图书馆，这点代价是值得的。您需要派人取一些湿巾来，让大部分仆从转移到走廊远端。至于您本人，也许更愿意留在这里。"

"我留在这里。"国王说完，侍从们表示反对，包括一名身穿黑皮甲的高大男子，可能是他的护卫。国王抬起一只满是皱纹的手止住他们的话头："孙女尚未脱险，我不会像个懦夫一样躲起来。"

难怪他如此焦虑。迦熙娜没多说什么，沙兰从她的眼神看出，国王的安危对她无关紧要。沙兰的死活显然也一样，因为迦熙娜没有叫她回避。侍从带来湿巾，分发给众人，可迦熙娜没要。国王和护卫用湿巾挡住脸，盖住了口鼻。

沙兰把湿巾拿在手里。这是干什么用的？有两名侍从将湿巾从岩石和墙壁的夹缝中塞进房内。随后，所有侍从都快步跑向走廊远端。

迦熙娜伸手在巨石上摸了几下，又叩了叩。"达瓦小姐，"她说，"你会用什么方法来确定这块石头的质量？"

沙兰眨眨眼，"嗯，我会询问陛下。他的建筑师可能计算过。"

迦熙娜侧了侧头，"有见地。陛下，他们测过了吗？"

"测了，光明女士寇林，"国王说，"大约一万五千卡瓦尔。"

迦熙娜看了看沙兰，"给你加一分，达瓦小姐。学者懂得不要在已知信息上浪费时间。我有时也会忘记这个教训。"

沙兰觉得这话令自己浑身冒汗。她已经有所察觉，迦熙娜不会轻易夸奖别人。这是不是表示，她还在考虑收自己为徒呢？

迦熙娜抬起闲手，魂器在皮肤映衬下闪闪发光。沙兰心跳加速。她从未见过别人亲手施放塑魂术。虔诚者使用魂器时总会避人耳目，在她和兄长发现父亲的秘密之前，她也一直不知道父亲有一块。当然，被发现时，那块魂器已经失去效力——这是她身处此地的众多原因之一。

迦熙娜的魂器中安置的宝石尺寸极大，沙兰未见过这么大颗的，每一颗都价值连城。有一颗是烟晶石，那是一种纯净圆润的黑宝石。还有一颗钻石和一颗红宝石。三颗都经过切割——切割后的宝石能储存更多飓光——成为熠熠生辉的椭圆形多面体。

迦熙娜闭上眼，把手按在坠落的巨石上。她扬起头，慢慢吸气，手背上的宝石开始发出暴烈的光芒，尤其是烟晶石，亮得无法直视。

沙兰屏住呼吸，一动都不敢动，只能眨眨眼，将眼前场景牢牢印入脑海。随后有那么一段漫长的时刻，什么都没发生。

接着，沙兰听到一阵短促的异响，低沉单调，就像远处有一群人在诵经。

迦熙娜的手没入石中。

石块消失了。

一股浓重的黑烟喷薄而出，淹没走廊，令沙兰睁不开眼，仿佛是上千支烟花绽放后的余烬，散发出焦木的味道。沙兰急忙举起湿巾捂脸，双膝跪地。奇怪的是，耳朵有种堵塞感，仿佛从很高的地方突然降到地面，她不得不使劲吞咽加以疏通。

双眼开始流泪，她紧紧闭上，屏住呼吸。呼啸声充斥耳膜。

一切终于停止。她睁开眼，使劲眨了几下，发现国王和护卫就在一旁的墙根下靠着。烟尘依旧弥漫在洞顶，走廊里有股浓烈的味道。迦熙娜站在原地，眼睛依旧没有张开，但她对烟尘毫不在意——尽管她的脸和衣服上都沾满尘垢，墙上也留下不少痕迹。

沙兰在书中看过这种奇术，当场目睹依然心生敬畏。迦熙娜把那块巨石化成了烟，因为烟的密度远小于岩石，转化过程会产生压差，将烟尘喷射出来。

传言是真的；迦熙娜确实拥有一件可用的魂器，而且威力巨大。大部分塑魂者能施放一些有限的转化术：用石头造水或食物，用空气或布料变出乏善可陈的单人石屋。迦熙娜更强，她能实现任何转化，随心所欲地改变一切。如此强大的古代圣器落在外人手里、异端手里，那些虔诚者该有多么寝食难安啊！

沙兰使劲站起来，依旧用湿巾捂嘴，呼吸着潮湿但滤除了烟尘的空气。她大口吞咽，厅内气压刚刚恢复正常，耳朵又被堵住了。片刻后，国王冲进那个房间。一个小女孩——以及几名女佣和宫廷仆从——坐在房间另一头咳嗽。国王将女孩拉进怀里。她还小，没有端庄的淑女才有的袖子。

迦熙娜睁开眼眨了眨，仿佛一时不知身在何方。她深吸一口气，而且没有咳嗽。正相反，她还露出了微笑，仿佛很享受烟尘的气味。

迦熙娜转向沙兰，盯着她，"你还在等待答复。恐怕我的话不会让你高兴。"

"可您对我的考试还没有结束，"沙兰强迫自己不退缩，"您自然会在完成全面评估之后才下判断。"

"还没结束？"迦熙娜蹙眉道。

"您没有问到女性技艺，还有绘画和素描。"

"这些技巧对我向来用处不大。"

"可它们也是艺术，"沙兰感到一阵绝望，这是她最拿手的领域！"很多人认为视觉艺术是艺术宝库中最华美的明珠。我随身带着画具，可以向您展示水平。"

迦熙娜抿紧嘴唇："视觉艺术只是些奇技淫巧。我细细权衡过了，孩子，我不能收你。抱歉。"

沙兰的心如坠冰窟。

"陛下，"迦熙娜对国王说，"我想去帕拉奈图书馆。"

"现在吗？"国王一边哄着孙女一边说，"我们不妨先赴宴——"

"承蒙美意，"迦熙娜说，"可我现在什么都很宽裕，除了时间。"

"当然，"国王说，"我亲自带您去。感谢您出手相助，当我听闻你提出进馆的要求……"他继续说个不停，后者一言不发地跟着，沿走廊而去，把沙兰抛在身后。

她把小包紧紧按在胸口，除下嘴边的湿巾。六个月的追逐，就换来这个。她满怀沮丧，攥紧那块无辜的布头，黑蒙蒙的污水从指缝间流下。她想哭。如果是六个月前那个没长大的自己，也许已经哭出来了。

可情况变了，她已经变了。如果她失败，达瓦家族就会垮台。尽管眼角无法抑止地涌出几滴失落的泪水，可沙兰心底又鼓起新的力量。她不会放弃，除非迦熙娜用锁链把她五花大绑、叫卫兵把她拖走。

她朝迦熙娜离开的方向走去，步伐异乎寻常的坚定。六个月前，她向兄长们说明了这份孤注一掷的计划。她要在学识渊博的异端迦熙娜·寇林门下学艺。不为知识、不为名望，只为探明魂器藏在何处。

然后，沙兰会把它偷走。

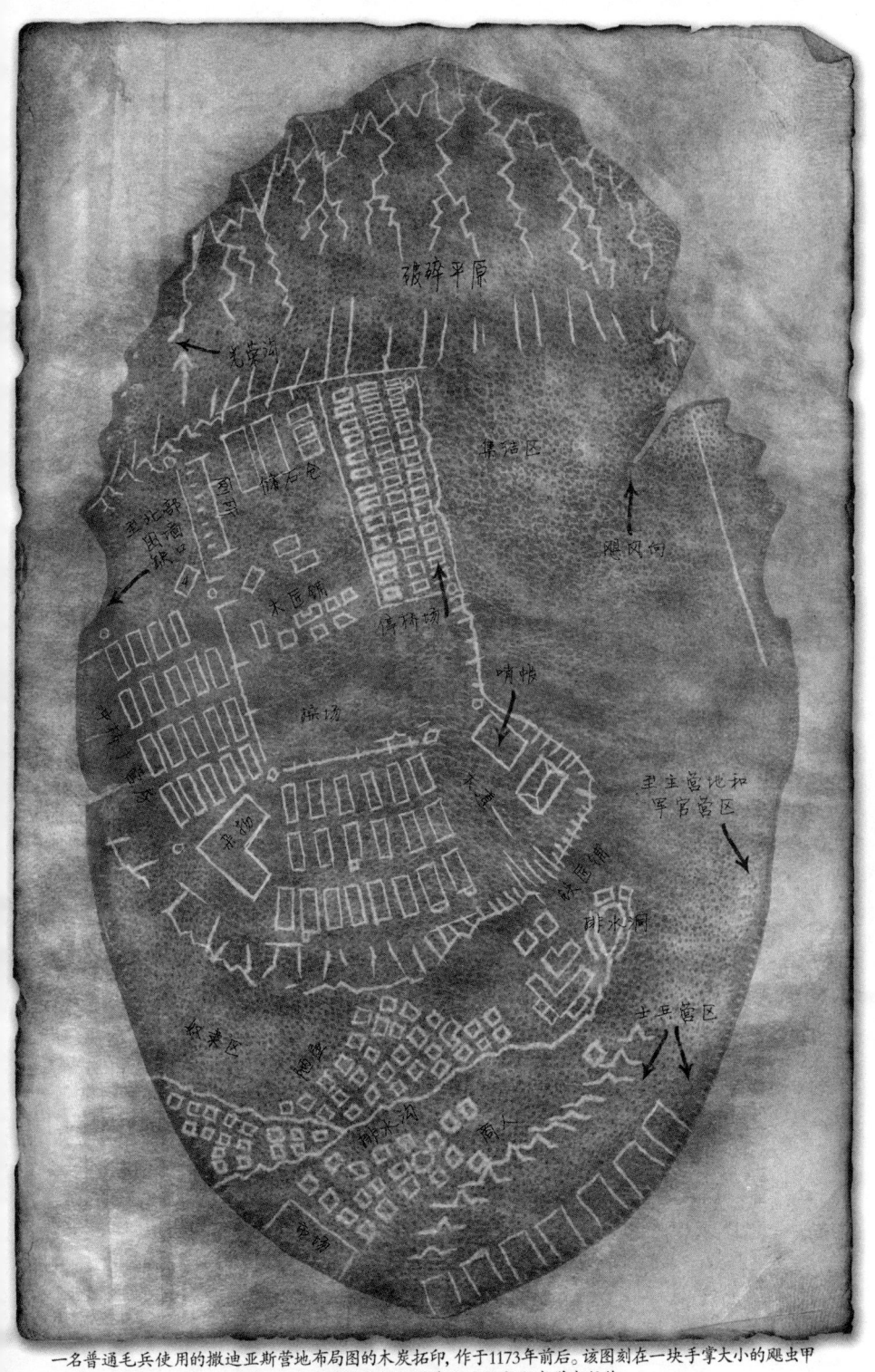

一名普通毛兵使用的撒迪亚斯营地布局图的木炭拓印，作于1173年前后。该图刻在一块手掌大小的飓虫甲壳上，拓印中的墨水标注为某无名阿勒斯卡学者所作。

6

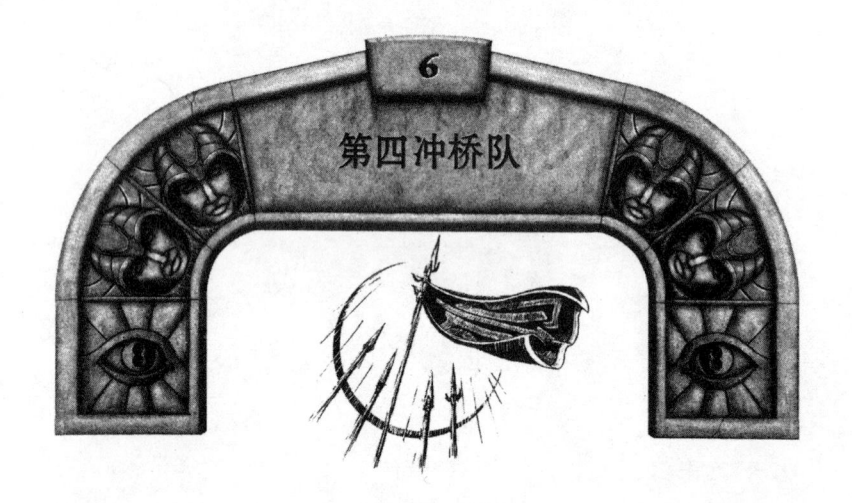

第四冲桥队

"我好冷。妈妈,我好冷。妈妈?为什么我还能听见雨声?雨会不会停?"

——收集于1172年第四月第十周第一天,死前三十二秒。死者是一名大约六岁的光眼种女童。

图拉科夫同时将所有奴隶放出笼车。这次他不担心奴隶逃跑或暴动——身后是一无所有的荒野,身前有几十万大军,没什么可担心的。

卡拉丁走下笼子。他们位于某个环形岩坑构造内,犬牙交错的坑壁在东方隆起。地表没有植物,脚下是光溜溜的岩石,坑洼里聚集了一塘塘雨水。空气清爽洁净,头顶骄阳似火,但东方的水汽让他觉得潮腻腻的。

身边是一片军队长期驻扎的景象;这场战争自老国王死后延宕至今,快六年了。所有人都会津津乐道地讲述那一晚的故事,仆族智者派出刺客刺杀迦维拉尔国王。

一队队士兵从他们身旁经过,沿着画在每个岔口处的圆圈所指示的方向行军。营地里满是长条状的石堡，从近处看，这里的帐篷比卡拉丁在高处看到的要多，毕竟塑魂者不可能包办所有营房。习惯了奴隶车队的恶臭后，这里闻起来感觉不错，满是熟悉的味道，例如处理过的皮革和上过油的兵刃。但很多士兵看起来有些懒散。他们并不脏，可也没什么纪律，三五成群地在营地里闲逛，上衣都没系扣，有几个还指着奴隶开口嘲弄。这就是轩亲王的军队？这就是为阿勒斯卡荣誉而战的精锐？这就是卡拉丁向往的地方？

布鲁斯和塔格留心盯着与其他奴隶站到一排的卡拉丁，但他并不打算干什么，现在不是找麻烦的时候——卡拉丁见过正规军在场时的佣兵是什么样子。布鲁斯和塔格扮演了自己的角色，挥舞着手里的家伙，神气活现地走着。他们将几个奴隶推回队列，用短棍砸向一人的小腹，嘴里骂骂咧咧。

他们始终与卡拉丁保持距离。

"这是国王的军队，"他身边的奴隶说，那是曾请求卡拉丁带他一起逃跑的黑肤男子，"肯定不会太糟。本以为我们会去挖矿，现在看来有机会扫厕所或修马路。"

怀着扫厕所或顶着酷日劳作的希望，这种感觉很奇怪。卡拉丁的希望不一样。希望，没错，他发现自己还抱有希望。给他一把矛，让他面对敌人，他可以过那种生活。

图拉科夫与一名看起来有些身份的光眼种女性交谈着。她仿佛是拉劳长大后的样子，一头黑发结成复杂的发辫盘在头顶，注入飓光的紫晶在发丝间闪耀，一身衣服红得发黑。她可能是四等或五等光民，即军营里某个军官的妻子兼文书。

图拉科夫开始吹嘘自己的库存，可那女子抬起纤手道："我要买什么自己会看，奴隶主。"她语调流利，有贵族口音，"我会亲自验货。"

在几名士兵的陪同下，她从队首走向队尾。她的裙子是阿勒斯卡贵族式样——一整块上好的丝绸紧紧裹住上身，腰部以下是华丽的无褶裙，两侧的扣子从腰部排到脖子，上方是镶金边的窄高领。较长的左袖遮住了禁手。卡拉丁的母亲从来都只戴手套，他也觉得这样更方便。

从表情判断，她对眼前的商品不怎么满意。"这些人没吃饱饭，也不健康。"她说着，从一名年轻女侍手里接过一根细棍，挑起某个奴隶的刘海，检视额头的烙印，"你给每头奴隶开价两颗绿宝石布罗姆？"

图拉科夫开始冒汗，"一个半怎样？"

"我能用他们干什么？我没法安心地让这些污秽的男子接近食物，而大部分其他工作都有仆族应付。"

"如果贵夫人不满意，我可以去问问其他轩亲王……"

"不必了，"她说完，抽了刚才检查的奴隶一棍子，因为他在躲避她的目光，"一又四分之一颗。他们可以在北部森林里帮我们砍些木头……"见到卡拉丁，她慢慢停下话头，又开口道，"终于有个像样的了，他比其他奴隶强点儿。"

"我想您会中意这个，"图拉科夫抢前一步道，"他相当——"

她扬起手杖示意图拉科夫收声。她嘴唇上有道口子，敷一点诅咒草根磨的粉会有助于复原。

"脱下上衣，奴隶。"她下令。

卡拉丁直勾勾地盯着她蓝色的眼珠，几乎无法克制唾她的冲动。不，不，他不能冒这个险，至少现在有个机会。于是他把双臂褪出麻袋衣服，让上衣落到腰间，袒露胸膛。

尽管经历了八个月奴隶生涯，他的肌肉还是比其他人结实得多。"如此年轻，却有这么多伤痕。"贵族女子若有所思地说，"你当过兵？"

"是。"缠着他的风灵蹿到女子跟前，打量她的脸庞。

"佣兵？"

"是亚马兰的军队，"卡拉丁说，"二等暗民。"

"曾经是公民，"图拉科夫急忙插嘴，"他曾是——"

她再次用手杖让图拉科夫闭嘴，并怒目以对。随后，她以手杖拨开卡拉丁的头发检视前额。

"危险。"她啧啧叹道。附近几名士兵抢上几步，手握剑柄。"在我的故乡，烙上这种烙印的奴隶会被就地正法。"

"算他们走运。"卡拉丁说。

"你怎会沦落至此？"

"我杀了人。"卡拉丁小心编织着谎言。求求你们，他在心里呼唤令使，求你们了。他很久没为任何事情祈祷了。

女人扬了扬眉毛。

"我是个杀人犯，光明女士，"卡拉丁说，"多喝了几杯，犯了些错。可我的矛术不比任何人差。请让我在您的光明贵人军中效力。让我再次战斗。"这种谎话听起来并不自然，可如果被当成逃兵，她便绝不会给卡拉丁战斗的机会。既然如此，被当成过失杀人犯还好一些。

求求你们……他继续默念。有那么一瞬，再次成为士兵仿佛成了他一生以来向往的最荣耀的成全。死在战场上，要比刷一辈子尿桶好不知多少。

站在一旁的图拉科夫上前几步，来到光眼种女子身边，盯着卡拉丁看了一会儿，叹了口气道："他是逃兵，光明女士，别听他胡扯。"

不！卡拉丁全身腾起一股滚烫的怒焰，吞噬了所有的希望。他伸出手，想掐死这个畜生，然后——

什么东西狠狠打中他的背。他一声闷哼，站立不稳，单膝跪地。贵族女子后退几步，紧张地抬起禁手护住胸口。一名军士把卡拉丁拽了起来。

"好吧，"她终于开口，"真可惜。"

"我能战斗，"痛苦使卡拉丁的声音低沉喑哑，就像受伤的野兽，"给我一把矛，让我——"

她抬起手杖打断他的话。

"光明女士,"图拉科夫避开卡拉丁的视线,"我不会放心地把武器交到他手里。没错,他是杀了人,可这人出了名地不听话,还鼓动奴隶造反。我不能为了向您兜售,就谎称他只是个失去自由的士兵。我的良心不允许。"他犹豫片刻,接着说,"他会教唆奴隶逃跑,跟他一车的也许都被教坏了,我的荣誉感促使我坦露实情。"

卡拉丁把牙齿咬得咯咯作响。他真想放倒身后的士兵,抢过矛来,在生命的最后一刻让图拉科夫肥腻腻的内脏涂满一地。为什么?这支军队如何处置卡拉丁跟图拉科夫有何相干?

我真不该撕碎地图,卡拉丁心想,*知恩图报者寡,睚眦必报者众。*这是父亲的教诲之一。

那女子点点头,上前一步。"把那车奴隶点出来,"她说,"鉴于你的诚实,我还是会买下他们。我们需要补充一些冲桥手。"

图拉科夫忙不迭地点头应诺。走到卡拉丁身边时,他停下脚步,俯身道:"我不相信你会一直老老实实。如果商人不能实话实说,军队里的人会怪罪的。我……很抱歉。"说完,这个生意人快步走开了。

卡拉丁从喉咙深处发出一阵低吼,挣脱士兵,但没有脱离队列。就这样吧。不管砍树、搭桥,还是从军作战,都无所谓。除了苟活下去,他什么都不想。他们夺走了他的自由、他的家庭、他的朋友,还有他最珍贵的东西——梦想。他们不可能再给他更多伤害了。

验完货后,贵族女子从助手那里接过一块写字板,在纸上写下一些速记符号。图拉科夫给她一本分类账目,详细记录了每个奴隶的赎身债务清偿情况。卡拉丁瞟了一眼,上面写着所有人都分文未付。他也许撒了谎,这很有可能。

这回,卡拉丁可能会把所有报酬都用来偿债赎身,给他们出道难题,看他们如何是好。等到债务即将偿清时,他们会怎么办?他也许永远无法知道答案——这取决于冲桥手能挣多少,可能要十年,也可能要五十年。

光眼种女贵族安排大部分奴隶去森林伐木，尽管说过不想让奴隶靠近食物，她还是让六个比较瘦弱的去食堂干活。"那十个，"她抬起手杖指着卡拉丁及同车的笼伴道，"带他们去冲桥队。告诉拉马利尔和盖兹，要当心那个高个子。"

士兵们哄笑起来，其中一人开始推推搡搡，赶他们沿通道前进。卡拉丁忍了，这些人没理由对他们客客气气，他也不想给他们变本加厉的借口。如果说有哪类人比佣兵还遭公民士兵嫌弃，那就是逃兵了。

他一边走，一边忍不住观察营地上方飘扬的战旗。旗帜和士兵的军服上都绘着同样的纹章：深绿色田野背景上一座高塔和一把锤子组成的象形对铭。这面旗帜属于轩亲王撒迪亚斯——卡拉丁故乡的最高统治者。卡拉丁会被送到此地，莫非是命运的讽刺？

士兵们显得无精打采，连值勤中的也一样。营地通道上到处是一堆堆垃圾。随军闲杂人员随处可见：妓女、女工、桶匠、杂货商和马夫，甚至还有孩子跑来跑去。这里像是军营和城镇的杂交体。

这里也有仆族，为阿勒斯卡的军队运水、挖渠、搬运麻袋。他感到吃惊。他们不是在和仆族打仗吗？不担心这些人造反？显然他们不担心。这里的仆族就和故乡赫斯通的仆族一样老老实实地干着活。也许这很正常。既然后方的阿勒斯卡人也自相残杀，应用仆族又有什么可奇怪的？

士兵们押着卡拉丁一直走到营地东北角，这段路花了不少时间。虽然塑魂术造出的石头营房全都一模一样，但营地边缘的房子明显比较破败，就像高低起伏的山岗。因为从前的习惯，他记下了来时的路线。这里，高耸的围墙被无数场飓风撕出一道缺口，东方的景致一览无余。这片开阔地是衔接山地和平原的斜坡，很适合作为军队向破碎平原进军的集结点。

开阔地北端有一块分营地，立着几十间营房，营地中心是一片堆木场，一些木匠在里面干活，加工某种卡拉丁在外围平原见过的粗大树木。一组木匠剥去多筋的树皮，锯成厚板；另一组木匠将木板组装成某种庞大的器械。

"我们要干木工吗？"卡拉丁问。

一名士兵粗鲁地笑道："你们去冲桥队。"他指着一座营房的背光处，有一群满面愁容的人坐在石块上，用手指从木碗里舀东西吃。卡拉丁心里一沉，这东西看起来很像图拉科夫喂的玩意儿。

在士兵的推搡下，卡拉丁重新迈步，踏上缓坡，跌跌撞撞朝另一头走去。其他九个奴隶在士兵驱赶下跟在后头。坐在营房边的人没一个瞥他们一眼。他们穿着皮马甲和式样简单的裤子，有些人穿着脏兮兮的系带衬衣，有些人袒露上身。这群阴沉的男子看起来不比奴隶好上多少，但身体素质确实略强一些。

"盖兹，有新人了。"一名士兵喊道。

有个男子懒洋洋地躲在阴影下，与进食的人保持一段距离。现在他转过身，露出伤痕累累的脸，胡子乱糟糟的。他少了只眼睛——另一只是棕色——也懒得戴眼罩，他肩上的白色绳结表明他是军士。他身上透着一股子精悍，卡拉丁知道，这是懂得在战场上该怎么混的人拥有的特质。

"就这些痨病鬼？"盖兹边走边嚼着什么，"连一波箭矢都熬不过。"

卡拉丁身边的士兵耸耸肩，又推了他一把，"光明女士哈莎尔说对这人要特别留意。其他人随你了。"他冲同伴点点头，一并小跑着离开。

盖兹把奴隶都看了一遍，最后目光落到卡拉丁身上。

"我受过军事训练，"卡拉丁说，"在亚马兰轩领主的军中。"

"关我屁事。"盖兹出言打断，朝边上吐出一口黑糊糊的东西。

卡拉丁顿了顿，接着说："那时，亚马兰——"

"你就使劲儿说吧，"盖兹厉声道，"在什么屁大的老爷手下当过差，是吗？以为很了不起？"

卡拉丁叹了口气。他见识过这类人——地位低下、升迁无望的士官，唯一的生活乐趣就是利用那么一点儿权威，在比自己还可怜的人身上作威作福。好，那就随他吧。

"你带着奴隶的烙印，"盖兹不屑地说，"我猜你压根儿没摸过矛。不管有没有摸过，现在要委屈你和我们混了，大贵人。"

卡拉丁的风灵从高处飘下，细细打量盖兹，接着闭上一只眼，模仿他的样子。不知为什么，她的出现使卡拉丁现出一抹笑容。盖兹曲解了其中含义，一脸怒容地抢上前来，指指点点。

突然，一阵响亮的号角声响彻整片营地。木匠们抬头瞥了一眼，继续干活，押送卡拉丁一行的士兵朝军营中心的方向飞奔。卡拉丁身后的奴隶紧张地四下张望。

"飓风之父啊！"盖兹咒骂着，"冲桥手！起来，站起来，你们这群杂碎！"他冲几个还在吃饭的人抬脚就踹。那些人放下碗，跌跌撞撞地爬起来。他们脚上没有像样的靴子，只有简陋的拖鞋。

"你，大贵人。"盖兹指着卡拉丁说。

"我没那个意思——"

"我他妈没空管你什么意思！"他指指一群正待出发的冲桥手，"你归第四冲桥队。"接着又说，"其他人到那边待着，我回头再安排。动起来，否则我把你们统统倒吊在树上。"

卡拉丁耸耸肩，跟那群冲桥手小跑前进。这样的队伍还有很多，纷纷从营房或营巷里涌出来，构成庞大的阵势。冲桥手的营房大概有五十间，如果每间住二三十人……那这支军队单单冲桥手的数量就接近亚马兰的全部兵力。

卡拉丁的队伍在一堆堆木板和木屑间绕行，朝营场中一台大型木工器械奔去。那东西显然经历了几场飓风和战役的洗礼，周身坑洼遍布，像是箭矢射中后的痕迹。也许这就是冲桥手的桥？

没错。卡拉丁心想。这是一座木桥，大约三十尺长、八尺宽。前后两端是斜的，两边没有扶手。木料厚实，几块最大的木板贯穿中央，承担重量。这里聚集着二十来个冲桥手，周围摆着四五十座同样的桥。也许每间营房即为一队，每队冲桥手负责一座桥？

盖兹备了一面木盾和一把寒光闪闪的钉头锤，可其他人什么也没有。他迅速检视每支队伍。经过第四队时，他停下脚步，显得有些犹疑，张口问："你们的队长呢？"

"死了，"一名桥手回答，"昨晚跳了光荣沟。"

盖兹咒骂起来。"你们好歹也让哪个队长活过一星期啊？风操的！整好队，我跟你们一起跑，听我指挥。等打完仗，看剩哪些人，我再安排队长。"他指指卡拉丁，"大贵人，你待后排。其余人，各就各位！风杀千刀的，我可不想再为你们这些蠢货挨骂！动起来，行动起来！"

其余人纷纷就位，扛起木桥。卡拉丁别无选择，只能站到桥尾的扛位上。桥下可站八排桥手，每排五人，其中两人在两侧、三人在中间，不过这一队人数不足，尚有空缺。

他出力帮其他人一同将桥扛起。造桥用的木料可能很轻，但桥还是死沉死沉的。卡拉丁拼尽全力，喉咙嗬嗬有声，总算将桥举起，迈开步子。其余人冲到桥下，占据中间的扛位，没多久，所有人都就位了。桥底好歹有可供持握的把手。

其他人在马甲肩部放了护垫作为缓冲，这有助于适应扛把的高度。卡拉丁没分到马甲，所以木块直接嵌进皮肉。桥尾有个缺口，这样好歹不用缩起脑袋，可视线完全被遮挡了，眼前什么也看不见。两侧的冲桥手视野好得多，他估计那些位置比较抢手。

木头散发出油脂和汗液的气味。

"前进！"盖兹在外边发号施令，声音在木头的遮挡下十分沉闷。

冲桥队小跑起来，顺着朝东的坡地往下行进，朝破碎平原进发。卡拉丁叫苦不迭。他看不到前进方向，感觉随时会被绊倒，没多久就大汗淋漓，一边喘粗气一边咒骂。木头陷进肩膀的皮肉，摩擦皮肤，开始渗血。

"倒霉的家伙。"有个声音从边上传来。

卡拉丁朝右边看了一眼，但木把手挡住了视线。"你……"卡拉丁上气不接下气地说，"你跟我说话？"

"你不该惹恼盖兹，"他的声音在狭小的空间内回荡，"他很少让新人站后面的，很少。"

卡拉丁想要回答，可已经喘不上气。他本以为自己不至于如此虚弱，可八个月的泪脚、八个月的殴打，在漏风的地窖里苦熬飓风，在污秽潮湿的马厩或囚笼中度日……他完全不是从前的自己了。

"深呼吸，"那个含混不清的声音续道，"盯着步子，专心数数，会好受一些。"

卡拉丁听从了建议。他能听见周围其他冲桥队的跑步声，身后还有熟悉的行军声和马蹄踏石声。有一支军队跟在他们后面。

脚下，石壳木和细小的页岩皮木从石头里钻出来，绊住他的脚。破碎平原的地表坑坑洼洼、高高低低、布满裂缝，所以他们没在桥底安轮子——在这种不平整的地面，用人力搬运可能快得多。

他的双脚很快添了不少伤口。为什么不能先给他一双鞋呢？他咬紧牙关，忍着剧痛继续前进。不过是又一项工作罢了，他能扛住，而且能活下去。

脚下突然砰砰作响，他踩上了木头。那是一座桥，一座横跨在破碎平原某道深渊之上的固定桥梁。只过了几秒钟，冲桥队已抵达对岸，他脚底又感到岩石的质感。

"前进，前进！"盖兹咆哮着，"风操的，别停下！"

他们继续小跑前进，身后的士兵正在过桥，数百双靴子踏得木板轰隆作响。没多久,卡拉丁的肩膀开始淌血。连呼吸都成了折磨,吃力的那半边身子疼得要命。他听见其他人的大口喘气声,这些声音在桥下的密闭空间内回荡。他不是一个人。但愿能马上抵达目的地。

他的希望落空了。

接下来的一个小时就像受刑,比他当奴隶时所受的任何殴打更痛苦,比战场上任何一次受伤更可怕。这场行军仿佛永无止境。卡拉丁依稀记得,在笼车里向下眺望时,看到破碎平原上有不少固定桥梁,横跨在那些最便于架桥的深渊之上,但那对旅行来说并非最便捷的路线。也就是说,为了继续往东,他们时常要往南或往北绕行。

冲桥手们先是叫苦、咒骂、呻吟,最后都陷入沉默。他们穿过一座又一座桥、一块又一块高地。卡拉丁始终没机会好好看一眼深渊的样子。他只能不断奔跑、再奔跑。他的脚已经没了知觉,但还是继续奔跑,隐约知道如果停下就会挨打。他觉得木头磨到了肩胛骨,他想要数自己的脚步,可就连这点力气也没剩下。

他没有停止奔跑。

终于,盖兹大发慈悲叫他们停下。卡拉丁使劲眨眨眼,跟跟跄跄地收住步子,差点儿一头栽倒。

"起!"盖兹大吼。

众人抬直胳膊。保持同一个姿势那么久之后,这个动作几乎扯断了卡拉丁的手臂。

"放!"

他们跑到木桥两侧,下方的桥手们抓住侧边的把手,这种姿势别扭而困难,但这些人显然练过。众人一起将木桥放到地面,留心不让桥倒翻。

"推!"

卡拉丁不知该怎么做,后退两步,看着别人握住两侧或后方的把手使劲推桥。他们在一条没有固定桥梁的深渊旁,两边还有其他冲桥队在做同样的事。

卡拉丁回头一看，身后是一支约两千人的军队，穿着墨绿和纯白两色制服。其中有约一千二百名暗眼种矛兵，还有几百名骑兵，跨着稀少而珍贵的战马。在他们后方还有一大群重步兵，那是身披重甲的光眼种，手持硕大的钉头锤和方形钢盾。

看来，他们特意选择了一条比较狭窄的深渊，而深渊另一头的高地比这边略低一些。桥长是裂隙宽度的两倍。盖兹冲他破口大骂，于是卡拉丁加入了推桥的行列，桥底在粗糙的岩石上摩擦，发出刺耳的刮擦。伴着沉重的响声，桥头落在了另一端，冲桥手纷纷退开，让骑兵快速通过。

他累得没力气去看，只顾瘫倒在石地上，听着步兵过桥时的脚步。他扭头往旁一看，其他冲桥手也躺倒了。盖兹背着盾，踱步巡视各队，一个劲儿摇头咕哝，说他们没用。

卡拉丁多想就这么躺着，一动不动地看天，把整个世界抛诸脑后。但受过的训练警告他，这么做可能会抽筋，使回程更加艰难。那些训练……属于另一个人、另一个时空，仿佛是影时代的事情。但尽管不再是那个他，卡拉丁还能听听他的建议。

于是，卡拉丁伴着呻吟，硬逼自己坐起来，按摩肌肉。士兵们从第四冲桥队旁经过，长矛挺立、盾牌前举。盖兹怀着明显的妒意看着他们，脑边飞舞着卡拉丁的风灵。尽管疲惫不堪，卡拉丁还是感到一丝嫉妒。为什么她把卡拉丁丢在一旁，反去折腾那个猪头？

过了几分钟，盖兹注意到卡拉丁的举动，显出一脸怒容。

"他奇怪你为什么不躺下。"那个熟悉的声音又说。这名方才与卡拉丁并肩跑的男子就躺在不远处，直愣愣地看天，累坏了。他有点年迈，一头灰发，一张遍布皱纹的长脸和他的说话声一样和蔼。

卡拉丁不停地按摩双腿，假装没看到盖兹。然后，他从破烂衣衫上扯下一块，裹住双脚和肩膀。幸好做奴隶时习惯了赤脚走路，所以脚底伤得并不重。

完成这一切后,最后一名步兵过了桥。跟在后面的是几名盔甲锃亮的光眼种骑兵,还有一名被他们簇拥的男子。他骑着高头大马,身穿威风凛凛、光可鉴人的红色碎瑛甲。这套和卡拉丁见过的那套完全不一样——据说每套碎瑛甲都是独特的艺术品——但给人以相同的感受。华丽的装饰,完美的拼接,面甲处开口的华美头盔。

这种盔甲仿佛不属于这个世界。它是另一个纪元的产物,当时诸神还会在柔刹大陆现身。

"这是国王?"卡拉丁问。

一脸皱纹的冲桥手疲惫地笑笑:"是就好了。"

卡拉丁扭头看他,不解地皱眉。

"如果他是国王,"那个冲桥手说,"那我们就在光明贵人达力拿的军队里。"

卡拉丁觉得这个名字似乎有些耳熟,"他是个轩亲王?国王的叔叔?"

"是啊,人中翘楚,国王军中最荣耀的碎瑛武士。听说他从不食言。"

卡拉丁嗤之以鼻。当初人们也是这么形容亚马兰的。

"小伙子,你不会不想到轩亲王达力拿的军中效力。"长者说,"他不用冲桥队,至少不这么用。"

"到时候了,你们这些飓虫!"盖兹吼道,"站起来!"

冲桥手一片哀叫,勉勉强强站起身子。卡拉丁叹了口气,短暂的休息刚好够让他感受到自己有多疲惫,"能回去真是太好了。"

"回去?"长者反问。

"我们不是要折返回营?"

他的新朋友抽笑起来,一脸的难以置信,"伙计,我们离目的地差得远呢。没到才好,到的时候最要命。"

于是，这场噩梦进入第二乐章。他们穿过桥，把桥拖到对岸，用酸痛的肩膀再次扛起桥，跑步来到高地另一侧，再次放下桥，接上另一道地缝。军队经过后，他们再次把桥扛起。

这种过程重复了十多次。每轮之间确实能休息，但酸痛和疲惫排山倒海般涌来，这点休息时间根本是杯水车薪。每次被迫重新起桥时，卡拉丁都觉得自己快断气了。

而且他们还得加快动作。冲桥手可以在军队过桥时歇一歇，但随后必须跑步穿过高地，赶到士兵前面，在军队抵达之前架好下一座桥。有次歇脚时，一脸皱纹的朋友告诫他，如果不能及时把桥架好，他们回营地就得挨鞭子。

盖兹只管发号施令、骂骂咧咧、对动作太慢的冲桥手拳打脚踢，完全不出力帮忙。卡拉丁没过多久就对这个满脸疤痕的精瘦男子恨得牙根痒。奇怪的是，他并不憎恨其他军士，毕竟督促和咒骂手下是他们的职责，真正惹火卡拉丁的，是盖兹让他赤足光背出发，虽然临时打了绷带，卡拉丁还是会为今天的任务留下疤痕。带着一身淤青，他明早会动弹不得，下不了地。

盖兹在用下三滥手段整人，就为了一点小摩擦，他便想让冲桥手送死，连任务可能因此失败的风险都不顾。

风杀的混蛋。卡拉丁一边想，一边用对盖兹的恨意支撑自己熬下去。又架了几次桥后，卡拉丁崩溃了，他觉得自己绝不可能再站起来。但当盖兹叫他们起立时，卡拉丁还是竭尽全力做到了。他不能在盖兹面前服输。

为什么要他们经受这些？究竟有什么意义？为什么要他们跑这么远？他们要保护木桥，这沉重的宝贝是他们的命。他们要擎着它奔跑，他们要……

他的神志越来越模糊。两条腿，开步跑。一、二、一、二、一、二。

"停！"

他停下。

"起!"

他抬起双臂。

"放!"

他后退一步,放下木桥。

"推!"

他将桥往前推。

死。

这最后的命令来自他自己,每次架桥都会被加上。他躺倒在石地上,一棵石壳木的藤蔓被他碰到,匆忙缩回壳内。他闭上眼,无力再为抽筋的事操心,陷入某种半寐半醒的昏沉状态,但似乎只持续了一次心跳的时间。

"起立!"

他用鲜血淋漓的脚歪歪斜斜地站起来。

"过桥!"

他过了桥,对两侧的死亡深渊视若无睹。

"拖!"

他抓住把手,将桥拖过深渊。

"换位!"

卡拉丁站在那儿发愣,不明白这命令是什么意思,盖兹之前没用过。只见军队排成战列,带着跃跃欲试的冲动和勉强的放松,这是开战前常有的。一些期灵从地里钻出,犹如红色饰带,在士兵周围迎风飘荡。

要开战?

盖兹抓住卡拉丁的肩膀,把他推到桥的前排,"新来的站这儿,大贵人。"士官一脸狞笑。

卡拉丁麻木地和众人扛起桥,抬过头顶。前排的把手也一样设置,但面前有一凹口,可以让他看到外面。所有冲桥手都换过位置,前排的换到了后面,后排的调到了前面,包括卡拉丁和那个一脸皱纹的长者。

卡拉丁没问缘由,他无所谓。但他喜欢前排,现在跑起来更轻松,可以看到前面。

这些高地是粗糙的飓风地貌,有一片片稀稀落落的草地,但石地非常坚硬,草籽不能完全掘入。石壳木更常见,长成球状,伪装成脑袋大小的石块,散布在整片高地上。其中有很多花蕾已经裂开,探出一条条墨绿色藤蔓,犹如厚厚的舌头。还有几株甚至开花了。

在桥下呼吸了那么久浑浊的空气,跑在前排简直是种享受。为什么把如此舒坦的位置留给新人?

"受苦受难的塔拉内拉塔艾林,"他右边的人惊恐地说,"这回要糟,他们排好了阵势!这回要糟!"

卡拉丁眨眨眼,仔细看向越来越近的裂谷。深渊另一侧站着一排人,皮肤有大理石般的深红和黑色纹理。他们穿着怪异的锈黄色盔甲,盔甲覆盖了前臂、胸部、头部和双腿。过了一会儿,他那麻木的大脑才明白过来。

仆族智者。

他们和普通的仆族劳工不同,肌肉发达得多,也强韧得多。他们拥有士兵才有的坚实体魄,每人背着一件武器。有些人留着深红和黑色相杂的胡子,上面绑着小石块,另一些人则把胡子刮得干干净净。

卡拉丁看着前排的仆族智者单膝跪地,举起短弓,搭上箭矢。这不是利用抛物线攻击远处目标的长弓,而是用来直射的反曲短弓,箭矢迅疾有力,非常适合肃清成群的冲桥手,阻止他们架桥。

到的时候最要命……

真正的噩梦终于开始了。

盖兹缩在后面,咆哮着催促冲桥手继续前进。卡拉丁体内的本能冲他大吼，叫他避开前线，可桥的势能强迫他前进，强迫他冲向野兽的獠牙，等待被撕咬和吞噬。

疲倦和痛苦一扫而空，他猛醒过来。一座座木桥正在冲锋，桥下的人呐喊着往前奔跑，奔向死亡。

弓手松开指尖。

第一波箭矢射死了卡拉丁的皱脸朋友，他中了三箭，颓然倒地。卡拉丁左边的人也倒下了——他甚至没来得及看清此人的长相。那人惨叫着倒地，没有立即丧命，但冲桥队从他身上踏过。有人死后，桥明显沉了不少。

仆族智者从容地弯弓搭箭，射出第二轮箭雨。卡拉丁注意到另一支冲桥队正在崩溃。看来仆族智者会对特定冲桥队集中火力，几十名弓手的一整轮箭矢都飞向那边，头三排冲桥手倒在地上，绊住了后排的脚步。他们的桥开始倾斜、滑向地面，桥下死人和活人倒成一堆，桥身从他们身上碾过，嘎吱作响，令人头皮发麻。

箭矢飕飕地划过卡拉丁身边，射死和他一起位居前排的另外两人。有几支箭矢扎进离他不远的木头里，有一支划破了他的脸颊。

他号叫着，因为恐惧、震惊、痛苦，因为彻底的迷茫。他从未在战场上如此无助。他曾冲向敌人的要塞，曾在箭雨下奔跑，但总能掌控一些东西，手里有矛和盾来还击。

这次不一样。冲桥队就像冲向屠夫的肉猪。

第三波箭矢袭来，又一支冲桥队垮掉了。阿勒斯卡军也以一轮轮箭矢还击，将仆族智者击倒。卡拉丁的冲桥队快到谷边了。他能看到另一名仆族智者黑色的眼睛，能看清对方大理石般的精瘦面庞的五官。前后左右，到处是惨叫的冲桥手，箭矢飞进桥下，将他们射穿。又一阵响动传来，又倒下了一队人，冲桥手们惨遭杀戮。

盖兹在后方高喊："起！放！你们这些蠢货！"

冲桥手跌跌撞撞地停下脚步，此时仆族智者放出又一轮箭矢。众人在卡拉丁身后惨叫。对面的箭雨被阿勒斯卡军的还击中断。虽然已经麻木,卡拉丁还是条件反射地知道该做什么:放下桥,各就各位,推。

这使得原本安全的后排冲桥手暴露出来。仆族智者显然在等待这一刻,他们早有准备地放出最后一波箭矢。箭矢接连不断地击打桥身,有六七人中箭倒地,在发黑的木头上洒下一摊摊血迹。紫色的惧灵从木头里冒出来,在半空扭来扭去。木桥的行进方向开始歪斜,人力的损失使推桥变得困难。

卡拉丁步履凌乱,双手滑脱,跪倒在地,身子向前一扑,探出崖边,差一点滚落下去。

他一只手在深渊的虚空中晃荡,另一只手抓着崖边,盯着陡峭的崖壁和漆黑一片的崖底,过度紧张的神经冲得头脑阵阵眩晕。高处是美丽的,他从小就喜欢和提安一起攀爬高大的岩石。

凭着本能,他把自己拉回高地,手脚并用地往后退。一群士兵接替了他们的位置,在盾牌保护下推桥,同时本方弓箭手与仆族智者对射。桥体落位后,重骑兵在轰隆声中呼啸而过,对仆族智者的阵列发起冲击。四座桥倒在半途,但还有十六座成功就位,足以发起有力的冲锋。

卡拉丁想挪动身子,想要爬开,离桥远一些。但他只能直挺挺趴在原地,身体不听使唤,连翻个身都做不到。

*我得去……*他疲惫不堪地想,*去看看皱纹脸是不是活着……包扎好他的伤口……救……*

可他不行,他动不了,也无法思考。在惭愧中,他只能任凭自己闭上眼,放弃挣扎,陷入昏迷。

♛

"卡拉丁。"

他不想睁眼，醒来意味着返回可怕的痛苦的世界。一个强迫无望无助、疲惫不堪的人朝成排弓箭手冲锋的世界。

悲惨世界。

"卡拉丁！"这个女声柔和得像呓语，但很急切，"他们要把你扔在这儿。起来！你会死的！"

不行……我没力气回去……

随我去吧。

他的脸被什么东西拍了一下，有种螫刺感，那是纯能量的掌掴，力道很轻。他缩了缩脑袋。这和别处的疼痛比起来根本不算什么，但存在感就是强得多。他抬手猛拍一掌，这个动作足以驱散最后一丝昏迷。

他努力睁眼，有一只睁不开，脸颊上的伤口流出血来，糊住了眼皮。太阳换了方位，时间过去几小时了。他呻吟着坐起来，揉掉眼皮上的血痂。周围横七竖八全是尸体。空气中血腥弥漫，还有更糟的味道。

两个愁眉苦脸的冲桥手晃动着地上的尸体，检查谁还有活气，然后剥下死人的马甲和拖鞋，驱走噬咬尸体的飓虫。这些人不会来看卡拉丁，因为他身上没什么可拿。他会被遗弃在尸堆里，困在这块高地上。

风灵在卡拉丁头顶来来回回，显得十分焦虑。他摸了摸被她拍过的地方。像这种较大的灵体可以移动小物件、或用纯粹的能量轻轻给你一下子。这种能力使它们更加讨嫌。

但这一次，这种恼人的把戏也许救了卡拉丁的命。身上的疲劳和伤痛开始发作，令他不住叫苦。"你有名字吗，精灵？"他一边问，一边强迫自己用血肉模糊的脚站起来。

另一侧的高地上，士兵们正在仆族智者的尸体中翻找着什么。也许是在捡拾武器？看起来，撒迪亚斯的部队赢了，至少战场上已没有活的仆族智者，不是死了就是跑了。

作为战场的那块高地看起来与他们之前跑过的其他高地完全一样，唯一的区别是其中心有一大团叫不出名的东西，高二十多尺，好像巨型石壳木，又或是某种蛹或贝壳。它的一侧已被劈开，露出黏糊糊的内脏组织。他冲锋时并没有注意到，前方的箭矢令他没有余力关心别的东西。

"名字，"风灵的声音听起来很遥远，"嗯，*我是有个名字*。"她看着卡拉丁，似乎很惊讶，"为什么我有名字？"

"我怎么知道？"卡拉丁强迫自己走路。他的脚疼如刀割，只能勉强一瘸一拐地前进。

附近的冲桥手吃惊地看着他，但他没有理睬，拖着伤腿在高地上搜寻，终于找到一具还套着马甲和鞋的冲桥手尸体。那是曾帮助他的皱脸男子，被一支箭射穿了脖子。卡拉丁取下他的遗物——皮马甲、皮拖鞋和被鲜血染红的花边衬衣，尽力无视那双充满惊恐、空洞地望着天空的眼睛。他对自己的行为感到恶心，但不能指望盖兹会提供这些东西。

卡拉丁坐下来，用衬衣上略为干净的部分更换了之前临时凑合的绷带，穿上马甲和拖鞋，整个过程中一直尽量控制自己的动作幅度。微风拂过，卷起血腥气和士兵彼此的呼喊。骑兵已完成列阵，似乎急于返回。

"名字，"风灵凌空微步，跟在他脸旁，显出年轻女子的形貌，披散的长裙下露出一双精巧的纤足，"茜芙蕊娜。"

"茜芙蕊娜。"卡拉丁一边重复，一边系上鞋带。

"茜尔，"精灵说着，歪了歪脑袋，"好有趣，我还有个昵称呢。"

"恭喜。"卡拉丁摇摇晃晃地重新起身。

盖兹站在一旁，两手背在臀后，盾牌都没取下来过。"你。"他指指卡拉丁，朝木桥努努嘴。

"你这是胡闹。"卡拉丁看着生还的冲桥手——不到出发时的半数——聚拢到木桥周围。

"不抬就留在这儿。"盖兹显然还在为什么事生气。

我本就是送死的。卡拉丁明白了,所以他无所谓我有没有马甲或拖鞋。他把我放在第一排。卡拉丁是第一排冲桥手当中唯一的幸存者。

卡拉丁差点儿就一屁股坐下、让他们走了。但他不想独自一人在高地上饿死,于是挣扎着走到桥边。

"别担心,"有个冲桥手说,"他们会让我们慢慢抬,有很多休息机会,还有一些士兵来帮忙——每座桥至少保证二十五人来抬。"

卡拉丁叹口气,站好位置,几个倒霉的士兵加入进来。他们一起将木桥扛离地面。桥重得吓人,但他们好歹扛起来了。

卡拉丁麻木地走着。他本以为人生带给他的伤害已到尽头,没有什么能比成为带着"危险"烙印的奴隶更糟,比在战争中失去一切更糟,比他发誓要保护的人一个个倒下更糟。

看来他错了。他们的确有办法给他更糟、更可怕的东西——整个世界专为卡拉丁保留的终极折磨。

它叫第四冲桥队。

7 理性的方式

"他们身上带火,他们在燃烧,他们给所到之处带来黑暗,你能看到他们的皮肤仿佛着了火。烧啊,烧啊,烧啊……"

——收集于1172年第五月第十周第四天,死前二十一秒。死者是一名面包店学徒。

沙兰沿焦橙色走廊匆匆而行,迦熙娜的塑魂术产生的黑烟四处飘散,将天花板和高处的墙壁染得乌烟瘴气。但愿墙上的画没被毁掉。

前方有一小队仆族,带着抹布、水桶和梯子,赶来清洗污垢。她经过时,他们一言不发地鞠躬致敬。仆族会说话,但很少开口,很多人就像哑巴。孩提时代,她觉得仆族大理石般的皮肤纹理很漂亮,但后来父亲禁止她与仆族接触。

她把思绪转回自己的使命。该如何说服世上最强大的女性之一迦熙娜·寇林改变想法、接纳沙兰为徒呢?此人的固执显而易见,这么多年来,她一直坚持不同虔诚会修好。

她回到宽敞的主殿,这里有高高在上的石顶、熙熙攘攘的人流,人人衣着华丽。她感到气馁,但对塑魂术的惊鸿一瞥诱惑着她。她是达瓦家族的成员,这个家族原本籍籍无名,近几年才兴旺起来,主要归功于父亲的政治手腕——他虽被很多人记恨,但靠着冷酷无情的手段使家族一路壮大。同时,在达瓦家族的土地上新探出的几座大理石矿带来的财富也起到很大的作用。

沙兰从前所知不多,没有怀疑过财富的来历。每当某处家族矿产即将枯竭,父亲总能和测绘师一起找到新矿源。直到逼问测绘师之后,沙兰和兄长们才揭开真相:父亲违反禁令,使用魂器创造出新的矿藏,但他谨慎地控制着频率,既不招人怀疑,又足以提供朝政治目标前进所需的金钱。

没人知道他的魂器是哪里来的,但那东西现在就在她的禁袋里,且已在父亲死去的那个灾难之夜损坏。*别想这些了*。她强硬地告诫自己。

他们找珠宝商修好了魂器,但那东西已不再具有法力。有个叫卢维什的管家深受父亲信任,经常给他出谋划策。卢维什受过训练,知道如何使用,但也无法让魂器发挥效用。

父亲债台高筑,还有大把未竟的诺言。他们没有太多选择。达瓦家族还能撑一段时间——也许一年——直到欠账金额大到刺眼、直到父亲的消失无从隐瞒。这一回,家族与外界隔绝的偏僻位置成了一种优势,可以拿通讯不畅作借口拖延时间。兄长们正在努力搅浑水,以父亲的名义发函,偶尔露露脸,散布些谣言,说光明贵人达瓦正准备什么大手笔。

一切都是为了给她时间,让她完成这份大胆的计划。找到迦熙娜·寇林,成为她的学徒,查到存放魂器的地方,然后用坏掉的东西调包。

有了魂器,他们就能造出新的采石场,恢复财力,也能造出食物,供养家族军队。等手里有足够的钱来还债和行贿,他们就可以安然宣布父亲的死讯,而不会因此毁灭。

沙兰在主廊里犹豫不决，考虑下一步行动。她的计划风险很大，既要能脱身，又不背上怀疑。冥思苦想，她依然未得良策。不过迦熙娜的对头出了名的多，一定有办法将"打破"魂器的罪过推到他们身上。

那是以后的问题。现在，沙兰必须说服迦熙娜收自己为徒，仅此一途。

沙兰紧张地抬起闲手，张开五指，示意求助，被袖子掩盖的禁手在胸前，扶着闲手的肘部。一名女子走过来，穿着浆硬的花边白衬衣和黑裙，这是侍从大师的统一着装。

那个壮实的女子行了个屈膝礼，"光明女士，能为您效劳吗？"

"去帕拉奈图书馆。"沙兰说。

女侍从鞠了一躬，领着沙兰沿长长的走廊向深处走去。这里的大部分女子——包括侍从——都把头发盘起，沙兰觉得自己披散的长发有些出挑，深红发色使她显得更为刺眼。

很快，宏伟的主廊以很大的角度下倾，但走了半小时，她还能听见遥远的铃声从身后传来。也许这就是当地人如此喜欢铃铛的理由，哪怕在大岩宫深处，你也能用耳朵和外面的世界保持联系。

侍从把沙兰引到一对宏伟的钢门前，躬身致意。沙兰点头示意她可以走了。

这两扇大门美得让沙兰钦慕不已：门上雕刻着精细的几何图案，由圆圈、直线和古铭文组成。还有一张类型不明的图绘，每扇门上各有半幅。可惜没时间去研究细节了，她只能与之擦身而过。

门后是一座大厅，大得让人喘不过气。四面是光滑的岩石，因为照明比较昏暗，根本看不清有多高，但她看到半空有悠远的灯光。数十座小露台从墙体上突起，很像剧场的私人包间，很多露台上亮着柔和的光芒。除了沙沙的翻书声和几不可闻的低语，大厅里没有别的声音。沙兰抬起禁手按住胸口，感觉如此宏伟的空间令自己显得无比渺小。

"光明女士？"一名年轻的男性侍从大师走上前，"您有何需要？"

"显然，我需要提高自己的透视感。"沙兰魂不守舍地说，"怎么能……"

"这里名叫浣纱厅，"侍从柔声解释，"是帕拉奈本馆的前厅。两者在建城时就已存在。有人认为这些厅室是破晓圣灵亲手开凿的。"

"藏书在哪儿？"

"去帕拉奈本馆请这边走。"侍从做了个请的手势，引她走向大厅另一侧的门。穿过门后，她来到一间较小的厅堂，厅里有水晶厚墙。沙兰走到最近的一堵墙边，伸手感受了一下。水晶表面就像劈出的岩石断面那般粗糙。

"这是塑魂术做的？"她提问。

侍从点点头。在他身后，另一名侍从领着一位年迈的虔诚者经过。老人留一把长髯，和大部分虔诚者一样剃个光头，素净的灰袍以一根棕色腰带收拢。仆从带他走过转角，隔着墙，透过水晶，沙兰依稀看到两人游走的轮廓。

她向前一步，可侍从清了清喉咙道："请您支付入馆费，光明女士。"

"一人多少？"沙兰的语气有些犹豫。

"一千颗蓝宝石布罗姆。"

"这么贵？"

"我们的国王开办了很多医院，开销不菲。"他脸上写满歉意，"卡哈巴兰斯能出售的东西只有三种：鱼、铃铛和信息。前两种并非我们所独有，但最后一项……这么说吧，帕拉奈图书馆有全柔刹最完美的学术丛集和古籍卷宗收藏，甚至比瓦拉瑟的圣地还多。上一次清点时，我们馆藏的独立文本超过七十万册。"

她父亲共有八十七本书，不多不少，沙兰全都读过好几遍。七十万本书里头能包含多少包容？如此庞大的信息量使她头脑发晕。她不由得产生了一股强烈的饥渴感，想要去隐藏在水晶墙后的书架一睹为快，就算花上几个月时间只看标题她也乐意。

但这不行。也许，等到兄长们安全了，等到家族的财力恢复了，她会回来，也许。

她觉得自己像个饥肠辘辘的人，眼前有一块热气腾腾的水果派，却只能跺脚走开。"如果有熟人在馆内，"她问，"我该在哪儿等？"

"您可以使用任何一间壁读台，"侍从松了口气，也许刚才担心沙兰会闹事，"壁读台可免费使用。如果需要，负责升降台的仆族会送您上去。"

"谢谢。"沙兰说完背过身去，不再面朝帕拉奈本馆。她又体会到孩提时的感觉：父亲怕这怕那，遂把她反锁在房里，不准她到花园乱跑，"光明女士迦熙娜在壁读台就座了吗？"

"我可以帮您询问。"侍从说着，领她走回浣纱厅，回到高渺难及的石顶之下。他匆忙跑去与其他人交谈，将沙兰独自留在帕拉奈本馆的前厅。

她可以溜进去，偷偷地——

不行。兄长们曾嘲笑她胆儿小，可阻止她的并非胆怯。这里头肯定有守卫，硬闯不但没用，还会毁掉一切能让迦熙娜改变主意的机会。

让迦熙娜改变主意，证明自己。她一想到这个就头疼。她讨厌与人对质。少女时代的她就像一件易碎的水晶器，锁在橱柜里，只供展示，不让触摸。她是家里唯一的女儿，承载着光明贵人达瓦对爱妻的最后一点回忆。她到现在还不敢相信，自己居然会成为家族的主心骨，在……在那场意外……那……

回忆纷至沓来——衣衫褴褛、浑身淤伤的长子巴拉特。她手提一把锋利无比的银剑，石头在那剑锋下柔弱如水。

不，沙兰靠在石壁上，攥紧存放画具的小包，不，不要回想往事。

她想用画画来寻求慰藉，于是把手伸进包，摸索画纸和素描笔。但没等她取出来，侍从就回来了。"光明女士迦熙娜·寇林确曾要求为她安排一间壁读台，"他说，"如果您愿意，可以到那里去等她。"

"正合我意，"沙兰说，"谢谢。"

侍从领她走向昏暗的隔间，里头有四名仆族，站在一个结实的木台上。侍从和沙兰也站上木台，仆族开始拉动与上方的滑轮组合在一起的绳索，使木台顺着石柱缓缓上升。安在升降台四个顶角的布罗姆紫晶球散发出柔和的紫色光芒，是此处仅有的光源。

她得构思一份计划。迦熙娜·寇林不像是那种会轻易改变想法的人。沙兰必须出其不意，给她留下深刻印象。

到离地约四十尺的高度，侍从挥手示意升降台手停下。沙兰随侍从大师走进一条昏暗的过道，来到一间突出在石壁上的小露台，这里可俯瞰浣纱厅。露台为圆形，就像一座塔楼，周围是一圈齐腰的石墙，墙上有木围栏。那些有人占用的壁台发出各种色泽的光芒，光芒来自照明的球币；因为巨大而黑暗的空间，那些光看起来仿佛虚浮在半空。

这间露台有张弧形长石桌，与石壁融为一体。桌旁有一把椅子和一只高脚水晶碗。沙兰点头向侍从致谢，他离去后，她掏出一把润石，放进碗里给壁台照明。

她叹了口气，坐进椅子，把小包摆在桌上，摆弄起包上的花边，一边苦苦思索说服迦熙娜的方法——什么办法都成。

首先，她心想，*我得摈除杂念。*

她从包里取出一捆厚厚的画纸、一套不同粗细的炭笔、几支毛笔、几支硬头笔、墨水和水彩颜料。然后，她取出略小一些、以手抄本方式装订的记事本，里面有她这几周在"风之愉悦"号上画的自然写生。

这些东西都很简单，可对她来说比满满一箱润石还珍贵。她抽出一张画纸，挑一支细头炭笔夹在指间，闭上眼，全神贯注地回忆一幅图景：踏上港口不久后的卡哈巴兰斯。海浪拍打木桩，空气中弥漫着腥咸味道，攀爬索具的男子彼此兴奋地打招呼。城市本身屹立在山坡上，住宅相互堆叠，没有浪费一寸土地。轻风款款，送来远方的铃鸣。

她睁眼落笔，手指仿佛有了生命。首先勾勒出大体布局。城市坐落的山谷，就像山体上的一道豁口。还有港口。这里画一些方块代表住宅，那里描上几笔代表通往大岩宫的之字形主道。她慢慢地、一笔一笔添加细节。用深色调表现窗户，用线条表现道路，再添一些人和车马，展现主干道上的喧嚣与繁忙。

她在书中读过雕塑家的创作方法。很多人会先在未经加工的石头上刻出大致形状，然后反复雕琢，每一次都刻出更多细节。这和她绘画的方式如出一辙。首先是粗线条，然后是少量细节，接着是更多细节，随后深入刻画最细微的线条。她没受过炭笔画的正规训练，只是按自己觉得正确的方式来。

城市在她笔下逐步成形。她一笔一笔、费尽心思让它挣脱画纸的束缚。如果不会画画，她该怎么活？压力从她体内传到指尖，再通过笔头释放出去。

她不知自己画了多久。有时她会有错觉，仿佛画画的不是她，而是她的手指。画画使思考变得简单了许多。

很快，她将记忆中那个片段复制到了纸上。她举起画纸，满足又放松，头脑清明。卡哈巴兰斯的景象已从她的头脑中抹去，被她解放出来，化作这张素描。这个过程使她如释重负，仿佛留住这些回忆会让她的大脑紧张，直到物尽其用才能松一口气。

下一幅以幺伯为主题，就是他上身只穿一件背心、站在那儿跟送她到大岩宫来的矮个脚夫理论的场景。她边画边笑，回想幺伯可亲的语调。他可能已回到"风之愉悦"号上去了。至少过了两小时吧？

应该是的。

比起描景绘物，画动物和人总是更令她兴奋。将活生生的东西画到纸上有种使人振奋的力量。城市由线条和棱角组成，可人是弧线和圆。她能否把幺伯笑容中的得意劲儿准确表现出来？她能否表现出他与地位远高于自己的女性调笑时那种轻松愉快又懒洋洋的神态？还有脚夫，那细细的手指、脚上的拖鞋、长长的外套和松松垮垮的裤子。他说着奇怪的语言，有着精明的眼神，还企图劝说沙兰坐他的车游览城市，从而多拿一些小费。

她觉得画画不仅在于跟炭笔和纸张打交道，尤其画肖像时，她使用的介质是灵魂本身。某些植物，如果取下一小部分——一片叶子或一小段枝干——种到石头里，会长得和母体完全一样。当她收集有关某人的回忆时，她采撷的是他们灵魂中的一朵花蕾，种在画纸上，悉心浇灌，让它发芽生长。炭粉化作肌腱，纸浆化作骨骼，墨水化作血液，纸张的纹理化作皮肤。她陷入一种韵律和节奏中，炭笔的沙沙声就像是笔下人物的呼吸。

艺灵开始聚集在她的素描本周围，看着她创作。据说，它们和其他灵体一样，时时刻刻都在，只是看不到而已。有时你能吸引它们现身，有时则办不到。就绘画而言，其中的差异似乎与技巧有关。

艺灵中等个头，和她的指头一般长，散发出微微的银光。它们会不断变形，通常是变作它们最近所见的东西：一口瓦罐、一个人、一张桌子、一个轮子或一根钉子。恒久不变的是银色身躯和袖珍的尺寸。它们模仿出的形状分毫不差，但会呈现出古怪的动态。譬如桌子像轮子般滚个不停，瓦罐会碎裂、又恢复原样。

她的绘画招来了六七只艺灵，艺术创作能把它们引来，就像火焰会吸引火灵。她已经学会了无视它们。精灵没有实体，如果她用手臂扫过灵体，它们的轮廓会像散落的沙子般散架，然后重组。手臂不会有任何触感。

终于，她心满意足地举起画纸。画上的幺伯和脚夫栩栩如生，背景表现出城市繁忙的景象。他们的眼睛画得很到位，这是最重要的部分。世上的十大元素分别对应人体的某个部分——血对应液体，头发对应木头……眼睛则与水晶和玻璃关联，是透射思想与灵魂的窗口。

她把画放到一边。

有人收集纪念品，有人收集武器或盾牌，还有很多人收集润石，沙兰收集的是人和有趣的生物。也许，这是因为她大把的孩提时光几乎与监禁无异。父亲发现她给园丁画肖像后的暴怒，逼得她养成了记忆人脸的习惯，以便日后找机会暗自画出来。他的千金给暗眼种画画？这叫他气炸了肺——这是他将那出了名的坏脾气直接撒在女儿身上的少数情形之一。

此后，她只能偷偷躲起来画人，在公开场合，她只给领地花园中的昆虫、甲壳动物和植物写生。父亲并不在意这个——动物学和植物学是体面的女性追求——甚至鼓励她选择自然史作为自己的感召。

她取出第三张空白画纸。它似乎在恳求，恳求被涂满。一张白纸除了潜力一无所有，在使用之前毫无意义。就像放在钱包中注满飓光的润石，与外界隔绝，自己的光明不产生丝毫益处。

画我。

艺灵聚在画纸周围，一动不动，仿佛在好奇地期待。沙兰闭起眼，回想迦熙娜·寇林站在堵住门扉的大石前，手上的魂器闪闪发光。除了孩子的抽泣，走廊里鸦雀无声。侍从们屏住呼吸，国王焦虑不安，肃穆的敬畏感在这一刻定格。

沙兰睁开眼，力透纸背地落笔作画，有意识地陷入忘我的境界。她越是远离现在，越是靠近那一刻，就越是能画出好作品。前两张画只是热身，这张才是今天的杰作。她用禁手握着夹住画纸的素描本，闲手在上面行云流水地挥洒，时不时换支炭笔。软炭笔用来描绘浓黑，例如迦熙娜的一头秀发；硬炭笔用来表现浅灰，例如魂器的宝石射出的一波波强有力的光。

没过多久——但这段时间对她而言很漫长——沙兰又回到了那条走廊，见证着前所未见的景象：一位异端使用世上最神圣的力量来施法，那是改变之力，是全能之主创造柔刹世界时使用的神力。全能之主有另一个名字，只有虔诚者才能使用：**埃撒拿撒埃**，即"改变形态的主宰"。

沙兰能闻到走廊里潮湿的霉味，听到孩子微弱的呜咽，感到自己充满期待的心跳。巨石马上会发生变化，吸走迦熙娜宝石中的飓光，抛弃原来的本质，成为别的物质。沙兰紧张得喘不过气。

随后，记忆中的场景渐渐褪去，让她回到这间安静昏暗的壁台。手中画纸变成一张黑白素描，完美地再现了当时的景象。公主傲然挺立，不容抗拒地指着坠落的巨石，要求它服从自己的意志、从眼前消失。这就是她。凭借艺术家的直觉，沙兰知道这是自己迄今为止最好的作品。以某种不起眼的方式，她办到了虔诚者从未办到的事：俘获迦熙娜·寇林。这使她陷入了极大的兴奋和愉悦中。即便那女人再次拒绝沙兰，有一个事实不会改变：迦熙娜·寇林成了沙兰的收藏之一。

沙兰用手帕擦擦手指，将画纸举高。她发现有二十多只艺灵被吸引过来，但她对此并不在意。她要用胶树树汁封住画，固化炭粉，避免走形，这种树汁在她的包里就有一些。不过首先，她要好好端详这幅画，以及画里的人物。**迦熙娜·寇林究竟是何许人？**绝对是一个强硬的角色，骨子里是个女人，也精通女性艺术，但绝不柔弱纤细。

这种女人会欣赏沙兰的决心。如果表述得体，她一定会再次听取沙兰求学的请求。

迦熙娜也是个理性主义者，这个女人敢于凭自己的思考否定全能之主的存在。她会欣赏强硬的态度，但强硬背后必须有逻辑的支撑。

沙兰冲自己点点头，取出第四张纸和一支细头毛笔，晃了晃墨水罐并打开。迦熙娜要求沙兰证明自己的逻辑和书面文字技巧。好吧，除了撰函恳求，还能有什么更好的方法？

光明女士迦熙娜·寇林，沙兰尽力把字写得整齐美观。她本可用芦杆笔，但毛笔才是真正的书法，是她想要的效果。您回绝了我的请求，我接受这一结果。然而，所有受过正规学术训练的人都知道，任何假定都不能被视为公理。这句话一般写作"任何假定——除了全能之主的存在——都不能被视为公理"，但如此处理可以取悦迦熙娜。

如果实验结果与理论不符，科学家愿意而且必须修正自己的理论。我希望，您对自己的决定也有同样的态度：视之为初步的结论，留待更多信息的佐证。

通过我们短暂的交流，我可以看出您对坚持和决心的欣赏。您还称赞我锲而不舍地追寻您的劲头。我想，您将不会觉得这封信有损您的视听。请把它看作我一心向学的证明，而非对您已做出的决定的轻视。

沙兰用嘴唇抿着毛笔尾端，思考接下去的措辞。艺灵慢慢变淡、消失。据说论灵——形如微小的暴雨云——会被宏辩吸引，但沙兰从未见过。

您想看到证明，证明我配得上成为您的学徒，沙兰继续写道，我也希望自己能展示出更全面的学术功底，比面谈时表现得更好。但不幸的是，我没有如此辩白的立场，我的知识结构存在缺陷。这点一目了然，没有辩解余地。

但是，活生生的人不仅是一道道逻辑谜题，他们的经验和人生背景是无价的，有助于他们做出良好的判断。我的逻辑水平尚不能满足您的要求，可我知道，理性主义者信奉一条准则：若以人为研究对象，逻辑并非绝对。我们不是纯粹的思想生物。

有鉴于此，我在本函中的论辩核心是让您理解我的无知。不是寻求谅解，而是寻求理解。您表达了不满，像我这样的人不该如此缺乏教育。继母究竟在干什么？导师究竟在干什么？为何我的教育会如此糟糕？

事实令人难堪。我没受过什么教育，我的导师屈指可数。继母并非不努力，可她也没受过教育。这是一个被小心隐瞒的秘密，但很多雅克维德乡村家族都忽视对女性的基本教育。

很小的时候，我接受过三名导师的教导，但她们都只干了几个月，理由是父亲的坏脾气或粗鲁。我只能设法自学，通过书本尽自己所能地汲取知识，利用好奇的天性来填补与正规教育的差距。可我的知识水平不能与那些获得正规——且代价不菲——的教育的人相提并论。

为何我期望这番陈词能打动您？因为我所学的一切出自极大的付出。别人唾手可得的东西，我必须主动找寻。我相信，我的教育——尽管有限——具有非同一般的价值，也能为我带来高于一般的评价。我尊重您的决定，但恳请您重新考虑：究竟想要哪一种学徒？是经高价聘请的导师进行填鸭式教育、能够复述正确答案的学徒，还是必须为所学的一切苦苦求索的学徒？

我向您保证，您的教诲在这两种学徒眼中具有截然不同的价值。

她抬起毛笔。写完一看，这番陈辞似乎不尽完善。她袒露了自己的无知，又指望迦熙娜会接受？不过，看来这是正确的做法。尽管字字属实，这封信还是一个谎言，以事实构筑的谎言。她不是为迦熙娜的知识而来，她是来做贼的。

她的良知为此不安，几乎想把信纸撕个粉碎。此时，走廊传来脚步声。她一惊，猛地站起来转过身去，禁手按着胸口，急忙思索该用什么措辞来向迦熙娜·寇林解释来意。

光和影在走廊里闪动，随后，有个人躲躲闪闪地朝壁台看了几眼，一只手拢着一块发出白光的润石当照明。那不是迦熙娜，而是个二十出头的灰袍男子。是个虔诚者，沙兰松了一口气。

那名男子也看见了她。他瘦削的脸上双目炯炯有神，短须打理得整整齐齐，头发完全剃光。"啊，抱歉，光明女士，我以为这是迦熙娜·寇林的壁读台。"他说起话来温文尔雅，显得很有教养。

"这里是的。"沙兰说。

"哦，您也在等她？"

"没错。"

"您是否介意我也在这等她？"他说话带一点点赫达孜口音。

"怎么会呢，虔诚者。"她恭敬地点头，急忙收拢桌上的什物，为他让座。

"我怎么能坐您的位子，光明女士！我自己去拿一把来。"

她抬手示意不必，可他已经退了出去。片刻后，他扛着一把从其他壁读台取来的椅子回来了。他身材高高瘦瘦，而且——这个判断使她感觉有点儿别扭——面容俊朗。她父亲名下只有三名虔诚者，都上了年纪。他们周游她父亲的领地，到乡间教诲民众，帮人们成全自我的荣耀和感召。那三人的肖像也都是她的收藏品。

虔诚者放好椅子，刚要坐下，目光扫到桌面，身形突然一顿，发出几声啧啧的惊叹。

沙兰一时间以为他看到了那封信，一股莫名的痛楚涌上心头。不过，虔诚者赞叹的却是桌子前端那三幅准备封胶的画。

"这是您画的？光明女士？"他说。

"是的，虔诚者。"沙兰低眉垂目道。

"请不要如此正式！"虔诚者说着，凑近桌子，正了正眼镜，仔细端详起她的画作，"请叫我卡波萨兄弟，或者卡波萨就行。这些画真是杰作。请问您怎么称呼？"

"沙兰·达瓦。"

"凭维德蕾德芙的金钥匙之名，光明女士！"卡波萨兄弟一边落座一边说，"绘画技巧是迦熙娜·寇林传授的？"

"不是，虔诚者。"她仍站着。

"您还是太正式了，"他冲她笑笑，"请告诉我，我有这么吓人吗？"

"我从小就被要求对虔诚者表示敬意。"

"好吧，可我觉得尊敬就像粪肥，按需使用，可使庄稼茁壮，撒得太厚，就会臭不可闻。"他双眼熠熠生辉。

一位虔诚者——全能之主的仆从——口中居然说出了"粪肥"二字？"虔诚者是全能之主的使者，"她说，"对您不敬就是对全能之主不敬。"

"我明白了。如果全能之主亲自显灵，您会有何反应？也是如此正式吗，总是弯着腰？"

她犹豫了一下："嗯，不会。"

"啊，那您会有什么反应？"

"我猜我会痛苦地大声惨叫，"她有点管不住舌头了，"书上说，全能之主的威光强大无比，看到他的人会立刻被烧成灰烬。"

虔诚者为之一笑："答得妙。不过我还得说，请坐吧。"

她犹豫片刻，照做了。

"您还是显得拘束，"他拿起迦熙娜的肖像，"我怎么才能让您放松下来？是不是要站到桌上跳段吉格舞？"

她吃惊地眨眨眼。

"您不反对？"卡波萨兄弟道，"那好……"他放下画，借椅子往桌上爬。

"不，请别这样！"沙兰伸出闲手喝道。

"真的不想看？"他以鉴赏的眼光看了几眼桌上的画。

"真的，"沙兰想象着这名虔诚者晃晃悠悠、一步没踩准、跌下几十尺高的露台的惨象，"请别这样，我保证再也不会对你表示尊敬！"

他忍不住笑了，跳下椅子重新落座，把身子略微凑近一些，神神秘秘地说:"用跳桌上吉格舞来威胁几乎百试百灵。我只有一次是真跳,那是跟拉宁兄弟打赌。我们虔诚院的虔诚大师看到后,惊得几乎站不住脚。可惜赌局最后还是输了。"

沙兰不禁莞尔:"你是虔诚者,不允许拥有财物,那以什么做赌注呢?"

"深吸两口冬玫瑰的芳香,"卡波萨兄弟说,"再次感受阳光带给皮肤的温暖。"他笑了,"有时我们也很有创意,虔诚院里年复一年的生活可以把人变成那样。现在,能否请您说说这等素描技巧是怎么学来的?"

"练习,"沙兰说,"我想,归根到底,所有人都是这么学的。"

"真是妙语连珠,我开始怀疑到底谁才是虔诚者了。您一定有一位非常厉害的老师吧。"

"忠于油彩的丹多斯。"

"啊,如果说世上曾有炭笔大师,非他莫属。我不怀疑您的话,光明女士,问题在于,我确实不明白,丹多斯·赫拉尔丁是怎么教您画画的?据我所知,他身患微恙——某种终极的、永久的病症——也就是死亡,而且死在三百年前。"

沙兰脸红了,"父亲有本他编写的绘画教材。"

"您从一本书里,"卡波萨举起迦熙娜的画像说,"学到了这个。"

"呃……是啊?"

他扭头看着画作:"看来我看书的方法不对。"

沙兰看着虔诚者的表情,又忍不住笑了,随后把他定格到记忆当中——坐在那儿,端详这幅画,脸上混杂着赞叹和困惑,用一根手指来回摩挲下巴上的胡须。

他愉快地笑笑,放下手里的画。"您有封胶吗?"

"有。"她从包里取出封胶,封胶装在那种一般用来存放香水的球形喷罐里。

他接过小罐，拧开前部的夹扣，摇了摇，在手背上喷了一点检验成色，随后满意地点点头，取过画纸。"此等佳作，可不能让它脏了。"

"我可以自己来，"沙兰说，"不必劳烦你。"

"不麻烦，这是我的荣幸。何况，我是虔诚者，如果不去越俎代庖地为别人做点儿他们自己会做的事，我们就不知道该干什么。请满足一下我的小小心愿。"他开始动手，小心翼翼地吹去画纸上的炭粉。

她几乎没法抑制把画纸从他手里抢走的冲动。幸好，他封得很小心，封胶上得也很均匀，显然是有经验的。

"我猜，您是雅克维德人？"他问。

"是凭发色？"她抬手指着一缕缕红色发绺，"还是口音？"

"是您对待虔诚者的方式。雅克维德教会非常传统，世间几乎无出其右。我曾两度造访您那可爱的故乡，虽然当地的饮食很合我口味，可你们对虔诚者点头哈腰的劲头让我不太舒服。"

"也许你可以多跳几次桌上吉格舞。"

"我是考虑过，"他说，"但你们那边虔诚会的兄弟姐妹可能会觉得我丢人现眼，没准儿都给羞死了。我不想为此良心不安。再说，全能之主对害死侍奉他的牧师的人可不客气。"

"我觉得不管害死谁都是件让人皱眉的事情呢。"她依然盯着卡波萨的手，让别人处理她的作品感觉怪怪的。

"光明女士迦熙娜对你的画技作何评价？"他边干边问。

"我想她并不当回事。"沙兰回想起和公主的对话，露出一脸愁容，"她对视觉艺术的评价似乎不高。"

"我也听说了，这是她为数不多的缺陷之一，很不幸。"

"信仰异端算另一个？"

"不错，"卡巴萨笑道，"必须承认，我踏进此地时，本来准备要面对漠视，而非尊敬。您是怎么成为她的同伴的？"

沙兰一惊,这才意识到卡波萨兄弟把她当做光明女士寇林的随从了。也许还以为她是学徒。

"讨厌。"她的声音低得只有自己才能听见。

"嗯?"

"看来我无意中让你误会了,卡波萨兄弟。我与光明女士没有关系,至少目前没有。我想请她收我为门下弟子。"

"哦。"说话间,他完成了封胶的最后步骤。

"抱歉。"

"为什么抱歉?你没做错什么。"他吹了吹画纸,转过来让她看,封胶非常完美,没有任何污迹,"能帮我个忙吗,孩子?"他把画放到一旁。

"什么都行。"

听闻此言,他扬了扬眉毛。

"只要是合理的要求。"她急忙纠正。

"合理的标准是?"

"我的标准,大概吧。"

"可惜,"他起身道,"那么我只能提一个有限的要求了。能否请您转告光明女士迦熙娜·寇林,就说我想和她谈谈?"

"她认识你?"身为赫达孜的虔诚者,他找迦熙娜这个世所公认的无神论者做什么呢?

"哦,那我可不敢说。"他答道,"但愿她听过我的微名,因为我曾数度请求她给我机会,听我说上几句。"

沙兰点点头,起身道:"我猜,你是想说服她皈依?"

"她是个独一无二的挑战。我至少也得尝试一下,否则寝食难安。"

"我也不希望你寝食难安,"沙兰应道,"免得你重犯那坏心眼的习惯,要是羞死虔诚会的同伴就不好了。"

"就是。不管怎么说，我的书面请求都被无视了，由您转达口信可能会管用。"

"我……我没把握。"

"没事，如果她拒绝，唯一的后果也只是让我再跑一趟。"他笑着说，"这么一来——我希望——我们还能再次见面，我还挺期待的。"

"我也是。另外容我再次为先前的误会道歉。"

"光明女士！请别这样。我自己猜错了，可不是您的责任。"

她笑了，"我可不想为你承担责任，卡波萨兄弟，不管为什么，也不管什么方式。我只是心有不安。"

"这种感觉很快就会过去，"他的一对蓝眼闪闪发光，"不过我会尽快帮您恢复。除了对虔诚者表示尊敬、画出妙不可言的画以外，您还有什么喜欢的东西吗？"

"果酱。"

他歪歪脑袋。

"我喜欢，"她耸耸肩，"你不是问我喜欢什么吗？果酱啊。"

"果酱就果酱吧。"他退回黑漆漆的走廊，从灰袍口袋里摸出润石照明。片刻后，他走远了。

为什么他不亲自等迦熙娜回来呢？沙兰摇摇头，开始给另外两幅画上封胶。胶刚干透，正要把画放进包里的当口，走廊里再次传来脚步声，还有迦熙娜的说话声。

沙兰手忙脚乱地收起东西，把信留在桌上，挪到壁台角落里等待。转眼间，迦熙娜·寇林走了进来，还有几名侍从随行。

她似乎不太高兴。

8 走近烈焰

"胜利！我们屹立于山巅！我们驱逐了敌人！他们的家园成了我们的地盘，他们的土地成了我们的农田！他们将燃烧，就像我们经历过的那样，在某个孤寂虚无的地方。"

——收集于1172年第十月第六周第二天，死前十八秒。死者是一名光眼种老处女，八等光民。

沙兰的恐惧得到了确证。迦熙娜目不转睛地瞪了她一会儿，把禁手垂到身侧，显得十分无奈。"你果然在这儿。"

沙兰吓得直往后缩："是侍从告诉您的吗？"

"你以为呢，他们会不通知我就让别人进我的壁读台？"在迦熙娜身后，几名仆族在走廊里犹豫不前，人人捧着一大堆书本。

"光明女士寇林，"沙兰说，"我只是——"

"我为你浪费的时间够多了，"迦熙娜怒目道，"达瓦小姐，你必须离开，眼下我不打算再见到你。你听明白了吗？"

沙兰的希望化作碎片。她退缩了。迦熙娜·寇林气势威严，无从违逆，看看这双眼睛就知道。

"抱歉给您添了麻烦。"沙兰小声说完,攥紧提包,尽可能不失尊严地离开。她匆匆沿走廊远去,感觉自己是个彻头彻尾的笨蛋,几乎抑制不住委屈和失望的泪水。

她来到升降台旁。升降工送迦熙娜上来后已把梯台降回底层,沙兰没有拉铃召唤,只是背靠墙壁,慢慢滑到地上,收紧膝盖抵住胸口,把小包放到腿上。她抱住自己的腿,闲手攥着袖子底下的禁手,就这么默默地坐着。

别人的怒气使她慌乱。她不禁回想起父亲对她大发雷霆的样子,耳中止不住响起那些叫喊、咆哮和抽泣。与人对质也会慌乱,这是不是说明她没用?她觉得就是如此。

蠢货,笨姑娘。她心想,几只痛灵从她脑袋旁的墙体里钻出来。**你凭什么以为自己办得到?你这辈子离家的次数一只手都数得出来。笨蛋,笨蛋,笨蛋!**

她说服兄长们相信她,把希望寄予她荒唐的计划,而她干了些什么?白白浪费六个月,对头们套在家族脖子上的绳索收得更紧了。

"光明女士达瓦?"有个犹豫的声音问。

沙兰抬起头,这才发现自己只顾难受,没看到有侍从走近。对方年纪轻轻,一身全黑制服,胸前没有徽章。不是侍从大师,但也许正在接受培训。

"光明女士寇林想和您谈谈。"年轻人指指身后的走廊。

她教训得还不够吗?沙兰忿忿地想。可迦熙娜那样高贵的女子总能予取予求。沙兰强迫自己停止颤抖,站起身来。至少她忍住没哭,所以容妆尚完好。她随侍从返回飓光照亮的壁台,小包横在身前,就像战士的盾牌。

迦熙娜·寇林坐在沙兰用过的椅子上,桌上摆着几堆书。迦熙娜用闲手抚额,魂师在她手背上,烟晶石暗沉无光,已经出现裂痕。虽然显得有些疲惫,但她的坐姿依然完美无瑕,禁手搁在腿上,精美的丝裙披散在地，盖住了脚面。

迦熙娜转头看着沙兰，放下闲手道："我不该对你如此发怒，达瓦小姐。"她的声音略带倦意："你只是表现自己的执着，这通常是我赞赏的品质。每当心情平复下来，我常会对自己的固执感到歉疚。有时，别人身上最难接受的品质，往往是我们自己竭力坚持的。我能为自己做的唯一辩解是我最近承受了非同一般的压力。"

沙兰感激地点点头，不过内心尴尬得要命。

迦熙娜扭头望向露台外黑暗的虚空："我知道别人对我的评价，也希望自己不像某些人说的那么严厉。不过，对女人而言，以不苟言笑出名并不算坏事，甚至能带来不少方便。"

沙兰必须强压住悸动不安的心情。是不是该告辞了？

迦熙娜摇摇头，但沙兰猜不出究竟是什么念头使她做出这个下意识的动作。终于，王女转头对着沙兰，挥手指向桌上的高脚大碗，里面放着十几枚沙兰的润石。

沙兰惊讶地抬起闲手捂嘴，她完全把球币给忘了。她向迦熙娜躬身致谢，匆忙收起润石："光明女士，我有一事相告。方才我在这里等您时，有一位名叫卡波萨兄弟的虔诚者来这里拜见您，他让我传个口信，希望能与您谈谈。"

"这不意外。"迦熙娜说，"你刚才似乎一脸吃惊，达瓦小姐，我本以为你等在走廊里不走，是为取回这些润石。难道另有原因？"

"不，光明女士，我只是在平复情绪。"

"哦。"

沙兰轻咬下唇。公主似乎过了训人的劲头，或许……"光明女士，"她对迦熙娜凌人的气势还是有些畏惧，"您对我的信有何惠见？"

"信？"

"我……"沙兰瞥了一眼桌台，"在那堆书下面，光明女士。"

一定是仆族没注意到桌上的信纸。一名侍从马上移开书堆，迦熙娜拿起信，扬了扬眉，沙兰赶紧打开提包，把润石放回钱袋。然后，她开始后悔自己动作太快，落得无事可做，只能干巴巴站着等迦熙娜把信读完。

"真的？"迦熙娜从信纸上抬起头，"你全靠自学？"

"是的，光明女士。"

"了不起。"

"谢谢夸奖，光明女士，"

"写这封信是一着妙棋。你猜得没错，我不会对书面请求视而不见。信里展现了你的文字功底，其修辞手法也证明你具备逻辑思考和有效论证的能力。"

"多谢，光明女士。"沙兰心底又涌起一股新的希望，其中混杂着疲惫。她的情绪就像拔河用的绳索，被反复拉扯了太多次。

"你应该留下这封信，然后在我回来之前离开。"

"可那样的话，信就会被埋在书堆底下了。"

迦熙娜冲她扬扬眉毛，似乎想表示她不喜欢被人纠正。"很好，人生阅历和背景确实重要。你的情况不能作为欠缺历史和哲学教育的借口，但可以作为网开一面的理由。我准许你将来再求我一次，这等优待，过去想入我门下的学生从未得到过。等你在这两个学科打下充实的基础，再来找我。如果届时你的水准足够高，我会收你为徒。"

沙兰的情绪再次沉到谷底。迦熙娜的提议确是出于好心，可达到她的要求需要好几年时间。届时，达瓦家族早已万劫不复，家族地产会被债权人瓜分，兄长和她本人都会失去贵族头衔，甚至沦为奴隶。

"非常感谢，光明女士。"沙兰低下头。

迦熙娜点点头，似乎觉得此事已经完结。沙兰告辞离去，静静地走过走廊，拉动铃线召唤升降工。

迦熙娜的表态几乎等于答应以后会收她为徒。对大多数人而言，这是伟大的胜利。得蒙迦熙娜·寇林——被某些人视为当世最杰出的学者——栽培，能保证一个光明的未来。沙兰能嫁入极好的人家，可能是某个轩亲王的子嗣，还能跻身高级社交圈。事实上，如果沙兰能度过一段在迦熙娜门下求学的时光，单凭这份与寇林家族的关系所带来的声威，也许就足以拯救她一家。

但愿吧。

她好不容易找到来时的路，走出大岩宫的洞口。洞口没有门，只有一些石柱耸立在黑黝黝的通道前。她惊讶地发现外面天色已晚。她沿大台阶一路往下，拐入一条较小的、装潢更典雅的侧道，离开了主路。小径两侧的小架子上长着两排观赏性页岩皮木，有几株伸展出扇形卷须，在习习夜风中招展。几只慵懒的生灵——就像一颗颗发出绿光的尘埃——在一株株植物间跳跃。

沙兰背靠一株页岩皮木，它的卷须抽动着躲进壳内。从这个角度，她可以俯瞰卡哈巴兰斯，一片浩瀚的灯火在脚下闪烁，仿佛是一条波光粼粼的火瀑布。她和兄长们的其他选择只有一个：逃跑，放弃在雅克维德的家产，找个地方避难。可能逃到哪去呢？还有哪个父亲的旧盟友没有与他疏远？

他们从父亲书房里找出一套古怪的地图，图中有何含义？他很少向子女吐露自己的计划，就连身边谋臣也所知甚少。长兄赫拉兰知道得多一些，可他一年前失踪了，父亲声称他已经不在人世。

和往常一样，一想到父亲她就觉得难受，胸口闷得发苦。她抬起闲手扶住头，突然觉得家族的处境、自己的责任和心中隐藏的秘密是如此沉重，如影随形，离她只有十次心跳的距离。

"哟，小姐！"有个声音传来。她扭过头，惊讶地看到幺伯站在离大岩宫入口不远的石台上。一群穿守卫制服的人聚在一起，坐在他周围。

"幺伯？"她大为吃惊。他几小时前就该回船上去了。她急忙走到那块突出的石台下，"你怎么还在？"

"噢，"他微微露齿一笑，"我在跟这些体面的绅士、这些正派诚实的守卫玩卡波斯。这些有头有脸、代表法律的官爷当然不可能使诈，所以在等您的时间里，我们友谊第一地玩了几把。"

"可你不必等我。"

"也不必从这些伙计手中赢走八十个齐普，"幺伯笑道，"但我都干了！"

坐在他周围的人看起来精神头差多了。他们的制服是橙色粗呢大衣，白色腰带系在不上不下的位置。

"好了，我该送您回船了。"幺伯依依不舍地收起脚旁的一堆润石。这些宝石色泽各异，亮度很小——都只是齐普而已——但还是可观的一笔进账。

幺伯跃下石台，沙兰朝后让了一步。赌伴们抱怨他赢了就开溜，可他指指沙兰道："难道你们让我放下这位高贵的光眼种女士不管，让她一个人走夜路回去？你们的荣誉感哪儿去了？"

一通抢白叫他们无话可说。

幺伯暗自窃笑，冲沙兰鞠了一躬，带她顺道而下，两眼放光："飓风之父在上，能从官爷手里赢钱真是太有趣了。接下来几个码头的酒钱都有了着落。"

"你不该赌博，"沙兰说，"揣度未来是不对的。早知你会拿去干这个，我就不该给你钱。"

幺伯笑了："如果铁定能赢，那就不叫赌博，年轻的小姐。"

"你出千了？"她声音发抖，面露惧色，回头看着那些守卫。他们又坐了下来，接着玩牌，身前的宝石发出幽幽的光芒。

"别那么大声！"幺伯低声说。他似乎非常自得："一次骗过四名卫兵，这才叫高明把戏。真不敢相信我能办到！"

"我对你感到失望。这种行为不正派。"

"如果您是水手，就会知道没什么正派不正派的。"他耸耸肩，

"他们也料到我会出千,一直盯着我,好像我手里把弄的是有毒的飞鳗。咱们玩的其实不是牌——重点在于,他们要设法看破我的把戏,而我要设法蒙混过关,别让他们抓住把柄。我想,要非您及时出现,没准儿我就被剥皮抽筋了!"看起来他对剥皮抽筋也不怎么在意。

通往码头的道路全不似白天那般繁忙,但依旧很热闹。街道以油灯照明——用宝石只会被人偷走——但很多行人手提润石提灯,把街道照得如彩虹般绚丽,人也变得五彩斑斓,仿佛精灵一般在街上到处游走。

"那么,年轻的女士,"幺伯一边说,一边小心地带她在人流中穿行,"您真的想回去吗?我刚说了,送您回去只是帮我脱身的幌子。"

"是的,我真的想回船上,请引路。"

"您的王女大人呢?"

沙兰脸色一沉:"这次会面……算是白来了。"

"她不肯收您?她有病吧?"

"慢性优越症……大概吧。她的人生太优秀了,所以对其他人怀有不切实际的期望。"

幺伯皱起眉头,领沙兰绕过一群在街上喝酒狂欢的醉鬼。现在就喝成这样是不是稍早了点儿?一直在她身前几步远的幺伯突然转身朝她走来,看着她:"这没道理,小姐,您这么优秀,她还能要求什么?"

"显然她的要求很多。"

"可您是如此完美!请原谅,我一向直来直去。"

"你可是在倒着走呢。"

"那么请原谅我倒着走。不管是直来直去还是颠来倒去,您从任何角度看都很美,小姐。"

她不由自主地笑了。托兹贝克的船员对她的评价实在太高。

"您是所有人理想中的学徒,"他接着说,"有教养、可爱、气质好,诸如此类。您对赌博的观念我不敢苟同,可这是理所应当的,体面的女士不责骂一下赌徒倒是不对了。这就好像太阳拒绝升起、大海变成雪白。"

"就好像迦熙娜·寇林露出笑容。"

"太对了!不管怎么说,您很完美。"

"谢谢你这么说。"

"我说的都是真的。"他两手往后腰一搭,停住脚步,"那么,这就完了?您打算放弃了?"

她凝视着他,表情十分复杂。他站在热闹的街道上,头顶的一盏路灯释放出橙黄色光芒,把他照亮。他两手搭屁股,泰勒拿式的眉毛沿两侧脸颊垂下,上身只穿一件敞开前襟的背心。在她父亲的宅邸中,任何公民,无论地位有多高,都不曾有过这样的打扮和姿态。

"我反复试过,"沙兰的脸一阵潮红,"我又去过一次,可她又拒绝了。"

"两次,嗯?打牌时,你总要试三手,第三手的赢面最大。"

沙兰蹙眉道:"可那不是真的,概率和统计原理表明——"

"数学那种复杂的东西我不太懂,"幺伯把双臂交叉放在胸前,"可我懂得激神。你瞧,激神的意愿是,志在必得者胜。"

激神,那是异端的迷信。当然,迦熙娜把铭守符也视为迷信,所以迷信与否也许只取决于人的观念。

试第三次……再去烦扰迦熙娜会招来什么样的怒火?沙兰想想就发抖。王女一定会收回将来接纳她入门的承诺。

但沙兰本来就无法从中兑现到什么,这就像一枚空空如也的玻璃球,当中没有宝石。好看,但毫无价值。现在把握最后一次机会,得到想要的结果,岂不更好?

可是希望渺茫。迦熙娜说得很清楚,沙兰的教育底子不够。

教育底子不够……

一个念头在沙兰心中一闪。她用禁手捂住胸口,站在路中央沉思。这个想法有点莽撞,没准儿会被迦熙娜叫人逐出城外。

但如果就这么回去,不试尽一切可能,她如何面对兄长?他们全指望着她。此生仅此一回,沙兰被人需要。这份责任使她雀跃,也使她恐惧。

"我要找个书商。"她发现自己又能开口了,不过声音略有颤抖。

幺伯冲她挤了挤眉毛。

"如你所说,第三手的赢面最大。不过到了这个时辰,你还能帮我找到书商吗?"

"卡哈巴兰斯是个大港口,小姐,"他笑道,"店铺很晚关门。您等着吧。"说罢,不待沙兰出言反对,他就冲进夜晚的人群,将她独自撇下。

她叹口气,端端正正地坐在一盏路灯的石基上。这里应该是安全的。她看到街上有其他光眼种女士来来往往,但她们往往坐在轿子或其他人拉小车里。她甚至偶尔看到几辆货真价实的马车,不过只有非常富裕的阶层才负担得起养马的开销。

几分钟后,幺伯变戏法般从人群里钻出来,招手示意她跟上。沙兰急忙起身朝他走去。

"我们要不要雇个脚夫?"她问。幺伯带她沿一条宽阔的道路前行,这条路横贯城市所在的山坡。她小心地迈着步子,担心长裙被石头划破褶边。裙底是不难更换底边的设计,但沙兰没有太多闲钱,不能把钱浪费在这种事情上。

"用不着,"幺伯说,"就到了。"他指着下一个交叉路口。那边有一条街全是店铺,沿陡峭的山坡一路往上排,每家门前都挂着招牌,写着"书"这个字的象形对铭,有好些画成类似书本的形状,以免领命而来的仆人不识字、无法辨识。

"同类商号喜欢聚在一起，"幺伯摩挲着下巴说，"我觉得这么做很蠢，但商人大概就像鱼，只要找到一条，你就能找到一群。"

"点子也是一样。"沙兰数了数，一共六家不同的店铺，都有飓光从窗户透出，这是一种均匀的冷光源。

"左起第三家，"幺伯扬手一指，"店主叫亚特迈伦。给我消息的人说，他是这里一等一的店家。"这是个泰勒拿名姓，幺伯大概是找老乡打听，那些人便推荐了这家。

她朝幺伯点点头，二人沿坡而上，来到那家店门前。幺伯没随她进去；她早就发现，很多男人一靠近书本就别扭，哪怕不信沃林教的也是一样。

她推开门——厚实的木框包裹的两块水晶门板——踏入一个温暖的房间，觉得有些茫然无措。她从未在店铺买过任何东西：要么派仆人去，要么商人会自己上门。

房里布置非常温馨，火灵在燃烧的木柴周围飞舞，壁炉边放着几把大大的安乐椅，坐上去应该很舒服。地板是一整块木料，可能是通过塑魂术直接用房底的石头变的。真是相当奢侈。

一名女子站在屋子另一侧的柜台边，穿着绣花裙和镶边上衣，而非沙兰身上那种连体无褶丝裙。这是一名暗眼种女子，但显然生活富足。在信仰沃林教的国家，她可能会成为一等或二等暗民。泰勒拿人有自己的等级体系，不过至少还不算彻头彻尾的异端——他们尊重眼睛的颜色，女子也戴手套遮住禁手。

店里的书并不多。柜台上有几本，椅子后的架子上有一本。一面钟在墙上滴答作响，钟下挂着十几枚闪闪的银铃。这里更有家的氛围，而不像店子。

那个女人把一张书签夹到手头的书里，冲沙兰笑笑。那是一种驾轻就熟、带着饥渴的笑，简直像是猎食者见到了猎物。"请坐，光明女士。"她朝椅子一摆手，那对又长又白的泰勒拿眉烫成了卷，悬在脸庞两侧，仿佛两绺刘海。

沙兰犹豫片刻，还是坐了下来。那女人从柜台下取出只铃铛摇了摇。很快，有个胖男人一摇一摆地晃荡进来，身上的马甲仿佛随时会被腰围撑爆。他的头发夹杂着银丝，两道眉毛梳在耳朵后面。

"啊，"他合上肥硕的手掌，"这位年轻女士，您是想在书市里淘一本精彩的小说，适合在闲暇时阅读，以度过爱人辞别后的难熬时光？还是想找一本方志，详细描绘各地风情？"他的语气略带巴结之意，用的是她家乡的雅克维德语。

"我——不，谢谢您，我想要一套内容全面详实的历史书和三本哲学书。"她开始回想，试图记起迦熙娜提到的那些书名。"普拉西尼、加布拉欣、尤斯塔拉、马纳林或哈斯维斯之女邵喀的著述。"

"对您这样年轻的女士，读这些实在太辛苦了。"他冲那可能是他太太的女人点点头，后者闪进里屋。看来，她可以帮他处理一些与阅读有关的事，哪怕他自己能看书，也不会在客人面前有失礼数。他现在只负责与钱打交道，大部分情况下，做生意是属于男性的营生。

"像您这样娇艳如花的年轻女士，为何想读这类费心费力的书呢？"商人坐到她对面的椅子上，放松下来，"我可否向您推荐一本精彩的爱情小说？这可是敝店的特色。您瞧，年轻小姐们会从城市另一头慕名而来，我总能给她们找到最好的消遣。"

他的滔滔不绝使她坐立难安。她知道自己是温室里养大的千金小姐，这已经够使她难堪了。真的有必要反复提醒她这点吗？"爱情小说，"她把小包紧紧按在胸前，"嗯，也许是不错。贵店有没有《走近烈焰》？"

商人眨眨眼。《走近烈焰》的主角是一名看着自己的孩子慢慢饿死、逐渐陷入疯狂的男子。

"您真的想看？"他问，"这有点儿太……呃，太有追求了。"

"年轻女子就不该有点追求吗？"

"哦,不,我不这么认为。"他又笑了——笑得很用力,露出了牙齿,那是生意人试图缓和气氛的笑容,"看得出,您是一位口味不凡的女士。"

"没错,"沙兰的声音沉静似水,但心跳有些杂乱。难道她不管遇到谁都要辩上几句?"我确实喜欢用心烹制的美食,我的味蕾相当挑剔。"

"抱歉,我是说您对书本很挑剔。"

"说真的,我一本也没吃过。"

"光明女士,我想您在拿在下开玩笑。"

"哪有的事,我还没真正开始呢。"

"我——"

"刚才,"她说,"你用'口味'一词,把头脑比做肠胃,这没错。"

"可——"

"有太多人",她说,"为选择下肚的东西殚精竭虑,而对于读什么、听什么却随便得多,你觉得呢?"

他点点头,也许是觉得开口也会被打断。在意识深处,沙兰知道自己过于蛮横了——为了释放面对迦熙娜时郁积的压力和沮丧。

但此时此刻,她不想管这些。"挑剔,"她存心要试试这个世界有多大耐性,"我不知能否认同你的选词。挑剔就是维持偏见,就是排斥某些东西。可不管是摄入食物还是吸收思想,我们有排斥的余地吗?"

"我想肯定是有的,"商人说,"这不正是您刚才的意思吗?"

"我是说,我们该好好想想到底读什么、吃什么,但这不代表要排斥某些东西。请问,如果一个人只吃糖果,你觉得会有什么后果?"

"我很清楚,"他说,"我的一位弟媳经常肠胃失调,就是因为这个。"

"瞧，她太挑剔了。人体需要很多种不同食物才能维持健康，思想也需要很多种不同观念才能保持锐利。你同意吗？所以，如果我只看那些傻傻的爱情小说、那些你以为不超出我追求范围的东西，我的思想一定会得病，就像你弟媳的肠胃。是的，我觉得你所用的比喻非常到位，亚特迈伦大人，你真是个聪明人。"

他以微笑作答。

"当然，"她没用微笑回应，"被人用居高临下的口气教训，不管肠胃还是思想都会不舒服。你不仅做了一个绝佳的隐喻，还让我切身体会到了其中深意。你对所有的客人都如此盛情？"

"光明女士……我想您是在挖苦鄙人。"

"有意思。我以为自己说得够直接，也够大声了。"

他涨红了脸站起来："我去帮一下内人。"说完急忙退入里屋。

她回到座椅，生着闷气。她自知刚才是在使性子，恣意发泄挫折感。女佣们警告过她，年轻女士必须注意言辞。父亲的口无遮拦已给家族带来不少让人懊丧的名声，难道她还要雪上加霜？

她让自己冷静下来，享受屋里的暖意，看着火灵的舞姿，直到店主和店主的妻子捧着几摞书回来。店主重新落座，他妻子取出一把凳子，将这些大部头在地上摆开，随着丈夫的说明一本一本拿起演示。

"历史方面，敝店有两套书可供您选择，"店主的语调中不再有那种居高临下的感觉，但也不再和蔼可亲，"伦考特的《时代与流逝》，单卷本，涵盖自神权统治以来的柔刹史。"老板娘拿起一本红皮封的书，"我和内人说过，推荐如此浅薄的读物也许会惹您不快，但她坚持要拿出来。"

"多谢，"沙兰说，"我没什么不快，但我确实需要一本更详尽的书。"

"那么，也许《永恒之国》能满足您的要求。"说话间，他妻子举起一套蓝灰色的四卷本。"这是一套带有哲学色彩的著述，覆盖的时间段和前一本相同,但专注于五个沃林教王国间的互动。如您所见,叙述非常详尽。"

四本书叠在一起厚度了得。*五个沃林教王国?* 她以为只有四个。雅克维德、阿勒斯卡、卡哈巴兰斯和纳塔纳坦,被同一种宗教团结在一起,它们在光辉骑士变节后一直是坚定的盟友。第五个王国是哪个?

这套书让她心动。"我要了。"

"好极了。"店主眼里略微恢复了一点光彩,"至于您列出的哲学书目,我们这里没有尤斯塔拉的作品。普拉西尼和马纳林各有一本,都是选集,节选自他们最著名的篇章。普拉西尼的那本我听人读过,非常不错。"

沙兰点点头。

"关于加布拉欣,"他说,"店里有四部不同的作品。啊,他真是相当高产!哦,我们还有一本哈斯维斯之女邵喀的书。"他妻子举起一本薄薄的绿册子,"不得不承认,我从未听人读过她的作品。我并不知道深国也有值得一提的哲学家。"

沙兰看着这四部加布拉欣的作品,不知该挑哪一本,于是回避了这个问题,转而指向先前介绍的两本选集和哈斯维斯之女邵喀的单卷本。一个哲学家,居然来自遥远的深国,那个掘土为家、崇拜岩石的国度?近六年前杀死迦熙娜父亲的男子——就此引发了征讨纳塔纳坦的仆族智者的战争——就是深族。人们称他为白衣刺客。

"我要这三部,"沙兰说,"还有那套历史著作。"

"甚好!"店主应承道,"既然买这么多,我就多让点价。十个绿宝石布罗姆怎样?"

沙兰差点发作。绿宝石布罗姆是价值最大的球币,值一千个钻石齐普。十个,这比她来卡哈巴兰斯的路费还多出一大截!

她打开手包看着钱袋。还剩差不多八个绿宝石布罗姆,看来只能少买几本，但怎么取舍呢？

突然间，店门被猛地推开。沙兰跳将起来，惊讶地看着幺伯站在门口，手里抓着帽子，一脸紧张神情。他冲到她落座的椅子边，单膝跪地。沙兰惊得呆若木鸡。他看起来如此担心，究竟发生了什么？

"光明女士，"他低着头道，"我的主人请您回去。他重新考虑过了，我们可以接受您开的价格，真的。"

沙兰张大了嘴，什么也说不出来。

幺伯瞟了一眼店主："光明女士，别买他的东西。他是骗子、奸商。我的主人店里的书比他的好得多，而且价格也更公道。"

"这是什么意思？"亚特迈伦起身道，"好大的胆子！你主人是谁？"

"巴梅斯特。"幺伯一脸警惕地回答。

"那个鼠辈，他打发个跑腿的到我店里，想抢走我的贵客？无耻之极！"

"她是先来我们店的！"幺伯说。

沙兰总算恢复了思考能力。飓风之父在上！他可真会演戏。"我不是没给你们机会，"她对幺伯说，"快回去告诉你主人，我可不想当冤大头。我会去城里每一家书店看看，就不信找不到公道的。"

"亚特迈伦才不公道。"幺伯扭头啐了一口。店主气得双目圆睁。

"那得看了。"沙兰说。

"光明女士，"亚特迈伦涨红着脸说，"您定然不会听信这一面之词！"

"你要收她多少钱？"幺伯问。

"十个绿宝石布罗姆，"沙兰说，"买这七本书。"

幺伯笑了，"您居然没有直接站起来走人！您亲耳听我主人说，他开的价比这要实在！光明女士，请随我回去。我们愿意——"

"那只是初步询价，"亚特迈伦说，"本没指望她接受。"他看着沙兰,"当然,八个也——"

幺伯又笑了:"这些书我们肯定有,一模一样的,光明女士。而且我敢打赌,主人只要两个绿宝石布罗姆就肯卖给您。"

亚特迈伦的脸愈发红润了,他嘟囔着说:"光明女士,您自然不会光顾这种人的店,他是如此粗鲁,居然派下人来公然抢客。"

"也许我会,"沙兰说,"至少他没有侮辱我的智慧。"

亚特迈伦的妻子狠狠瞪着丈夫,男人的脸色越来越红,"两绿三蓝,这是我能给出的底价。如果您还嫌贵,就请去巴梅斯特那个无赖的店里买吧,不过他的书没准儿会缺页。"

沙兰犹豫不决地瞥了一眼幺伯;他完全进入了角色,一个劲儿地点头哈腰。她读懂了幺伯的眼神,看到他偷偷抬了一下肩膀。

"成交。"她对亚特迈伦说,恼得幺伯一声叹息。他不声不响地走开,亚特迈伦的妻子骂了几句。沙兰起身数出润石,绿宝石布罗姆取自左袖的禁袋。

片刻后,她提着一口沉重的帆布袋走出店门,顺着街道的陡坡而下,见幺伯在一盏路灯旁无所事事地站着。沙兰笑着让他接过袋子。"你怎知道公道的书价是多少?"她问。

"公道价?"他把袋子甩到肩上,"买书?我没概念。我只是认准他会想尽办法捞您的钱,所以在附近转了转,打听到他最大的竞争对手是谁,然后来教他做个公道的商人。"

"我是不是一看就像冤大头?"她红着脸问,两人走出了书店所在的小巷。

幺伯偷笑道:"稍微有一点儿。不管怎么说,对他那种人使诈就跟蒙骗卫兵一样有趣。如果您刚才当真同我走人,过会儿再回去,假装再给他个机会,没准儿还能杀点价。"

"听起来好复杂。"

"我的老奶奶总说商人就像佣兵。唯一的区别是商人会一边杀得你头破血流，一边还装成你的朋友。"

说这句话的人似乎没意识到，自己今晚刚在牌局上骗了一群卫兵。"好吧，不管怎么说，我向你表示感谢。"

"不算啥，我乐在其中，但我还是不敢相信您为这些东西花了这么多钱。这不过是一堆木头，我也可以找些薄木板，刻些滑稽的符号在上面。您肯用亮闪闪的润石跟我换吗？"

"我现在没那么多钱，"她一边说一边在包里摸索，取出那张幺伯和脚夫的画来，"但请收下这个，也接受我的谢意。"

幺伯接过画，走到附近的路灯下看个仔细。他笑着晃晃脑袋，咧开了嘴。"飓风之父啊！这可是件宝贝！我就好像看着另一个被封在瓷盘里的自己，千真万确。光明女士，这个我可不能收！"

"请收下，一定要收。"说话间，她又眨眨眼，把幺伯现在的样子化为记忆——站在那儿，一手摸下巴，端详着画中的自己。回头她要重画一张。幺伯为她做了这么多，她非常希望能把他纳入收藏。

幺伯小心翼翼地将画夹在书页当中，扛起袋子继续赶路。他们回到主干道，诺梦——也就是中月——已跃出地平线，城市沐浴在苍蓝色光芒下。受父亲监护时，能在外头待到这么晚对沙兰来说是非常难得的优待，但身边的市民们对此却不在意。这座城市可真是个奇怪的地方。

"现在回船上去？"幺伯问。

"不，"沙兰深吸一口气，"回大岩宫。"

他抬了抬眉毛，但什么也没说，只是默默地带着她往回走。到了洞口，她与幺伯作别，特别要他把画带走。他照办了，然后祝她好运，便急匆匆地走了，可能是怕碰见那些着过他道儿的卫兵。

沙兰招来一名侍从帮她扛书，沿走廊一路回到浣纱厅。刚跨过那扇雕饰华丽的铁门，她就向一名侍从大师示意。

"能为您效劳吗，光明女士？"他问。大部分壁读台现在都没了光亮，任劳任怨的侍从们正将一本本大部头搬回水晶墙后的藏书处。

沙兰驱走体内的疲惫，强打精神，一层层往上数。迦熙娜的壁读台还亮着灯。"我要用那边的壁读台。"她指着紧挨迦熙娜的一座露台说。

"请问您有入场石片吗？"

"恐怕没有。"

"这样的话，如果您想长期使用，就必须把这座壁读台租下来，租金是两个天马克。"

这个价格令沙兰面露难色。她掏出对应的润石付了款。钱袋看起来瘪瘪的，叫人沮丧。她让仆族升降工送自己到相应的楼层，静悄悄地走进壁台，然后取出余下的所有润石，放进高脚灯盏。这灯盏实在太大了，为得到足够的照明，她不得不将九种颜色、三种尺寸的润石混在一起用，所以光线五颜六色，亮度也不均匀。

沙兰探头朝隔壁露台张望了一眼。迦熙娜坐在那儿看书，完全忘了时间，高脚杯盏里满满的清一色钻石布罗姆。这是最好的照明用润石，但并非最好的塑魂石，所以价值不算太高。

沙兰闪了回来。这座露台桌子的最边角处有个位置，被墙挡着，不会被迦熙娜看到，于是她在那儿坐下。她本可选别层的壁台，不过她想盯着那个女人，知道对方的动向。但愿迦熙娜会在这里搞上几周的研究，足以让沙兰拼命死记硬背一点东西。她记忆图画和场景的能力对文字不那么奏效，但对表单和数据的记忆速度曾令导师吃惊。

她摆好坐姿，从袋子里取出书本，在桌上一本本放好。然后她揉了揉眼睛，现在真的很晚了，可时间不容浪费。迦熙娜一言既出，沙兰只要填补好知识上的缺陷，就能再次请求入门。好，她计划用前无古人的速度填平这些沟壑，再次造访——她打算在迦熙娜准备离开卡哈巴兰斯时这么做。

这是最后的、孤注一掷的希望,如此脆弱,仿佛一阵风就有可能倾覆。沙兰做了个深呼吸,翻开第一本历史书。

"我永远也不可能摆脱你,是吗?"一个柔和的、富于女人味的声音问。

沙兰蹦了起来,风也似的朝走廊冲去,差点把书堆撞翻。迦熙娜·寇林就站在门前,深蓝色衣服上绣着银丝,光洁的丝绸表面反射着沙兰的润石发出的光芒,一只无指缝的黑手套遮住了魂器,也挡住了宝石的明光。

"光明女士,"沙兰带着尴尬的红晕行了屈膝礼,"我并不想打搅到您,我——"

迦熙娜摆手示意她收声,往边上让了一步,一个仆族将一把椅子搬进沙兰的壁台。他把椅子放在沙兰的桌旁,迦熙娜侧身而入,在椅子上坐了下来。

沙兰想揣摩一下迦熙娜的情绪,但这位有点年纪的女人喜怒不形于色,"我真没想要打搅您。"

"我给了侍从一点小费,让他们一见你回浣纱厅就通知我。"迦熙娜无精打采地说,随手拿起一本沙兰的书,看了看标题,"我不想再被人骚扰。"

"我——"沙兰看着自己的脚尖,脸颊烫得要命。

"你不用道歉,"迦熙娜似乎累了,比沙兰所想的还累。她把桌上的书一本本拿起来看,"都是好书,你挑得不错。"

"选择的余地并不多,"沙兰说,"书商只有这些书。"

"我猜,你是打算突击学习,尽快掌握这些书的内容?"迦熙娜若有所思,"想在我离开卡哈巴兰斯之前作最后一次尝试?"

沙兰犹豫片刻,接着点点头。

"聪明。我本应给你的下一次申请机会加上时间限制。"她从头到脚打量沙兰,"你的决心非常坚定,这是好事。我也知道你为什么不顾一切想当我的学徒。"

沙兰心头一凛。**她早就知道？**

"你的家族树敌颇多，"迦熙娜续道，"你父亲又避不见人。如果不建立一个明智的同盟，你很难有好婚姻。"

沙兰松了一口气，但努力不露痕迹。

"让我看看你的包。"迦熙娜说。

沙兰蹙额，本能地想护住包，但好不容易忍住了："光明女士？"

迦熙娜伸出手，"你还记得我对重复自己的话是什么态度吗？"

沙兰心不甘情不愿地递上包。迦熙娜小心地取出包里的物品，将毛笔、炭笔、细头硬笔、封胶罐、墨水和溶剂整整齐齐码在桌上，将一叠叠画纸、笔记本和完成的画作排成一排。然后，她取出沙兰的钱袋，发现已经空了。她看了一眼高脚灯盏，数了数里面的宝石，冷眉随之一挑。

她开始一幅一幅地品鉴沙兰的画作。先是那些画在活页笔记本的素描，随后，当看到沙兰所画的自己，她的视线停留逡巡。沙兰看着那女人的脸。她高兴吗？吃惊吗？会不会对沙兰画那么多水手和女仆感到不悦？

最后，迦熙娜看到了画满动植物的素描本，这是沙兰一路上观察的结晶。迦熙娜看这本素描所花的时间最久，阅读了每一条旁注。"你为什么要画这些？"看完后，迦熙娜问。

"您问为什么，光明女士？嗯，因为我想画。"话刚出口她就咋了咋舌。是不是该说些更深刻的话呢？

迦熙娜徐徐颔首，起身道："我在大岩宫里有自己的房间，是国王钦赐的。收拾好东西过去，你看起来非常疲劳。"

"光明女士？"沙兰直起身子，浑身因激动而颤抖。

迦熙娜在走廊里停步："初次见面时，我以为你是个乡下来的投机者，只想借我的名气发财。"

"您改变想法了吗？"

"不，"迦熙娜说，"毫无疑问，这是你的部分意图。但我们每个人都是多面的，而从一个人随身带的物品里可以看出很多东西。那本笔记本能证明，你会在空闲时为学术而学术，这一点让人欣慰。也许，这是你能为自己拿出的最有力的论证。

"如果我摆脱不了你，不如拿你派点用场。好好睡一觉。明天我们早起，你要合理分配自己的时间，一方面接受教育，一方面协助我研究。"

话毕，迦熙娜离开了。

沙兰坐下来，茫然地眨着困倦的双眼。她抽出一张纸，写了一段简短的致谢祷词，准备改天烧掉。然后，她忙不迭地收好书本，去找侍从把"风之愉悦"号上的行李搬来。

这真是非常、非常漫长的一天。但她赢了。计划的第一步已然达成。

真正的使命开始了。

红甲蟹

红甲蟹当然是无处不在，而且形状大小各异。它的种类一定比我原光估计的要多得多。我见红甲蟹拖车、拉箱，或是在两边装上架子，用来运水罐。

我甚至见过一个骑着红甲蟹赶路的人，可是自己应该更快多了。

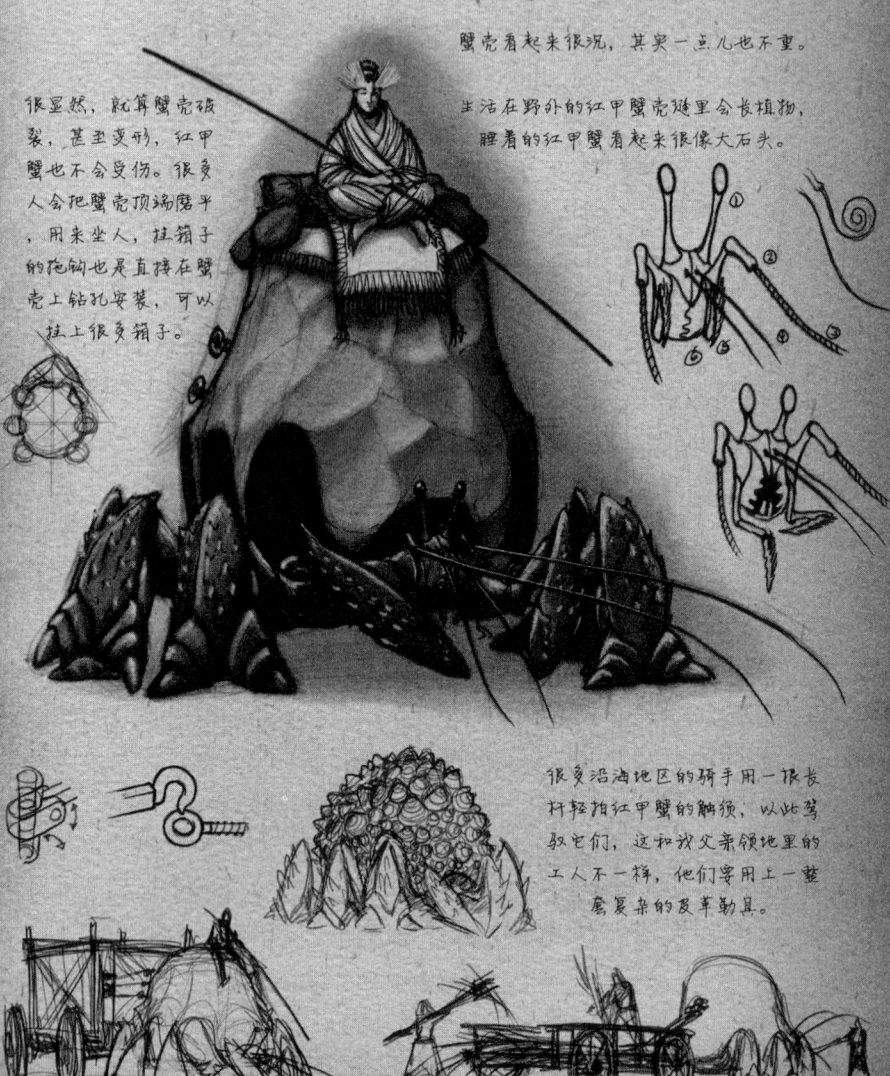

蟹壳看起来很沉，其实一点儿也不重。

生活在野外的红甲蟹壳建里会长植物，睡着的红甲蟹看起来很像大石头。

很显然，就算蟹壳破裂，甚至变形，红甲蟹也不会受伤。很多人会把蟹壳顶端磨平，用来坐人，拉箱子的拖钩也是直接在蟹壳上钻孔安装，可以拉上很多箱子。

很多沿海地区的骑手用一根长杆轻拍红甲蟹的触须，以此驾驭它们，这和我父亲领地里的工人不一样，他们要用上一整套复杂的皮革勒具。

9 诅咒之地

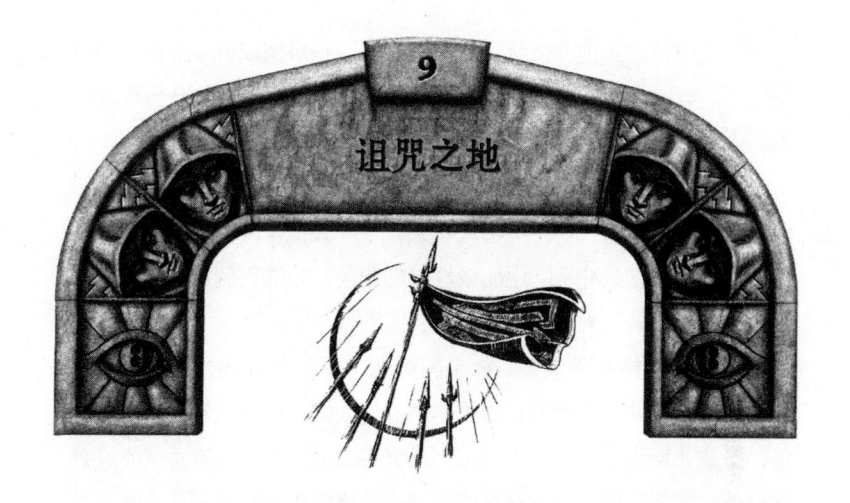

"十个人，握着闪亮的碎瑛刃，站在一堵黑白红三色的墙前。"

——收集于1173年第一月第三周第四天，死前十二秒。死者是一名虔诚者，我们的兄弟，他在弥留之际说出上述言语。

卡拉丁被分到第四冲桥队并非偶然。在所有冲桥队里，第四队的死亡率最高。考虑到冲桥队出动一次的平均死亡率已达三至五成，第四队的情况就更显夸张。

卡拉丁坐在屋外，背靠营房的石墙，雨水飘洒在身。这不是飓风，只是寻常春雨，是狂暴的飓风轻柔而害羞的亲戚。

茜尔坐在卡拉丁肩头，或者说悬在那儿。不管怎样，她没有任何重量。卡拉丁坐得沉沉的，下巴抵住胸口，死盯着石头上的小坑，雨水在坑里慢慢汇集。

他应该待在第四冲桥队的营房里面。尽管营房阴冷简陋，至少能挡挡雨。他只是……没力气操这个心。他在第四冲桥队待了有多久？两周、三周？永远？

在头一次冲桥后存活下来的二十五人当中，二十三人已经死了，其中两人被调到其他冲桥队，因为他们做了些事情取悦了盖兹，但还是死了。只有卡拉丁和另外一个人活着。起初近四十人的队伍现在还剩两人幸存。

更多的苦命人加入进来，补充了人员损耗，其中大多也已丧命。他们又被后来者替代。这些替代者又死了一大批。冲桥队长选了一个又一个，本来这是冲桥队中比较好过的角色，总能占到最好的位置。但在第四冲桥队，当不当队长没什么区别。

有几次冲桥并不太糟。如果阿勒斯卡军早于仆族智者抵达目的地，就不会有冲桥手牺牲；如果本方到得太晚，被其他轩亲王抢先一步，撒迪亚斯也不会出手相助，而是直接班师回营；就算运气不好，碰上仆族智者先到，对方通常的做法也是集中火力攻击某几支队伍，而非全面打击。有时候，第四冲桥队会一下死几十人，有时则一个人也不会死。

但后一种情况很少出现。不知为何，第四冲桥队似乎总是攒射的目标。卡拉丁懒得去问同伴的姓名，所有冲桥手都不会问。有什么意义呢？就算知道某人的名字，不出一周，彼此就有一个会死，或者都死。也许他应该问问，这样等到了诅咒之地，能有个聊天对象。他们可以一起叙旧，谈谈第四冲桥队是多么恐怖，相比之下，永恒的业火多么使人舒坦。

他呆滞地傻笑，依旧盯着眼前的岩石。盖兹马上就会来使唤他们，派他们干活。刷厕所、扫大街、收马粪、堆石头。找些事情忙活，让他们别去想自己的命运。

他还是不懂为什么要在那些狂风肆虐的高地上战斗。也许和那些巨大的石蛹有关。显然，石蛹的核心部位有宝石。但这和复仇誓约有什么关系？

另一个冲桥手——一个金红色头发的雅克维德青年——躺在旁边，瞪着朝他们大吐唾沫的天空。雨水汇集在他凹陷的眼角，顺着脸庞流下，他那褐色的眼睛一眨不眨。

他们不可能逃跑，军营就像座大监狱。冲桥手可以在商贩那里买东西，用微薄的薪饷买些低价酒、招些下等妓女，可他们出不了营地。军营是封闭的。这么做，部分是为了防止各营地士兵乱窜——不同的部队碰面总会发生矛盾——但最大的原因是阻止冲桥手和奴隶逃跑。

为什么？为什么这一切非得如此可怕？**这一切都不合道理**。为什么不让几名冲桥手举着盾牌，列队在最前方阻挡箭矢？他问过，得到的回答是这么做会大大延缓前进速度。他又问了一次，这次的回复是闭嘴，否则就吊死他。

瞧那些光眼种的所作所为，就仿佛这整场闹剧是某种盛大的游戏。如果确实如此，那游戏规则是不会让冲桥手知道的，就好比棋盘上的棋子不知道棋手的策略。

"卡拉丁？"茜尔以少女的形象飘落到他腿上，裙袂飘飘，与裙尾的雾气浑然一体，"卡拉丁？你好多天没说话了。"

他的视线没有移动，身形依旧颓然。确实有一条路可以让冲桥手离开营地——去离军营最近的一处深渊。论规矩这是禁止的，但哨兵不会阻止。这似乎是冲桥手能得到的、唯一的仁慈。

走上这条路的冲桥手一去不返。

"卡拉丁？"茜尔柔声呼唤，语气中带着关切的忧虑。

"父亲常说，世上的人分两种，"卡拉丁用嘶哑的嗓音低语，"一种人夺取生命，另一种人拯救生命。"

茜尔歪着脑袋，皱起眉头。这种对话使她困惑，她不善于理解抽象概念。

"我一直觉得他是错的。我相信有第三种人，为救人而杀人的人。"他摇摇头，"我太蠢了，第三种人确实存在，而且数量很多，但和我想的不一样。"

"那是哪种?"她落到卡拉丁的膝盖上,抬头看他。

"那些生来就等待别人拯救或杀戮的人,那些既不救人也不杀人的人,那些无能为力、没人保护就要死的人,那些牺牲品。我就是其中之一。"

他抬头望向被雨淋湿的木场。木匠都去躲雨了,只在未完工的木料上胡乱扔了几块油布,带走了易生锈的器械。冲桥队的营房围绕在堆木场的西北两侧,其他营房离第四冲桥队都有些间隔,仿佛厄运是一种会传染的疾病。接触就要传染,卡拉丁的父亲会这么说。

"我们活着是为了被杀,"卡拉丁说。他眨眨眼,瞥了瞥几个对雨水麻木不仁的队友,"如果我们还没死的话。"

※

"我讨厌你这个样子。"茜尔跟在卡拉丁脑边嗡嗡飞个不停。他正和其他几名冲桥手把一根圆木拖进堆木场。仆族智者经常纵火焚烧最外围的固定桥梁,所以轩亲王撒迪亚斯的工程师和木匠总在忙活。

从前的卡拉丁也许会奇怪,为什么这些军队不投入更大精力来守卫桥梁。有些地方不对劲!有个声音在他体内呼喊,你没有把握事件的全貌。他们白白浪费资源和冲桥手的性命,似乎并不急于进军,也对袭扰仆族智者的部队不感兴趣,仅仅到一块块高地上列阵交锋,然后返回营地、庆祝胜利。为什么?究竟是为什么?

他对那个声音无动于衷。那只属于以前的自己。

"你本来充满活力,卡拉丁。"茜尔说,"好多人敬仰你,你的小队,和你作战的敌人,其他奴隶,甚至还有一些光眼种。"

午饭时间快到了。吃过饭,他就能睡上一觉,直到队长把他们踹醒,去执行下午的任务。

"我过去一直看着你战斗，"茜尔说，"我快要记不起来了，那时的记忆很不清晰，就像隔着暴风雨看到的你。"

等等，这就怪了。在他被踢出军队之前，茜尔并没有跟着他。而且那时，她和寻常的风灵没什么两样。他的脚步顿了一下，换来工头的咒骂和落到背上的鞭子。

他再次迈步，拖着木头前进。干活时，落在后面的冲桥手会挨鞭子，冲桥时，落在后面的冲桥手会被处决。军队对这项规定执行得非常严厉。不肯向仆族智者的阵地冲锋、故意落在其他冲桥队后面，你就会被砍头。事实上，只有这种罪行才能换来死刑。

作为冲桥手，你能受到的惩罚五花八门。你会被迫干更多的活、被鞭打、被克扣薪饷。要是干了什么特别糟糕的事，他们会把你吊在柱子上、或捆在墙上，暴露于飓风的怒号下，让飓风之父决定你的生死。但如果想被就地正法，唯有拒绝对仆族智者冲锋这一种办法。

其中传达的意思不言自明：扛着木桥冲锋，你可能会被杀，但如果抗命，你肯定会被杀。

卡拉丁和队友们将圆木放进木料堆，卸下拖绳，反身走向堆木场边缘，那里有更多木头等着搬运。

"盖兹！"有个声音传来。一名身材高大、发色黄黑相间的士兵站在冲桥队营区边缘，一群面黄肌瘦的男子挤在他身后。他叫拉雷什，在军务处当差，带了一群新的冲桥手，以填补死者留下的空缺。

天空万里无云，日头炙烤着卡拉丁的背脊。盖兹小跑着去见那些新来的，要去搬木头的卡拉丁等人正好也朝那个方向走去。

"真是群废物，"盖兹上下打量着那群人，"当然，若不是废物，也不会被送到这儿来。"

"那可不，"拉雷什说，"前排的十人是走私被抓的，你知道该怎么做。"

冲桥队总是需要补充新人，但这种人从来不缺。奴隶唾手可得，小偷和其他作奸犯科之徒在随军闲杂人员里也很常见。仆族是宝贵的劳力,从不会进入冲桥队,况且,仆族智者与他们有某种亲缘关系。最好是别让军营里的仆族劳工看到同类战斗的场面。

有时,士兵也会被发配到冲桥队。只有犯了极大罪行——例如殴打长官——的士兵才会遭此厄运。在其他军队里要被绞死的罪过,在这儿意味着沦落至此。如果能熬过一百次冲桥任务,你会被释放。据说,这种事情偶尔发生过一两次,但那可能只是传说,为了给冲桥手一点点活下去的盼头。

卡拉丁等人从新队员身前走过,一路盯着脚下,将绳子套上另一根圆木。

"第四队需要加点好手。"盖兹摸着下巴说。

"第四队总是需要好手。"拉雷什说,"别担心,我为此专门准备了一批。"他冲走在后面的另一群人努努嘴,他们看起来更加蓬头垢面。

卡拉丁慢慢直起身子。那群人里有个男孩,看起来才十四五岁,长着一张圆脸,又矮又瘦。"提安?"他低声自语,往前迈了一步。

他停住脚步,摇了摇头。提安死了。可两人是如此相像,都有一双惊恐的黑眼睛。卡拉丁想让这个男孩远离危险,想保护他。

但是……他已经失败了。所有他试图保护的人——从提安到塞恩——最终都死了。这么做有何意义?

他转过身,继续拉木头。

"卡拉丁,"茜尔落到圆木上,"我要走了。"

他惊讶地眨眨眼。茜尔,要走?可……除了她,他已经一无所有。"别。"他低声说,声音嘶哑暗沉。

"我会尽量回来的,"她说,"可我不知道离开你以后会发生什么。好奇怪,我有一些奇怪的记忆。不,大部分都算不上记忆,而是直觉。这种直觉告诉我,如果离开你,我可能会迷失自我。"

"那就别走。"他害怕起来。

"我必须走,"她说着,身子往后退了退,"这一切,我再也看不下去了。我会想办法回来的。"她有些忧郁,"再见。"说完,她划着复杂的轨迹蹿上半空,化作一把微小的、透明的树叶,在空中打着卷儿。

卡拉丁僵立原地,看着她离去。

接着,他继续拖起木头。他还能做些什么呢?

♛

下一次冲桥,那个让他回想起提安的孩子就死了。

那次出击运气很糟。赶到时,仆族智者已列阵等候撒拉迪斯。卡拉丁向深渊猛冲,周围的人一个又一个中箭身亡,他连眉头都不皱。驱使他前进的不是勇气,他甚至希望有一支箭矢能射中他,了结这一切。他只是奔跑着,犹如大石滚下山坡,或者雨水从天而降。它们别无选择,他也一样。他不是人,只是个东西,而东西只管做它的本分。

冲桥手将木桥架在深渊上,深渊的间隔很小。此时已有四队崩溃,卡拉丁所在的队伍损失很大,几乎无法继续前进。

架好桥后,卡拉丁转身让开,军队踏着木桥冲锋,真正的战斗开始了。他踉跄着往回走,在高地上穿行。过了一阵,他才意识到自己在寻找某样东西——那孩子的尸体。

卡拉丁站在那儿,风撕扯着他的头发。他低头看着那具仰面躺在小石坑里的尸体。卡拉丁回想起,他曾躺在一个类似的石坑里,抱着一具类似的尸体。

附近又有一名冲桥手倒地,浑身插满箭矢。那是卡拉丁第一次上阵以来唯一幸存的队友。只见他身子一歪,重重倒在地上,躺在一块比男孩的尸体高出一尺左右的石头上。一支箭当胸把他射穿,从后背冒出箭头，血从那个口子如一颗颗红宝石滚落，溅在那孩子死不瞑目的眼睛上。一条红色的涓流顺着眼角往下淌，就像猩红的泪滴。

那一晚，卡拉丁蜷缩在营房里，听着飓风在屋墙上呼啸。他缩起身子，紧靠冰冷的石墙。屋外轰雷大作，天空也不住颤抖。

再这样下去，我要挺不住了，他想，除了这具躯壳，我已经死透了，就像被矛头捅穿了脖子。

风暴继续无休止地肆虐。一年来头一次，卡拉丁哭了。

10 手术师的故事

九年前

卡尔跌跌撞撞地冲进手术室,房门敞开,明亮的日光照射进来。虽然只有十岁,他的体型已显出端倪,将来会发育得高高瘦瘦。他总是更愿意被称为卡尔,而非全名卡拉丁。简称更适合他。卡拉丁,听起来像是光眼种的名字。

"对不起,爸爸。"他说。

卡尔的父亲李伦小心翼翼地扎紧一名年轻女子手臂上的固定带。她被绑在狭窄的手术台上,闭着眼睛。卡尔错过了上麻药的步骤。"容后再谈你不守时的毛病,"李伦接着固定患者的另一只手,"先关门。"

卡尔缩头缩脑地关上门。窗户那边没有光,窗帘遮得严严实实,唯一的光源是一只大高脚杯里的润石发出的飔光。每一颗都是布罗姆,其总价是天文数字,那是赫斯通领主的财产,只是不限期地借给他们。灯火会闪烁,但飔光永远稳定可靠。卡尔的父亲说这一点事关人命。

卡尔焦虑地走到手术台旁。这名年轻姑娘叫萨妮,有一头丝滑的黑发，不杂半点褐色或金色。她现年十五，闲手上裹着破破烂烂的染血绷带。包扎技术很糟，令卡尔露出不悦的神情——这块布像是从某人衣服上扯下来的，而且包得很匆忙。

萨妮的头歪向一边，开始说胡话，麻药起效了。她只穿了一件白色棉衫，禁手暴露在外。镇上稍大一些的男孩子会沾沾自喜于有机会看到——或自称看到——女孩子换衫，但卡尔不明白这有什么好大惊小怪的。他确实为萨妮担心，每当有人受伤，他总会感到担心。

幸好，她的伤势看起来并不太糟。如果危及生命，父亲早就会动手处理，并叫卡尔的妈妈赫昔娜来帮忙。

李伦走到手术室一侧，取出几只干净的小瓶。他个子不高，虽不算老，却有些谢顶。他戴着眼镜——他说这是一生中得到的最珍贵的礼物。他只在手术时才拿出眼镜，因为它太宝贵，不能承担随便佩戴的风险。要是刮花或摔坏怎么得了？赫斯通是个大城镇，但它位于阿勒斯卡的北部边陲，配眼镜不是件容易事。

这间屋子打理得井井有条，架子和手术台每天早晨都会擦洗一遍，每件物品都有对应的位置。李伦说从一个人维护工作场所的方式中可以看出很多东西——是乱糟糟的还是有条理？是用心爱护自己的工具还是随便乱扔？药柜上摆着镇里唯一一台法器钟。这个小装置中央有一根指针，核心处镶了一块注入飓光的烟晶石，作为钟的动能。镇里，没有人像李伦那样在意时间。

卡拉丁拖来一把凳子站上去，以便更好地观察。他每天都在长个儿，很快就不需要凳子了。他细细检查过萨妮的手。*她会没事的。*他告诉自己，因为父亲教导：*手术师需要冷静。担心只会浪费时间。*

要遵循这条训导可不容易。

"手。"李伦头也不回地说，一边继续挑取需要的工具。

卡尔叹了口气，跳下凳子，三步并作两步地走到门边，那里有一盆温温的肥皂水。"为什么一定要洗手？"他想为手术出力，想帮萨妮。

"令使的智慧,"李伦漫不经心地说起重复过无数次的说教,"死灵和腐灵讨厌水,水能把它们赶跑。"

"哈米耶说这是无稽之谈,"卡尔道,"他说死灵很强,能随便杀人,怎么会怕这一点水呢?"

"令使的智慧不是我们能理解的。"

卡尔做了个鬼脸,"可他们是恶魔,爸爸,我在上一个春天听一位来这里布道的虔诚者说的。"

"他说的是光辉骑士,"李伦厉声道,"你又搞混了。"

卡尔叹口气。

"全能之主派令使来教导人类,"李伦道,"在我们被逐出天堂后,是他们率领我们对抗虚渡。光辉骑士团是他们创建的团体。"

"也是恶魔。"

"是变节者,在令使们离去后。"李伦扬起一根手指,"他们不是恶魔,只是凡人,拥有太多的力量,却没有足够的心智。不管怎样,你要养成每次洗手的习惯。你可以亲眼看到水对腐灵的效用,虽然死灵你是看不到的。"

卡拉丁又叹口气,但还是照做了。李伦回到手术台旁,手持托盘,盘里整整齐齐码放着小刀和小玻璃瓶玻璃罐。父亲的想法很古怪:他不允许儿子搞混令使和变节的光辉骑士,却认为虚渡并非真实的存在。这太荒唐了,如果没有虚渡,为什么有的人会在夜里无缘无故地消失?被蠕虫感染的庄稼又该怎么解释?

镇上其他人觉得李伦跟书本和病人打了太多交道,因此变得怪里怪气。他们一靠近他就不自在,也连带把卡尔一起讨厌了。卡尔最近才开始意识到与众不同的感觉有多痛苦。

他洗过手,蹦回凳子上,再次紧张起来,不禁祈祷一切顺利。父亲用一面镜子将润石的光芒聚集到萨妮的手上,拿手术刀小心翼翼地割开临时绷带。这只手伤得很重，好在并不致命。两年前父亲刚开始训练卡尔时，这场景会让他反胃，现在，他对皮开肉绽的景象见怪不怪了。

挺好的，卡尔琢磨着，当他有一天踏上战场，为他所效忠的轩亲王和光眼种作战时，这点能耐会派上用场。

萨妮折了三根手指，手上血肉模糊，伤处满是尖刺和污垢。第三根手指伤得最重，已经严重脱位，扭成骇人的角度，骨头尖锐的断面扎破皮肤，森森地露在外面。卡尔用心感受着突出部的长度，仔细观察断骨及皮肤表面泛出的黑色。趁父亲准备缝合线的工夫，他用一块湿布小心揩去干掉的血迹和脏污，挑出石屑和尖刺。

"第三根手指不能要了，是吗？"卡尔一边说，一边用绷带扎紧手指根部来止血。

父亲点点头，脸上浮现出一丝满意的笑容。李伦常说，高明的手术师必须明白放弃什么、必须挽救什么。如果受伤后第一时间能用正确的方式把第三根手指好好固定住……算了，已经无计可施了，硬缝上去只会让它化脓坏死。

父亲实施了截取。他的双手如此仔细而精准。培养一名手术师需要十年以上，在李伦允许卡尔拿起手术刀之前，他要经过同样漫长的岁月。卡尔现在只能擦拭血迹、帮父亲递刀、在父亲缝针时固定住肌腱以免肌肉跳动。他们尽己所能地修补这只手，动作迅速娴熟。

缝完最后一针，卡尔的父亲显然对于保住四根手指的结果很满意。可萨妮的父母不会这么想，他们会失望，因为漂亮的女儿今后要带着一只残缺的手生活。几乎每次都是这样——受伤伊始惊慌失措，跟着为李伦无法创造奇迹而怒气冲冲。李伦说，这是因为镇民习惯了有手术师的日子，对他们而言，受了伤能被治好成了理所当然的期望，而非难得的优待。

不过萨妮的父母都是好心人，他们捐了一点钱，于是卡尔一家——他父母、他自己和弟弟提安——能继续吃饱饭。靠别人的不幸生存，感觉很奇怪，也许这是镇上的人厌恶他们的一部分原因。

随后，李伦用一根加热过的小棍灼烧他觉得只凭缝线还不够的地方。他在伤者手上抹了点气味辛辣的李斯特油膏以防感染——这种油膏能吓退腐灵，效果比肥皂和水好。卡尔用干净绷带包扎好伤处，动作十分小心，以免弄歪夹板。

李伦完成了对手指的处理，卡尔放松下来。她会好起来的。

"你还要练练怎么控制紧张情绪，孩子。"李伦冲洗着手上的血污，轻声道。

卡尔低头不语。

"关心别人是好事，"李伦说，"但如果影响到施行手术的能力，那就成了问题，其他东西、其他情绪也一样。"

关心太多会成问题？卡尔回想父亲的所作所为，*那你这么无私，治伤从不收费又是怎么回事？*这句话他不敢说出口。

下一步是手术室的清洁。卡尔仿佛有半辈子都在做清洁，但如果不打扫干净，李伦不会让他离开。他打开窗帘，让阳光洒进来。萨妮还在昏迷，冬麦芽会让她再昏睡几个小时。

"你刚才去哪儿了？"李伦一边问，一边将油瓶和酒精瓶放回原位，瓶身互相碰击，叮当作响。

"和亚姆在一起。"

"亚姆比你大两岁，"李伦说，"他会喜欢和比自己小很多的人一起玩儿？我很怀疑。"

"他爸爸开始教他棒法了，"卡尔红着脸说，"提安和我去看他学到了什么。"说完，他缩起脑袋，等着父亲的说教。

但父亲什么也没说，只是继续手头的工作：按老一套做法，用酒精擦拭每一把手术刀，然后上油。他没有回头看卡尔。

"亚姆的父亲是光明贵人亚马兰军队里的士兵。"卡尔想试探一下父亲的反应。光明贵人亚马兰!那位守护着阿勒斯卡北境的将军,高贵的光眼种。卡尔是如此渴望一睹真正的光眼种的风采,不是韦斯提欧那种没劲的老头,而是真正的战士,众口相传、载入史册的战士。

"我知道亚姆的父亲,"李伦说,"我给他那条瘸腿动过三次手术。这是当兵的光荣岁月留给他的馈赠。"

"我们需要战士,爸爸,要是泰勒拿人入侵怎么办?"

"泰勒拿是个岛国,"李伦波澜不惊地说,"与我们不接壤。"

"那、那他们会从海上进攻!"

"他们大多从事贸易和经商。我遇到的每一个泰勒拿人都想诈我的钱,但这和侵略不是一回事。"

男孩子都喜欢谈论遥远国度的传说。但有个事实总是被人遗忘——卡尔的父亲,镇上唯一的二等暗民,年轻时旅行曾远至卡哈巴兰斯一带。

"好吧,我们总得和什么人作战。"卡尔不依不饶,扭头去刷地板。

"嗯,"父亲沉默片刻后说,"国王迦维拉尔总会找些敌人来让我们去战斗,这一点倒是没错。"

"所以,就像我说的,我们需要战士。"

"我们更需要手术师。"李伦重重地叹了口气,从柜子前转过身来,"我的孩子,每当有伤者上门,你几乎都要哭出声来;哪怕是小手术,你也会紧张得牙关紧闭。你凭什么以为自己能伤害别人。"

"我会坚强起来的。"

"那是犯傻。谁给你灌输这些念头的?你为什么想学用棍子殴打其他孩子的本事?"

"为了荣誉,父亲。"卡尔说,"令使作证,谁会讲手术师的故事!"

"我们救过的男男女女,他们会有孩子,"李伦平静地直面卡尔灼热的视线,"这些孩子会讲述我们的故事。"

卡尔感觉脸上发烧,不由自主地缩起身子,最后重新刷起地板。

"世上的人分两种,孩子,"父亲的话语变得严厉起来,"一种人夺取生命,另一种人拯救生命。"

"那些保护者和捍卫者们呢?那些靠夺取生命来拯救生命的人呢?"

父亲嗤之以鼻:"那就像用更大的风暴来阻止风暴。荒诞。你不能靠杀戮来保护生命。"

卡尔不说话,只顾闷头擦地。

最后,父亲一声叹息,走过来跪在他身旁,帮他一起擦地:"冬麦芽的特性是怎样?"

"味苦,"卡尔马上答道,"所以不太会被误食,保存起来安全性较高。捣成粉末,与油混合,用量按患者体重而定,每十砖磅一勺,效果为大约五小时的深度睡眠。"

"你如何判断某人是否生了小花痘?"

"过六,"卡尔说,"口渴,睡眠障碍,腋汗。"

"你是如此天资聪颖,孩子,"李伦和蔼地说,"你几个月就学会的东西,我花了好几年。我一直都说,等你满十六岁,我要送你去卡哈巴兰斯,接受真正的外科师的培养。"

卡尔感到一阵激动的战栗。卡哈巴兰斯?那是个完全不同的王国!卡尔的父亲曾作为信使造访那里,但他没在那儿接受外科师的培训。他是在绍斯的老瓦瑟手下学的,那是离家乡最近的稍微有点规模的镇子。

"你有令使亲赐的天赋,"李伦伸出一只手放在卡尔肩头,"你可以成为比我好上十倍的手术师。别去照搬其他人的小小梦想。祖辈费尽千辛万苦,给我们留下二等暗民的身份,让我们能享受完整的公民权和旅行的权利。别把这来之不易的权利浪费在杀戮上。"

卡尔犹豫了一下,很快不由自主地点了点头。

11
雨滴

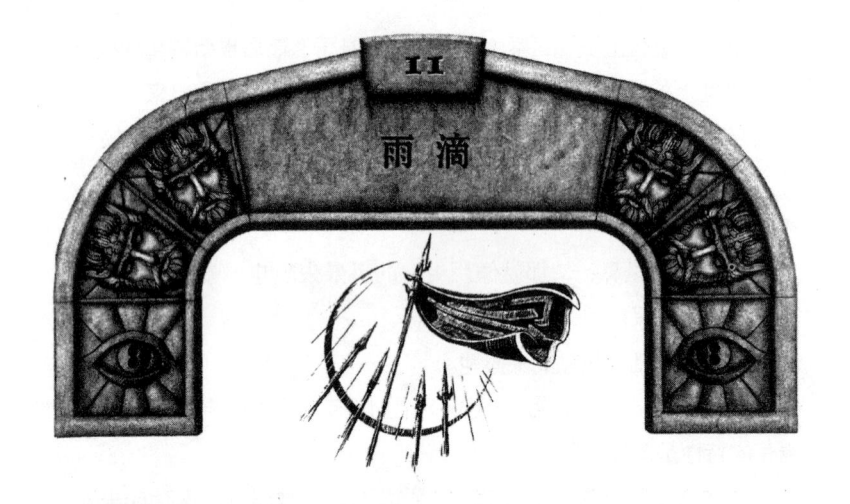

"十六块中的三块曾在此统治，如今只剩破碎者独霸。"

——收集于1173年第三月第二周第二天，死前八十四秒。死者是一名患慢性病的小偷，有部分伊里血统。

飓风终于歇停。那一天，那孩子死于黄昏；那一天，茜尔离他而去。卡拉丁把脚伸进拖鞋——就是来这儿头一天从皱纹脸的男人身上取下的那双——站起身，在拥挤的营房里穿行。

营房没有床，每个冲桥手只有一条薄毯。你得选择，要么用来垫肩，要么用来取暖——要么挨冻，要么忍痛，这就是冲桥手的选择。但有几人找出了毯子的第三种用途。他们用毯子裹住脑袋，阻隔视觉、听觉和嗅觉，好逃避这个世界。

但世界还是会找上门来，那是它擅长的把戏。

屋外雨水依旧肆虐，风还是刺骨。闪电刺亮西方地平线，飓风的风眼正朝那里移动。离飓雨大概还有一小时，如果想在飓风中安全地出门，现在是最早的时刻。

说实话，你永远也不会想在飓风交加时出去，但现在出门是安全的，而且不能更早了。光眼种已经走了，风势也算能够承受。

他穿过昏暗的堆木场，迎着风，弓着背。木头七零八落，就像白脊巢穴里的骨头。树叶被雨水打湿，黏在营房粗糙的墙面上。卡拉丁不断踏进水坑，溅出一片片水花，双脚冰冷。这感觉很不错，因为上次冲桥留下的酸痛还没消除。

一波波夹杂着冰碴的雨水劈头盖脸砸向他，打湿他的头发，顺脸淌下，流进乱糟糟的胡子里。他讨厌留胡子，尤其讨厌胡须蹭到嘴角的瘙痒感。胡子就像斧狐犬的幼崽，是男孩子梦寐以求的东西，但他们从来想不到胡子有多麻烦。

"出来散步吗，大贵人？"有个声音传来。

卡拉丁抬起头，盖兹就在不远处，挤在两座营房间的空隙里。雨还没停，他出来干什么？

噢。盖兹先前将一口金属篮子固定在营房一侧背风的墙上，一丝柔光从桶里透出。他趁飓风来临，把润石留在屋外吸收飓光，然后尽早出来回收。

这么做有风险。就算是固定好的金属篮子也有可能被风卷走。有些人相信，光辉变节者的鬼魂会在飓风中游荡，偷走润石。也许这是真的。但在从军的这段日子，卡拉丁不止一次得知有人在风暴最猛烈时偷偷外出搜寻润石，并因此受伤。毫无疑问，这种迷信的根源是一些比鬼魂更接近现世的小偷。

有更安全的方法给润石注入飓光。钱商会用注好的润石换取无光的润石，或者，你可以付一笔酬劳，让他们在守备万全的风巢中替你注光。

"你干啥呢？"盖兹喝问。这个五短身材的独眼男把篮子紧紧抱在胸前，"如果你偷别人的球币，我就把你吊死。"

卡拉丁转过身去。

"风操的！不管你偷没偷，我都要吊死你！别以为自己逃得了，周围还有哨兵，你——"

"我去光荣沟。"卡拉丁平静地说。他的声音几乎被风暴淹没。

盖兹闭上了嘴。光荣沟。他放低篮子，不再找茬。走上这条路的人总会得到某种尊重。

卡拉丁继续朝营地外围走。

"大贵人。"盖兹喊道。

卡拉丁回过头。

"把拖鞋和背心留下，"盖兹说，"我可不想派人到底下去找。"

卡拉丁脱下背心往地上一扔，溅起一片水花，然后把拖鞋留在一个水塘里，身上还剩一件脏衬衣和一条硬邦邦的棕裤，都是从死人身上剥来的。

卡拉丁迎着风暴走向堆木场东沿。西方的低空传来阵阵轰雷。他已熟悉通往破碎平原的道路，因为和冲桥队的队友们跑过十多次。战斗不是每天都有——大概两到三天一次，也不是每次都要全体出动。但有战斗的经历是如此恐怖、如此使人心力交瘁，使得冲桥手在几天的休息时间里完全陷入了麻木、呆滞的状态。

很多冲桥手丧失了决断力，在战场上受惊吓过度的人有同样的症状。卡拉丁觉得这种症状影响到了自己，即便做出跳崖的决定也很艰难。

但那个无名男孩流血的眼睛始终挥之不去，他不会让自己再经历那种场面，他不能。

他来到斜坡底部，大风裹挟雨水，猛抽他的脸，仿佛想把他推回营地。他继续前进，走到最近的那道地缝。光荣沟，这是冲桥手给起的名字，因为在这里，他们能做出一个决定，他们能做出的唯一的、"光荣"的决定——死亡。

这些深渊不太自然。拿这一条来说，起点处很窄，但愈往东变得愈宽、愈深，而且变化幅度大得不可思议。才走过十尺，裂缝已宽得难以跃过。六条装有木横杠的绳梯在那里一字排开,以岩钉固定,用来让冲桥手下去收集在冲桥过程中失足坠崖的人身上的物品。

卡拉丁向远方的平原眺望,大雨和昏暗的天色阻挡了视线。不,这片土地不正常。大地已经破碎,还要把涉足此地的人也捏碎。卡拉丁从绳梯旁走过,沿深渊边缘走了一段,然后坐下来,双脚悬空,低头往下看。雨水在他周围落下,一滴又一滴,扎入黑暗的深处。

身旁,一些比较大胆的飓虫已钻出巢穴,四处乱窜,采食正贪婪地汲取雨水的植物。李伦解释过,飓风中的降雨富含养分。塔冠城和魏德纳的读风者证实,用飓风降水浇灌的植物长得比江河湖水养大的植物更好。科学家为什么总是为一些农民世世代代都知道的所谓发现而激动呢?

卡拉丁看着雨滴⋯⋯飞向深渊中被遗忘的世界。这些跳崖的小家伙,成千上万⋯⋯几百万。谁知道那片黑暗中等待它们的是什么?你⋯⋯⋯⋯除非加入它们,纵身跃向虚空,让风载你下去⋯⋯

"你是对的,⋯⋯"卡拉丁喃喃自语,"不能以暴止暴。不能靠杀戮来保护生命,我们都该做医生,直到最后。"

他在说胡话。但奇怪的是,他觉得现在是几周来思路最清晰的时刻。或许是因为他有了明确的思考方向。大部分人一辈子都在揣度未来。好了,他的未来空空如也,所以他回溯往昔,想着父亲,想着提安,想着那些决定。

他的生活曾经很单纯。那是在失去弟弟之前,是遭到亚马兰军背叛之前。如果办得到,卡拉丁想不想返回那些纯真的日子?是不是更愿意假装一切都很单纯?

不。他堕落的过程不像雨滴那般简单。他拼出了一身伤疤,他用手和脸砸过墙,他曾失手错杀无辜,他曾与那些没有良心的人为伍,还拥戴他们。他奋斗、往上爬、跌落,最后绊倒。

现在，他沦落至此，经历过这一切，面临最终的结局。他理解的东西比以前多得多了，可是不觉得比过去更聪明。他站起身，临渊而立，感觉父亲的失望如巨山压顶，犹如头顶的雷鸣。

他向虚空探出一只脚。

"卡拉丁！"

温柔但锐利的呼喊让他一顿，一个透明的轮廓在空中上下起伏，迎着渐弱的雨势向他靠近。那个轮廓向他扑来，突然一沉，接着又冲得更高，仿佛扛着重物。卡拉丁收回脚，伸出一只手。茜尔狼狈地在他掌心着陆，其形状好似飞鳗，嘴里衔着个黑乎乎的东西。

她变回少女形象，脚畔裙袂飞扬，两手夹着一片窄窄的墨绿色叶子，尖头分成三瓣。是黑毒。

"怎么回事？"卡拉丁问。

她看起来筋疲力尽。"这东西好沉哪！"她使劲举起叶子，"带给你的！"

他用两根手指接过叶子。黑毒，剧毒的植物。"为什么带这个给我？"他厉声问。

"我想……"茜尔后退一步，显得有些害羞，"喏，你以前那么小心地藏着一片这种叶子，后来，你想帮那个笼子里的人，却把它弄丢了。我觉得再帮你找一片你会高兴的。"

卡拉丁差点儿笑出来。她不知道自己干了什么，为他找来一片全柔刹最致命的天然毒物之一，因为想让他开心。这很荒谬，也很甜蜜。

"你丢了那片叶子后，一切似乎都不对劲了。"茜尔柔声道，"之前，你会战斗。"

"我失败了。"

她蜷下身子，跪在他掌心，雾绡似的裙摆笼着脚，一滴滴雨水穿过她似水的形体，荡起一圈圈涟漪。"那你不喜欢？我飞了好远……

差点儿忘记自己。但我回来了,*我回来了,卡拉丁。*"

"为什么?"他问,"你为什么在意这种事?"

"因为我就是在意,"她歪着脑袋,"还在军队里的时候,我看到你总是关注那些孩子、那些缺乏训练的人,然后保护他们,让自己身处险境也在所不惜。我记得这些,很模糊,但我记得。"

"我辜负了他们,他们现在都死了。"

"如果没有你,他们会死得更快。你让他们在军中找到了家的感觉。我记得他们的感激,起初我就是被这个吸引过来的。你帮助了他们。"

"不,"他握紧拳头,把黑毒攥在指间,"我触摸的一切都会凋零和死去。"他在崖畔踌躇欲跌,雷鸣轰隆,响彻天际。

"那些冲桥队里的人,"茜尔小声说,"你能帮他们。"

"太晚了,"他闭上眼,想着今天早些时候死去的男孩,"太晚了。我失败了,他们死了,他们都会死,求生无门。"

"再试一次,好不好?"她的声音轻轻柔柔,却有比风暴更强大的力量,"试试能有什么坏处?"

他停住了。

"这一次你不会再失败了,卡拉丁,你都说了,他们总是要死的。"

他想起提安,昂起头,用死气沉沉的双眼瞪着苍天。

"大部分时候,我不明白你说的话是什么意思。"她说,"我脑子里仿佛有一片雾。不过,看起来你生怕自己会害了别人,那么帮帮这些冲桥手没什么可怕的。你还能给他们带来更多伤害吗?"

"我……"

"再试一次,卡拉丁,"茜尔低声说,"求你了。"

再试一次……

那些人窝在营房里,除了一条毯子一无所有。为风暴恐惧,为彼此恐惧,为明天会发生的事情恐惧。

再试一次……

他想到自己，为一个一无所知的男孩的死哭泣，甚至没有试着伸出援助之手。

再试一次。

卡拉丁睁开双眼。他又湿又冷，但感到体内燃起一股决意，像是微弱而温暖的烛火。他攥了攥拳头，握紧手心的黑毒，然后松开手，任叶子飘落深渊，又把托着茜尔的另一只手放低。

茜尔闪到空中，急切地呼喊："卡拉丁？"

他大步离开崖边，一往无前。赤足溅起水花，踩到石壳木的藤蔓。他方才走下的斜坡覆盖着一层平整如板岩一般的植物，现在它们在雨中展开，宛如一本本书，红色和绿色的叶子遍布透孔，任风雨打乱。生灵如绿色光点，比茜尔还亮，却跟孢子一样小，它们在植物丛中起舞，腾挪躲闪着雨点。

卡拉丁逆坡而上，雨水在他脚边流过，汇成一条条小溪。到了坡顶，他返回场子，那里除了盖兹还是空无一人，盖兹正把一块油布系回原位。

直到两人近在咫尺，盖兹才发现他。这个一身腱子肉的士官满脸怒容："胆儿太小不敢跳吗，大贵人？哼，别以为我会还你——"

他的话被打断了，喉咙里发出含混不清的声音——卡拉丁一个箭步上前，捏住了盖兹的脖颈。盖兹大吃一惊，扬起一条胳膊，但卡拉丁挡开后顺势一个扫腿，让他仰面跌倒在岩地上，溅起一大片水花。盖兹惊得双眼圆瞪，不断挣扎，试图挣脱卡拉丁的手掌。

"变天了，盖兹，"卡拉丁欺身凑近，"我已死在那条深渊底下，现在你要对付的是我的鬼魂，来找你寻仇的。"

盖兹一边扭来扭去，一边拼命四下张望，但找不到能帮他的人。放倒他对卡拉丁来说并不困难。做冲桥手至少有一点好处：只要活得够久，就能练出一身肌肉。

卡拉丁松开手,让盖兹能竭尽全力喘口气,然后凑得更近,说:"我们要建立一种全新的关系,从现在起,你和我,没有第三人。有些事,我希望你从一开始就明白:*我死了,你伤害不了我。*明白吗?"

盖兹缓缓点头,卡拉丁又让他吸了一口寒冷潮湿的空气。

"第四冲桥队归我了,"卡拉丁说,"你可以给我们派任务,但队长是我。前任队长今天死了,所以你总要选一个新的,明白吗?"

盖兹又点点头。

"你很懂事。"卡拉丁放开他的喉咙,后退了一步。盖兹战战兢兢地站起来,眼含怒火,但有所掩饰。他似乎在担心什么,某种比卡拉丁的威胁更可怕的东西。

"我不想继续支付自己的赎身债了,"卡拉丁说,"冲桥手能赚多少?"

"一天两个清马克。"盖兹恶狠狠地瞪着他,揉着自己的脖子。

那么奴隶可以赚一半,一个钻石马克。少得可怜,但卡拉丁用得上。他还要让盖兹听话。"从现在起,我要支领薪饷,"卡拉丁说,"不过每五马克中,你可以留一马克。"

盖兹一脸愕然,在阴云笼罩的昏暗天色中瞪着他。

"给你添麻烦的报答。"卡拉丁说。

"添什么麻烦?"

卡拉丁凑到他跟前:"麻烦你别他妈的碍事,明白吗?"

盖兹再次点头。卡拉丁转身走开。他讨厌把钱浪费在行贿上,但有必要持续、反复地提醒盖兹,使他记住让卡拉丁活着的好处。每五天一个马克不算多,但对于一个会冒着飓风外出守着自己的润石的人来说,这也许足够了。

卡拉丁走回第四冲桥队逼仄的营房,拉开厚厚的木门。冲桥手们缩在房里,和他离开时一样,但有些东西变了。他们一直都显得如此凄惨吗?

是的，一直都是。变的不是他们，是卡拉丁。他有一种奇特的时空错乱感，仿佛自己忘却了过去九个月的经历——哪怕只是一部分。他回溯时光，揣摩过去的自己，那个依然在战斗、而且善于战斗的男子。

他没法变回那个人——伤疤和烙印都无法消除。但他可以向那个人学习，就像新上任的队长从昔日百战百胜的将军身上学习那样。"飓风恩护者"卡拉丁死了，冲桥手卡拉丁身上流着相同的血，继承着他的潜能。

卡拉丁走到第一个人身边。那个人蜷成一团，并没有睡——谁能在飓风大作时睡着？见卡拉丁蹲下身子，他往边上缩了缩。

"你叫什么名字？"卡拉丁问。茜尔飞了下来，端详那人的脸。那人看不见她的。

他看起来比卡拉丁年长，两颊松弛，有一双褐色的眼睛，头发剃得只剩寸许，夹杂着白斑，仿佛撒了把盐。他胡子很短，没有奴隶的印记。

"你的名字？"卡拉丁重复了一遍，语气坚决。

"闭上你的臭风嘴。"那人翻过身去。

卡拉丁犹豫片刻，凑上前去，低声道："嘿，伙计，告诉我你叫什么，否则我一直烦你。如果你始终不肯说，我就把你扔到飓风底下，捆住一只脚，倒吊在悬崖边，直到你开口为止。"

那人回过头，瞪大了眼。卡拉丁盯着他，缓缓地点了点头。

"泰夫特，"他终于开口，"我叫泰夫特。"

"这不难嘛，"卡拉丁伸出一只手，"我是卡拉丁，你们的冲桥队长。"

那人犹豫片刻，握住卡拉丁的手，蹙起额头，不明白这是哪一出。卡拉丁依稀对此人有印象，他此前在另一支冲桥队，入第四队已有一段时间，至少有几个星期。违反营规的冲桥手会受到的惩罚之一就是发配到第四冲桥队。

"休息一会儿,"卡拉丁放开泰夫特的手,"明天会很辛苦。"

"你咋知道?"泰夫特摸摸下巴的胡碴,问道。

"因为我们是冲桥手,"卡拉丁起身,"*每天都不好过。*"

泰夫特呆了半晌,露出一丝笑容:"克勒克作证,这话没错。"

卡拉丁跟他作别,沿着这群缩成一团的人所排成的长列往前,跟每一个人打招呼,不断试探或威胁,直到问出名字。他们起初都有所抗拒,仿佛姓名是仅存的私人物品,不想轻易示人。他们委实感到惊讶——也许还有点儿欢欣——因为居然有人不嫌麻烦,愿意问问他们。

他牢牢记下这些名字,在心中不断默念,就像保存珍贵的宝石。姓名很重要,人很重要。也许卡拉丁下次冲桥时就会死去,又或者,他会在压力下崩溃,让亚马兰得到最终的胜利。但当他定下心来作未来的打算时,他觉得有股微微的暖意在体内不屈地燃烧着。

这股暖意来自做出的决定和确定的目标,来自责任感。

他坐下来,小声嘀咕那些人的名字。茜尔落到他腿上,显得欢欣鼓舞、神采飞扬,但他丝毫没有察觉,只感到严峻、疲惫、浑身潮湿。他没有被褥裹身,却有一份责任,那是他自己主动担起的责任、对这些人的责任。他紧紧抓住这份责任,就像沉入水底的溺水者抓住最后一根稻草。

他会找出保护他们的办法。

(第一部分·完)

插曲

以什克 长子巴拉特 泽斯

I·1
以什克

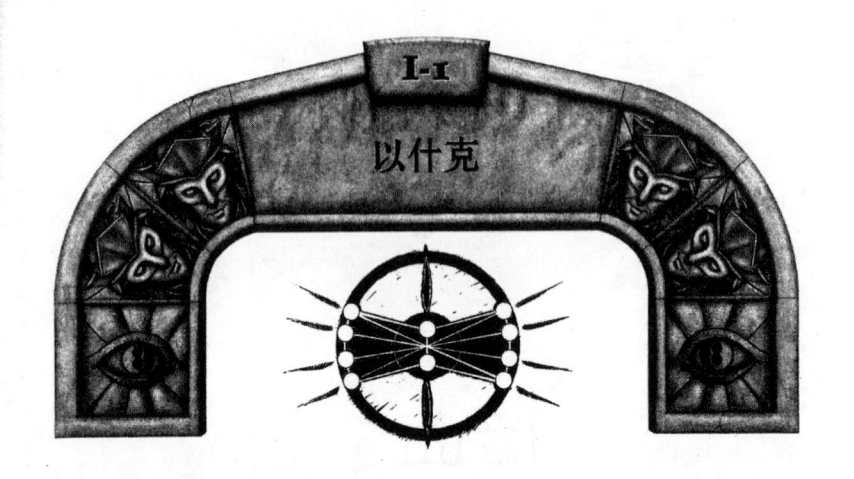

以什克踏波而行，去见几名异乡怪客。他轻声吹着只有自己听得见的口哨，肩挑扁担，两头各系一个木桶，两脚浸在水里，趿着蹚湖用的拖鞋，下身一条齐膝马裤，没穿上衣，因为努·拉里克不允许！作为一个淳湖畔的好湖民，只要太阳当空照，从不会遮蔽上身。得不到充足的阳光是会生病的。

他吹着口哨，但并非因为今天是个好日子。实际上，努·拉里克赐予的这一天糟糕透顶。以什克的桶里只有五条鱼，其中四条还是最平常、最无趣的品种。湖的潮汐有些异样，仿佛淳湖自己也没什么好心情。太阳、潮汐和坏日子总会来的。

淳湖无边无际，纵横数百里，湖水清澈透净，宛如水晶。从闪烁的湖面到湖底，水位最高也绝不超过六尺，而在大部分地方，温暖、平缓的湖水只没及小腿肚。湖里满是指头大的小鱼、色彩斑斓的飓虫和形如鳗鱼的河灵。

淳湖本身也有生命。有位国王一度将这片湖泊纳入疆土，那个王国名叫瑟拉塔勒，是令使纪元的古王国之一。他们想怎么划分领土都成，但努·拉里克知道，自然的边界比国界重要得多。以什克是淳湖之民，凭潮汐、凭太阳之名，这才是他最重要的身份。

他胸有成竹地踏水而行，但有时，落脚的地方未必安全。暖洋洋的水流没不到膝盖，轻拂着小腿，感觉很舒服。他很少溅起水花，也知道走得慢的妙处，在吃准脚底没有矛鬃草或尖石之前，他不会落上全部的体重。

阿布拉村就在前方，打破了水晶般的湖面构成的完美景象——方圆几里内，再没有这么突兀的地方。那是一堆以水下的石块为根基的建筑，有着穹形屋顶，看起来像是从地表破壳而出的石壳木。

周围还有其他人在走动，步伐同样缓慢。在水里跑起来并不难，但很少有理由这么做。会有什么事情如此重要，令你不得不惊起水花、破坏这份宁静？

想到这儿，以什克摇摇头。只有外乡人才会如此匆忙。一名皮肤黝黑的男子从他身旁经过，拖着一张筏子，上面堆着几堆衣物。以什克冲他点头示意。他叫塔斯皮克，可能是要外出洗衣服。

"嘀，以什克，"那个瘦削的男子说，"打鱼收成怎样？"

"糟透了，"他高喊，"玟·马卡克今天给我的打击可不小。你呢？"

"洗衣服时丢了一件衬衣。"塔斯皮克应道，语气还挺欢快。

"啊，世事如此。要见我的外乡人到了吗？"

"没错，在麦布那儿。"

"玟·马卡克赐福，他们别把她家里的东西吃个精光，"以什克边说边走，"也别把成天操心的毛病传染给她。"

"太阳和潮汐赐福！"塔斯皮克爽朗地一笑，随波而去。

麦布的家离村子的中心不远。她宁可住在屋子里，以什克不清楚为什么。大部分时候，他在筏子上过夜，淳湖从不会让你觉得寒冷，只有刮飓风时除外——但也不必躲进屋，努·拉里克自有安排。

每当飓风抵近，淳湖的水位就会降低，露出无数浅坑和洞穴，所以你只需把筏子推到某条岩缝里，贴紧岩壁，就不会受暴风的侵袭。

181

这里的暴风不似东方的那么狂暴，不会卷起巨石、掀翻房屋。噢，他听过一些讲述那种生活的故事。努·拉里克赐福，他永远不必去那种可怕的地方。

况且，那里可能还挺冷。以什克同情那些不得不生活在寒冷地带的人。他们为什么不迁到淳湖来呢？

努·拉里克赐福，他们没来。他一边走向麦布的家，一边心想。如果人人都知道淳湖这地方有多好，肯定都想过来生活，这里会被外乡人挤满，连路都没法走利索！

他拾阶而上，走到屋檐下，将小腿暴露在空气中。屋子的地势很低，被寸许湖水覆盖——淳湖的子民喜欢这样，这才自然。但有时遇上退潮，屋子会变干。

米诺鱼在他的脚趾旁穿梭，这是常见的品种，毫无价值。麦布站在屋里，架起一口锅准备煮鱼汤。她朝以什克点点头。这个身材壮实的女子追求以什克好几年了，一直试图用高明的厨艺引诱他就范。也许有一天，他会让她得逞的。

等他的外乡人坐在屋子一隅的桌旁，这是他们唯一会选的桌子——略高于地板，还有脚踏，方便外来客不沾湿脚趾。努·拉里克在上，这些笨蛋！他觉得这很可笑。走到屋里，躲避阳光，穿着上衣，拒绝太阳的温暖，两脚离开水流。难怪他们的想法如此奇怪。

他放下水桶，冲麦布点点头。

她回望一眼："收成不错？"

"糟透了。"

"好吧，以什克，今天的汤免费，算是补偿一下玟·马卡克对你的诅咒。"

"衷心感谢。"他接过一碗热气腾腾的鱼汤。她笑了，这下他多了一笔债，如果亏欠得够多，他就必须娶她。

"桶里有一尾寇格鱼，是给你的。"他说，"今早抓到的。"

她坚实的脸庞显出犹豫的神情。寇格鱼能带来极大的好运。吃下一条,一个月之内,关节痛就会痊愈;有时还能让你读懂云的形状,从中预知朋友何时来访。麦布很想要一条,因为努·拉里克让她的手指发疼。可一条寇格鱼抵得上两周的鱼汤,会让她变成亏欠的一方。

"玟·马卡克眷顾你,"她走到水桶旁查看,显得有些懊恼,"还真有一条。我怎么才抓得到你,好男人?"

"我是渔民,麦布,"他啧啧有声地啜吸了一口汤汁——碗的形状很便于喝汤,"你知道,抓渔民很难。"他暗自一笑,向那些外乡人走去。她则将寇格鱼捞了出来。

来客共有三人,其中两个是深色皮肤的马卡巴克人,但称得上是他见过最奇怪的马卡巴克人。有一人四肢粗壮——大部分马卡巴克人都体态轻盈、骨骼精巧——头上寸发不留。另一人更高些,一头黑色短发,肌肉精实、肩膀宽大。根据他们的气质,以什克在心里把两人叫做"不高兴"和"牛脾气"。

第三人肤色较浅,像是阿勒斯卡人,但看起来也不太正常。两眼形状不对,口音绝非阿勒斯卡的。他说的瑟莱语比另两人更糟,通常都不出声,似乎一直在思考着什么。以什克给他起了个"心事多"的绰号。

不知他那条横贯头皮的伤疤怎么来的。以什克心想。淳湖之外的世道非常凶险。到处都是战争,尤其在东方。

"你来晚了,旅者。"高高大大、不苟言笑的牛脾气说。他有军人的体魄和气场,但三人都没携带兵器。

以什克一蹙眉,翻身落座,不情不愿地把脚抽离水域,"今天不是瓦里日吗?"

"是今天没错,"不高兴说,"可我们约好在正午见面,明白吗?"说话最多的就是他。

"也没差多久。"以什克说。这是真心话,谁会在意时辰?外乡人,总是那么风风火火。

不高兴摇摇头。此时,麦布端来几碗汤。村里没有客栈,她家是最像客栈的地方。她给以什克留了一杯上好的甜酒,还递上一块柔软的餐巾,想尽快填补那条鱼所带来的亏欠。

"很好,"不高兴说,"让我们听听你的报告,朋友。"

"这个月,我去过拉里斯村、纳米尔村、阿尔巴斯特村和墨林村,"以什克喝了口汤,续道,"没人见过你们要找的人。"

"你的问法没错?"牛脾气说,"你能肯定?"

"我当然能肯定,"以什克说,"这事我都干了好几年了。"

"是五个月,"牛脾气纠正道,"而且一无所获。"

以什克耸耸肩,"你希望我编故事吗?玟·马卡克倒是乐意我这么做。"

"不,不要编故事,朋友,"不高兴说,"我们只要真相。"

"好了,我已经给你们真相了。"

"凭你们的神努·拉里克之名起誓?"

"住嘴!"以什克说,"别念出他的名字,你们傻了吗?"

不高兴皱眉道:"可他是你们的神,对吗?难道他的名字太神圣?不能说出口?"

外乡人蠢透了。努·拉里克当然是他们的神,可你要一直假装他不是。必须瞒过玟·马卡克——努·拉里克坏心眼的弟弟,让他以为大家崇拜的是他,否则他会嫉妒。这种事只能在神圣的密室里说出口,否则不安全。

"我以玟·马卡克之名起誓,"以什克装模作样地说,"我尽心尽力地找过,确实没人见过你们提到的外乡人——一头白发、能言善道、箭头般的脸。玟·马卡克在上,如有虚言,请您降下诅咒。"

"他有时会染发,"不高兴说,"还会易容。"

"我问过了,用了你们告诉我的名字。"以什克说,"没人见过他。

我倒是想，也许我能抓一条鱼来，帮你们找到他。"以什克摸摸乱糟糟的胡楂，"我敢打赌，一条又短又壮的考特鱼能办到，不过得花上些时间才能抓到。"

三人看着他。"你看，这儿的鱼很了不起。"牛脾气说。

"怪力乱神，"不高兴答道，"你老吃这套，瓦奥。"

瓦奥并非他的真名，以什克能肯定他们用了假名，所以才要给他们起绰号。如果他们报上假名，他也用假名来回敬。

"你觉得呢，提摩？"牛脾气气鼓鼓地高声问，"我们不能全凭自己的想法——"

"两位。"心事多发话了。他向还在喝汤的以什克点点头，三人换用另一种语言，继续争论。

以什克三心二意地听着，试图搞明白那是什么语言。他的外语水平一直不怎么样。学那些作甚？对抓鱼或卖鱼有啥好处？

他的确帮他们找过那名男子，跑了很多路，去了淳湖周边很多地方。这是他不想被麦布抓到的理由之一。结了婚，他就得安定下来，这可不利于抓鱼，至少不利于抓到稀罕的品种。

他没兴趣打听他们为什么要找这个名叫须空的人，不管那是谁。外乡人总在寻找一些他们无法得到的东西。以什克往椅背上一靠，伸出脚趾撩水，这感觉好极了。终于，他们吵完了，给了他进一步指示，递上一袋润石，起身踏入水中。

和大部分外乡人一样，他们穿厚底长靴，靴帮一直没到膝盖。他们走向门口，一路溅起片片水花。以什克跟在后面，向麦布挥手告别，顺便提起水桶。过会儿他还要回来吃晚饭。

*也许该让她抓到我。*他想着，走回阳光之下，不觉松了口气，*努·拉里克知道，我越来越老了，过得轻松一点兴许不坏。*

他的外乡朋友踏进淳湖，一路水花四溅。不高兴落在最后，似乎很不高兴，"流浪者，你躲哪儿去了？这真是桩蠢差事。"接着，他改用自己的语言说,"Alavanta kamaloo kayana。"

然后他跟在同伴身后,一步一个水花地走了。

"嗯,'蠢'是说得没错。"以什克暗自发笑,掉转方向,去查看捕鱼陷阱里有没有收获。

I-2 长子巴拉特

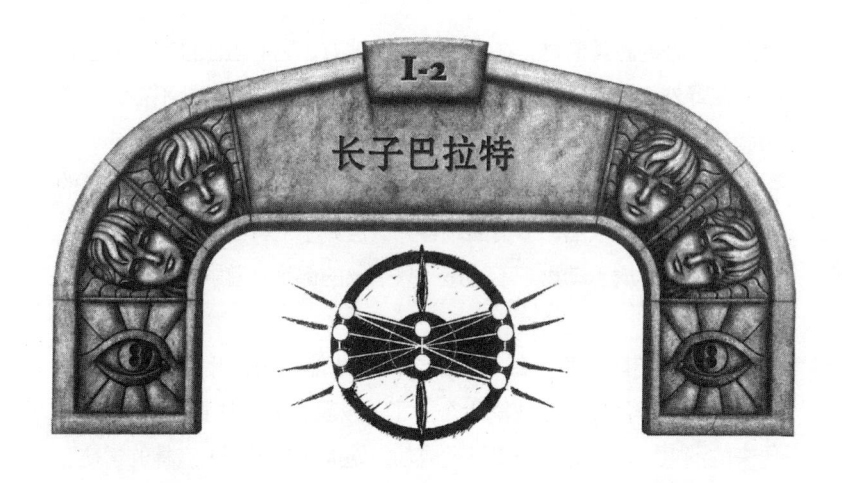

长子巴拉特喜欢杀生。

不是杀人,他从未杀人,是杀动物,他杀得了的动物。特别是小动物。他不明白为什么,可这样做会让自己安心。他只是凭本能行动。

他坐在宅子的门廊下,握着一只小壳蟹,把它的腿一根一根拔下。每扯一下,都会带来一股满足感——他先是轻轻拉扯,壳蟹僵住不动,接着不断加力,壳蟹开始挣扎扭动。关节韧带传来一股阻力,随后开始撕裂,紧接着一声脆响。壳蟹扭得更厉害了,长子巴拉特一手举起蟹足,用另一手的两根手指夹住这小畜生。

最终他满足地长吁一口气。扯下一条腿就能使他平静,缓解他身上的痛楚。他把断足往身后一抛,继续扯下一条。

他不喜欢谈论自己的癖好,甚至没告诉艾丽塔。他只是需要这么做,人总得想办法保持神志正常。他扯光了腿,站起来,倚着拐杖,举目望着达瓦家的花园。庭院里筑着石墙,覆满各种藤蔓。这些植物很美,但只有沙兰真正懂得欣赏。雅克维德位于阿勒斯卡的西边和南边,地势比后者高,为一座座山脉隔断,其中包括吃角族群峰。这里有漫山遍野的藤类植物,在有人居住的地方,它们盖住楼宇、覆了台阶。在野外,它们攀着树干,缠住突起的岩石,简直无处不在,就像柔刹其他地方的青草。

巴拉特走到门廊入口处。远处有一些野生歌灵贝摩擦起粗糙的贝壳,开始放声歌唱,节奏曲调各异,但算不上真正的旋律。旋律只属于人类,不属于动物。不过每一只唱出的都是一首歌,有时仿佛还彼此应和。

巴拉特拾阶而下,每一级都要两步才能上去,藤蔓颤抖着在他落脚前退开。沙兰离家快满六个月了。今晨,他们收到了她用对芦①传来的消息,计划的第一步已经成功,她成了迦熙娜·寇林的学徒。接下来,他们那个此前从未出过远门的小妹,要把贼手伸向世上最有影响力的女性。

走台阶对他而言是一桩艰难而沮丧的事。**才二十三岁**,他想,**便成了瘸子**。他能感到持续的隐痛。那次伤很严重,大夫差点儿打算截掉整条腿。也许他该心存感激,因为结果好于预期,但他再也扔不掉拐杖了。

丝克拉卡在草地里嬉戏,那里清除了藤蔓,种着一片园艺草。这条硕大的斧狐犬把触角朝后收拢,平贴脑袋,绕着某个物体转来转去,不时啃咬几下。

"丝克拉卡,"巴拉特一瘸一拐地走上前,"好姑娘,你找到什么了?"

斧狐犬抬头看着主人,昂起触角,嗷叫一声,余音未绝,又是一声,接着低头继续捣弄。

该死的小畜生,巴拉特满怀爱意地想,**从来不肯好好听话**。

---

① 一种法器,是一对芦苇笔,各装有一块红宝石,可以长距离感应。当某人用其中一支笔写字,另一支笔上的红宝石会闪光,并一模一样地复写出另一支笔写下的文字。

他从少年时开始驯养斧狐犬，发现了一条之前很多人都发现过的规律——动物越是聪明，就越有可能不服管教。哦，丝克拉卡是忠心的，可它会在小事情上淘气，就像是孩子在试图证明自己的独立性一样。

走近后，他发现丝克拉卡逮到了一只歌灵贝。这种拳头大小的生物形如隆起的圆盘，两侧向外伸出四条前肢，在壳顶擦出带旋律的声响。底下长着四条腿，呈外八字，通常用来攀附岩壁，但已经被丝克拉卡啃掉。还有两条前肢被咬断，贝壳也被它弄碎。巴拉特差点儿按捺不住，想上前把剩下的两条前肢也拔掉，但最后决定还是留给丝克拉卡享受为好。

丝克拉卡把歌灵贝放到地上，仰头看着巴拉特，触角竖起，仿佛在探听什么。它毛发柔亮、体格健硕，蹲坐在那儿，六条腿搭在身前。斧狐犬体表覆盖的不是外壳，也不是皮肤，而是两者的混合体，触感顺滑，比真正的甲壳更有延展性，但比皮肤坚硬，像鳞甲般遍布裂纹。这只斧狐犬棱角分明的脸上显出好奇的神情，它用深邃的黑眼睛看着巴拉特，轻声呜咽。

巴拉特笑了，俯身在斧狐犬耳道后挠了挠。它靠上来——这家伙的体重也许和他差不多。体型较大的斧狐犬能达到人的腰部高度，不过丝克拉卡是较小的品种，更为敏捷。

歌灵贝微微颤抖着，丝克拉卡急不可耐地猛扑上去，用强有力的外颌噬咬贝壳。

"我是胆小鬼吗？丝克拉卡？"巴拉特坐到一张石凳上，把拐杖放到一边，抓起一只躲在凳子侧边的小蟹，蟹壳已经转成与石头相同的白色。

他举起这只簌簌发抖的动物。园里的青草经过栽培，胆子略大一些，他走过后没多久就从地下探出头来。其他种类的异国植物也长得很茂盛，纷纷探出外壳或洞穴，现身地表，很快，他身边出现一片片红橙蓝的草木花卉，在风中荡漾。当然，斧狐犬周围的一片依旧是光秃秃的。丝克拉卡专心对付猎物,连经过驯化的植物也躲在地底不敢出来。

"我没法去当迦熙娜的学徒,"巴拉特说着,开始撕扯蟹脚,"只有女人可以接近她,偷走魂器,这是我们一起决定的。何况,总要有人留在家里照看。"

这些借口空洞无力,他确实觉得自己像个胆小鬼。他又扯下几根蟹足,但无法满足。蟹太小了,脚扯起来也太容易。

"这份计划或许根本行不通。"他扯下最后几根蟹足。看着这么一只没腿的生物有种异样感。蟹应该还活着,但你怎么知道呢?没了扭来扭去的腿,它看起来像了无生气的石头。

它也没有手,他心想,我们挥舞手臂,看起来就像个活人。这是手臂的妙处。他把手指插进蟹壳的接缝处,开始撬动。至少,这个部位的阻力感觉很不错。

他们的家庭并不圆满。因为长年忍受父亲残暴的脾气,三子尤术走上了歪道,次子维吉姆陷入绝望。只有巴拉特躲过此劫,没有被父亲伤害。巴拉特,还有沙兰。她是唯一的例外,从未挨过打。有时,巴拉特为此憎恨她,可你怎能对沙兰那样的人真恨得起来呢?她是那么羞涩、安静又娇弱。

我永远不该让她走,他想,应该有别的办法。她一个人绝对办不成这事,那时她可能是被恐惧冲昏了头脑。其实她能做到这分上,已经算是奇迹了。

他把大卸八块的蟹身往身后一抛。如果赫拉兰还活着就好了。他们所有人的兄长、曾经的长子赫拉兰一次又一次和父亲作对。好吧,他死了,父亲也死了,留下一个残废当家。

"巴拉特!"随着一声呼喊,维吉姆出现在门廊下。看样子,这个比巴拉特小一些的年轻人刚从忧郁症发作中缓过来。

"怎么了?"巴拉特起身道。

维吉姆跑下台阶,快步来到他身边,藤蔓——然后是青草——在他身前让道。"我们有麻烦了。"

"多大的麻烦?"

"很大。快跟我来。"

I-3 无知的荣耀

深国无真奴、瓦拉诺之孙泽斯,坐在某家酒馆的木地板上,棕色的裤子慢慢被谷瓜麦啤浸透。

他的衣衫肮脏破旧,远不似五年前刺杀阿勒斯卡国王时那一身素雅白服。

他耷拉着脑袋,两手放在腿上,没有携带武器。他好几年没召唤碎瑛刃了,没洗澡的日子也一样长,但他安之若素。看起来像个渣滓,人们就会以对待渣滓的方式对待他,没人会叫渣滓去当杀手。

"这么说,你叫他做什么他就做什么?"坐在桌旁的一名矿工问。此人的打扮比泽斯好不了多少,皮肤也一样满是污垢灰尘,几乎分不清哪是衣服、哪是皮肤。桌旁共有四人,一人拿着一只陶杯。屋子里有股泥土和汗液的气味,天花板很低,墙面上开了几个窄孔权当窗户,而且只有背风面才有。桌面木板中间已经开裂,用几根皮带绑着,看起来很不牢靠。

图克——泽斯目前的主人——把杯子往桌上一放,那块地方的桌板是斜的,在他手臂的重量下开始下陷,"那是,肯定听话。嗨,克普,看着我。"

泽斯抬起头。在巴甫兰德方言里,"克普"是指小鬼。泽斯习惯了这类蔑称。尽管已三十五岁——成为无真奴也有七个年头——他们那一族人又大又圆的眼睛、矮小的体型和容易秃顶的体质使得东方人总是把他们看作小孩。

"站起来。"图克说。

泽斯照做。

"跳几下。"

泽斯遵从。

"把通恩的啤酒倒到自己头上。"

泽斯伸手去拿杯子。

"嘿!"通恩把酒杯挪近身前,"现在不成!我还没喝完呢!"

"要是你喝完了,"图克说,"他哪儿来啤酒倒,哪儿来啊?"

"让他整点儿别的,图克。"通恩抱怨。

"成。"图克拔出靴子里的匕首,扔给泽斯,"克普,在你手臂上割一刀。"

"图克……"另一个总是在抽鼻子的人说,"这不太好吧,你知道的。"他叫阿马克。

图克没有收回命令,所以泽斯照办了,他拿起匕首,划破手臂的皮肉,鲜血渗出来,染红了肮脏的刀刃。

"割开你的喉咙。"图克说。

"喂,图克!"阿马克站了起来,"我不能——"

"噢,别废话,"图克说。其他桌上的几拨人现在也转头来看热闹。"你们瞧着吧。克普,割自己的喉咙。"

"我不能终结自己的生命。"泽斯用巴甫兰德语轻声说,"作为无真奴,我不能品尝亲手给自己带来死亡的滋味,这种煎熬是我的命运。"

阿马克一屁股坐回去,显得有些局促。

"尘埃之母在上，"通恩说，"他一直这么说话？"

"怎么说话？"图克拿起大杯猛灌一口黄汤。

"文绉绉、细声细气，还很体面。就像光眼种。"

"是啊，"图克说，"他跟奴隶差不多，哦，应该说比奴隶更好。他是深族人，不会逃跑、不会顶嘴，安分得很，又不用付他钱。他也像仆族，但比仆族聪明，我看值不少球币。"他扫了一眼众人，"我能带他下矿，一起干活，把他的报酬捞进腰包。他会替你干你不想干的差事，扫扫厕所、刷刷墙啥的，用场可多了。"

"那你怎么遇上他的？"有人摸着下巴问。图克是个四处找活儿的流动工，在一座座镇子间辗转，向众人展示泽斯这个宝贝是他迅速交上朋友的众多法门之一。

"哦，这里头倒有个故事。"图克说，"以前啊，我在南部山区一带旅行，嗯，有那么一次，我听到古怪的声音，鬼哭狼嚎，你们懂的。那可不是啥风，对对，然后……"

这故事是彻头彻尾的瞎话；泽斯之前的主人——附近村子的一名农夫——用泽斯换了一袋种子。把泽斯卖给农夫的则是个旅行商人，他又是凭一场出老千的赌博从一名修鞋匠手里搞来他的。在修鞋匠之前他还经手过几十个主人。

起先，这些暗眼种平民很享受拥有他的新鲜感。

对大部分人来说，奴隶实在太贵，仆族更负担不起。所以，能有像泽斯这样的人拿来使唤确实非常新鲜。他可以打扫地板、锯木头、帮手农活、扛重物。有些人待他不错，有些人则不然。

但他们总会把他打发走。

也许他们能隐隐感觉到真相——他身上有不得了的本事，大到他们不敢用。拥有自己的奴隶是一回事，但如果那个奴隶有光眼种一般的谈吐，知道得比你还多呢？这使他们很不自在。

泽斯努力扮演好自己的角色，试图隐去身上的高贵气质。对他来说，这非常困难，也许根本不可能。如果知道这个为他们倒夜壶的人是个碎瑛武士，能使用飓能，几乎相当于远古的光辉骑士中的风行骑士，他们会说什么？当他召唤碎瑛刃，那双墨绿色眼睛会变成苍蓝色——几乎闪闪发光，那是碎瑛刃带来的独特效应。

他们最好永远别发现。一身绝世本领被荒废是泽斯的荣幸，被喝令打扫或挖土而非杀戮，这样的日子，每一天都是一场胜利。五年前那一晚依旧萦绕在他脑海中。之前，他也曾被命令杀人——但总是暗中进行，悄然无声，从未收到过如此别有用心的可怕指令。

杀掉国王，毁灭国王，抵抗者格杀勿论。你的所作所为要有人见证。留下受伤的活口……

"……就在那时，他发誓服侍我一辈子，"图克讲完了故事，"打那以后，他一直跟着我。"

听众转头看着泽斯。"是的，"他按事先得到的命令说，"字字属实。"

图克笑了。他没有为泽斯感到不安，显然，他觉得泽斯服从他没什么不自然的。这样看来，也许他把泽斯留在身边的时间会比其他主人更长。

"好啦，"图克说，"我得走了，明儿要起早。还有很多地方要看，很多没见识过的路要走……"

他喜欢以见多识广的旅行者自居，但就泽斯所知，他只在一片地区打转。这一带有很多小矿场，因此有很多小村庄。图克几年前可能来过这个村子，但矿上有很多流动工，所以不太会有人记得他，除非是有人记得他那些不着边际的吹牛。

不管着不着边际，其他矿工似乎没听过瘾，催促他接着讲，还送他一杯酒水。他推辞了两下，便同意了。

泽斯静静地盘腿坐着，血顺着手臂往下淌。逃离塔冠城当晚，仆族智者漫不经心地丢掉了泽斯的誓约石，他们是否知道这么做给他带来了什么样的命运？受其约束，泽斯设法找回了它，然后站在路旁，不知会不会被士兵认出和处决——他希望被人认出和处决——直到一名过路的商人有心上前来询问。当时泽斯身上只剩下一根缠腰带，荣誉感迫使他丢弃白衣，以免被人轻易认出。他必须保住自己的性命，才好继续受苦。

简单地说明情况——不包括自己的罪行——后，泽斯上了商人的马车，坐在车厢后部。那名叫阿瓦多的商人相当聪明，料到国王的死会使异乡人处境恶劣，于是急忙赶回雅克维德，却不知杀害迦维拉尔的凶手扮成了自己的仆人。

阿勒斯卡人没有发动搜查。他们认定，这个无耻的"白衣刺客"和仆族智者一同逃了，他们期望能在破碎平原上找到他。

终于，矿工们对舌头越来越不利索的图克感到厌烦，于是向他道别，不理会他明目张胆的暗示——再请他喝上一杯，他就会说出自己最了不起的经历：亲眼见到夜妖，还偷走一颗在夜里绽放黑光的晶球。那个故事总是令泽斯不舒服，让他想起迦维拉尔给他的那颗古怪的黑晶球。他把这颗怪石小心地藏在雅克维德。他不知那是什么东西，但不想冒险带在身上，因为有可能被某个主人夺走。

眼见再没人请客，心有不甘的图克晃晃悠悠地站起来，冲泽斯挥挥手，让他随自己一同离开酒馆。外面的街道黑糊糊的。这个名叫铁威的村子有一片像模像样的中心广场、几百户民宅和三家酒馆。在巴甫兰德——整片大陆最无人问津的小地方，紧邻北面的吃角族群峰——这等规模可算是大都会了。巴甫兰德理论上属于雅克维德，但雅克维德的轩亲王根本不愿过问这里。

在街上，泽斯跟着主人，走向一片略破败的街区。图克没几个钱，镇上漂亮的、哪怕是像样的地方，他都住不起。泽斯回头眺望，希望月亮三姐妹中的二姐——东方人称做诺梦——已经升起，好给他们一点亮光。

醉醺醺的图克一步三晃，突然当街躺倒。泽斯叹了口气。把主人扛到床上的经历对他而言不是第一次了。他跪下，想把图克扶起来。

他的动作凝固了。一汪温热的液体在主人身下聚积。他这才注意到图克脖子上插着一把匕首。

泽斯瞬间警觉起来。与此同时，周围小巷里钻出一群强盗。其中一人扬起手，手中的匕首反射着星光，准备掷向泽斯。他浑身一紧。图克的口袋里有一些注了飓光的润石，可以拿来应急。

"等等。"有个强盗小声说。

持匕首的人停下了。另一人凑近打量泽斯，"他是深族，连只飓虫都不会踩。"

其余人将尸体拖进巷子。持匕首的人再次举起兵器："可他会乱喊乱叫。"

"那怎么到现在都没叫？我告诉你了，他们坏不了事，他们跟仆族差不多，还可以卖钱。"

"没准儿真是，"另一个人说，"他吓坏了，你们瞧。"

"过来。"先前开口的强盗向泽斯招招手。

他听命走进小巷，巷子里突然亮了起来，因为其他强盗翻开了图克的口袋。

"克勒克在上，"有个人说，"白忙活一场。才几个齐普、两个马克，没见着一个布罗姆。"

"没听我说吗？"最先说话的那人又道，"我们能把他当奴隶卖。深族可是挺抢手的仆人。"

"他还是个小鬼。"

"扯淡。他们看起来都这样。嘿，这是什么？"那人从清点润石的同伴手里抢过一颗个头不小、闪闪发光的石球。看起来很普通，只是一块简单的石头，嵌着几片石晶，一侧有着锈迹斑斑的铁纹。"这是啥玩意儿？"

"不值钱的玩意儿。"一人说。

"我必须告诉您,"泽斯平静地说,"您握着我的誓约石。只要它在您掌握之下,您就是我的主人。"

"这算咋回事?"有个强盗起身问。

拿着誓约石的强盗收拢五指,攥住石头,戒备地扫了其他人一眼,又转回来看泽斯:"你的主人?这到底是啥意思?说清楚点儿。"

"我必须遵从您,"泽斯说,"遵从一切,除了要我自杀的命令。"命他交出或放弃碎瑛刃也是不行的,但此刻没必要说出来。

"你会服从我?"强盗说,"也就是说,我说啥你做啥?"

"正是。"

"**不管我说啥?**"

泽斯闭上眼,"正是。"

"好吧,这不挺有趣吗,"那人道,"相当有趣啊……"

第二部分
耀闪风暴

达力纳 卡拉丁 阿多林

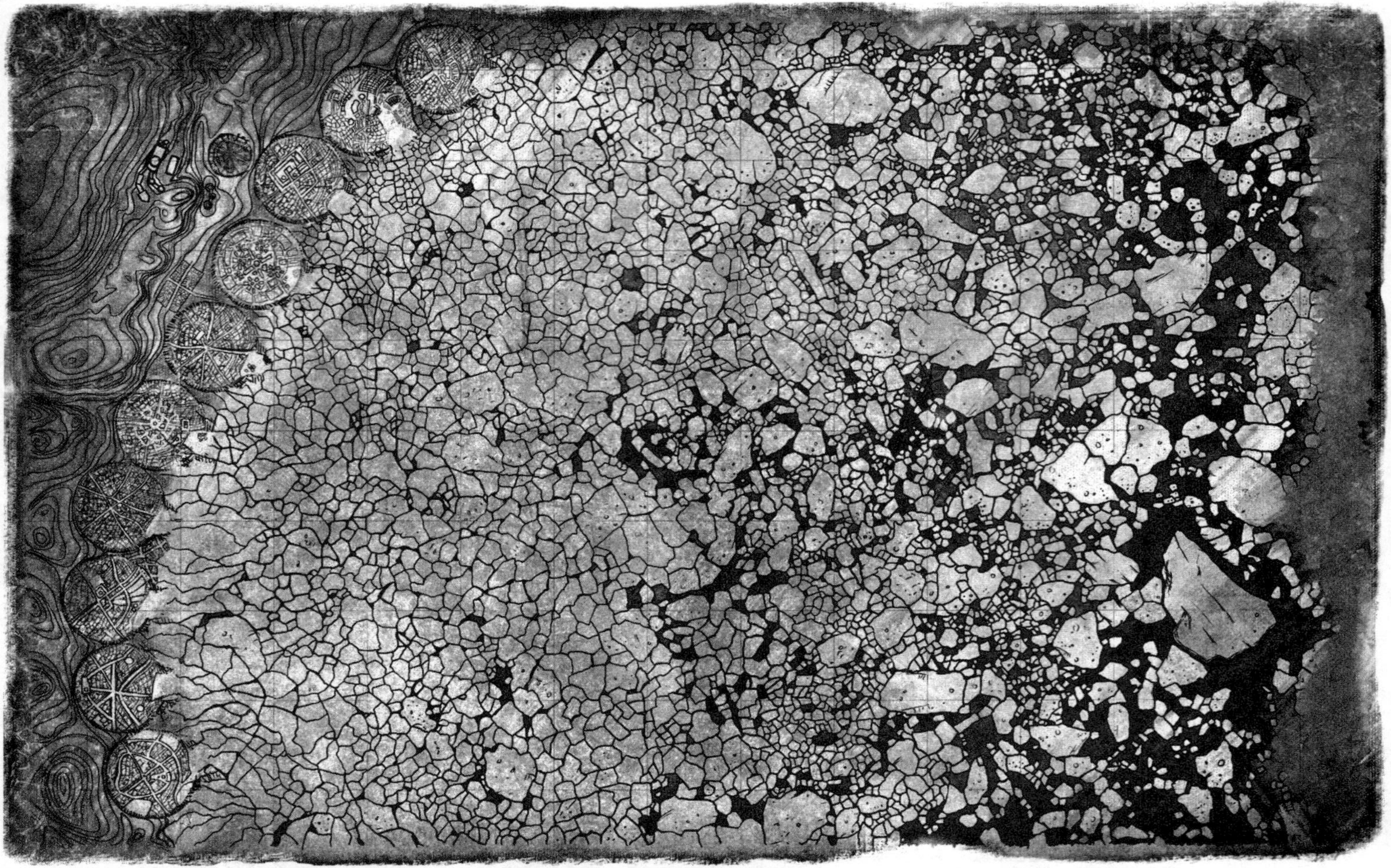

破碎平原大地图。在这图的右边，可以很明显地看到“塔地”，那是该地区最大的高地。在这图的左边，十座军营也清晰可辨

12
团结

老朋友，望你展信安好。不过，既然你成了不朽的存在，估计安好对你来说是理所当然的了。

"今天，"艾尔霍卡国王在晴朗无云的蓝天下策马豪言，"是个弑神的好日子。你们以为呢？"

"毫无疑问，陛下。"撒迪亚斯立即谄媚地会心一笑，"或许可以说，他们的神应当惧怕高贵的阿勒斯卡人，至少惧怕我们中的大部分人。"

阿多林握缰绳的手略微紧了紧；轩亲王撒迪亚斯一开口，他就紧张。

"我们非得跑在前面吗？"雷纳林小声抱怨。

"我想听他说了些什么。"阿多林轻声答道。

他们两兄弟骑马跑在纵队前列，靠近国王和诸位轩亲王，身后是一长列队伍：一千名身穿寇林家族蓝色军服的士兵、几十个仆从、甚至还有坐轿子的女文书来为打猎作述。阿多林一边伸手取水壶，一边打量这堂皇气派的一切。

他穿着自己的碎瑛甲，所以拿水壶时万分小心，否则很容易把水壶捏碎。碎瑛甲在身，肌肉的速度、力量和灵活性都会大大提升，要经过反复练习才能适应。尽管这套继承自母家的碎瑛甲得自十六岁生日那天，至今已有七年，阿多林偶尔还是会被它的效力吓一跳。

他扭过头，慢慢喝下一大口温水。撒迪亚斯骑行在国王左边，阿多林的父亲达力拿在右，身形稳如磐石。跟在最后的轩亲王是瓦马尔，他不是碎瑛武士。

国王一身金色碎瑛甲，英姿勃发——当然，碎瑛甲可以让任何人显出王者风范。就连撒迪亚斯，套上那身红色碎瑛甲，看起来也不赖，不过他圆滚滚的脸庞和红润的脸色使效果打了折扣。撒迪亚斯和国王都乐于炫耀自己的碎瑛甲。还有……必须承认，也许阿多林同样乐于炫耀。他把碎瑛甲涂成蓝色，在头盔和肩甲上锻接了一些饰物，以显出格外的霸气。穿着碎瑛甲这般华美的神物，怎可不炫耀一下呢？

阿多林又喝了一口水，听国王谈论打猎的妙处。一行人中，只有一个碎瑛武士——或者说，阿勒斯卡的十支大军里只有这一个人——没在瑛甲上涂色或加以装饰。达力拿·寇林。阿多林的父亲更喜欢盔甲玄武灰的本色。

达力拿行在国王身边，神情严肃，头盔系在鞍上，露出一张棱角分明的方脸，头顶是黑色短发，两鬓华发渐生。鲜有女人觉得达力拿·寇林算得上英俊，他鼻子歪斜，五官粗犷。这是一张战士的脸。

他骑着黑色的雷沙迪乌马，体型巨大，没有去势，阿多林几乎没见过这么大的马。盔甲使国王和撒迪亚斯像个王者，却让达力拿像个战士。对他而言，碎瑛甲不是装饰品，而是工具。他从未因盔甲赋予他的力量或速度惊慌失措。仿佛达力拿·寇林穿着碎瑛甲才是自然状态——没穿倒是异常。也许，这就是他成为有史以来最伟大的战士和将军的原因之一。

阿多林意识到自己怀着热切的期待，希望父亲在这段时间能稍稍多做些配得上这份威名的事。

他在思索那些幻象。阿多林看着父亲魂不守舍的表情和心事重重的眼神，心想。"昨晚又发生了，"阿多林轻声对雷纳林说，"起飓风的时候。"

"我知道。"雷纳林说。他语调铿锵，回答问题前总会先停一拍，似乎在头脑中字斟句酌。有些阿多林认识的女人说，雷纳林的作派让人恐惧，仿佛能用思想将她们肢解。一提起他，她们就会瑟瑟发抖，但阿多林从不觉得这个弟弟让他有哪怕一丁点儿不舒服。

"你觉得其中有何深意？"阿多林把嗓音压低到只有两人听得见，"父亲……看到的那些场景。"

"我不知道。"

"雷纳林，我们不能一直不当回事。士兵们在谈论，流言在十支军队中传播！"

达力拿·寇林正逐步陷入疯狂。每当飓风来临，他都会跌倒在地，浑身颤抖，胡话连篇。接着，他会站起来，睁着一双失神而狂乱的蓝眼睛乱劈乱砍。阿多林必须制止父亲，以免他自己或他人受伤。

"他看到了某些东西，"阿多林说，"或以为自己看到了某些东西。"

阿多林的祖父曾饱受幻觉之苦——年迈时，他以为自己回到了战场。难道这一切又落到达力拿头上了？他是不是在想象中重温年轻时的战斗，重温那些为他赢得名誉的日子？又或者，他兄长被白衣刺客杀害的可怕夜晚一次又一次重现？他为什么在幻象消散之后屡屡提及光辉骑士？

这一切使得阿多林心情沉重。达力拿是"黑荆棘"，是战场上的天才，是在世的传奇。在数百年纷争和内斗后，他和他兄长一起，重新将阿勒斯卡大大小小的轩亲王团结起来，平息了他们之间的战火。他在决斗中打败了数不清的挑战者,赢下几十场战役,整个王国都仰赖他。而现在居然发生了这种事。

作为儿子,当你敬爱的父亲——现世最伟大的人——开始一点一点丧失心智,你该怎么做?

撒迪亚斯正在谈论他最近一场胜利。两天前,他又赢得了一块琼心石,恰好国王还不知道。不过,撒迪亚斯的自吹自擂总是令阿多林神经紧绷。

"我们该退后一点。"雷纳林说。

"我们完全有资格留在这里。"阿多林说。

"我不喜欢你靠近撒迪亚斯时的样子。"

我们必须盯着那个人,雷纳林。阿多林心想,他知道父亲一天不如一天,他会找机会出手。阿多林强迫自己挤出笑容,为了雷纳林,他想表现得轻松自信。通常这并不困难,他这辈子算是过得开心如意:决斗、发呆、追求一下不可多得的可爱姑娘。不过最近,他似乎享受不到这种单纯的愉悦。

"你最近的表现堪称勇气的典范,撒迪亚斯。"国王说,"你做得很好,收集到不少琼心石,应予嘉奖。"

"衷心感谢,陛下。不过这场竞争开始有些无趣了,某些人似乎不怎么积极。我想,就连最好的兵器也有钝掉的一天。"

达力拿一语不发,过去的他会对这种含沙射影作出回应。阿多林牙齿咬得咯咯作响。是可忍孰不可忍,撒迪亚斯居然当着父亲的面出言攻讦。也许阿多林该向这个自以为是的畜生提出挑战。但你没法同轩亲王决斗——除非打算挑起轩然大波。不过,也许他已有此心,也许——

"阿多林……"雷纳林的语气中充满告诫意味。

阿多林把头扭到一边,伸出手,摆出召唤碎瑛刃的姿势,结果只是把缰绳握到手里。风打雷劈的混蛋,他心想,离我父亲远点儿。

"何不谈谈这次狩猎?"雷纳林说。和平常一样,这位年岁略小的寇林家族成员骑姿完美、后背挺直,眼睛隐藏在眼镜下面,堪称合规蹈矩、行止庄重的典范,"你不觉得兴奋吗?"

"哼,"阿多林说,"我从不觉得狩猎像旁人说的那般有趣。不管猎物有多大,我都不感兴趣——到头来和屠宰没有两样。"

决斗才让人兴奋。那是碎瑛刃在手的感觉,那是面对聪明谨慎、武艺高强的对手的感觉。那是与人对抗、角力、比拼头脑的感觉。猎杀个把愚钝的野兽不能与之相提并论。

"也许你该邀请嘉娜拉一起来。"雷纳林说。

"她不会来的。"阿多林说,"发生那种事之后……你是知道的。莉拉昨天说话很冲。最好还是回避一段时间。"

"在对待她的方式上,你真的应该更聪明一些。"雷纳林数落道。

阿多林支支吾吾地回了几句模棱两可的话。屡屡讨女人嫌并非他的错。好吧,严格来说,这一次确实是他的错,但一般不是这样的,这一次是例外。

国王抱怨起来。雷纳林和阿多林拖在后头,阿多林听不清究竟说了什么。

"咱们靠近些。"阿多林拍拍坐骑,示意它前进。

雷纳林无奈地翻翻白眼,跟了上去。

♛

把他们团结起来。

这几个字在达力拿脑中轻声回荡,摆脱不了,令他心力交瘁。加兰特载着他,在破碎平原中这片巨石嶙峋的高地上缓缓奔跑。

"我们该到了吧?"国王问。

"离狩猎场还有两三块高地,陛下。"达力拿心不在焉地回答,

"进展顺利的话，可能还要一小时。如果有视野开阔的制高点，我们也许能看到搭在那里的帐篷——"

"制高点？前方石峰如何？"

"我觉得，"达力拿打量着这石柱尖的高度，"我们可以派了望手上去看一下。"

"了望手？得了，叔叔，我想来场比赛。五个布罗姆，赌我比你先到柱顶。"话音刚落，国王便策马飞奔，四蹄轰隆，势如奔雷，把一群呆若木鸡的光眼种、侍从和守卫抛在身后。

"风操的！"达力拿骂了一句，拍马便走，"阿多林，这里由你指挥！警醒点，确保邻近高地的安全。"

落在后面的儿子短促有力地点头。达力拿纵马追向国王，追向那个黄金甲和蓝披风的身影。蹄声在石地上回荡，一块块鬼斧神工的岩石被甩在身后，前方，尖塔般陡峭的石峰矗立在高地边缘，此类构造在破碎平原上并不少见。

这孩子！达力拿还是把艾尔霍卡当成大男孩。尽管国王已二十七岁，但有时，他的行为就像孩子。达力拿啊达力拿，在这孩子又一次炫耀本领之前，为何不多告诫他几句呢？

然而，骑在马上，达力拿暗自承认，纵马狂奔、脱下头盔、顶风而行的感觉确实不错。他对比赛越来越投入，脉搏也越来越快，忘记了初始的忙乱。那一刻，达力拿让自己超脱了烦恼，摆脱了头脑中回荡的幽灵。

国王想比赛？很好，达力拿奉陪到底。

他从国王身边冲过。艾尔霍卡的坐骑是良种马，但绝对不比上纯雷沙迪乌血统的加兰特——加兰特比普通的马高两掌，也强壮得多。这种动物会择主而侍，在阿勒斯卡全军，有此幸运的不过十几人，达力拿是一个，阿多林也是一个。

几秒钟后，达力拿已冲到石峰底下。不待加兰特停稳，他便翻身下马,强烈的冲击力被碎瑛甲吸收。他一个滑步稳住身形,金属靴底磨得岩石嘎吱作响,纷纷碎裂。从未穿过碎瑛甲的人永远无法理解,尤其是那些惯于穿戴有形无神的普通盔甲的人。碎瑛甲并非单纯的盔甲,其功用多得多。

他跑到石峰下,艾尔霍卡在身后狂奔。达力拿纵身一跃——瑛甲强化了他的腿,使他腾空约八尺——抓住石面上的支撑点。这只手再一使劲,又把他的身体拉了上去,凭借碎瑛甲,他的力量可以一当百。竞争的激越感在他体内升腾,虽不比战斗的激越,但也算是不错的替代。

下方传来石头碎裂声,艾尔霍卡也开始攀爬了。达力拿没往下看,他把视线锁定在顶部自然形成的平台上,那里高出周围地面约四十尺。他用戴甲的手指摸索,又找到一个支撑点。碎瑛甲的护手把手完全盖住了,但这种古老的铠甲能以某种方式向手指传递触觉,感觉就像戴着薄薄的皮手套。

右方传来哗啦啦的响动,伴随着一声轻轻的咒骂。艾尔霍卡选择了不同的攀爬路线,希望能赶到达力拿前面,但国王陷入了难以为继的困境,头顶没有够得着的支撑点。

国王看着达力拿,黄金碎瑛甲开始发光。他咬咬牙,看向头顶,猛地一跃,扑向上方一处凸起。

蠢孩子。达力拿看着国王心想。国王仿佛飘在半空,直到抓住那块突起的岩石,在空中晃荡。然后,他稳住身形,继续攀登。

达力拿发起狠来,岩石在指尖下化作碎屑,纷纷撒落。风吹乱他的披风。他又拉又蹬,用尽全力,堪堪比国王快一点。离顶部只有几尺了。激越感化作轰鸣。他朝着目标,决意取胜。不能输,他一定要——

把他们团结起来。

他停了下来,一片茫然,就这么让侄儿赶到了前面。

艾尔霍卡伸手抓住顶沿,把自己拉上去,双脚站定,发出胜利者的笑声。他转身向达力拿伸出一只手,"真不走运,叔叔,可托你的福,这是一场好比试!快到终点时我还以为你赢定了。"

艾尔霍卡脸上写着胜利的喜悦和欢欣,达力拿不禁莞尔。年轻人需要胜利,哪怕微不足道的胜利也对他有好处。傲灵,像是微小的、半透明的金色光球,在国王身旁显形,被他自豪的心情吸引。幸好刚才犹豫了一下。达力拿握住国王的手,让艾尔霍卡把他拉上去。这座浑然天成的石塔顶端空间刚好够他们两人站立。

达力拿大口喘着气,拍拍国王的后背,发出金属的铿锵声:"确实是场好比试,陛下,干得漂亮。"

国王爽朗地笑了,黄金碎瑛甲在正午的阳光下熠熠生辉。他抬起面罩,露出淡绿色眼睛、直挺的鼻梁和打理得干干净净的脸庞——简直是过于英俊了。国王天庭饱满、双唇圆润、下巴棱角分明。迦维拉尔的脸本与之类似,但后来断了鼻子,下巴留了一道骇人的伤疤。

在他们脚下,深蓝卫士和若干艾尔霍卡的随从正往上爬,其中包括撒迪亚斯。他的碎瑛甲发出红色光辉,他并非完全的碎瑛武士——只有碎瑛甲,没有碎瑛刃。

达力拿举目远望。这个高度可以看出很远。一种诡异的感觉涌上心头,仿佛他曾经来过这里,看过这片支零破碎的大地。

只一个心跳的工夫,这种感觉就消失了。

"那儿,"艾尔霍卡抬起套着黄金护具的手一指,"我看到目的地了。"

达力拿抬手遮阴,看到一大片帆布营帐,与此间隔了三片高地,国王的旗帜在那里飘扬。那里靠近阿勒斯卡军控制下的破碎平原,由达力拿的部队占据。他们所在的高地与那里由几座宽敞的固定桥梁相连。此处有一头成年深渊恶魔,是国王狩猎的目标:恶魔的心脏是珍贵的宝物,他有权将之收为己有。

"你又说对了,叔叔。"艾尔霍卡说。

"我会努力把它变成习惯。"

"我想这种习惯无可厚非,我只要在赛跑时赢你一两回。"

达力拿笑了,"我觉得自己又年轻了,好像回到了过去,追在你父亲身后,进行一些荒唐的比试。"

艾尔霍卡的嘴唇抿成细细的一线,傲灵淡化、消失。提到迦维拉尔让他不开心,他觉得在别人心目中,自己比不上老国王。不幸的是,他的感觉是对的。

达力拿迅速转换话题:"这样乱跑一气,我们看起来一定像是十蠢附体。恳请您多加留意,让我安排好亲卫队,**这里毕竟是战区**。"

"啧,你担心得太多了,叔叔,仆族智者几年没攻到离我们控制的平原区域这么近的地方了。"

"话虽如此,你两天前的晚上还担心过自己的安全。"

艾尔霍卡的叹气声清晰可闻:"叔叔,我得向你解释多少次?我可以面对手握碎瑛刃的敌兵,可当黑暗和沉默笼罩一切,当我们放下戒心,他们就可能有所行动。这才是你要防备、要为我抵御的危险。"

达力拿没有作答。艾尔霍卡对暗杀有强烈的焦虑——甚至算得上妄想症。考虑到他父亲遭受的一切,谁能责怪他呢?

对不起,哥哥。每当想起迦维拉尔丧命那晚,他都会在心中默默道歉。那晚,老国王独自一人,没有弟弟在身边保护。

"您询问的事情,我查过了。"达力拿努力甩开糟糕的回忆。

"是吗?有何发现?"

"臣下惶恐,收获并不多。没有外人闯入您阳台的迹象,仆从也没在附近看到任何生面孔。"

"那晚,在那儿……确实有人在黑夜里盯着我。"

"如果确有其事,那些人也没再来过,陛下,而且他们没留下任何线索。"

艾尔霍卡看来不太满意,两人尴尬地沉默了一阵。下方的阿多林与斥候碰头后,准备指挥部队穿过深渊。艾尔霍卡曾反对达力拿带上这么多人手,其中大部分人在狩猎中派不上用场,因为屠魔的主力是碎瑛武士而非士兵。但达力拿必须保证侄子的安全,经过几年战争,仆族智者的出击变得越来越谨小慎微——虽然难以定论,但阿勒斯卡的文书员估计敌方人数只有战前的四分之一。可是,国王的现身也许足以诱使他们不顾一切地发动攻击。

风捶打着达力拿的脸庞,几分钟前那一丝似曾相识的感觉又随风而返。站在峰顶,俯瞰劫后的荒芜。一片神奇的景象,一份敬畏的心情。

没错,他心想,我确实曾站在某个类似的石峰上。那是在——
在某场幻象中,在他第一次经历幻象时。

你必须把他们团结起来,古怪而深沉的声音告诉他,你必须做好准备。为你的人民建一座强大的、和平的城堡,建一道抵御狂风的高墙。停止争斗,团结起来。灭世风暴将临。

"陛下,"达力拿不知不觉中脱口而出,"我……"他的话来得突然,也结束得突兀。他能说什么呢?说自己见到了幻象?不顾一切教义和常识,说他觉得这些幻象可能来自全能之主?说他认为他们应该退出战场,返回阿勒斯卡?

彻头彻尾的愚蠢。

"叔叔?"国王问,"你想说什么?"

"没什么。走吧,我们回去和其他人会合。"

♛

阿多林跨在马上,用一根手指绕起一条野猪皮捻成的缰绳,等着斥候的下一次报告。他设法把父亲和撒迪亚斯的事抛诸脑后,思索着如何解释他和莉拉发生的争吵,从而赢得嘉娜拉的些许同情。

嘉娜拉喜爱古代史诗,他能否用戏剧化的语言来描述这场争吵?他笑了,惦念起她乌亮的黑发和难以捉摸的笑容。她足够大胆,明知他在追求别人还照样前来挑逗。也许雷纳林是对的,他应该邀请她来参加狩猎。对他而言,若有位长发尤物在一旁观看,与巨壳生物战斗的乐趣会大得多……

"斥候的报告来了,光明贵人阿多林。"塔里拉小跑上前。

阿多林收起思绪,回到正事。他和几名深蓝卫士已来到石峰下,父亲和国王还在上面交谈。塔里拉是斥候长,面容瘦小、胸膛厚实、四肢粗壮。从某些角度看,他的头和躯干相比小得不成比例,仿佛是被砸扁了一般。

"讲。"阿多林说。

"打头的斥候遇到了狩猎长,已经返回。附近所有高地都没有仆族智者的踪迹。第十八和第二十一中队已就位,但还有八个中队没有完成部署。"

阿多林点点头:"派二十一中队和一些骑卫去十四和十六号高地巡逻,六号和八号高地也要各派两个中队。"

"在我们身后的六号和八号高地?"

"如果我来策划伏击,"阿多林说,"我会包抄到那里,切断我们的后路。照我说的做。"

塔里拉敬礼道:"遵命,光明贵人。"然后快步下去传令。

"你真觉得有必要?"雷纳林趋马到阿多林身边问他。

"不。但父亲反正会这么要求。你了解他。"

上方有了些动静。阿多林抬起头,正好看到国王腾空跃下石峰,直接跳下四十尺高度,披风扑簌簌地抖个不停。阿多林的父亲站在石顶边缘,阿多林可以想象,他在暗自咒骂这愚蠢又莽撞的举动。虽然碎瑛甲承受得住落地的冲击,这个高度也够危险的。

伴着一声石崩地裂的巨响，艾尔霍卡落到地面，还保持着笔直的站势，激起石块碎屑和大团飓光。阿多林的父亲选了较为安全的路线，先落到一处较低的石台才往下跳。

*最近，他选择安全路线的次数似乎越来越多了。*阿多林心不在焉地想，*而且，他似乎总能找到理由把指挥权交给我。*阿多林满怀心事地催促马儿走出岩峰的阴影。他得去听取后卫的报告——父亲会如此要求的。

路上，他碰到一群光眼种，那是撒迪亚斯的一部分随员。国王、撒迪亚斯和瓦马尔各带了一群侍从、助手和食客随行。看着他们坐在有顶篷遮阳的轿子里，穿着舒适的丝绸外套，前襟敞开，阿多林便感到身上盔甲是多么笨重，汗液有多么难受。碎瑛甲是神器，拥有强大的力量，但在烈日之下，依然会让人渴望穿些不那么局促的行头。

可他不能像其他人一样穿便服，绝对不能。哪怕只是狩猎，阿多林也必须一身戎装，这是《阿勒斯卡战争法典》的要求。只是这几百年来，已经没人把法典当回事，或者说，除了达力拿·寇林——以及他的儿子——之外，没人再当回事。

阿多林来到两名满脸悠闲神态的光眼种身旁。瓦提安和洛马得，近来和撒迪亚斯厮混的家伙。他们的谈话声很大，可以让阿多林听见，也许是故意的。"又来了，追在国王后面，"瓦提安摇头道，"简直像斧狐犬宠物，跟在主人屁股后头。"

"可耻啊，"洛马得说，"达力拿有多久没赢过琼心石了？他唯一能得到的机会，就是国王让他猎取，没人跟他竞争的时候。"

阿多林咬着牙从他们身旁经过。根据父亲对战争法典的理解，阿多林不得在身负指挥任务或其他职责时向他人提出决斗。他对这毫无必要的限制感到不耐烦，但达力拿是以指挥官的身份命令阿多林的，所以没有争论余地。他必须想法设局，诱使那两个阿谀奉承的蠢货上决斗场。不幸的是，他没法跟每个出言辱没自己的父亲的人决斗。

可最大的问题在于，他们的言论并非毫无依据。阿勒斯卡境内各公国就像一个个独立王国，虽奉迦维拉尔为国王，但仍拥有很大自治权。艾尔霍卡继承王位后，达力拿则依世袭权利得到了寇林公国。

然而，大部分轩亲王只是象征性地认同国王的最高统治地位，艾尔霍卡并没有自己的专属领地。于是他仍把自己当成寇林公国的轩亲王，对其日常管理投入了极大关注，结果导致达力拿放弃了原本属于自己的统治权，迁就着艾尔霍卡种种心血来潮的想法，为保护侄儿投入自己的资源。这使得其他人把他看作弱者——不过是徒有浮名的国王保镖。

达力拿曾令人望而生畏，人们不敢拿这些事来谈论。可现在呢？达力拿攻击高地的次数越来越少，他的部队落于人后，抢不到几颗琼心石。其他人在战斗、在胜利，达力拿和儿子们却虚掷光阴，去搞什么官僚和行政的勾当。

阿多林想去战斗，去砍杀仆族智者。如果连战场都很少上，遵从战争法典又有何意义？*是那些幻象的错*。不管别人怎么说，达力拿不是弱者，也绝不是懦夫。他只是遇到了一点困扰。

后卫队长们还没到，阿多林决定先向国王报告一下情况。他策马向国王跑去——刚好与同样这么做的撒迪亚斯同行。不出意料，撒迪亚斯冲他皱皱眉。这位轩亲王讨厌阿多林，因为他有碎瑛刃，撒迪亚斯却没有，这是他日思夜想好几年的东西。

阿多林迎上轩亲王的目光笑了笑。*想要我的碎瑛刃，就来找我决斗，随时奉陪，撒迪亚斯，你尽管试试*。能把这条鳗鱼似的人精拖进决斗场，阿多林什么都愿意。

达力拿和国王骑马靠近，阿多林抢在撒迪亚斯之前开口："陛下，斥候回报。"

国王叹口气："我看又没什么大事。说真的，叔叔，有必要上报军中一切琐碎吗？"

"现在是战时，陛下。"达力拿说。

艾尔霍卡又一声叹息，显得不胜其扰。

*你真是个怪人，堂兄。*阿多林心想。在艾尔霍卡眼里，每片阴影都潜伏着刺客，可他却常常无视仆族智者构成的真正威胁。他会抛下亲卫队、独自猛冲，会从四十尺高的石峰上跃下，就像今天的所作所为一样。然而他也会彻夜不眠，担心被人暗杀。

"你要报告什么，说吧，吾儿。"达力拿道。

阿多林一时语塞，现在才意识到没有实质性内容就来汇报是一件蠢事："斥候遇到了狩猎长，他们没发现仆族智者的踪迹。两个中队占住了附近的高地，另外八个中队需要一点时间才能越过深渊。我们就快到目的地了。"

"嗯，我们在上面看到了狩猎营地。"艾尔霍卡说，"也许我们可以骑马先行一步……"

"陛下，"达力拿说，"若您独自先行，那臣下派来护卫的部队就无用武之地了。"

艾尔霍卡翻个白眼。达力拿毫不动摇，神情坚定，就像周围的岩石。见他这样——在挑战面前坚定不屈——令阿多林绽放出自豪的笑容。*他为何不能始终保持这样的面貌？他为何屡屡在侮辱或挑衅前让步？*

"甚好，"国王说，"我们休息片刻，等部队就位。"

听闻吩咐，国王的随从迅速应对，男人们纷纷下马，女子让轿手放她们下地。阿多林折去听后卫的报告。等他回来，艾尔霍卡俨然把这里变成了宫廷。侍从为他支起一张遮阳篷，为他倒好了酒。酒是冰镇的，一种新发明的法器可让物体冷却。

阿多林摘下头盔，用系在马鞍旁的一块碎布擦了擦额头，打心里渴望能加入那些人，和他们一起享用美酒。但不管怎么想，他下马后第一件事是去找父亲。达力拿站在篷外的阳光下，护手甲覆盖下的两手交叉背在身后，看着东方，面向飓风之源——飓风是在远方海洋中的神秘地方孕育的。雷纳林站在他身旁，也望着相同的方向，仿佛想弄明白究竟是什么让父亲如此专注。

阿多林伸出一只手放在弟弟肩头，雷纳林朝他笑笑。阿多林知道，十九岁的弟弟觉得自己不属于这里。虽然腰佩长剑，可他压根儿不会用，由于弱血症，他难以在练武场上投入充足的时间。

"父亲，"阿多林说，"也许国王是对的，我们应该快马加鞭。我想早点儿结束这场狩猎。"

达力拿看着他："在你这个年纪时，我十分期待能参加这样的狩猎。放倒巨壳生物，对年轻人来说是一年难得一次的荣耀。"

又来了。阿多林心想。他不觉得狩猎有多刺激，为什么每个人都会对此有意见？"那只不过是大一号的红甲蟹罢了，父亲。"

"这些'大一号的红甲蟹'可以长到五十尺高，甚至能击倒穿碎瑛甲的强者。"

"是的，"阿多林说，"所以我们要被烈日暴晒几小时，以便引诱它出来。它现身后，我们会向它倾泻箭矢，直到它无力抵抗才靠近，然后用碎瑛刃将它砍死。真是荣耀得很。"

"这不是决斗，"达力拿说，"是狩猎，是一项伟大的传统。"

阿多林看着他，挑挑眉毛。

"没错，"达力拿补充道，"过程可能很乏味，但这是国王的意思，而且他很坚持。"

"你只是没从和莉拉的麻烦中走出来，阿多林，"雷纳林说，"一周前，你还对狩猎跃跃欲试。你真该请嘉娜拉一起来。"

"嘉娜拉讨厌打猎，她觉得这种事很野蛮。"

达力拿蹙眉道："嘉娜拉？是谁？"

"光明贵人卢斯托的女儿。"阿多林道。

"你在追求她吗？"

"还没有，但肯定会试试。"

"另一个女孩怎么了？矮矮的、喜欢银发带的那个。"

"蒂莉？"阿多林说，"父亲，我两个月前就不再追求她了！"

"是吗？"

"是的。"

达力拿摸摸下巴。

"自那以后，我又追求过两位女性，父亲，"阿多林补充道，"您真该多留点心。"

"要想弄清你这些复杂的情事，恐怕少不了全能之主的帮忙，儿子。"

"莉拉是最近的一个。"雷纳林说。

达力拿眉头紧锁："你们俩……"

"昨天出了些状况。"阿多林干咳几声，决定转移话题，"话说回来，国王坚持要亲自捕猎深渊恶魔，您不觉得奇怪吗？"

"不算奇怪。成体的深渊恶魔在这片地区并不多见，国王也很少参与高地突击，这是让他感受战场氛围的好机会。"

"可他整天杯弓蛇影，为什么现在又想出来打猎，把自己暴露在平原上呢？"

达力拿看着国王的帐篷："我知道这说不通，儿子，但国王也是个人，且比人们想象的更复杂。他担心自己如此恐惧暗杀，臣子们会视他为懦夫，所以想方设法来证明自己的勇气。有时他会选一些蠢办法——但在我遇见的人里，战场上毫无惧色、却对不见光的匕首胆战心惊的，他并非头一个。喜欢逞能，本身就是缺乏安全感的标志。

"国王在学习如何成为领袖。他需要这次狩猎，需要证明给自己、也证明给别人看，证明他依然坚强，有能力带领王国赢得战争。所以我鼓励他御驾亲临。一次成功的狩猎，如果一切尽在掌握，可以提升他的声望和信心。"

阿多林慢慢闭上了嘴。父亲的言语使他无话可说。奇妙的是，从父亲的角度观察，国王的所作所为显得如此合情合理。其他人居然会私底下说他懦弱？难道他们看不见他的智慧吗？

"没错，"达力拿的目光越望越远，"很多人不知道你的堂兄有多出色，不知道他是个能干的国王。至少他拥有这份潜力，我只需要找到方法，劝他撤出破碎平原。"

阿多林一惊："什么？"

"起初我也不明白，"达力拿接着说，"把他们团结起来，这是我的使命。可他们不是已经团结在一起了吗？我们在破碎平原并肩战斗，我们有仆族智者这个公敌。但后来，我意识到这份团结有名无实。轩亲王只是口头上效忠艾尔霍卡，这场战争——这场围困——对他们来说更像是一场游戏，他们只热衷于相互竞争。

"在这里，我们没法将他们团结起来。我们需要返回阿勒斯卡，平定国内纷争，学会像一个国家那样戮力同心。破碎平原使我们四分五裂，他们个个眼里都只有财富和威望。"

"财富和威望是阿勒斯卡人存在的意义，父亲！"阿多林说，他不相信自己听到的是真的，"复仇誓约怎么办？轩亲王们集体发誓要对仆族智者报仇！"

"我们已经复仇了。"达力拿看着阿多林，"我知道这听起来大逆不道，儿子，可有些东西比复仇更重要。我敬爱迦维拉尔，我对他的怀念无比强烈，也憎恨仆族智者的所作所为。可迦维拉尔毕生的事业就是团结阿勒斯卡王国，如果让他的心血付诸东流，我会被打入诅咒之地。"

"父亲，"阿多林心头一阵痛楚，"如果说这里确实出了问题，那问题在于我们还不够努力。您觉得轩亲王们在玩游戏？好，就让他们看看真正的战争是什么样！别再谈什么撤兵，我们应该直捣黄龙，停止围而不攻的做法，向仆族智者的本阵进军。"

"也许吧。"

"不管怎么样,撤退的事不能再提,"阿多林说。众人已在议论达力拿没了血气,若得到这个把柄,他们还会说出什么来?"您没向国王提吧?有吗?"

"还没有,我没有找到合适的说法。"

"请别对他说,求您了。"

"看情况。"达力拿转身望着破碎平原,目光又一次看向远方。

"父亲……"

"你表明了观点,儿子,我也做出了回答,别太不依不饶。你收到后卫的报告了吗?"

"是的。"

"先头部队呢?"

"我确认了他们的情况……"他的声音越来越轻。该死,过了这么久,也许该让国王本队继续前进了。在国王安全抵达下一块高地之前,军队的后卫都不能离开。

阿多林叹口气,跑去听取汇报。没过多久,他们策马穿过深渊,来到下一块高地。雷纳林赶上来和阿多林并行,试图与他搭话,但阿多林只是心不在焉地敷衍弟弟。

他产生了一种奇怪的渴望。军中大部分比他年长的人——连那些只比阿多林大几岁的人——都曾在那些光荣岁月里和他父亲并肩作战。阿多林嫉妒那些人,嫉妒每一个了解父亲、亲眼看着他战斗、知道没有被战争法典束缚时的父亲是什么样的人。

达力拿的改变始于兄长的死。从那个可怕的日子开始,一切都不对劲了。丧失迦维拉尔的痛苦几乎把达力拿压垮,为此阿多林永远不会宽恕仆族智者,永远不会,因为他们给父亲带来如此巨大的痛苦。来破碎平原战斗的人怀着各自的理由,而这是阿多林的动机。如果打败仆族智者,也许父亲能变回从前的他,也许那些阴魂不散的幻象会就此消失。

前方,达力拿平静地和撒迪亚斯交谈,两人都紧锁眉头。他们曾是朋友,但现在几乎无法忍受对方。这份友谊也破裂于迦维拉尔死去的那一晚。他们之间究竟发生了什么?

这一天的时光十分漫长,直到最后他们抵达两块相邻高地组成的狩猎点。他们会把猎物引诱到一块高地上,看客们则在另一块高地上,与之间隔一定距离,确保安全。和大部分高地一样,这两块高地表面崎岖不平,生长着坚韧的植物,适应了飓风频频造访的环境。石芽、凹坑和高低不平的地形使这里成为战士的噩梦。

阿多林来到父亲身旁。他正在最后一座桥边,等候国王前往观猎的高地。国王身后还有一个中队的士兵,接下来是随从们。

"你指挥得不错,儿子。"达力拿朝一队一边敬礼一边过桥的士兵点点头。

"他们都是好样的,父亲。跨越高地行军这种事,他们几乎不需要人指挥。"

"没错,"达力拿说,"但你需要独当一面的经验,他们也要习惯视你为指挥官。"雷纳林不紧不慢地策马来到他们身边。差不多是时候去观猎高地了,达力拿冲两个儿子点点头,让他们先走。

阿多林勒转马头,但又停了下来,似乎在身后的高地看到了什么。那是个骑手,正迅速从军营方向朝狩猎队伍靠近。

"父亲。"阿多林扬手一指。

达力拿立即转头,朝儿子所指的方向看去。阿多林马上认出了新来者的身份。和他预想的不同,那不是传令兵。

"御前知策!"阿多林边喊边招手。

新来者驱马而至。这位知策身形修长,驾轻就熟地骑着一匹骟马,穿着挺括的黑衫黑裤,与一头编玛瑙般的深色头发相得益彰。虽然腰佩一把长长的细剑,但据阿多林所知,此人从不使剑,这只是做做样子的绣花针，算是摆设。

御前知策来到近前，冲他们点头，脸上挂着热情洋溢的笑容——他有很多种笑容。他还有一双蓝眼，但并不属于光眼种，也不是暗眼种。他是……怎么说呢，他是御前知策，自成一类。

"嘀，年轻的阿多林王子！"知策高呼，"您竟能让自己远离营内的姑娘这么久，抽出空来参加这场狩猎？我真要刮目相看了。"

阿多林尴尬地干笑两声："哎，看来此事最近成了军中话题……"

御前知策扬了扬眉毛。

阿多林叹口气。不管别人说不说，知策最终都会知道——什么事都瞒不住他，"昨天，我和一位女士相约共进午餐，可我……我现在在追求别人。她是那种易吃醋的类型，所以现在两人都不理我了。"

"你总能让自己陷入这种闹剧，阿多林，而且一次比一次精彩！真是永远都能给人带来惊喜。"

"呃，是啊。惊喜。确实就是这种感觉。"

御前知策又笑了，他仍然仪态高贵。知策不是其他王国的宫廷弄臣或小丑。他是国王的宝剑，国王的工具。他倚仗国王的威严去冒犯他人，正如人们必须戴上手套来处理恶心或肮脏的事物，国王利用御前知策去做那些粗鲁或无礼之事，免得亲自屈尊。

这位新任御前知策已跟他们打了几个月交道，他身上有些……不一样的东西。他似乎知道些不该知道的事，一些重要的事，一些并非毫无用处的事。

御前知策向达力拿点头致意："您好，大人。"

"您好，御前知策。"达力拿的语气十分生硬。

"还有年轻的雷纳林王子！"

雷纳林双目低垂。

"不打声招呼吗？雷纳林？"知策被他的态度逗乐了。

雷纳林一言不发。

"他觉得一开口就会被你嘲讽，御前知策。"阿多林说，"今早他告诉我，他打定主意，只要你在场就绝不开口。"

"妙极了！"御前知策欢呼，"也就是说，我可以畅所欲言，他不会反驳喽？"

雷纳林有些动摇。

御前知策凑近阿多林，"我有没有告诉你两天前的晚上雷纳林王子和我在营道上散步的经历？我们碰上一对姐妹，都生着一对蓝眼睛，还有——"

"撒谎！"雷纳林的脸由白转红。

"好吧好吧，"知策想都没想就接口，"我坦白，其实是三姐妹，可雷纳林王子的做法有欠公平，他带走了其中两个，这种事情若被人知道，岂非让我很没面子——"

"知策！"达力拿厉声打断。

黑衣男子扭头看他。

"也许你该把毒舌留给那些应得的人。"

"光明贵人达力拿，我相信自己正在这么做。"

达力拿的眉头锁得更紧了。他一直不喜欢御前知策，拿雷纳林开涮绝对会引起他的愤怒。阿多林可以理解这点，但御前知策对雷纳林其实挺友善的。

知策动身离去，从达力拿身边经过。阿多林堪堪听见他凑近父亲说的耳语。"那些'应得'的人能从我的毒舌中获益，光明贵人达力拿。那个人没你想象的脆弱。"他挤挤眼，策马向桥另一头跑去。

"飓风在上，可我喜欢那个家伙。"阿多林说，"几十年来最好的知策！"

"我觉得他叫人头疼。"雷纳林轻声说。

"要不是这样，就少了一半的乐趣！"

达力拿沉默不语。三人穿过桥，从知策身边经过。知策正在捉

221

弄几名军官——几位阶级较低的光眼种,必须为了薪水在军中服役。知策取笑其中一人,引来另外几人的笑声。

他们三人来到国王身边,当天的狩猎长巴辛立刻上前。他个子不高,肚腩不小,穿着破破烂烂的衣服,套一件皮上衣,戴一顶宽檐帽。他是一等暗民,这是暗眼种可以获得的最高、最体面的身份,甚至有资格与光眼种家族通婚。

巴辛向国王鞠躬行礼,"陛下!您来得刚刚好!我们刚把诱饵丢下去。"

"很好。"艾尔霍卡说话间翻身下马。阿多林和达力拿也随即下地,身上的碎瑛甲柔若无物,始终紧贴皮肤,完全不妨碍动作。达力拿从鞍上解下头盔,问道:"还要多久?"

"应该得两三个小时,"巴辛握起国王坐骑的缰绳,"我们已在那边布置妥当。"几名马夫接过两匹雷沙迪乌马。

巴辛指着那块面积较小的狩猎高地,围猎将在那里进行,远离观众和大部分士兵。一队猎手引导一头笨拙的红甲蟹绕着高地边缘行进,红甲蟹拖着一根绳子,绳子另一头吊着诱饵,垂在悬崖下。

"我们用死猪做饵,"巴辛解释,"还把猪血泼在崖壁上。巡逻队看到这头深渊恶魔十几次了,它的巢穴一定在附近。它个头太大,不可能是来化蛹的,而它在这片区域逗留的时间又太久,所以这次打猎一定精彩!等它出现,我们会放出一群野猪来分散它的注意力,您就可以用弓箭来削弱它了。"

狩猎队带来几把巨型钢制弓,弓弦粗大,只有碎瑛武士才能拉动,射出的箭矢足有三指粗。这是最近的新发明,由阿勒斯卡工程师设计,使用了法器技术。每把弓都需要一小块注入飓光的宝石来维持弓弦张力、保持金属弓架不变形。阿多林的伯母纳瓦妮——前国王迦维拉尔的遗孀、艾尔霍卡和他姐姐迦熙娜的母亲——领导了此弓的研发。

*如果她在就好了。*阿多林的心念随意一转。纳瓦妮是位有趣的

女士,在她身边从来不会无聊。

有人把这些弓称做碎瑛弓,可阿多林不喜欢这个名字。碎瑛刃和碎瑛甲是特殊的,是来自另一个时代的遗物,当时柔刹的大地上还有光辉骑士的身影。再先进的法器技术也无法复制出那时的神物。

巴辛领着国王和诸位轩亲王走向观猎高地中央的一座帐篷。阿多林来到父亲身边,想汇报一下人员过桥的情况。大约半数士兵已就位,但还有很多观众没通过那座通往观猎高地的固定大桥。国王的旗帜在帐篷上方飘扬,一个小酒水站已设好。后方的一名士兵正为四把巨弓搭支架。巨弓看起来杀气凌人,弓后面有四口箭筒,插着粗大的黑色箭矢。

"希望您今天狩猎愉快,"巴辛对达力拿说,"据报告判断,这野兽个头不小,比您以前猎杀过的都大,光明贵人。"

"迦维拉尔一直想杀一头这样的猎物,"达力拿感伤地说,"捕猎巨壳生物是他的一大爱好,可他从未能亲手斩杀深渊恶魔。至今为止,我倒是杀了不少,真是命运无常。"

远处,拖拽诱饵的红甲蟹嘶叫起来。

"要对付这只,您得照它的腿去,诸位光明贵人,"巴辛说。在狩猎前提供建议是他的职责,而且他对此毫不马虎,"没错,诸位对于深渊恶魔的蛹形态并不陌生,打起来也驾轻就熟。但别忘了不化蛹时它们有多难缠。这只恶魔体形庞大,所以要利用野猪群分散它的注意力,然后从……"他止住话头,暗暗叫苦,小声咒骂起来,"欠风操的畜生,我敢发誓,那个驯蟹员准是个蠢货。"

他望着毗邻的高地,阿多林循着他的视线看去,只见拖拽诱饵的红甲蟹缓慢但坚定地远离深渊。驾手叫喊着在它身后追赶。

"抱歉,光明贵人,"巴辛说,"它忙活一整天了。"

红甲蟹发出一声喑哑的嘶叫。阿多林觉得什么地方不对劲。

"我们可以换一头,"艾尔霍卡说,"这不会耽误太久——"

"巴辛？"达力拿的语调突然警觉起来，"那头牲畜拖的绳子后面是不是该绑着诱饵？"

狩猎长僵住了。红甲蟹身后的绳子末端已经磨断。

一个黑影——一个让人目瞪口呆的庞然大物——从深渊底下冒出，撑起它的，是几对甲壳质的粗壮巨足。它爬上高地——不是计划中要进行狩猎的小高地，而是达力拿和阿多林脚下那片观猎场，那块挤满随从、手无寸铁的客人、女文书和措手不及的士兵的高地。

"啊，该死。"巴辛咒骂道。

十下心跳

我知道,你可能还在生气,而这令我非常开心——和你永恒的健康一样,你的不满已成为我生活的指望。我觉得,这是三界宙中最伟大的恒量之一。

十下心跳。

一。

召唤碎瑛刃需要这么久。如果达力拿心跳飞快,这段时间就较短。如果他放松下来,就会耗时更久。

二。

在战场上,这十下心跳仿佛长得没有尽头。他一边奔跑,一边戴上头盔。

三。

深渊恶魔挥起一条胳膊,砸向站满随从和士兵的大桥。伴随着一声声哭喊,众人纷纷坠入深渊。达力拿在碎瑛甲的帮助下跟在国王身后猛冲。

四。

深渊恶魔如小山般隆隆升起，鳞甲般的外壳仿佛涂了深紫色水彩。达力拿可以理解为何仆族智者奉它们为神。它有一张扭曲的尖脸，两颚生满尖牙。虽然也算是甲壳动物，但与笨拙温顺的红甲蟹绝非同类。它宽大的肩部生着四根杀气腾腾的前爪，每个爪子都有一匹马大小，还有十二条略细一些的下肢，攀附在高地的崖壁上。

五。

伴随着甲壳与岩石摩擦的巨大噪音，巨兽终于站上了高地，它一爪攫起一头拖车的红甲蟹，动作相当敏捷。

六。

"拿起武器，准备战斗！"在达力拿身前的艾尔霍卡大喊，"弓箭手，放箭！"

七。

"引它离开平民！"达力拿冲自己麾下的士兵高喊。

巨兽捏碎了红甲蟹的外壳——碗碟大小的碎片噼噼啪啪掉在高地上——然后将蟹体塞进嘴，低头看着四处奔逃的文书和随从。红甲蟹停止了惨叫，被巨兽嘎吱作响地嚼烂、吞下肚去。

八。

达力拿跳上一块突起的岩石，凌空飞出五码，重重落地，激起一片石屑。

九。

深渊恶魔发出一声恐怖的号叫，其中混杂着四种互相辉映的声音。

弓手们拉满弓。艾尔霍卡就在达力拿身前大声下令，蓝披风簌簌作响。

达力拿的手上传来一阵急促的灼刺感。

十！

他的碎瑛刃——渡誓——在手中成形，随胸膛内第十次心跳自雾气中凝聚。剑柄至剑尖共长六尺，不穿碎瑛甲的人绝对无法挥动。对达力拿而言，它有完美的手感，他从年轻时就和渡誓在一起，在人生第二十个泣雨季的时候与碎瑛刃结成了契约。这把长剑略呈弧形，有一掌宽，靠近剑柄的部分带有波纹状锯齿。剑尖略弯，仿佛鱼钩，周身被冰冷的露水打湿。

剑人一体。他感觉到能量在剑刃上涌动，呼之欲出。若不曾身披碎瑛甲、手握碎瑛刃冲入战场，谁也不可能真正理解生命本身。

"激怒它！"艾尔霍卡高喊，他的碎瑛刃——托日——也从雾气中凝聚成形，出现在他手中。这把剑剑身细长，护手宽大，一侧自下而上蚀刻着十个基础铭文。听他的语气，达力拿知道他不想让巨兽逃脱。达力拿更担心士兵和随员们的安危，这场狩猎已经出了可怕的差错。也许他们应该分散怪兽的注意力，给所有人争取到足够逃跑的时间，然后抽身撤退，让它尽情享用红甲蟹和野猪。

怪物再次发出仿佛好几个嗓子同时发出的恸叫，一爪砸向一群士兵的聚集地。霎时惨叫连连，断骨和血肉横飞。

弓手向它的头部放出箭矢。上百支箭嗖嗖地飞向半空，但没几支击中板壳接缝处的柔软肌肉。在他们身后，撒迪亚斯正大声招呼士兵拿来他的巨弓。达力拿没法等巨弓就位——可怕的怪物近在眼前，正在杀戮他的手下。射箭太慢了。这是碎瑛刃发挥的舞台。

阿多林骑着血伯兰从他身旁呼啸而过。这孩子刚才先去找马了，没像艾尔霍卡那样徒步冲锋，达力拿则必须跟着国王。其他马匹——哪怕是战马——都陷入了恐慌，但阿多林的白色雷沙迪乌牡马步履稳健。转眼间，加兰特也赶到了，它小跑着来到达力拿身边。达力拿抓起缰绳，借碎瑛甲的助力腾空上马。他落鞍的冲力对普通的马而言是沉重的负担，但加兰特的筋骨更强壮。

艾尔霍卡拉下面罩，头盔两侧腾起雾气。

"陛下留步，"达力拿策马赶到他身前喊道，"先让阿多林和臣下削弱它几分。"达力拿抬起手，"啪"的一声合上面甲，头盔两侧生雾，将面甲锁止。现在，头盔四边在他眼里是半透明的。观察缝依旧不能少——隔着头盔视物就像隔着脏玻璃——但这种半透明的特性是碎瑛甲最神奇的地方之一。

达力拿策马奔向巨兽的阴影下。周围士兵乱作一团，但依旧握着长矛。他们没接受过与三十尺高的怪物战斗的训练，只能勉强结阵、试图将怪物的注意力从弓箭手和四散奔逃的随员那里引开，这足以证明他们的勇气。

雨点般的箭矢被硬壳弹开，对底下的士兵威胁反而更大。箭头砸得达力拿的头盔叮当作响，他抬起未持剑的左手挡住观察缝。

巨兽挥爪将一队弓箭手扫倒，阿多林退后一段距离。"我去左边。"他高喊，声音在头盔下显得发闷。

达力拿点点头，杀向右侧，纵马经过一队惊慌的士兵，再次跃入阳光下。深渊恶魔抬起前爪，又是一记横扫。达力拿堪堪奔出爪下，将渡誓换到左手，剑锋直指，利用马势朝深渊恶魔树干般粗的下肢砍去。

碎瑛刃毫不费力地穿过厚重的甲壳，一如既往，它不能在活物上切出半寸伤口，但可以杀死这条腿，与砍断无异。这条巨足颓然一歪，成了无用的摆设。

怪物以深沉的、号角般的叠音号叫起来。达力拿相信另一边的阿多林也砍中了一条下肢。

巨兽颤抖着转向达力拿。两条被砍中的下足毫无生气地垂着。它身形窄长，形似螯虾，尾巴扁平，靠十四条腿行走。要失去几条它才会倒地呢？

达力拿掉转加兰特的马头，与阿多林擦身而过。他的蓝色碎瑛甲闪闪发光，披风在身后猎猎飞扬。他们交换了位置，跑出优美的曲线，分别冲向另两条腿。

228

"你的对手在这儿,恶魔!"艾尔霍卡高喊。

达力拿回身一看,国王找回了坐骑,并设法安抚了它。誓仇不是雷沙迪乌马,但也有最上等的深国血统。骑上马,艾尔霍卡将碎瑛刃高举过头,策马狂奔。

也罢,不能不让他战斗。只要穿着碎瑛甲、保持机动就不会有事。

"砍腿,艾尔霍卡!"达力拿大喊。

艾尔霍卡无视他的提醒,径直冲向巨兽的门户。达力拿咒骂着,用脚踝敲敲马腹。怪物又出爪挥扫,在千钧一发之际,艾尔霍卡陡然转向,压低身子,闪过了这一爪。深渊恶魔的利爪在岩石上割出刺耳的刮擦声,它为错失目标而怒吼,恐怖的声浪在一道道深渊间回荡。

国王一个急转,朝达力拿奔来,从他身边飞驰而过,"我要引开它,笨蛋,攻击,别停!"

"我有雷沙迪乌马!"达力拿大喊,"我来诱敌——我更快!"

艾尔霍卡再次充耳不闻。达力拿叹口气。这就是艾尔霍卡的脾性,没法管束,争执只会浪费时间,牺牲更多人命。于是达力拿按国王的要求行动,他绕到一侧,再次逼近,加兰特的马蹄不断捶打岩地。国王吸引了怪兽大部分的注意力,达力拿得以冲到近前,挥出碎瑛刃砍向另一条腿。

巨兽发出四声彼此交叠的号叫,转头看向达力拿。但此时,阿多林策马来到另一边,用灵巧的一击又废了一条腿。那条腿无力地倾倒,箭矢劈头盖脸地落下——弓手们恢复了射击。

怪物颤抖着,被四面八方的攻击搞得不知所措。它的力量正被一点点削弱,达力拿扬手发令,让余下的步兵朝帐篷方向撤退。随后,他欺身逼近,又解决一条后足。干掉五条了。也许是时候让这头怪物瘸着腿退走,没必要冒牺牲人命的风险就地击杀。

他向不远处的国王大喊,国王横刀立马,瞥了他一眼,但显然没听清,于是拉紧缰绳利落地转了个九十度,转向达力拿的方向。在他身后,深渊恶魔步步进逼,遮住了大半个天空。

一声轻轻的脆响传来,国王突然连同马鞍一起滚向半空。刚才的急转挣断了鞍肚带,身穿碎瑛甲意味着极大的重量,会给坐骑和鞍具造成沉重负担。

恐惧陡然刺向达力拿的心,他勒住加兰特。只见艾尔霍卡重重摔落在地,碎瑛刃脱手,化为雾气。这是一种保护机制,以免碎瑛刃被敌人夺走。除非你施加意志,让它们离手后保持原样,否则一定会消失。

"艾尔霍卡!"达力拿大喊。国王滚了几下,披风裹住了他的身体。他不再动弹,就这样躺在那儿,昏迷了;肩部盔甲出现裂纹,飓光泄漏出来。碎瑛甲可以缓冲下落的冲击,他应该没事。

只是——

一只爪子笼罩在国王头顶。

一瞬间,达力拿只觉无边的恐惧涌入心头。他掉转马头朝国王冲去。可是赶不及了!巨兽会——

一支硕大无比的箭矢没入深渊恶魔的脑袋,砸裂了甲壳,紫色污血喷薄而出,巨兽痛苦地号叫起来。达力拿马不停蹄,同时扭身回望。

一身红甲的撒迪亚斯站在那儿,从一名随从手中接过第二支巨箭。他拉满弓,伴随着一声刺耳的爆响,将粗大的箭矢射进深渊恶魔的肩膀。

达力拿扬起渡誓致敬,撒迪亚斯挥舞巨弓回礼。

他们不是朋友,彼此也没有好感。

但他们会保护国王。这是他们团结的纽带。

"退到安全的地方!"达力拿冲向恶魔,在经过国王身边时大喊一声,艾尔霍卡摇摇晃晃地站起来,点了点头。

达力拿继续靠近。他必须引开巨兽,让艾尔霍卡有时间撤离。

撒迪亚斯的箭矢一支又一支地命中目标,可这头怪物逐渐不以为意起来。它的动作不再迟缓,叫声变得愤怒、狂野、疯癫。它真的被激怒了。

这是最危险的阶段。现在它不再会逃跑,只会一直追逐,直到杀死他们,或者被杀。

一条爪子砸向地面,正落在加兰特身边,激起纷飞碎石。达力拿压低身子,小心地挥出碎瑛刃,又废掉它一条腿。阿多林也在另一头得手了。废了七条腿,已有一半。这头巨兽还要多久才会倒地?正常情况下,猎物在近战前会吃上好几十支箭矢,没有这些削弱巨兽的准备工作,很难说要多久才能打败它。何况,他们从未斗过如此巨大的怪物。

他调转加兰特,试图吸引怪物的注意力。但愿艾尔霍卡已经——

"你算神吗!"艾尔霍卡大吼。

达力拿回头一望,暗自叫苦。国王没有逃跑,反而昂首阔步朝巨兽走去,一手垂在身侧。

"我藐视你,野兽!"艾尔霍卡大喊,"我要取你性命!他们将看到自己的神被打垮,也将看到自己的国王死在我脚下!我藐视你!"

诅咒之地长大的傻瓜!达力拿勒住缰绳,原地调转马头。

艾尔霍卡的碎瑛刃在手中重新成形,他朝巨兽胸前冲去,飓光从肩甲的裂缝逸出。他抵到怪物身前,砍向它的躯干,切下一片甲壳——碎瑛刃能切断这类物体,例如人的头发或指甲。接着,艾尔霍卡将兵刃插进怪物的胸膛,探寻心脏的位置。

巨兽咆哮着、颤抖着,想甩开艾尔霍卡,国王拼尽全力才握住碎瑛刃。接着,深渊恶魔在地上打起滚来,不凑巧的是,它的尾巴正好甩向达力拿。达力拿咒骂着猛拉缰绳,急转马头,但尾巴来势太快,加兰特没能躲开。眨眼间,达力拿已滚翻在地,渡誓从指间脱落,在石地上划出一道深长的口子,散作雾气。

"父亲！"远处有人大喊。

达力拿头晕目眩地在石地上躺了会儿，然后抬起头，正看见一瘸一拐的加兰特。飓风之父保佑，这头神驹没有断腿，但一条腿受了擦伤，血流不止。它走得小心翼翼，避免伤腿承受太多负担。

"走开！"达力拿说。这是命令马儿退到安全的地方。它不像艾尔霍卡，它会听话的。

达力拿站了起来，身形依旧不稳。左侧传来一阵刮擦声，达力拿刚转身，深渊恶魔的尾巴正中他前胸，将他击飞出去。

世界又一次天旋地转，他贴地滑出去，金属和岩石的摩擦声听来如此刺耳。

不！他伸手一撑，利用滑行的冲力让自己站起来。天空回到了正常位置，似乎碎瑛甲能自行分辨上下左右。他双脚着地——依旧在滑行，脚底摩擦着石面。

他稳住身形，全力向国王冲去，并重新召唤碎瑛刃。十次心跳，永恒般漫长。

弓箭手继续射击，数支箭矢胡楂般扎在深渊恶魔脸上，但它毫不在意。不过，撒迪亚斯射出的巨箭还是能分散它的注意力。阿多林又切断了一条腿，怪物步履维艰，十四条腿中，已有八条成了无用的累赘，在它身下晃荡。

"父亲！"

达力拿回头，看到雷纳林——穿着笔挺的寇林制服，长外套的扣子一直扣到脖颈——策马穿过嶙峋的石地朝他跑来。"父亲，您还好吗？我能帮点什么？"

"蠢小子！"达力拿抬手一指，"快滚！"

"可——"

"你没盔甲、没武器！"达力拿咆哮道，"趁你没死，快回去！"

达力拿握住缰绳，勒住了那匹锦毛马。

"走!"

雷纳林驱马飞奔而去。达力拿回身朝艾尔霍卡跑去,渡誓从雾气中现形,落到他等候已久的手中。艾尔霍卡仍在劈砍巨兽的下部躯干,一块块被碎瑛刃击中的血肉变黑、坏死。如果他击中要害,就能让心脏或肺停止运作,但怪兽站着很难办到。

一直忠实可靠的阿多林已经下马,守在国王身畔。他试图挡住巨爪,在爪子挥下时击中它。不幸的是,爪子有四个,阿多林只是一个人。两个爪子同时向他挥来,尽管阿多林砍中了一个,但无法防备扑向背部那一击。

达力拿大声提醒,可惜为时已晚。这一爪把阿多林拍向半空,碎瑛甲发出脆响。他划出一条抛物线,坠地后兀自翻滚不止。感谢令使,碎瑛甲没有解体,可胸甲和两侧都出现了宽大的裂口,几缕白雾袅袅逸出。

阿多林无力地翻过身,两手动了动。他还活着。

没时间担心他了。艾尔霍卡正独自面对怪物。

巨兽发起攻击,爪子狠狠砸在国王身旁,把他震飞起来。碎瑛刃又消失不见,艾尔霍卡一头栽倒,脸朝下摔倒在地。

达力拿心底某些东西被触动了。他不再有丝毫保留。兄长的儿子正面临危险,除此之外的担忧和顾虑都变得毫无意义。

他辜负过迦维拉尔,兄长舍命搏斗时,他却烂醉不醒。达力拿本该在那里守护他。他敬爱的兄长只遗下两件东西,两件达力拿可以保护、希望能赎回些许罪过的东西:迦维拉尔的王国和迦维拉尔的子嗣。

现在艾尔霍卡独自一人,身处险境。

其他一切都不重要了。

阿多林使劲晃晃脑袋，依旧感到眩晕。他"啪"的一声打开面甲，猛吸了一口新鲜的空气来醒脑子。

战斗。他们在战斗。他听见众人的呐喊，感受到岩石晃动。一声震耳欲聋的兽吼传来，他闻到腐臭的气味，那是巨壳生物的血。

深渊恶魔！阿多林等不及完全清醒就开始召唤碎瑛刃，同时用膝盖和双手强撑起身体。

怪物庞大的身形近在眼前，遮天蔽日。阿多林之前摔在了它右侧。当模糊的视觉逐渐清晰后，他看到倒在地上的国王。国王的盔甲刚才被打出了裂痕。

深渊恶魔抬起巨大的利爪砸向国王。刹那间，阿多林感觉大难临头。国王会在一场小小的狩猎中丧命，王国会四分五裂，轩亲王们分道扬镳，因为唯一把他们绑在一起的纤细纽带被割断了。

不！阿多林大惊失色，跌跌撞撞、昏昏沉沉地向前冲去。

这时，他看到了自己的父亲。

达力拿向国王猛冲，速度之快、姿态之优雅，任何人——哪怕穿碎瑛甲的人——都办不到。他跃上一块大石，随即侧身滑行，躲过挥向他的一击。有些人自以为把碎瑛刃和碎瑛甲运用纯熟，但达力拿·寇林……总能证明那些人全是小毛孩。

达力拿直起腰，速度不减的同时纵身一跃，闪过第二击，爪子擦着他的脚底落地，捣碎了他身后的巨石。

这一切犹如电光火石，只在一息之间。第三击落向国王，达力拿咆哮着，猛蹿上前。他抛下碎瑛刃，任它落向地面，化为雾气，自己矮身冲入爪底，抬起手——

——扛下巨爪。这一击压弯了他的腰，迫得他单膝跪地，甲壳与盔甲撞击的轰鸣撕破了空气。

但他接住了。

飓风之父啊！ 阿多林眼看着父亲挡在国王身前，被不知比他大多少倍的怪物压弯了腰——他接住了无比惊人的重量。弓箭手们被眼前的一幕震惊了，有些不知所措。撒迪亚斯放下巨弓。阿多林大气都不敢喘。

达力拿抵住巨爪，与其角力，黑色的身形岿然不动，盔甲银光四射，仿佛熊熊燃烧。怪兽在头顶嘶叫，达力拿回以强劲的怒吼，声音中充满不屑。

这一刻，阿多林知道他见到了"黑荆棘"，那个他希望与之并肩作战的英雄人物。达力拿碎瑛甲的护手和肩部开始皲裂，飓光织成的蛛网逐步往下，蚕食着远古的金属。阿多林终于从震惊中醒来，开始行动。**我必须出手相助！**

碎瑛刃在他手中成形，他攀上一侧高岩，剑锋划过怪物离他最近的一条腿。半空一声脆响。废掉这么多条腿后，怪物的下肢无法再承受其体重，尤其它正拼力要压垮达力拿。怪物右半身完好的腿接连折断，发出令人头皮发麻的"咔吧"声，喷洒出紫色血浆，随即它身子一歪。

地的震动差点儿让达力拿双膝点地。他推开萎顿无力的爪子，飓光从碎瑛甲的无数裂缝中腾起，笼罩在他头顶。不远处，国王刚站起来——其实离他倒地才不过几秒钟工夫。

艾尔霍卡踉踉跄跄地站住脚，看着倒地不起的巨兽，又转头看看叔叔，这个人称"黑荆棘"的男子。

达力拿感激地向阿多林点点头，然后单手往怪物脖子的方位凌厉地一挥。艾尔霍卡点点头，唤出碎瑛刃，深深扎入怪物的皮肉。巨兽两只纯绿的眼睛瞬间变黑枯萎，一缕黑烟盘旋着升入半空。

阿多林走到父亲身旁，看着艾尔霍卡将碎瑛刃插入深渊恶魔的胸膛。猛兽一死，碎瑛刃就能切开它的血肉。紫色血浆喷薄而出，艾尔霍卡丢开兵器，把手伸进伤口，用碎瑛甲加强的双臂摸索着。

他扯出巨兽的琼心石——所有深渊恶魔体内都会生长的巨大宝石。这颗琼心石外形臃肿，未经切割，但毕竟是不含杂质的绿宝石，而且有人头一般大小。阿多林从未见过这么大的琼心石，就算小颗琼心石也价值连城。

艾尔霍卡将这件骇人的战利品高高举起，金黄色的傲灵在他周围显形，士兵们发出胜利的欢呼。

14 领饷日

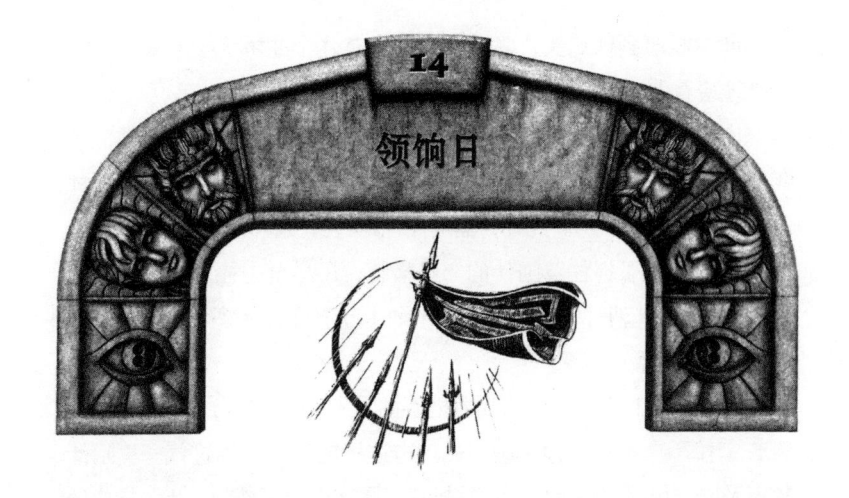

首先,请你安心,元素相当安全。我为它找了个不错的窝,并给予它周全的保护。可以说,我就像保护自己那般周到地保护它。

在飓风中下定决心的第二天,卡拉丁一早就醒来,确定其他人还在睡梦中。他掀开毯子,跨过一地裹着毯子的同伴,大步迈向房门。他内心并不激动,但确实感到一份坚定的信念,决心再抗争一次。

作为抗争的第一步,他推开房门,让阳光洒进屋。身后传来一片埋怨和咒骂,其他冲桥手睡眼惺忪地醒来。卡拉丁转身叉腰。第四冲桥队眼下有三十四名队员,人数通常起伏不定,但扛桥至少需要二十五人,若少于这个数量,木桥一定会落地。有时多于这个数也保不住会垮。

"起床,整队!"卡拉丁尽可能拿起队长的架子,话中威严吓了自己一跳。

众人迷迷糊糊地眨眼。

"我的意思是,"卡拉丁咆哮起来,"滚出营房,列好队!现在就做,欠风操的,否则我把你们一个一个拖出去。"

茜尔飘落到他肩头,好奇地观望。有几个冲桥手坐起来,不知所措地瞪着他。另一些人背过身去,拉起毯子重新盖上。

卡拉丁深吸一口气:"好得很。"他大步走到房内,选了个名叫莫阿什的阿勒斯卡壮汉;卡拉丁要杀鸡儆猴,挑选杜内或纳姆那种孱弱的家伙没什么用。此外,莫阿什也是转身接着睡的人之一。

于是卡拉丁抓住莫阿什的一条胳膊,用尽全力往上提。莫阿什跌跌撞撞地站起来。他年纪不大,也许和卡拉丁差不多,生着一张凶狠好斗的脸。

"风操的!"莫阿什大喝着把手抽回来。

卡拉丁一拳打在他小腹——攻击这里能使他喘不过气。莫阿什猝不及防,倒吸一口凉气,痛得折弯了腰。卡拉丁踏前一步,抱住他双腿,把他甩到自己肩头。

卡拉丁差点儿被他的体重压倒。幸好,扛桥虽艰苦,但能有效提升力量(虽然很少有冲桥手能活得久到从中获益)。人们不知每次上工之间会无所事事多久,这种不规律对他们没好处;大多数时候,冲桥手不是盯着自己的脚丫,就是做些没技术含量的杂活,然后突然就要扛着桥冲几里地。

他把一脸错愕的莫阿什扛到屋外,扔到石地上。这片营地除了冲桥手的营房都已经从沉睡中醒来,木匠在堆木场工作,士兵一路小跑着去吃早餐或参加训练。当然,其他冲桥队也还在睡。若非一大早就要出桥,长官经常允许他们睡懒觉。

卡拉丁抛下莫阿什,回到低矮逼仄的营房,"如果非这么做不可,我会对你们每个人都来一遍。"

没这必要。冲桥手被镇住了,一个接一个地眨着眼睛走到晨光下。朝阳底下,他们大多光着上身,只套了齐膝的裤子。莫阿什爬起来,揉揉肚子,狠狠地瞪着卡拉丁。

"第四冲桥队要有所改变,"卡拉丁说,"其中一点是,以后没有懒觉睡。"

"不睡懒觉又能做什么？"西格吉尔质问。他肤色深褐，发色漆黑——那是马卡巴克人的特征，他们生活在柔刹大陆西南部。他是冲桥手中唯一一个不长胡子的，从其流利的口音判断，可能来自亚泽尔或埃穆尔部落。外族人在冲桥手中很常见，不能融入军营的人往往会沦落到这个活死人的聚集地。

"问得好，"卡拉丁说，"我们要训练。每天早上，干日常杂务之前，我们将进行冲桥练习，以提高耐力。"

听闻此言，好多人面露不愉。

"我知道你们在想什么，"卡拉丁说，"我们活得够苦了，难道还不能在空闲时放松下？"

"就是，"高高壮壮、一头卷发的雷滕说，"这才对头。"

"不，"卡拉丁厉声打断，"冲桥使我们筋疲力尽，那是因为我们大部分时候都懒懒散散。哦，我知道有那些杂活等着我们去做——下裂谷扒拉死人身上的东西、扫厕所、刷地板。可那些当兵的没指望我们会卖力干活，只是让我们有事忙活，才不用管我们。"

"身为冲桥队长，我的首要职责是让你们活下去。对于仆族智者的弓箭，我无可奈何，但我必须为你们做些什么。我可以让你们更强壮，当你们迎着箭雨、用筋疲力尽的腿冲向最后一道深渊时，能跑得更快一点。"他依次与每一个冲桥手对视，无一遗漏，"我要让第四冲桥队不再死一个人。"

众人难以置信地瞪着他。最终，后排有个四肢粗壮的大个子迸发出一阵大笑。他有褐色皮肤、深红头发，身高近七尺，手臂浑圆，虎背熊腰。他是恩卡拉基人——大部分人直接叫他们吃角族人——他的家乡位于柔刹大陆中部，毗邻雅克维德。昨晚，他告诉卡拉丁自己叫"石头"。

"疯了！"这个吃角族人道，"自以为是我们头儿的疯子！"

他的笑声中气十足，其他人也跟着他哄笑起来，对卡拉丁的演讲大摇其头。一些银色米诺鱼般的笑灵在空中划圈儿，飞快向他们聚拢。

"嘿，盖兹。"莫阿什一手拢在嘴边大喊。

矮壮的独眼军士在附近和一些士兵闲谈。"干啥？"盖兹气冲冲地回吼。

"这人想让我们没事儿扛着桥转悠，说是训练。"莫阿什大声说，"我们真要按他说的做吗？"

"扯吧，"盖兹摆摆手，"冲桥队长只能在战场上发号施令。"

莫阿什回头瞥了卡拉丁一眼："看来你可以滚蛋吃风去了，朋友。除非你想靠拳头让所有人听话。"

他们四散而去，有些人走回营房，有些人走向食堂。最后只剩卡拉丁一人，孤零零地站在石地上。

"看起来不太顺利呢。"茜尔在他肩头说。

"嗯，不太顺利。"

"你似乎挺吃惊的。"

"不，只是有点沮丧。"他瞪着盖兹，那个冲桥士官有意转身避开他的目光，"在亚马兰军中，上面分给我的人手都缺乏经验，但从没有公然抗命的。"

"有什么不一样吗？"茜尔问。真是个幼稚问题，答案如此明显，她却为此困惑地歪起脑袋。

"亚马兰军的人知道还有更惨的去处，你可以惩罚他们。而这些冲桥手明白自己的处境糟得不能再糟了。"他叹口气，卸除了压力，"能让他们走出营房已经算我走运。"

"那现在怎么办？"

"不知道。"卡拉丁扭头看了看，盖兹还站在那儿和其他士兵聊天，"等等，我似乎有办法了。"

眼见卡拉丁一步步走近，盖兹吓得双目圆睁，仿佛大祸临头。

他停下交谈，赶紧跑到一堆圆木后头。

"茜尔，"卡拉丁说，"帮我跟着他，好吗？"

她笑笑，化作一丝几不可见的白线，箭一般飞向前方，留下一道渐渐消散的轨迹。卡拉丁走到盖兹原本的位置，停了下来。

没多久，茜尔盘旋着飞了回来，重新变回少女的形态。"他躲在那两间营房当中。"她抬手一指，"就蹲在那儿，探头探脑地看你有没有跟去。"

卡拉丁笑着取一条远路绕过营房。他透过狭缝看到一个人影蹲在暗处，正看向另一个方向，于是他悄无声息地走上前，一把抓住盖兹的肩膀。盖兹"哎哟"一声，扭身抬手就是一掌，但卡拉丁轻而易举攥住了他的手臂。

盖兹惊恐地看着卡拉丁："我没撒谎！风操的，除了战场，你在哪儿都没权力。如果你再对我动粗，我就把你——"

"冷静点，盖兹，"卡拉丁松开双手，"我不是来动粗的，至少现在还不会。"

矮他一头的盖兹后退几步，揉揉肩膀，气鼓鼓地瞪着卡拉丁。

"今天是星期三，"卡拉丁说，"领饷日。"

"再过一小时，你会和其他人一样拿到钱。"

"不，这钱现在就在你手里，我看到你在那儿和送饷的人说了话。"他伸出手，摊开。

盖兹嘟囔了几句，但还是掏出一个口袋，数出几枚润石。润石中心闪着羞答答的白色微光。这是钻石马克，每个值五钻石齐普，一个齐普能买到一条面包。

虽然一周有五天，但盖兹只数出四马克。他将这些钱交给卡拉丁，可卡拉丁还摊着手，手心向上。"还有一个，盖兹。"

"你说过——"

"马上。"

盖兹一跺脚，取出一枚润石，"你信守诺言的方式可真奇怪啊，大贵人。你答应过我……"

他的后半句话没了声息，因为卡拉丁把刚到手的那枚又递还给他。

盖兹皱了皱眉。

"别忘记这是哪儿来的，盖兹。我会信守诺言，但你那份不是自己留下，而是我给你的。明白吗？"

盖兹似乎不明所以，但还是伸手把那枚润石从卡拉丁掌心里拿了过去。

"如果我遇到什么意外，这钱就没了。"卡拉丁将另外四枚润石塞进口袋，抬脚向前。他身形高挑，居高临下地看着矮上不少的盖兹，"记住咱们的交易，别碍事。"

盖兹不肯在他面前服软，扭头呸了一口，黑糊糊的痰液黏在石墙上，缓缓往地下挂："我可不会帮你撒谎。你以为一星期给一个臭马克就能——"

"我只希望你做到我说的。第四队今天的营务是什么？"

"晚餐后刷锅打扫。"

"桥务呢？"

"下午值班。"

也就是说，早上可以自由安排。队员们会喜欢这个，他们可以找些赌局或妓女，花光身上的球币，就此打发领饷日，也许能暂时忘掉悲惨的生活。下午，他们必须回堆木场待命，以便随时出动。吃过晚饭，他们还要去刷些盆盆罐罐。

白白浪费的一天。卡拉丁转身走向堆木场。

"你什么也改变不了，"盖兹在他身后喊道，"那些人可不是平白无故变成冲桥手的。"

卡拉丁没有停下脚步，茜尔从屋顶翩然而下，落在他肩头。

"你没有威信,"盖兹喊道,"你不是真刀真枪的小队长,你只是个欠风操的冲桥手。听见没?没有军阶,谁也不会听你的!"

卡拉丁把窄巷甩在身后:"他错了。"

茜尔在半空兜了一圈,绕到他面前,凌空跟着他的脚步,歪着脑袋看他。

"威信并非来自军阶。"卡拉丁说,用指尖翻弄着口袋里的润石。

"那来自哪儿?"

"来自那些愿意给你威信的人。这是取得威信的唯一途径。"他回头看看刚才走过的路,盖兹已不在那条窄巷里了,"茜尔,你不睡觉吧?"

"睡觉?精灵?"她似乎被这个想法逗乐了。

"你能不能在夜里替我把风?"他说,"以免盖兹悄悄靠近,趁我睡觉搞什么动作。他没准儿想杀我。"

"你觉得他真会那么做?"

卡拉丁想了想,"不,也许不会。我见过不少他那样的人——恃权凌弱。盖兹是个混蛋,但我不觉得他会谋杀。何况,从他的角度看,他没必要害我,只要等我在某次冲桥时送命就行。不过,安全第一,如果你愿意,请为我守夜,要是他有所图谋就叫醒我。"

"没问题。可如果他去找上司,叫他们处决你呢?"

卡拉丁挤了挤脸:"那我就无能为力了。但我想他不会那么做的,这会让上级瞧不起他,觉得他软弱。"

此外,砍头是专为不肯朝仆族智者冲锋的冲桥手准备的。只要他肯冲,就不会被处决。事实上,军中高层似乎压根儿不想给冲桥手太多惩罚。卡拉丁入了冲桥队后,只有一人因杀人被倒吊在飓风里送死,此外,卡拉丁只见到若干人因斗殴被扣了饷钱,还有两人因在冲桥前段路途中腿脚太慢而挨了鞭子。

这是微不足道的惩罚。军中高层明白,冲桥手的人生几近绝望,如果逼迫太甚,他们也许会什么也不愿干,干脆等着被杀。

不幸的是,这也意味着卡拉丁没什么惩罚手下队员的办法,即便他能赢得威信。他必须靠其他手段来激励他们。他穿过堆木场,木匠们正在这里造新桥。卡拉丁找了一会儿才发现自己想要的东西——一块将要安到新造的移动式桥梁上的厚木板。木板一侧已装好了让冲桥手持握的把手。

"能借我用用吗?"卡拉丁询问一名路过的木匠。

木匠挠了挠满是木屑的脑袋:"借这个?"

"我不会离开堆木场。"卡拉丁一边解释,一边扛起木板。这比他预想的还沉,幸好有皮背心垫着。

"我们总要用的……"木匠说了一句,但没有强烈反对,还是让卡拉丁带着木板走开。

他在冲桥手的营区正前方选了一片平整的石地,开始从堆木场一头跑向另一头,肩扛木板,感受旭日炙烤皮肤的热度。他来回跑着,一遍又一遍,练习奔跑、慢走和小跑,练习如何肩扛木板,接着把它举高,两臂伸直。

他把自己折腾得疲惫不堪,实际上,有好几次都觉得快撑不住了,但每次总能从体内某处找到一些额外的力量。于是他手脚不停,咬紧牙关忍受痛楚和疲劳,靠数步子来集中精力。刚才和他说话的木匠学徒叫来一名上级。那人摘下帽子抓了抓脑袋,看卡拉丁捣鼓了半天。最后,他耸耸肩,和学徒一道走开了。

没多久,他便引来了围观者:堆木场的工人、一些士兵,还有为数众多的冲桥手。其他冲桥队的人出言讥讽,但第四队的成员更加沉默。不少人无视他的举动。另一些人——一头灰发的泰夫特、乳臭未干的杜内以及其他数人——站成行看着,仿佛无法相信他有这般能耐。

那些人的目光——目瞪口呆的有之,不怀善意的也有之——是促使卡拉丁坚持下去的部分原因。他这么跑，也是为了发泄心中的沮丧，发泄体内汹涌沸腾的愤怒。他气自己辜负提安，气全能之主创造了这么一个世界，有些人朱门酒肉，有些人却要扛桥送命。

用自己选择的方式折磨自己，这感觉令人吃惊地好。他仿佛又回到提安死后那几个月，靠练习矛术来忘记痛苦。当正午提醒吃饭的钟声响起，卡拉丁终于停下来，把大木板放到地上，活动肩膀。他已练了几小时，这些力气是哪来的？

他一路小跑来到木匠的工作区，汗水洒了一地。他从水桶里舀水喝了许久，通常冲桥手想这么干，都会被木匠撵走，可谁也没对卡拉丁说一个字，任由他咕咚咕咚灌下满满两水舀富含矿质的雨水。他把水舀往桶里一甩，朝两个学徒点点头，又跑回搁木板的地方。

石头——那个深褐色皮肤的吃角族大个子——正皱着眉头抬那块木头。

泰夫特见卡拉丁来了，便冲石头点点头，"他拿一个齐普做赌注，说你用一块轻木头来唬我们。"

若能感受到他筋疲力尽的感觉，他们就不会如此怀疑了。他强忍肌肉的酸痛从石头手里拿过木板，大个子没有抵抗，困惑不解地看着卡拉丁跑回拿木板的地方。卡拉丁挥手向学徒致谢，又小跑着回到那一小群冲桥手当中。石头正心不甘情不愿地掏钱认输。

"解散去吃午饭。"卡拉丁对他们说，"我们下午可能有冲桥任务，所以务必一小时内回来。日落前最后一次敲钟时在食堂集合。我们今天的营内杂务是晚饭后的清洁工作，来得最晚的人刷锅。"

他们饶有兴致地目送他快步离开堆木场。走出两条街后，他钻进一条小巷，背靠墙，呼哧呼哧喘着气，慢慢滑到地上，摊开四肢。

他觉得仿佛体内每块肌肉都被扯断了。他双腿热得发烫，想握拳却没有力气。他大口大口喘气，喘到咳嗽。一名路过的士兵探头张望，但一见他的冲桥手装束，就一言不发地走了。

过了好久,卡拉丁感到有什么东西轻触他的胸膛。睁眼一看,茜尔横在半空,面对面看他。她的脚底冲着墙面,可那姿势——甚至是裙子垂落的方式——仿佛墙面才是地面。

"卡拉丁,"她说,"我要告诉你一件事。"

他重新闭上眼。

"卡拉丁,这很重要!"他的眼皮微微一跳,真是一种非常奇怪的感觉。他嘟囔着睁开眼,强迫自己坐起来。她凌空踱起步子,仿佛踏在一个不可见的球体上,直到恢复头上脚下的姿势。

"我有一个决定。"茜尔郑重地说,"那就是——我很高兴,你信守了对盖兹的承诺,哪怕他是个恶心的家伙。"

卡拉丁愣愣神,才明白她说的意思,"是指钱的事?"

她点点头:"我以为你会食言,但很高兴你没有。"

"好吧,嗯,谢谢你这么说。"

"卡拉丁,"她把两只小手捏成拳头贴在身侧,语气急切,又似撒娇,"这是件大事。"

"我……"他顿了顿,靠在墙壁上,"茜尔,我气都喘不过来,别提思考了。行行好,直接把你的烦恼说出来吧。"

"我明白撒谎是怎么回事了,"她挪低一点,坐到他膝头,"几个星期前,我连什么是撒谎都不懂。可现在,我却为你没撒谎而高兴。你还不明白吗?"

"不明白。"

"我在变。"她颤抖着——这肯定是有意识的,因为她整个身子明明灭灭,持续了一小会儿,"几天前还不明白的东西,我现在却知道了。感觉很奇怪。"

"哦,我想那是好事。明白的事情总是越多越好,不是吗?"

她垂下头,"昨天飓风过后,我在悬崖边看到你时,"她小声说,"你打算寻死,对不对?"

卡拉丁没有回答。昨天，仿佛永恒般遥远。

"我给了你一片叶子，"她接着说，"**一片有毒的叶子**。你可以用它来杀死自己或是杀别人。一开始，在笼车里，你可能就打算这么做。"她抬起头，直视着他的眼睛，声音细若游丝，充满惊恐，"今天，我明白什么是死亡了。为什么我会知道死亡的意义，卡拉丁？"

卡拉丁蹙眉道："作为一只精灵，你一直都很古怪，从一开始就这样。"

"从一开始吗？"

他陷入回忆中，有些拿不准。不，起初那几次造访，她的举止和其他风灵没太大区别。对他搞恶作剧，把他的鞋子粘到地上，然后隐匿身形。就算是在他当奴隶时死缠着他的那几个月，她的大部分行为也和其他精灵一样，对任何事都不能保持长久的兴趣，总是三心二意、四处折腾。

"昨天我还不知道死亡的概念，"她说，"今天却明白了。几个月前，我不知道自己举止不凡，可后来慢慢意识到了这点。**我怎么会知道精灵该是什么样呢？**"她蹲下身子，显得更小了，"我到底怎么了？我是谁呢？"

"我不知道。这重要吗？"

"不重要吗？"

"我也不知道自己是谁。冲桥手？手术师？士兵？奴隶？都只是标签而已。在骨子里，我就是我，和一年前大不一样了，但我不操心这个。我只顾向前，希望这双脚能把我带到想去的地方。"

"那我带叶子给你，你不生气咯？"

"茜尔，要不是你阻止我，我已经跃下深渊。那片叶子正是我需要的东西，不管怎样，你挑得很准。"

她笑了，看着卡拉丁舒展四肢。活动完腿脚后，他起身，走回营道，疲劳已去了大半。她掠向半空，停在他肩头，两手背在身后，双脚晃荡在他身前，仿佛悬崖边的少女，"你没生气，我真高兴，可我还是觉得这些烦心事要怨你。遇到你之前，我从不会思考死亡或谎言。"

"我就是那样的人，"他自嘲道，"无论到哪儿，都会带来死亡和谎言。我，还有夜妖。"

她双眉一蹙。

"那是——"他开口解释。

"嗯，"她接口道，"那是一种讽刺。"她歪歪脑袋，"我知道什么是讽刺。"她笑得像个机灵鬼，"我知道什么是讽刺！"

飓风之父在上，卡拉丁看着那双欢快的小眼睛，直看到眼眸深处，这真是不祥的预兆。

"等等，"他说，"你以前从未遇到过这种事？"

"我不知道，我只记得大概一年内的事情，也就是第一次见到你之后。"

"当真？"

"那不奇怪，"茜尔耸了耸半透明的肩膀，"大部分精灵的记性都不长。"她愣了愣，"我不明白为什么会知道这个。"

"好吧，也许这是常有的事。你可能经历过这种循环，只是忘了。"

"那可让我不太舒服，我不喜欢忘记。"

"可是，明白死亡和谎言难道不令你难受？"

"是挺难受的。可是，如果失去这些记忆……"她的目光飘向半空，顺着她的视线，卡拉丁看到一对风灵乘一阵大风飞快地穿过天际，无忧无虑，自由自在。

"不敢向前，"卡拉丁说，"但又害怕变回过去。"

她点点头。

"我知道你的感受，"他说，"走吧。我得吃点东西，吃完午饭，我想去挑些货。"

15 诱饵

你不认同我的使命，对此我表示理解；我对一个自己完全不认同的人能有多理解，对你也就有多理解。

深渊恶魔的突袭已过去四小时，阿多林还在监管善后工作。战斗中，这头怪物摧毁了通往营地的桥梁。幸好有些士兵留在另一侧，他们赶去带一队冲桥手回来。

阿多林在一队队士兵间穿行，听取一份份汇报，直到夕阳抵近地平线。空气中弥漫着巨壳生物的血液的霉臭味。那头巨兽还躺在那里，胸腔大开。飓虫纷纷跑出藏身的洞穴，分享它的尸体，士兵在飓虫中间收集甲壳。在阿多林左边，伤者用斗篷或上衣作枕，躺在崎岖的高地上，排成整齐的行列，达力拿军中的手术师正在照看他们。阿多林由衷地感谢父亲，父亲每次都会带上手术师，即便是这种例行公事的出征。

他继续前行，身上依然穿着碎瑛甲。部队原本可以走另一条路线回营——高地另一侧还有一座桥，通往平原深处，过了那座桥，他们可以转向东行，绕个圈子回去。然而达力拿是今天的最高统帅——

这令撒迪亚斯很不爽——他决定原地待命，照料伤者，休息几个小时，等冲桥队赶来。

一阵爽朗的笑声从帐篷里传出，阿多林瞥了一眼。帐篷里插着几根柱子，柱顶有精雕细琢的金叉，上面放着硕大的红宝石，颗颗明光灿灿。这些法器能释放热量，却没有一星火焰。他不明白法器的工作原理，只知道越是神奇的装置就需要越大的宝石来驱动。

总是这样的，其他光眼种在享受悠闲，他却在工作。不过这次他并不介怀。经过这么一场灾难，他没有心情享乐。**这确实是一场灾难**。一名低等光眼种拿着一份最终确认的伤亡名单走上前，他的妻子把名单念了一遍，随后两人将单子交给他，双双退下。

死者近五十人，伤者有两倍之多，其中很多是阿多林的相识。之前他把初步结果呈报给国王时，国王并不在乎，声称死者凭自己的勇气在天上的令使军团中赢得了一席之地。看起来，国王恰到好处地忘了自己的名字本来也会赫然在列——若没有达力拿舍命相救的话。

阿多林环视四周，搜寻父亲的身影。达力拿站在高地边缘，又在眺望东方。他究竟在那个方向找寻什么？这不是阿多林第一次亲眼见证父亲做出常人难以想象的事迹，这一次简直可以载入史册。站在庞大的深渊恶魔身下，以力相搏，救下侄儿的性命，碎瑛甲银光灿灿。这幅图景深深刻入了阿多林的记忆中。

现在，其他光眼种经过达力拿身边时都会收敛脚步，不敢踏得太响，过去几小时，阿多林未曾听见一个人说他软弱，甚至连撒迪亚斯的手下都没提。他担心这种状况不会一直延续。达力拿曾经是大英雄，现在只是偶露峥嵘。几星期后，其他人又会开始谈论他出击的次数是多么少，他的锐气是多么不复往昔。

阿多林渴望更多。今天，达力拿舍身保护艾尔霍卡，证明了自己年轻时代的故事并非虚言。阿多林希望那个人回来，因为王国需要他。

阿多林叹口气，转身离开。他要向国王报告最终的伤亡统计。也许有人会因此取笑他，说他净做些文官的差事，但在面呈前的等候中，他或许有机会听听撒迪亚斯的言论。阿多林依然觉得自己没看透那个人，有些东西，父亲看得分明，他却看不到。

于是，他向帐篷走去，同时打起精神，准备面对撒迪亚斯的讥讽。

♛

达力拿面向东方，护甲包裹的双手交叉在身后。在东边某个地方、在破碎平原的中心，有仆族智者的大本营。

阿勒斯卡至今已对仆族智者宣战近六年，陷入了一场无休无止的围困战。围困的策略是达力拿自己提出的——想要直取仆族智者的大本营，就得在平原上驻扎，忍受飓风的摧残，而交通线是一座座弱不禁风的桥梁。只要吃一场败仗，阿勒斯卡军就会陷入困境和重围，无路可退，暴露在毫无防御的高地当中。

但破碎平原对仆族智者而言也是座陷阱，它的东南两侧无法通行——那里的高地经过无数年风吹雨打，被削成了险峻的尖石峰，高地之间距离过大，仆族智者无法跃过。何况外围还有群山环绕，有成群的深渊恶魔在山间出没，它们体形巨大，是所有通行者的噩梦。

阿勒斯卡军扼守西、北两侧，再将斥候安插到西南面以防万一，仆族智者就无路可逃。达力拿曾力陈他的主张，认为仆族智者会耗尽给养，不得不暴露在平原地带、以设法冲出包围圈，或是被迫攻打壁垒森严的阿勒斯卡营地。

这原本是个绝佳的战略。但有一点在达力拿的计算之外：他没料到琼心石的存在。

他从深渊前转过身，走向高地另一头。他内心急于见见自己的手下，却又必须展现出对阿多林的信任。军队现在由他指挥，他能干好。说起来，儿子似乎已向艾尔霍卡呈交了最终报告。

达力拿微笑着端详自己的儿子。阿多林比达力拿矮一些，长着一头金黄和黑色间杂的头发。金黄承自母亲，至少别人是这么说的，他完全记不起那女人的一切，回忆中关于她的部分都被清除了，留下一些怪异的空白和雾霭。他能记起某些场景，记得其中的每一个人、每一处细节，但她的形象是模糊的。他甚至记不起那女人的名字。每当别人提起，那个名字总是左耳进、右耳出，仿佛是滚烫刀刃上的一片黄油，一沾即化。

他决定不去打搅阿多林报告，掉转方向，来到深渊恶魔的尸体旁。那庞大的身躯侧卧着，双眼焦枯，嘴巴张得老大。嘴里没有舌头，只有巨壳生物特有的牙齿，它还有一套奇巧复杂的颚骨结构。部分牙齿形如磨盘，咬合面平整，专用于粉碎硬壳，另一些较小的颚齿可以剔下皮肉，或是将猎物推向喉咙。附近的石壳木打开外壳，伸展出藤蔓，舔吸着巨兽的鲜血。猎手和猎物之间会形成一种纽带，杀死像深渊恶魔这般伟岸的生物后，达力拿总会有一阵奇特的感伤。

大部分琼心石得来的方式与今天这颗大相径庭。在深渊恶魔奇特的生命周期中，有一段时期它们会来到平原西部高地较宽广的一带，爬到高地顶端，结成石蛹，等待飓风降临。

那段时期，它们是任人宰割的鱼肉。你只需来到石蛹所在的高地，用锤子或碎瑛刃敲破蛹壳，就能割下琼心石，价值连城，得来却全不费功夫。而且这些巨兽频频出现，只要气候别太冷，往往一周就有好几只。

达力拿仰望着山一般的尸体。小得几乎不可见的精灵从尸体里飘浮出来，消失在半空，看起来像是吹熄后的蜡烛氤氲出的最后一缕烟雾。没人知道它们是哪一类精灵，它们只出现在刚死去的巨壳生物尸体边。

他摇摇头。琼心石将战争整个改变了。仆族智者也想得到它们，甚至愿为此拼命。从战略上讲，与仆族智者争夺巨壳生物的狩猎权是合理的，因为仆族智者无法从大后方获得给养，而阿勒斯卡人可以。所以，争夺琼心石不仅能获利，也是实施围困战术的有效手段。

夜幕渐临，达力拿能望见平原远方亮起的灯火。那是瞭望塔，用来寻找化蛹的深渊恶魔。塔上的哨兵夜晚也要值班，但深渊恶魔晚上很少出现。斥候撑着跳杆跨越深渊，他们无需桥梁，便能非常轻松地从一块高地跃到另一块。一旦发现深渊恶魔，斥候会吹响警号，一场阿勒斯卡人与仆族智者之间的赛跑便开始了——占领并守住高地足够长的时间，取出琼心石，或是击退先到一步的敌人。

每一名轩亲王都想要琼心石。成千上万的士兵需要军饷和给养，开销可不低，而一颗琼心石就抵得上一名轩亲王数月的开支。何况，塑魂者使用时，越大的宝石越不容易在施法过程中破碎。巨大的琼心石几乎能带来无穷的可能性。因此，轩亲王之间也展开了一场赛跑，为夺取琼心石，最先赶到石蛹所在高地的人要与仆族智者战斗。

他们本可轮流出动，但那并非阿勒斯卡人的行事风格。竞争是他们的信仰。沃林教义教导他们，最优秀的战士死后能得到与令使并肩战斗的殊荣，他们将一起从虚渡手中夺回宁静园。轩亲王们彼此间既是盟友，也是对手。若要把琼心石拱手让人……这感觉总不对劲，还是靠实力说话为好。于是，战争成了一场竞技，死亡竞技，但他们觉得这才是最棒的。

达力拿转身离开深渊恶魔的尸体。他对六年来局势演变的每一步都心知肚明，甚至还亲手加快了一些事件的进程。可直到现在，他才感到担忧。他们确实大大削弱了仆族智者的有生力量，可原初的目标——为迦维拉尔复仇——几乎被人遗忘。对眼下的战争，阿勒斯卡人好整以暇，乐在其中。

即使战死的仆族智者数量可观——开战初期估算敌方总兵力的四分之一目前已被歼灭，可耗去的时间实在太长了。包围战已持续六年，再拖六年也是轻而易举，这使他忧心忡忡。显然，仆族智者对围困早有准备，他们事先囤积了大量给养，举族迁往破碎平原时显然胸有成竹。在这里，他们能利用这些被令使遗弃的深渊和高地，把它们变作千百条护城河、千百座要塞。

艾尔霍卡曾派出使节，要求仆族智者说明杀死他父亲的动机，可从未得到回答。他们对暗杀负责，却对理由缄口不言。随着时间流逝，似乎再没有人关心此事，除了达力拿。

达力拿扭头看着帐篷。艾尔霍卡的随从已回到帐下休息，享用美酒和点心。染成紫罗兰色和黄色的帐篷四边开口，占地不小，在轻风下微微起皱。据读风者所言，今晚可能再起一场飓风，但概率不高。如果真的发生那种事，但愿全能之主保佑军队在飓风发作前返回营地。

飓风。幻象。

把他们团结起来……

他真的相信自己所见到的景象吗？他真的认为那些话语来自全能之主？达力拿啊达力拿，你可是黑荆棘，是手握雄兵、人人敬畏的诸侯。

把他们团结起来……

撒迪亚斯走到帐篷外，沐浴在夜色之下。他除下头盔，一头浓密卷曲的黑发松垮地垂在肩上。碎瑛甲勾勒出一幅伟岸的身形，毫无疑问，他顶盔贯甲的模样要比穿花边丝绸服装时好得多。那些滑稽可笑的衣裳是当下的流行。

撒迪亚斯看到达力拿在看他，两人对视一眼，轻轻颔首。*我的活儿干完了。*那是点头的含义。撒迪亚斯闲逛了片刻，随后退入帐篷。

看来，撒迪亚斯没忘记邀请瓦马尔来打猎的初衷。达力拿必须找到瓦马尔。他朝帐篷走去。阿多林和雷纳林静静守在离国王不远的地方。这孩子做完报告了吗？阿多林似乎打算偷听撒迪亚斯和国王的对话——这不是第一次了。达力拿必须做些什么;那孩子与撒迪亚斯有龃龉,这或许可以理解,但只会坏事。

撒迪亚斯正和国王闲谈。达力拿眼看就要找到瓦马尔了,那名轩亲王就在帐篷另一头,但国王拦住了他。

"达力拿!"国王道,"到这边来。撒迪亚斯说他前几周赢得了三颗琼心石。"

"的确。"达力拿说着走过去。

"你赢了多少?"

"包括今天这颗?"

"不,"国王说,"在此之前。"

"一颗也没有,陛下。"达力拿坦承。

"关键在于撒迪亚斯的冲桥队,"艾尔霍卡说,"比你的方法更高效。"

"也许我这几周来确实一无所获,"达力拿正色道,"但我的部队在过去的遭遇战中取得了许多胜利。"*让琼心石下诅咒之地去吧,我根本不在乎。*

"也许吧,"艾尔霍卡说,"可你最近又做了什么?"

"我忙于处理其他要务。"

撒迪亚斯冷眉一挑:"比战争还重要?比复仇还重要?真有那等要务存在吗?还只是你在找借口?"

达力拿冷冷地看了这位轩亲王一眼。撒迪亚斯不为所动,只是耸了下肩。他们是盟友,但不是朋友。现在不是了。

"你应该按他的方式改造冲桥队。"艾尔霍卡说。

"陛下,"达力拿道,"撒迪亚斯的冲桥队造成了不必要的大量伤亡。"

"可他们腿脚很快,"撒迪亚斯心平气和地说,"依赖轮式桥梁是个笨主意,达力拿,在这些崎岖不平的高地上,轮子寸步难行。"

"战争法典明文规定,将军不得要求士兵做任何他本人不愿做的事情。告诉我,撒迪亚斯,你会不会立于前排,扛着桥,带领你的冲桥队冲锋?"

"我还不吃麦片粥呢,"撒迪亚斯出言相讥,"也不会挖渠。"

"但如果有必要,你会做的,"达力拿说,"而冲桥队不一样。飓风之父在上,你甚至不让他们使用盔甲和盾牌!你会不穿碎瑛甲参战吗?"

"冲桥手发挥着非常重要的功用,"撒迪亚斯提高了音量,"他们会引走仆族智者的弓箭,使我的士兵免受攻击。起先我也给他们盾牌,你猜发生什么?仆族智者无视冲桥手,对士兵和战马集中火力。我发现,把冲桥手的数量增加一倍,尽量使他们轻装上阵——不要盔甲、不要盾牌,不要减慢速度——就能大大提高冲桥手的效率。

"你知道吗,达力拿?仆族智者的火力被不设防的冲桥手吸引,竟不会朝其他任何目标射击!不错,每次出击,我们都会损失一些冲桥手,但这种损失很少对我们构成妨碍。仆族智者就是冲他们攒射——我估计,不管出于什么理由,他们觉得杀伤冲桥手会对我们造成打击。仿佛一群扛着桥、不穿盔甲的人和身穿碎瑛甲的骑士一样宝贵。"想到这点,撒迪亚斯摇摇头,不觉莞尔。

达力拿眉头一紧。弟弟,迦维拉尔死前给他留了遗言,你一定要找到人世间最重要的真言……此言出自一部名为《王者之路》的古籍。撒迪亚斯的所作所为与此书的教诲完全背道而驰。

"无论如何,"撒迪亚斯接着说,"你不能否认,我的做法相当高效。"

"有时候,"达力拿道,"为达成目标不惜代价是不值得的。赢得胜利的方式和胜利本身一样重要。"

撒迪亚斯难以置信地看着达力拿。就连阿多林和雷纳林——他们稍微走近了一些——也被这句言论所震惊。这完全违背了阿勒斯卡的正统观念。

最近,那些幻象和书中的词句在他脑海中翻腾,达力拿已不觉得自己是个不折不扣的阿勒斯卡人了。

"为了实现目标,任何代价都是值得的,光明贵人达力拿。"撒迪亚斯说,"为了争胜,一切代价、一切付出都值得。"

"这是战争,"达力拿说,"*不是竞赛*。"

"竞赛无处不在,"撒迪亚斯摆摆手,"人世间的一切都可以说是竞赛,其中有些人会成功,其他人则失败。其中有些人居然会败得如此迂腐。"

"我父亲是阿勒斯卡最伟大的战士之一!"阿多林一头闯入这场交谈,掷地有声地说。国王挑了挑眉毛,但没干涉。"你看他今天做了什么,当你拿着弓躲在后方、缩在帐篷周围,我父亲在前方硬生生挡下巨兽。你是个懦——"

"阿多林!"达力拿觉得他的话过分了,"不得放肆。"

阿多林暗自咬牙,右手横出,仿佛按捺不住召唤碎瑛刃的冲动。雷纳林踏前一步,轻轻把手放在阿多林的手臂上。阿多林心有不甘地退开了。

撒迪亚斯冲达力拿得意地笑笑:"一个儿子几乎不会自制,另一个则能力平平。这就是你的血统吗,老朋友?"

"他们都是我的骄傲,撒迪亚斯,不管你怎么想。"

"那个火爆脾气是你的骄傲,我能理解,"撒迪亚斯说,"你以前和他一样鲁莽。可另一个呢?你看到他今天是如何没头没脑地冲出来,甚至忘了拔剑或取弓!他是个废物!"

雷纳林垂下头,脸涨得通红。阿多林猛地抬起头,又横出手来,朝撒迪亚斯迈了一步。

"阿多林!"达力拿道,"我来处理!"

阿多林看着他,蓝色的眼眸燃烧着熊熊怒火,但并没有召唤出

257

碎瑛刃。

达力拿转向撒迪亚斯，用极为温和、极具意味的口气说："撒迪亚斯，毫无疑问，我刚才不可能听见你在众目睽睽之下、在国王面前，称我的儿子是废物。毫无疑问，你没有那么说，因为这种侮辱迫使我必须亮出碎瑛刃、不见你的血不罢休，这种侮辱会破坏复仇誓约，会令国王的两大盟友互相残杀。毫无疑问，你没那么愚蠢，所以我一定是听错了。"

一切仿佛凝固。撒迪亚斯犹豫了。他并没有退缩，而是正对上达力拿目不转睛的双眼，但他确实犹豫了。

"也许，"撒迪亚斯一字一顿地说，"你确实听错了，我没有侮辱你的儿子。那种行为……对我而言并不明智。"

两人四目相对，在沉默中达成谅解，达力拿点点头，撒迪亚斯也一样——他把头短促地顿了顿。他们不会让彼此的恨意危及国王。斗嘴和讥讽是一回事，但会引发决斗的过激言辞是另一回事。他们不能冒那个险。

"好了。"艾尔霍卡插话。他不会阻止诸位轩亲王为地位和权势互相竞争排挤。他相信这些强者都有足够的力量应付，而大部分人也确如他所料。这是一种由来已久的统治手法，但达力拿越来越无法认同。

把他们团结起来……

"我想此事就此为止。"艾尔霍卡说。

旁边的阿多林显得有些失望，仿佛他着实希望达力拿唤出碎瑛刃、与撒迪亚斯较量一场。达力拿自己也觉得热血翻涌，激越感诱惑着他，但被他强压下去。不，此时此地，这不行，艾尔霍卡需要他们。

"如您所言，陛下，"撒迪亚斯说，"可我担心，达力拿和我的这场谈话或许永远不会有结果，至少在他重新记起男人该有的作派之前，不可能。"

"你说得够多了,撒迪亚斯。"艾尔霍卡道。

"您说什么?够多了?"有个新的声音加入对话,"我相信,撒迪亚斯只要吐出一个字,不管是谁都会觉得'够多了'。"御前知策从随从当中挤出一条道来,手掂酒盏、腰佩银剑。

"知策!"艾尔霍卡一惊,"你何时来的?"

"我恰好在狩猎开始前赶上了您的队伍,陛下。"知策躬身道,"我正要找您,可深渊恶魔比我快了一步。您在战斗中的言辞真是令人振奋。"

"那么说,你几小时前就到了!这段时间你都在干什么?我怎么一直没见到你?"

"我有……一些事情要处置。"知策道,"但我不能缺席狩猎,不希望您身边少了我的陪伴。"

"没有你我也很好。"

"可您还是会无'知'啊。"知策指出。

达力拿细细端详这个黑衣男子。知策究竟是什么材料做的?他确实聪明,就像早先调侃雷纳林时展现的那样,可也太口无遮拦。这位知策有一种奇怪的气场,让达力拿不太自在。

"光明贵人撒迪亚斯,"知策抿了一口酒,"在这儿见到您,我感到非常遗憾。"

"我觉得,"撒迪亚斯反唇相讥,"你应该高兴才是,我总能给你带来不少乐趣。"

"很不幸,这倒没错。"

"不幸?"

"嗯。您瞧,您让一切都没了挑战性。一个没念过书、智力低下、宿醉未消的侍童也能嘲讽您,我再动嘴皮子就是多此一举。您的存在嘲弄着我的嘲弄,您那彻头彻尾的愚蠢令我完全束手无策。"

"艾尔霍卡,"撒迪亚斯说,"我们非得与这个……东西打交道不可？"

"我喜欢他，"艾尔霍卡笑道，"他让我开怀。"

"忠于你的人会为此承受代价。"

"代价？"知策插话道，"撒迪亚斯，我不觉得你付过我哪怕一个子儿。请别那么客气喽，实际上我不能拿你的钱，因为我知道，为满足某些欲望，你的开销已经很不少了。"

撒迪亚斯脸一红，但情绪没有失控："就这种淫秽的笑话，知策，你只有这种水准吗？"

知策耸耸肩，"我只是说出眼见的事实，光明贵人撒迪亚斯。每个人都有自己的位置，我的角色是嘲弄他人，您的角色是巴结荡妇。"

撒迪亚斯僵住了，脸涨得通红："你这蠢货。"

"如果知策是蠢货，那人类的境况实在堪虞。撒迪亚斯，我可以跟您打个赌：如果您能开口说出不蠢的话，我这一周就不再来叨扰您。"

"好，我想那不会太难。"

"噢，您已经败了。"知策叹道，"您说'我想'，还有比这更荒谬的概念吗？您、想，我可想象不出来。年轻的雷纳林王子，您呢？您父亲希望我别再烦你。您能做到吗？开口说出不蠢的话。"

一双双眼睛都看着紧挨在兄长身后的雷纳林。这份关注使他睁大了眼，有些不知所措。达力拿紧张起来。

"'不蠢的话'。"雷纳林慢悠悠地说。

知策笑了，"好，这是个令我满意的回答，非常聪明。如果光明贵人撒迪亚斯最终按捺不住、把我杀死，也许你可以做下一任御前知策。看来，你有一颗知策的心。"

雷纳林开心起来，而撒迪亚斯的情绪更阴沉了。达力拿盯着这位轩亲王；撒迪亚斯的手握住了剑柄。那不是碎瑛刀，撒迪亚斯也没有碎瑛刃，但他带着一把光眼种的佩剑，随时可致人死命。达力拿曾多次和撒迪亚斯并肩作战，知道此人剑术十分高明。

知策上前一步。"你想怎样，撒迪亚斯？"他轻声问，"替阿勒斯卡一举除掉我们这两个祸害？"

杀死御前知策不违法。但如果这么做，撒迪亚斯将失去爵位和领地。大部分人觉得这种买卖划不来，所以不会明目张胆地做。当然，如果你有办法暗杀知策而不让任何人查到，那就是另一回事了。

撒迪亚斯缓缓地把手从剑柄上挪开，朝国王略一点头，大步走开。

"知策，"艾尔霍卡道，"撒迪亚斯是我的爱卿，不必让他如此难堪。"

"不敢苟同，"知策说，"对大部分人而言，当上国王的爱卿确实已经够难堪了，但他不一样。"

国王叹口气，转头对达力拿说："我去安抚一下撒迪亚斯。原本我是想问你，之前交付给你的那桩事可有过问？"

达力拿摇摇头："我一直忙于军务，但马上就去查，陛下。"

国王点点头，急忙去追赶撒迪亚斯。

"怎么了，父亲？"阿多林问，"他是不是又以为有人在暗中窥伺他？"

"不，"达力拿道，"这次的情况以前没发生过，我马上带你去看。"

达力拿看着知策。那个黑衣男子一边看着撒迪亚斯，一边扣起指节，一次一个，咔咔作响，似乎在思索什么。他发现达力拿的视线，便冲达力拿眨眨眼，走开了。

"我喜欢这家伙。"阿多林再次表示。

"或许我也不得不认同。"达力拿摩挲着下巴道，"雷纳林，去听取有关伤患情况的报告。阿多林，跟我来。我们得查查国王交代的事。"

两个小伙子似乎都有些不明所以，但还是照他吩咐做了。达力拿望向高地另一头,望向深渊恶魔陈尸的地方。

且看这次,你的忧虑会给我们带来什么,侄儿。他想。

♛

阿多林拿起那条长长的皮带,在手里翻来覆去地看。这条带子差不多有一掌宽、一指厚,一面是不规则的裂口。这是国王马鞍上的肚带,曾围在马肚子下面。战斗中,这条皮带突然绷断,将马鞍连同国王一起甩下马背。

"你怎么看?"达力拿问。

"不知道,"阿多林说,"看起来磨损得不怎么厉害,但我猜应该很严重,否则就不会绷断了,对不对?"

达力拿取回皮带,若有所思地看着。派去的士兵还没带冲桥手回来,可天色正在逐渐变暗。

"父亲,"阿多林说,"为什么艾尔霍卡叫我们调查此事?他想让我们以鞍具保养不善的罪名责罚马夫?难道……"他突然缄口,明白了父亲满怀疑虑的原因,"国王怀疑皮带被人割过,对吗?"

达力拿点点头。他摊开护手甲覆盖的五指,把皮带翻了个面,阿多林看得出他在思考。肚带有可能因过度磨损而断裂,尤其在碎瑛甲骑手的重负之下。断裂处是皮带和马鞍的接缝,所以很容易在马夫检查时被遗漏。这是最合理的解释。但如果略微发挥一点想象力,也可以从中隐约看出某种险恶的阴谋。

"父亲,"阿多林说,"他越来越疑神疑鬼了,您是知道的。"

达力拿一言不发。

"在他眼里,每一片阴影里都暗藏杀机,"阿多林接着说,"肚带确实断了,但这不代表有人要杀他。"

"如果国王不放心,"达力拿开口道,"我们就得查清楚。有一面的断口确是直线,好像被割过,让它一受力就断。"

阿多林蹙眉道:"倒也有可能。"他之前没注意到这点,"可是想想看,父亲,为什么有人要割他的马肚带?碎瑛武士不会因跌落马背而受伤。如果这是一次有预谋的暗杀,那暗杀者的手段实在不太高明。"

"如果这是一次有预谋的暗杀,"达力拿说,"哪怕再不高明,我们也要有所防范。此事就发生在我们眼皮底下,他的坐骑是我们的马夫照料的。我们必须查清楚。"

阿多林轻声叹息,不由得升起一股怨气:"已经有人私底下讥笑我们是国王的保镖和宠物了。难道不管国王冒出什么奇怪想法,我们都必须一查到底?如果他们听闻此事,又会说些什么?"

"我从不在意他们怎么说。"

"我们把所有时间都耗在公务上,而其他人在赢取财富和荣耀。我们很少出击,因为一直忙着折腾这等事!想赶上撒迪亚斯,我们就该到高地上去,去战斗!"

达力拿眉头紧锁地看着他,阿多林把下一句气话咽了回去。

"我们跑题了,眼下的要务是这根断裂的肚带。"达力拿说。

"我……对不起,刚才的话说得太冲。"

"也许吧,即使如此,我仍然有必要听听你的抱怨。我发现你不太高兴我阻止了你和撒迪亚斯的比斗。"

"我知道,你跟我一样恨他,父亲。"

"你以为你知道得很多,其实不然。"达力拿说,"此事以后再聊。不过现在,我敢发誓……这条皮带看起来确实被人割过。也许其中存在某些我们不知道的要素,这件事背后可能有更大的阴谋,只是这场意外打乱了他们的计划。"

阿多林有些动摇,这似乎太复杂了,但如果说世上真有一群喜欢把计划搞得无比复杂的人,那便是阿勒斯卡的光眼种。"你觉得有轩亲王在背后搞鬼？"

"有可能，"达力拿说，"但我不觉得有轩亲王想要他的命。只要艾尔霍卡还是国王，那些轩亲王就能继续以他们的方式打这场仗，填满自己的荷包。国王对他们的要求并不多，让他当国王正合他们的意。"

"有些人会眼红独一无二的王座。"

"的确。回营后，查一查最近是否有人特别高调。罗伊翁上周在宴会上被知策嘲讽，看看他是否还心存芥蒂。还有，叫塔拉苔审读轩亲王贝特哈夫提呈给国王的红甲蟹租用契约。在之前的契约里，他妄图混入一些对自己的继承权有利的条款。自你伯母纳瓦妮走后，他一直很放肆。"

阿多林点点头。

"去查这根皮带的来历，"达力拿说，"找个皮匠，问问他对裂口的看法。问问马夫是否注意到任何情况，也留意最近有没有人突发横财。"他顿了顿："把国王的守卫数量加倍。"

阿多林回头看了一眼帐篷，撒迪亚斯正昂首阔步地从里面走出。阿多林眯起眼："你觉得会不会是——"

"不。"达力拿打断他。

"撒迪亚斯就是条鳗鱼。"

"吾儿，你不能总盯着他不放。他喜欢艾尔霍卡，大多数人可并非如此。我只会放心地把国王的安危托付给极少数人，他是其中之一。"

"告诉您，我可不信任他，父亲。"

达力拿沉默片刻。"跟我来，"他把肚带递给阿多林，随后走向帐篷，"我让你好好了解一下撒迪亚斯。"

阿多林无可奈何地跟着他，两人走进灯火通明的帐篷。帐篷里，暗眼种男子在端茶送水，暗眼种女子坐着书写信函或记述战斗经过。

光眼种用激昂的语调和繁冗的措辞彼此交谈,赞美国王的勇武。那些男子穿着深色衣服,都是展现男性气概的色彩:褐红、海蓝、森绿和焦橙。

达力拿走到坐在帐篷外沿、被一群光眼种私人随从围着的轩亲王瓦马尔跟前。他穿一件棕色长外套,胸前露出亮黄色丝绸衬里。这是当下的时尚,也算比较低调的款式,没有把丝绸直接穿在外面那般显眼。阿多林觉得挺好看的。

瓦马尔是个圆脸,已经开始谢顶,所剩不多的短发梳向脑后。他有一双淡灰色眼睛,还有斜眼看人的习惯——达力拿和阿多林走近时,他就这么看着他俩。

这是要干吗? 阿多林困惑地想。

"光明贵人,"达力拿对瓦马尔说,"我来看看你是否一切安好。"

"能起程回营就再安好不过了。"瓦马尔瞪着沉沉暮日,仿佛在责怪它犯了什么罪过。他的脾气一般没这么糟。

"我保证我的部下已竭尽所能。"达力拿说。

"如果不是你拖后腿,我们早就回去了。"瓦马尔说。

"我喜欢谨慎一些,"达力拿道,"而说到谨慎,我有件事要和你谈。能让我和犬子同你单独待一会儿吗?"

瓦马尔面有愠色,但还是留下随从,跟达力拿走了。阿多林跟在后面,越来越搞不清状况。

"这头野兽真大,"达力拿冲倒毙的深渊恶魔点点头,对瓦马尔道,"我没见过这么大的。"

"嗯。"

"听说你最近出击收获不小,独力杀掉不少深渊恶魔的石蛹。真是可喜可贺。"

瓦马尔耸肩道:"我们赢到的都是小颗,和艾尔霍卡今天得到的琼心石完全不能比。"

"小也好过没有，"达力拿客套地说，"我听闻，你打算扩建营地的围墙。"

"哦？对。要堵上几个缺口，加固防御。"

"那我一定替你转告陛下，说你想续购塑魂者的使用权。"

瓦马尔冲他皱眉道："塑魂者？"

"木料。"达力拿不动声色地说，"既然要砌墙，你总不能不用脚手架吧？在这片荒凉偏僻的平原，有塑魂者为我们提供木料之类的物资真是幸事，你说呢？"

"唔，没错。"瓦马尔的脸色更阴沉了。阿多林看看他，又看看父亲。两人的对话有些弦外之音。达力拿说的不仅是造墙的木头——塑魂者是轩亲王养活军队所需一切物资的来源。

"国王非常慷慨，允许我们使用塑魂者。"达力拿道，"你觉得呢，瓦马尔？"

"我明白你的意思。"瓦马尔冷冷地说，"没必要反复拿话来抽我的脸。"

"大家都知道，我从不擅长这类细活，光明贵人。"达力拿说，"我只求实效。"说完，他迈步离去，招手示意阿多林跟上。阿多林一边走，一边回头看那个轩亲王。

"他一直公然抱怨艾尔霍卡收取的塑魂费用过高。"达力拿轻声说。这是国王向轩亲王收税的主要手段。除偶一为之的狩猎以外，艾尔霍卡本人不会为赢取琼心石加入战斗。他要高高在上，像个国王那样，置身于战争之外。

"所以……？"阿多林问。

"所以我提醒瓦马尔，让他别忘了对国王的依赖有多大。"

"我想这很重要。可和撒迪亚斯有什么关系？"

达力拿没有作答。他继续在高地上走，一直来到悬崖畔。阿多林站到他身边，一起等候。过了几秒，有人从身后出现，碎瑛甲叮当作响。撒迪亚斯也来到达力拿身旁,临渊而立。阿多林乜目而视,撒迪亚斯挑了挑眉毛,但没有对他在场表示任何意见。

"达力拿。"撒迪亚斯转向前方,望着远方的平原。

"撒迪亚斯。"达力拿的声音克制而短促。

"你和瓦马尔谈过了?"

"嗯。他听懂我的话了。"

"那是当然,"撒迪亚斯的语气中有一丝快意,"我不觉得有任何别的可能。"

"你告诉他要提高木材的售价了?"

撒迪亚斯控制着该地区唯一一片大林地。"翻了一番。"他说。

阿多林回过头,瓦马尔正带着飓风般狂暴的神情看着他们三人,怒灵不断涌出他脚旁的地面,仿佛一摊摊小小的、沸腾的血浆。达力拿和撒迪亚斯联手,向他传递了一条非常有力的信息。*为什么他们邀请瓦马尔参加打猎……也许这就是理由。*阿多林恍然大悟,为了控制他。

"会管用吗?"达力拿问。

"我肯定。"撒迪亚斯说,"瓦马尔是个很好说话的人,只要给他一点刺激——他会想通的,用塑魂者总好过花一大笔钱、大老远从阿勒斯卡运送物资过来。"

"也许我们应该把此类事告诉国王。"达力拿回望一眼。国王站在帐篷下,对刚才发生的事一无所知。

撒迪亚斯叹道:"我试过了,但他的脑子不适合这类勾当。让那孩子专心考虑自己的事吧,达力拿,他要考虑的是如何行使恢宏的正义,高举神剑、策马冲向父亲的仇敌。"

"最近,他对仆族智者的事情似乎考虑得少了,越来越担心夜里会不会有刺客。"达力拿道,"这孩子着实让我担心,不知这疑神疑鬼的毛病是哪儿来的。"

撒迪亚斯笑了:"达力拿,你没开玩笑吧?"

"我从不开玩笑。"

"那是,那是。可你肯定能看出他的毛病是哪儿来的!"

"来自他父亲遇害的方式?"

"来自他叔叔对待他的方式!安排上千名守卫?每次都等士兵'确保'下一块高地再前进?有必要吗,达力拿?"

"我喜欢谨慎行事。"

"在其他人眼里,这就叫疑神疑鬼。"

"法典——"

"法典是荒唐的理想主义。"撒迪亚斯说,"是诗人编出来的,体现他们认为正确的东西。"

"迦维拉尔相信这些。"

"那你看看法典给他带来了什么样的结局。"

"当他殊死搏斗、命在旦夕时,撒迪亚斯,你在哪里?"

撒迪亚斯眯起眼:"哦,我们要再来一遍吗?就像宴会上偶然相逢的老情人?"

父亲没有回答。阿多林再一次为达力拿和撒迪亚斯的关系感到困惑。他们的冷言恶语都发自真心,只要看看他们的眼睛,就知道两人压根儿不想站在一起。

然而,他们显然在一同算计另一名轩亲王,并联手付诸行动。

"我会以我的方式保护那孩子,"撒迪亚斯道,"你就照你的方式保护他。但别跟我抱怨他多疑的毛病,你自己连睡觉都不脱军服,就为了防备仆族智者突然一拍脑袋、决定突袭大营——这种事情既没有前例,也完全不合道理。"

"我们走,阿多林。"达力拿转身迈步就走,阿多林跟了上去。

"达力拿。"撒迪亚斯在身后喊道。

达力拿停下脚步,回过头去。

"你找到答案了吗？"撒迪亚斯问，"为什么他要写下那句话？"

达力拿摇摇头。

"不会有答案的。"撒迪亚斯道，"这是一场愚蠢的追寻，老朋友，是它让你陷于崩溃。我知道你在飓风大作时的秘密。那是你的潜意识在寻找发泄的机会，你给自己的压力太大了。"

达力拿转身走开，阿多林快步跟上。最后这段话是什么意思？为什么那个"他"要写下"那句话"？男人不会写字。阿多林张口欲问，但他察觉到父亲的心情，现在不是刺激父亲的时候。

他随达力拿来到高地的一座小石丘下。两人攀到丘顶，望着深渊恶魔的尸骨。达力拿的士兵还在收集它的肉块和甲壳。

他和父亲在那站了一会儿，阿多林满腹狐疑，却不知从何开口。

终于，达力拿开口了："我有没有告诉你迦维拉尔给我的临终遗言？"

"没有，我一直想知道那晚发生了什么。"

"就在签约仪式开始前，他对我说了这么一句：'弟弟，今晚务必遵循法典的指引。风有些古怪。'"

"我不知道迦维拉尔叔叔也信奉法典。"

"第一个拿法典给我看的人就是他。发现这些古书时，他只是把它当成写于我族第一次统一时期的古阿勒斯卡文物。遇害前不久，他开始奉行法典。"达力拿有些犹豫，不知是否该说下去，"那些日子，他显得不太正常，儿子。迦熙娜和我对迦维拉尔的变化想不出所以然。当时的我也觉得法典很愚蠢，那条禁止军官在战时饮酒的规定，不，尤其是这一条，在我眼里很蠢。"他的声音变得更轻了，"迦维拉尔遇害时，我躺在地上，人事不知。我记得当时能听到呼喊声，也想清醒起来，但酒劲太强。我本该在他身边保护他。"

他看着阿多林："我不能活在过去，那是愚蠢的做法。我为迦维拉尔的死自责，但现在已经太迟了。"

阿多林点点头。

"吾儿，我一直希望，如果让你遵守法典，并坚持足够长的时间，你就会——和我一样——明白这些条文的重要意义。但愿你不必像我一样，非得经历一次触及灵魂的教训才明白事理。不管怎样，你得明白，你把撒迪亚斯挂在嘴边，说要教训他、要和他斗，你知不知道撒迪亚斯在我兄长遇难时做了什么？"

"他是诱饵。"阿多林说。国王去世之前，撒迪亚斯、迦维拉尔和达力拿曾是好友。人人都知道，他们三人一起征服了阿勒斯卡。

"对。"达力拿道，"当时他和国王在一起，听到士兵的呼喊，知道有碎瑛武士来袭。做诱饵是撒迪亚斯本人的主意——他穿上迦维拉尔的御袍，装成迦维拉尔的样子逃跑。他的所作所为与自杀无异。不穿瑛甲，让碎瑛武士追杀他。我真心认为这是我听说过的最勇敢的举动之一。"

"可他失败了。"

"是的，这也是我永远无法原谅撒迪亚斯的原因。我知道这不合情理，但他应该在那儿，和迦维拉尔一起，就像我本该做的一样。我们都辜负了国王，我们无法宽恕彼此。但仍有一点使我们团结在一起。当天，我们共同发誓，要保护迦维拉尔的儿子。无论付出多少代价，无论我们之间发生什么，*我们会保护艾尔霍卡。*

"所以，我来到这片平原，不是为财富或荣耀，这种东西我毫不在意，至少现在不了。我是为我敬爱的兄长而来，也为我的侄儿，我爱他并不全是出于兄长的缘故。这份关爱使我和撒迪亚斯产生了分歧，同时也将我们团结在一起。撒迪亚斯认为杀光仆族智者是保护艾尔霍卡的最好方式。他鞭策自己，也残忍地鞭策手下，在一片片高地上战斗。我相信，他内心深处觉得我违背了誓言，因为我没有像他那样做。

"但这种方式保护不了艾尔霍卡。他需要一个安稳的王位，需要支持他的盟友,而非一群争执不休的轩亲王。打造一个强大的阿勒斯卡王国可以给他更好的保护,好过攻击我们的敌人。团结轩亲王,这是迦维拉尔毕生的事业……"

他闭上嘴。阿多林等他接着讲,但父亲不再言语。

"撒迪亚斯,"阿多林终于开口,"我……我很吃惊,你居然说他勇敢。"

"他很勇敢,而且很狡诈。有时,我被他奢华的服饰和造作的举止蒙蔽,低估了他的品质。但骨子里,他是个好人,儿子。他不是我们的敌人。有时,我们彼此怨恨。但他一直努力保护艾尔霍卡,我希望你能尊重这一点。"

这叫人如何作答?你恨他,又叫我别恨他?"好吧,"阿多林说,"他在场时,我会管好自己。但父亲,我还是不能信任他。求求你,至少考虑一下这种可能性:也许他不像你那么重视誓言,也许他是在耍你。"

"很好。"达力拿说,"我会考虑的。"

阿多林点点头。至少这次交谈并非一无所获。"他最后说的是什么意思?关于写下的那些话?什么话?"

达力拿有些犹豫,但还是开口道;"这是一个秘密,我和他之外,只有迦熙娜和艾尔霍卡知道。我考虑过一段时间,考虑是不是要告诉你,因为万一我遇到不测,你将取代我的位置。嗯,我已经对你说了兄长给我的遗言。"

"要你遵循法典。"

"对。可实际上不止这些。他还留了些别的话,但不是说的,而是……写的。"

"迦维拉尔会写字?"

"发现国王的遗体时,撒迪亚斯在一块碎木板上找到了一段用迦维拉尔的血写成的话:'弟弟,你一定要找到人世间最重要的真言。'

撒迪亚斯把木板藏了起来，后来，我们让迦熙娜念给我们听。如果他真的会写字——看起来没有其他可能——这就是他隐藏的一个可耻的秘密。我说过，在人生最后一段日子里，他的行为变得非常古怪。"

"这些话，到底有何深意？"

"这是一句引文，"达力拿道，"出自一本名为《王者之路》的古书。那是迦维拉尔去世前最喜欢的典籍——他常和我提起。直到不久前，我才知道这句话来自此书，是迦熙娜发现的。我叫人把书中文字读给我听，听了几遍，但没有找到他写这句话的理由。"他顿了顿，"那本书像是光辉骑士的行为准则，告诉他们该如何度过人生。"

光辉骑士？飓风之父！阿多林心想。父亲经历的幻象……似乎总与光辉骑士有关。这进一步证明，那些幻觉与达力拿对兄长之死的愧疚感有关。

可是，阿多林该怎么做才能帮助父亲呢？

金属靴底踏出的脚步声在身后的岩地响起。阿多林转过身，向大步走来的国王恭敬地点头。国王还穿着金黄色碎瑛甲，但已摘下头盔。他比阿多林大几岁，脸型粗犷、鼻梁挺拔。有人说从他身上能看到王者的气概和君主的威严，与阿多林无话不说的女性曾私下坦陈，她们觉得国王相当英俊。

比不上阿多林，但依旧算得上英俊。

不过，国王已有婚娶，王后留在阿勒斯卡为他料理政务。"叔叔，"艾尔霍卡说，"我们不能先动身吗？我们是碎瑛武士，区区深渊拦不住我们。你我可以马上回大营。"

"我不会扔下自己的部队，陛下。"达力拿道，"何况，身边没有充足的守卫，您恐怕不该独自在高地上跑几个小时。"

"也是。"国王道，"不管怎样，我感谢你今天英勇的举动。看来我又欠了你一命。"

"让您活下去是另一桩我在努力习以为常的事，陛下。"

"听你这么说，我很高兴。有没有查过我托付的事？"他冲肚带努努嘴，阿多林这才意识到他套盔甲的手里还捏着那根皮带。

"我查了。"

"如何？"

"不好说，陛下。"达力拿取过皮带，递给国王，"确有可能被人割过。断裂处一面是光滑的，似乎在绷断前已失去强度。"

"我就知道！"艾尔霍卡举起皮带细细端详。

"你我都不是皮匠，陛下，"达力拿道，"我们得让专家看看皮带的两面，给出看法。我已吩咐阿多林进一步调查此事。"

"这就是割痕，"艾尔霍卡说，"我看得一清二楚，就是这儿。叔叔，我对你说过多少次了，有人想杀我。他们想要我的命，就像想要我父亲的命那样。"

"您不会以为是仆族智者干的吧？"听闻此言，达力拿十分吃惊。

"我不知道是谁干的。也许是参与这次狩猎的某人。"

阿多林拧紧眉头。艾尔霍卡想暗示什么？参与这次狩猎的大多是达力拿的部下。

"陛下，"达力拿直言，"我们会彻查此事，但您也要有心理准备，也许这只是一场意外。"

"你不信我，"艾尔霍卡面无表情地说，"你从来都不信我。"

达力拿深吸一口气，阿多林看得出，父亲正努力抑制情绪。"我没那么说。事关您的安危，哪怕是潜在的威胁也令我十分担忧。但我还是建议您不要急于下结论。阿多林指出，如果这是一次暗杀，可谓相当拙劣。跌下马背对身穿碎瑛甲的人而言算不上什么危险。"

"没错，但当时我们在狩猎。"艾尔霍卡道，"也许他们想借深渊恶魔杀我。"

"这是出乎预料的意外，"达力拿说，"我们本打算从远处把那头巨壳生物放倒，然后上前屠杀。"

艾尔霍卡眯起眼，看看达力拿，又看看阿多林。这眼神简直与怀疑无异，但转瞬即逝。阿多林不知自己是不是看错了。飓风之父在上！他心想。

在他们身后，瓦马尔大声请求国王过去。艾尔霍卡看了他一眼，点点头。"此事没有了结，叔叔。"他对达力拿说，"查下去。"

"遵命。"

国王把肚带交还给他，动身离去，盔甲哐当作响。

"父亲，"阿多林急忙开口，"你有没有看到——"

"我会和他谈谈，"达力拿道，"等他不那么心烦意乱的时候。"

"可——"

"我会和他谈，阿多林。皮带的事交给你去查。另外，集结好你的部下。"他冲西方点点头，远处有些东西，"我想我看到冲桥队了。"

总算来了。阿多林顺着父亲的视线看去。一小群人影正在横越一块远处的高地，头顶飘扬着达力拿的旗帜，他们身后有支冲桥队，扛着一座撒迪亚斯的移动式木桥。他们派来的是撒迪亚斯的冲桥队，这比达力拿那些更庞大、靠红甲蟹牵引的桥梁更快。

阿多林急忙赶去下达命令，但父亲的话语在他脑中挥之不去。迦维拉尔的遗言，国王怀疑的眼神。看来，在漫长的回营旅途中，他可以在马背上思考很多东西。

♛

达力拿看着阿多林带着他的命令疾行而去。小伙子的胸甲上依然有片蛛网似的裂痕，但不再有飓光泄出。过一段时间，盔甲会自我修复。哪怕彻底粉碎，碎瑛甲也能复原。

这年轻人喜欢抱怨，但世上找不出比他更好的儿子。绝对忠诚，拥有服从命令的强烈意识和本能。士兵们爱戴他，也许他对部下略嫌友善了，但这点可以谅解。即便是头脑发热的秉性也可以谅解，只要他学会约束自我冲动。

达力拿前去查看加兰特的状况，让年轻人独自处理军务。他在高地南端找到了那匹雷沙迪乌马。马夫们在那儿搭了座马厩，包好马儿的伤处。它也不再刻意顾及那条伤腿了。

达力拿拍拍它的脖子，看着那双漆黑的眼睛。马儿似乎有些惭愧。"不是你的错，加兰特，不是你把我甩下地的，"达力拿用安慰的语气说，"只要你没大碍就好。"他对附近一名马夫说，"今晚多给它一份饲料，再加两只脆瓜。"

"遵命，光明贵人。可它不肯吃，我们试过给它加料，它就是放着不动。"

"今晚会的，"达力拿又拍拍雷沙迪乌马的脖子，"只有在觉得自己有资格享用时，它才会吃。"

小伙子似乎不太明白。和大多数马夫一样，他以为雷沙迪乌只是马的品种，除非被接纳为骑手，否则没人能真正理解。和穿戴碎瑛甲一样，这是一种完全无法形容的体验。

"你就把两只脆瓜都吃了吧，"达力拿指着马说，"你配得上。"

加兰特一声嘶鸣。

"真的。"达力拿说。马儿轻喷鼻息，内心似乎得到了满足。达力拿查看了它的腿，朝马夫点点头，"好好照顾它，伙计，我骑另一匹马回去。"

"遵命，光明贵人。"

他们为他牵来坐骑——一头体格结实的沙黄色母马。翻身上马时，他动作尤其小心。凡马在他眼里总是那么弱不禁风。

第一个方阵经过后，国王出现了，知策在他身旁。达力拿注意到，撒迪亚斯落在后面，远离知策的伶牙俐齿。

冲桥手静静地等候，趁国王和队伍过桥时休息一下。和大多数撒迪亚斯的冲桥队一样,这支队伍由各类人渣组成。异乡人、逃兵、小偷、杀人犯和奴隶。其中很多人也许活该受此惩罚,但撒迪亚斯敲骨吸髓的骇人手段令达力拿坐立不宁。他能一直找到合适的、死不足惜的人力来补充冲桥队的消耗吗?难道真有人——哪怕是杀人犯——注定要遭此厄运?

《王者之路》中的一段文字兀自跃入达力拿脑海。他听人诵读此书的次数,比告诉阿多林的要多。

我曾遇见一名瘦骨嶙峋的男子,背扛一块比他的头还大的石头。那段文字写道,太阳底下,他赤裸上身,只有一根缠腰带裹体,被石头压得踉踉跄跄。他在一条繁忙的大道上艰难行走,众人为他让路,并非出自同情,而是害怕此人沉重的步子。没人想挡在他跟前。

君王就像这男子,独力蹒跚前行,王国的重量压在肩头。很多人为他让路,但很少有人愿意走上前,帮他扛这块石头。他们不愿承担这份工作,以免一生背负沉重的诅咒。

那天,我走下车驾,接过石头,帮那名男子扛起来。我相信,我的卫兵都感到难堪。一个衣不裹体的可怜人做苦工,人人皆可无视;一个国王为他分担重负,无人能视之如常。也许,我们应该常常交换角色。若众人眼见国王愿为穷苦人分担重负,也许,就会有人愿为国王分担压力。国王的压力虽然无形,却常使国王直不起腰。

达力拿没有刻意背诵,居然能记得一字不漏,他不觉一惊。为找寻迦维拉尔遗言中的深意,最近几个月,他几乎每天都让人为他朗读书中的节选。

令他失望的是,他没有从书中找到能解开迦维拉尔临终遗言之谜的线索。但他还是继续听人朗读,只是尽量不表露自己对此书的兴趣。这本书名声不好,这不仅是因为它与光辉变节者有关。这则国王为苦力干活的故事算是书中最不引人反感的部分之一了,另一些段落甚至直截了当地声称光眼种不如暗眼种,这与沃林教义背道而驰。

嗯,最好是别声张。达力拿对阿多林说的是真心话,他不介意别人怎么说他。但如果谣言削弱了自己保护艾尔霍卡的能力,就可能成为危险的源头。他必须小心。

他掉转马头,嘚嘚作响地踏上桥面,向冲桥手点头致谢。他们是军队里最最卑微的存在,却承载着国王的万金之躯。

阿勒斯卡战争法典

戒备 军官要随时准备战斗，绝不醉酒，绝不离开武器。

鼓舞 军官在公共场合要身穿制服，显得对战争成价在胸，并以此鼓舞部下的士气。

克制 军官要克制自己，不得与其他军官发生不必要的决斗、争吵和争执，以避免战争所需的指挥人员受伤。

表率 军官不得要求士兵执行他本人不愿执行的行动。

荣誉 军官不在战场上抛弃盟友，也不得从盟友的损失中渔利。

16 茧

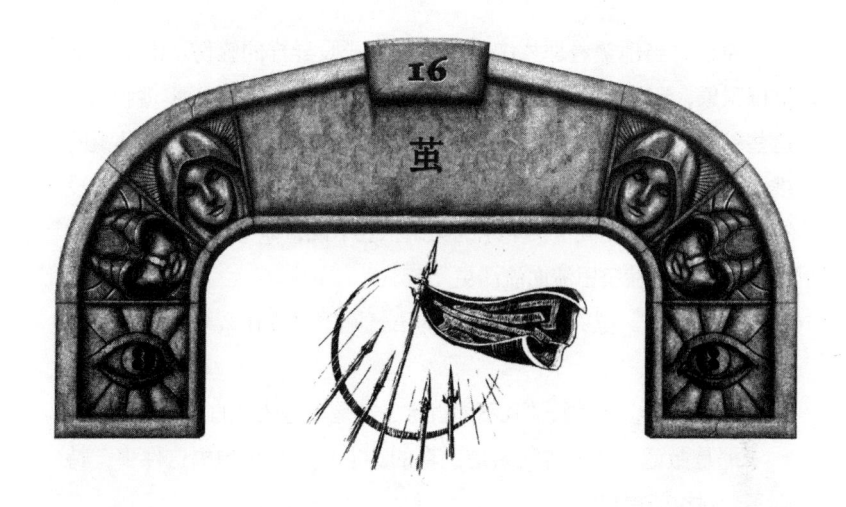

七年半前

"他想送我去卡哈巴兰斯，"卡尔坐在岩石上说，"让我受训成为手术师。"

"什么，*真的？*"拉劳在他跟前的一道突起的窄石上走着。两人近在咫尺，但待在两根分开的石头上。一阵风起，她张开双臂，努力保持平衡。她的头发是纯黑色，只有几缕金丝，就这么披散着，在身后飘荡。

这头秀发很别致，不过当然了，她的眼睛更特别：明亮的淡绿色，与镇民褐色和黑色的眼睛如此不同。光眼种身上着实有一些特别的地方。

"嗯，真的，"卡尔嘟囔道，"从几年前说到现在了。"

"你一直瞒着我？"

卡尔耸耸肩。他和拉劳身处赫斯通以东一片地势较低的巨石丘陵里。弟弟提安正在山脚搜集石块。卡尔的右手边，一座座矮丘向西延绵不绝。山坡上遍布谷瓜的谷荚，即将迎来收获季节。

奇怪，当他望着那片山陵，会产生一股异样的感伤。山上一派忙碌景象，深褐色谷荚会长成西瓜般的模样，里头满是谷穗。晒干后，这些谷子能养活全镇人，外加统辖该地的轩亲王的军队。途经此镇的虔诚者有心解释道，农人的感召是高贵的，除了士兵的感召之外，没有几种感召比它更高贵。卡尔的父亲私底下说，他觉得让王国有饭吃远比在无谓的战争里流血流汗更光荣。

"卡尔？"拉劳用不容回避的语气问，"为什么到现在才告诉我？"

"对不起，"他说，"我不能肯定父亲是不是认真的，所以没提。"

那是撒谎，他知道父亲是认真的。卡尔只是不想提这件事，特别不想对拉劳提起。

她两手插在腰际："我还以为你会当兵。"

卡尔缩缩脑袋。

她翻翻白眼，跳下石台，落在他身旁："你不想成为光眼种吗？赢得一把碎瑛刃？"

"父亲说这种事不常有。"

她在他面前跪下身子："*我肯定你能办到。*"这双眼睛是如此明亮、如此灵动，闪耀着绿色光芒，闪耀着属于生命的色彩。

卡尔越来越喜欢看着拉劳了。在理性层面，他知道自己经历的是什么。父亲向他解释过长大成人的过程，就像做手术那般精细。但其中牵扯到如此澎湃的感受，或者说感情，父亲一本正经的描述可无法解释。有些感情与拉劳有关，与镇上其他女孩子有关；还有一些感情与那一澜莫名的感伤有关，感伤总是在不经意时涌现，令他郁结于心。

"我……"卡尔欲言又止。

"看！"拉劳重新站起来，爬到她所在的那根石柱顶上。精致的黄裙被风吹起阵阵涟漪。再过一年，她就要用手套把左手罩起来，这是女子进入花季的标志:"站起来,来啊,看那边。"

卡尔使劲直起身子,眺望东方。那里覆盖着一丛丛密实的缠棘,环绕在壮实的马可树周边。

"你看见了什么?"拉劳发问。

"褐色的缠棘。好像枯死了。"

"飓风之源就在那儿,那儿的某个地方。"她指着东方道,"这里是飓风之地,父亲说,我们居住在这里,是为了替西方更怯弱的土地和子民遮挡风暴。"她转向卡尔,"我们拥有高贵的传承,卡尔,不管暗眼种还是光眼种,所以第一流的战士总是出自阿勒斯卡。轩亲王撒迪亚斯、亚马兰将军……国王迦维拉尔本人。"

"大概吧。"

她夸张地叹口气:"我讨厌跟这样的你说话,你懂的。"

"什么样?"

"就你现在这样。没精打采,唉声叹气。"

"刚才叹气的人是你,拉劳。"

"你知道我的意思。"

她爬下石柱,噘着嘴走来走去。她有时就这样。卡尔待在原地,向东望去。他不能确定自己的感受。父亲真心希望他成为手术师,但他有些动摇。不光是因为那些传说、因为对传说的激动和憧憬。他觉得,如果做战士,他能改变一些东西。真正的改变。他内心的一部分梦想走向战场、梦想保卫阿勒斯卡、梦想与光眼种英雄并肩战斗,梦想在某个地方做某些了不起的事,而不是在这个从未有大人物造访的小镇碌碌无为一辈子。

他重新坐下。有时他会像刚才那样发梦,也有时,他觉得对任何事都很难提起劲来。那种阴沉的感觉犹如一条黑鳗,在他体内盘结缠转。缠棘紧紧挤在粗大的马可树墩周围,这是它们在飓风下生存的方式。马可树的树皮坚硬如石,树枝有人腿那么粗。但那些缠棘已经死了，没能熬下来。抱团不足以使它们生存。

"卡拉丁？"有个声音从身后叫他。他转过身，看到了提安。提安今年十岁，比卡尔小两岁，但看起来要小得多。其他孩子叫他小不点儿，李伦说提安只是还没到长个儿的年龄。但说真的，瞧那对圆润透红的脸颊，和那瘦小的体形，这模样确实就像是五岁大的孩子。"卡拉丁，"他眼睛睁得大大的，两手拢在一块儿，"你在看什么呀？"

"死掉的灌木。"卡尔说。

"哦，好吧，你得看看这个。"

"这是什么？"

提安摊开掌心，亮出一块光洁如玉的小石子，石子底部有一片毛糙的缺口。卡尔接过石头，翻来覆去看了一会儿，看不出有什么特别的地方。真的，它就是块平平常常的石头。

"只是一块石头罢了。"卡尔说。

"这可不是简单的石头。"提安拿出水壶，沾湿拇指，在石头平滑的表面摩挲，遇水后，石头的颜色变深了，显出白色纹理，"看？"他又把石头递给卡尔。

石头显出了丰富的层次，白、褐、黑交替排列，组成别具一格的图案。当然，它还是一块石头，但卡尔不由自主地笑了。"真漂亮，提安。"他挪挪身子，将石头递还给他。

提安摇摇头："我找来给你的，想让你开心一些。"

"我……"这只是一块傻乎乎的石头，可不知为什么，卡尔真的感到心情舒畅了一些。"谢谢。嘿，你知道吗？我敢打赌，这片石林里一定藏着一两只贝蛙。想不想找找看？"

"好，好，好！"提安笑着溜下石柱。卡尔跟了上去，但又停住脚步，想起父亲说过的一些话。

他取出水壶，往手里倒了点水，泼到褐色缠棘上。但凡沾到水的地方，灌木立刻变成绿色，仿佛泼洒的不是水滴，而是颜料。这些灌木并没有死去，只是干枯了，正等待着飓风降临。随着水分被灌木吸收，卡尔看着片片绿迹渐渐褪去，恢复了褐色的原貌。

"卡拉丁！"提安高喊。尽管卡尔反对这么做，可弟弟还是常用全名来称呼他，"这里有一只，是不是？"

卡尔来到石柱林底部，兜里揣着弟弟送的石头。拉劳看着西面自家宅邸所在方位。她父亲是赫斯通的城主。经过拉劳时，卡尔发觉自己的视线又不知不觉落到她身上。那头秀发美极了，拥有两种反差强烈的色彩。

她转头看着卡尔，眉头一拧。

"我们要去抓几只贝蛙，"他一边笑着解释，一边指向提安，"你也来吧。"

"你的心情突然变好了。"

"也不知怎么，就是感觉好多了。"

"奇怪，他怎么就能办到？"

"谁？办到什么？"

"你弟弟，"拉劳看着提安，"他能改变你。"

提安从几块石头后面探出脑袋，急切地挥手，激动得上蹿下跳。

"在他身边消沉不起来。"卡尔说，"来吧，你想不想看贝蛙？"

"好吧。"拉劳叹口气，朝他伸出一只手。

"这是干什么？"卡尔看着她的手问。

"扶我下来。"

"拉劳，你攀爬的本领比我和提安都强，用不着别人帮忙。"

"这叫礼节，傻瓜，"她把手伸得更直了。卡尔叹着气接过它，随后她踮脚跳了下来，完全没依靠他的手，也不需要任何帮助。她怎么了，他心想，最近的举止非常古怪。

二人来到提安身旁。小男孩钻到了几根石柱围成的凹坑里，急切地指着什么。只见岩石裂缝里长着一个丝滑的白色球体，大小和小孩子的拳头差不多，由极细的丝织成。

"我没看错，对吧？"提安问，"这只就是？"

卡尔举起水壶，把水灌入石缝，倒在白球上。丝线被这场人造小雨溶解了，蚕茧消除，露出一只通体圆润、表皮棕绿相间的小生灵。贝蛙有六条腿，专用来攀附岩壁，眼睛则位于后背中央。它跃下石壁，找起昆虫来。提安笑了，看着它紧附在石面上，从一块石头跳到另一块石头，留下一摊摊黏液。

卡尔背靠石壁，看着弟弟，回想起逗弄贝蛙给他带来很多乐趣的日子——离现在并不久远。

"那么，"拉劳两臂交叉放在胸前，"如果你父亲要送你去卡哈巴兰斯，你打算怎么办？"

"不知道，"卡尔说，"在度过人生第十六个泣雨季之前，我是不能成为手术师的学徒的。所以我还有时间想想。"人人都知道，在卡哈巴兰斯受训的皆是柔刹首屈一指的手术师。据说那座城市的医院比酒馆还多。

"听起来，你父亲在强迫你按他的意愿做人，而不是按你自己的想法。"拉劳说。

"所有人都这样。"卡尔挠挠头，"其他男孩不介意因为父亲是农民而当农民，拉尔也不介意继承父亲的营生，成为镇上的新木匠。我为什么要介意？"

"我只是——"拉劳面有愠色，"卡尔，如果你走上战场，得到一把碎瑛刃，你就能成为光眼种……我是说……唉，算了，说了也没用。"她往石头上一靠，胳膊抱得更紧了。

卡尔挠挠头。她的举止确实奇怪。"我不介意去打仗，赢得荣誉，赢得战场上的一切。我最喜欢四处旅行，到各地增长见识。"他听过有关异域物种的传闻，比如巨大的甲壳生物、会唱歌的鳗鱼。他也听说过暗影城拉尔艾洛林，雷光城库尔兹。

最近几年，他投入大把时间学习。卡尔的母亲说他应该享受童年，不该为未来的事操这么多心。可李伦坚称，卡哈巴兰斯的手术师收学徒时的考试很严格。若不想毫无成算，卡尔就必须尽早用功。

然而，如果成为士兵……其他男孩都梦想加入军队，和国王迦维拉尔一同战斗。据说阿勒斯卡会和雅克维德开战，一举将他们彻底征服。听了这么多英雄故事后，真正亲眼见证传说，与轩亲王撒迪亚斯或"黑荆棘"达力拿一起战斗，会是什么感受？

贝蛙终于意识到上了当。它停在一块岩石上，重新开始织茧。卡尔从地上捡起一块被风雨磨圆的小石头，另一只手搭在提安肩头，让他别去戳碰那只疲惫的两栖动物。卡尔走上前，用两根手指轻推贝蛙，使它脱离岩体，落到他刚捡的石块上。他把石头连同贝蛙一起交给提安，小男孩睁大双眼，看着贝蛙吐出湿润的蛙丝，用细得不能再细的前肢调整丝线的形状。茧内层是防水的，有干化的黏液密封，但雨水可以从外部把茧溶开。

卡尔笑了，拿起水壶喝了一口。这水冰凉、甘洌，已经滤掉了飓砂——飓砂是随雨水落下的褐色污垢，会让人得病，这不光手术师，人人都知道。每桶水在使用前都必须静放一天，舀出上层的清水，用沉淀出的飓砂来做陶器。

贝蛙终于织完了茧。提安立刻伸手去抢水壶。

卡尔把水壶举得高高的，"它累了，提安，现在不会到处乱跳了。"

"噢。"

卡尔放低水壶，拍拍弟弟的肩膀。"我把它放到这块石头上，你就能随身带着了。你可以过段时间再放它出来。"他笑道，"或者从窗外把它扔到父亲的洗澡水里去。"

提安想象了一番，笑得合不拢嘴。卡尔揉揉他的一头黑发，道："看看你能不能再找一只。如果能抓到两只，你就能留一只玩儿，把另一只扔到洗澡水里去。"

提安小心翼翼地把那块石头放到一边，在大石堆上蹦蹦跳跳地走着。这一带的山体被几个月前的一场飓风崩裂，仿佛被巨兽猛击过一般。人们都说这要是发生在镇里，无数房屋就会遭殃。他们焚烧祷词，感谢全能之主，同时私底下议论在飓风最盛时的黑暗中出没的险恶存在。这场破坏是不是虚渡干的？又或是光辉变节者的鬼魂？

拉劳再次望向自己的宅邸，慌慌张张地抚平裙子上的褶皱——最近她当心多了，不再像过去那样对弄脏衣裳毫不在意。

"你还在想打仗的事？"卡尔问。

"唔，是的。"

"怪不得。"他说。就在几周前，有支部队来镇上，挑走了几个年长一点的男孩，不过都是经过了城主韦斯提欧的许可。"你觉得是什么东西在飓风里出没，打碎了这些山岩？"

"我说不准。"

卡尔望向东方。是什么孕育了飓风？父亲说，从未有船只驶向飓风之源并安然返回，连敢离开那片海岸的船都屈指可数。在无依无凭的洋面遭遇飓风等于死亡，传闻总是如此宣称。

他又抿了口水，盖上盖子。如果提安又找到一只贝蛙，这些水还用得上。远处田地里农人在忙活，他们穿着长长的罩衣、系带棕色衬衫和耐磨的靴子。这个时节应当注意防虫。单单一条蠕虫就能毁掉整颗谷荚的收成。蠕虫的卵会在谷荚里孵化成小虫，慢慢吃光里头长成的谷穗。等秋天你打开谷荚，会看到一条有两只手抱拳那么大的肥虫。因此农夫会在春季彻查虫害，挨个检查谷荚。如果发现蛀洞，就把浸过糖水的芦秆插进去——蠕虫会紧紧扣在芦秆上——然后拔出芦秆，一脚踩扁害虫，用飓砂补上洞坑。

清除一片田里的蠕虫要花上好几个星期，农民一般要在这些坡田上查三四遍，顺便施施肥。卡尔听别人描述过这个过程上百次了。在赫斯通这种地方长大，你不可能听不到镇民发蠕虫的牢骚。

奇怪。他看到一群年岁稍长的男孩聚集在某个山坡下，里头每个人他都认识。尤斯特和耶斯特兄弟、莫德、提福特、纳吉特、卡福等等。和卡拉丁不同，他们都有一个确凿无疑的、属于阿勒斯卡暗眼种的名字。

"他们怎么不除虫？"他问。

"不清楚。"拉劳也朝那群男孩看去，眼神有些古怪，"咱们过去瞧瞧。"没等卡尔反对，她就往山下走去。

他抓抓头，朝提安那边看了看："我们到山底下去。"

提安从大石头后面探出小脑袋，神气活现地点点头，回身继续搜寻。卡尔溜下石柱，跟着拉劳往山坡下走去。那群男孩见她来到近旁，脸上都略显尴尬。她从不和那些人相处，只同卡尔和提安厮混。她和卡尔的父亲交情很不错，尽管一个是光眼种，一个是暗眼种。

拉劳坐在附近一块石头上，一言不发地等待。卡尔走上前。既然不打算和其他男孩子交谈，她又为什么要来呢？

"嗨，尤斯特，"卡尔说。尤斯特今年十四岁，是这群孩子中最大的，差不多已经是个大人了——他自己也这么看。他生着与年龄不相衬的厚实胸膛，腿脚和他父亲一样粗壮。他手握一根小树杈，树杈削成类似长棍的形状。"你们怎么不除虫啊？"

卡尔立刻意识到这是个错误的问题——几个男孩的脸色更难看了。卡尔从不用上山干活，这点一直令他们不爽。他为自己辩护，声称要花费无数时间来记忆肌肉骨骼的结构以及各种治疗方法，但其他孩子根本没当真。他们只看到，当自己在烈日下辛苦劳作时，有个男孩却能躲在荫蔽下一天又一天地无所事事。

"塔恩爷爷发现有片谷荚长得不太对劲，"尤斯特终于开口，瞥了拉劳一眼，"他们还在商量，到底是重新种一批，还是让它们继续长一阵看情况。所以让我们今天别上山。"

卡尔点点头，站在这九个男孩面前使他难堪。他们都汗涔涔的，因为经常跪着干活,裤子膝盖沾满飓砂、打满补丁。卡尔却干干净净,穿着一条妈妈几周前才买的好裤子。今天,他父亲去城主的宅邸办事,所以让他和提安自己玩儿去。作为补偿,卡尔今晚要就着飓光熬夜学习,可向其他男孩解释这些是不管用的。

"那么,呃,"卡尔说,"你们在聊些什么呢?"

纳吉特开口了,但没回答他的问题。"卡尔,你懂不少东西,"他长着浅色头发,高高瘦瘦,是这群孩子里个子最高的,"对吧?知道一些外面的事情。"

"嗯,"卡尔挠着脑袋说,"知道一些。"

"你听说过暗眼种变成光眼种的事吗?"纳吉特问。

"是的,"卡尔说,"父亲说这有可能。比如,富有的暗眼种商人可以与出身低微的光眼种结婚,成为其家族的一员。他们的后代有可能是光眼种。"

"不,不是那种,"卡福说。因为眉毛长得低,他天生一副怒容,"是我们这种,实打实的暗眼种,你懂。"

不是你这种。他的语气似乎如此暗示。卡尔家是镇上唯一的二等暗民家庭,其他人不是四等就是五等。卡尔的级别令他身边的人感到不快,父亲那古怪的职业没让情况变好。

这一切都使得卡尔感到与周围环境格格不入。

"你知道这是怎么回事。"卡尔说,"去问拉劳吧,她刚提过,如果在战场上赢得一把碎瑛刃,你的眼睛就会变亮。"

"对,"拉劳说,"人人都知道,连奴隶也能变成光眼种,只要得到碎瑛刃。"

男孩们点点头,他们的眼睛都是褐色、黑色或其他深色调。赢得碎瑛刃,是普通人投身战场的主要动力之一。在信奉沃林教的王国,所有人都有机会出头。如卡尔的父亲所言,这是社会的根本原则。

"话是这么说,"纳吉特不耐烦地道,"可你真的听过这种事吗?

不是传说,而是真的发生过?"

"当然,"卡拉丁说,"不会有假,否则为什么这么多人去打仗?"

"虔诚者一直宣传说这是为了给宁静园的战斗添些人手,"耶斯特说,"我们得把战士送到令使身边。"

"可当农民很好,这也是他们说的,"卡福说,"说什么来着,种地是仅次于战士的感召。"

"嘿,"提福特说,"我爹是农民,而且很能干。这是崇高的感召!你们的爹不都是农民吗?"

"没错,别激动,"尤斯特说,"可我们谈的不是那个,我们在谈碎瑛武士。你只有上了战场,才有办法赢得一把碎瑛刃,成为光眼种。要知道,我爹他本来可以搞到一把,可同伴趁他被打昏时将碎瑛刃拿走了,向军官声称是他杀了碎瑛武士。结果那人得到了碎瑛刃,而我爹——"

拉劳发出一连串笑声,打断了他的话。卡尔皱起眉头。她一般不会笑得这么压抑,这种笑声让人不舒服。"尤斯特,你说你父亲夺下了一把碎瑛刃?"她说。

"不,碎瑛刃被抢走了。"大个子男孩说。

"你父亲当时是不是在北方的烂荒地打一些小冲突?"拉劳说,"告诉他真相,卡拉丁。"

"她说得对,尤斯特,那边没有碎瑛武士——只有以为能占新国王便宜的雷希海盗,他们从来就没有碎瑛刃,一把都没有。如果你父亲说见到过,那一定是记错了。"

"记错了?"尤斯特说。

"哦,我肯定。"卡尔急忙补充,"我没说他撒谎,尤斯特,这可能是战争的创伤带来的幻觉,或者其他类似原因造成的。"

这群孩子陷入沉默,看着卡尔,看得他直挠头。

尤斯特啐了一口,似乎用眼角扫了拉劳一眼。她毫不掩饰地看向卡尔，冲他微笑。

"你总是让别人出丑，是不是，卡尔？"尤斯特说。

"什么？不，我——"

"你想让我爹出丑，让别人以为他是笨蛋，"尤斯特涨红了脸，"你还想让我也出丑。好，有些人没那么好的命，不能整天吃吃水果，四处转悠。我们得干活。"

"我没有——"

"你侮辱了我爹，你得跟我打一场。这叫荣誉。你有荣誉感吗？大贵人？"

"我不是什么贵人，"卡尔驳道，"飓风之父在上，尤斯特，我只比你高几个等级而已。"

提到等级，尤斯特眼中怒火更盛。他举高木棍，"你打不打？"鲜红的怒灵开始显形，一小群一小群地在他脚边聚集。

卡尔知道尤斯特想干什么。男孩们想通过某种方式把他比下去，这不少见。卡尔的父亲说，这和他们缺乏安全感有关。如果父亲在场，就会叫卡尔扔下木棍走开。

可拉劳就坐在边上，还冲他微笑。而且如果每次都转身走开，便永远也成不了英雄。"好啊，打就打。"卡尔扬起棍子。

尤斯特立即挥出木棍，卡尔没想到他挥棍的速度有这么快。其他男孩或幸灾乐祸、或惊讶不已、或饶有兴致地旁观。卡尔堪堪竖起棍子挡住了这一击，两根木头狠狠撞在一起，震得卡尔胳膊根发颤。

猛击之下，卡尔失去了平衡。尤斯特迅速往旁一闪，挥棍自上而下打中卡尔的脚面。一阵剧痛从脚面一直传到腿部，卡尔大叫一声，一手松开棍子，弯腰去揉脚面。

尤斯特横起棍子打中卡尔身侧。卡尔倒抽一口凉气，捂着胁侧跪倒在地，任由棍子哐当一声落到石地上。他急促地喘气，疼得浑身发僵。螺旋状的痛灵从他身旁的石地里探出头来，像一只只由展开的肌腱或肌肉组成的小手，微微闪着橙光。

卡尔一手捂着肋部，一手撑在地上。要是我的肋骨断了，我跟你没完，你这飑虫。他心想。

一旁的拉劳噘起嘴来。卡尔突然被一股压倒一切的羞耻感笼罩。

尤斯特垂下拿棍的手，似乎有些不好意思。"好了，"他说，"你看，我爹教的棍法很厉害。也许这几下可以让你明白，他说的是真的，而且——"

因为愤怒，因为痛苦，卡尔咆哮起来，他从地上抓起木棍，朝尤斯特猛扑过去。那个大男孩咒骂着，狼狈地退后几步，重新摆好架势。卡尔大吼着向前猛挥。

那一刻，有些东西变了。武器在手，卡尔感到体内涌起一股能量，感到一阵如潮般的兴奋，把痛苦冲刷得一干二净。他一个旋身，木棍结结实实砸中尤斯特的手背。

尤斯特号叫着松开那只手。卡尔不待收招，棍子又划出一道弧线，从另一侧砸中男孩肋部。他以前从未拿过武器，最激烈的打斗也只是和提安玩摔跤。可这根木棍、它的长度，在他指间的感觉刚刚好。这一刻是如此美妙，连他自己都大吃一惊。

尤斯特呻吟着，步伐更加狼狈。卡尔抡圆木棍，准备砸向尤斯特的面门。他高举武器，但突然间无法动弹。尤斯特的手背被卡尔打出了血，只有一点点，但确实是血。

他伤害了别人。

尤斯特一声怒吼，跌跌撞撞地直起身子。卡尔还没来得及开口争辩，这个大男孩就横扫他的下盘，把他掀翻在地。这一摔结结实实，卡尔觉得肺都瘪了，肋部的伤处也开始发疼，痛灵从地面冒出，缠在卡尔身侧，尽情享用他的痛楚，就像一道橙色的伤疤。

尤斯特后退两步。卡尔仰面朝天，大口喘气，心中五味陈杂。握着木棍的那一刻感觉如此美妙，简直难以置信。可同时，他看到一旁的拉劳。她站了起来,但没有过来关心他,径直转身朝父亲宅邸方向走了。

泪水充满卡尔的眼眶。他大吼一声,翻身重新抓起木棍。他不想屈服!

"今天就算了吧。"尤斯特在他身后说。卡尔觉得背脊碰上了硬物,是鞋底,把他重重踩倒在地。尤斯特从卡尔掌心里抄走了木棍。

我败了,我……输了。他讨厌这种感觉,远比疼痛更让人讨厌。

"你打得不赖。"尤斯特心有不甘地承认,"但还是滚吧,我不想真的把你打伤。"

卡尔低下头,让前额靠在岩地上。经阳光照射的石头暖暖的。尤斯特松开脚,同那些男孩一起走了。他们边走边议论,鞋底在岩地上沙沙作响。卡尔强忍疼痛,用胳膊和膝盖支起身子,站了起来。

尤斯特满怀戒心地转过身,一手握住木棍。

"教教我。"卡尔说。

尤斯特吃惊地眨眨眼,看着弟弟。

"教教我,"卡尔踏前一步恳求,"我会替你除虫,尤斯特。我父亲每天下午给我两个钟头的自由时间。如果你肯在晚上把从父亲那里学来的棍法教给我,我就替你干活。"

他必须找到答案。必须再次体会手握兵器的感觉。必须确认刚才那一瞬的感觉不是偶然。尤斯特考虑片刻,最终摇摇头:"不成,你爹会杀了我的。让那双手术师的手长满老茧?那可不行。"他转过身去,"你走你的道,卡尔,我过我的日子。"

卡尔伫立良久,看着他们远去,这才坐到石头上。拉劳的身影越来越远,有几个仆人来山脚接她回去。他要不要追上去?肋部的疼痛还没有消,而且,是她领着他下山,来到这群孩子身边,他对此依旧耿耿于怀。何况最要紧的是,*他仍然觉得丢脸。*

他仰天躺倒,各种情绪在胸中翻涌,难以一一分辨。

"卡拉丁？"

他扭过头，为眼里的泪水感到羞耻，接着看到提安在他身旁席地而坐。"你来多久了？"卡尔慌慌张张地问。

提安笑笑，把一块石头放到地上，然后站起来，匆匆忙忙地走了，连卡尔叫他都没停下。卡尔一边嘟囔，一边强迫自己起身，走过去捡起那块石头。

又一块平凡无奇的石头。这是提安的癖好，他喜欢寻找这种随处可见的石头，还当成宝贝。他在家里收藏了许许多多，不仅记得发现每一块石头的地点，还能告诉你它为什么如此特别。

卡尔一声叹息，迈步朝镇子走去。

你走你的道，我过我的日子。

肋部一阵发疼。当时明明有机会，为什么打不下手？能不能通过训练克服战斗时发愣的毛病？他可以学会如何去伤害，对不对？

他到底想不想？

你走你的道。

如果不知道自己该走什么道，甚至不知道自己想成为什么样的人，那该怎么做？

终于，他回到赫斯通镇上。百来栋房子排成行列，每一栋都像把楔子，尖头对着飓风的方向。屋顶是铺过沥青的厚木，能隔断雨水。建筑南北两面几乎没有窗户，但屋子的正面——也就是面对西方、背对飓风来向的一面——几乎全是窗户。和飓风之地的植物一样，人类的生活也被飓风主宰。

卡尔的家靠近镇郊，比大部分房子都大，造得比较宽，以容纳手术室，还为手术室专开了一扇门。这扇门虚掩着，卡尔探头朝里张望。他本以为会看到在打扫的母亲，结果却是已从光明贵人韦斯提欧家返回的父亲。李伦坐在手术台边缘，两手叉腰，垂着头发稀疏的脑袋。他一手握着眼镜，看起来筋疲力尽。

"爸爸？"卡尔问，"你怎么摸黑坐在这里？"

李伦抬起头。他脸色阴沉，心不在焉。

"爸爸？"卡尔更担心了。

"光明贵人韦斯提欧御风而去了。"

"他……死了？"震惊之下，卡尔忘了肋部的伤痛。韦斯提欧仿佛是个永远不变的存在，他不可能就这样走了。拉劳怎么办？"上周他还好端端的！"

"他的身子一直很虚，卡尔。"李伦说，"所有人最终都会被全能之主召回灵界域。"

"你什么也没做？"卡尔脱口而出，立刻为自己的失言后悔。

"我竭尽全力，"父亲起身道，"或许是我学识不足……算了，懊悔毫无用处。"他走到墙边，掀开盖住高脚灯盏的黑布，灯盏里堆满钻石润石，就像一颗小太阳，立刻把屋子照亮。

"那我们没有城主了，"卡尔抬手摸摸后脑，"他没有儿子……"

"塔冠城里那些大人物会指派一位新城主，"李伦说，"全能之主保佑他们做出明智的选择。"他看着高脚灯盏，这些润石是城主的财产，是一大笔钱。

卡尔的父亲原样盖好灯盏，仿佛从未取下过。房间重新陷入黑暗，卡尔眨着眼，让眼睛适应明暗变化。

"他把这些留给了我们。"卡尔的父亲说。

卡尔大吃一惊："什么？"

"等你年满十六岁，我就送你去卡哈巴兰斯。这些润石是你的盘缠——这是光明贵人韦斯提欧的意思，是他临终前对自己子民最后的关怀。你将在那里成为一名真正的手术大师，然后回到赫斯通。"

那一刻，卡尔知道自己的命运已经锚定。如果光明贵人韦斯提欧如此要求，卡尔就得去卡哈巴兰斯。他转身走出手术室，走到日光下，没再对父亲说一个字。

他往台阶上一坐。*他到底想要什么？*他不知道,这正是问题所在。对于拉劳说的那些……光荣、荣誉……他并不十分在意。可当他握着木棍时,的确感觉到了什么。而现在,突然之间,路已经为他选好了。

提安给他的石头还在兜里,他取出石块,从腰带上解下水壶,用水冲洗。提安最先给他的那块显出一些白色漩涡状纹理和层次,另一块也有这种隐藏的构造。

石块上白线构成的图案仿佛是一张脸,正在对他微笑。尽管心中有这样那样的烦恼,卡尔也露出了笑容,但笑容很快就消散了。两块石头解决不了他的问题。

他坐在那儿冥思苦想很久,似乎什么也解决不了他的困惑。他不知道自己是否想成为一名手术师,只是突然感到人生失去了自由,只能被迫去过别人要求他过的日子。

但握着木棍的那一刻不停呼唤着他。

整个世界如此模糊,只有那一瞬无比清晰。

17

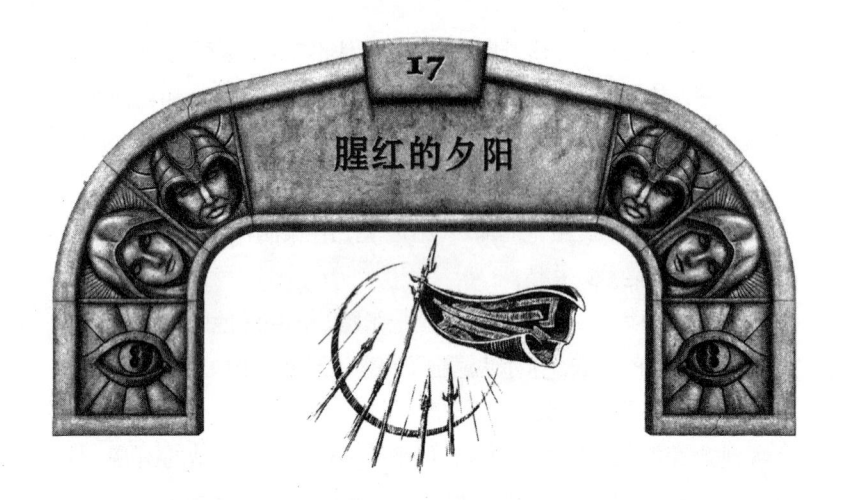

腥红的夕阳

你曾问我为何如此不安，恕我直言，原因是这样的：

"他……好老，"茜尔在那个药剂师周围飞来飞去，显得又惊又怕，"真的好老。我不知道人可以长得这么老。会不会是披人皮的朽灵？"

卡拉丁笑着看药剂师拄着拐慢悠悠走上前，完全不知道身边有个调皮的风灵。他脸上沟壑纵横，这些线条从深陷的眼窝蔓延开来，犹如破碎平原的地图。他的鼻尖架着一对厚厚的镜片，里外套着几件黑袍。

卡拉丁的父亲曾告诉他，药剂师是介于草药师和手术师之间的行当。平常人对治病疗伤的手艺有一种近乎迷信的态度，因此药剂师很容易给自己加上古老而神秘的光环。木墙上挂着布做的铭守符，画了晦涩神秘的图案，柜台后有一排排架子，放满瓶瓶罐罐，一具用线串成的完整人体骨骼悬挂在远端墙角。整个房间没有窗户，靠四捆挂在角落的石榴石球币照明。

虽然堆满了这些什物，房间依然干净整洁。空气中有一股熟悉的消毒剂气味,让卡拉丁回想起父亲的诊所。

"啊,年轻的冲桥手,"身形佝偻的药剂师推了推镜片,上前一步,捋捋飘逸的白髯,"想要逢凶化吉的神符?还是对军营里的洗衣少女有意?我有种药水,只要在她喝的水里滴一点,她就会对你青眼有加。"

卡拉丁挑了挑眉毛。

可茜尔张大了嘴,一脸惊奇:"你应该买下来给盖兹喝。能让他多喜欢你一点儿就好了。"

恐怕这东西的用途不是这样。卡拉丁笑着想。

"年轻的冲桥手,"药剂师问,"你是想要抵御邪恶的护身符吗?"

卡拉丁的父亲说过这类东西。很多药剂师贩卖所谓的爱药,或号称可治疗一切疾患的药水。其实里头只有一点糖,还有几撮具有提神或助眠效果的常见药草——取决于药剂师宣称的药效。这些玩意儿都是骗人的,但卡拉丁的母亲藏了一大堆铭守符。他父亲一直对她顽固不化的"迷信"表示失望。

"我要些绷带,"卡拉丁说,"一瓶李斯特油,或者陀灵草的汁液。另外,如果你有的话,还要一根针和一些缝合用的肠线。"

药剂师吃惊地瞪大眼睛。

"我父亲是手术师,"卡拉丁坦言,"我是他亲手教出来的。他的师傅曾在卡哈巴兰斯的大学院里求学。"

"噢,"药剂师道,"很好。"他稍微直了直腰,把拐杖放到一边,拍拍袍子,"你要什么?绷带?还有一些消毒剂?我瞧瞧……"他走到柜台后面。

卡拉丁眨眨眼。那人的年纪没变,可老态一扫而光,步伐更加坚定,说话时嘶哑的喘气声也消失不见。他在一大堆瓶瓶罐罐中寻觅,喃喃自语地念瓶上标签。"你可以去医护厅,那里的价格要便宜得多。"

"他们不卖给冲桥手。"卡拉丁苦笑着说。他去过,但被拒绝了。

那里的物资只供应真正的士兵。

"我懂了。"药剂师边说边把一口罐子放到柜台上,接着弯下腰,在几个抽屉里摸索。

茜尔飘到卡拉丁头顶。"每当他弯腰,我都以为他会像树枝那样折断。"她正在逐步掌握抽象概念,而且速度快得令人吃惊。

我明白什么是死亡……是否应该为她难过? 他仍然无法确定。

卡拉丁拿起小瓶,拔出软木塞,闻了闻味道。"拉米克黏液?"一股恶臭令他皱眉,"这东西的效力远比不上我说的那两种。"

"可是便宜许多,"老者扛着一口大箱子走过来,打开箱盖,里头是一捆白色的干净绷带,"你是冲桥手,我们都知道。"

"那么黏液怎么卖?"他一直在担心钱的问题,父亲从未说过他的医疗用品售价几何。

"两个血马克一瓶。"

"这叫便宜?"

"李斯特油可值两个天马克。"

"陀灵草汁呢?"卡拉丁说,"我看到军营外就长了一些!总不可能多稀罕。"

"你知道一株草能挤出多少汁液吗?"药剂师针锋相对地问。

卡拉丁一时语塞。这并非树汁,而是从草梗中挤出的一种乳液。至少父亲是这么说的。"不知道。"他坦承。

"只有一滴,"他说,"而且还需要一点运气。陀灵草汁当然比李斯特油便宜,但比拉米克黏液要贵,尽管黏液闻起来像夜妖的屁眼儿。"

"我没那么多钱。"卡拉丁说。一个石榴石马克值五个钻石马克。十天的收入只能买一小罐消毒剂。飓风之父啊!

药剂师抽抽鼻子,"针和肠线共值两个清马克,这你总能负担得起吧?"

"勉强可以。绷带什么价？两大颗绿宝石布罗姆吗？"

"只是些我自己漂白、煮沸过的旧布头，两个清齐普可以买一臂长。"

"我出一马克买这一整箱。"

"甚好。"见卡拉丁从口袋里掏出润石，老药剂师接着说，"你们这些手术师，个个都一样。从来不想想药具是怎么来的，用起来毫无节制，仿佛取之不尽。"

"人命无价。"卡拉丁说。这是父亲的一句老生常谈，也是李伦从不向伤患收费的主因。

卡拉丁取出四个马克。见到润石，他不禁一愣。只有一颗还闪着柔和的、如水晶般的微光，其他三颗都暗淡了，勉强才能看见玻璃中心的钻石碎片。

"这算什么，"药剂师半眯着眼说，"你打算把褪了光的润石给我？"没等卡拉丁申辩，他就抢过一颗润石，在柜台下摸索了一阵，取出一块宝石商用的放大镜。他摘下眼镜，把润石举到对着光源的方向。"啊，不不，这是真币。冲桥手，你应该先充好飓光。不是人人都像我那么愿意信赖别人。"

"今早还亮着，"卡拉丁辩称，"盖兹肯定给了我飓光不足的润石。"

药剂师放好放大镜，重新戴起眼镜。他挑了三颗，包括那颗还在发光的。

"我能把那颗留下吗？"卡拉丁问。

药剂师皱起眉头。

"总得在兜里留一颗发光的润石，"卡拉丁说，"能带来好运。"

"你真的不想来一瓶爱药？"

"黑暗中得有东西照明，"卡拉丁不想和他多话，"何况，你都说了，大多数人比较多疑，不像你。"

299

药剂师不太甘愿地换下那颗注好飓光的润石，为防万一，也用放大镜检查了最后一颗褪光的润石。褪光的润石价值并不会降低，你只需在飓风来临时把它留在户外，就能重新注入飓光，使它持续发光一星期左右。

卡拉丁把那颗注好的润石放进口袋，收拾好绷带和针线，向药剂师点头作别。待他走出药房、踏上营道，茜尔也回到他身边。

那天下午，他花了一些时间在食堂听士兵闲谈，了解到营地的一些情况。这些信息他本该几周前就掌握，可那时过于消沉，完全没有关注。他现在知道了高地上的石蛹，石蛹里有琼心石，轩亲王为此你争我夺。他明白了撒迪亚斯为何把他们逼得这么狠，也想通了如果另一支部队比他们早到，为何撒迪亚斯会掉头撤退。那种事不太常见。更多的时候，撒迪亚斯到得最早，晚来的其他阿勒斯卡军队不得不打道回府。

军营规模庞大。据说，阿勒斯卡军营总共驻扎着十万以上的正规军，等于无数个赫斯通，还没算上平民。流动的军营会吸引形形色色的随军人员，长久驻扎在破碎平原上的营地当然更能带来兴旺人丁。

十片营地各占一个山坑，把坑里填得满满当当，充斥着毫无规划的塑魂术建筑、棚舍和帐篷。一些商人财力雄厚，造起了类似那间药房的小木屋。住帐篷的人则在飓风来临前拆除帐篷，出钱到别处避风。即使在坑内，飓风的破坏力也很强，尤其是外围山壁较低或缺损的方向。有些地方——例如堆木场——则完全暴露在风口下。

街上平民熙熙攘攘。有穿裙子和花衬衣的女人，他们是士兵、商人或工匠的妻女或姐妹；有套着裤子或长罩衣的工人；有穿皮衣、握矛持盾的士兵。他们都是撒迪亚斯的部下。各营地士兵不会混在一起，除非有正事要办，也没人会去其他光明贵人所在的山坑。

卡拉丁沮丧地摇摇头。

"怎么啦?"茜尔落到他肩头问。

"没想到各营之间有如此深的隔阂,我以为只有一支军队,统一在国王的旗帜下。"

"人和人总是合不来。"茜尔说。

"此话怎讲?"

"你们每个人的行为和思想都不一样。只有你们人类才这样——动物的行为是类似的,所有精灵,可以说,简直就是一模一样。这是和谐,可你们没有,好像随便两个人都不能在任何事情上达成一致。整个世界都那么乖,就你们人类最靠不住。也许你们成天杀来杀去,就是因为这个。"

"也不是所有的风灵都一个样。"卡尔打开箱子,把一部分绷带塞进他缝在皮背心内侧的口袋,"你就是证据。"

"我知道,"她小声说,"也许你现在能理解我为什么很困扰了。"

卡拉丁不知该如何作答。他终于回到了堆木场,第四冲桥队的几名队员正在营房东侧的背阴处休息。建造营房的过程相当有意思,肯定值得一看——直接将空气塑成石屋。不幸的是,塑魂术只在夜间进行,还有人严加把守,只让虔诚者或地位极高的光眼种旁观。

卡拉丁刚到营房门口,午后第一声钟鸣恰好响起。今天下午要值桥班,他瞧见了盖兹的怒容,因为他差点儿迟到。大部分时候,值这份"班"就是随便一坐,等待号声吹响。卡拉丁不想浪费时间。现在不能扛木板,至少在随时可能出动的时候不行,不能把自己搞得精疲力竭。但也许可以热点身,或者——

空中传来一声清晰嘹亮的号响。仿佛是神话中的号角,指引勇士的灵魂前往天堂的战场。卡拉丁一拧眉,如往常一样等待第二声。不可理喻的是,有一部分潜意识竟然在期待,需要听到第二下才安心。第二声号角如期而至,其节奏和调子标明了正在化蛹的深渊恶魔所处的位置。

一堆士兵乱哄哄地奔向堆木场旁的集结区，另一些人冲进营地去取装备。"列队！"卡拉丁冲到队员跟前喊，"风打雷劈的！所有人，站成一排！"

没人理他。有些人没穿背心，便趿拉着鞋一窝蜂挤向营房。穿好背心的人则跑向摆放木桥的地方。卡拉丁跟在后面。到了桥边，众人按事先仔细安排的格局站好位置。每个人都有机会占最好的点：赶路时在前排，在最后的冲锋前就会换到相对比较安全的后排。

这种轮换非常严格，不会出错，也没人容许出错。冲桥手有一套残酷的自我管束机制：有人想使诈，其他人就会逼他在最前排跑最后一段。那种事本该禁止，但盖兹全当没看见，他也不会接受贿赂以调换冲桥手的站位。也许他明白，这种轮换是冲桥手仅有的安定感，仅有的希望。人生不公，成为冲桥手是一种大不公，但至少，如果你闯一次鬼门关并且活下来，下一次就能占后排位置。

只有一个人例外。作为冲桥队长，卡拉丁总是在前排跑大部分路程，待冲锋时换到后排。他能占据全队最安全的位置，尽管没有任何冲桥手真正安全。他们就像是一个饥肠辘辘的人面前的盘子里发霉的面包皮，卡拉丁不会被第一口吞下，但依然无处可逃。

他站好位。幺克、杜内和马洛普三人动作最慢，待他们就位，卡拉丁下令抬起木桥。众人听命而行，这使他略感惊讶，不过每次总有冲桥队长发号施令，发令人会变，但命令一成不变。起、跑、放……

二十座木桥从堆木场启程，朝破碎平原进发。卡拉丁注意到，第七冲桥队的成员在一旁如释重负地看着。他们今天值班，一直到午后第一次鸣铃，正好逃过这次行动。

冲桥手们跑得很卖力。不只是因为怕挨打，更是为了比帕族智者更早抵达目的地。如果能做到，就不会有箭矢，也没人会死。所以，扛着桥跑是冲桥手们唯一一桩干起来毫不惜力、毫不偷懒的工作。尽管很多人厌恶自己的人生，却仍以近乎病态的执着抓桥不放。

他们迈着沉重的步子跨过第一座固定式桥梁。没休息多久就再次重负而起，卡拉丁的肌肉开始抱怨，但他努力不向疲惫低头。昨夜飓风带来降雨，因此大部分植物还处于开放状态。石壳木吐出藤蔓，布兰楂把爪状枝杈探出石缝，向天空伸展，顶端挂着盛开的花朵。零星还有一些刺棘，这是一种针叶类小型灌木，茎叶的质地都硬如石块，卡拉丁头一次在这片地区看到这种植物。崎岖不平的高地上有无数浅坑和凹洞，积蓄着一塘塘雨水。

盖兹喊出行进方向，告诉他们该走哪条道。附近大多数高地都有三四座桥，形成了很多岔路。跑着跑着，众人渐渐麻木，只凭本能前进。卡拉丁非常疲惫，但已习以为常，而且在前排的感觉挺不错，看得到前进方向。他毫无感情地数着数字，这是那个无名的冲桥手给他的建议，那人的拖鞋还穿在卡拉丁脚上。

终于，他们跨过最后一座固定式桥梁，前方是一块不大的高地。他们走着走着，途经一片余烬未息的残骸，那是仆族智者昨晚摧毁的一座桥。飓风之中，他们怎么可能办到？早先听士兵闲谈时，他了解到，士兵对仆族智者的态度夹杂着仇恨、愤怒，还有不小的敬畏。他们和仆族不一样，后者很懒，几乎不会发声，在柔刹各地被当作苦力使唤。而仆族智者是武艺不凡的战士。不过这依然令卡拉丁难以接受。仆族？战斗？听起来太奇怪了。

第四冲桥队和其他队伍一起放下肩上的桥，从裂谷最窄处推过去。队员们在桥边颓然倒地，趁军队过桥的间隙放松一下。卡拉丁差点儿加入他们的行列——他的膝盖几乎已经弯下，而且他是如此渴望这么做。

不，他稳住身子，不，我得站着。

这是一种愚蠢的坚持。其他冲桥手几乎看都没看他，莫阿什还骂了他几句。可卡拉丁已经决定，要倔强地坚持下去。他把两手放到背后，指节相扣，摆出稍息的姿势，看着军队过桥。

"嗬，小子！"一支等待过桥的队伍里，有个士兵喊道，"想瞧瞧真正的士兵是什么样的？"

卡拉丁扭头看他。那是个褐眼壮汉，臂膀跟普通人大腿一样粗。从皮坎肩上的绳结判断，他是小队长。卡拉丁曾经也戴过。

"你怎么对待自己的矛和盾，小队长？"卡拉丁高声回应。

那人眉头一拧，卡拉丁知道他在想什么：武器装备是士兵的生命，要像爱护自己的孩子那样爱护你的武器。很多时候，宁可饿肚子、忍着疲倦，也要先把整备工作做好。

卡拉丁对桥点点头。"这是我的桥，"他大声说，"这是我的武器，唯一允许我拥有的武器。过桥的时候爱护点儿。"

"不然你想怎样？"另一名士兵喊道，引来队伍中一片哄笑。小队长一言不发，忧心忡忡。

卡拉丁的话只是逞强。说真的，他恨这座桥。但他依然站着。

片刻后，轩亲王撒迪亚斯本人也踏上了卡拉丁的桥。光明贵人亚马兰总是显得英武、不凡，颇具儒将之风；撒迪亚斯则完全不同，圆脸、卷发，一脸高高在上的神情。他在马上的坐姿就仿佛在检阅仪仗队，一手轻握缰绳，另一手把头盔夹在腋下。盔甲涂成红色，头盔上结着华丽而无用的流苏。奢华无益的装饰如此之多，令那件古代神器本身都相形逊色。

卡拉丁的疲惫被抛到九霄云外，他两手紧紧握成拳头。没几个光眼种能比眼前这人引来他更大的恨意，此人是如此冷酷，每个月都拿数百冲桥手的性命去填坑。他还明令禁止冲桥手携带盾牌，卡拉丁依然不明白个中缘由。

撒迪亚斯和他的亲卫队很快过了桥，卡拉丁这才想起他本该鞠躬致敬。撒迪亚斯没察觉，但如果被他发现，恐怕会带来麻烦。卡拉丁晃晃脑袋，招呼队员起身，只是石头——那个大个子吃角族人——非得要他又拽又推才肯站起来迈步走。越过深渊后，他的队员抬起桥，小跑着前往下一道深渊。

流程重复了一遍又一遍，最后卡拉丁都已数不清。每次放下桥等待军队通过时，他都不会躺下，只是两手背在身后，站着看军队过桥。注意到他的士兵越来越多，还有人出言相讥。卡拉丁不为所动，到第五或第六次，嘲笑声渐渐消失了。第二次与光明贵人撒迪亚斯打照面时，卡拉丁鞠了一躬，尽管这么做令他反胃。他不为这个人效力，也不对这个人效忠。但他要为第四冲桥队的部下效力。想要挽救这些人，就必须避免因傲慢无礼而受罚。

"前后排交换！"盖兹喊道，"过桥后交换站位！"

卡拉丁猛转过身。下一次就是突击了。他眯眼看向远方，将将看到另一片高地上聚集着一排黑色人影。仆族智者已经赶到，正在列阵。在他们身后，他们的同伴敲打着石蛹。

卡拉丁胸口涌上一阵沮丧。他们的速度不够快。而且，尽管已经很疲倦，撒迪亚斯还是会立刻下令进攻，赶在仆族智者从蛹壳里挖出琼心石之前。

一旁休息的冲桥手纷纷起身，沉默不语，心情沉重。他们知道接下来会发生什么。穿过深渊后，他们收起桥，交换了前后排位置。士兵列队待命。一切都如此静谧，仿佛他们即将扛起一具灵柩迈向火葬柴堆。

冲桥手们在后排给卡拉丁留出一个防护周全的空位。茜尔落到桥上，看着那个位置。卡拉丁走到那里，无论精神还是肉体都已疲惫不堪。今早，他练得太狠了，途中又硬挺着没坐下休息。究竟是什么迷了他的心窍，让他做出这等傻事？现在他连走路都很艰难。

他看了看身边的冲桥手，看着自己这帮手下。他们听天由命，充满绝望和恐惧。抗命不前，他们会被处决；发动冲锋，他们会遭遇劈头盖脸的箭雨。他们的目光没有对准远处严阵以待的仆族智者弓箭手，而是看着自己脚下。

他们是你的人,卡拉丁告诉自己,他们需要你的领导,哪怕他们自己还不知道这点。

作为领袖,你怎能缩在后头?

他退出队列,绕着桥身往前走。有两个人——德雷赫和泰夫特——震惊地看着他从旁走过。站在死位——前排正中位置——的人是石头,那个体壮如牛、浑身黝黑的吃角族人。卡拉丁拍拍他的肩膀,"你去我的位置,石头。"

他吃惊地看着卡拉丁,"可——"

"到后排去。"

石头皱起眉。没人会想要换到前排。"你吸多了空气吗?低地人。"他带着浓重的口音道,"你想死?干吗不直接往下跳?那还简单点儿!"

"我是冲桥队长,冲锋在前是我的特权。你去吧。"

石头耸耸肩,但照卡拉丁的要求换到了后排位置。没人说一个字。假如卡拉丁想寻死,那就让他去,他们有什么可抱怨的?

卡拉丁回头看看队员,"搭桥耗时越久,他们射过来的箭就越多。坚持住,咬紧牙关,*加快脚步。起桥!*"

众人扛起桥,内排队员跑到桥下,列成五排。卡拉丁站在正中央,他左边是又高又壮的雷滕,右边是高高瘦瘦的穆克,阿迪斯和科洛尔在两头。五个人站在第一排,死亡之排。

待每一支冲桥队都扛起了桥,盖兹下令:"冲锋!"

他们跑了起来,从整装待发的军阵旁呼啸而过,从持矛提盾的士兵旁呼啸而过。有些人好奇地看着他们,也许眼前这一幕使他们感到滑稽——低贱的冲桥手如此急切地奔向自己的死亡。其他人看向别处,或许无颜面对这些用性命给自己填出通路的人。

卡拉丁直视前方,意识深处有个错愕的声音响起,大声叫着让他停止这种愚不可及的行为。他冲向最后一道深渊,目光始终聚焦在仆族智者的阵线上。他们手持弓箭，皮肤黑红相间。

茜尔在卡拉丁脑袋周围转悠，不再显出人形，而是化成一条发光的缎带。她打了几个急弯，悬在他身前。

仆族智者抬起弓。自进队第一天以后，卡拉丁从未在轮到死位时面对如此糟糕的情况。他们总是让新来的占死位。如果他们死了，倒少了训练的麻烦。

仆族智者的弓手张弓瞄准了五六支冲桥队，其中包括第四冲桥队。

箭离弦而出。

"提安！"卡拉丁带着失意和疲惫狂吼道，几近癫狂。面对一片冲他破空而来的箭雨，他咆哮着喊出这名字——不知为何，卡拉丁浑身一震，感到一股能量汹涌而出，遍布全身，毫无预兆也无法解释。

箭矢找到了归宿。

穆克一声不吭地倒地，四五支箭射中了他，鲜血溅满石地。雷滕、阿迪斯和科洛尔也倒下了。箭矢扎进卡拉丁脚旁的地面，箭杆颤动不止，还有六七支扎进卡拉丁的头和手旁边的木头里。

卡拉丁不知道自己有没有中箭。冲劲和亢奋感在他体内翻腾，使他感觉不到任何事物。他继续奔跑着、嘶吼着，把桥扛在肩上。不知为什么，前方一队仆族智者弓手垂下了手中的弓。他看着那大理石般的皮肤、怪异的红色或黄色头盔，以及朴素的棕色服装。他们的神情很困惑。

不管是什么缘故，这给了第四冲桥队宝贵的喘息之机。待仆族智者重新举弓，卡拉丁那一队已来到悬崖边，和其他冲桥队一字排开——还剩十五队，有五队崩溃了。一到崖边，各队便拉近彼此距离，填上损失的队伍留下的缺口。

卡拉丁高声招呼队员们放下桥，此时，又一波箭雨袭来，一支箭擦着他肋骨飞过，划破皮肉，被骨头弹偏。他能感觉到自己中箭，但没有任何痛楚。他手脚并用地转到桥的一侧,帮忙一起推桥。在阿勒斯卡军一波箭矢的掩护下,卡拉丁的队伍将桥推过深渊并固定。

一队骑兵向桥的彼端发起冲锋,冲桥手很快被人遗忘。卡拉丁在桥边跪倒下来,其他队员流着血、挂了彩,跟跟跄跄地往后跑,这场战斗没他们的事了。

卡拉丁摸摸肋部,感受着伤口的大小。*直线裂伤,长度仅一寸左右,宽度不大,没有危险。*

那是父亲的声音。

卡拉丁气喘吁吁。他需要找个安全的地方。箭矢从他头顶飞过,来自阿勒斯卡的弓箭手。

一种人夺取生命,另一种人拯救生命。

事情没有完。卡拉丁强迫自己站起来,挣扎着走向桥边,有个人躺在那里。那个叫胡勃的冲桥手被一支箭扎穿了大腿。他捏着自己的腿,不住呻吟。

卡拉丁从腋下托起他的肩膀,拽他离开桥边,朝一个小石包后的缝隙处移动,石头和另一些冲桥手在那儿躲避流矢。那人疼得直骂娘,随后便陷入昏迷。

箭矢没有伤到任何主动脉,他暂时不会有事。卡拉丁放下胡勃,转身想冲回战场。但他太累了,累得双脚打颤,他狠狠摔倒在地,发出一声闷哼。

一种人夺取生命,另一种人拯救生命。

他拼命站起来,挣扎着返回桥边,额上汗水不住往下滴,父亲的话语犹在耳畔。他找到的第二个冲桥手叫库姆,已经死了。卡拉丁掉头离去。

加多肋下被箭射了个对穿,有一道很深的伤口,他的太阳穴也被划破,满脸是血。卡拉丁发现他时,他已爬了一阵,但离桥还不远。他抬起头,用惊恐万状的黑眼睛看着卡拉丁,橙色的痛灵在周围舞动。

卡拉丁提起他的两腋就拖，一队骑兵以雷霆万钧之势冲来，就从加多刚才躺的地方踏过。

卡拉丁把加多拖回那道石缝，途中又找到两具尸体。他赶紧清点人数。算上尸体，已知下落的冲桥手共有二十九名，还有五人不知所踪。卡拉丁踉跄着往战场上跑。

士兵们聚集在桥前。弓手陈阵两翼，向仆族智者的战阵射击，重骑兵发动冲锋，由轩亲王撒迪亚斯亲自率领，试图把敌人往后赶——在碎瑛甲的保护下，仆族智者根本伤不到他。

卡拉丁摇摇晃晃、头晕眼花，眼前景象让他不知所措，充满无助和绝望——无数人在奔跑、射箭、投矛。五个冲桥手，不知死活，淹没在这一切混乱当中——

他发现有个人缩在地上，身边就是万丈悬崖，箭矢在头顶飞来飞去。那是达彼德，是他的人。他的身子蜷成一团，手臂扭成怪异的角度。

卡拉丁猛冲过去，顺势扑倒在地，在箭雨下匍匐前进，祈祷仆族智者不会把两个没有武装的冲桥手当成目标。达彼德甚至都没察觉卡拉丁的到来。他被吓呆了，嘴唇无声地翕动，两眼茫然空洞。卡拉丁用别扭的姿势抓住他，不敢把身子直得太高，以免被流矢击中。

他半跪半爬地把达彼德拖离崖边。他的手臂被岩石擦破，一次又一次因滑腻的鲜血失去重心，跌倒，脸重重地撞上石地，但他拼命坚持，将那个比他还小的年轻人拖到双方箭矢的攻击范围之外。终于，他觉得够远了，才敢冒险直起身子。他想抱起达彼德，可肌肉虚弱无力。他竭尽全力地尝试，却一个踉跄，精疲力竭地倒在石地上。

他躺在那儿，大口喘气，肋部的痛楚终于如潮水决堤。**太累了……**

他摇摇晃晃地站起来，再次试图抓起达彼德，但他极度乏力，甚至连拖都拖不动。他眨眨眼，把沮丧的泪水挤出眼眶。

"吸多空气的低地人。"一个低沉的声音传来。

卡拉丁转过身，见石头走上前来。体型硕大的吃角族人把达彼德提了起来。"疯子。"他对卡拉丁咕哝，但毫不费力地抬起受了伤的冲桥手，将他扛回藏身的石缝。

卡拉丁跟在后面，到了那里，他背靠岩壁瘫倒在地。逃过此劫的冲桥手挤在他周围，眼神空洞。石头把达彼德放到地上。

"还有四个，"卡拉丁喘着粗气，"我们得找到他们……"

"穆克和雷滕，"泰夫特说，这个较年长的冲桥手位于靠近后排的位置，完全没有受伤，"阿迪斯和科洛尔。他们都在前排。"

那就对了，动弹不得的卡拉丁心想，我怎么会忘了呢……"穆克死了，"他说，"另外三个可能还活着。"他想要站起来。

"蠢货。"石头说，"待着。没事。我来。"他顿了顿，一脸不高兴，"看来我也蠢。"但他还是转身走向战场。泰夫特犹豫片刻，追了出去。

卡拉丁大口喘气，捂着肋下。他不能肯定是箭矢疼痛还是割伤疼痛。

拯救生命……

他爬到三名伤者身旁。胡勃的大腿被箭扎穿，可以等等，达彼德只伤了一条胳膊。加多伤势最重，肋下开了一个大口子。卡拉丁盯着伤处。他没有手术台，甚至没有消毒剂，能做什么呢？

他驱走心中的绝望，对冲桥手们说："你们谁给我找把小刀。去士兵的尸体上搜一把。再来个人帮我生火！"

冲桥手们面面相觑。

"杜内，你去搞刀。"卡拉丁边说边按住加多的伤口，试图止血，"纳姆，你能生个火吗？"

"工具在哪儿？"他问。

卡拉丁扯下背心和衬衣，将衬衣交给纳姆，"用这个来引火，捡些箭矢做木柴。有人带火石和铁片吗？"

幸好莫阿什带着这些工具。出动时，冲桥手总会把值钱的东西带在身上,因为其他冲桥手可能会趁你不在时顺走。

"快,别磨蹭!"卡拉丁道,"其他人去找石壳木,砸开外壳,把里面的果瓢带给我。"

飓风之父保佑,他们呆站片刻后,总算照他的吩咐行动起来。也许是被眼前的情景惊呆了,不知该如何拒绝。卡拉丁撕开加多的衬衣,将伤口暴露在外。情况很糟,非常糟。如果伤到了肠子或其他内脏……

他叫一名冲桥手用一块绷带按住加多的额头,止住那里较小的出血点——一切有助于缓解伤势的措施都不能放过,然后用父亲教他的迅捷手法检查肋下伤处。杜内很快就带着小刀回来了。可纳姆生火时遇到些麻烦,他咒骂着,再次用燧石击打铁片。

加多不断抽搐。卡拉丁用绷带按住伤口,浑身充满无力感。这种伤势需要止血带,可他没办法在这种地方做出一条来。他什么也做不了,可——

加多吐了口血,咳嗽着。"他们劈碎了大地!"他双目圆睁,不住倒吸凉气,"他们想得到这片大地,可由于怀着狂怒,他们却要把大地毁灭。就像各啬之徒烧掉值钱的东西,不让敌人夺走!他们来了!"

他大口喘气,接着沉默下来,不再动弹。了无生气的双眼瞪着上天,血沫从嘴角垂下。他濒死的遗言在众人心头萦绕。不远处的士兵在战斗、呼喝,可冲桥手身边一片沉默。

卡拉丁一屁股坐下,因失去同伴而麻木——每一次的结果都是如此。父亲一直说时间会令他麻木。

在这点上,李伦错了。

他感到如此疲惫。石头和泰夫特架着一个人,从悬崖边快步赶回。

他们是不会把死人拖回来的,卡拉丁对自己说,*想想那些你能帮到的人*。"保持火头!"他吩咐纳姆,"别让火灭掉!来个人,帮

忙把刀刃烤一烤。"

纳姆蹦了起来，仿佛这辈子头一次打成火，尽管那只是很小的火苗。卡拉丁抛下加多的尸首，给石头和泰夫特腾出地方。他们把浑身是血的雷滕放到地上。雷滕的呼吸又浅又急，身上插着两支箭，一支在右肩，一支在左臂，腹部也被箭矢划破，伤口在刚才的运动中扩得更大了。他的左脚似乎被马踩踏过，已经折断，腿上还有一道很深的切口，皮开肉绽。

"另三个死了，"泰夫特说，"他也就剩一口气。我们没什么办法，可你说要带回来，所以——"

卡拉丁立即跪到他身旁，谨慎高效麻利地行动起来。他用一块绷带按住雷滕腹部的伤口，用膝盖顶住，接着迅速包扎好他的脚，并招呼一名冲桥手把那条腿放平、紧紧固定住。"刀呢！"卡拉丁一边大喊，一边飞快地在胳膊上扎了一条临时的止血带。他需要立即止血，那条胳膊可以待会儿再操心。

年轻的杜内拿着烧热的小刀赶过来。卡拉丁揭开腹部的绷带，迅速用刀刃烧灼伤口消毒。雷滕还处于昏迷状态，气息越来越弱。

"你不会死，"卡拉丁喃喃自语，"你不会死！"他大脑一片空白，但手指知道该怎么做。一瞬间，他仿佛回到了父亲的手术室，正在聆听父亲用心的教诲。他切断雷滕手臂上的箭矢，但没动肩膀上那支，然后叫人重新加热小刀。

皮特终于带着果瓢回来了。卡拉丁一把抓过，用汁水清理腿部的伤口，那是踩踏造成的，所以情况最严重。旁人把重新加热的小刀交到他手里，卡拉丁便拔出肩膀上的箭矢，使出浑身解数完成烧灼处理，然后从迅速见底的绷带中扯出一段包好伤口。

他用箭杆当夹板——这是手头仅有的东西——固定住小腿，对那里的伤口也做了烧灼。他不喜欢造成太多疤痕，但不能让雷滕再失血了。后续治疗还得用上消毒剂，他得多久才买得起那种黏液？

"不准死！"卡拉丁几乎是在无意识地自言自语。他飞快地把小腿和夹板绑在一起，用针线缝合手臂的伤口，然后拆下临时止血带重新包扎。

终于，他坐了下来，看着这个伤员，全身彻底虚脱。雷滕还有一口气，他能挺多久？情况不容乐观。

冲桥手们在卡拉丁身边或站或坐，出奇地敬畏。卡拉丁艰难地挪到胡勃身边，查看他的腿伤。还好，伤口无需烧灼。卡拉丁洗净伤处，挑掉一些碎石，接着开始缝合。他的身边全是痛灵，像一只只伸出地面的橙色小手。

卡拉丁从加多身上割下一段最干净的绷带，包住胡勃的伤口。他讨厌这种不卫生的做法，可别无选择。接着，他用刚才叫其他冲桥手找来的箭矢固定住达彼德的手臂，并用达彼德的衬衣绑好。干完这一切，卡拉丁终于重新坐下，背靠石缘，疲倦地长吁一口气。

他身后传来金戈交响、士兵呐喊，但他如此疲惫，甚至没力气闭眼。他只想坐在那儿，瞪着地面，直到永远。

泰夫特挨着他坐下，这个老爱抱怨的人拿着那颗果瓢，瓢底还有一些汁水，"喝吧，小伙子，你得喝点儿。"

"我们还得清理其他人的伤口，"卡拉丁木然道，"很多人挂了彩，我看到几个人身上开了口子，他们应该——"

"喝吧。"泰夫特哑着嗓子坚持。

卡拉丁踌躇片刻，接过果瓢仰头喝下。汁水味道奇苦，就和石壳木的味道一样。

"这些治伤的本事你是从哪儿学来的？"泰夫特问。周围有几名冲桥手转过身，看着他。

"我原本不是奴隶。"卡拉丁低语。

"你做的那些事，没什么意思。"石头说，这个魁梧的吃角族人走上前，蹲了下来，"盖兹说，不能走路的伤员，都得留在这里。

这是上头的命令。"

"我会和盖兹商量。"卡拉丁仰头靠在石壁上,"找到那具士兵的尸体,把小刀放回去,我不想被当成小偷。回营时,得有两个人照顾雷滕,两个人照顾胡勃。咱们把他俩绑在桥上,一并抬回去。经过深渊时,大家动作要快,在军队抵达前把他们解下来,过桥后重新绑上。如果到时达彼德还不能恢复神志,就安排个人扶他一把。"

"盖兹不会答应。"石头说。

卡拉丁闭上眼,不再多做解释。

这场战斗持续了很久。夜幕临近时,仆族智者终于撤退,凭异常强壮的双腿跃过深渊。阿勒斯卡士兵齐声呐喊,因为今天的胜利者是他们。卡拉丁强迫自己起身去寻找盖兹。打破石蛹还要花一些时间——这就像开凿岩洞那样费力——他得先和冲桥士官做笔交易。

他在离战线很远的后方找到了四处张望的盖兹。他用独眼盯着卡拉丁,"有多少血是你自己的?"

卡拉丁低头一看,这才意识到自己全身覆盖着黑色血痂,大部分都是他治疗的伤员留下的。他没有回答,径直说:"我们要把伤员带回去。"

盖兹摇摇头:"不能走路就不能回去。这是规矩,我没办法。"

"我们会带他们回去。"卡拉丁说。没有加强语气,也没有提高嗓门。

"光明贵人拉马利尔不会容许这种事。"盖兹是拉马利尔的直属下级。

"你可以让第四冲桥队带着伤员最后走。拉马利尔不会跟在最后,他会和大部队先行出发,不想错过撒迪亚斯的庆功宴。"

盖兹张嘴欲言。

"我的队员动作很快,很有效率,"卡拉丁抢在他之前说,"不会拖慢任何人。"他从兜里取出最后一颗润石,递给他,"你什么也不会说。"

盖兹接过润石，嗤之以鼻："就一个清马克？你以为这能让我担这么大风险？"

"如果你不答应，"卡拉丁声沉似水，"我现在就杀了你，随便他们砍我的头。"

盖兹吃惊地眨眨眼："你别想——"

卡拉丁上前一步。他浑身是血，模样一定非常骇人。盖兹面色惨白，咒骂几句，拿起那颗暗沉无光的润石。"竟然还是颗褪了光的。"

卡拉丁一皱眉。他能肯定，这颗润石出发前还是亮的。"那是你自己不好，是你给我的。"

"润石都是昨晚刚注的，"盖兹说，"是光明贵人撒迪亚斯的司库亲手给我的。你对它们做了什么？"

卡拉丁摇摇头，累得无法思考。他转身朝冲桥手休息的地方走去，茜尔落到他肩头。

"他们是你什么人？"盖兹在他身后喊，"你干吗要管他们死活？"

"他们是我的人。"

他向前走着，把盖兹抛在身后。"我不相信他。"茜尔别过头，"他可以派人来抓你，说你威胁他。"

"有可能。"卡拉丁说，"我只能指望他还想从我这里得到更多贿赂。"

卡拉丁继续走着，耳边传来胜者的欢呼和伤者的呻吟。高地上遍布死尸。仆族智者从不收殓死者，哪怕获胜也会把尸体留在战场上。人类会派冲桥队和士兵回到战场火化死者，把他们的灵魂送往死后的世界，其中最优秀的战士将在令使的军队里继续战斗。

"润石，"茜尔的视线依旧对着盖兹，"似乎不怎么靠得住呢。"

"也许靠得住，也许靠不住。我见过他看润石时的眼神，他想要那些钱,也许非常需要,足够让他老实。"卡拉丁摇摇头,"你说得对,在很多方面,人是靠不住的,如果他们有靠得住的地方,那就是贪婪。"

这是个苦涩的念头,但那本是苦涩的一天。一个光明的开端,一轮猩红的夕阳。

今日如此,日日如此。

阿勒斯卡战者

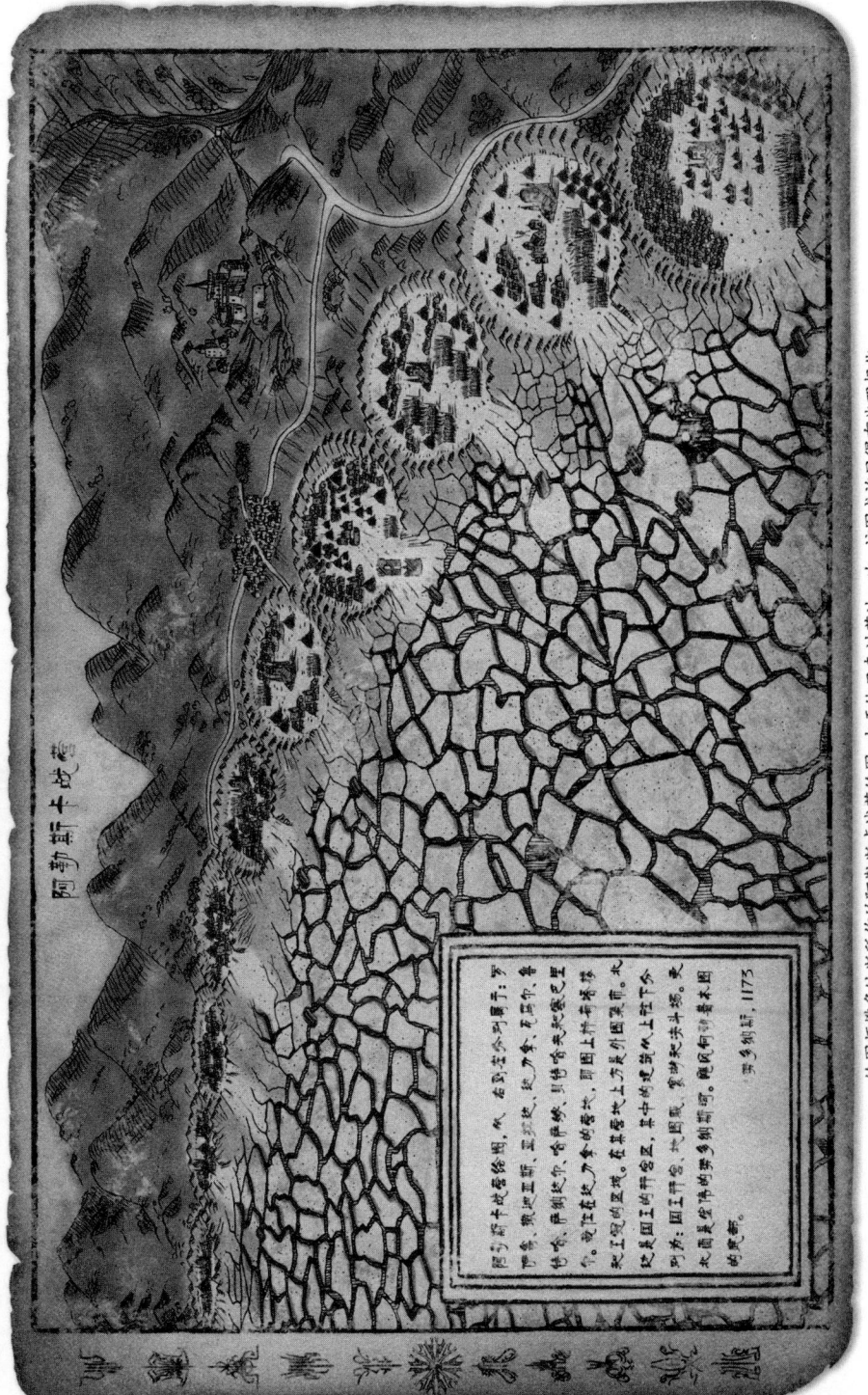

阿勒斯卡战者绘制图，右列主介绍到具下：罗门多，那正亚耶，瓦拉比地，地乃今，石耳尔，鲁伯也，科别比尔，各存饶，则伯今未知爱之里。汝汪在此力争的客人，即因上什有落分。此工规则反攻。在君各地上方及外围买市，此北皇回工地林舍区，县中的建军小上纪下分。则苏。因王评令。地因风。堂地冥长斗场。支、大南良宝泊的罗多别那吧，险因的印曼末国的民事。

罗多别耶，1173

绘图师奠多纳斯所作的阿勒斯卡战营绘图，由于他只来过营地一次，该图或许显得有些理想化。

18 轩战王

亚提生前是个友善慷慨的人,却也落得那样的下场;雷瑟恶劣得多,他是我见过的最可鄙、最狡诈、最危险的人物之一。

"没错,是割痕。"矮胖的皮匠在阿多林注视下拿起肚带检视,"易斯,你看呢?"

另一个皮匠点点头。易斯是个黄眼的伊里族人,有一头耀眼的金发——不是黄色,而是金色的,甚至还有金属般的光泽。他一直留短发,还戴着帽子,显然不想引起别人注意。很多人相信,一绺伊里人的头发能带来好运。

他的胖搭档叫阿瓦兰,是阿勒斯卡的暗眼种,此人穿着背心,外套罩裙。如果他们遵照传统的工作方式,那就有一个人专做大件——例如马鞍——另一个人负责细节加工。一群学徒在他们身后忙个不停,切割野猪皮或给皮子缝线。

"割过。"易斯从阿瓦兰手中接过皮带,"我也这么觉得。"

"送我下诅咒之地吧。"阿多林小声嘟哝,"莫非艾尔霍卡真说中了?"

"阿多林,"女子的声音从后面传来,"你说好一起散步的。"

"我们正在散步。"他回过头,挤出一个微笑。嘉娜拉站在那儿,双手抱胸,一袭黄裙丝滑亮泽,两侧各有一排扣子,顶端是一截绣满红色提花的硬领,式样无可挑剔。

"在我的想象中,"她说,"散步不光是走路。"

"噢,"他说,"对,我们马上就去。我们可以走个尽兴,走个神采奕奕、走个无忧无虑、走个……呃……"

"走个逍遥快活?"皮匠易斯替他接了一句。

"那不是形容喝酒吗?"阿多林问。

"呃,不是,光明贵人。我很肯定,那是另一种形容走路的说法。"

"很好,"阿多林道,"我们还会尽情地走个……逍遥快活。我向来喜欢散步。"他摸摸下巴,拿回皮带,"你们有多大把握?"

"不能打包票,光明贵人,"阿瓦兰说,"但单单撕裂造成的口子绝不是这样。您应该更小心一些才是。"

"小心?"

"没错,"阿瓦兰说,"这根皮带像是马鞍上的部件。平日保管时得留神,不能让硬物与皮革摩擦,造成磨损。有时,人们晚上收纳马鞍时没有好好整理,就这么让肚带垂下来,被下面的其他物件压住。我猜这道割痕是这么来的。"

"噢,"阿多林道,"你觉得这不是有意造成的?"

"也不好说,"阿瓦兰道,"可谁会莫名其妙割这种东西?"

确实是莫名其妙,阿多林心想。他向两位皮匠作别,将肚带塞进兜里,向嘉娜拉奉上臂弯。她用闲手一把挽住,显然为终于能离开皮匠铺而感到高兴。这里有一股隐约的气味,虽然远不如皮革厂那么糟糕,但他看到她数度摸出手绢,似乎很想捂鼻子。

他们步入正午的阳光下。提波恩和马克斯——两名光眼种的深蓝卫士——和嘉娜拉的贴身女仆法克丝在门外候着。她是亚泽尔暗眼种少女。阿多林和嘉娜拉踏上营道，其他三人跟上他们的脚步。法克丝带着家乡口音，小声埋怨附近找不到适合女主人身份的轿子。

嘉娜拉看起来并不在意。她尽情呼吸着户外空气，紧紧抱着他的胳膊。她很美，只是总喜欢谈论自己。一般而言，健谈的女性比较讨阿多林欢心，可今天，当嘉娜拉谈起最近一场宴会上的闲言碎语，他却听不进去。

皮带被割过，但两名皮匠都认为这是意外。换言之，他们见过类似的割痕，没固定好的扣环或其他杂物不巧割伤了皮面。

不同之处在于，这次意外令国王在激战中落马。其中是否有蹊跷？

"……你说呢，阿多林？"嘉娜拉问。

"当然。"他心不在焉地听着。

"那你会和他商量咯？"

"嗯？"

"你会请求令尊，让部下偶尔也脱掉那身老土得要命的制服？"

"他对此相当坚持，"阿多林说，"何况，*不至于那么老土啦*。"

嘉娜拉使劲瞪了他一眼。

"好吧，"他坦承，"是有点儿缺乏个性。"和达力拿军中所有光眼种高级军官一样，阿多林的上衣是一件朴实无华的蓝色军装，外套一件没有提花的正蓝色大衣，腿裹一条笔挺的裤子，可这个时代流行的是马甲、丝绸和披肩。他的后背和胸口上相当突兀地绣着父亲寇林家族的纹章对铭，两侧各有一排银扣，把前襟卡得死死的。简单、一目了然，但无趣得紧。

"令尊的部下都敬爱令尊，阿多林，"嘉娜拉说，"但他那些要求越来越惹人烦了。"

"相信我，这点我明白，但恐怕我改变不了他的想法。"该怎么向她解释呢？战争已经持续六年，达力拿对法典的坚持却丝毫没有放松。如果说有什么变化，那就是他的执着比过去更变本加厉了。

阿多林现在多少能理解，那是达力拿敬爱的兄长活着时提出的最后要求：奉行法典。没错，那本是针对那晚的要求，可阿多林的父亲向来以走极端出名。

阿多林只希望他别把这种要求强加到所有人头上。法典中的每一条都只造成些微的不便——公共场合必须穿制服、绝不醉酒、回避决斗。可加在一起让人难以承受。

他忽然被一组响彻军营的号角声打断。阿多林精神一振，转向东方，望着破碎平原。第二组号声响起，他默默记下，读出其中含义：一四七号高地发现石蛹，就在他们的攻击范围内！

他凝神屏息，等待第三组号子吹响、集结达力拿的军队去战斗。那必须出自父亲的命令。

他多少能料到这组号子不会来。一四七号高地距撒迪亚斯的营地很近，那个轩亲王肯定会去试一把。

快啊，父亲，阿多林心想，*我们可以和他比比速度！*

号声没有来。

阿多林看着嘉娜拉。她选择音乐作为自己的感召，尽管她父亲是达力拿麾下的一名骑兵指挥官，她却对战争不怎么关心。但从她的表情来看，阿多林知道连她也明白第三组号声不响意味着什么。

达力拿·寇林又一次选择不战。

"走吧，"阿多林转身走向另一个方向，嘉娜拉完全是被他拽着走的，"我有些事要办。"

♛

达力拿站在那里，两手交握身后，望着破碎平原。他在一片山坡上，高高耸立的国王行宫就在不远处。艾尔霍卡不住军营，十座军营都不住，而是住在这座造在山上的小庭院。达力拿本想沿山道前往行宫，但他的脚步被号声打断。

他伫立良久，看到撒迪亚斯的军队在营地里集结。达力拿本可派一名士兵去传令，让部下准备行动。这次的猎物离他很近。

"光明贵人？"有人在身旁问，"您还去吗？"

*你按你的方式保护他，撒迪亚斯，*达力拿心想，*我有我的方式。*

"走吧，忒夏芙。"他转过身，继续沿之字形山路攀登。

忒夏芙跟了上来，那一头夹杂着几缕金丝的阿勒斯卡式黑发，被她编成了复杂的麻花结。她有一双紫罗兰色眼睛，神情肃穆，似有不安。那是常事，她总是有事要操心。

忒夏芙等一干随同文书员都是达力拿麾下军官的妻子。达力拿信任她们，至少基本上信任。你很难完全信任任何人。*别这样*，他想，*你快像国王一样神经质了。*

不管怎么说，要是迦熙娜能回来就太好了，如果她真打算回来的话……他手下的几名高级军官频频暗示他应该续弦，就算只为了找一位女性当首席文书也好。他们以为，他因对前妻爱意未消才拒绝这一提议，可实际上，她已经去了，从他头脑中消失，在记忆中留下一片迷雾。不过，就某种意义而言，他的军官没猜错。他不肯结婚，就是不想找人取代她，也讨厌取代她的念头。有关妻子的一切都被夺走，只留下一个空洞，为得到一个文书员而填上它、抹掉前妻唯一的印记，似乎太过无情。

达力拿继续前行。除两位女性外，随行还有雷纳林和三名深蓝卫士。卫士戴着深蓝色毡帽，银色胸甲外披深蓝斗篷，下半身是深蓝色裤子。他们是低级别的光眼种，已有资格佩剑进行近战。

"对了，光明贵人。"忒夏芙说，"光明贵人阿多林让我报告鞍带一事的调查进展，他此刻应该正和皮匠沟通，但目前为止，几乎没有任何可以确定的结论。没人目击到马鞍或陛下的坐骑被人擅动。

眼线称，其他军营没有传出任何人近期突然暴富的传言，我们营地里也没有人突发横财，迄今的调查结果就是这些。"

"马夫呢？"

"他们都说检查过马鞍，"她说，"但追问之下，他们承认记不真切，不能完全肯定。"她摇摇头，"碎瑛武士对马匹和马鞍都是极大的负担，如果有办法驯服更多雷沙迪乌马……"

"我相信你很快就能驯服飓风，光明女士。好吧，我觉得这算是好消息。对我们所有人而言，肚带一事，没有任何结果才是最好的结果。现在，还有一件事要拜托你去查。"

"很荣幸为您效劳，光明贵人。"

"轩亲王亚拉达最近放出口风，说想暂回阿勒斯卡。我想知道他是否当真。"

"遵命，光明贵人。"忒夏芙点点头，"那有什么问题吗？"

"说实话，我现在还不清楚。"他不信任那些轩亲王，但至少他们留在这里，他能盯上一眼。返回阿勒斯卡后，他们可以肆无忌惮地谋划一切。当然另一方面，轩亲王回国，即便是短期回国，也有助于稳定家园的局势。

孰轻孰重？稳定还是监视的便利？*先祖之血啊*，他想，*我天生不擅长这种政治把戏和阴谋诡计。我生来就是骑马挥剑冲锋陷阵的料*。尽管如此，他还是要把该做的事情做了，"忒夏芙，我记得你说有关于国王账目的情况要报告？"

"确实。"众人继续这段不长的旅程，"您让我去查分类账是个英明的决定，我发现，有三位轩亲王——萨纳达尔、哈萨姆和瓦马尔——欠缴的金额很大。除您以外，只有轩亲王撒迪亚斯不仅缴清了战时要求的份额，还预付了一部分。"

达力拿点点头："这场战争拖得越久，诸位轩亲王就过得越懒惰。他们已经发出质疑，为什么要为塑魂术支付高昂的战时使用费？为什么不把农民迁到这里、让每支军队自给自足？"

"抱歉，光明贵人，请容我一言，"转过一个之字形拐角时，忒夏芙说，"他们的做法真的不能提倡吗？多一条物资来源可备不时之需。"她的随行文书员落在后面，背着公文包，里面放着一些夹着账目的板子。

"商人已经可以应付意外情况下的需求，"达力拿道，"这也是我没把他们驱走的原因之一。多一种选择没什么不好，可塑魂者是我们唯一能控制众轩亲王的手段。他们忠于迦维拉尔，但对他的儿子没多少好感。"达力拿眯起眼，"现在是关键时期，忒夏芙，你读过我推荐的那几本史书了吗？"

"读过，光明贵人。"

"那你就能明白，对于王国的存续而言，最脆弱的时期就是开国者的子嗣在位时。在迦维拉尔的统治下，人们敬重他，所以会保持忠诚；经过两代以上的国王统治后，人们开始将自己视为王国的一部分，国家会依靠传统的力量统一为整体。

"但第二代国王的统治期……是一段危机四伏的旅程。迦维拉尔不在，众人失去了能把他们捏合在一起的主心骨，同时，阿勒斯卡作为大一统王国也没有传承。我们必须坚持足够长的时间，让轩亲王们逐渐把自己看作一个更宏大的整体的组成部分。"

"您说得对，光明贵人。"

她并不追问缘由。和他的大部分文武官员一样，忒夏芙对他非常忠诚，他们不会询问缘由——为什么让十个公国产生国家归属感对他是如此重要。也许他们认为这是出于迦维拉尔的缘故。确实，他兄长的梦想——统一阿勒斯卡——是一部分原因，但还有些别的因素。

灭世风暴将临。终极灭世将临。悲惨之夜将临。

他强压住颤抖的冲动。根据那些幻象，留给他准备的时间不多了。

"以国王的名义起草一份公函，"达力拿道，"按时足额缴费的轩亲王可以得到塑魂费的折扣。这应该能给其他人提个醒。把公函草案交给艾尔霍卡的文书员，让他们向国王禀报，希望他能了解这么做的必要性。"

"遵命，光明贵人。"忒夏芙说，"恕我多言，您建议我读那几本史书，这使我相当意外。过去，您对这类东西并不太感兴趣。"

"近来，我做了很多自己本来不感兴趣或不擅长的事。"达力拿苦笑，"王国需要我这么做，不管我有没有那些才能，这份需要不会改变。对了，盗匪情况的报告整理好了吗？"

"好了，光明贵人。"她顿了顿，"结果不容乐观。"

"告诉你丈夫，我把第四大队交给他指挥，"达力拿道，"我希望你们二人在无主山岭一带设计一套更好的巡逻体制。只要阿勒斯卡君威尚在，这里就不能成为无法无天的地方。"

"遵命，光明贵人。"忒夏芙的语气有些犹豫，"您确定？这样就有两个大队去执行巡逻任务了。"

"没错。"达力拿曾请求其他轩亲王出力协助，他们有的觉得震惊，有的忍俊不禁，没人肯出一兵一卒。

"您已安排一个大队负责军营和外围市场之间的治安工作，"忒夏芙补充，"加上这个大队，已超过您在破碎平原总兵力的四分之一，光明贵人。"

"命令就是命令，忒夏芙，"他说，"不得有误。但首先，我要和你详细谈谈账目的事情。你先到记账房去等，我们随后就来。"

她恭敬地点点头："遵命，光明贵人。"说罢，她带着自己的学徒离开了。

雷纳林走到达力拿身边："她不太高兴，父亲。"

"她希望让她丈夫去战斗，"达力拿说，"他们都希望我能再夺取一把碎瑛刃，然后赐给他们。"仆族智者有一些碎瑛刃，数量不多，但能拿到一把也够了。没有人能解释他们为何会拥有这些东西。到达破碎平原的第一年，达力拿从一名仆族智者手中夺取了一把碎瑛刃和一套碎瑛甲，并交给艾尔霍卡，让他赐给他心目中最出色的勇士——对阿勒斯卡王国功劳最大、最有助于赢得战争的勇士。

达力拿转身，踏进国王的庭院。门廊的卫兵向他和雷纳林致敬。年轻的雷纳林两眼直视前方，焦点没对准任何东西。有些人觉得他冷漠，可达力拿明白，他只是心事多。

"我一直想和你聊聊，吾儿，"达力拿说，"关于上周的狩猎。"

雷纳林羞愧地垂下眼，痛苦地咬着唇。没错，他是有感情的，只是表现得比其他人少。

"你应该明白，你不能就那样冲进战斗区域，"达力拿厉声说，"那头深渊恶魔会杀了你。"

"如果是我身处险境，您会怎么做，父亲？"

"我责怪的不是你的勇气，而是头脑。如果你在那时发病怎么办？"

"那样野兽就会把我打落深渊，"雷纳林郁郁地说，"我就不会再一无是处地浪费大家的时间了。"

"不许这么说！开玩笑也不行！"

"这是玩笑吗？父亲，我无法战斗。"

"战斗并非男人可做的唯一有价值的事。"虔诚者非常强调这点。不错，男子最崇高的感召是死后投身战场、夺回宁静园。但全能之主接纳每一个男人或女人的杰出之处，无论他们做什么。

你只需选择一份职业去竭尽所能，选择全能之主的某一品格尽力模仿。这就是所谓的感召和荣耀。你要努力从事工作，并毕一生来践行那一品格。全能之主会接纳这些，他特别对光眼种青眼有加——而且，作为光眼种的血统越优秀，你与生俱来的荣耀就越多。

达力拿的感召是成为领袖，他选择的荣耀是决心。两者都是年轻时选的，不过现在，领袖和决心的意义在他眼里与年轻时截然不同了。

"当然，您说得对，父亲。"雷纳林说，"作为英雄的后代，却没有任何军事才能，我不是第一个。其他人能熬下来，我也可以。如果没有遁入虔诚会，也许我会在某个小镇当城主，就此终老一生。"

我还把他当孩子看待，达力拿心想，可他已经二十岁了。知策说得对，达力拿小看了雷纳林，如果我生来就被剥夺战斗的能力，我会有什么反应？成天与女人及商人厮混？

达力拿会痛苦、嫉妒、心态失衡，尤其对阿多林。事实上，少年时的达力拿经常嫉妒迦维拉尔。然而，雷纳林却是阿多林最有力的支持者，对兄长崇敬有加。他也有足够的勇气，当噩梦般的生物将矛手拍成肉泥、把碎瑛武士扫倒在地时，还敢于不顾一切地冲到战场中央。

达力拿清清嗓子，"也许是时候再教教你剑术了。"

"我的血气太弱——"

"给你一套碎瑛甲、一把碎瑛刃，这就完全不是问题。"达力拿说，"碎瑛甲使人强壮，碎瑛刃轻巧得和空气一样。"

"父亲，"雷纳林无动于衷地说，"我永远也成不了碎瑛武士。您自己说过，从仆族智者那里夺来的碎瑛刃和碎瑛甲必须交给最善战的勇士。"

"其他轩亲王没一个把战利品上缴国王。"达力拿说，"我只破一次例，给儿子送件礼物，谁能说我的不是？"

雷纳林在门廊里停下脚步，睁大眼睛，神色充满渴望，显出少有的强烈情感波动，"您说真的吗？"

"我发誓，吾儿，若我能再缴获一套碎瑛刃和碎瑛甲，那就归你。"他笑了，"坦白说，让你成为刀甲俱全的碎瑛武士，就算只为了欣赏撒迪亚斯的表情，我也愿意做。更何况，只要力量不输他人，你所具备的天赋会让你发光出彩。"

雷纳林笑了。碎瑛甲解决不了所有问题，但雷纳林将得到属于自己的机会。达力拿会想办法的。我知道当次子的滋味，达力拿一边想，一边和众人朝国王的房间走去，被一个自己又爱又嫉的兄长的光芒掩盖。飓风之父啊，这就是我的感受。

而且我依然有这种感受。

"啊，光明贵人阿多林，我的好小伙。"一名虔诚者张开双臂朝他走来。卡达什已迈入暮年，个头高大，按其感召的要求把胡须打理得方方正正，一头烦恼丝剃得精光，顶心周围还有道歪斜的伤疤，那是早年担任军官时留下的印记。

像他这样的人——曾经身为士兵的光眼种——遁入虔诚会，并不常见。实际上，改变感召对任何人来说都是稀罕事。但教规并不禁止，而且就一个改召入会的后进者而言，卡达什在虔诚会里已经擢升到很高的位置。达力拿说，这显示了他的信念或毅力，也许两者兼而有之。

随军神殿起初是一栋塑魂术变出的圆顶大屋，后来达力拿拨了一笔款子，安排一些石匠来把它改造成适合敬拜的场所。现在，内墙上刻着令使的雕像画，下风面的墙上凿出宽大的窗户，安上了玻璃，好让光线照入。高渺的穹顶悬着一捆捆光芒灿灿的钻石润石。屋内被分成一块块隔间，用于各类技艺的指导、练习和考核。

此刻，殿内有很多女子在接受虔诚者的教诲。男性的数量较少，战争时期，战场才是磨炼男性技艺的好去处。

嘉娜拉两手抱胸，站在阿多林身旁打量殿内格局，明显表露出不满的神情："先是臭烘烘的皮匠铺，现在又是神殿？我以为我们散步的地方总该有一点儿浪漫气氛。"

"宗教挺浪漫的，"阿多林挠挠头，"永恒的爱什么的，对吧？"

她瞟了他一眼。"我去外头走走。"她转过身，和贴身侍女一块儿走了，"还有，给我找台风劈的轿子来。"

阿多林皱眉看她离去："看来我得下血本送个礼才能哄她开心。"

"我不知道您哪里说错了，"卡达什道，"我觉得宗教确实很浪漫。"

"你是虔诚者，"阿多林面无表情地说，"此外，那道伤疤就我的审美而言也不太雅观。"他叹口气，"把她气走的主要原因不是神殿，而是我心不在焉的态度。今天的我算不上很好的玩伴。"

"有什么心事困扰着您的灵魂，光明之子？"卡达什问，"这和您的感召有关吗？您最近没有取得太多进展。"

阿多林挤出一个苦笑。他选择的感召是决斗。在虔诚者协助下确定目标并努力实现，这是向全能之主证明自己的途径。不幸的是，在战争期间，法典要求阿多林克制决斗的冲动，因为毫无意义的争斗会让军官们受伤，而战场上需要他们的力量。

但阿多林的父亲避战的次数越来越多，那避免决斗还有什么意义？"神圣之子，"阿多林说，"我们要找个隔墙无耳的地方详谈。"

卡达什扬了扬眉毛，领阿多林绕过殿中央的制高点。沃林神殿总是建成圆形，以圆心为制高点，向外围缓缓倾斜，按照习俗，从中心到外沿的落差为十尺。神殿供奉的对象是全能之主，由达力拿及其名下的虔诚者打理维护。虔诚会的各个分支都能随意使用这里，但大多数分会在某个军营设有自己的殿堂。

"您想问我什么，光明之子？"来到巨大的殿堂中某个隐秘的位置后，虔诚者开口问。卡达什是阿多林小时候的导师和教官，但依旧显得毕恭毕敬。

"我父亲是不是在一步步陷入疯狂？"阿多林问，"又或者，正如他坚信的那样，他真的在那些幻象中看到了全能之主送来的讯息？"

"这真是一个过于直白的问题。"

"您认识他的时间比大部分人要久,卡达什,而且我知道您忠诚不二。我还知道您总是消息灵通,关注外界事态,所以您一定听过传言,"阿多林耸耸肩,"如果直白可以成为美德,就是现在了。"

"我懂了,看来那些谣言并非空穴来风。"

"很不幸,那些话是真的,每当飓风来临,他都会胡言乱语、手舞足蹈。等到清醒过来,便声称看到了一些东西。"

"什么样的东西?"

"我不是很清楚,"阿多林一脸凝重,"其中一些与光辉骑士有关,还有一些……可能关于某种将临的命运。"

卡达什显出不安的神情。"这是危险的禁忌,光明之子。您所提的问题让我面临背弃誓言的风险。我是虔诚者,属于您父亲名下,也忠诚于他。"

"可他对您的信仰没有管辖权。"

"对,但他是全能之主在人间的守护者,他在这里关照着我,好让我不僭越身份。"卡达什抿了抿嘴唇,"我们并肩而行,守着一份微妙的平衡。光明之子,您对神权统治、对失落战争有多少了解?"

"教会企图独掌大权,"阿多林耸肩道,"祭司想征服世界,还声称是为了世间福祉。"

"那只是一部分真相,"卡达什说,"是我们常提的部分,史实要复杂和深奥得多。那时的教会独占知识,人无法选择自己的信仰之路;祭司把持了教义,只有极少数教会成员获准学习神学。他们被教导、被要求服从祭司——不是全能之主、不是令使,而是祭司。"

他迈开步子,把阿多林带到殿堂最尾部,从五男五女的令使雕像旁经过。说实话,阿多林对卡达什所说的那些知之甚少,除了和领兵打仗直接相关的部分,他对历史向来不太感兴趣。

"光明之子，问题在于，"卡达什说，"他们给宗教披上神秘主义的外衣。祭司宣称，凡人不可能理解宗教或全能之主。本该开道明义之处，他们却笼上迷雾、压低嗓音。祭司开始宣告幻象和预言，但这种行为原是被令使们谴责的。黑暗邪恶的虚魂术，其核心就是企图预卜未来。"

阿多林浑身一僵："等等，你是说——"

"请少安毋躁，光明之子，"卡达什让他宽心，转过身去，"祭司们的神权统治被推翻后，造日王做出了一个英明的决定，命人拷问祭司、审阅他们之间的往来书信。结果发现，根本就没有先知，也没有来自全能之主的神秘承诺。一切都是祭司捏造的说辞，为了蒙骗和控制民众。"

阿多林蹙眉道："你到底打算说什么？"

"说到我不敢更接近真相为止，光明之子。"虔诚者说，"因为我无法像您这样直白。"

"那么，你认为我父亲的幻象是捏造的？"

"我永远不会将我的轩亲王斥为骗子，"卡达什道，"甚至不会说他有丝毫动摇，但我不能宽纳任何形式的神秘主义或先知，这么做违背沃林教义。祭司掌权的时代已经过去，那些欺骗民众、不给民众丝毫光明的日子已经过去。现在，人人都能选择，虔诚者帮助他们通过自己选择的道路亲近全能之主，不再像过去那样信奉闪烁其辞的预言或所谓少数人拥有的神力。现在我们人人都能理解信仰，清楚自己和神的关系。"

他走近几步，把嗓音压得很低："您父亲不该遭到嘲笑或贬低。如果他真的看到了那些幻象，那也是他和全能之主之间的事。我知道战争造成的死亡和毁灭会给人带来挥之不去的阴影。从您父亲眼里，我能看到很多自己过去的影子，但他的遭遇比我当时更糟。就我个人的看法，他见到的更可能是往日景象的重现，而非神秘的超验视觉。

我能说的只有这些。"

"也就是说，他确实快疯了。"阿多林低声道。

"我没那么说。"

"按您的意思，全能之主恐怕不会送出那种幻象。"

"我确实是这个意思。"

"也就是说，那些幻象是他头脑中的产物。"

"有可能。"虔诚者举起一根指头，"您瞧，微妙的平衡。令尊是我的轩亲王，和您谈起话来，要维持这份平衡就很困难。"他伸出手，握住阿多林的臂膀，"如果说有谁能帮到他，那一定是您。没有任何人能取代您，连我也不行。"

阿多林缓缓点头："谢谢。"

"我想，您应该立刻追上那位年轻的女士。"

"是啊，"阿多林叹道，"就算选对了礼物，恐怕她和我也没法长久。雷纳林又要取笑我了。"

卡达什微微一笑："最好别轻易放弃，光明之子。马上去吧。但请改天再来，我们可以谈谈您的感召、您的目标，您已经很久没晋阶了。"

阿多林点点头，快步走出神殿。

和忒夏芙查对了几小时账目后，达力拿与雷纳林来到国王寝宫的门廊下。他们默默无声地走着，只有鞋底敲击大理石地砖的脆响，在一面面石墙间回荡。

这一周，国王的战地行宫变得华丽多了。这条门廊原本只是塑魂术造出的空心石头，艾尔霍卡迁入后下令整缮。背风面凿出窗户，地面铺上大理石砖，墙壁刻满浮雕，转角处有镶嵌装饰。达力拿和雷纳林途经一队石匠，他们正小心翼翼地刻画一幅场景：纳兰艾林将报应之剑高举过头，浑身释放出太阳的光辉。

他们走到空旷的前厅，厅堂很大，由十名身穿蓝金色制服的国王亲卫队员把守。达力拿认得每一张脸，他亲手组建起这支队伍，亲手挑选了每个人。

轩亲王鲁特哈在这里等待觐见。他粗壮的胳膊抱在胸前，一脸黑色络腮短须，上身是一件红色丝绸外套，没系扣子，长不及腰，简直像是加了袖子的马甲，只是象征性地遵循阿勒斯卡传统正装风格。马甲下的白衬衣皱皱巴巴，蓝裤子也松松垮垮，裤脚肥大。

鲁特哈看了达力拿一眼，点点头——聊表敬意，仅此而已——然后转头去和一名随从交谈。但见门廊下的守卫往边上一退，让达力拿入内，鲁特哈停住话头，不满地哼了一声。达力拿总能毫不费力地见到国王，这令其他轩亲王不爽。

国王不在起居室，但通往阳台的大门敞开着。达力拿踏进阳台，他的护卫留在门外守候。雷纳林犹豫了一下，也跟上脚步。黄昏将至，室外光线越来越昏暗。从战术角度而言，将战时行宫设在高处是有利的，但也会因此受到飓风无情的肆虐。这是古往今来战场上不变的难题：究竟选择遮风避雨的地方，还是选择视野开阔的制高点？

大部分人会选择前者，他们的军营位于破碎平原边缘，不太可能遭到攻击，所以高地的优势并不重要。但国王总是喜欢高高在上。达力拿也支持艾尔霍卡的选择，不怕一万，只怕万一。

阳台本身是一块厚实的岩板，直接以这座小山的山顶雕凿而成，三面环有铁栏。国王的住所是一栋塑魂术造就的圆顶建筑，立在天成的岩石构造之上，建筑外墙附有斜道和楼梯，通往建在山坡低处的几个楼层，那里住着国王的各类随员：守卫、读风者、虔诚者和一些远亲。达力拿的指挥所在自己的军营里，拒绝设在行宫。

国王斜倚栏杆，两名守卫在门外关注着这里的一举一动。达力拿示意雷纳林到守卫那里去，好让他和国王私下谈。

空气凉飕飕的，春季来临已有一段时间，夜晚的气息带着一丝甘甜，其中有盛开的石壳木、潮湿的石头。下方的辽阔营地幻化成十个发光的圆环，环内点缀着无数守夜的篝火、煮饭的柴火、灯盏的油火，以及从不闪烁的宝石飓光。艾尔霍卡凝望着营地，凝望着破碎平原。平原上漆黑一片，只有瞭望哨发出的零星光点。

"他们是不是藏在那片黑暗的某处，监视着我们的一举一动？"艾尔霍卡招呼达力拿上前。

"据我们所知，他们的游击小队会在夜晚行动，陛下。"达力拿一手扶住栏杆，"我忍不住想，他们也会像这样望着我们。"

国王的装束是传统的长外套，两侧扣起，但质地松垮，领口和袖口都裹着一圈打褶的花边。他的裤子是正蓝色，其剪裁式样就和鲁特哈的一样宽松。在达力拿眼里，这一切都显得太随便了。他们的士兵被一群欠缺紧张感、身穿蕾丝服装、夜夜饮酒作乐的人领导着，而且这种情况正愈演愈烈。

真被迦维拉尔说中了，达力拿心想，所以他才如此执着地奉行法典。

"你看来有心事，叔叔。"艾尔霍卡道。

"只是在回忆过去，陛下。"

"过去无关紧要，我只往前看。"

达力拿不知自己能同意哪半句。

"有时，我觉得自己能看到黑暗中的仆族智者。"艾尔霍卡说，"我感觉，只要死盯着这片平原，终究能找到他们，然后发起挑战，让他们插翅难飞。我希望他们会和我一对一较量，就像注重荣誉的男人那样。"

"如果他们注重荣誉，"达力拿拍拍侄子的后背，"就不会用那种手段杀死您父亲了。"

"依你之见,他们为什么要这么做?"

达力拿摇摇头,"这个问题一直困扰着我,就像一块滚下山坡的巨石,反反复复,让我头疼。我们是不是做了一些有损他们荣誉的事?是不是因文化不同造成的误会?"

"他们也得有文化才行。他们只是野蛮的原始人。谁知道马为何踢人、斧狐犬为何咬人?我不该问这个问题。"

达力拿没有回答。迦维拉尔遇刺后的数月中,他也感到同样的愤怒、同样的鄙夷。他可以理解,为何艾尔霍卡一心想把这个荒野中的古怪种族贬为畜生一般的存在。

但在那些日子之前,他见过仆族智者,并与他们交流。他们确实原始,但不野蛮,也不愚蠢。*我们从来就没有真正了解他们*,他心想,*依我看这才是问题的关键所在。*

"艾尔霍卡,"他轻声道,"有些不中听的问题,也许是时候提出来了。"

"比如?"

"比如,这场战争还要持续多久。"

艾尔霍卡浑身一震,转身看着达力拿道:"我们会一直战斗下去,直到复仇誓约兑现,父亲的血债得到偿还为止!"

"崇高的言辞,"达力拿说,"可我们离开阿勒斯卡已有六年了。维持两个相隔千里的政府对王国不是好事。"

"国王长年在外作战是常有的事,叔叔。"

"很少会持续这么久,"达力拿道,"而且很少会带上国内所有的碎瑛武士和轩亲王。我们的资源正在枯竭,国内传来的消息称,雷希人对边境的蚕食越来越大胆。作为一个民族,我们依然不能同心同德,难以彼此信任,而这场战争的性质变了味——没有明确的取胜之道,人人专注于争夺财富而非打击敌人——拖得越久就会越糟。"

艾尔霍卡嗤之以鼻,山顶的大风向二人呼啸吹来。"没有明确的取胜之道？我们一直在打胜仗！仆族智者的袭击频率越来越低，攻击范围也越来越小，成千上万的敌人死在我们手里。"

"但这不够，"达力拿道，"他们还能组织起像样的攻势。这场围困给我们带来的消耗也一样大，甚至可能更大。"

"围困的策略起初不是你提出的吗？"

"那时我满心悲痛和愤怒，现在不同了。"

"你已经感受不到悲痛和愤怒了？"艾尔霍卡一脸的难以置信，"叔叔，我刚才听到了什么？真不敢相信！你建议我放弃战争？不是当真的吧？你想让我像一条丧家之犬那样缩在家里？"

"我说过，这些话并不中听，陛下。"达力拿克制着自己的脾气，这很不容易，"但您必须认真考虑。"

艾尔霍卡长出一口气，神情颇为不悦，"看来撒迪亚斯他们私底下说的都是真的。你变了，叔叔。这和你间歇发作的症状有关，是不是？"

"那些事并不重要，艾尔霍卡，听我说！为了复仇，我们究竟可以付出多少？"

"付出一切。"

"包括你父亲打下的基业？为了以他的名义复仇，便让他生前的理想化为泡影，这就是我们告慰他的方式？"

国王一时语塞。

"你不愿放过仆族智者，"达力拿说，"那是值得称赞的。但你不能让灼热的复仇心蒙蔽双眼，看不到王国的需求。复仇誓约让轩亲王们走到了一起，但打赢后会发生什么？会不会四分五裂？我觉得，我们需要把他们拧到一起、把他们团结起来。在这场战争中，我们就仿佛是十个国家，一起战斗，*但没有并肩战斗。*"

国王没有立刻回答，这些话看来终究起了效。他是个好小伙，从父亲那里继承的优秀品质比某些人愿意承认的更多。

他转身走开几步,倚住栏杆。"你觉得我是个差劲的国王,对吗,叔叔?"

"什么?当然不是!"

"你总说我该这么做、该那么做,欠缺这个、欠缺那个。请说实话,叔叔,当你看着我时,是不是希望看见我父亲?"

"我当然希望。"达力拿道。

艾尔霍卡的脸色阴沉下去。

达力拿一手按住侄儿的肩膀。"如果不希望迦维拉尔还活着,我这当弟弟的就太不像话了。我辜负了他——这是我一生中最大、最可怕的失败。"艾尔霍卡转过身,达力拿迎向他的视线,竖起一根指头,"我爱你父亲,但这不代表我看低你,也不代表我不爱你。阿勒斯卡原本可能因迦维拉尔的死而崩溃,但你组织起这场反击,并亲手把它变成现实。你是个优秀的国王。"

国王缓缓点头:"你后来又叫人为你读过那本书,是不是?"

"是的。"

"你说话的方式像他,你知道我指谁。"艾尔霍卡转过身去,重新凝视东方,"临终前的一段时期,他的举止开始……反常。"

"我当然没那么严重。"

"也许,但你和他的状况很像。谈论着终结战争,对光辉变节者的历史着迷,命令所有人遵守法典……"

达力拿还记得那些日子——还有他与迦维拉尔的争执。*如果我们的人民在挨饿,我们能在战场上找到什么荣耀?*国王曾这么质问他,*就像一群挤在桶里的鳗鱼,彼此阴谋算计,设法钻到有利的位置,好冲别人的尾巴咬上一口。对我们光眼种来说,这就是荣耀?*

对这些话,正如艾尔霍卡刚才一样,达力拿的回答很无力。*飓风之父!我开始像他了,是不是?*

这让人不安,但不知为何也使人振奋。不管怎样,达力拿明白了阿多林说得对。艾尔霍卡，还有那些轩亲王，都绝不会同意撤兵。达力拿选择了一个错误的切入点。*感谢全能之主，赐给我一个直言不讳的儿子。*

"也许您说得对，陛下。"达力拿道，"结束战争，离开依旧被敌人控制的战场，这会令我们蒙羞。"

艾尔霍卡点头赞同："你能理智看待此事，我很高兴。"

"但我们必须有所改变，必须以更好的方式去战斗。"

"撒迪亚斯已经有了一种更好的方式。我向你介绍过他的冲桥队，其效用极佳，而他夺到了很多琼心石。"

"琼心石毫无意义，"达力拿说，"如果我们不能设法完成想要的复仇，这一切都毫无意义。你不会享受这一切的，眼看着轩亲王们彼此倾轧，他们内心深处已遗忘来这里的真正目的。告诉我，你不会。"

艾尔霍卡陷入沉默，神情郁郁。

*把他们团结起来。*那句话，在他脑海中轰响。"艾尔霍卡，"他突然有了主意，"还记得战争刚开始、我们刚到破碎平原的时候，撒迪亚斯和我向你的提议吗？那个让轩亲王分工合作的建议。"

"记得。"艾尔霍卡说。很久以前，阿勒斯卡的十位轩亲王曾各自掌管王国的一项事务。譬如一人是贸易和仲裁的最高权威，他的军队在所有十个公国的通衢中巡逻，另一人则执掌司法和审判等。

迦维拉尔对此设想曾非常热衷，他声称这种制度很高明，迫使轩亲王们彼此合作。过去，这套体制使得他们相互服从对方的权威，但自阿勒斯卡分裂成十个半独立的亲王领后，此举亦不复行，至今已有几百年了。

"艾尔霍卡，任命我为轩战王怎样？"达力拿问。

艾尔霍卡没有笑，那是个好兆头。"我记得你和撒迪亚斯曾断定，如果这么做，其他轩亲王会造反。"

"也许我又错了。"

艾尔霍卡似乎在思考。最终，国王摇摇头，"不行，他们连接受我的领导都很勉强。做出那种事，他们会把我除掉。"

"我会保护你。"

"算了吧，近在眼前的威胁你都不当回事。"

达力拿叹道："陛下，我确实在很严肃地对待您所面临的人身威胁。我的文书员和随从都在调查此事。"

"他们发现什么了？"

"至今没有定论。没有找到任何企图行刺的嫌犯，哪怕此类谣言也没有。没人目击任何可疑事件。但阿多林正询问皮匠，也许会带来一些更具实质性的结果。"

"那皮带就是被人割的，叔叔。"

"我们会查个清楚。"

"你不相信我，"艾尔霍卡脸色泛红，"你现在应该去设法查明刺客的计划，而非在这里提出一些傲慢无礼的要求，妄想成为全军统帅！"

达力拿紧咬牙关："我这是为了你，艾尔霍卡。"

艾尔霍卡与他对视，蓝眼眸闪烁出怀疑的眼神，就和一周前一样。

*先祖之血啊！*达力拿心想，*他的疑心病越来越重了。*

过了片刻，艾尔霍卡的表情松弛下来，似乎放松了。不管他从达力拿眼中读出了什么，至少结果令他安心。"我知道你是尽力为我好，叔叔，"艾尔霍卡道，"但你也承认，最近你的状况有点反常。你对飓风有些奇怪的反应，还像着了魔般去追查父亲的遗言——"

"我想弄明白他究竟是什么意思。"

"在人生的最后时刻，他变懦弱了，"艾尔霍卡说，"这事人人都知道。我不会重复他的错误，你也应该避免，你不该听取那种居然宣称光眼种应该做暗眼种的奴隶的书。"

"那不是书里想表达的含义,"达力拿道,"这本书被人误读了,其实它只是通过一系列故事和寓言,教导领袖该如何对待手下、王者该如何体恤臣民。"

"哼,那是光辉变节者写的!"

"不是他们写的,只是源于他们的启发。作者是一个叫诺哈东的普通人。"

艾尔霍卡瞪着他,眉毛一挑。看,那眼神仿佛在说,你居然替这种书说话。"你变得懦弱了,叔叔。我不会趁虚而入,可别人会。"

"我没有变得懦弱。"达力拿再次强迫自己冷静,"而我们也不要岔开话题。轩亲王们需要一名领导者,来迫使他们合作。我发誓,如果你任命我为轩战王,我一定会保证你的安全。"

"就像你保证我父亲的安全那样?"

达力拿完全说不出话。

艾尔霍卡转过身去:"抱歉,我失言了。"

"不,"达力拿道,"不,你说得再正确不过,艾尔霍卡。你不相信我能保护你,也许你是对的。"

艾尔霍卡目不转睛地看着他,一脸诧异:"你为什么会这样?"

"什么为什么?"

"以前,如果有人对你说这种话,你会召唤碎瑛刃,要求决斗!现在你却承认了。"

"我——"

"临终前,我父亲也拒绝跟人决斗。"艾尔霍卡拍打着栏杆,"我明白你为什么想设一名轩战王,也许你的想法确实有道理,可其他人对目前的状况都非常满意。"

"因为他们乐在其中。如果我们想赢,就得让他们不舒服。"达力拿踏前一步,"艾尔霍卡,六年前,任命轩战王或许是个错误。可现在呢?过了这么久,我们彼此不再陌生,我们常年联手和仆族智者战斗。也许迈出下一步的时机已经成熟。"

"也许。"国王道,"你认为他们准备好了?那就证明给我看。如果你能表明他们愿意与你合作,我就考虑任命你为轩战王。怎么样,叔叔?"

这是实实在在的让步。"很好。"

"甚好,"国王起身道,"我们就此别过。天色渐晚,鲁特哈还想见我。"

达力拿点头告辞,经国王的居室退到厅外,雷纳林尾随而出。

他越想越觉得这是正确的做法。阿勒斯卡人是不可能接受撤兵的,尤其是在目前的情绪下。但如果他能给他们足够的刺激和震动,迫使他们采取更加积极进取的战略……

离开国王的行宫,沿斜坡来到坐骑等候的地方时,他依然沉浸于思考中。他翻身跃上加兰特,冲照料雷沙迪乌马的马夫点头致谢。马儿已从狩猎受的跌伤中复元,腿脚健硕、步伐坚实。

达力拿的军营离此不远,他们默不作声地策马而行。*我该先找哪一个轩亲王商量?*达力拿心想,*撒迪亚斯?*

不,不行。他和撒迪亚斯联手的次数已经太多,其他人并非都被蒙在鼓里。如果别的轩亲王嗅到一丝苗头,认为他俩会结成更紧密的联盟,那将刺激他们与自己作对。最好先找一名实力较弱的轩亲王谈,看能否让对方接受某种方式的合作。一次袭击高地的联合行动如何?

他明白自己迟早要去找撒迪亚斯,这个想法不能给他带来什么好心情。如果能在保持安全距离的前提下合作,事情就会好办得多。他——

"父亲。"雷纳林打断了他的思绪,声音显得有些紧张。

达力拿坐直身子,环顾四周,一边摸向佩剑,一边准备召唤碎瑛刃。雷纳林指向东方,飓风发源的方位。

东方天际暗沉起来。

"今天会有飓风吗？"达力拿警觉地问。

"艾瑟巴说可能性不大，"雷纳林道，"可他也预测错过。"

飓风的事谁都说不准。你可以预测，但这不是一门精准的技艺。达力拿眯起眼，心跳得咚咚作响。没错，他能感觉到飓风来临的征兆。尘埃漫漫，周围的气味也变了。现在已是黄昏，但不该如此昏暗，而且天色正迅速被黑暗笼罩。空气也仿佛变得更加狂躁。

"我们要不要去亚拉达的营地避一避？"雷纳林向某处一指，问道。轩亲王亚拉达的营地离他们最近，而他们距达力拿的本营大概有十五分钟骑程。

亚拉达的部下不会拒他们于门外，没有人会不准轩亲王躲避风暴。可一想到要困在一个陌生的地方、在另一个轩亲王随从的环伺下度过飓风，达力拿不禁颤抖起来。他们会亲眼目睹癔症的发作。一旦发生那种事，谣言会像战场上的流矢一般纷扬四散。

"快马加鞭！"他大喊一声，夹紧马腹，催促加兰特赶路。雷纳林和卫士们落在他身后，蹄如奔雷，仿佛是飓风的前奏。达力拿伏低身子，神经紧绷。天色晦暗，尘埃弥漫，无数树叶被飓风的冲击卷起，潮气淤结，空气愈发凝重。天边的云层越来越厚，不断堆积。达力拿一行从亚拉达营地周边的卫兵身旁呼啸而过。他们忙作一团，抓紧外衣或斗篷抵御强风。

"父亲？"雷纳林在后面大喊，"你——"

"我们还有时间！"达力拿吼道。

他们终于来到寇林家族的营地，高低不平的石墙近在眼前。大部分人已退回营内，还有一些身穿蓝白两色制服的士兵留守在外，向他们敬礼。为了通过哨卡，他不得不收慢加兰特的速度。但离自己的营房已经不远，如果纵马狂奔，很快就能赶到。他掉转马头，准备加速。

"父亲！"雷纳林手指东方。

飓幕如黑幕般竖在半空，裹挟着一道银灰色的巨大雨帘朝营地席卷而来。上方云层如纹理密布的黑色玛瑙，偶有耀目的闪电从内部炸亮。刚才朝他敬礼的卫兵急忙跑向最近的一座营房。

"我们赶得及，"达力拿说，"我们——"

"父亲！"雷纳林策马来到他身边，拽住他的胳膊，"我很抱歉。"

狂风如鞭，达力拿紧咬牙关，看着儿子。镜片下，雷纳林的双眼睁得大大的，充满关切。

达力拿又望了一眼，那道飓幕的黑墙只消片刻就会把他们吞没。

他说得对。

他把加兰特的缰绳递给一名焦急的士兵，那名士兵的另一只手还牵着雷纳林的坐骑。两人下马后，士兵飞奔着将两匹马牵到附近一间石质马厩。达力拿差点儿跟过去——在马厩，能看到他发作的人会少一些——但附近一座营房的门开着，里面的人急切地挥手招呼他们过去。那里更安全一些。

达力拿只能听天由命，跟着雷纳林冲向石造营房。房里的士兵为他们腾出一块地方，里面还挤着一群仆从。在达力拿的营地，任何人都不会被迫在风暴来临时待在帐篷或弱不禁风的木棚里，也没有人需要为进入石质建筑躲避风暴支付费用。

房门重重地关上。看到自己的轩亲王和王子走了进来，屋里的人都惊呆了，有几个人紧张得脸色发白。屋里唯一的光源是安在墙上的几块石榴石。有人开始咳嗽，一波波石屑被风卷起，不时泼洒在外墙上。达力拿努力不去在意周围不自在的目光。屋外狂风呼啸。也许什么也不会发生，也许这次——

风暴从天而降。

开始了。

19 星坠

而他拥有那块最可怕、最恐怖的神瑛。所以，你这老顽固，好好琢磨琢磨，然后告诉我，是否还要坚持不干涉原则。我向你保证，雷瑟绝不像你这么克制。

达力拿眨眨眼。他身处黑暗当中，空气污浊、光线昏暗的营房已经消失。空中弥漫着浓重的干谷子气味。他伸出左手，摸到一面木墙。这里应是谷仓一类的场所。

这是一个凉爽宁静的夜晚，没有丝毫风暴来临的迹象。他仔细摸了摸腰际，佩剑不知去向，制服也不见了。他身上是一件手织束腰短袍，脚踏一双凉鞋。他在古代雕塑上看过这类着装。

飓风啊，你这次又把我送到什么地方了？每一次的幻象都不一样，而这是第十二次了。才十二次？他心想，感觉仿佛要多得多，但一切仅仅始于几个月前。

什么东西在黑暗中靠近。一个活物触碰了他，他惊得一缩身，差点儿出手攻击，但轻微的呜咽声使他住了手。他缓缓放低胳膊，摸到来人的后背，又瘦又小，是一个浑身发抖的小女孩。

"爸爸，"她用发颤的声音说，"爸爸，这是怎么了？"每一次幻象，他都会被当作属于那个地方、那个时代的人。女孩紧紧抱着他，显然吓坏了。他估计惧灵正从周围地面冒出头来，但这里太暗，什么也看不见。

达力拿把手轻轻放在她背上，"不哭，没事的。"看起来这是眼下该说的话。

"妈妈……"

"她也不会有事。"

在这间黑暗的屋子里，小女孩把他搂得更紧。他仍然一动不动，觉得有些地方不对劲。屋子造得并不牢靠，被风吹得嘎吱响。达力拿手掌下那块木板已经松动，他很想推开看看外面。但这份宁静、这个惊慌的孩子……奇怪，风中有股腐臭味道。

谷仓远端传来极为轻柔的抓挠声，就像指甲划过木质桌面。

女孩抽泣起来，抓挠声停止了。达力拿屏住呼吸，心怦怦乱跳。他本能地伸手召唤碎瑛刃，但什么也没发生。在幻象中，他从未能唤出碎瑛刃。

远端墙壁从外向内破开了一个口子。

碎木片在黑暗中砰然四散，一个庞大的黑影猛蹿进来。借着户外的月光和星光，达力拿发觉它比斧狐犬更大。他看不清那头生物的细节特征，但其体型似乎有些非自然的错乱感。

女孩尖叫起来，达力拿咒骂一声，一手抱起她，在黑影跃过来的同时侧身闪过。异兽差点儿抓到孩子，但达力拿眼疾手快拉着她躲过了扑击。小女孩吓得喘不过气，尖叫声骤然而止。

达力拿一转身，把女孩推到身后，借助黑暗的掩护悄悄与异兽拉开距离。没走几步，他的胳膊肘就碰到一堆塞满谷子的麻袋。谷仓又陷入寂静。屋外，萨拉斯在天空中绽放出紫色月光，但这弯小小的月亮尚不足以照亮谷仓内部，那头生物又移到某个阴暗角落，他没办法看清楚。

它仿佛是影子的一部分。达力拿神经紧绷，握紧拳头严阵以待。它轻轻发出嘶嘶的气息声，令人毛骨悚然，又隐约使人想起某种韵律。

那是呼吸声？不，达力拿心想，它在嗅我们的气味。

异兽飞快地扑过来。达力拿大手一挥，抓起一袋谷子扛到身前。异兽撞到麻袋上，牙齿深深扎了进去，达力拿往后一扯，粗糙的织布撕开一个口子，喷出一片麦香扑鼻的谷雾。随后，他横身侧步，从边上尽全力踹了那畜生一脚。

这一脚感觉太软绵绵了，仿佛踢到一口水袋。那生物被踢翻在地，发出嘶嘶响声。达力拿把麻袋翻过来，让更多干燥的谷子和灰尘四处弥漫。

异兽歪歪斜斜地站起来，转了几转，月光在它光滑的皮肤上流转。它似乎搞不清方向了。不管那是什么东西，它靠嗅觉捕猎，而空中的谷尘使它没了方向感。达力拿抓起小女孩，一把扛上肩，从无所适从的怪物身边飞奔而过，猫腰钻出被它撞出的破口。

他冲到紫色月光下，发现自己所在的地方是一块小避风地——岩层中的宽裂缝，既有充足的排水能力防止洪水蓄积，也有突出的岩石结构在高处提供遮蔽、阻挡飓风。庇护这座小村庄的是东边那块形如巨浪的突起岩石。

有这么好的保护，怪不得谷仓造得那么不结实。月光斑斑驳驳洒进这片凹地，照出约莫几十所民宅。达力拿位于村子外沿，他右边有个猪圈，左边有几栋距离较远的屋子，而头顶——坐落在岩坡上——有一户中等规模的农宅，式样古老，墙壁用飓砂烧制的砖头砌成。

他很快有了打算。那东西速度很快，像是食肉动物，达力拿跑不过它，所以他冲向农宅。身后传来异兽从谷仓内破墙而出的声响。达力拿跑到屋前，可正门上了闩，达力拿一边大声咒骂，一边使劲敲打。

爪子紧抠岩面的声音从后方传来，异兽在伏身蓄力，打算扑向他们。就在达力拿用肩撞门时，门打开了。

他跟跟跄跄跌进屋内，恢复平衡后，赶紧把小女孩放到地上。一名中年妇女站在屋里，在紫色月光映照下，达力拿看到她有一头浓密的卷发，双眼大睁，一脸惊恐。她急忙甩上门，重新上闩。

"赞美令使，"她捧起女孩的脸，呼喊着，"你找到她了，荷布，多亏了你。"

达力拿侧身摸到没有玻璃的窗户旁，朝外窥视。窗板看来已经松动，无法闩紧。

他看不到那个生物，便回头瞧了瞧。宅子的地面是简单的石头，宅子也只有一层。屋子一侧砌着一座熄火的砖灶，灶上挂着一口铸工粗劣的铁锅。一切看起来都非常原始。这是什么年代？

这只是幻象，他心想，一场白日梦。

那为什么感觉如此真实？

他回过头，继续看着窗外。外面寂静无声。两排石壳木长在院子右侧，可能是石头菜或其他蔬菜。平整的岩地反射着月光。那怪物哪儿去了？是不是——

有个流线形的黑色物体从下方蹿了上来，狠狠扑向窗户。窗框一触即碎，达力拿咒骂着，被那个黑影扑倒在地。锐物在他脸上划过，割破了脸颊，鲜血直往外渗。

女孩又尖叫起来。

"光！"达力拿吼道，"给我点光！"他横起拳头猛砸怪物软得不正常的脑袋，另一只手拼命推开利爪森森的前掌。脸颊痛得火烧火燎，有什么东西扫过他腰际，撕破短袍，刺入皮肤。

他猛地一甩，把怪物摔到墙上，顺势翻身站起，兀自喘个不停。当异兽重新站稳时，达力拿已悄悄拉开距离，他体内迸发出年轻时的本能，战斗的激越感如潮水般涌起，将痛苦冲刷得无影无踪。他需要武器！一把凳子，一根桌腿。这屋子实在——

一点光在屋内亮起，是那个妇女掀开罩布，露出一盏点燃的陶灯。这种原始的照明工具用的是灯油而非飓光，但足以照亮她惊恐的面容和身边的女孩——紧贴着她长袍似的陋裙。屋里有一张矮脚桌和两把凳子，但他的目光被小小的灶台吸引了过去。

那里有一把简陋的铁质拨火棒，却闪烁着仿佛上古传说中的荣刃般的神光。棒子就靠在砖石砌成的灶台边，棒头附着白灰。达力拿猛冲过去，一手抓起铁棒，转了几下，感受其重心和平衡。他学过古朴扎实的风姿剑法，但摆出了烟姿剑的起手式，因为更适合手上这件不太趁手的兵器。一脚在前、一脚在后，剑——或者拨火棒——尖向前，对准敌人的心脏。

全凭多年的扎实训练，看清眼前东西是何模样后，他还能保持剑姿。那生物光滑的皮肤漆黑如子夜，像一汪焦油般反射着寸寸阴光。它的头部似乎没有眼睛，一口尖刀般的黑牙森森直立，弯弯的脖子柔若无骨，它身侧有六条细长的弯腿，简直细得不可能承受那个墨囊般的躯体。

这不是幻觉，达力拿心想，这是噩梦。

异兽昂起头，"啪"的一声咬合牙关，发出嘶嘶声响。他在嗅探空气中的味道。

"巴塔的智慧保佑我们。"女人抱紧孩子，声音细若游丝。她用颤抖的双手握紧油灯，仿佛那是武器。

屋外传来一阵刮挠声，接着又有一对细腿从破开的窗户摸了进来。新来的异兽爬进屋子，站到同伴身旁。后者紧张地伏低身子，朝达力拿的方向嗅个不停，似乎有所警觉，仿佛能感觉到眼前是个武装起来的、或至少战意坚定的对手。

达力拿大骂自己是个笨蛋，抬起一只手压住腰部止血。凭理性，他知道自己其实还在营房，和雷纳林在一起。这一切只发生在他头脑中，没必要去战斗。

但他拥有的一切本能、一切荣誉感都驱使他站出来，挡在怪物和妇孺中间。不管这是启示、回忆还是幻觉，*他都不能袖手旁观。*

"荷布，"女人的声音充满焦虑。她把他看作什么人了？丈夫？长工？"别犯傻！你不会——"

异兽发起攻击。达力拿向前疾进——烟姿剑法的精髓在于不断移动——在两头怪物之间扭身旋转，铁棒挥向一侧，击中左边的那头，在无比光滑的表皮上撕开一道大口子。

烟雾从伤口里涌出来。

达力拿继续前进，闪到两头异兽身后，再次横扫铁棒，打到另一头异兽的脚上，使它失去平衡。他顺势跟进，就在前一头异兽转过身、朝他张开乌黑的大口时，用铁棒狠狠砸中它的面门。

那份久远的激越感、那种战斗的感觉把他吞没了。有些人会因此而狂暴，但他没有，一切都变得更清晰、更游刃有余。他的肌肉动得毫不费力，他的呼吸变得更深沉，他仿佛从沉睡中苏醒。

就在两头异兽扑向他时，他向后一跃，同时一脚踢飞桌子，将一头怪物撞翻，然后他挺棒刺向另一头异兽暴露的咽喉。如他所料，异兽的口腔是敏感部位，它发出痛苦的嘶叫，连滚带爬地退下去。

达力拿跑到翻倒的桌旁，踢断一根桌脚，兜手抄起，摆出烟姿长短剑的起手式。他用木桌腿格挡一头异兽的攻击，同时用铁棒在另一头异兽头上连刺三下，在面部划开一道大口子。它嘶叫着，黑烟自伤口涌出。

屋外，惨叫声从远处传来。*先祖之血啊*，他心想，*不止两头，外面还有*。他必须速战速决，如果战斗拖得太久，先撑不住的会是他。谁知道这种怪物会不会疲劳？

他咆哮着向前跃起，额头汗滴如注。屋子似乎变暗了一些，哦，不，是变得更纯粹了,除了他和异兽,其他都不复存在。唯一的气流来自武器的挥动,唯一的声音来自他的脚步,唯一的震动来自他的心跳。

他突如其来的行动宛如一道旋风,将两头怪物震慑。他用桌腿将一头异兽逼退,然后奋不顾身地猛扑向另一头,拼着一条胳膊被利爪扫中,将铁棒扎进它胸膛。怪物的外皮抵挡片刻后迸裂,随后铁棒再没遇到任何阻碍。

一股黑烟喷薄而出,淹没了达力拿持棒的手。他抽回胳膊,那头异兽退开几步,腿逐渐变细,躯体就像开裂的酒囊,越来越瘪。

另一头异兽向他扑来,抓破他的额头和胳膊、噬咬他的肩膀。出招前,他就知道自己没法全身而退,现在毫无办法,只能抬起手臂防御要害。达力拿大叫着,用桌腿猛砸怪物的脑袋,试图把它逼退,但它壮得可怕。

于是,达力拿顺势躺倒,抬腿向上猛踹,将异兽掀过头顶。獠牙掠过达力拿的肩头,霎时血流如注。异兽重重摔落,黑色的细足一通乱挥。

达力拿头晕目眩,但还是咬牙站了起来,摆好剑姿。**始终要保持剑姿**。差不多同时,怪物也站了起来。达力拿不顾疼痛,无视流血的伤口,平举铁棒,靠战斗的激越感维持专注,而残缺的桌腿已从被血染得滑腻腻的指间跌落。

异兽伏下身,猛冲过来。达力拿以烟姿剑法行云流水的要旨指引自己,侧开一步,打中它的腿脚,把它扫翻在地,同时一个转体,双手握棒,以棒头径直砸向怪物的后背。

这有力的一击打破了外皮,把怪物捅了个对穿,一直砸到石地。怪物挣扎起来,六条腿徒劳地挥舞着,黑烟从后背及腹部的破口往外冒。达力拿松开铁棒,退开几步,抹去额头的血污。铁棒还扎在异兽身上,随即便倒向一侧,地面哐当作响。

"三神在上,荷布。"那女人轻声道。

他转过身,发现她瞪着越来越瘪的兽尸,完全惊呆了。"我应该帮你,"她喃喃道,"应该拿个东西打它们。可你动作太快了。这——这才几次心跳的工夫。你在哪儿——怎么会——?"她扭头盯着他,"我从没见过这种事,荷布。你战斗时就像……就像个光辉骑士。你在哪学的?"

达力拿没有回答。他痛苦地脱下衬衣,伤口的痛楚又回来了。其他伤口都不太严重,但肩膀的情况非常糟,他的左臂正在失去知觉。他把衬衣撕成两片,一片裹起皮开肉绽的右前臂,另一片压住肩膀的伤处并扎紧。他走到泄了气、仿佛一只黑丝袋的异兽尸体边,拔出拨火棒,又挪到窗边。其他民宅也有遭受攻击的迹象,冒出一簇簇火光,若即若离的惨叫声在夜空中飘荡。

"我们得找个安全地方。"他说,"附近有没有地窖?"

"地什么?"

"石头里的洞穴,有人造的,也有天然的。"

"没有洞穴,"那女人也来到窗边,"人怎么可能从石头里挖洞?"

有碎瑛刃或魂器,甚至基本的采矿工具就能办到——尽管只靠采矿工具会很困难,因为飓砂会把洞穴封死,飓风时的暴雨会把洞穴淹没,造成致命的威胁。达力拿又朝窗外看去。只见黑影在月光下移动,有几个正朝这里来。

他有些站不住脚,头晕目眩。失血过多了。他紧咬牙关,靠着窗棂稳住身子。这次幻象会持续多久?"我们需要找一条河,河水会冲走我们沿途留下的气味,附近有没有河?"

女人点点头,她发现了夜色下的黑影,不禁脸色苍白。

"女士,带上这女孩。"

"'女孩'?她叫希莉,是我们的女儿,你怎么叫我女士?苔法很难念吗?飓风在上,荷布,你究竟着了什么魔?"

他晃晃脑袋,走过去推开门,手里依旧握着拨火棒,"带上灯,灯光不会暴露位置的,我想它们看不见东西。"

女子听从吩咐,急忙叫上希莉——她看起来有六七岁大——跟达力拿走到屋外。陶灯的形状有点像拖鞋,微弱的火苗在夜色中颤抖。

"河在哪儿?"达力拿问。

"你知道——"

"我撞到了头,苔法,"达力拿说,"有点儿晕,没力气想事。"

她显得很担忧,但似乎接受了这一解释,伸手指向远离村庄的某处。

"走吧。"他踏进黑暗中,"这些异兽经常袭击人类吗?"

"在灭世的时候可能是常有的,但我这辈子没见过!恶风啊,荷布,我们得帮你找个——"

"别说了,"他说,"继续前进。"

他们沿一条小径不停地走,这条路通往浪形岩架的背面。达力拿不时回头张望村子的情况。有多少人死在那些诅咒之地的怪物爪下?领主的士兵都跑哪儿去了?

也许这个村子太偏僻,远离领主的直接保护。又或许,这片区域、这个地方,根本没有领主。*我要把女人和孩子送到河边,然后回村里组织抵抗。如果还有人活着的话。*

这想法似乎很可笑。他得靠手里的拨火棒才能站直,谈何组织抵抗?

坑洼的地面令他滑了一跤,苔法赶紧放下陶灯,抓住他的胳膊,一脸焦虑。这片地方坑坑洼洼,到处是石块和石壳木,石壳木探出的藤蔓在凉爽潮湿的夜风中沙沙作响。达力拿重新站好,朝女人点点头,示意她继续赶路。

一阵轻微的抓挠声在夜色中响起。达力拿一转身,神经紧绷。

"荷布?"女人的声音充满恐惧。

"把灯举高。"

她举起灯，摇曳的黄色灯光照亮了下方山坡。十几个漆黑如夜的影子在石壳木和岩石上延伸，悄悄朝这里靠近，它们的皮肤光滑无比，连牙齿和爪子都是黑的。

希莉啜泣着，拽住母亲的裙摆，靠得更紧了。

"快跑。"达力拿举起铁棒，轻声说。

"荷布，它们——"

"跑！"他大吼。

"前面也有！"

他转过身，看见前方的黑影，一边咒骂，一边四处张望。"那儿。"他指向附近一块又高又平整的岩架，然后推着苔法前去，苔法又拖着希莉，两人的蓝色连衣裙在风中起伏如波。

他们跑得很快，快得超出了他目前的伤势所容许的程度。苔法第一个来到岩架下。她抬起头，似乎想爬上去，但岩架太陡了——达力拿只想找个不腹背受敌的地方。他站到岩架前，选了一块平整开阔的地面，举起手中武器。黑色的异兽小心翼翼地匍匐在石地上。他能否设法引开它们，让母女俩逃走？他的头好晕。

我要怎么做才能穿上碎瑛甲……

希莉呜咽着。母亲想安抚她，但声音颓然无力。她晓得，这些黑色的异形，犹如黑夜本身有了生命，会把他们撕碎咬烂。她会用什么词来形容它们呢？灭世，书里是这么说的。灭世曾发生在近乎神话般古老的影时代，在真正的历史发端之前，在人类打败虚渡、将战场转移到天国之前。

虚渡，这些东西就是虚渡？它们来自神话，苏醒的神话要来杀他。

几头怪物向他们冲来，激越感再次从达力拿体内涌出，使他的挥击更加有力。它们跳了回去，谨慎地寻找机会，试探对手的弱点。其他异兽不断嗅探空气中的味道，一步步逼近，想把那对母女生吞活剥。

达力拿纵身跃到它们跟前,逼迫它们后退,也不知自己哪来的力气。有一头怪物靠到近前,他便横棒一挥,使出最熟悉的风姿剑法。风姿剑以劈砍为主,一招一式赏心悦目。

他向那头怪物砍去,打中了它的侧腹,但另两头从旁扑到他身上,他感到利爪扎进后背,他被冲击力撞倒在石地上。他咒骂着打了个滚,一拳把其中一头打退,另一头咬住他的手腕,铁棒在剧痛下脱手。他咆哮着一拳砸向怪物的颌骨,借它吃痛张嘴的机会抽出手腕。

异兽们步步进逼。他勉强站起来,跟跟跄跄地后退,背贴到了石壁上。女人把陶灯掷向一头靠得很近的怪物,灯油洒了一地,燃烧起来。那些怪物却似乎并不怕火。

这一掷令苔法失去平衡,而希莉失去了庇护。一头异兽将女孩撞倒在地,其他异兽争先恐后地冲过来——但达力拿扑到她身上,张开双臂紧紧把她抱在身下,用背脊护着她。有一头怪物跳到他背上,爪子割破了他的皮肉。

希莉吓得哭泣不止。苔法被怪物团团围困,惨叫连连。

"为什么给我看这些!"达力拿向黑夜狂吼,"为什么我非得经历这场噩梦?诅咒你!"利爪扫过他的背脊,他紧紧抱着希莉,痛苦地蜷成一团,两眼对着夜空怅望不已。

就在天边,他看到一团耀眼的蓝光划破天际。

那仿佛是一颗流星,以难以置信的速度下坠。光柱撞向不远处的地面,岩石迸裂,碎片漫天飞舞,大地震动,异兽被突如其来的变故惊得动弹不得,达力拿也不由自主地喊出了声。

他的半边身子被冲击波震麻了,接着,他惊异万分地看到那团光站了起来,展开四肢。那不是流星,而是个人——一个男子,身穿蓝光闪耀的碎瑛甲,手持碎瑛刃,一丝丝飓光如蒸汽般从他体内腾出。

怪物发出狂暴的嘶叫,突然丢下达力拿和母女,扭头向那人冲去。碎瑛武士举起碎瑛刃,迎着兽群走来,以娴熟的技巧向前挥剑。

达力拿躺在地上,看得目瞪口呆。那人和他见过的碎瑛武士都不一样,他的碎瑛甲均匀地散发出蓝色光芒,盔甲金属上蚀刻着一些古铭文——有些达力拿认识,有些没见过,蓝色雾气从文字的凹槽里弥漫开来。

那名男子以行云流水般动作攻击异兽,盔甲叮当作响。他毫不费力地把一头怪物一劈为二,破碎的肢体在黑夜中飞散,拽出片片黑烟。

达力拿挣扎着爬到苔法身边。她还活着,但一侧身子已皮开肉绽。希莉抽泣着,轻轻拽住妈妈的衣角。*我得……做点什么……*达力拿心想,大脑一片呆滞。

"请放松。"有个声音传来。

达力拿侧过身去,看到一名女子跪在他旁边,穿一件精致的碎瑛甲,手持一件明亮物体。那是一块黄玉和一块金绿柱石,两者都有人的手掌那么大,嵌在同一个金属框体内。那名女子生着一对淡褐色眼睛,在夜色衬托下熠熠生辉。她没戴头盔,头发在脑后盘成发髻。她抬起一只手,触摸达力拿的前额。

一股冰泉在体内流转,痛楚瞬间消失无踪。

她伸手触摸苔法,只一眨眼工夫,苔法的手臂就重新长出了血肉,撕裂的肌肉回复原貌,而被扯掉的部分凭空长了出来。皮肤如织机上的布匹般拼织成形,盖住皮下组织,没留下半点瑕疵。女碎瑛武士取出一块白绢,擦去血污和碎肉。

苔法满怀虔敬地仰视着她。"你们终于来了,"她低声说,"赞美全能之主。"

女碎瑛武士站起身,盔甲散发出均匀的琥珀色光芒。她笑了笑,朝同伴的方向飞奔而去,一把碎瑛刃从雾气中显形,落到她手上。

*女碎瑛武士。*达力拿心想,他从未见过这等奇事。

他半信半疑地站起来,觉得身体强健有力,仿佛刚睡了一晚好觉。

他低头看着胳膊，扯下临时凑合的绷带，拂去一些血沫和碎皮，发现底下的皮肤完好如初。他深深吸了几口气，耸耸肩，捡起拨火棒加入战团。

"荷布？"苔法在身后喊道，"你疯了吗？"

他没有回答。两个陌生人在战斗、在保护他们，自己在一旁干坐着的感觉可不太好。周围有几十头黑色的怪物，就在他观察态势时，有一头怪物将爪子扫向蓝色的碎瑛武士，击中碎瑛甲，造成了一点裂痕。那些碎瑛武士确实也身处险境。

女碎瑛武士扭头看着达力拿。她已戴上了头盔，是什么时候戴上的呢？见达力拿全力突进，用拨火棒砍向一头黑色怪物，她似乎颇为震惊。随后，达力拿摆出烟姿剑法，格挡怪物的反击。女碎瑛武士转身招呼同伴，两人来到达力拿身边，组成一个三角，他的位置最靠近岩架。

有两名碎瑛武士在旁，战斗比原先在农宅里时顺利得多。他只要对付一只异兽就行——它们又快又壮，所以达力拿以防御为主，试图引开怪物的注意力、减轻碎瑛武士的压力。那些怪物没有退走，一直不断攻击，直到女碎瑛武士将最后一头也一劈为二。

达力拿停了下来，放低铁棒，长出了一口气。还有其他光团朝村庄的方向从天而降——到现在也没停止，估计有一些碎瑛武士已经在那边着陆。

"我得说，"一个雄浑有力的声音响起，"我从未有过这等荣幸，能和一个战斗方式如此……不同寻常的同伴并肩战斗。"

达力拿转过身，发现那名男性碎瑛武士正在打量他。他的头盔怎么不见了？他站在那儿，将碎瑛刃扛在肩，那双打量达力拿的眼睛闪耀着明亮得几近纯白的蓝光。*那双眼睛真的在闪光，就像是散发飓光吗？*他皮肤是类似马卡巴克人的深褐色，有一头卷曲的黑色短发。他身上的盔甲不再发光，但蚀刻在胸甲正面的一大块标志依然微微透出蓝光。

达力拿认出了那块标志：上下各四个球体，以中央的两颗球体为核心，连成一对抽象化的眼睛。那是光辉变节者的标志，属于他们还被称为光辉骑士的时代。

女碎瑛武士看着村庄的方向。

"谁教你用剑的？"男性骑士询问达力拿。

达力拿与骑士对视，不知该如何作答。

"他是我丈夫荷布，尊贵的骑士。"苔法一手牵着女儿快步走来，"没人见他使过剑，反正我不知道。"

"我没见过你的剑姿，"骑士道，"但看得出，你的剑术经过千锤百炼，毫无瑕疵。能达到这种程度非长年训练不可。我很少见到有人，不管骑士还是士兵，能拥有你这等战斗技巧。"

达力拿还是一言不发。

"明白了，你不想跟我说话。"骑士道，"没关系。但如果你想让这身神秘的本事派上用场，就请去乌有斯麓。"

"乌有斯麓？"达力拿开口了。他在哪儿听说过这个地方。

"对，"骑士道，"我不能保证一定有骑士团接纳你——那不归我管——但如果你使起剑来就和使这根通炉灶的棒子一般厉害，我相信你能成为我们中的一员。"他转向东方，面朝村庄，"传出话去，眼前的征兆绝非毫无来由，灭世临近了。"他转向同伴，"我去了，守着这三人，把他们安全带到村里，不能让他们独自面对今晚的危险。"

他的同伴点点头。蓝骑士的盔甲开始微微发亮，他跃向半空，仿佛在往上坠落。达力拿踉跄后退，惊诧不已地目送那团夺目的蓝光直入云霄，划着抛物线向村庄那边落去。

"走吧。"女骑士的声音从头盔内响起。她迈开步子，快步朝坡下走。

"等等。"达力拿急忙追上她。苔法抱起女儿跟上来。他们身后的油灯渐渐熄灭。

女骑士放慢脚步，让达力拿和苔法跟上。

"我必须要问，"达力拿觉得自己的话很蠢，"这是哪一年？"

骑士扭头看他，头盔已不见了。她眨了眨眼，这是何时取下的？与同伴不同，她的肤色较浅，不是某些深族人那种苍白，而是自然的淡褐色，就像阿勒斯卡人。"第八纪元，三三七年。"

第八纪元？达力拿心想，那是什么年代？这次幻象和之前都不一样，差别之一是持续得更久。而且，那个与他对话的神秘之音怎么没了？

"我在哪儿？"达力拿问骑士，"这是哪个王国？"

女骑士蹙眉道："你的伤还没好？"

"我很好，只是……我得知道。我在哪个王国？"

"**纳塔纳坦。**"

达力拿把憋在胸中的一口气吐了出来。纳塔纳坦。破碎平原就位于曾经的纳塔纳坦境内。该王国许多个世纪前就灭亡了。

"你们为纳塔纳坦的国王战斗？"他问。

她笑了："光辉骑士不为任何国王战斗，也为所有国王战斗。"

"那你们是哪里人？"

"我们骑士团的总部设在乌有斯麓，但我们的驻地遍及阿勒瑟拉的每一座城镇。"

达力拿当场呆住了。阿勒瑟拉，那是阿勒斯卡的古名。"你们不分国界地战斗？"

"荷布，"苔法似乎非常担心，"出门去找希莉之前，你还向我保证，说光辉骑士会保护我们的。你的脑袋还没清醒吗？骑士小姐，能再给他治一治吗？"

"我不能浪费重生术，也许还有其他伤患。"女骑士望着村庄说。

战斗似已临近尾声。

"我没事。"达力拿说,"阿勒斯……阿勒瑟拉,那是你们生活的地方?"

"那是我们的职责和我们的光荣,"女骑士道,"时刻准备对抗灭世。一个王国钻研战争艺术,好让其他王国享受安宁。我们的死是为了你们的生,那就是我们永恒的家园。"

达力拿停下脚步,努力整理其中头绪。

"我们需要一切能够战斗的人,"女骑士说,"*而一切渴望战斗的人都应该前往阿勒瑟拉*。战斗——哪怕是和十死战斗——会改变一个人。我们可以教你,使你不被这种改变毁灭。加入我们吧。"

达力拿不由自主地点头。

"每一片牧场都需要三种东西。"女骑士的语调变了,仿佛在背诵箴言,"饲养的牲畜、照料牲畜的牧人和看守周边的守牧人。我们阿勒瑟拉人就是守牧人——为保护他人和战斗而生的战士。我们延续杀戮这门可怕的技艺,每当灭世降临,便把它传授出去。"

"灭世,"达力拿说,"就是指虚渡,对不对?就是今晚和我们交战的怪物?"

骑士发出一声不屑的嗤笑。"虚渡?就这东西?不,这只是子夜元魂,虽然我们还不清楚是谁把它们放出来的。"她把头转向一边,思绪仿佛飘向了远方,"哈凯兰说灭世即将来临,他很少说错,他——"

一阵惨叫突然响彻夜空。骑士叱骂着,望向惨叫声传来的方向。"在这里等着,如果元魂杀回来就喊,我能听见。"说罢,她如疾风般一头扎进黑暗中。

达力拿抬起一只手,既想跟上,又想留在这里守护母子二人。*飓风之父啊!* 他意识到三人被扔在了黑暗当中,骑士远去,照亮黑暗的盔甲也一同远去了。

他回头看着苔法。她走到他身边,眼神怪异,魂不守舍。

"苔法？"他问。

"我怀念这些时光。"苔法说。

达力拿惊得往后一跳。那不是她的声音，而是男人的嗓音，深沉有力。那是每一次幻象中都会与他交谈的声音。

"你是谁？"达力拿问。

"他们本是一体，一体，"苔法——不管那是什么东西——说，"骑士团、人类。他们之间不是没有纷争和麻烦，但他们是一体的。"

达力拿感到一阵恶寒。那个声音总有种若即若离的熟悉感，从第一次幻象起就是这样。"求你了，请告诉我这是怎么回事，为什么要向我显现这一切？你是谁？是全能之主的仆人吗？"

"我希望自己能帮你，"苔法看着达力拿，无视他的问题，"你必须把他们团结起来。"

"你以前就这么说！可我需要帮助。那位骑士说了一些关于阿勒斯卡的事，是真的吗？我们能不能再次成为那样的国度？"

"谈论将来是禁忌，"那个声音说，"谈论过去则取决于看待的角度。但我会试着帮你。"

"那就别老说些云里雾里的话！"

苔法看了他一眼，神情肃然。在星光下，他勉强辨得出她褐色的眼睛。那双眼睛后面有种深邃的、使人胆寒的东西。

"至少告诉我，"达力拿急忙想出一个具体的问题，"我一直信赖轩亲王撒迪亚斯，可我儿子阿多林认为我这么做太愚蠢。我该不该继续相信撒迪亚斯？"

"是的，"那个神秘的声音道，"这很重要。别让纷争占据心智。坚强起来，行事荣誉，荣誉会助你达成目标。"

总算，达力拿心想，有了一点具体的东西。

他继续聆听，可周围黑暗的场景突然模糊起来。"不！"达力拿把手伸向苔法，"先别送我回去。艾尔霍卡，我该怎么对他？还有战争？"

"我会把能给的一切都给你。"那个声音渐渐远去，"抱歉，我不能给得更多。"

"这算哪门子答案？"达力拿咆哮着，拼命扭动、挣扎。一双双手按在他身上。都是哪来的？他咒骂着把手推开，蜷起身子，试图挣脱桎梏。

他的动作突然停滞了，他发现自己身处破碎平原的一座营房里，细雨在屋顶上淅淅沥沥。飓风的狂暴期已经过去。一群士兵把达力拿按在地上，雷纳林在一旁忧心忡忡地看着他。

达力拿安静下来，张着嘴，但说不出一个字。他刚才一直在号叫。士兵们神色紧张，互相张望，不敢与他对视。如果和过去的情形一样，他方才恐怕在营房里扮演了幻象中的角色，说着胡话，四处折腾。

"我清醒了，"达力拿说，"没事了，让我起来吧。"

雷纳林向众人点点头，人们迟疑地放开了他。雷纳林支支吾吾地试图掩饰，说父亲只是渴望战斗，但这听起来并没有多少说服力。

达力拿退到营房一角，在两卷铺盖之间坐下，什么也不做，只是吸气、呼气、思考。他相信这些幻象，但就算没有人以为他发疯，最近在军营中的日子也够艰难了。

行事荣誉，荣誉会助你达成目标。

幻象中的启示叫他信任撒迪亚斯，但他永远无法解释给阿多林听——儿子不仅仇恨撒迪亚斯，还觉得这些幻象都是达力拿脑中的泡影。唯一的办法，乃是坚持做自己必须做的事。

还有，无论如何，要让轩亲王们团结起来。

20 血红

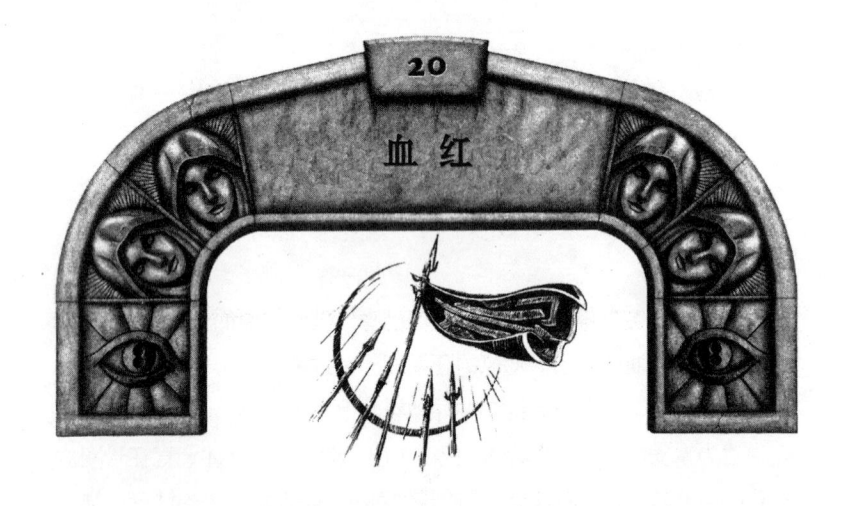

七年前

"我能救她。"卡尔一边说,一边扯下自己的衬衣。

那个从高处摔落的女孩才五岁。

"我能救她。"他喃喃自语。已有一堆人聚集在周围。光明贵人韦斯提欧两个月前去世,接任城主的人还没出现。这段时间,他几乎没见过拉劳。

卡尔才十三岁,但受的训练很扎实。首当其冲的危险是失血;孩子的腿断了,复合性骨折,皮肉被断骨扎穿的地方血流如注。卡尔用手指触摸伤口,发觉自己的双手在颤抖,因为血液的缘故,断骨的表面手感腻滑,连参差不齐的断面也一样。破掉的动脉究竟是哪一条?

"你对我女儿做什么?"肩宽体壮的哈尔在旁观的人群中硬挤出一条道来,"你这飓虫,你这风渣!别碰麦莎!别——"

有几人七手八脚地把他往后拖,打断了哈尔的话头。他们知道,碰巧路过的卡尔是女孩活命最大的指望。阿里姆已经出发,要尽快把卡尔的父亲叫来。

"我能救她。"卡尔说。女孩脸色惨白,一动不动。那处头部的伤口,也许……

不能想那些。小腿的一条动脉断了。他用衬衣扎成止血带阻止失血,但血还是不断往外渗。他大喊:"火!我要火!赶快!谁给我一件衬衣!"同时两手始终按着伤口。

有几人赶紧冲了出去。卡尔抬高伤腿,一人急忙递上他的衬衣。卡尔知道捏什么位置可以切断那条动脉的血流;止血带滑脱下来,但他的手指牢牢摁在那儿。他使动脉保持闭合,用衬衣按住伤口的其余部位,直到瓦拉马带着一支点燃的蜡烛赶回来。

不用交代,他们就开始加热小刀。很好。卡尔接过刀,灼烧伤处,一股人肉烧焦后的刺鼻气味散发开来,被冷风带走。

卡尔的双手不再颤抖。他知道自己该做什么。训练出的本能控制着他,他的动作无比娴熟,烧灼相当完美,连他自己都吃了一惊。烧灼不足以堵住这么大的动脉,他还得扎住血管——但双管齐下应该能管用。

做完这一切后,出血停止了。他坐到地上,露出了微笑。此时,他发现麦莎头部的伤口也不再流血,幼小的胸膛不再起伏。

"不!"哈尔扑通跪倒,"不!想想办法!"

"我……"卡尔已经止住了出血,他……

他没有救活她。

他不知该说什么、不知该如何应对。他觉得难受,这种感觉深邃而可怕,将他彻底吞没。哈尔把他推开,号啕大哭起来。卡尔往后一倒,见哈尔伸手抱住尸体,他发觉自己又在发抖。

在他身边,众人一片死寂。

一小时后，卡尔坐在手术室门前的台阶上独自哭泣。他哭得并不剧烈，只是轻轻颤抖，脸上挂着几滴怎么也抹不掉的泪水，触动了心中的柔软之处

他抱膝而坐，蜷成一团，想弄明白怎么才能摆脱这份痛苦。有没有什么药能消解他的痛？用绷带能不能止住眼里流出的液体？*他应该有办法救她。*

脚步声临近，一个人影罩住了他。李伦单腿跪在他身边，"我检查了你的处理方式，儿子。你做得很好，我为你骄傲。"

"我没救活她。"卡尔小声说。他的衣服被染成红色。洗去血污之前，他的手本来是猩红的，但染在衣服上的是较为暗淡的褐红。

"我知道一些人，不管练习多久，在伤员面前依然会呆若木鸡。而在毫无准备的情况下就更难。你没有六神无主，你为伤员提供了帮助，而且干得很不错。"

"我不想当手术师，"卡尔说，"我怕。"

李伦叹了口气，站起来兜了一圈，坐回到儿子身边，"卡尔，事情已经发生。那是一场不幸，可你已尽了全力，那孩子失血的速度太快了。"

卡尔没有作声。

"你必须学会什么时候用心、什么时候冷漠，儿子，"李伦柔声道，"你会想明白的。我年轻时也有类似的困扰。你的心会慢慢长出茧子。"

*那算是好事吗？*卡尔心想，又一滴眼泪顺着脸颊滑落。*必须学会什么时候用心……什么时候冷漠……*

远处，哈尔还在不停号哭。

21

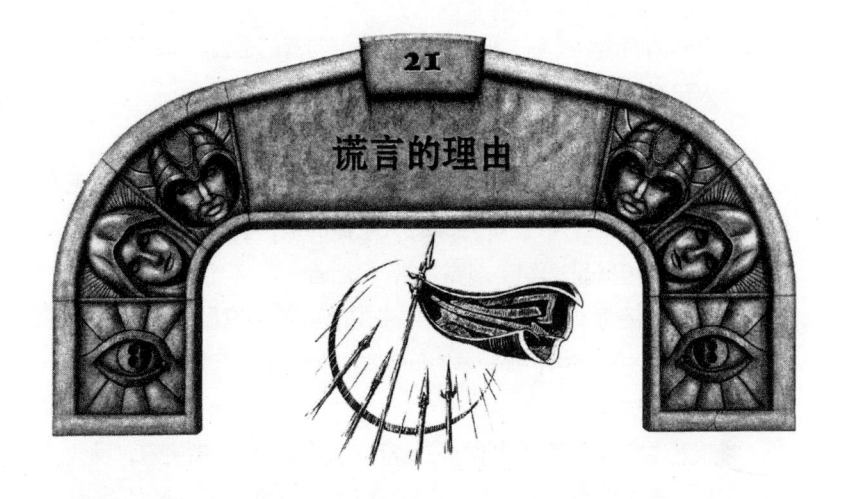

谎言的理由

> 只消看看他在瑟尔世界的短暂逗留造成了什么后果,你就知道我所言不虚。

卡拉丁不想睁眼。睁了眼,就会醒,如果他醒了,那痛苦——两肋火烧火燎、腿脚酸痛、手臂和肩膀隐约的抽搐——将不再仅仅是一场噩梦,而会成为现实,他的现实。

他想叫苦,但硬生生咽了下去。全身都疼,每块肌肉、每寸皮肤,脑袋里仿佛有把锤子在猛敲,甚至连骨头都发酸。他想躺着,除了心跳以外一动不动,直到盖兹不得不走进来、抓起脚踝把他往外拖为止。那就轻松了。难道他没资格偶尔轻松一次吗?

可他不能。躺倒不动、放弃,就和死亡无异,他不能容许。决定已经做出,他要帮助这些冲桥手。

诅咒你,哈夫,他心想,现在还能把我踹下床铺。卡拉丁掀开毯子,硬挺着站起来。营房门虚掩着,以便透透新鲜空气。

站起来感觉更糟,但冲桥手的生活必须继续,没时间等他恢复。要么挺住,要么崩溃。卡拉丁稳住身形,一手撑着塑魂术变出的、光滑得不自然的石墙。然后，他深吸一口气，向营门走去。奇怪的是，好几个人已经醒了，坐在床铺上默不作声地看着卡拉丁。

他们都等着呢，卡拉丁明白过来，*等着看我会不会起床。*

他看到了三名伤员——被他安顿在房门附近的铺位上。他检查雷滕的状况，紧张得大气不敢喘。令人吃惊的是，雷滕还活着，尽管气若游丝、脉相羸弱、伤口一塌糊涂，但活着。

如果没有消毒剂，他撑不了多久。伤口还没有被腐灵感染的迹象，但在如此污秽的环境中，那只是时间问题。他需要从药剂师那儿搞一些药膏，怎么搞呢？

他又检查了另外两人的伤势。身形瘦削的胡勃咧嘴笑着，嘴角扬到圆脸的黑色鬓角边上。"谢了，"他说，"谢谢你救了我的命。"

卡拉丁含糊地客套了几句，检查他的腿伤。"你会好起来的，但这几个星期不能走路。我会给你带饭。"

"谢谢。"胡勃握住卡拉丁的手，紧紧捏着，简直快要哭出来了。

他的笑容驱走了沮丧，消解了酸痛。卡拉丁的父亲形容过这种笑容。那不是李伦成为手术师的原因，但确实是他坚持下去的理由。

"好好休息，"卡拉丁说，"保持伤口清洁。我们可不想招来腐灵，如果你发现了，哪怕只有一只，也要马上告诉我。它们长得像微小的红色昆虫。"

胡勃忙不迭地点头，卡拉丁转到达彼德跟前。那个年轻的冲桥手还和昨天一样，眼神空洞地望着前方。

"我昨晚睡着时他也这么坐着，长官。"胡勃道，"好像整晚都没动，真能把我吓出屎来。"

卡拉丁在达彼德眼前打了个响指。他吓得跳了起来，两眼盯着手指，卡拉丁的手挪到哪儿，他的目光就跟到哪儿。

"我猜他被打到头了。"胡勃说。

"不，"卡拉丁说，"这是战震症，会慢慢好起来的。"但愿。

"你说了算,头儿。"胡勃挠挠脸颊。

卡拉丁站起身,把门完全推开,让光线照进屋。这是个晴朗的日子,太阳刚升上地平线。军营里已有些声响,一个铁匠起早干活,敲敲打打。一群红甲蟹在牲口棚里嗥叫。空气阴冷刺骨,夜寒未消,有一股清爽提神的味道。这是春天的气候。

你既然起了床,卡拉丁告诉自己,就别偷懒。他强迫自己走到屋外,开始热身,每动一下都招来身体的抗议。随后,他检查了自己的伤势,情况不严重,但如果感染就糟了。

风打雷劈的药剂师!他从冲桥手的水桶里舀出一瓢水冲洗伤口。

他立刻后悔自己冒出这种恶意。那老头又能怎样?白送消毒剂给卡拉丁吗?该诅咒的是轩亲王撒迪亚斯。他们受的伤都要算到撒迪亚斯头上,禁止医护厅为冲桥手、奴隶和下等暗民提供医疗用品的人也是他。

完成热身后,有五六个冲桥手已经起床,正在喝水。他们站在水桶旁,盯着卡拉丁的一举一动。

眼前只有一个选择。卡拉丁咬咬牙,走向堆木场另一头,找到昨天扛过的木板,木匠还没把它装到桥上去。于是,卡拉丁抓起木板,走回营房,开始像昨天那样练起来。

他没法运动得太快。事实上,大部分时候只能走、不能跑。但活动开后,酸痛感有所缓解,头疼也消退了。他的双腿和肩膀依旧发疼,他感到深入骨髓的疲倦,但还不至于跌倒——如果那样就难堪了。

训练过程中,他途经其他冲桥队的营房。聚在房前的人和第四队几乎没有区别:一样套着满是汗渍、脏得发黑的皮背心,背心下或是光着膀子,或是穿了件松松垮垮的衬衣。偶有一两张异国面孔,其中以泰勒拿人和雅克维德人居多,但脏乱的外表掩盖了他们体貌特征上的差异,一样的胡子蓬乱,一样的眼神空洞。有几堆人带着不加掩饰的敌意看着卡拉丁。他们是不是担心这种行为会促使自己的冲桥队长安排同样的训练？

他原本希望有几个第四队的成员会跟他一起练。毕竟，他们在战场上服从了自己的命令，甚至还帮他照料伤患。可他的希望落空了。有些人旁观，有些人无视，但没人加入。

茜尔终于出现，从半空飘落，在木板远端落座，就像乘轿子的女王。"他们在谈论你呢。"他再次从第四队的营房前经过时，她说。

"不奇怪。"卡拉丁趁大口喘气的间隙说。

"有些人觉得你疯了，"她说，"就和那个整天傻坐、傻盯着看的人一样。他们说战场上的压力摧垮了你的心智。"

"也许他们说得对，我倒是没想过这点。"

"*什么是发疯*？"她问道，屈起一条腿抵住胸口，水一般的裙摆在小腿边摇曳，雾化的裙裾若隐若现。

"是指人的想法不正常。"卡拉丁说。他很高兴有人和他谈天，帮他暂时忘记疲劳。

"*人的想法好像从来都不正常*。"

"发疯的人比正常人更糟。"卡拉丁笑道，"其实这取决于你周围的人。你和他们的差别有多大？与众不同的人就是疯子，我猜。"

"那你们就……投票决定吗？"她一脸不解，五官挤作一团。

"不会那么直接，但也差不多。"

她坐在那儿愁眉苦脸想了一阵。"卡拉丁，"然后她终于道，"人为什么要撒谎？我知道撒谎是怎么回事，可不知道人为什么要这么做。"

"很多原因。"卡拉丁空出一只手擦去额头的汗水，又赶紧扶稳木板。

"因为发疯吗？"

"我不知该怎么说，每个人都这么做。"

"那也许你们都有点儿疯。"

他扑哧一笑："嗯，是啊。"

"可如果人人都这么做，"她把头搁在膝盖上说，"那不撒谎的人才是疯子，对不对？你刚才不就是这么解释的吗？"

"好吧，也许是没错。可我不觉得有人从未撒过谎。"

"达力拿。"

"谁？"

"国王的叔叔，"茜尔说，"人人都说他从不撒谎。连你的冲桥手有时也会谈论。"

没错，那个"黑荆棘"。小时候，卡拉丁就有所耳闻。"他是光眼种，所以他会撒谎。"

"但是——"

"他们都是一丘之貉，茜尔。外表看起来越高贵，骨子里就越败坏，全都是装模作样。"他定了定神，惊讶于自己的恨意居然如此强烈。风操的，亚马兰，是你把我搞成这样。他被烧痛了太多次，不会再做扑火的飞蛾。

"我不觉得人总是这个样子。"她心不在焉地说，思绪飘向远方，"我……"

卡拉丁等着她的下一句，但她没说出口。他又一次从第四队的营房前经过，很多人都放松下来，背靠墙壁，等待太阳的运行给他们带来午后的荫蔽。几乎没人待在房子里面，就连冲桥手都觉得整天闷在屋里太坏心情。

"茜尔？"他终于开口追问，"你是不是想说些什么？"

"我好像听人说过，从前，没人会撒谎。"

"那只是传说，"卡拉丁道，"是有关令使纪元的传说，那时的人都被荣誉感约束。谈论过去有多美好的人到处都是。你看吧，如果有个士兵调到了新部队，他做的第一件事就是大谈特谈过去待的地方有多棒。我们都记得好日子和坏日子，却忘了大部分日子不好也不坏,只是平平常常的日子。"

他突然跑起来。头顶的阳光越来越暖,但他想动起来。

"那些传说,"他一边喘气一边讲,"也证明了这点。令使的结局是什么?他们抛弃了我们。光辉骑士呢?他们堕落了,玷污了自己的荣誉。古纪元诸王国的结局如何?教会想要掌权,把它们全毁了。当权者都不可信,茜尔。"

"那你要怎么样?不要领袖吗?"

"不,让光眼种掌权,让他们被权力腐化,然后离他们远远的。"他的语气逐渐变得空洞无力。*远离光眼种,他自己做得如何?* 他似乎总是身处光眼种的重重包围下,被他们的阴谋诡计和贪婪所布下的泥沼困得狼狈不堪。

茜尔不再言语。完成最后一段慢跑后,他结束了训练,并交还木板。要是再把自己搞得筋疲力尽,后果也许会不堪设想。木匠们挠着头,但没有抱怨。他回到队友身边,发现有一小群人——包括石头和泰夫特——正看着他窃窃私语。

"你可知道,"卡拉丁对茜尔说,"别人已把我当成疯子,和你说话更不会给我带来什么好名声。"

"我会尽量别这么讨人喜欢。"茜尔落到他肩头,两手叉腰,一屁股坐下,面带微笑,显然对自己的回答很得意。

返回营房前,卡拉丁注意到盖兹匆匆忙忙朝自己走来。"你!"盖兹指着卡拉丁说,"等等。"

卡拉丁停下脚步,两手抱胸,等他走到跟前。

"跟你说个事,"盖兹乜着那只好眼睛说,"光明贵人拉马利尔听说了你对伤员干的好事。"

"他怎么知道的?"

"风都知道,小子!"盖兹说,"你以为人都不张嘴?现在你打算怎么办?把那仨藏起来,瞒住我们所有人?"

卡拉丁深吸一口气，但忍住没发作。盖兹说得没错。"没事，那又如何？我们不会拖慢军队的脚步。"

"没错，"盖兹道，"但白养不能干活的冲桥手，这种事拉马利尔可不喜欢。他向轩亲王撒迪亚斯打了报告，建议把你吊起来吹吹风。"

卡拉丁打了个冷战。吊起来吹吹风，是指飓风来临时把你倒吊在户外，让飓风之父宣判你的生死。说白了，这跟死刑没区别。"然后呢？"

"光明贵人撒迪亚斯不让他这么干。"盖兹说。

什么？难道他错看了撒迪亚斯的为人？不会的，那只是装装样子。

"光明贵人撒迪亚斯告诉拉马利尔，"盖兹阴沉着脸说，"那些冲桥手可以活命，但在他们能干活之前，禁止提供食物，也不许领饷。他说，这样一来，你们就会明白为什么要丢下伤员了。"

"那个人渣。"卡拉丁从牙缝里迸出这几个字。

盖兹吓得脸色惨白，"住嘴，小子，你可是在骂轩亲王啊！"他环顾四周，查看有没有被人听到。

"他想用我的人来杀鸡儆猴。他想让其他冲桥手看着伤员挨饿受苦。他想让别人觉得抛弃伤员是一种仁慈。"

"没准儿他是对的。"

"这叫没心没肺。"卡拉丁说，"他不会抛弃受伤的士兵，而他不管冲桥手死活的原因，是买新奴隶比照料伤员更便宜。"

盖兹一时无语。

"谢谢你给我带信。"

"带信？"盖兹嗤之以鼻，"上级派我来下达命令而已，大贵人。别想在食堂为伤员拿吃的，他们不会给。"说罢，他快步走开，兀自喋喋不休。

卡拉丁心事重重地向营房走去。**飓风之父**！怎么才能给三个人搞到足够的食物？他可以从自己的口粮里挤出一部分，但冲桥手的配给量只够填饱肚子，就算照顾一个人也很辛苦。如果把一个人的口粮分成四份，伤员会饿得奄奄一息，卡拉丁也会饿得扛不动桥。**况且他还需要消毒剂**！在战争中，腐灵和疾病夺去的性命比敌人要多得多。

卡拉丁向营房走去。门外有群人在发呆，他们大都四仰八叉躺在地上，苦大仇深地望着天——冲桥手经常这样打发时间。第四队今天一整天都没有值班任务，而且要等午后第三通营钟敲响后才有工作。

"盖兹说，我们的伤员康复之前，领不到食物和薪饷。"卡拉丁对众人说。

有几个人——西格吉尔、皮特和库尔夫——点了点头，仿佛早就料到了。

"轩亲王撒迪亚斯想拿我们杀鸡儆猴，"卡拉丁说，"他要让胡勃、雷滕和达彼德在痛苦中慢慢死去，**以此证明冲桥手不配得到治疗**。"他深吸一口气，"我想集中大家的财产，为伤员购买药品和食物。如果你们当中有几个人愿意分口饭给伤员，他们就能活下来。我们还需要大约二十五个清马克购买所需的医疗用品。谁手头比较宽裕？"

那些人目不转睛地瞪着他，接着，莫阿什放声大笑。其他人也跟着笑。他们斩钉截铁地摆摆手，四散离去，留下卡拉丁独自一人。他依然摊着手。"下次可能会轮到你们头上！"他喊道，"如果需要治疗的是你们，你们会怎么做？"

"等死。"莫阿什头也不回，"宁可留在外面，早死早省事，好过在这里多挨几天。"

卡拉丁放下手，叹口气，转身时差点儿和石头撞个满怀。这个壮得像小山的吃角族人双手抱胸而立，仿佛一座褐色雕像。卡拉丁抬头看着他，眼里充满希望。

"润石，没有，"石头用含混不清的声音说，"全花光了。"

卡拉丁叹道："无所谓了。就凭我们两个也买不起什么药品。"

"我可以分点儿吃的。"石头嘟囔道。

卡拉丁又看了他一眼，一脸惊讶。

"但只给那个腿上中箭的。"石头说，两手依然抄着。

"胡勃？"

"不管他叫什么，"石头说，"看样子他会好起来。另一个，肯定会死。还有那个整天坐着，什么也不干的家伙，我不同情。能活下来的，我可以分点儿食物给他，一点儿。"

卡拉丁笑了，伸手握住大个子的胳膊："谢谢。"

石头耸耸肩："你和我换了位置，不然我就死了。"

这个理由令卡拉丁不禁莞尔："我没死，石头，换作你也不会有事。"

石头摇摇头："我会死，你不会。很奇怪，这人人都看得出来，只是不想说。我检查过你站的位置，四周的木头都扎了箭，脑袋周围，手的旁边，就是没射中你。"

"运气好。"

"不是运气。"石头看了看卡拉丁的肩头，"而且，有位'玛法利琪'①一直跟着你。"吃角族壮汉毕恭毕敬地冲茜尔一鞠躬，然后以一种奇怪的手势触摸两肩和前额。

卡拉丁大吃一惊。"你能看见她？"他瞥了茜尔一眼。作为一只风灵，她可以按自己的意愿让某些人看见——到目前为止，只有卡拉丁一个人。

茜尔似乎吃惊不小。不，她并没有特意向石头显形。

"我是'阿来以库'。"石头动了动肩膀。

---

① 石头喜欢使用的吃角族人操的恩卡拉基语，以下同。

"意思是……"

石头一脸不高兴。"吸多了空气的低地人,难道什么正经事都不知道吗?反正,你不是普通人。第四队昨天损失了八人,包括三个伤员。"

"我知道。"卡拉丁说,"我的第一个承诺已经破灭,我说过不会再损失一个人。"

石头不以为然地哼哼。"我们是冲桥手,我们当然会死。你还可以承诺让三个月亮对咬呢!"大个子转过身,指着别队的营房说,"被射到的队伍都损失了很多人。有五支冲桥队垮了,他们损失都在二十人以上,得让士兵帮忙把桥扛回来。第二队不是集中攻击的目标,也死了十一个。"

他回头看着卡拉丁。"在一次情况很糟的行动中,第四队损失了八人,只有八人,而且,没准儿你还能救活两个。在仆族智者瞄准的队伍里,第四队死人最少。*第四队从来不是死人最少的队伍,人人都明白。*"

"运气——"

石头伸出粗大的手指头指着他,把他的话打断:"吸多了空气的低地人。"

那只是运气罢了。但卡拉丁不介意别人把这看作小小的神佑。如果有人终于决定不再对你充耳不闻,那就没必要去争论这些小事。

但一个人还不够。就算他和石头都省出一半口粮,还是有个伤员会挨饿。他需要润石,迫切地需要。但他是个奴隶,大部分挣钱方式对他来说都是非法的。如果有些能卖钱的东西就好了,可他一无所有,他……

他突然有了主意。

"跟我来。"他迈开大步,石头一脸好奇地跟着。卡拉丁在堆木场里找了半天,终于瞧见在第三队营房前和队长说话的盖兹。卡拉丁一靠近，盖兹便脸色发白，似乎准备拔腿就跑——这种反应最近越来越多见。

"盖兹，等等！"卡拉丁张手道，"我有个提议。"

冲桥士官停下脚步。在盖兹身旁，第三队队长狠狠瞪了卡拉丁一眼。他突然明白为什么其他队的人会这么待他，因为第四队就该倒霉，看到第四队在战斗结束后没有伤筋动骨，他们便恼火。人人都需要可以俯视的对象——其他冲桥手至少还能把"不在第四队"作为一种小小的慰藉，而卡拉丁搅黄了这一切。

一脸黑胡子的冲桥队长离去了，留下卡拉丁、石头和盖兹。

"你这回想拿什么来诳我？"盖兹说，"又是褪光的球币？"

"不，"卡拉丁的头脑飞速运转，此事必须处理得非常小心，"我没有多余的润石给你，但事情不能一直这样下去。你避着不见我，其他队里的人恨我。"

"这关我什么事。"

"你看这样如何，"卡拉丁装出突然有了主意的样子，"今天有人干采石的活吗？"

"有，"盖兹回头努努嘴，"是第三队。布希克刚才还一个劲儿说他的队伍大伤元气，干不了这活儿。虽然这么说有点欠风操，可我信他的话，他们那队昨天死了三分之二的人。到时候，他们采不够要求的量，挨骂的又是我。"

卡拉丁点点头，仿佛很是知其苦衷。采石是冲桥手最不想干的任务之一；你得大老远走到营外，搬起大石，填满一辆辆蟹车。塑魂者可以把石头变成谷物，军队就吃这个。但因为某些只有塑魂者知道的神秘理由，分开的、有棱有角的石块更便于施法，所以需要人力采集石块。这是一份辛苦累人、机械而不用思考的工作，对冲桥手再适合不过。

"何不改派一队去干？"卡拉丁问。

"咳，"盖兹道，"这么做会惹麻烦。你知道，如果别人觉得我偏心眼，抱怨就没完没了了。"

"让第四队干，没人会抱怨。"

盖兹用唯一的好眼睛看着他，眼皮越收越紧，"这么差别对待，你会乖乖听话？"

"我干，"卡拉丁一脸无奈，"就这一次。听着，盖兹，我不想一直和你斗个没完。"

盖兹还有些犹豫，"你的手下会生气，我不想让他们以为这是我提的。"

"我会说是我的主意。"

"那就好。第三次敲营钟时在西面的哨卡集合。第三队可以刷锅。"说完，他赶紧走人，仿佛怕卡拉丁改变主意。

石头走到卡拉丁身旁，看着盖兹："这小男人说得没错，他们会恨你。他们本以为今天很轻松。"

"他们能约束自己的情绪。"

"可为什么要换成更难的工作？真的，你疯了，是吗？"

"也许吧，但这样我们就能到营地外面去。"

"有什么好处？"

"这事关一切。"卡拉丁回望了营房一眼，"事关生死。但我们还需要更多人手。"

"多派一支冲桥队？"

"不，我是指我们、我和你，我们还需要人帮忙，至少一个。"他环顾堆木场，发现有个人坐在第四队营房的荫蔽下。那是一头灰发的泰夫特，他先前并没有和那群冲桥手一起嘲笑卡拉丁，而且昨天第一时间就出手相助，和石头一起救回雷滕。

卡拉丁做了个深呼吸，迈开大步走过去，石头跟在他后头。茜尔飘离他肩头，箭一般蹿向半空，乘着一阵突如其来的大风翩翩起舞。

当两人走近，泰夫特抬起头。这个上了年纪的男人已经领好早饭，正独自吃着，碗底有片平面包。

他胡子上全是面包渣，他用袖子擦擦嘴，一脸紧张地看着卡拉丁。"小伙子，这是我的口粮，我吃得很开心。"他说，"喂饱我一个都够呛，别提两个了。"

卡拉丁在他面前蹲下。石头抄着手，背靠墙壁，一言不发地看着。

"我需要你，泰夫特。"卡拉丁说。

"我都说了——"

"不是你的口粮，而是你。你的支持、你的拥护。"

老男人默不作声，继续吃着早饭。他身上没有奴隶的烙印，石头也没有。卡拉丁不知道两人的过去，只知道他们出手帮了忙，其他人都没有。他们还没被完全打垮。

"泰夫特——"卡拉丁打开话头。

"我以前也曾忠于别人，"他说，"太多次了，结果全都一样。"

"你的信任换来了背叛？"卡拉丁轻声问。

泰夫特不屑地哼了一声，"风操的，不是，是我背叛了别人的信任。小伙子，我是靠不住的，我就属于这个地方，属于冲桥手。"

"你昨天很靠得住。"

"算你走运。"

"走不走运我心里有数。"卡拉丁说，"泰夫特，不管经历是否一样，我们同是沦落之人，否则就不会成为冲桥手了。我失败过，我的亲弟弟因我的缘故丧命。"

"那你还较什么劲？"

"放弃就只能等死。"

"没准儿死还更好呢？"

这又绕回了那个关键的问题。正因如此，冲桥手才不关心他帮不帮伤员。

"死亡并非更好的选择。"卡拉丁看着泰夫特的眼睛,"哦,现在说死是很容易。可当你站在悬崖边,望着脚下黑漆漆的无底深渊,你就会改变想法了。胡勃看过,我也看过。"他顿了顿,从那个老男人的眼神里读出了什么。"我想你也看过。"

"嗯,"泰夫特小声说,"嗯,我看过。"

"那么,你和我们一起干吗?"石头蹲下身子问。

我们?卡拉丁微微一笑。

泰夫特看看石头,又看看卡拉丁,"我不用交出口粮?"

"不用。"卡拉丁说。

泰夫特耸耸肩:"那成。总好过坐在这儿跟一个自命不凡的家伙大眼瞪小眼地吵架。"

卡拉丁伸出手来。泰夫特犹豫片刻,握住了他的手。

石头也伸出手:"我,石头。"

泰夫特看看他,和卡拉丁握完手,转身接住石头的手,"我叫泰夫特。"

飓风之父,卡拉丁心想,我都忘了大部分人没兴趣知道别人的名字。

"石头,这算什么名字?"泰夫特松开手,问道。

"蠢名字。"石头面无表情地说,"但至少有个意思。你的名字有含义吗?"

"我猜是没有。"泰夫特摸摸胡子拉碴的下巴。

"石头,并非我的真名。"吃角族人坦承,"只是方便低地人念。"

"那你的真名叫什么?"泰夫特问道。

"你读不了。"

泰夫特挑了挑眉毛。

"'奴姆乎库马基雅吉亚伊阿鲁纳摩'。"石头说。

泰夫特呆了半晌,笑道:"好吧,确实不好念,叫石头就成了。"

石头笑着往地上一坐:"我们的队长有个计划,美妙的计划,大胆的计划。今天下午,我们要在大热天里搬石头,这就是计划。"

卡拉丁笑着凑近身子:"我们要采集某种植物,一种零星生长在营地外的芦草……"

22 眼、手，还是球币？

如果你对那场灾难视而不见，请别忘记奥纳和斯凯都死了，他们手上的神瑛都已被粉碎。雷瑟这么做大概是为了防止有人起来挑战他。

飓风后的第三天，达力拿与二子一同徒步穿越嶙峋的石地，前往国王设宴的谷地。

达力拿的读风者预测会有持续数周的春季，随后是夏季。但愿接下来真是夏季，而不会转成冬季。

"我又问过三名皮匠，"阿多林轻声道，"他们有不同的看法。看来，哪怕皮带确实被割过，在割破之前也已经很旧，所以涉及的因素比较复杂。他们最后的共识是，确实被割过，但未必是刀割的，可能只是自然磨损和划伤导致的撕裂。"

达力拿点点头，"我们也没有其他证据可以证明肚带断得蹊跷。"

"所以得承认：这又是国王捕风捉影的结果。"

"我会和艾尔霍卡谈。"达力拿打定主意，"告诉他，调查走到了死胡同，问问他是不是还有其他需要调查的方向。"

"看来可行。"阿多林显得有些踌躇,但还是开口道,"父亲,您愿不愿谈谈飓风中发生的事情?"

"跟以前的情况没什么两样。"

"可是——"

"今晚好好放松一下,阿多林。"达力拿不容辩驳地说,"我很好,或许让别人看到事情真相是好事,遮遮掩掩只会引发谣言,有些谣言比真相更糟。"

阿多林叹口气,但还是点点头。

国王的宴会总是开在户外,就在艾尔霍卡所居行宫的山脚下。如果读风者发出飓风将临的预警——或者正常的天气突然变糟——宴会就会被取消。达力拿喜欢户外,就算有装饰,塑魂术造出的建筑总有种洞穴的感觉。

举办宴会的低地灌了水,被改造成一片人工浅湖。一块块圆形就餐区露出水面,犹如小小的石岛。复杂精细的陈设和装饰均出自国王的塑魂者之手,也是他们令附近的一条溪流改道,为低地灌水。*就像瑟拉塔勒*,达力拿走过第一道人工桥时心想,他年轻时代造访过柔刹大陆西部,*还有淳湖*。

这样的小岛共五座,由桥梁彼此连通,桥上护栏带有精美的蔓叶花纹。宴会结束后,这些护栏都会收起,以免被飓风摧毁。今晚湖面飘着朵朵鲜花,随水流款款徐行。偶有一两艘巴掌大的船雕飘过,每艘都载着一枚发光的宝石。

达力拿、雷纳林和阿多林踏上第一座餐岛。"一杯蓝酒,"达力拿对二子说,"然后只能喝橙酒。"

阿多林不加掩饰地叹了口气:"这一次也不行——"

"只要你们还是家族的一员,就必须遵循法典。这没得商量,阿多林。"

"行,听你的。"阿多林说,"我们走,雷纳林。"两人从达力拿身旁离开，留在这座年轻光眼种聚集的岛上。

达力拿走向下一座岛，这是身份较低的光眼种待的。左右两侧的餐岛分别供女士和男士使用，但前方正中的餐岛不限制性别。

他身边是一些受邀的客人，正享受国王的款待。塑魂术造出的食物平淡无味，但国王奢华的盛宴上总能摆出香料和异域的荤腥。达力拿闻到了烤猪肉的香味，甚至有鸡肉——他已经很久没尝过这种来自深国的珍禽了。

一名暗眼种侍从路过。她穿着薄纱般的红袍，手举一盘橙黄的蟹腿。达力拿继续在岛上穿行，绕过一群群兴致高昂的宴客。大部分人喝着紫色琼浆，这种颜色的酒口味最浓郁，对身体的毒害也最强。几乎没人是戎装打扮。有几名男子穿着齐腰的紧身外套，但大部分人连样子都懒得装，穿着松松垮垮、袖口带花边的丝绸衬衣，脚上的拖鞋和这身打扮很登对。奢华的材料在灯光下熠熠生辉。

这些时髦的客人不时瞥达力拿几眼，打量他、琢磨他。他还记得从前在这类宴会上，朋友、熟人——没错，甚至马屁精——会把他围得水泄不通。现在，没人接近他，但也没人敢挡他的道。艾尔霍卡也许认定他的叔叔日薄西山了，但他的威名还是能让大部分地位不高的光眼种退避三舍。

他很快来到最后一座岛，即国王所在的岛。只见石台外围竖着一圈柱子，挂着一盏盏宝石灯，绽放出蓝色飓光，一堆篝火占据了岛中央的醒目位置，红得发黑的木炭在火焰深处怒放出光和热。艾尔霍卡的主桌就在火堆后面，他正和几名轩亲王一同大快朵颐。男女宾客分别在岛台外沿的餐桌旁落座——但绝不混坐一桌。

桥与石岛衔接的位置放着一张高脚凳，知策就坐在凳上。他倒是一身光眼种该有的打扮——笔挺的黑色制服，腰佩银剑。达力拿摇摇头，觉得实在太讽刺了。

知策正在羞辱踏上这座岛的每个人："光明女士马拉凯！敢于

向全世界展示这大祸临'头'的发型,您真是太勇敢了。光明贵人马拉凯,希望您大驾光临之前提个醒,早知道您要来,我就先不吃饭了,我很不喜欢吃饱饭以后被恶心。光明贵人卡蒂拉!见到您真是太好了,您的面容让我想起了某个亲密的朋友。"

"此话当真?"皮肤又干又皱的卡蒂拉不知他卖的什么药。

"没错,"知策扬手示意他靠近些,"我的马。啊,光明贵人奈特夫,您今天有种特别的体味——是不是侵犯了一条湿漉漉的白脊?还是刚被人喷了一身鼻涕?亚拉米女士!不,请别开口——这样我还能幻想一下您的智力。还有光明贵人达力拿。"知策朝他点头致意,看着他从身前走过。"啊,亲爱的光明贵人塔瑟林,还在搞那个证明人类智力下限有多深的实验吗?值得钦佩!您确实具有实证精神。"

塔瑟林大摇大摆地拂袖而去。达力拿在知策的座椅边犹豫不决。"知策,"他最终开口,"你没必要这么做,对吗?"

"一'对'什么,达力拿?"知策眨巴着眼说,"眼,手,还是球币?我可以借你一只'眼',可是,俺只有一个'奄',如果给了你,谁来做知策呢?我也可以借你一只手,但恐怕这双粗手掏了太多猪粪,不适合您这样的人。如果我给你一只球,那要另一只来做什么呢?您看,两颗球我都离不开。"他顿了顿,"对了,您现在看不到。想看看吗?"他从椅子上站起来,把手伸向裤腰带。

"知策。"达力拿正色道。

知策笑了,拍拍达力拿的胳膊,"抱歉,也许之前黄段子说得太多了,这群家伙引出了我最差劲的幽默感。我很想提高嘲讽的品位,可他们实在不懂得欣赏。"

"凡事小心,知策,"达力拿说,"这群家伙不会一直忍受下去。我不想看到你死在他们刀下,你骨子里是个好人。"

"没错,"知策扫视着岛台上的人群,"我骨子里很美味。达力拿,需要警告的人恐怕不是我。今晚回家后,好好告诫镜子里的那个人。

传言满天飞啊。"

"传言?"

"嗯,传言是可怕的东西,就像瘊子,能长得一头一脸。"

"你是说瘤子?"

"都一样。看,他们正谈论你呢。"

"我一直被人谈论。"

"大部分时候没现在这么糟。"知策看着他的眼睛说,"你真的说要放弃复仇誓约?"

达力拿深吸一口气:"那是国王和我私下的谈话。"

"那他肯定说给别人听了。这群人是懦夫——所以一定觉得对懦弱最有发言权,他们一定在大谈你的懦弱。"

"飓风之父!"

"不不,我是知策,但我能理解为什么别人容易搞混。"

"因为你太能吹,"达力拿压着嗓子说,"还是因为你太吵闹?"

知策笑得咧开了嘴。"喷喷,达力拿!佩服佩服!*也许我该让位给你!*然后我就能当轩亲王了。"他顿了顿,"不,那太糟糕了,听了他们的言论,我转眼就会疯掉,很可能把他们杀个精光。到时候我会让飓虫补他们的职缺,这样一来,王国的气运却会好很多。"

"谢谢你的忠告。"达力拿转身离去。

知策回身落座,目送达力拿一步步走远。"不必客气。啊,光明贵人哈巴塔夫!您的皮肤被太阳晒得这般红润,居然还穿件红衬衣,真有心!如果您总是这样,知策的工作就太没挑战性了,恐怕我的头脑会变得和光明贵人图穆尔一样愚钝!哦,光明贵人图穆尔!没想到您也在!我不想嘲笑您的愚蠢,说实在的,您蠢得不同凡响、理当大加赞美。尤纳坦大人、梅瑞女士,鉴于二位新婚燕尔,这次我且放过你们,不过尤纳坦,我觉得您的帽子相当不俗,看来,在脑袋上戴一个有两顶帐篷那么大的玩意儿一定很方便吧?哦,您身后的女士不就是纳瓦妮吗？您什么时候抵达平原的？我怎么会没闻到呢？"

达力拿浑身一震，什么？

"很明显，你的恶臭盖过了我的气味，知策。"柔美的女声传来，"难道没人为吾儿做件好事，悄悄弄死你？"

"没有，还没人'试'过，"知策被她的话逗乐了，"我自己的'屎'已经够多了。"

达力拿惊诧万分地转过身。国王的母亲、仪态雍容的纳瓦妮就在他眼前，一头黑发编成精巧云鬟。可她不该出现在这里。

"我真心以为，"她说，"这种幽默不是你的水准，知策。"

"您也一样。"知策端坐在高脚凳上，笑道。

她翻了翻眼皮。

"很不幸，光明女士，"知策叹口气，"条件所限，我必须照顾这些人可怜的理解力。如果能逗您高兴，我可以试着拔高一下，用更加高雅的措辞。"他顿了顿，"您知不知道任何与屎溺合韵的词？"

纳瓦妮径自扭过头去，淡紫色眼眸盯着达力拿。她一袭绛裙典雅华贵，流光溢彩，没有丝毫刺绣装饰。她发间也装饰着红宝石，发髻中夹杂着几缕灰丝。众所周知，全阿勒斯卡很难找出第二个像她这么美的女人，但达力拿一直觉得这种形容还不够，他觉得全柔刹都找不出第二个能与她媲美的女子。

蠢货，他拼命把视线从她身上挪开，那是你兄长的遗孀。迦维拉尔死后，纳瓦妮和达力拿就应以姐弟相见。何况，他十年前死去的妻子又该放在什么位置？因为他的愚蠢，她被赶出了他的记忆。就算没法记起她，至少也该尊重她。

纳瓦妮为什么要回来？趁其他女子向她问好的当儿，达力拿忙不迭地来到国王桌旁，坐了下来。一名侍者旋即为他端来一盘佳肴——他们知道达力拿的喜好。

那是一盘热气腾腾的香料鸡，切成大块放在盘顶，底下的配菜是切成圆片的油炸天嫩———种口感柔脆的淡黄色蔬菜。达力拿抓起一片面包，从右小腿的刀鞘里拔出餐刀。只要他在吃东西，纳瓦妮就没法靠近他，否则有失礼节。

艾尔霍卡宴会上的食物总是很不错，这次也一样。就这点而言，他很像自己的父亲。艾尔霍卡在桌子远端的主座朝达力拿点点头，然后继续和撒迪亚斯交谈。轩亲王罗伊翁在桌子另一侧，与达力拿相隔几个座位。那是他要接触的第一个轩亲王，会面安排在几天之后，目的在于说服对方共同发起一次高地联合作战。

其他轩亲王都不在达力拿近旁，只有他们——还有特别受邀的嘉宾——可以坐在国王的主桌上。有个得到邀请的幸运儿坐在艾尔霍卡左边，显然摸不准该不该参与这些大人物的谈话。

达力拿身后是潺潺流水，眼前是方兴未艾的欢宴。这是放松的时刻，然而阿勒斯卡人是个内敛的民族，至少比豪放的吃角族或雷希人内敛。但自达力拿儿时至今，他的同胞看起来变得越来越奢靡放纵。美酒毫无节制地灌入咽喉，佳肴在烤盘上滋滋作响、香气四溢。第一座岛上，若干年轻人围成一圈，正在进行点到为止的决斗。宴会上的青年通常能找到借口，好脱下外套展示剑术。

女士的举止更文雅，但她们也以自己的方式参与这场盛宴。在达力拿所处的岛上，一些女子支起画架，正在写生、绘画或展示书法。和平常一样，她们的左手缩在袖子里，用右手创造出精妙的艺术。她们坐的高脚凳和知策之前用的一样——说实话，知策大概为那场小小的演出偷偷取了一张来。有几人引来了艺灵，那些微小的灵体在画架或桌台上方翻飞，变换着各种形状。

纳瓦妮已落座，身边聚起一桌地位显赫的光眼种女士。一名为女士上菜的侍者从达力拿面前经过。那道菜看起来也是用异国的鸡肉烹制的，但拌了蒸过的美夕果，浇了一层红褐色酱汁。小时候，达力拿好奇地偷尝过女性的食物，他觉得甜得令人反胃。

纳瓦妮把一样东西摆上了桌，那是一种打磨得光可鉴人的黄铜法器，有拳头大小，中央是一大块注入飓光的红宝石。红色飓光照亮了整张桌，在洁白的桌布上投下斑驳阴影。纳瓦妮拿起法器，翻了个面，向同席的友伴展示下方的足状突起。从那个角度看，这装置有点像甲壳生物。

我没见过这种法器。 达力拿看着她的脸庞，暗暗赞叹她脸颊完美的线条。纳瓦妮是闻名遐迩的法器师，也许这件装置——

纳瓦妮看向达力拿，令他浑身一僵，她脸上闪过一丝心照不宣的笑容。还没等他来得及反应，她就把头转开了。*这恶杀的女人！* 他一边想，一边装作埋头吃饭。

他确实饿了，只顾大快朵颐，几乎没发现阿多林来到跟前。这位金发青年向艾尔霍卡致敬，然后急忙跑到达力拿身旁，在一张空椅子上坐下。"父亲，"阿多林压低嗓门说，"你有没有听见他们说的话？"

"关于什么？"

"关于你！我已经打了三场决斗，因为那些人把你、还有我们家族说成是胆小鬼。他们说，你请求国王放弃复仇誓约！"

达力拿使劲捏着桌沿，差点拍案而起，但克制住了。"随他们说去。"他重新埋头吃饭，用餐刀扎起一块抹了料的鸡肉就往嘴边送。

"你真的说了那种话？"阿多林问，"是不是两天前和国王会面时谈的？"

"没错。"达力拿承认。

闻及此言，阿多林不禁叫苦，"我已经够担心了，之前——"

"阿多林，"达力拿突然打断他，"你能不能信任我？"

阿多林看着他，这年轻人双眼睁得老大，满是诚恳，但也满是痛苦。"我想信任您，飓风在上，父亲，我真的很想。"

"我正在做一件非常重要的事，*必须把它完成。*"

阿多林凑近身子，轻声道："如果那真的只是幻觉呢？如果你只是……老了呢?"

被人如此直接地质问,这是头一次。"如果说我没考虑过这种可能性,那是撒谎,可怀疑自己没有意义。我相信那些幻象是真实的。我能感觉到。"

"但——"

"此处不是讨论这种事的地方,儿子。"达力拿说,"我们可以以后再谈,我会听取你的意见,也会考虑你的意见。我保证。"

阿多林抿紧嘴唇。"好吧。"

"你担心我们的名誉,这没错。"达力拿把一条胳膊往桌上一支,"我以为艾尔霍卡明白人情世故,不会向别人透露我们的谈话内容,看来我本该直接请求他保密。另外,对于他的反应,你的推测也没错。经过这场交谈,我明白他永远也不会退兵,所以我改变了策略。"

"什么策略?"

"赢下这场战争。"达力拿斩钉截铁地说,"停止这种争夺琼心石的乱战,停止消磨耐心、无休无止的围困。我们要想个办法,把仆族智者的主力引到平原上,发动伏击。打个歼灭战,摧毁他们的战斗力。如果这条路走不通,我们就想办法突袭其中枢,消灭或俘虏其首脑。就算是深渊恶魔,被斩首后也会停止战斗。复仇誓约必将兑现,然后我们就可收兵。"

阿多林沉思良久,用力点点头:"就这么办。"

"没有意见?"达力拿问道。通常,他的长子总有不少意见。

"你刚才要求我信任你,"阿多林说,"何况,对仆族智者发动猛烈攻击,这种策略我当然会支持。不过,我们得好好制订计划,因为这恰恰是你六年前极力反对的打法。"

达力拿点点头,用指节叩击桌面,"那时,连我也把王国看作各个自行其是的公国的组合。如果我们各自为战,攻打中央平原的行动只会换来被分割包围、各个击破的下场。但如果十名轩亲王的军队能协同作战呢？如果有国王的塑魂者提供食物，士兵携带移动工事，就地组装抵御飓风呢？如果我们的总兵力达到十五万呢？如果仆族智者想包围我们，就让他们试试，只要有塑魂者，若有必要，哪怕造桥的木头我们也能凭空制造出来。"

"那需要各军彼此高度信任。"阿多林的语气有些犹豫。他朝主桌远端望了一眼，撒迪亚斯就坐在那个方向。阿多林的脸色阴沉下来，"如果我们貌合神离，最终会进退两难。如果轩亲王们在行军途中发生争执，那将酿成大祸。"

"我们先想办法让他们合作。"达力拿说，"我们离这个目标已经很近了，比过去任何时候都接近。六年了，没有一个轩亲王允许部下骚扰其他部队。"

但这仅限于在破碎平原。在阿勒斯卡国内，他们依旧为争夺领地或清算旧账去打一些毫无意义的仗。这太荒唐了，可让阿勒斯卡人停止战争仿佛就像阻止风的流动那般困难。

阿多林点点头："这计划不错，父亲，比撤兵强得多。但他们不会心甘情愿停止眼下的高地乱战，他们喜欢这场游戏。"

"我知道。如果我可以让一两名轩亲王和我共享兵力及资源、联合出击，那么也许能离我们对未来的期望更近一步。我们还要设法把仆族智者的主力引到平原上，在某块面积较大的高地与他们交锋，只是我目前还没有头绪。不管怎样，我们这些各自为战的军队需要学着互相配合。"

"还有那些嚼你舌根的人，该拿他们怎么办？"

"我会以轩亲王的身份正式驳斥此事，"达力拿说，"措辞必须谨慎，不能有损国王的英名，同时还要说明真相。"

阿多林叹道："驳斥一下就完了，父亲？"

"对。"

"为什么不找他们决斗？"阿多林又凑近一些，恳切地说，"说些义正词严的话也许可以阐明你的想法，但别人会觉得不疼不痒。挑几个说你懦弱的人，直接向他们挑战，让所有人记住冒犯'黑荆棘'是个错误！"

"我不能那么做。"达力拿说，"法典不允许我这种身份的人参与决斗。"阿多林或许也不该决斗，但达力拿没有强迫儿子完全戒除。决斗是他的生活。当然，还有他追求的女性。

"那就把家族荣誉托付给我，"阿多林说，"我会和他们决斗！我会带着碎瑛甲和碎瑛刃站在他们面前，向他们展示一下你的荣誉究竟意味着什么。"

"那和我自己去决斗没什么区别，孩子。"

阿多林摇摇头，目不转睛地看着达力拿，仿佛在探寻什么。

"怎么了？"达力拿问。

"我想知道，"阿多林说，"对你影响最大的究竟是什么。幻象、法典，还是那本书。又或者三者其实没有区别。"

"法典与二者无关，"达力拿说，"那是古阿勒斯卡的传统。"

"不，有关系，父亲，三者都有关联，它们以某种方式在你身上结成一体。"

达力拿沉思片刻。这孩子的话是否有道理？"我有没有跟你说那个国王扛大石的寓言？"

"说过。"阿多林说。

"真的？"

"说了两次，而且你又让我听别人读了一遍。"

"噢，好吧。在同一章节还有另一段文字，讲述了以武屈人和以德服人的区别。阿勒斯卡人太喜欢用武力解决问题，因为某人说我是懦夫而挑战他，这不会改变他的想法。这么做也许能堵住他的嘴，但不能改变他的心。在这一点上，我知道自己是对的，你得相信我。"

阿多林叹了口气，起身道："好吧，正式的驳斥总好过什么也不做。

至少你没有完全放弃捍卫自己的荣誉。"

"我永远不会，"达力拿说，"但我得小心行事，不能让这个王国更加四分五裂。"他埋头继续吃饭，用餐刀扎起最后一块鸡肉送到嘴里。

"那我回原先的岛上去了。"阿多林说，"我……等等，那不是纳瓦妮伯母吗？"

达力拿抬起头，吃惊地发现纳瓦妮正朝他们走来。他低头一看，盘里的食物已被他不知不觉间吃了个精光。

他叹口气，按捺心神，起身致意。"玛萨娜，"达力拿微微欠身，用了称呼姐姐的正式称谓。纳瓦妮只大他三个月，但还是该这么叫。

"达力拿，"她唇角轻扬，微微一笑，"还有亲爱的阿多林。"

阿多林露出爽朗的笑容，从桌边绕过去，和伯母拥抱。她把禁手隔着袖子放在他肩头，这是只有家人之间才能有的亲密接触。

"您何时回来的？"阿多林松开胳膊，问道。

"今天下午刚到。"

"为什么要回来？"达力拿厉声道，"我以为你该协助王后守护国王在阿勒斯卡的权益。"

"嗳，达力拿，"纳瓦妮深情款款地说，"还是老样子，总这么刻板。阿多林，我亲爱的孩子，你和姑娘处得如何？"

达力拿嗤之以鼻："他还是像跳快步舞一样换伴换个不停。"

"父亲！"阿多林抗议。

"阿多林，我为你高兴。"纳瓦妮说，"你还年轻，不该早早定下终身。年轻的意义就在于趁生活还充满乐趣时去充分体验。"她瞥了达力拿一眼，"既然没老，就不用强迫自己变成乏味的人。"

"谢谢伯母。"阿多林咧嘴一笑，"请恕我失陪，我得把您回来的消息告诉雷纳林。"他快步走开，留下达力拿尴尬地在那儿，与纳瓦妮隔桌相望。

"达力拿,我有这么吓人吗?"纳瓦妮冲他扬了扬眉毛。

达力拿一低头才意识到自己还抓着餐刀不放,餐刀有锯齿状宽刃,必要时能当武器。他"哐当"一声把刀放到桌上,然后一皱眉,为自己弄出这么大动静而害臊。方才和阿多林谈话时的自信仿佛突然间烟消云散。

慌什么!他心想,她只是亲戚。每当和纳瓦妮说话,他总觉得仿佛是面对一头最最危险的食肉动物。

"玛萨娜,"达力拿意识到他们还站在原地,隔着一张狭窄的长桌,"也许我们该换个地……"

纳瓦妮冲一名侍女招招手,打断他的话头。那女孩很小,刚到要套袖子的年纪。她赶紧跑去取来一张矮凳。纳瓦妮指了指自己脚边,那个位置距桌台只有几步。侍女有些犹豫,但纳瓦妮的手势变得更加坚决,她只好照吩咐放下凳子。

纳瓦妮仪态万千地坐下来,这并不算在国王的主桌落座——那是只属于男性的——但绝对够近,足以挑战陈规。侍女退了开去。在桌子另一头,艾尔霍卡注意到母亲的举动,但什么也没说。没人会责备纳瓦妮·寇林,就算国王也不会。

"坐下,达力拿。"她的语气变得急切,"我有些要紧事得和你谈。"

达力拿叹了口气,但还是坐下了。他们周围的座椅还是空的,岛上的乐声和嘈杂的交谈声足以避免两人的对话被第三者旁听。有些女子正在吹奏长笛,乐灵绕着她们翩翩起舞。

"你问我为什么回来?"纳瓦妮柔声道,"好,我有三个理由。首先,我来传个消息,雅克维德人已完善了他们所谓的'半瑛甲'制作工艺,他们宣称材料可以挡住碎瑛刃的打击。"

达力拿双臂交叉往桌上一搁。他对此有所耳闻,但并不尽信。总有人号称即将掌握制造碎瑛甲的秘密,然而那些话最后都落空了。"你亲眼见到了吗?"

"没有,不过有个我信得过的人确认了。她说,那种材料只能做成盾牌,而且没有碎瑛甲所具有的任何强化效力,但确实能够抵挡碎瑛刃。"

那也是一种进步——很小的进步,但离制造出碎瑛甲确实更近了一步。这令人不安。他本人什么也不会相信,除非亲眼见到那些"半瑛甲"的能耐。"你可以用对芦传信,纳瓦妮。"

"我回去塔冠城后,马上意识到,从政治角度而言,离开这里是错的。这些军营越来越像是王国真正的中枢了。"

"不错。"达力拿波澜不惊地说,"我们都远离国土,这很危险。"这不正是他之前说服纳瓦妮回去的理由吗?

这个气度雍容的女子摆摆手,对达力拿的看法不以为然。"我确信,王后具备充分的才干,能够掌控阿勒斯卡的大局。阴谋诡计当然少不了,永远都少不了,但真正的重要人物最后总会来到此地。"

"国王能在每个角落见到杀手的影子,一直如此。"达力拿小声说。

"在他父亲遭遇那种厄运后,难道他没理由这么做吗?"

"此话不假,但我恐怕他走了极端。他连盟友都不信。"

纳瓦妮把禁手搭在腿上,闲手搭在禁手上。"他这国王当得不怎么样,是吗?"

达力拿眨眨眼,大为惊骇:"什么?艾尔霍卡为人很好!他的品德胜过这支军队里所有的光眼种。"

"可他的统治过于软弱,"纳瓦妮说,"你必须承认这点。"

"他是国王,"达力拿正色道,"也是我侄儿。我的剑、我的心,都属于他,纳瓦妮,而且我不会容忍别人对他出言不逊,就算是亲生母亲也不行。"

她打量了达力拿一眼。那是在考验他的忠诚吗?纳瓦妮是天生的政治动物,这一点很像她女儿,阴谋让她们绽放,好像阴冷潮湿的空气中绽放的石壳木。不过，和迦熙娜不同的是，纳瓦妮是个不能轻信的女人。和迦熙娜在一起，至少你还明白该采取什么立场——达力拿再次感到，他是多么希望迦熙娜先把手头的研究放一放，返回破碎平原啊。

"我没有说儿子的坏话，达力拿。"纳瓦妮说，"我对他的忠诚不亚于你，这点我们都心知肚明。但我要知道究竟出了什么问题，所以需要确定状况。他露出了软弱的一面，我想保护他，就采取必要的措施，不管他乐不乐意。"

"既然如此，我们的目标是一致的。如果保护他是你回来的第二个理由，剩下的那个又是什么？"

她笑了，用那双紫罗兰色的眼睛、那对绛红的嘴唇朝他微笑，笑得意味深长。

先祖之血……达力拿心想，飓风在上，可她太美了，美丽而致命。对他而言尤其讽刺的是，妻子的面容虽然模糊不清，他却记得那几个月间所有丝丝入扣的细节——眼前这个女人把自己和迦维拉尔玩弄于股掌之间，撩起两人的欲火，最终选择了哥哥。

尽管从一开始就知道最终的结果，达力拿还是很受伤。

"我们需要找个时间私下谈。"纳瓦妮说，"关于一些军营里的言论，我想听听你的看法。"

也许是指有关他的传言。"我——我很忙。"

她抬了抬眼珠："我很清楚你事务繁多，但我们还是要谈。等我安顿好，熟悉一下目前的情况，一周后怎样？我来为你朗读那本先夫痴迷的书，然后我们聊聊，可以找个公共场所，你意下如何？"

他叹了口气："当然可以，但——"

"诸位轩亲王，诸位光明贵人。"艾尔霍卡突然起身发言。达力拿和纳瓦妮转头看着长桌远端，国王身穿制服，王冠和披风一样不落。他抬起一臂，岛上瞬时一片寂静，只听得见潺潺流水声。

"我相信诸位一定有所耳闻,三天前的狩猎中,有人试图行刺本王。"艾尔霍卡朗声道,"我的鞍带被割断了。"

达力拿看了看纳瓦妮,她冲他抬起闲手,前后挥动,表示不把这谣言太当回事。她当然知道此事,给她五分钟时间,她就能打听到一座城里的一切重大传言。

"请大家放心,我从未遭遇真正的危险。"艾尔霍卡道,"这部分功劳归于亲卫队的保护和我那无时无刻不保持戒备的叔叔。然而,我觉得对一切威胁抱以充分的审慎和重视是明智的举措,鉴于此,我任命光明贵人托洛尔·撒迪亚斯担任轩督王,由他监督揭露这场不轨图谋的真相。"

达力拿大吃一惊,眨眨眼,随后闭上眼一声轻叹。

"揭露真相,"纳瓦妮用怀疑的语气说,"就凭撒迪亚斯?"

"先祖之血……他觉得我没把这些威胁当回事,所以找撒迪亚斯求助。"

"好吧,我想没问题,"她说,"*我多少信得过撒迪亚斯。*"

"纳瓦妮,"达力拿睁开眼,"那场意外发生在我安排的狩猎当中,在我的卫队和士兵的保护之下。国王的坐骑由我的马夫整备。他当众要求我调查皮带断裂一事,现在又当众把我的调查权剥夺了。"

"噢,天哪。"她明白了。这几乎等同于宣布对达力拿的怀疑。撒迪亚斯挖出的一切有关这场"行刺图谋"的信息,都一定会对达力拿不利。

当撒迪亚斯对达力拿的恨意和他对迦维拉尔的敬爱发生矛盾时,哪种感情会占上风呢?*可启示中说,我要信任这个人。*

艾尔霍卡重新落座,现场又嘈杂起来,比之前音量更高。国王似乎转眼就忘了刚才的发言,撒迪亚斯爽朗地笑笑,起身向国王告辞,走入人群中。

"你还认定他是个好国王?"纳瓦妮悄语,"我可怜的、无人疼爱的孩子，看你有多慌张。"

达力拿站起来，沿桌边向还在就餐的国王走去。

艾尔霍卡抬起头："啊，达力拿。我想你会协助撒迪亚斯的工作。"

达力拿坐了下来。撒迪亚斯没吃完的馔食还在桌上，黄铜餐盘摆了一桌，盛着一些肉块和扯碎的面包片。"艾尔霍卡，"达力拿忿忿道，"我几天前才和你谈过，我想成为轩战王，可你说此等任命过于危险！"

"确实危险，"艾尔霍卡说，"我和撒迪亚斯谈过，他也同意。轩亲王们不会容忍在军务方面被别人骑在头上。撒迪亚斯指出，假如先从不太具威胁性的任命开始，比如轩督王，那就可以让众人渐渐习惯，为你的目标铺平道路。"

"是撒迪亚斯的主意。"达力拿冷冷地说。

"当然，"艾尔霍卡道，"我们也该有一位轩督王了，而且他特别提出想去调查肚带被割一事。他知道，你一直说这类工作不适合你。"

先祖之血，达力拿心想，抬头看向岛屿中央，那里有一群光眼种聚在撒迪亚斯周围，*我被摆了一道，干得漂亮*。

轩督王有权对各种罪行开展调查，特别是关乎王室利益的事件。从某种角度来看，其威胁性几乎与轩战王不相上下。可艾尔霍卡不会这么看，他只看到终于有人愿意聆听他那些癔症般的恐惧。

撒迪亚斯是个非常、非常聪明的人。

"别这么闷闷不乐，叔叔，"艾尔霍卡说，"我不知道你想要这个职位，撒迪亚斯又对此很感兴趣。也许他什么也查不出，皮带只是自然磨损。你总是告诉我，我所看到的危险并不都是真的，也许他能证明你说的话，还你一个清白。"

"清白？"达力拿小声自问，视线依旧不离撒迪亚斯。*我怀疑究竟还有没有机会*。

23 用场多多

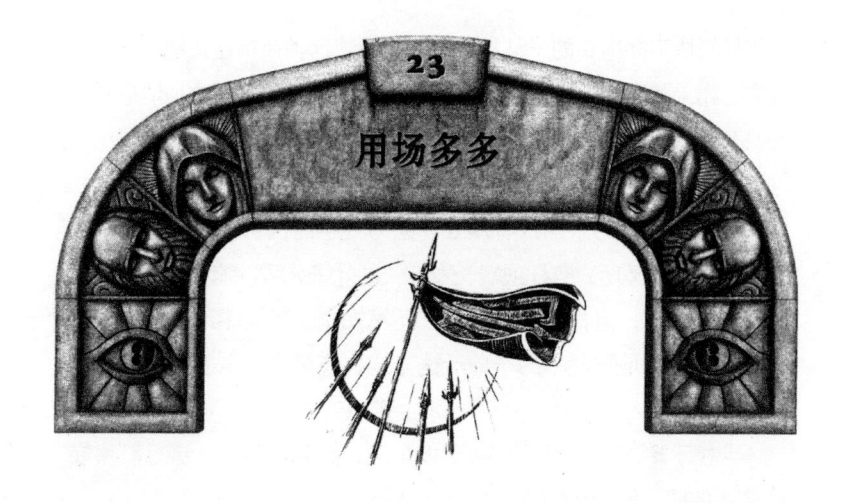

你曾谴责我履行使命时态度倨傲,你谴责我无休止地怨恨雷瑟和巴伐丁。这两项谴责都成立。

营地外,卡拉丁站在板车上,打量四周景致。石头和泰夫特正在执行他的计划——如果那算是一份计划的话。

故乡的空气比这里干燥得多。如果你在飓风来临前一天外出逛逛,会发现世界仿佛被一切生命所遗弃。而飓风停歇后,植物很快从壳里或藏身之处吐出藤蔓枝芽,尽情地吸收和储存水分。但在这里湿润的气候下,它们长留不去,很多石壳木从不完全退入壳中,零星的草地也并不罕见。撒迪亚斯要采伐的是一片位于营地北部的树林,但还有一些离群的孤木生长在这片平原上。它们体积巨大,树干极粗,向西倾斜生长,手指粗的树根牢牢攥着岩石,经年累月,将底下的岩地凿出道道裂痕。

卡拉丁从车上跳下。其他冲桥手会把石块搬来,堆在板车附近,他的工作就是将石块搬上车。

冲桥手散布在广袤的平原上干活,在一株株石壳木、一片片草叶和从石块下探出头的一丛丛芦苇间穿行。这类芦苇在营地西侧长得最密，如果飓风临近，它们会立即缩到大石的缝隙里。这种情形看起来很有趣，每块石头都仿佛是老者的头颅，时不时从耳朵后面冒出绿色和棕色的毛发。

那些毛发般的东西很有用处，因为其中潜伏着一种被称为陀灵草的细芦苇。坚韧的茎秆顶端长着细长的叶子，可以缩进秆内。茎秆本身不会移动，但长在大石底下，还算安全。每场飓风都会吹散一些——也许这是陀灵草的一种迁徙方式，等风暴平息后就能落地生根。

卡拉丁抬起一块石头，搬到板车上，滚到其他石头旁。石块底部湿漉漉的，附着地衣和飓砂。

陀灵草并不稀有，但也不像其他芦苇那么常见。卡拉丁只做了简单的描述，就足以让石头和泰夫特的搜寻取得一些成果。但茜尔的加入带来了突破性进展。走下车去搬另一块石头的当儿，卡拉丁扭头看了一眼。泰夫特不明白为什么吃角族大个子总比他找到的多得多，但卡拉丁不想向他解释。他依旧不知道石头究竟是怎么看到茜尔的。吃角族人说这是天生的能力。

两名冲桥手走进来，是年轻的杜内和"断耳"亚克斯。他们拖着一块木橇，橇板上放着一块大石。汗水从两人脸庞两侧不住滴落。待他们来到板车边，卡拉丁拍去手上的灰尘，帮他们抬起石头。亚克斯冲他摆出一张臭脸，嘴里骂骂咧咧个不停。

"这块不错，"卡拉丁对石头点点头，"干得好。"

亚克斯瞪了他一眼，拂袖而去。杜内冲卡拉丁耸耸肩，赶紧跟着比他年长的同伴走了。如石头所料，让手下搬石头对卡拉丁的人望绝无好处。但这是必须的，要想帮助雷滕和其他伤员，这是唯一的办法。

亚克斯和杜内走后，卡拉丁不动声色地爬到板车上蹲下，掀开一块油布，底下是一大堆陀灵草的茎秆。这些秆子大约有人的小臂那么长。他装出在车上挪动石块的样子，偷偷将两大把芦草插进用石壳木的藤蔓扎起来的大捆芦草中。

他从车旁扔下这捆芦秆。车夫跑去和其他车上的同行聊天了，只留下卡拉丁一个人，当然还有安安分分地趴在石壳底下、用晶亮的圆眼珠看着太阳的红甲蟹。

卡拉丁跳下车，又搬上一块石头，接着跪下来，仿佛要把一块大石从车底下拽出，实际上是用灵巧的双手将那捆芦草绑到了车底下——边上已经绑好了两捆。板车轮轴边有很大的空间，还有一根木榫钉，是安放芦草的绝佳位置。

杰泽雷泽保佑，回营地时没人来检查车底。

药剂师说，一根秆子能榨出一滴药汁。卡拉丁需要多少呢？他没去细想，他知道答案：

一滴也不能放过，多多益善。

他从车底爬出，又搬起一块石头。石头向他走来，大个子黑肤吃角族人拖着一块大部分冲桥手没法一个人应付的大条石，脚不离地，不紧不慢地走着，茜尔在他脑边转悠，偶尔落到石头上打量他几眼。

卡拉丁跳下车，跑过凹凸不平的地面去搭把手，石头点头致谢。两人将石头拉上车，摆放到合适位置。石头擦擦额头，故意背对卡拉丁。一把芦草插在他后兜里，露出半截。卡拉丁一把抓过，塞到油布底下。

"如果有人发现我们干的事，怎么办？"石头漫不经心地随口一问。

"就说我会编织，"卡拉丁说，"想编一顶帽子遮阳。"

石头嗤之以鼻。

"没准儿我真会这么干，"卡拉丁抹去额头的汗水，"天气这么热，有顶帽子挺不错。但没人发现是再好不过了。"

"是很热。"石头舒展一下筋骨,抬头看着在他面前飞来蹿去的茜尔,"我想念群峰之巅的凉爽。"

茜尔朝某个方向一指,石头恭恭敬敬地朝她鞠了一躬,这才跟着她走去。等他找到正确的方向后,茜尔一扭身,上下翻飞,化作一段光带向卡拉丁蹿来,随即落在板车旁,恢复成裙袂飞扬的少女形象。

"我,"她竖起一指,大声宣布,"非常喜欢他。"

"谁?石头?"

"嗯,"她两手一抄,"他很恭敬,不像其他人。"

"好吧,"卡拉丁又搬起一块石头,"你可以跟他四处转悠,不必黏着我。"他试图掩饰自己的不安,卡拉丁已经习惯有她作伴了。

她一哼声:"我才不跟他呢,他太毕恭毕敬了。"

"你刚说你喜欢被人尊敬。"

"我喜欢,也嫌弃。"她大大咧咧地宣称,似乎完全没意识到其中的矛盾。接着她叹口气,在车沿上坐了下来,"有一次,我想捉弄他一下,就把他引到一堆红甲蟹的粪便跟前。他居然没骂我!只是默默地看着大粪,似乎想参透我这么做的含义。"她露出一脸嫌恶的表情,"真变态。"

"我想,吃角族人一定是崇拜精灵之类的存在。"卡拉丁擦擦额头说。

"好蠢。"

"人会相信更蠢的东西。依我看,从某种角度而言,崇拜精灵是有道理的。你们不同寻常,有魔法般的力量。"

"我可不是什么奇怪的东西!"她起身道,"我很美,口齿又伶俐。"她两手一叉腰,但从她的表情来看,卡拉丁知道她并不是真的生气。她仿佛每个小时都在变化,越来越……

越来越什么?不完全像人,但越来越有个性、越来越聪慧。

另一个名叫纳塔姆的冲桥手走近，茜尔不再作声。那个马脸男扛着一块较小的石头，显然不想太卖力气。

"嘿，纳塔姆，"卡拉丁下车去取石头，"活儿顺利吗？"

纳塔姆耸耸肩。

"记得你说你从前是农民？"

纳塔姆在车旁歇脚，完全不理会卡拉丁。

卡拉丁把石头放到车上，挪到合适的位置。"让大家干这种活，我很抱歉，但我们需要赢得盖兹和其他冲桥队的好感。"

纳塔姆没吱声。

"这样我们才能活下去，"卡拉丁说，"相信我。"

纳塔姆只是再次报以耸肩，随后漫不经心地走开。

卡拉丁叹道："如果能把责任推到盖兹头上就简单多了。"

"那可不太诚实。"茜尔显得有些生气。

"你为何这么在意诚实？"

"我就是在意。"

"哦？"卡拉丁回身继续工作，一边嘟囔，"故意把别人领到粪堆旁，可真够诚实的。"

"那不一样，那是玩笑。"

"我看不出哪儿不……"

另一个冲桥手走来，令他打断了话头。卡拉丁不知是否还有人拥有石头那种奇怪的能力，可以看到茜尔，所以不想让别人看到他自言自语。

那个矮小精悍的冲桥手自称伤卡，但卡拉丁在他脸上看不到任何明显的伤疤。他留着一头黑色短发，面庞精瘦，骨架突出。卡拉丁也试着和他说话，但没得到回应。对方甚至粗暴地冲卡拉丁比划了一下，然后才踏着沉重的脚步离开。

"我错了。"卡拉丁摇摇头，从牢固的板车上跃下。

"错?"茜尔走下车沿,看着他。

"我以为,见到我救了那三人,其他人会产生希望。可他们还是漠不关心。"

"今早,你扛着木板练习时,"茜尔说,"有几个人在看你呢。"

"他们是看了,"卡拉丁说,"但对伤员还是漠不关心。只有石头除外,就是这样,而他这么做是因为欠我的情。泰夫特也不愿分出自己的食物。"

"他们是自私鬼。"

"不,我认为不能用这个词来形容他们。"他搬起一块石头,搜肠刮肚地思索该如何表达自己的感受,"当我还是奴隶时……不,我现在还是奴隶。当我陷入最低谷时,当那些主人想磨灭我的反抗心时,我和这些人一个样,压根儿无所谓,谈何自私?我就像动物,只会做,不会思考。"

茜尔双眉紧蹙。这不奇怪——卡拉丁自己都不明白自己说的。然而,当他再次开口,这些话表达了他的内心所想:"我已向他们证明,我们能够生存,但这仍旧毫无意义。**如果生活本身不值得活,他们绝不会在意。**就好比,我给他们堆积如山的润石,却没给他们任何可买之物。"

"大概是吧,"茜尔说,"你有什么办法呢?"

他回头望向岩石平原另一头,朝着营地的方向。山坑里升起炊烟,那是无数军队食堂的炉灶。"不知道,但我觉得这点芦秆还远远不够。"

♛

当晚,卡拉丁、泰夫特和石头走在撒迪亚斯营地中临时铺设的营道上。诺梦——三姐妹中的二姐——释放出苍蓝色光辉。楼房前挂着一盏盏油灯,照亮了酒馆或妓院的招牌。润石能提供更稳定的光源,用完还可再充,但一个润石能买一捆蜡烛或是一小袋油,所以短期来看还是蜡烛油灯更便宜。更何况,这种地方挂润石很容易被偷。

撒迪亚斯不执行宵禁,但卡拉丁知道,冲桥手夜里最好别独自外出。半醉的士兵裹着污秽不堪的军服从他们身旁晃荡而过,或是在妓女耳边说悄悄话,或是向朋友大肆吹嘘。他们冲冲桥手污言秽语,放肆大笑。尽管有灯和月光,街道依然给人阴暗的感觉。营地布局乱七八糟,石屋、木棚和帐篷挤作一团,让人感到无序和危险。

卡拉丁和两名同伴闪到一边,给一大群士兵让道。他们衣襟敞开,略带醉意。一名士兵瞧了他们一眼,但三个冲桥手走在一起,其中还有个壮实的吃角族人,这足以让士兵忌惮三分。他们仅止于哄笑几声、在卡拉丁路过时推搡了一把。

那人一股汗臭和劣质淡啤酒味。卡拉丁忍气吞声。如果还手,薪饷就会被扣。

"我不喜欢干这个,"泰夫特回头看了那群士兵一眼,"我要回营房去。"

"你要留下。"石头沉声道。

泰夫特翻翻眼皮,"你以为我怕你这种傻大个?我想走就走,而且——"

"泰夫特,"卡拉丁好声好气地讲,"我们需要你。"

需要。这词对人有种奇特的效力。如果你对别人用这个词,有些人会拔腿就跑,有些人会神经紧张,但泰夫特似乎挺受用。他点点头,自言自语了几句,跟着他们继续前进。

没多久,他们来到了板车场。那些石头堆在营地西侧附近,没有栅栏,板车停成数排,夜里也无人看管。红甲蟹躺在附近的围栏里一动不动,就像一座座小山。卡拉丁蹑手蹑脚地往前走,时刻留意哨兵的动静,但显然没人担心小偷在千军万马当中偷板车这么笨重的东西。

石头推了他一把，指指黑漆漆的蟹栏。有个小男孩坐在栏杆上，抬头望着月亮出神。红甲蟹是贵重的财物，得有人看守。这可怜的娃，他有多少次被命令整晚守着这些懒洋洋的大虫了？

卡拉丁挨着一辆板车蹲下，另两人也有样学样。他朝一排板车指了指，石头随即摸过去。卡拉丁指向另一排，泰夫特翻翻白眼，但照做了。

卡拉丁沿着中间那排悄悄前进。板车约有三十辆，十辆一排，但检查起来很快，只需摸一把木板背面，感觉一下有没有他留下的印记。不出几分钟，有个黑影钻到卡拉丁这排。那是石头。吃角族人朝边上指指，竖起五根指头。从头数起第五辆。卡拉丁点点头，开始行动。

摸到那辆车边时，他听到泰夫特所在方位传来一声压抑的惊叫。卡拉丁缩起身子，朝岗哨那边瞄了一眼。那孩子还在看月亮，漫无目的地踢着身前的栏杆。

片刻后，石头和神情局促的泰夫特向卡拉丁匆匆走来。"不好意思，"泰夫特小声说，"那座会走路的山吓了我一跳。"

"如果我是座山，"石头咕囔道，"你怎么没听见我过来？嗯？"

卡拉丁扑哧一笑，摸索着那辆板车的木板背面，指尖辨出一个叉形符号。他深吸一口气，仰面爬到车底。

芦草还在原处，总共二十捆，每捆都有手掌那么粗。"赞美艾什，掌管好运的令使。"他轻声念叨，解下第一捆芦草。

"全都在，哈？"泰夫特凑下身子，在月色下抓抓胡子，"真不敢相信，居然找到这么多，整片平原的陀灵草肯定都被我们拔光了。"

卡拉丁将第一捆递给他。要不是茜尔帮忙，他们连三分之一都采不到。她能像虫子一样到处飞，还有寻物的直觉。卡拉丁解下第二捆，递到车外。泰夫特把两捆扎到一起，合成一大捆。

卡拉丁忙活时，一阵细小的白叶卷进车底，化作茜尔的形态。

她滑翔到他跟前，停下。"我没见到守卫，只有一个坐在蟹圈围栏上的小男孩。"她半透明的蓝白色身影几乎被黑暗隐没。

"希望这些芦草还能用，"卡拉丁小声说，"如果干得太快……"

"没事的，你也太多虑了。我帮你找到一些瓶瓶罐罐。"

"真的？"他一个激灵，差点儿坐起来，但在撞到头之前收住了腰。

茜尔点点头："我带你去。没法提过来，太沉了。"

卡拉丁迅速取下其余芦草捆，递给神经紧张的泰夫特，随后迅速滑出车底。二十捆草被扎成七大捆，卡拉丁接过两捆，泰夫特拿两捆，石头带着三捆，有一捆夹在腋下。他们得找个不会被打搅的地方处理这些东西。陀灵草看起来不值钱，但如果盖兹发现这一切，就可能毁掉他们煞费苦心的成果。

先取瓶子，卡拉丁心想。他冲茜尔点点头，后者领三人离开板车场，向一家酒馆走去。这栋建筑像是用劣等木材匆忙赶造的，但依旧有士兵在里面饮酒作乐，大吵大嚷，卡拉丁忍不住担心屋子会塌。

木屋后面有一口破木板钉成、缺边少盖的箱子，箱子里有一堆废弃的酒水瓶。由于玻璃十分珍贵，所以完好的瓶子都会被回收，但箱子里这些不是开裂就是破了瓶口。卡拉丁放下草捆，挑出三只接近完好的瓶子，在旁边水桶里洗过，塞进他特意为此带来的袋子里。

他拾起草捆，朝另外两人点点头。"装出在干杂活的样子，"他说，"别抬头。"他们点头应诺，三人走上一条大路，拿着草捆，摆出去干什么差事的模样。他们引来的注目比之前要少得多。

他们绕开堆木场，穿过作为军队集结点的开阔地，沿通往破碎平原的斜坡往下走。一名哨兵发现了他们，卡拉丁紧张得大气也不敢出。但哨兵什么也没说，也许想当然地以为他们不会无缘无故到这里来。如果他们试图逃营，就完全是另一回事了，但这片毗邻头几道深渊的区域并非禁地。

没多久,他们来到了卡拉丁差点儿自我了断的地方。区区几天工夫,一切就有了如此巨大的变化。他觉得自己仿佛成了另一个人——一个奇怪的混合体,部分是曾经的自己,部分是作为奴隶的自己,还有一部分是他依然在竭力抗争的悲观意识。他还记得站在悬崖边眺望脚下时的光景。那份黑暗依旧令他心悸。

如果我不能拯救这些冲桥手,那份悲观会再次吞噬我,它会笑到最后……这念头令卡拉丁一阵颤抖。他把芦草放在离悬崖不远的地上,随后坐下。另外两人也照做了,不过略带犹豫。

"我们要把这些东西扔下悬崖?"泰夫特挠着胡子问,"忙活了这么久,就为这个?"

"当然不是,"卡拉丁顿了顿。诺梦依旧明艳,但现在毕竟是夜晚,"你们都没带润石吗?"

"为啥问这个?"泰夫特警觉起来。

"是为了照明,泰夫特。"

泰夫特嘟囔几句,取出一把石榴石齐普。"本打算今晚花的……"他说。宝石在他掌心闪闪发光。

"那就好办了。"卡拉丁说着,抽出一根芦草。关于陀灵草,父亲是怎么说的?卡拉丁犹豫不决地掐掉覆着一层绒毛的顶端,把中空的秆芯暴露出来,然后捏住另一头,用力捋了一遍,将两滴乳白色液体挤进空瓶里。

卡拉丁满意地笑了笑,又重新挤了一次,但什么也没榨出来,于是将芦秆抛进深渊。虽然提过编顶草帽的想法,但他不想留下任何证据。

"你才说不会扔的!"泰夫特责怪道。

卡拉丁举起瓶子。"挤完草汁后才扔。"

"这是什么?"石头凑近过来,眯起眼细细打量。

"陀灵草汁,也叫陀灵乳——我觉得那其实不是草汁。无论如何,这是很有效的消毒剂。"

"消……消什么?"泰夫特说。

"它能驱赶腐灵。"卡拉丁说,"而腐灵会造成感染。这种乳液是最好的消毒剂之一,对已经感染的伤处也有疗效。"这很有用,因为雷滕的伤口开始红肿,爬满了腐灵。

泰夫特"嗯"了几声,瞧瞧草捆,"这可真不少啊。"

"我知道,"卡拉丁把另两个瓶子递给他们,"所以,不用一个人干真是太好了。"

泰夫特叹了叹气,但还是坐下来,解开草捆。石头也坐下来,把两腿一弯,用脚底板夹住瓶子,毫无怨言地开干了。

微风拂过,吹乱了几根芦苇。"你干吗要操这个心?"泰夫特终于开口问。

"他们是我的人。"

"这不是冲桥队长该管的事。"

"是不是,我们自己说了算,"卡拉丁说,发现茜尔也飞到近旁来听,"你、我、还有大家自己说了算。"

"光眼种和那些军士,"泰夫特问,"他们会允许你这么干?"

"难道他们会注意我们在干什么?他们根本就不关心冲桥手。"

泰夫特沉思半晌,"嗯"了一声,拿起另一根芦草。

"也许会的。"石头说。这大块头挤草时的动作灵巧得让人吃惊。卡拉丁没想到那些粗大的指头可以如此仔细、如此精准。"光眼种,常常会发现你不希望被他们发现的东西。"

泰夫特又"喏"了一声表示同意。

"你怎么会到这儿来的,石头?"卡拉丁问,"吃角族人怎么会离开山上的家园,来到低地?"

"你不该问这些事儿,小伙子。"泰夫特朝卡拉丁摆摆手指,"我们不谈自己的过去。"

"你们什么也不谈。"卡拉丁说,"你俩连对方的名字都不知道。"

"名字是一回事,"泰夫特嘟囔道,"经历是不一样的。我——"

"没关系,"石头说,"我可以讲。"

泰夫特把剩下的半句话咽进肚里,但也凑近一些,等石头开口。

"我们族人没有碎瑛刃。"石头用他低沉浑厚的嗓子说。

"这不算少见,"卡拉丁说,"除了阿勒斯卡和雅克维德,其他王国的碎瑛刃几乎都不多。"不少阿勒斯卡士兵以此自豪。

"不,"石头道,"泰勒拿有五把碎瑛刃和三套完整的碎瑛甲,在王室亲卫手中。瑟莱人也有碎瑛甲和碎瑛刃。另一些王国全国只有一把碎瑛刃和一套碎瑛甲,例如赫达孜——是王室家传的。但我们恩卡拉基人一把碎瑛刃都没有。我们中的很多'努阿头马',类似于你们的光眼种,只是眼睛不发光——"

"没有光眼怎么当光眼种?"泰夫特难以置信。

"有暗眼就行。"石头轻描淡写地说,仿佛这是显而易见的道理,"我们用另一种方法选领袖,很复杂,但先不扯远。"他又榨完一根,将空秆子丢在身旁——那里已集了一堆。"努阿头马,觉得没有碎瑛刃是很大的耻辱。他们很想要这种武器。最先得到碎瑛刃的努阿头马,将成为国王,我们有很多年没有国王了。谁能拥有这种神赐的武器,山头之间就不会打来打去。"

"那你是来买碎瑛刃的?"卡拉丁问。任何碎瑛武士都不会出卖自己的武器。每一把都是独一无二的古代遗物,是从背叛的光辉变节者手中夺来的。

石头笑了:"哈!买?不,我们没这么笨。我的努阿头马,知道你们的传统,明白吗?只要杀死碎瑛武士,他的碎瑛刃和碎瑛甲就归你。所以我的努阿头马带着全族人,浩浩荡荡地排着队来到山下,要找一名你们的碎瑛武士,然后杀死他。"

卡拉丁差点儿笑出来,"我想不是这么简单的事。"

"我的努阿头马不是傻瓜。"石头辩白道,"他知道这很难,但你们的传统给了我们希望,明白吗?勇敢的努阿头马会下山去挑战碎瑛武士,终有一天,他们中会有人取胜,然后我们就有碎瑛刃了。"

"也许吧,"卡拉丁把一根空秆抛进深渊,"假如他们同意和你们决斗,而且打到一方丧命为止。"

"噢,他们愿意决斗,"石头笑道,"努阿头马带了很多财物,还承诺把所有财产交给战胜他的人。你们那些光眼种,不可能不动心!杀死一个没有碎瑛刃的恩卡拉基人,他们不觉得有多难。很多努阿头马在决斗中死去。但不要紧,总有一天,我们会赢的。"

"那样也只能得到一套碎瑛刃碎瑛甲,"卡拉丁说,"阿勒斯卡有几十套。"

"那只是开始。"石头耸耸肩,"但我的努阿头马败了,所以我成了冲桥手。"

"等等,"泰夫特说,"你跟随你的光明贵人这么久,他一败,你就直接加入冲桥队了?"

"不,你没明白。"石头道,"我的努阿头马挑战了轩亲王撒迪亚斯。破碎平原上有很多碎瑛武士,大家都知道。我的努阿头马觉得,先和只有碎瑛甲的人交战,有了碎瑛甲再赢得碎瑛刃,这样比较容易。"

"然后呢?"泰夫特说。

"我的努阿头马败给光明贵人撒迪亚斯后,我们全都成了他的财产。"

"那你是奴隶?"卡拉丁一边问,一边伸手揉着自己的前额。

"不,我们没那种概念。"石头说,"我不是努阿头马的奴隶,我是他的家人。"

"家人?"泰夫特道,"克勒克啊!你也算是光眼种了!"

石头又笑起来,笑得中气十足,前仰后合。尽管心事重重,卡拉丁也笑了。他仿佛好久没听过这种笑声了。"不，不，我只是'乌玛提亚'，按你们的说法，就是他的表亲。"

"那还是亲戚。"

"在群峰之巅，"石头说，"光明贵人的亲戚就是他的仆人。"

"这算什么制度？"泰夫特反驳道，"你们非得给亲戚当仆人？风杀了我吧！我宁可死了算了，真心话。"

"这没那么糟。"石头说。

"因为你不了解我的亲戚。"泰夫特边说边发抖。

石头又笑了。"你宁可服侍不认识的人？像撒迪亚斯那样的人？和你完全没血缘关系的人？"他晃晃脑袋，"低地人，你们的空气太多了，所以脑子不正常。"

"空气太多？"卡拉丁问。

"对。"石头说。

"空气怎么可能太多呢？到处都一样。"

"这事情，不好解释。"石头的阿勒斯卡语讲得很好，但有时会漏掉一些连接词，有时又能完整表述句子。语速越快，他漏词的概率就越高。

"你们吸的空气太多，"石头说，"到群峰之巅，自然就会明白。"

"也许吧。"卡拉丁边说边看了泰夫特一眼，对方只耸耸肩。"可有一点你说错了。你说我们服侍陌生人。不，*我确实认识光明贵人撒迪亚斯，而且很了解他。*"

石头扬了扬眉毛。

"他傲慢，"卡拉丁道，"记仇，贪婪，烂到骨子里。"

石头笑道："对，我想你没说错。这人不算最优秀的光眼种。"

"不存在'优秀'的光眼种，石头，他们都一个样。"

"看起来，他们对你做过不少事？"

卡拉丁耸耸肩，这个问题揭开了一些尚未痊愈的伤口。"不管怎么说,你主人还算走运。"

"因为死在碎瑛武士手里?"

"因为他没赢,"卡拉丁说,"这样他不会知道自己被耍了。他们不会让他带着撒迪亚斯的碎瑛甲离开的。"

"胡说,"泰夫特从旁插话,"传统——"

"传统是随意粉饰恶行的遮羞布,泰夫特,"卡拉丁说,"只是一个漂亮匣子,用来包裹他们的谎言,让我们俯首帖耳。"

泰斯特动了动下巴。"我活的年头比你久,小伙子,我见多识广。如果一个普通人杀死敌方的碎瑛武士,他就会成为光眼种,这是世间的法则。"

他没有继续争辩。如果这份幻觉会让泰夫特好受一些,不至于为自己在这场战争泥沼中的位置而绝望,卡拉丁又凭什么非得说服他不可呢?"那么,你是个仆人,"卡拉丁对石头道,"像是某个光明贵人的随从?算哪一类仆人呢?"他努力思考相应的称谓,回忆与韦斯提欧或荣寿打交道时听来的词汇。"男仆?管家?"

石头笑了,"我是厨子。我的努阿头马不会不带厨子就下低地来的!这里的食物,香料太多,你们什么味道都尝不到,还不如吃撒了胡椒粉的石头!"

"你也好意思谈食物,"泰夫特怒道,"凭你,一个吃角族人?"

卡拉丁蹙眉道:"说起来,为什么别人把你们族人称作吃角族?"

"因为他们会吃猎物的角,"泰夫特说,"还有外壳。"

石头若有所思地笑了:"嗯,味道好极了。"

"你们真的吃壳?"卡拉丁问。

"我们的牙齿非常坚固有力。"石头自豪地说,"后来的故事,你们可能已经知道了。光明贵人撒迪亚斯,他不知道该怎么处置我们当中的大部分人,有些成了士兵,有些成了他的家仆。我给他煮了一顿饭,结果就被送到了冲桥队。"石头顿了顿,"我对,呃,那锅汤的风味做了些改进。"

"改进?"卡拉丁一挑眉。

石头似乎有些尴尬。"你们能理解,我对努阿头马的死相当愤怒。我想,这些低地人,舌头都被下了重料的饮食给毁了,肯定尝不出味道,于是……"

"于是怎样?"卡拉丁追问。

"红甲蟹的粪便。"石头说,"那味道显然比我想象的重。"

"等等,"泰夫特说,"你在轩亲王撒迪亚斯的汤里下了蟹粪?"

"呃,对。"石头说,"其实,我在他的面包上也涂了一点,还用作猪排的配菜,又配了一份黄油沙拉的酱料。蟹粪,我发现用场多多。"

泰夫特笑得东倒西歪,笑声在平原上久久回荡,动静大得令卡拉丁担心他会滚下悬崖。"吃角族人,"泰夫特终于开口,"我得请你喝一杯。"

石头笑笑。卡拉丁自顾摇头,陷入沉思。有了。

"怎么啦?"石头显然注意到他的表情。

"这就是我们需要的东西。"卡拉丁说,"这!是我们一直缺少的东西。"

石头不知所措。"蟹粪?你要这个?"

泰夫特又歇斯底里地笑了起来。

"不,"卡拉丁说,"那是……算了,我回头给你们说明,我们先把草乳挤完。"他们连一捆都没弄完,手指就已经开始发疼了。

"你呢,卡拉丁?"石头问,"我说了我的故事,你也说说你的?你额头的那些符号是怎么来的?"

"对啊,"泰夫特睁大眼,"你又在谁的菜里拉了屎?"

"你刚说打听冲桥手的过去是一种禁忌。"卡拉丁道。

"你都让石头开口了,小伙子。"泰夫特说,"讲吧,这才公平。"

"如果我讲了，你也会讲吗？"

泰夫特立刻拉下脸来，"听好了，我可不——"

"我杀了人。"卡拉丁道。

此言一出，泰夫特闭了嘴，石头把头一昂。卡拉丁注意到，茜尔还在饶有兴致地旁观。这可不寻常，一般而言，她的注意力总是转移得很快。

"你杀了人？"石头说，"所以他们把你打成奴隶？谋杀的惩罚一般不都是死刑吗？"

"那不是谋杀。"卡拉丁平静地说，回想起笼车里那个胡子稀疏的奴隶，他问过同样的问题。"实际上，某个大人物还为此感谢我。"

他不再言语。

"然后？"许久，泰夫特终于开口问。

"然后……"卡拉丁低头看着一根芦草。诺梦正朝西方地平线慢慢滑落，三姊妹中最后一个——谧蜃——从东方升起，露出小小的绿色脸庞。"这么说吧，如果你拒绝光眼种们的礼物，他们会很不友好。"

二人等他继续，但卡拉丁陷入沉默，自顾挤草秆。直到今日，回想亚马兰军中的往事依然如此痛苦，这使他震惊。

另外两人可能嗅到了他的情绪，或是觉得已经听得够多，都埋头继续忙活起来，不再多做打探。

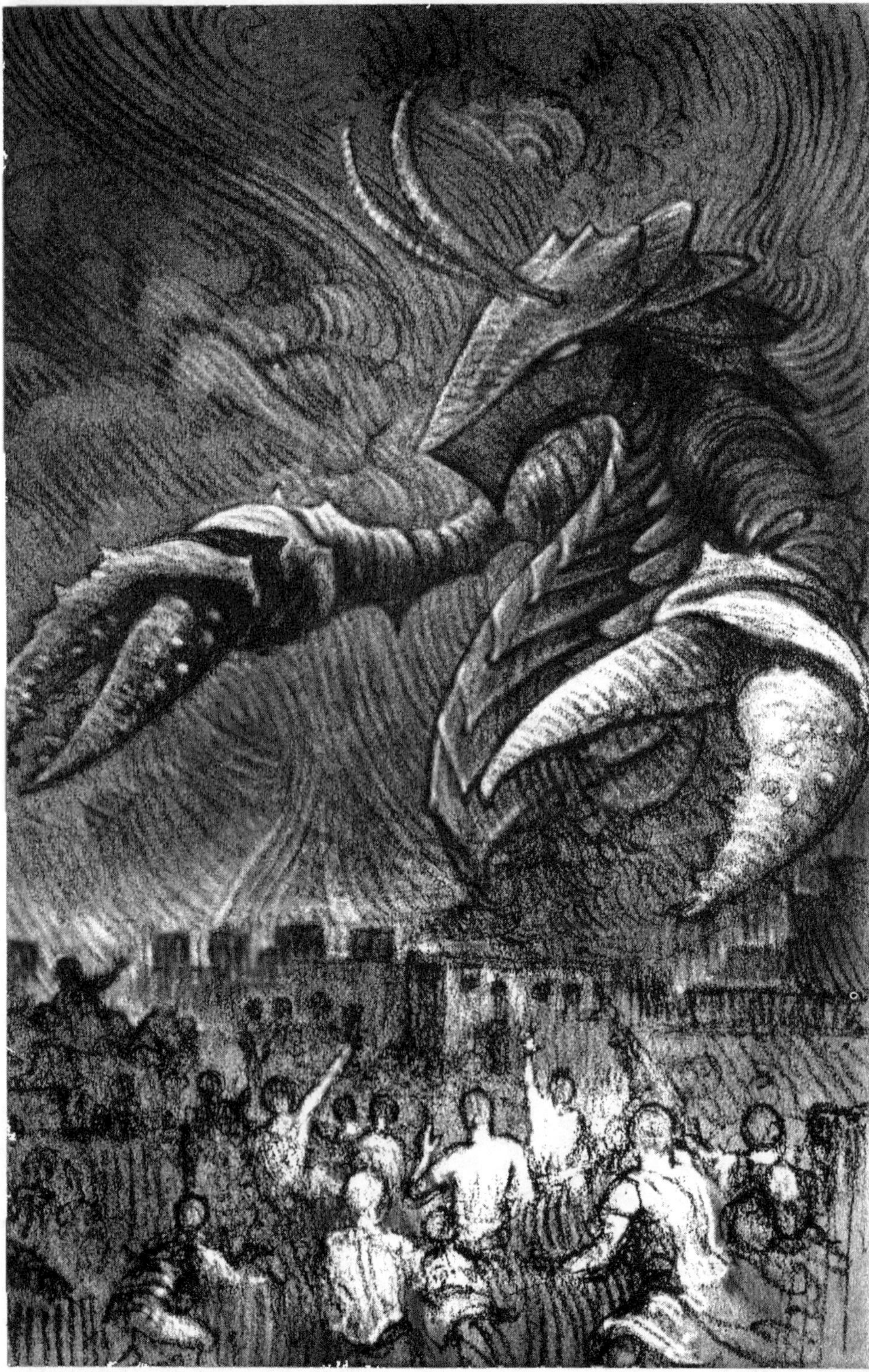

24 地图殿

但这并不能改变我写给你的事实。

　　国王的地图殿是美学和功能性的完美结合。这栋塑魂术造就的石质拱顶建筑空间宽敞、四壁光洁，与岩石地表天衣无缝地衔接在一起。建筑外形类似泰勒拿的长条面包，屋顶开着硕大的天窗，阳光直落，照亮一株株精心栽培、美轮美奂的页岩皮木。

　　达力拿从一株页岩皮木旁经过，皮木呈现出粉色、亮绿和蓝色的光芒，斑驳如树皮。这种带硬皮的坚固植物没有真正的茎秆或叶子，只有波浪形的卷须，就像色彩斑斓的青丝。除此以外，页岩皮木看起来更像石头而非植物。但学者声称这一定是植物，因为它会生长，而且向往光明。

　　人类也曾如此，他想，*曾经是*。

　　轩亲王罗伊翁站在一张地图前，双手交握于背后，为数众多的随从聚在厅堂另一边。罗伊翁个子高挑、皮肤白皙，留着一脸精心打理过的黑须。他的上半身较为瘦削，和大部分人一样，穿着前襟敞开的短外套，露出底下的衬衣。红色的衬衣领子向外鼓起，顶得比外套领子还高。

太不成体统了。 达力拿心想。这种打扮确实很时髦，但达力拿只希望当下的时尚不至于如此……率性。

"光明贵人达力拿，"罗伊翁道，"我不太明白此次会谈的意义。"

"跟我来，光明贵人罗伊翁。"达力拿侧了侧头。

对方叹口气，但还是随达力拿穿过一株株植物和一幅幅地图排成的走道。罗伊翁的随从跟在后面，包括一名酒侍和一名盾侍。

每幅地图都有数颗宝石照明，外框是打磨得平滑如镜的精钢。地图画在一整张没有接缝的羊皮纸上，大得离谱，显然出自塑魂者之手。他们来到地图殿的中央附近，主地图就在那儿，镶在画框里，固定在墙壁上，极为巨大、详细，呈现出破碎平原已探明区域的全貌。固定式桥梁标为红色，阿勒斯卡阵地附近的高地上注有蓝色对铭，标明控制该高地的轩亲王。地图越往东，细节就越少，繁复的线条越来越稀疏，最终渐渐消失。

中央是双方的胶着区域，深渊恶魔在那些高地化蛹的次数也最多。来到阿勒斯卡一侧、即固定桥梁所在区域化蛹的深渊恶魔极少，就算真出现了，也是来捕猎，而非化蛹的。

但控制这些周边高地依旧意义重大，因为轩亲王之间达成了协议，未经允许，不得假道其他同僚的高地。也就是说，周边高地所有权决定了通往平原中部的路线，也决定了高地上的岗哨和固定式桥梁的所有。这些高地是轩亲王之间交易的筹码。

主地图一侧还附有一张羊皮纸，列出了每一位轩亲王的名号及迄今为止所赢得的琼心石数量。这种做法非常具有阿勒斯卡色彩——把领先者和落后者暴露在众目睽睽之下，以此作为激励手段。

罗伊翁的视线马上落在他自己的名字上。他是所有轩亲王中获得琼心石最少的一个。

达力拿举手扫过主地图的羊皮纸。中部的高地都有命名或编号，以便识别。其中一片靠近仆族智者方控制区域的大高地最为显眼，这块高地大得不同寻常，名曰"塔地"，形状怪异，深渊恶魔似乎特别中意这里，经常在此化蛹。

看着这块高地，达力拿陷入沉思。高地大小决定了可部署的兵力规模。仆族智者通常会向塔地派遣重兵，阿勒斯卡军曾攻击二十七次，无一得手，达力拿本人也曾两次铩羽而归。

那里离仆族智者太近了，他们总能先到一步，严阵以待，高地的斜坡使他们居高临下，占据绝佳的地利。但如果我们能组织起充足的兵力，将他们包围起来……那就能围歼一支仆族智者的大军，也许足以令他们丧失在平原上作战的能力。

这个想法值得考虑。但在付诸行动之前，达力拿需要盟友。他把手指往西面一滑，在撒迪亚斯的营地上叩了叩："轩亲王撒迪亚斯最近势头很猛，他从其他轩亲王手中买下不少高地，总能轻松地率先抵达战场。"

"是，"罗伊翁蹙眉道，"不用看地图也知道，达力拿。"

"看看我们的作战范围，"达力拿说，"战争持续了六年，却还没有人见过破碎平原的中央是什么样子。"

"这向来不是重点。我们把他们困在平原上，形成包围，断绝粮草，逼迫他们主动出击。这不正是你的计划吗？"

"对，可我从未想过会耗这么久。我最近在想，也许到改变战术的时候了。"

"为什么？现在的战术效果不错。几乎每周都有两三场战斗。不过，恕我冒昧，你近来很少在战场上一马当先，振奋军心。"他朝名单上的某处点点头，那是达力拿的名字。

他的名字旁有不少划痕，代表赢得琼心石的数量，但新添的少之又少。

"有人说，'黑荆棘'的荆刺已断。"罗伊翁道。他措辞谨慎，不想直接触怒达力拿，但比从前放肆。达力拿被困在营房里时的情形业已传开了。

达力拿强迫自己镇定下来。"罗伊翁，我们不能一直把这场战争当作游戏。"

"一切战争都是游戏，最伟大的游戏。败者失去性命，胜者获得真正的财富！这就是男人生存的意义。战斗、杀戮、胜利。"他在援引造日王的名言，那是在迦维拉尔之前一位将各轩亲王统一起来的阿勒斯卡国王，也是迦维拉尔一度极为崇敬的人物。

"也许，"达力拿道，"可这有什么意义？我们为争夺碎瑛刃而战，再用这些碎瑛刃夺取更多的碎瑛刃。一场无止境的循环，反反复复，我们追逐自己的尾巴，只为了能追得更快。"

"我们战斗是为了让自己成为战士，准备去夺回天上的家园，夺回人类的乐土。"

"训练士兵未必要靠战争，战争也不必如此盲目。这种做法并非天经地义，过去，我们的战争是有意义的。"

罗伊翁眉毛一挑。"你的言行快要让我相信谣言了，达力拿，他们说你失去了战斗的热情，失去了战斗的意愿。"他又看了达力拿一眼，"有人说，你该把轩亲王的位置让给你儿子了。"

"一派胡言。"达力拿断然否认。

"那是——"

"他们说我失去了热情和意愿，这是胡说八道。"达力拿斩钉截铁地说，再次抬手按住地图，指尖在柔滑的羊皮纸上划过，"对臣民、对我的侄儿，还有这场战争的未来，我都十分在意，罗伊翁，十分在意。所以我建议从现在起采取积极的战略。"

"好吧，我想那值得一听。"

把他们团结起来……

"我想和你联手发动一次高地攻击。"达力拿说。

"什么？"

"我想和你协同作战，互相配合，同时发动攻击。"

"这么做的理由呢？"

"我们可以提高胜算，有更大机会赢得琼心石。"

"如果部队数量能决定胜算，"罗伊翁道，"那我多带一些自己的部队就行了。高地普遍狭小，无法展开兵力，机动性比单纯的数量重要。"

他说得在理。在高地上，人多不一定代表优势。狭小的空间、必须急行军赶赴战场的需要，使战争发生了显著变化。可动用的部队数量取决于高地大小和轩亲王个人的军事理念。

"合作不仅能发动更多部队，"达力拿说，"每位轩亲王的军队也有自己的强项。我以重步兵出名，你的弓箭手是最好的，撒迪亚斯的冲桥队最快。通过合作，我们能尝试新战术。为尽快赶到高地，我们争先恐后、行动仓促，丧失了施展战术的空间。或许我们能包围高地，让仆族智者先到，做好完全准备再攻击，而非迫不得已地强攻。"

罗伊翁有些动摇。达力拿和麾下将领们就联合攻击的可行性仔细商讨了好些天，纸面上确有明显的优势，但除非有人愿意和他一试，不然他们永远也无法确定。

他似乎确实在考虑："琼心石归谁所有？"

"我们平分。"达力拿说。

"抢到一把碎瑛刃呢？"

"显然，谁赢下就归谁。"

"那很可能就是你的了。"罗伊翁拧眉道，"你和你的儿子有碎瑛刃。"

关于碎瑛甲和碎瑛刃，这是个很大的问题——除非你有自己的神兵，否则很难赢得两者中的任何一件。实际上，只有一件也往往不够。撒迪亚斯曾在战场上遇到仆族智者的碎瑛武士，他总是被迫撤退，不然很可能会送死。

"我相信一定能安排一种更公平的分配方式。"达力拿终于开口。如果能赢得碎瑛武器,他原本希望交给雷纳林。

"我也深信不疑。"罗伊翁的语气充满怀疑。

达力拿深吸一口气,他需要拿出更大的魄力:"我把它们交给你,如何?"

"什么?"

"我们联手攻击高地,如果我赢下碎瑛刃或碎瑛甲,第一套归你,但我会留下第二套。"

罗伊翁眯起眼:"你真的会这么做?"

"我以荣誉保证,罗伊翁。"

"好吧,没人会怀疑你的荣誉,可你不该怪罪别人的谨慎吧?"

"谨慎?"

"我是轩亲王,达力拿。"罗伊翁道,"不错,我的公国是全阿勒斯卡最小的,但我仍然是个独立的亲王,我不会依附于更大的势力。"

你早就是某个大拼图中的一块了,达力拿沮丧地想,当你向迦维拉尔宣誓效忠时,一切就已发生。但罗伊翁和其他轩亲王并不乐意践行诺言。"我们王国的潜力远不止如此,罗伊翁。"

"也许吧,但我满足于拥有的一切。不管怎样,你提出了一份有趣的提议,我会加以考虑。"

"很好。"达力拿道。直觉告诉他罗伊翁不会答应,此人疑心太重。轩亲王之间的信赖少之又少,就算不涉及碎瑛刃和宝石也很难合作。

"你今晚会出席宴会吗?"罗伊翁问。

"为何这么问?"达力拿叹了口气,问道。

"哦,读风者称今晚会有一场飓风,你知道——"

"我会到场。"达力拿冷冷地说。

"当然，"罗伊翁轻笑两声，"你没理由不去。"他向达力拿笑笑，告辞离去，随从也尾随而去。

达力拿叹了口气，转身研究主地图，思索这场会谈的内容和对话背后的深意。他俯视地图上的平原，伫立良久，仿佛九天之上的神明。一块块高地犹如彼此紧邻的岛屿，又像是一大块彩绘玻璃中的嵌片。他又产生了那种不止一次产生过的感觉，仿佛能找出高地布局的规律。要是能见到更多的高地样本，也许真的可以。如果深渊的排布确有规律可循，意味着什么？

人人都执迷于外表，执迷于证明自我，只有他例外。为了强大而追求强大？难道真的只有他看透这一切的无稽和无谓？没有目的，强大又有什么好处？

阿勒斯卡曾是光明的所在。 他心想，*迦维拉尔的书上如此宣称，启示向我如此昭示。在很久以前，在令使们离去以前，诺哈东是阿勒斯卡之王。*

达力拿觉得那个秘密仿佛近在眼前——让迦维拉尔在死前数月如此激动的秘密。只要再深入一点，他就能明白一切，看清人生的规律和轨迹，最终大彻大悟。

但他过去六年来一直如此，拼命探寻、摸索，只为再深入一点。可他越是深入，答案仿佛就越遥远。

♛

阿多林跨进地图殿。父亲还在里头，孤身一人。两名深蓝卫士在远处护驾。罗伊翁已不见踪迹。

阿多林慢慢靠近。父亲又带着最近时常出现的那种魂不守舍的神情。就算没发作时，他的心也不完全在那儿。父亲不是过去那个人了。

"父亲?"阿多林走到他身前。

"嗯,阿多林。"

"和罗伊翁谈得怎样?"阿多林努力让自己的语气欢快一些。

"令人失望。看来我的交际能力远远不如以前打仗的本事。"

"和平不会带来任何财富或荣耀。"

"人人都这么说,但我们曾经拥有和平,而且过得很不错,可能更好些。"

"离开宁静园后,人类就没有和平。"阿多林立即反驳,"'在柔刹,人生意味着抗争。'这是《论辩集》中的原话。"

达力拿扭头吃惊地看着阿多林,"你?对我引经据典?"

阿多林耸耸肩,有些不好意思:"是这样,玛拉莎对宗教很痴迷,所以今天早些时候,我听了不少——"

"等等,"达力拿说,"玛拉莎?那是谁?"

"光明贵人塞维克斯的女儿。"

"那个叫嘉娜拉的女孩怎么了?"

阿多林苦着脸,回想起那次要命的散步。好几件精美的礼物也不能修复裂痕。现在,就算阿多林不再和别的姑娘往来,她的态度也比以前冷淡多了。"我们的交往出现了一些波折。玛拉莎似乎是更好的选择。"他赶紧转移话题,"我猜罗伊翁近期不会和我们联手出击。"

达力拿摇摇头:"他担心我在图谋他的领地。也许先找最弱小的轩亲王是个错误的决定,他宁可缩成一团静观其变,保住已有的东西,也不想冒险大干一场。"

达力拿怔怔地看着地图,眼神又迷离起来。"迦维拉尔的梦想是统一阿勒斯卡王国。尽管他不认同,可我以为他的梦想已经实现。和这些人的交道打得越多,我越明白迦维拉尔是对的。我们没有成功。我们打败了这些人,但从未能团结起他们。"

"那你还打算去找其他人吗?"

"是的。只要有一个人点头同意，我们就能开始。接下来你觉得该找谁？"

"我不能肯定。"阿多林说，"但眼下，我觉得有件事应该让你知道，撒迪亚斯派人过来，要求入营许可，他想找那次狩猎中给陛下照管坐骑的马夫问话。"

"凭他的新职位，他有权提出这些要求。"

"父亲，"阿多林靠近一步，小声说，"我觉得他是来找我们麻烦的。"

达力拿看着他。

"我明白你信任他，"阿多林加快语速，"我现在也明白你信任他的理由。可是请听我说，通过这招棋，他现在拥有了能置我们于不利之地的绝佳机会。国王的疑心病重得离谱，居然开始怀疑你我——我知道你肯定看得出来。撒迪亚斯只需找出一些子虚乌有的'证据'，把我们和暗杀联系起来，就能借艾尔霍卡之手对付我们。"

"我们得承受这个风险。"

阿多林蹙眉道："可——"

"我相信撒迪亚斯，孩子，"达力拿说，"何况，就算不信他，我们也不能禁止他出入，或妨碍他的调查。如果这样做，我们不仅会成为国王眼中的罪人，还会损害国王的权威。"他摇摇头："如果我希望其他轩亲王接受我担任战争领导者，我就必须心甘情愿承认撒迪亚斯作为轩督王的权威。我不能一边要求自己得到古老传统所赋予的权力，一边又反对撒迪亚斯拥有同样的权力。"

"确实，"阿多林承认，"但我们还是可以有所准备。别说你一点儿也不担心。"

达力拿有些犹豫："也许吧，撒迪亚斯确实咄咄逼人。但我知道该怎么做。'坚强起来，行事荣誉，荣誉会助你达成目标。'那就是我得到的建议。"

"从哪儿来的？"

达力拿看着他，阿多林明白了，答案显而易见。

"这么说，我们要把家族的未来赌在这些幻影上。"阿多林冷冷地说。

"我没那么说。"达力拿答道，"如果撒迪亚斯确实针对我们，我不会眼睁睁看着他把我们整垮，但我也不会率先出手。"

"就因为你看到的那些，"阿多林的失望之情溢于言表，"父亲，关于那些幻象，你说你会听我的意见。那好，请现在听一听。"

"这地方不合适。"

"你总有借口，"阿多林道，"我提过五次了，每次都被你打发走！"

"也许是因为我知道你会说什么，"达力拿道，"也知道不会有任何结果。"

"或许是因为你不愿面对真相。"

"够了，阿多林。"

"不，不，我没说完！我们被每座军营里的每一个人嘲笑，我们的威望和名誉一天不如一天，你却拒绝采取任何实质性的行动！"

"阿多林，我不允许我的儿子这样对我说话。"

"但其他人这么说你倒忍得下？为什么，父亲？那些人出言中伤时，你听之任之；雷纳林和我稍微一提，你就觉得不像话，马上迎头斥责！人人都能满嘴谎言，我却不能说出真相？你的儿子在你眼里就如此不堪？"

达力拿哑口无言，仿佛被一巴掌重重扇在脸上。

"父亲，您需要帮助。"阿多林接着讲，他隐隐意识到自己越了界，嗓门也太大，但还是滔滔不绝，"我们不能再回避！你不能再用越来越荒谬的解释为自己的错误开脱！我知道这很难接受，可人到了一定年纪就会变老，头脑在某个时候也会不再灵光。

"我不知道你到底出了什么问题,也许是你对迦维拉尔的死怀有负罪感。那本书、法典、那些幻象——也许都是你寻求解脱和救赎的表现。但你看到的都是假的,你现在的生活是自欺欺人,假装眼前发生的一切都没发生。我不会一言不发、看着你把整个家族拖下水,*除非我先下诅咒之地!*"

他最后的一句话完全是吼出来的。吼声在宏大的殿堂内回荡,阿多林这才发现自己在发抖。有生以来,他从未以这种方式和父亲说话。

"你以为我没想过?"达力拿语气平静、眼神坚毅,"你反复提到的那些想法,我都仔细考虑过。"

"也许你可以再想想。"

"*我必须相信自己*。那些幻象在向我展示一些重要的东西,我没法证明,也没法解释,但我知道那是真的。"

"你当然会那么想,"阿多林抓狂地说,"这难道还不明显吗?你肯定会有那种感觉,人类很擅长发现他们希望看到的东西!看看国王,他能从每道影子里找到杀手,一条磨坏的肚带成了一场要取他性命的险恶阴谋。"

达力拿再次陷入沉默。

"有时,*最简单的答案就是正确答案,父亲!*"阿多林说,"国王的鞍带只是正常磨损。而你……你看到了不存在的东西。我很抱歉。"

他俩的表情都凝固了。阿多林没有避开视线,也不愿避开视线。

达力拿终于转过头去:"请让我一个人静一静。"

"好。但我希望你能好好想想,我希望你——"

"阿多林,走吧。"

阿多林咬紧牙关,但还是转身离去。*这些话非说不可。*他一边告诉自己,一边走向殿外。

但这不能使他心中的苦涩减去分毫,因为这些话必须出自他口中。

25 屠夫

七年前

"他们干的勾当不正常，"有个女人的声音传来，"不能切开乡邻的皮肉，偷看里头的样子，那是全能之主的安排，而且自有道理。"

听闻此言，卡尔呆在原地。他在赫斯通的一条小巷里，夹在两栋屋子之间。头顶的天空灰蒙蒙的，冬季来临已有一阵。泣雨季快要来了，飓风的次数不算频繁，但眼下的气温太低，植物不能享受这段短暂的安适：石壳木利用为期数周的冬季，在壳内长出纠缠的藤蔓；大部分生物则在冬眠，等待天气转暖。所幸，任何季节一般都只持续几个星期。无法预见，这是世界的法则。只有死后才能享受安定，至少虔诚者是这么教诲的。

卡尔穿着叛木棉织成的厚外套。这些染成深棕色的布料很扎人，但保暖。他头上套着兜帽，两手插在口袋里。右侧是一家面包房，那家人睡在楔尖那头矮得直不起腰的三角形屋子里，前半段是他们的店铺。卡尔的左边是一家赫斯通的酒馆，冬天里客人们会把一杯又一杯的谷啤和土啤灌下肚。

他可以听见两个女人闲聊的声音,距离不远,但看不见。

"知道吗,他偷了老城主的财产,"另一个压低嗓音说,"整整一大杯润石。手术师说那是送的,可老城主死的时候,只有他一个人在场。"

"听说有公文凭据呢。"前一个女人说。

"几个铭文,没有像样的遗嘱。那些个铭文又是谁写的呢?就是手术师他自个儿。这里头有猫腻,城主身边没女人帮他写文书。我跟你说,他们干的事儿肯定有问题。"

卡尔气得咬牙切齿,真想冲上去,让两个嚼舌妇知道她们的对话已被他听见。父亲不会允许他这么做,李伦不想制造纷争或麻烦。

但那是父亲的想法,不是他的。卡尔径直冲出小巷,从女暗民特利丝和瑞利纳身旁经过,两人站在面包房前说闲话。特利丝是面包店老板娘,身材臃肿,一头卷曲黑发,正说着其他坏话。卡尔锐利地瞪了她一眼,她的棕色眼睛流露出一丝令人解气的狼狈。

卡尔小心翼翼地穿过广场,留神不被东一块西一块的冰面滑倒。身后,面包房的门"砰"的一声关上,两个女人匆忙躲了进去。

这份满足感并没有持续太久。为什么大家总是这么说他父亲?他们说他不正常、怪里怪气,却会蜂拥而出,从路过的药剂师或幸运符商人手里买些铭守符和护符。全能之主啊,可怜可怜那些真正为人们带来帮助的人吧!

卡尔带着一肚子闷气,转过几个街角,去找母亲。一把梯子靠在市政厅墙上,他妈妈就站在梯子上,一丝不苟地对着屋檐又劈又铲。作为女性,赫希拿个子挺高,一般把头发扎成辫子,裹在头顶,用方巾包住。今天,她还在方巾外罩了一顶编织帽。她穿一件和卡尔一样的棕色外套,衬衣的蓝色褶边只从外套下露出一小截。

她在打理的是一堆倒垂在屋檐下的石笋。飓风会降下雨水,雨水中含有飓砂。如果放任不管,飓砂迟早会硬化,结成石头。从屋檐滴下的雨水会慢慢形成石钟乳，必须定期清理，否则屋顶的负重会越来越大，最终导致坍塌。

她看到卡尔，冻得通红的脸上露出微笑。她生着一张窄脸，下巴宽大，嘴唇丰满，是个挺漂亮的女人，至少卡尔这么觉得，肯定比面包房老板娘要漂亮。

"你爸现在就放你下课了？"她问。

"人人都讨厌我爸。"卡尔冲口而出。

母亲回头继续干活："卡拉丁，你都十三岁了，应该知道这种蠢话不能说。"

"真的，"他倔犟地讲，"就刚才，我听见几个大妈在谈论，她们说父亲偷了光明领主韦斯提欧的润石，说父亲以开膛破肚为乐，净做些嘣态的事。"

"是变态。"

"大家都是这么念的，我为什么不行？"

"因为那不体面。"

"对女暗民特利丝来说够体面了。"

"那么你觉得她是个怎样的人呢？"

卡尔犹豫片刻才开口："她愚昧无知，喜欢说闲话，净谈些她一无所知的事。"

"很好，如果你想学她，我显然找不出反对的理由。"

卡尔吐了吐舌头。跟赫希拿说话可得小心，她喜欢搬弄文字。她靠在市政厅外墙上，看着卡尔呼出的白色雾气。也许换一种方式会奏效。"妈妈，*为什么*大家讨厌爸爸？"

"他们不讨厌你爸，"她说，不过，这个剔除了情绪的问法确实引出了更多的话，"但他的确让别人不舒服。"

"为什么？"

"因为知识让某些人害怕。你父亲学识渊博，他知道的东西，别人无法理解,所以他们认为那些知识必定是黑暗、神秘的。"

"可他们并不害怕卖幸运符和铭守符的方士。"

"那不难理解。"他母亲平静地说,"在屋前烧一张铭守符,就能赶走魑魅魍魉,多简单。可你父亲不能靠一张仙方就治好别人的伤,他会严禁伤员下床,要求他们多喝水、吞下一些苦臭的药物,每天清洗伤口。这很难。他们宁可听天由命。"

卡尔想了想:"我觉得他们恨父亲,是因为他经常救不活伤员。"

"确实有这个因素。如果铭守符不奏效,你可以推说是全能之主的旨意。如果你爸失手了,那就是他的错,或者被人认定是他的错。"母亲继续工作,片片石屑撒落到身旁地面,"他们不曾真的恨你爸——因为他太有用处。可他永远也不能成为他们中的一员,这就是成为手术师的代价。拥有干涉生死的能力,这份责任可不会让人安逸。"

"如果我不想要这份责任呢?如果我只想当个普通人,比如面点师、农民,或者……"或者战士,他在心中补充。他暗地里耍过几次木棍,虽然没能重现和尤斯特打斗时的状态,但手握武器确实令人一振,那里面有一种吸引他、使他兴奋的东西。

"我想,"他母亲说,"你会发觉面点师和农民的生活没什么可羡慕的。"

"至少他们有朋友。"

"你也有啊,你不是有提安吗?"

"提安不算朋友,妈妈,他是我弟弟。"

"哦,弟弟就不能做朋友了?"

卡尔翻翻白眼:"你知道我的意思。"

她爬下梯子,拍拍他肩膀,"嗯,我知道。抱歉我说得如此轻描淡写,可你是在跟自己过不去。你想要朋友,但你真的想和其他男孩子一样?放弃学业,在农田里卖苦力,早早显出老态,被太阳晒得浑身黝黑、一脸皱纹?"

卡尔没有作答。

"其他人拥有的东西,看起来总比你拥有的东西更美好。"他母亲说,"帮我扛下梯子。"

卡尔乖乖照做了,扛起梯子绕到市政厅另一侧架好,让妈妈继续工作。

"有人以为那些润石是爸爸偷来的。"卡尔把手往口袋里一插,"他们以为光明贵人韦斯提欧的遗嘱是爸爸自己写的,然后让那个已经人事不知的老人在上面签字。"

母亲一言不发。

"我恨他们的谎话和谣言,"卡尔说,"我恨他们胡编乱造我们的闲话。"

"别恨他们,卡尔,他们都是好人。至于你说的那些,他们只是复述听来的传言。"她望了望城主的公馆——坐落在一座能俯瞰城镇的小山上,离这里很远。每次看到那栋建筑,卡尔都觉得他应该过去,和拉劳谈谈。但最后几次造访时,守卫都不让他们见面。她父亲死了,她的女佣管着她,觉得让城主的女儿和镇里的小子厮混不成体统。

那个女佣的丈夫叫米利福,曾是光明贵人韦斯提欧的管家。如果那些针对卡尔一家的谣言有个源头,可能就是他。他一直不喜欢卡尔的父亲。也罢,米利福很快就无关紧要了,新城主随时可能抵达。

"妈妈,"卡尔说,"那些润石只是晾在那里发光,没派上任何用场。我们能不能拿出一部分来花?那样你就不用出门干活了。"

"我喜欢干活,"她再次铲起石笋,"让头脑清醒。"

"你刚才不是说我不会喜欢干活吗?我会没老就满脸皱纹,你说得可有诗意了。"

她顿了顿,笑出了声:"聪明的孩子。"

"冷孩子。"他嘟囔着,浑身发抖。

"我工作，因为这是我的选择。我们不能用那些润石——那是你的教育资金，而且我工作好过迫使你爸爸向伤者收钱。"

"如果收钱，也许他们会更尊敬我们。"

"噢，不不，我觉得那不是问题，他们本来就尊敬我们。"她低头看着卡尔，"你知道，我们是二等暗民。"

"没错。"卡尔耸耸肩。

"有所成就的年轻手术师，加上合适的身份，就能吸引贫穷贵族的关注。他们想赚钱，也想赢得民众的拥戴，大城市里发生过这种事。"

卡尔再一次仰望公馆："所以你才怂恿我成天和拉劳一起玩儿。你想让我娶她，对不对？"

"有这种可能。"他母亲回头继续干活。

说心里话，他吃不准自己眼下的心情。过去几个月，卡尔过着一种古怪的生活。父亲一直逼他念书，可私底下，他偷偷摆弄木棍。未来有两条道路，都令人神往。卡尔确实喜欢学习，也渴望获得帮助别人的能力，缝合别人的伤口、让别人痊愈。父亲的事业让他看到了什么才是真正的高尚。

可在卡尔看来，如果他去战斗，就能做出一些更高尚的事。就像传说中的光眼种英雄那样保护家园。当武器在手，他有那种感觉。

两条道路，在很多意义上截然相反。他只能选一条。

母亲手上的活一直没停。伴着一声叹息，卡尔从工作间里搬出另一把梯子和一套工具，帮妈妈干起活来。他的个头在同龄人中算是高的，但还是得站在较高的横杠上。干活时，他瞥见了母亲的笑容，显然是为培养出这么一个贴心的儿子而高兴。其实，卡尔只是想找些东西狠狠敲打，发泄一下。

和拉劳这样的人成亲会是什么滋味？他永远不能与她平起平坐。他们的孩子可能是光眼，也可能是暗眼，所以就连孩子都有可能高他一等。他知道自己会过得很不自在。此外，成为手术师还有一层含义。如果他选择那条道路，就等于选择父亲的道路——成为异类，被众人孤立。

但走上战场，他会有属于自己的位置，甚至有机会达成难以想象的功绩，赢得一把碎瑛刃，成为真正的光眼种。然后，他就能门当户对地迎娶拉劳。这是不是她一直鼓励他成为战士的原因呢？她是否早就考虑过这些事？从前，这类决断——婚姻、未来——仿佛离卡尔很遥远，远得不真实。

他还小，真的有必要考虑这些问题吗？得再等几年，卡哈巴兰斯的手术师才允许他接受考核。但如果他想成为战士，就得在能当手术师之前参军。如果卡尔径直加入应征者的队伍，随他们背井离乡，父亲会有什么反应？卡尔不清楚自己能否直视李伦失落的眼睛。

仿佛是回应了他的心事，李伦的声音从不远处传来。"赫希拿！"

卡尔的母亲转过头，笑着将一绺从方巾里跑出来的头发掖到脑后。卡尔的父亲一脸焦急地沿着街道朝他们跑来，卡尔的心中顿时涌起一阵担忧。谁受了伤？为什么李伦没派人来找他帮忙？

"怎么啦？"卡尔的母亲拾阶而下。

"他到了，赫希拿。"卡尔的父亲说。

"也该来了。"

"谁？"卡尔从梯子上一跃而下，"谁来了？"

"新城主，孩子，"李伦在寒风中大口喘气，"光明贵人荣寿。恐怕我们没时间换衣服了，否则就会错过他的就任演说。快走吧！"

三人匆匆起程。想到能见到一位未曾见过的光眼种，卡尔的心事和忧虑顿时一扫而空。

"他事先没有知会。"李伦气喘吁吁地说。

"那可能是好兆头，"赫希拿答道，"也许他觉得没必要让大伙围着他转。"

"有可能，但也许他只是不体谅别人。飓风之父在上，我讨厌跟不认识的领主打交道。每次都像是在快马赌里扔一把石子，我们会得到王后还是战车呢？"

"很快就知道了。"赫希拿说罢，看了卡尔一眼，"不必为你父亲的话紧张。每到这种时候，他总是把问题想得太糟。"

"我没有。"李伦说。

赫希拿瞥了他一眼。

"你倒是说说看，上一次是什么时候？"

"见我父母的时候。"

卡尔的父亲浑身一震，眨巴眨巴眼。"恶风啊。"他喃喃自语，"只要没那次的一半糟糕，就该谢天谢地了。"

卡尔好奇地听着。他从未见过外公外婆，父母也不常提起。没过多久，三人来到镇子南侧，那里聚了一群人，提安已经到了，正等着开场。他用自己特有的兴奋劲儿猛挥手臂，上蹿下跳。

"我的精神头有那孩子的一半就好了。"李伦说。

"我给你们占了个好位置！"提安把手一指，急切地喊，"就在那些蓄雨水的大桶旁边！快过来，要被别人抢走了！"

提安挤了过去，爬到桶上。几个镇里的男孩发现了他，彼此推搡着，说着一些卡尔听不到的闲话。其他男孩听了，对提安发出一阵哄笑，卡尔立刻怒火中烧。提安的个头小得和年龄不相称，但这不是嘲笑他的理由。

但现在不是质问其他孩子的好时机，所以卡尔拉长着脸和父母一起来到桶边。提安站在桶上，冲他笑，身边堆着几块他最喜欢的石头，有不同的色泽和形状。石头到处都是，可提安是唯一能从中找出神奇之处的人。卡尔略一思忖，小心翼翼地爬到一口桶上，以免碰乱提安摆的石头。这样一来，他也把城主的队伍看得更清楚了。

这支队伍浩浩荡荡，货车肯定有十好几辆，随后是一排黑色马车——车厢是黑的，四匹拉车的油光水滑的马也是黑的。卡尔不禁看呆了。韦斯提欧只有一匹马，而且看起来和主人一样老。

哪怕是光眼种，一个人可能拥有这么多家什吗？这要往哪儿放啊？还有人，好几十人，有些驾着货车，有的列队步行。另有十几名士兵，胸甲和皮护裙都是铮明瓦亮。这位光眼种甚至有自己的亲卫队！

最后，队伍终于完全进入赫斯通地界。一名男子在马车和士兵前领头，策马向镇里走，大部分货车则一路驶向公馆。随着马车缓缓驶近，卡尔也越来越激动。他是不是终于能见到一名货真价实的光眼种英雄了呢？镇里传言，新城主可能是迦维拉尔国王或轩亲王撒迪亚斯提拔的，因为他在统一阿勒斯卡的战争中立下了杰出功勋。

马车转向一侧，车门对准人群。马儿喷着响鼻，四蹄嘚嘚作响，车夫跃下座椅，立即打开车门。一名中年男子踏出车外，脸上是灰纹斑斑的短须，身上是满是褶边的紫色外套，前襟只齐腰，但后摆较长。外套下穿一件金色武士袍，长直筒式，一直覆到小腿。

武士袍，现在很少有人穿了，但镇上当过兵的老人说，以前的战士都爱穿。卡尔没想到武士袍看起来这么像女人的裙子，可那毕竟是个好兆头。比起真正的战士，荣寿看起来老了点儿，筋骨松了点儿，但他佩了把剑。

这名光眼种男子扫视人群，显出鄙夷的神色，仿佛吞了口苦艾。有两人在他身后探头张望，一个是长脸小伙，另一个是盘头发的老妇人。荣寿细细打量众人，摇摇头，转身回到车厢里。

卡尔皱起眉。他不打算说两句吗？聚集的镇民似乎和卡尔一样震惊，有几人不安地窃窃私语起来。

"光明贵人荣寿！"卡尔的父亲喊道。

周围一下子安静下来。那个光眼种回头一瞥，众人急忙低头后退，卡尔觉得那道目光是如此凌厉，不禁打了个寒战。"谁在说话？"荣寿用浑厚低沉的男中音喝问。

李伦向前跨了一步，举起一只手道："光明贵人，您的旅途是否愉快？请允许我作为向导，带您参观城镇。"

"你叫什么名字？"

"李伦，光明贵人，我是赫斯通的手术师。"

"啊，"荣寿道，"你就是那个看着老韦斯提欧送命的人。"光明贵人的脸色暗沉下来，"这么说，我会到这个破破烂烂的边陲小镇，也算是托你的福。"他哼了一声，钻进车厢，重重地把门甩上。几秒钟后，车夫收起脚凳，爬上驾位，开始让马车调头。

卡尔的父亲把手缓缓放下，收到身侧。镇民立即开始交头接耳，对那些士兵、马车和马匹品头论足。

卡尔一屁股坐在桶上。*好吧*，他心想，*武士性子粗鲁是意料之中的事，不是吗？*传说中的英雄未必讲礼貌，杀人和说漂亮话的本事并不总是相伴相随，这是老亚雷尔对他说过的话。

李伦退了回来，脸色凝重。

"怎么样？"赫希拿试图让自己的语气欢快一些，"你觉得如何？王后还是战车？"

"都不是。"

"哦？那我们到底得到了什么？"

"还不能肯定，"他回头望了望，"可能是一对加三条。回家吧。"

提安困惑地挠挠头，但这些话令卡尔的心情凝重起来。在快马赌里，战车就是三个对子，王后就是两个三条。车必输无疑，王铁定能赢。

可一对加三条——切口叫屠夫——的输赢取决于你接下来会扔出什么。

更重要的是，取决于其他玩家扔出了什么。

26

静 止

有人正在追踪我,我猜,那是你在十七神瑛团的朋友们。相信他们此刻依旧毫无头绪,追踪着我故意留下的错误线索。其实对他们来说,这样的日子更快活一些。假如他们真能抓到我,估计也完全不知道该拿我怎么办。

"我站在修道院黑暗的房间,"莉蒂玛站在经台前,一本厚厚的书在她面前摊开,"屋子远端被一汪汪黑暗所浸透,光明无法涉足。我坐在地上,思索那片黑暗,那个不可见的世界。我不能确定那片小小的黑夜里隐藏着什么。我想只是一堵堵又厚又硬的墙,可如果看不见,我怎么能确定?当万物都被隐藏,什么才是人类可以依赖的真相?"

莉蒂玛是达力拿的文书员之一,身材高挑丰润,穿一件黄色滚边的紫罗兰色丝质长裙。达力拿站在起居室的墙前,一边端详地图,一边听她诵读。屋里陈设着精美的木质家具,铺着从玛拉特国买来的华美编织地毯。屋子一角摆着一张高脚餐台,上面放着一口水晶瓶,盛着下午饮的酒——酒性温和的橙酒。瓶身晶莹润泽,反射着上方的枝形吊灯里的钻石润石所释放的光华。

"烛焰,"莉蒂玛继续念道,这段文字来自《王者之路》,她面前的书就是曾属于迦维拉尔的那一本,"在我眼前的烛台上,十几支蜡烛慢慢燃烧,走向死亡,化作缕缕青烟。我的每一次呼吸都使火焰颤抖。对它们而言,我是巨兽,带来恐惧和毁灭。然而,如果我靠得太近,它们也能毁灭我。我那无形的吐息、生命的脉流,可以轻易终结它们的存在,但我的手指却不能,除非承受痛苦的代价。"

达力拿下意识地转动着手指上的纹章戒指,陷入沉思。戒指上镶着一块蓝宝石,刻有寇林家族的象形对铭。雷纳林站在他身旁,穿着蓝银两色外衣,金色绳结在两肩标示出王子的身份。阿多林不在这里。自从在地图殿发生争吵后,两人一直刻意保持距离。

"在一个静止的瞬间,我领悟了。"莉蒂玛念道,"烛火就像人的生命。如此脆弱,又如此致命。单单一支蜡烛,只是静静地燃烧,释放出一点暖意;但任其蔓延,它们能毁灭它们本该照亮的一切。这是燎原之火的胚芽,每一朵都是毁灭的种子,如此强大,足以摧毁城市、让国王屈膝。这些年来,我的思绪每每回到那个寂静安详的夜晚,回到凝视着一排排鲜活跃动的火苗的瞬间。我明白了,获得别人的忠诚,就像被注入飓光的宝石,被赋予的是一种巨大而可怕的权力,能摧毁的不仅是自己,还包括一切我所关照的人。"

莉蒂玛沉默下来。那是段落的结尾。

"谢谢你,光明女士莉蒂玛。"达力拿说,"就到这儿吧。"

女士恭敬地欠了欠身,叫上房间另一侧的一名年轻学徒一并告辞,书本留在经台上。

那是达力拿最喜欢的段落之一,听人诵读往往能使他安心——至少,这表明他的感受还有人知道、还有人理解。可是今天,这并没给他带来往常的慰藉,只令他再次想起阿多林的争辩。那些道理达力拿全都想过,然而被一个他信赖的人迎头怒喝,这使他身心震撼。他恍惚意识到自己盯着地图,那是大殿里挂的巨型地图的缩小复制品,由王室绘图师伊萨斯克·书林专为他制作。

如果启示真的只是幻觉呢?他常常缅怀阿勒斯卡荣光的过往,那些幻象是不是这份思绪投射出的影像、是他的潜意识为了让自己成为英雄而编织的迷梦,好让他有一个冠冕堂皇的理由,去不顾一切追逐自己的目标?

这个想法让人困扰。换个角度看,那些幻象命令他去"团结"众人,这和五个世纪前的神权统治阶级试图征服世界时的说辞非常相似。

达力拿从地图前转身,走向屋子另一头。靴子落在地毯上,脚底传来柔软的触感。这地毯太精致了。他的人生大都在一座又一座军营里度过,他睡过货车、石造营房、紧绷绷地支在岩架背风面的帐篷。与那些日子相比,他现在住的就是豪宅。他觉得应该把一切讲究的东西都扔出去,可那又有什么意义?

他在经台前停下脚步,指尖划过厚实的书页,划过一行行紫罗兰色墨水写就的文字。他不认识这些字,可几乎能凭触觉理解。从书页中释放的文字,就像从宝石中释放的飓光。这些字是问题的根源吗?在他听人诵读后的数月,那些启示就降临了。

他把手搭在墨意漫漫的冰凉书页上。祖国正面临重压,快要分崩离析,战争陷入僵局。他突然意识到,正是这些令他痴迷的想法和秘密令他的兄长一步步走向衰微。这一刻,阿勒斯卡需要的是"黑荆棘",而不是为哲学魂不守舍的疲惫老兵。

都见鬼去吧,他心想,我终于想通了!他把书合上,书脊嘎吱作响。他捧起皮封的卷籍,走到书架前,放回原位。

"父亲?"雷纳林问,"有什么需要我做的吗?"

"希望有你能帮得上忙的地方,孩子。"达力拿轻轻拍了拍书脊,"讽刺的是,这本书曾被视为政治哲学类的经典巨作之一,你知道吗?迦熙娜告诉我,过去所有的国王都日日研读,如今它却成了离经叛道的禁书。"

雷纳林没有回答。

"别在意这个。"达力拿走回墙边,面对地图,"轩亲王亚拉达拒绝和我联手,罗伊翁也是。接下来找谁,你有主意吗?"

"阿多林说,撒迪亚斯图谋整垮我们,这远比与轩亲王联手一事更值得我们担心。"

房内马上陷入寂静。雷纳林惯于如此,在谈话时突施冷箭,就像战场上狙杀军官的弓箭手。

"你兄长的担心不无道理,"达力拿说,"但针对撒迪亚斯的敌对行动会削弱王国统治的根基。基于同样的理由,撒迪亚斯也不会冒险对我们下手。他是个明白人。"

但愿如此。

低沉的军号声突然在屋外嘹响,荡气回肠,久久不息。达力拿和雷纳林浑身一凛,这是平原上出现仆族智者的信号。第二组号声接踵而至,是第二区的二十三号高地。达力拿的斥候认为目标距离本营很近,他们可以率先赶到。

达力拿冲向屋外。那一刻,所有其他念头都被抛到九霄云外。靴子在厚地毯上踏得轰隆作响,他甩开门,沿飓光照亮的走廊一路狂奔。

作战室的门敞开着,达力拿进门时,当值的轩指挥泰莱布向他致敬。泰莱布有双明亮的绿眼,脊梁骨挺得笔直,一头长发结成一条辫子,脸颊上有个蓝色文身,表明他有古代血统。作战室一侧,他的妻子卡拉米坐在一张高脚凳上,面前有张高脚桌。她在两鬓编了两条细辫,用发簪盘起,其余黑发都垂在身后,披散在紫罗兰色裙子上,摩挲着凳子顶端。她是一位颇具名望的历史学者,计划写一部战争史,并获得了旁听和记录此类作战会议的许可。

"长官,"泰莱布说,"不到一刻钟前,一头深渊恶魔爬到了这片高地上。"他指了指作战地图,每一块高地都有古铭文标记。达力拿上前一步,一群军官聚拢到他身旁。

"你觉得到那里需要多久?"达力拿摩挲着下巴问。

"可能要两小时,"泰莱布指着下属在地图上标好的一条路线说,"长官,我觉得这次我们机会不错。光明贵人亚拉达需要跨越六片无主高地,而我们的路线几乎是笔直的。光明贵人撒迪亚斯的路线也不好走,他必须绕道,因为有几道深渊太宽,靠移动式桥梁无法通行。"

确实,达力拿拥有最快捷的通道。但他有些拿不定主意。上次出动已是数月前的事了,他的心思转到了别处,他派出军队去保护道路,并在军营周边扩展开来的大片集市中巡逻。眼下,阿多林的质问重重压在他心头,令他举步维艰,这绝不是作战的好时机。

*不,*他心想,*不,我需要这个。*打赢一场高地遭遇战可以大大提振部队的士气,也有助于打消营中谣言。

"出兵!"达力拿发令。

几名军官兴奋得呼喝起来,对于通常比较矜持的阿勒斯卡人来说,这种表现情感的方式算是相当极端了。

"那您儿子呢,光明贵人?"泰莱布问。他听说了两人之间的争吵,达力拿不知道十座营地里还有谁不知道。

"叫上他。"达力拿毫不犹豫地说。阿多林或许同样需要这场胜利,甚至更迫切。

军官纷纷领命而去。片刻后,达力拿的持甲侍卫走进作战室。号响才过几分钟,可经过六年战事后,每当战号吹响,战争机器就会顺畅地运转起来。他听到屋外传来第三组号声,这是召唤部队出动的信号。

持甲侍卫检查了他的靴子,确保鞋带没松动,然后将一件长长的软夹层背心套在他的军服外。接着,他们将铠靴——靴子外的铠甲——放在他跟前的地板上,将他的靴子完全包裹起来,脚底的部位质地粗糙，可以扣住岩面，布料内层的暗袋散发出蓝宝石的幽光。

达力拿由此想起上一次的幻象。那个光辉骑士铠甲上的古铭文放出蓝光，而现在的碎瑛甲并不是那样发光的。他的头脑会虚构出这种细节吗？这可能吗？

现在没空考虑那些，他心想。他把疑虑抛到脑后，这是年轻时初上战场学到的教训：战士必须专注。等他回来，可以继续面对阿多林的质问，可现在他没有余暇去自我怀疑或举棋不定。这是属于"黑荆棘"的时刻。

他把脚伸进铠靴，扣带自动缩紧，完全贴合他靴子的尺寸。接下来是胫甲，套住他的双脚和膝盖，与铠靴锁定在一起。碎瑛甲和寻常铠甲不同，没有铁织网，关节处也没有皮扣带。碎瑛甲的接缝处由较小的甲片齿合，彼此锁扣、覆盖，极为精巧，不留任何可为敌所乘的缝隙。达力拿几乎感觉不到任何摩擦或不适，每一片都妥妥帖帖，仿佛为他量身定做。

穿碎瑛甲的顺序总是从脚开始，依次往上。碎瑛甲极为沉重，不借助其强化效力，没有人可以穿着它战斗。达力拿一动不动地站着，让持甲侍卫把护腿甲固定在他大腿上，并与环在腰上的护臀甲和护身甲锁定。随后是由彼此交扣的细小甲片组成的裙甲，覆盖到膝盖以上的位置。

"光明贵人，"泰莱布走近一步，"您是否考虑过我对架桥的愚见？"

"你知道我对用人来扛桥是怎么看的，泰莱布。"达力拿说着，持甲侍卫们将胸甲锁定就位，然后给双臂套上前臂和上臂护甲。他已经感受到碎瑛甲的力量在体内涌动。

"我们不必在进攻时用那些人扛的小型木桥，"泰莱布说，"只用它们行军。"

"那还是得等大桥就位才能穿越最后一道深渊。"达力拿道，"也就是说冲桥队没法为我们争取到任何时间,我们最终还是受制于那些牵引大桥的红甲蟹。"

泰莱布叹了口气。

达力拿重新考虑了一下。一位好军官会服从命令并坚决执行,哪怕心存异议;但杰出军官的标志是能够尝试创新、提出有用的建议。

"你可以招募并训练一支冲桥队,"达力拿说,"且看效果如何。哪怕能争取几分钟时间也不无意义。"

泰莱布笑道:"多谢,长官。"

达力拿抬起左手挥了挥,持甲侍卫们正在固定右手护手。他握了握拳,微小的甲片完美贴合手掌的曲线。左护手也戴好了,接着是罩住脖子的护喉、罩住肩膀的肩甲和套在头上的头盔。最后,持甲侍卫把披风挂到了肩甲上。

达力拿深吸一口气,感受到将临的战斗所带来的激越感。他大步走出作战室,脚步坚定、扎实。侍从们纷纷在他身前让道。时隔多日后再次穿上碎瑛甲,感觉像是经历了整晚的虚弱和眩晕后醒来。跃跃欲试的脚步、碎瑛甲赐予他的冲劲,令他想要沿走廊飞奔,然而——

然而有何不可?

他突然撒开长腿。泰莱布等人惊叫起来,急忙猛追。达力拿轻而易举把他们甩开,冲向整栋建筑的大门,一跃而起,从门前石阶上飞过。半空中,他感到一阵快意,不觉莞尔,随后重重砸向地面。巨大的冲力击碎了脚底的石头。他一伏身,缓和冲击的力度。

他身前是一排排齐整的营房,构成一个个圆轮,圆轮中心是各个大队的校场和食堂。军官们赶到石阶顶端,惊奇地往下观望。雷纳林也在其中,他穿一身从未染过战场血腥的军服,单手掩目遮挡阳光。

达力拿觉得自己的举动有些愚蠢。难道他是第一次穿上碎瑛甲的毛头小伙吗?*别闹了,干正事。*

步兵总长佩雷特霍姆向大步走来的达力拿致敬:"光明贵人,

今天当值的是第二、第三大队,正列队准备出发。"

"第一架桥队正在集结,光明贵人。"桥务总长哈瓦劳上前道。他个子不高,晶片般的黑指甲表明他有部分赫达孜血统,但他没戴打火套。"阿什勒姆传话,说弓箭队准备好了。"

"骑兵队呢?"达力拿问,"还有我儿子呢?"

"我在这儿,父亲。"一个熟悉的声音传来。阿多林从聚集的人群中挤出一条道,一身涂成寇林家族标志的深蓝色的碎瑛甲已穿戴整齐。他的面甲敞开,神情跃跃欲试,但当和达力拿四目相接,他立刻把视线转向别处。

达力拿抬起一只手,让正向他汇报状况的军官收声。他大步走向阿多林,年轻人抬起头,迎向他专注的目光。

"你说了你认为必须的话。"达力拿道。

"而且我不后悔。"阿多林答道,"但我很抱歉说那些话的方式和地点。那种事不会有第二次了。"

达力拿点点头,那就足矣。阿多林似乎松了口气,肩头卸去了不少压力。达力拿回身继续和军官们讨论。不久后,他和阿多林领着一队人快步走向集结区。达力拿注意到阿多林正向一个站在道旁的姑娘挥手,她一袭红裙,头发盘得很漂亮。

"那就是——呃——"

"玛拉莎?"阿多林道,"对。"

"她很漂亮。"

"大部分时候很美,可现在脸色有些难看,因为我不让她跟我一起去。"

"她想到战场上去?"

阿多林耸耸肩:"她好奇。"

达力拿没说什么。战斗是男性的技艺。女人想去战场,就好像……像男人想读书。有违天道。

在前方的集结区，各大队正在列队，一名身材敦实的光眼种军官快步跑向达力拿，他的头发整体上是阿勒斯卡人的黑色，但有斑斑驳驳的红发夹杂其间，还有一把长长的红胡子。他是骑兵总长伊拉马。

"光明贵人，"他说，"抱歉来迟。骑兵均已上马，随时可以出发。"

"那就出发。"达力拿道，"各队——"

"光明贵人！"有个声音传来。

达力拿扭过头，看到一名传令兵向他走来。那名暗眼种男子穿着皮衣，臂上有蓝条状袖标。他敬了个礼，说："轩亲王撒迪亚斯要求入营！"

达力拿看着阿多林，儿子的脸色暗沉起来。

"他声称自己有权进入，因为国王命他开展调查。"传令兵道。

"让他进来。"达力拿道。

"遵命，光明贵人。"传令兵得令而去。一名级别较低的光眼种军官随他一同前往，好让撒迪亚斯得到合乎其身份的迎接和陪同。他叫莫拉特，在现场随员中地位最低；人人都明白达力拿会派他去。

"你觉得撒迪亚斯这次想要什么？"达力拿小声问阿多林。

"要我们的血，最好是热的，也许加一杯漯娄白兰地调味。"

达力拿苦笑了一下，两人快步从一列列士兵旁走过。这些男人全部跃跃欲试，矛尖高举，暗眼种平民军士站在行列两侧，斧子扛在肩头。阵列前方是一群打着响鼻的红甲蟹，蟹足不停扒拉着底下的岩石，身后拖着一座座巨型移动式桥梁。

达力拿的加兰特和阿多林的白驹血伯兰正等候着它们的主人，马夫握住缰绳，肃立以待。其实雷沙迪乌马几乎不用人管。有一次，因为马夫动作太慢，加兰特踢开马厩门，自己跑到了集结区。达力拿拍拍这头黑如子夜的战马的脖子，翻身上马。

他扫视集结区，把手高举过头，准备下令出发。然而，他发现一队骑手正朝这里赶来，领头者身穿暗红色碎瑛甲，正是撒迪亚斯。

达力拿把一口闷气咽下肚去，挥手示意部队开拔，但自己留在原地，等候轩督王的大驾。阿多林骑着血伯兰向他靠近，眼神仿佛在说："别担心，我会管好自己。"

撒迪亚斯一如既往的时髦，盔甲涂了色，头盔上的装饰与上回完全不同，形如抽象化的旭日，看起来仿佛就是王冠。

"光明贵人撒迪亚斯，"达力拿道，"这个时候调查可不太方便。"

"不凑巧，"撒迪亚斯策马徐近，"陛下想知道结果的心情非常急切，就算碰上高地战，我也不能暂停调查。我得向你手下的一些士兵问问话，可以边走边谈。"

"你想和我们同行？"

"又有何妨？我不会拖慢你的速度。"他看了看慢吞吞地迈开步、拖着笨重的木桥前行的红甲蟹，"就算我爬着走，恐怕也很难拖你的后腿。"

"我们的士兵需要集中精神、迎接战斗，光明贵人。"阿多林说，"他们不能受打搅。"

"国王的旨意必须执行，"撒迪亚斯耸耸肩，甚至懒得看阿多林一眼，"要我出具书面敕令吗？相信你们不会阻止我为国王效劳。"

达力拿细细端详他曾经的朋友，盯着那双眼睛，试图看清对方的灵魂。撒迪亚斯脸上标志性的轻蔑和高傲不见了，当他的计谋得逞时，通常会给自己罩上那样的面具。他是否意识到达力拿会阅读他的表情，所以隐藏了自己的情绪？"不用出具命状，撒迪亚斯。我的部下任你差遣，不管你需要什么，只管开口。阿多林，跟我走。"

达力拿掉转加兰特的马头，纵马奔向行军队伍前列，阿多林不情不愿地跟在后面，撒迪亚斯则和他的随从留在原地。

漫长的行程开始了。这一带的固定式桥梁属于达力拿，由他的士兵和斥候养护并把守，连接着他控制下的高地。撒迪亚斯骑行在行军队列的中段。这支队伍有两千人，他不时派出一名随从，将一些士兵叫出队列。

一路上,达力拿收敛心神,为即将来临的战斗做准备。他和军官们探讨了高地的地形,听取了报告,了解深渊恶魔化蛹的具体位置,并派出斥候先行打探仆族智者的动向。那些斥候带着长竿,可以凭空飞渡一片片高地。

通过最后一座固定式桥梁后,达力拿的部队必须等待红甲蟹牵引的桥梁在深渊上就位。这些大型工程机械形如攻城塔,安着巨大的轮子,侧边带装甲,为推桥士兵提供防护。到深渊旁,轮桥便和红甲蟹分离,靠人力向前推动,然后转动后部的曲轮放低桥身。待桥就位后,作为载具的机械结构可卸下并拖到另一侧。这种轮桥的设计是不分头尾的,所以机械部件过桥后可安装在另一头,通过曲轮把桥身竖起,然后重新挂到红甲蟹身后。

这一过程相当缓慢。达力拿坐在马上,用手指敲打马鞍上的猪皮,看着轮桥在第一道深渊上慢慢架起。也许泰莱布是对的。能不能用更轻捷、更便携的木桥来行军,只在最后的攻击中使用强攻桥呢?

一阵清脆的马蹄声在岩面奏响,有人骑马来到行军队列旁。达力拿转过头,以为是阿多林,看到的却是撒迪亚斯。

为什么撒迪亚斯要求担任轩督王,为什么他如此热衷于对肚带断裂一事刨根问底?如果他真的打算捏造一些虚假的线索,把污水泼到达力拿头上……

启示要我相信他,达力拿断然提醒自己。可他对那些话越来越怀疑,他究竟敢为此承担多大的风险?

"你的士兵对你非常忠诚。"到他身边的撒迪亚斯说。

"作为士兵,他们首先要学会的就是忠诚。"达力拿说,"如果没有充分掌握,我倒要担心了。"

撒迪亚斯叹道:"说心里话,达力拿,你非要成天这么假正经吗?"

达力拿没有作答。

"如果你意识到领袖对部下的影响有多大，你会大吃一惊。"撒迪亚斯说，"这里有太多人，仿佛就是小一号的你。神经紧绷、极为专注、一丝不苟、硬如顽石。在某些方面，他们坚定无比，可在另一些方面，他们又如此缺乏安全感。"

达力拿始终紧咬牙关。你在玩什么把戏，撒迪亚斯？

撒迪亚斯笑了笑，凑上前小声说："你想抽我耳光，想得要命，是不是？过去，如果有人暗示你缺乏安全感，你会恨得牙痒痒。那个时候，你的坏心情往往会让一两颗人头落地。"

"我是杀了很多罪不至死的人，"达力拿说，"但如果有人敢于冒犯贪杯的醉汉，就不该害怕掉脑袋。"

"兴许吧。"撒迪亚斯轻描淡写地说，"可你就不想和往常一样，把情绪发泄出来吗？那份恨意是不是在你体内翻江倒海？犹如被困在大鼓里的猛兽，捶打、撞击，想要破开一条生路？"

"是的。"达力拿说。

他的坦白似乎让撒迪亚斯吃了一惊。"还有激越感，达力拿，你还能感到激越吗？"

男人不常把激越感挂在嘴边，这是战斗的喜悦和饥渴，是很私密的东西。"你所说的那些，我都能感觉到，撒迪亚斯。"达力拿望着远方说，"可我不会每次都宣泄出来。一个男人是什么样的人，取决于他的情绪，自控力标志着真正的强大。麻木不仁与行尸走肉无异，可只有小孩子才任性妄为。"

"这番话听来像箴言，达力拿。我猜，你是从迦维拉尔那本讲述美德的小本子里学来的？"

"对。"

"光辉骑士背叛了我们，看这种书你真能心安理得？"

"那是传说。光辉变节发生的年代如此久远，可能早至影时代。光辉骑士究竟做了什么？为什么要那么做？我们并不清楚。"

"我们知道得够清楚了。他们煞费苦心地编排种种诡计,伪装出强大的力量,冒称在从事一项神圣的事业。露出狐狸尾巴后,他们逃走了。"

"他们的强大并非谎言,而是实实在在的。"

"哦?"撒迪亚斯被他的话逗乐了,"你知道?你不是说那些事都太久远,可能发生在影时代吗?如果光辉骑士拥有那等神威,为何没有人能重现?那些难以置信的武艺都失散到何处去了?"

"我不知道。"达力拿轻声道,"也许只是因为我们不配再拥有那种力量。"

撒迪亚斯嗤之以鼻,达力拿指望他咬到舌头才好。关于刚才的言论,唯一的证据是他的幻象。然而,如果某样东西被撒迪亚斯瞧不起,他就本能地想要支持。

现在没那工夫,我得集中精力准备战斗。

"撒迪亚斯,"他决定改变话题,"我们得为各军团结付出更大的努力。我需要你的帮助,现在,你可是轩督王阁下了。"

"你要我做什么?"

"做必须的事,为了阿勒斯卡的利益。"

"那正是我现在的所作所为,老朋友。"撒迪亚斯道,"消灭仆族智者,报仇雪恨,为我们的王国赢得荣耀和财富。如果你别总是在营地里虚度时光,也别用懦夫的口气说话,那对阿勒斯卡是再好不过了。如果你能重新像个男人那样做人处事,对阿勒斯卡才是天大的好事。"

"够了,撒迪亚斯!"达力拿大喝,他发觉自己本不想如此大声,"我允许你同行调查,不是让你来嘲笑我的!"

撒迪亚斯吸吸鼻子:"那本书毁了迦维拉尔,现在又对你造成同样的影响。那些故事你听得太多,你脑子里塞满了错误的思想。从未有人当真按法典要求的方式生活。"

"行了!"达力拿大手一挥,拉着加兰特掉转头去,"今天我没时间听你挖苦,撒迪亚斯。"他一夹马腹,绝尘而去,生撒迪亚斯的气,更生自己的气,因为自己没有控制住情绪。

他穿过桥,心绪难平地思考着撒迪亚斯刚说的话。恍惚间,他回想起某一天,他和兄长并肩站在塔冠城的叵罗瀑布旁的光景。

一切都不同了,达力拿,迦维拉尔说,*现在的我看得见,以从前不可能的方式。我真希望有办法把我的意思呈现在你眼前。*

那是他死前三天。

♛

十下心跳。

部队在强攻桥后方准备战斗。达力拿闭上眼,专注于自己的呼吸——缓慢、平静,忘了撒迪亚斯,忘了那些启示,忘了担忧和恐惧。只感受自己的心跳。

不远处,红甲蟹用覆盖角质的硬足摩擦着岩地。风从他脸上吹过,带来湿润气息。在这些潮湿的飓风地,户外的空气总有一股潮味。

士兵们聚拢在一起,兵甲皮革的铿锵声和搅磨声不绝于耳。达力拿仰头向天,心脏在体内沉沉地跳动,璀璨的白日晒红了他的眼皮。

无数男子挪动脚底,呼喊咒骂,拔剑出鞘,引弓试弦。他可以感觉到这些人的紧张、焦虑和混杂其中的兴奋。期灵从他们脚边的地面冒芽,仿佛一丛丛流淌的丝带,一头在岩地里生根,另一头在空中舞动。还有些惧灵在人群中翻滚。

"你准备好了?"达力拿轻声问。激越感在他体内升腾。

"好了。"阿多林的语气充满渴望。

"你从不抱怨我们发起攻击的方式。"达力拿依旧闭着眼,"在这一点上,你从不反对我。"

"这是最好的办法。他们也是我的部下,如果我们不打头阵,还算什么碎瑛武士?"

第十次心跳在达力拿胸中怦然落定。召唤碎瑛刃时,他总能听见自己的心跳,无论外界多么嘈杂。心跳得越快,瑛刃就来得越早;所以,你越急迫,武装起来的速度就越快。这是有意为之的设计,还是碎瑛刃本性中的偶然?

渡誓,带着熟悉的分量,沉甸甸地落到他手里。

"上。"达力拿猛然睁开双目,"啪"的一声合上面甲,阿多林也一样。头盔密闭后,飓光从两侧腾起,使面甲变得半透明。两人一左一右,分别从巨大的木桥两侧全力冲刺,一个是蓝色的身影,另一个是岩灰色身影。

达力拿箭一般穿过石地,两臂配合脚步的节奏飞速摆动,碎瑛甲的能量在体内激荡。一波箭矢立刻袭来——有一排仆族智者单膝跪在深渊另一侧。当箭矢抵近,达力拿抬起手臂,遮住观察缝。箭头划过金属甲面,一部分箭杆生生折断,这感觉仿佛是迎头冲向一场雹暴。

在他右侧的阿多林大吼一声,声音被头盔所挡,低沉雄浑。靠近深渊时,达力拿不顾劈头盖脸的箭雨,把手臂放低。他必须看清前面,万丈深渊离他只几步之遥。当他一只脚踏在崖边时,碎瑛甲送上一股神力。

他腾空而起。

那一刻,他在漆黑如墨的深渊上凌空滑翔,披风簌簌生风,身边是密密麻麻的箭矢。他想起了幻象中从天而降的光辉骑士,但此时此地,他所做的事并没有什么神奇的地方,只是在碎瑛甲助力下寻常的一跃。达力拿飞过悬崖,重重砸向另一侧的岩地,顺势在空中斜刃下扫,一击砍倒三名仆族智者。

他们的眼睛灼烧成黑烬,颓然倒地,眼眶中逸出缕缕黑烟。他再挥一剑,砍碎一片盔甲和兵刃,扬起金属碎屑,代替了先前那些箭矢。和往常一样，碎瑛刃能劈金断石，但一碰到鲜活的血肉就会吱吱作响、形态模糊，仿佛幻化成雾。

由于碎瑛刃侵蚀血肉和削铁如泥的能力，有时，达力拿觉得他挥动的是纯粹的烟雾。只要他不停挥舞，碎瑛刃就不会被切口卡住，也不会因目标的重量而停滞。

达力拿舞成一团旋风，碎瑛刃划出一道死亡光圈。他撕裂了灵魂本身，留下一具具倒向地面的死尸。他飞起一脚，把一具尸体踹向身边几个仆族智者的面门，紧接着又连踢数脚，如法炮制，让身边尸体都飞向半空。碎瑛甲匡助下的脚力可以轻易把一具尸体踢飞三十尺，清空周围场地，让他得以施展。

阿多林在不远处着地，扭身摆出风姿剑法的架势。他沉肩冲入一队弓箭手的方阵，把他们撞得节节后退，还把几名弓手抛下悬崖。他双手持握碎瑛刃，用和达力拿同样的方式挥出第一击，砍倒了六个敌人。

仆族智者在歌唱，他们的很多人在胡须上挂着未经切割的小块宝石，闪着焯烁光芒。仆族智者总是一边战斗一边歌唱，现在他们抛下弓箭——歌声也变了——拔出斧子、刀剑或钉头锤，奋不顾身地向两人扑来。

达力拿调整了与阿多林的距离，形成最佳站位，让儿子保护到自己的死角，但也不靠得太近。两名碎瑛武士在悬崖边上继续战斗，砍倒拼死冲锋、试图靠压倒性的数量优势把他们击退的仆族智者。这是他们打败碎瑛武士的最佳机会。达力拿和阿多林孤身作战，身边没有亲卫队，从这么高的地方摔下去，就算穿着碎瑛甲也必死无疑。

激越感愈发强烈，如此甘甜。尽管周围的空间已经足够，达力拿仍然踢飞了一具尸体。他们早已发觉，只要族人的尸体被人挪动，仆族智者就会勃然大怒。他又踢走一具，出言讥讽，引诱他们来和他一对一较量——仆族智者经常这么做。

他砍倒一队冲上来的仆族智者，这群送死的敌人引吭怒歌，愤怒于他对死者的行径。不远处，阿多林挥拳殴击靠得太近的仆族智者，他喜欢这种打法，一会儿单手持剑，一会儿双手持。仆族智者的尸体四处乱飞，骨头和盔甲被拳头击得粉碎，橙色血液泼洒一地。过了片刻，阿多林重新摆出剑姿，把一具尸体一脚踹开。

激越感占据了达力拿的身心，赐予他力量、专注和强大。战斗的荣光在他心中变得愈发耀眼。他远离这份荣光太久了，现在他看得一清二楚。他们的确需要更强硬、袭击更多的高地、赢取更多的琼心石。

达力拿是"黑荆棘"，是风、是火、是电，他永远无法阻挡，他就是死亡本身。他——

他突然感到一阵剧烈的反胃，如此恶心，简直想吐出来。他一个踉跄，部分是因为地上的血污，部分是因为膝盖突然无力了。

眼前堆积如山的尸体突然成了一幅恐怖的光景。烧尽的双眼就像煤渣，躯骸像一具具破碎的皮囊，被阿多林的拳头敲出一个个满是碎骨的凹坑。尸体头上开了一道道豁口，脑浆和血污泼了一地。屠戮和死亡如此摄人心魄，激越感迅速消散。

人怎能享受这种场面？

仆族智者蜂拥而上。才一个心跳的工夫，阿多林已冲过来保护，以无比高超的技巧发起反击，达力拿从未见过这么高明的剑术。这孩子使起碎瑛刀来很有天分，武器在他手中就像画家的画笔，只是他只用一种颜色作画。他以娴熟的招式逼退仆族智者。达力拿晃晃脑袋，站稳脚跟。

他逼着自己继续战斗，当激越感再次昂扬，达力拿有些勉强地让自己受其摆布。古怪的不适滋味消退了，战斗的本能成为主宰。他像一股旋风般杀入仆族智者的突击部队，以极具侵略性的打法大开大阖地挥扫。

他需要这场胜利。既是为自己、为阿多林,也是为部下。为何他刚才如此恐惧?仆族智者杀了迦维拉尔,杀他们是天经地义的。

他是一名战士。战斗是他的天职,而且他擅长战斗。

仆族智者的突击部队在他的攻势下崩溃瓦解,四散后退,并入正急忙列阵的大部队。达力拿退开几步,下意识地低头看着身边的尸山血海。尸体的双眼都已焦黑,有一部分还在冒烟。

作呕的感觉又回来了。

生命消逝得如此迅速。碎瑛武士是毁灭的化身,是战场上最强大的力量。*这些武器曾是用来保护生命的*,有个声音在他脑中低语。

几步外,有三座桥轰然落地,矮壮的伊拉马在阵头率领骑兵发起冲锋。几只若隐若现的风灵在空中翩然而过。阿多林呼唤自己的战马,可达力拿依然站在那儿,低头看着死者。仆族智者的血是橙色的,气味犹如霉菌。可他们的脸,大理石一般、红黑或红白相间——看起来太像人类了。把达力拿带大的保姆就是个仆族。

生先死。

哪儿来的声音?

他回望悬崖后方,望着撒迪亚斯——那位轩亲王远在弓箭射程之外,和随从坐在一起。达力拿能从那个陌路老友的姿态中闻出失望的味道。达力拿和阿多林甘冒奇险,跃过深渊,置身险地。撒迪亚斯所采用的打法会牺牲更多人命,但如果碎瑛武士被逼落悬崖,达力拿军要遭受多大损失?

加兰特从一列士兵旁飞奔过桥——那些士兵为雷沙迪乌马的英姿大声喝彩——在达力拿身旁慢慢停步。达力拿抓过缰绳。眼下,别人还需要他。部下正在战斗、战死,这不是懊悔或自我怀疑的时候。

于是达力拿凭碎瑛甲的助力跳上马背,高举碎瑛刃冲入战场,为部下行杀戮之事。那不是光辉骑士战斗的理由,但至少也算某种理由。

他们赢得了胜利。

达力拿退到后面，疲惫不堪，让阿多林享受取出琼心石的荣耀一刻。石蛹看起来就像长条形的巨大石壳木，足有十五尺高，底部通过某种类似飓砂的物质与岩地结合。石蛹周围满是尸骸，有人类的，也有仆族智者的。仆族智者试图迅速取出琼心石并撤退，但只来得及在外壳上砸开几条裂缝。

石蛹周围的战斗最为激烈残酷。达力拿靠在岩架上，摘下头盔，大汗淋漓的脑袋暴露在习习凉风下。太阳高悬头顶，战斗持续了大约两小时。

阿多林干得很有效率，小心翼翼地用碎瑛刃切下石蛹的一部分外壳，然后驾轻就熟地一捅，杀死里头的魔蛹，但避开了琼心石所在的区域。

这样一来，里面的生物死了，便可以用碎瑛刃切割。阿多林剜去肉块和组织，伸手去掏琼心石，紫色浆液不断溢出。琼心石被扯了出来，士兵们欢呼鼓噪，数百只傲灵在全军上空翱翔，就像闪闪的光珠。

达力拿用左手夹着头盔，不知不觉地走开，仿佛想远离这个地方。他穿过战场，从照料伤患的手术师和搬运尸体的队伍旁经过。尸体会抬到桥的另一侧，蟹车后加了橇板，好把他们运回营地，给予体面火葬。

仆族智者的尸体数量很多。现在，看着这些死尸，他既不恶心，也不兴奋，只是无比疲惫。

他经历过几十次、也许上百次战斗，但从未有过今天的感觉。那种厌恶感使他分了心，差点要了他的命。战斗中没时间胡思乱想，必须专注于眼前。

在整场战斗中,他的激越感似乎一直受到压抑,使他发挥不出战斗力。他本想通过战斗理清思绪,结果反倒使问题更大了。*先祖之血*,他踏上一座小丘顶端,*我这是怎么了?*

他今天的软弱,成了阿多林——以及众人——对他的评价最新也最有力的注脚。他站在丘顶,望向东方,望向飓风的起源地。他的视线屡屡被那个方向吸引。为什么?那究竟——

他不禁打了个激灵。相邻高地上有群仆族智者,斥候正警惕地盯着他们。这就是达力拿的部队击退的那支敌军,尽管今天杀了不少,可大部分仆族智者还是在意识到败局已定后成功撤离。仆族智者善于组织战略撤退,这是战争拖延不决的原因之一。

那支部队军容齐整,组成战斗编队。一个指挥官模样的仆族智者立于阵头,体格高大,盔甲闪亮。那是碎瑛甲。就算相隔一定距离,也不难分辨瑛甲和寻常俗物间的区别。

那名碎瑛武士没在战斗中现身,为什么现在才来?是来晚了一步吗?

他和其余仆族智者一起转身离去,跃过后方的深渊,径直退向平原的中心地带,渐渐失去踪影。

27 下沟

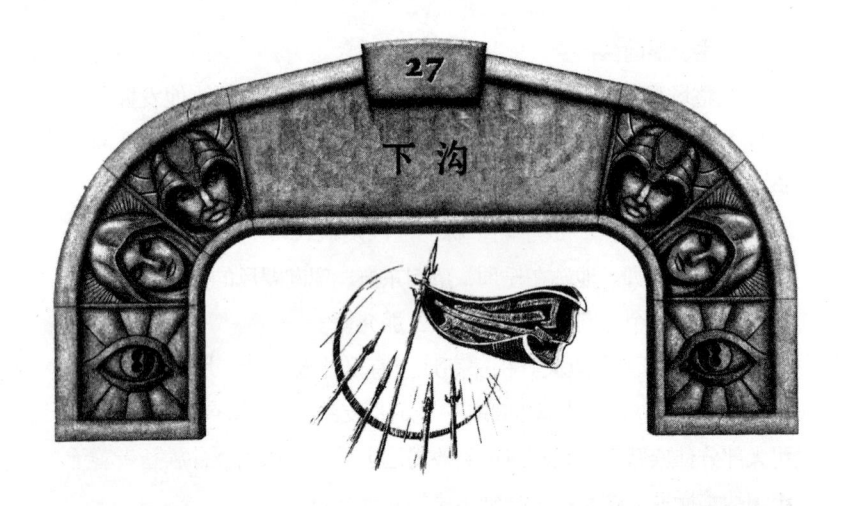

如果你觉得我的话哪怕有一丁点儿道理，就该立刻叫他们住手；你也可以给我一个大大的惊喜，要求他们难得做一回有点建设意义的事。

卡拉丁一路冲进药剂师的店铺，门在他身后凭惯性重重甩上。和上次一样，那老头装出弱不禁风的样子，拄着拐杖颤颤悠悠地上前几步，一认出来人是卡拉丁，便直起腰道："哦，是你。"

离那个悬崖边的晚上又经历了漫长的两天。白天是干活和训练——现在有泰夫特和石头作伴，夜晚在第一道深渊前度过——取出藏在一处岩缝里的芦草，挤上几个钟头。盖兹撞见过他们晚上出门，这个冲桥士官肯定有所怀疑。他要怀疑就怀疑吧。

第四冲桥队今天出了一趟任务。所幸，他们到得比仆族智者早，所有冲桥队都没损失。阿勒斯卡正规军就没那么好运了。他们的防线最终在仆族智者的冲击下崩溃，冲桥手们最终只得领着一群疲惫而愤怒的败兵开道回营。

因为熬夜榨草的关系，卡拉丁视野模糊。他的胃也因吃不饱饭而叫个不停，因为他把自己的口粮分给两个伤员。马上就不用受这份罪了。药剂师回到柜台后面，卡拉丁上前一步，凑到柜台前。茜尔蹿进屋子，从一条细小的光缎幻化成雾气朦胧的少女。她像个杂技演员般凌空旋体，流畅地落到桌台上。

"你需要什么？"药剂师问，"还要绷带？好吧，我刚好——"

卡拉丁把一只中等大小的瓶子拍到桌上，打断了他的话头。瓶口有条裂缝，但依旧能安上木塞。他拔出塞子，让药剂师看见里面乳白色的陀灵草汁。榨出的第一批汁液已被他用来治疗雷滕、达彼德和胡勃了。

"这是什么？"老态龙钟的药剂师推了推眼镜，俯身问，"请我喝的？到了这把岁数，我已经不碰这种东西了，胃受不了，你明白。"

"那不是喝的，是陀灵草汁。你说这东西价值不菲，好吧，你愿意出多少价？"

药剂师眨眨眼，凑得更近一些，嗅了嗅味道："你从哪里搞来的？"

"我采集了营外的芦草。"

药剂师脸色一沉，耸耸肩："恐怕不值钱。"

"什么？"

"野生芦草药效不够。"药剂师重新塞上软木。一股强风撞上木屋，从门下的缝隙涌入，空气中顿时充斥着他售卖的各类药粉药剂的气味。"这东西派不上用场，我可以出两个清马克，算大方了。我得蒸馏提炼，运气好的话能整出一两勺。"

两个马克！卡拉丁万念俱灰地想，三个人拼命忙活了三天，每天只睡几个钟头，就换来这点？才抵得上一个冲桥手几天的收入？

不对。这些乳汁对雷滕的伤口起了效，赶跑了腐灵，使感染消退。卡拉丁眯起眼，看着药剂师从钱兜里摸出两个马克放到桌上。这两颗润石有一端略微磨平，以防滚脱，很多润石都经过这种处理。

"这样吧，"药剂师摸摸下巴，"我出三马克。"他又摸出一枚润石，

"看你们白忙活，我也不好受。"

"卡拉丁，"茜尔端详着药剂师的神情，"他神色慌张，我想他在撒谎！"

"我知道。"卡拉丁说。

"什么意思？"药剂师道，"好吧，既然你知道这东西不值钱，干吗还花大力气去搞？"他伸手取瓶子。

卡拉丁一把抓住他的手。"每根芦秆只能榨出两三滴，你知道。"

药剂师眉头一拧。

"上一次，"卡拉丁说，"你告诉我，每根芦秆能榨出一滴就算运气。你说这是草汁如此金贵的原因，也压根儿没提'野生'陀灵草药效差。"

"噢，我没想到你真会去弄，而且……"见卡拉丁死盯着他，他把到嘴边的话咽了下去。

"军方不知道，对不对？"卡拉丁问，"他们不知道营外那些植物有多值钱。你把它们采来、榨汁，卖天价，**因为军队需要大量消毒剂。**"

老药剂师咒骂几句，抽回手："我不知道你在说啥。"

卡拉丁抢回药瓶："要是我到医护帐篷去，告诉他们这些药剂的来路呢？"

"他们会把药抢走的！"他急切地说，"别犯傻，你有奴隶的烙印，孩子。他们会以为是你偷来的。"

卡拉丁转身欲走。

"我出一个天马克，"药剂师道，"这是我向军队要价的一半。"

卡拉丁转过身："你把用几天时间就能搞到的东西卖两个天马克？"

"不光是我，"药剂师气鼓鼓地说，"所有药剂师都开这个价。我们会一起商量，定个公平市价。"

"那算什么公平市价？"

"我们总得过日子，就在这片全能之主遗弃的平原上！开店要花不少钱，我们得生活，得请守卫。"

他在兜里摸了一阵，掏出一枚散发出深蓝色光泽的润石。一个蓝宝石润石的价值是钻石润石的二十五倍。卡拉丁一天能挣一个钻石马克，所以一个天马克相当于他半个月的收入。当然，普通暗眼种士兵一天能挣五个清马克，一个天马克是一周的饷钱。

过去，这么点钱对卡拉丁来说不算什么，可现在称得上一笔不小的财富。但他还是有点儿拿不定主意："我应该揭发你，很多人因你而死。"

"不，不是因为我。"药剂师道，"跟轩亲王在高地上得来的宝贝相比，这点儿钱根本不算什么，他们需要时自会到我们这里来买。如果你把这事捅出去，只能让撒迪亚斯那禽兽的荷包更鼓！"

药剂师直冒冷汗。卡拉丁正威胁要毁掉他在破碎平原的一切生意。他靠这种草汁大赚了一笔，为守住秘密，有的人不惜杀人灭口。

"你不赚，就白白便宜了那些光明贵人，"卡拉丁说，"没错，你说的确实有理。"他把瓶子放回柜台上，"成交，但你要再给一些绷带。"

"很好，"药剂师松了口气，"但请你别碰那些芦草了。营地附近居然还有剩，我很吃惊。我的采药人这些天的日子越来越不好过。"

*因为他们没有风灵指路。*卡拉丁心想。"既然如此，何不让我干？我可以帮你搞到更多药剂。"

"话是没错，"药剂师道，"可——"

"因为你自己采集成本更低。"卡拉丁凑上前，"让我来，你就能撇清干系。我为你供货，每瓶收一个天马克。如果光眼种发现药剂师的所作所为，你可以推得一干二净——你只是从某个冲桥手那里进货，加上合理的差价转手。"

老者似乎动心了："好吧，关于你究竟是如何采集的，我也许不该问太多。那是你的事，年轻人，完全是你自己的事……"他拖着脚挪进里屋，取回一盒绷带。卡拉丁接过盒子，一语不发地离开了药店。

"你不担心吗？"茜尔悬在他耳边，跟他来到正午的阳光下，"如果盖兹发觉你在干什么，你会有麻烦的。"

"他们还能把我怎样？"卡拉丁说，"值得为这点罪过吊死我吗？不太现实。"

茜尔回头看看，化作一团保留着些许女性体态的云雾："我不知道你的做法算不算欺骗。"

"这不是欺骗，只是生意。"他苦笑道，"瓜谷也是这么卖的。农民把它们种出来，以很低的价格卖给收购商，收购商把谷子运到城里，卖给其他商人，那些商人再以比最初高了三四倍的价格卖给顾客。"

"那你为什么困扰？"茜尔问。她皱皱眉，避开一群士兵，有个士兵把帕拉果核扔向卡拉丁的脑袋，引来一片哄笑。

卡拉丁揉揉太阳穴："因为父亲的缘故，我还是对治伤收钱的做法有些顾虑，我知道这很奇怪。"

"听起来他很慷慨。"

"是啊，还真是好人有好报。"

当然，就某种意义而言，卡拉丁和他父亲一样蠢。在奴隶生涯早期，为获得眼下这样无人看管的活动机会，他几乎愿付出一切。军营的地界有人把守，可如果他能把陀灵草偷运进来，也许同样有办法溜出去。

有了这颗蓝宝石马克，甚至逃生的花销也不缺。不错，他是有奴隶烙印，但只需一把小刀、忍一下疼，就能很快把它变成"打仗留下的疤痕"。他的谈吐和身手都像士兵，所以别人不会起疑。他会被视为逃兵，但他接受这种身份。

之前几个月，这一直是他的计划，只是苦于没有盘缠。想要远走高飞、到通缉令传不到的地方，需要钱；要在某座城镇的贫民区里找个住所、在某个不会遭人盘问的地方安顿下来，养好自戕的伤口，也需要钱。

此外，他身边总有其他人，所以他一次又一次留下，试图尽可能救出更多的人，但每次都落得失败的下场。现在，他又要重复这一切。

"卡拉丁？"茜尔在他肩头问，"你的表情很沉重，在想什么呢？"

"我在犹豫该不该逃走。逃出这片飓风诅咒的营地，寻找新生活。"

茜尔陷入沉默。"这里的日子很艰难，"她最终开口，"如果你这么做，也许没人会责怪你。"

石头会，他想，*还有泰夫特*。他们都为那瓶陀灵草汁出了力，他们不知道那有多值钱，以为只是用来治伤的。如果他跑了，就是对两人的背叛，对所有冲桥手的背叛。

别傻了，呆子，卡拉丁在心里对自己说，*你救不了那些冲桥手，就像救不了提安一样。赶紧逃跑吧*。

"然后呢？"他喃喃自语。

茜尔扭过身来问他："什么然后？"

如果他逃走，又能换来什么？在某个破败糜烂的城市里某个肮脏的角落，为填饱肚子干一辈子杂活？不。

他不能抛下他们。跟过去一样，任何他觉得自己能够帮助的人，他都无法抛下不管。他必须保护他们，*必须这么做*。

为了提安，也为了不让自己发疯。

"下沟。"盖兹说着,扭头唾了一口。痰液黑糊糊的,他在嚼崖麻草。

"什么?"卡拉丁卖完陀灵草汁回到营房,发现盖兹更改了第四冲桥队的任务分配。今天不用值班,因为昨天值过了。他们本该去撒迪亚斯的铁匠铺帮忙,扛扛铁锭、搬搬东西。

这听起来是个苦差事,可实际上算是冲桥手最轻松的工作之一。铁匠也许用不着额外的帮手,或是觉得笨手笨脚的冲桥手只会碍事。去铁匠铺帮忙,一般只消干二三小时活,剩下的时间可以随便打发。

盖兹和卡拉丁一同站在午后依旧强烈的阳光下。"你瞧,"盖兹说,"那天你给了我一些启发。没人会抱怨第四队在工作分配中吃点亏。大家都讨厌下沟,我想你们无所谓。"

"他们给了你多少钱?"卡拉丁逼上前问。

"风操的,闭嘴,"盖兹又唾了一口,"大伙儿都看你们不顺眼,让他们看到你们为自己的行为付出代价,这对你的手下是好事。"

"因为我们救人?"

盖兹耸耸肩:"人人都知道,你把那几个人带回来破了规矩。如果大家都这样,不等背风期结束,每座营房都会挤满有上气没下气的人。"

"他们是人,盖兹。如果营房没有'挤满伤员',那是因为他们被我们丢在外头等死。"

"到了这里一样得死。"

"我们走着瞧。"

盖兹看着他,两眼眯成缝。他似乎在怀疑,让卡拉丁干搬石头的活儿是中了什么圈套。早些时候,盖兹显然到悬崖边查探过,可能想弄清卡拉丁和另两个冲桥手究竟在干什么。

该下诅咒之地的。卡拉丁心想。他原以为恐吓盖兹足以令其老实。

"我们会去。"卡拉丁一声断喝,扭头就走,"但这一次,我不会替你背黑锅。我手下的人会知道是你干的。"

"行。"盖兹在他身后大喊,随后低声自语,"没准儿运气好,你会叫深渊恶魔给吞了。"

♛

下沟。大部分冲桥手宁可搬一整天石头也不想下到谷底。

卡拉丁背上绑了支浸油的火把——还没点燃——顺着晃晃悠悠的绳梯往下爬。此处的深渊较浅,只有五十尺深,但足以让他进入另一个世界。在这个世界,唯一的自然照明是头顶的一线天光;在这个世界,哪怕最炎热的时节也充满潮气。这是一片被苔藓、霉菌和能在昏暗的环境中生存的植物淹没的世界。

深渊的底部更宽,也许是飓风的造化之功。暴雨会在崖底掀起巨浪洪流,飓风发作时待在下头就是死。谷底凝结着一层硬化的飓砂,使地面不那么坑洼,但掩盖不了下方岩层因冲刷腐蚀所形成的高低起伏。有些地方,从崖底到高地的落差只有四十尺左右,但有些地方将近上百尺。

卡拉丁在离地几尺的高度跳下绳梯,落在一洼雨水中,溅起一片水花。他点起火把举高,顺着昏暗阴湿的岩壁向前张望。两侧布满黏糊糊的墨绿色苔藓,几株叫不上名字的藤蔓从上方崖壁的突起处悬落。骨片、木屑和碎布头散落各处,或是嵌在岩缝里。

有人在他身后着地,激起一片水声。泰夫特骂骂咧咧地走出那片大水塘,低头看看浸湿的小腿和裤子。"飓风吹死盖兹那条飓虫,"上了年纪的冲桥手嘀咕着,"明明没轮到我们,却差到沟底干这种活,我要拧下他的脑袋。"

"我相信他一定怕死你了。"石头走下绳梯,在一片干燥的地方落脚,"大概正在营地里怕得大叫。"

"吃风去。"泰夫特抬起左脚甩了甩水。两人也背着未燃的火把。卡拉丁刚才用火石和铁片点燃了自己的那支,但他们没有。火把必须省着用。

第四冲桥队的其余成员陆续在绳梯底下集合,聚成小组。每四人点一支火把,但火光无法为阴暗的崖底带来多少光明。卡拉丁看到了更多奇诡的地貌:岩缝里生长着管状的怪异菌落,呈淡黄色,就像生了黄疸的儿童的皮肤。飓虫一溜烟躲到火把找不到的地方。这些微小的甲壳生物有半透明的红色躯体;一只飓虫在岩壁上爬过,卡拉丁看到了它外壳下的脏器。

火光还照出了支离破碎、崎岖不平的崖底地貌,但可视距离并不远。卡拉丁高举火把,向前走。才几步路,空气中就传来一股恶臭。他下意识地抬手捂住口鼻,蹲了下去。

那是另一队里的冲桥手,或者说,曾经的冲桥手。他应该没死多久,如果尸体在底下放上几天,就会被飓风带来的暴雨冲到某个遥远的地方。第四冲桥队聚在卡拉丁身后,默默看着那个投崖自尽的人。

"倒下的兄弟,愿你在宁静园找到荣誉的归宿。"卡拉丁的话语声在逼仄的崖壁间回响,"也祝愿我们能获得比你更好的结局。"他起身举高火把,带头从尸体旁走过,队员们神情凝重地尾随在后。那人静静地躺在崖底,就像死去的哨兵。

卡拉丁迅速弄清了在破碎平原作战的基本战术。战斗的主旨是强行推进,将敌军逼到高地边缘。所以战斗对阿勒斯卡军来说往往十分血腥,他们通常比仆族智者晚到一步。

阿勒斯卡人有驾桥技术,而那些栖居在东部的仆族变种可以借助助跑跃过大部分深渊。但如果被挤向崖边,双方都会陷入困境,士兵往往会无法立足、跌落崖底。以这种方式战死的士兵很多,多到有必要去回收武器装备，所以军方会安排冲桥手下沟。这就像是盗墓，只是底下并非古坟。

他们要扛着麻袋，在崖底游走数小时，寻找坠崖者的尸体，搜寻一切有价值的物件：润石、胸甲、头盔、武器。有时，如果最近刚发生一场高地战斗，他们会设法直接前往战场附近，搜刮死人的什物。但飓风往往令这种尝试徒劳无获，哪怕只隔几天，尸体也会被冲到别的地方。

何况，崖底是座难辨方向的迷宫，在有限的时间内前往某块特定的高地并返回，几乎是不可能的任务。总结经验后，阿勒斯卡人认为，等飓风将尸体冲到阿勒斯卡的控制范围——毕竟飓风总是从东向西——再派冲桥手去搜寻是比较明智的办法。

那意味着冲桥手们有很多时间是在漫无目的地瞎逛。但经过这么多年的战斗，崖底积攒了足够的尸体，找到个把采集点并不难。分到这活的冲桥队必须上交一定数量的物品，否则会被扣掉一周的收入。要求的量并不过分，足以让冲桥手忙活起来，但不至于强迫他们拼死拼活——和冲桥手的大部分工作一样，让他们有事可做本身也是派活的一大目标。

他们顺着第一条深渊的崖底往前走，不少人取下麻袋，把沿途捡到的物品塞进去。这儿一顶头盔、那儿一块盾牌。他们睁大了眼睛搜寻润石，一颗贵重的润石能给全队带来一小笔赏钱。当然，他们不得将自己的润石或物品带下沟，回营时，还会被从头到脚搜个遍，不会放过任何能藏润石的地方。这份屈辱感是冲桥手们如此厌恶下沟的原因之一。

还有另外的原因。走了一阵后，崖底逐渐开阔起来，达到约十五尺宽。在这里的崖壁上，苔藓被某种锐物划过，留下一道道抓痕，连岩石也被抓破。冲桥手们设法不去看那些抓痕。深渊恶魔偶尔会在这些通道里出没，搜寻腐肉或适合化蛹的高地。碰上它们的概率不大，但并非不可能。

"克勒克啊,我讨厌这地方。"泰夫特在卡拉丁身旁边走边说,"听说有一回,一整支冲桥队被一头深渊恶魔给吞了。它把冲桥手逼进死胡同,然后坐下,他们想从它身边逃跑,结果被一个接一个抓起来,一口一个吃了。"

石头忍不住大笑:"如果他们都给吃了,谁跑回来说这段故事的?"

泰夫特摸摸下巴:"我搞不清,他们大概都没回来。"

"他们也许是逃跑了。逃兵。"

"不,"泰夫特说,"没有梯子出不了沟。"他抬起头,仰望七十尺高、弯弯曲曲的狭缝透进的蓝色天光。

卡拉丁也抬起头。蓝天仿佛遥不可及,就像宁静园的光芒。就算能找到落差较小的位置爬上去,也会被困在高地上,无法穿过深渊。如果那地方离阿勒斯卡军的控制区域较近,你通过固定式桥梁时会被斥候发现。你可以试着往东走,朝那个方向,高地变得越来越小,最终化成一丛丛尖塔。但这段路程需要几周时间,还要熬过好几场飓风。

"石头,你有没有在下雨时被困在峡谷里的经历?"泰夫特大概和卡拉丁想的一样。

"没。"石头答道,"我们群峰之巅没那种东西,只有笨人选择的栖息地才有。"

"可你就住这儿。"卡拉丁指出。

"所以我是笨蛋。"大块头的吃角族人发出一声轻笑,"你们难道没发现吗?"过去两天的经历使他脱胎换骨,变得更可亲、更喜欢交流,卡拉丁认为他找回了一部分原来的性格。

"我还没说完呢,"泰夫特道,"对于这种峡谷深沟,你们猜猜,如果在飓风大作时被困在谷底会怎样?"

"我猜会发大水。"石头说。

"会发大水,而且水流会寻找一切出路。"泰夫特说,"叠成巨浪,在这片密闭的空间里横冲直撞,冲力足以卷走巨石。实际上,在沟底下,一场普通的降雨就跟飓风一样可怕。如果飓风……好吧,这里可能会变成全柔刹最糟糕的地方。"

石头听得眉头拧起,抬头望天:"那么,最好别在起飓风时待在底下。"

"没错。"泰夫特说。

"不过,泰夫特,"石头补充,"你可以趁机洗个澡,你很有必要洗洗。"

"喂,"泰夫特抱怨,"你是在说我身上的味儿吗?"

"不,"石头说,"是说我躲不掉的味儿。有时候,我觉得被仆族智者一箭射穿眼窝也好过在夜里闻一窝冲桥手的味道!"

泰夫特笑了笑:"如果你说的不是真话,我倒是要生气。"他嗅了嗅崖底潮湿、充满霉味的空气,"这地方也好不到哪儿去,比吃角族人冬天穿的靴子还难闻。"他顿了顿,"哦,别生气,那只是个人愚见。"

卡拉丁笑了,回头一望。三十来个冲桥手如行尸走肉般跟在后头。有几个似乎在偷偷摸摸往前凑,仿佛想听听三人在聊些什么,又不想被发现。

"泰夫特,"卡拉丁道,"'比吃角族人的靴子更难闻'?以宁静园起誓,他听了这话怎么可能不生气?"

"只是一说而已,"泰夫特没好气地说,"没过脑子。"

"哎哟,"石头从岩壁上扯下一把苔藓,边走边端详,"你这是侮辱,如果我们是在群峰之巅,就得用'阿里尔提齐'的传统方式来斗个输赢。"

"什么玩意儿?"泰夫特问,"用矛吗?"

石头笑了,"不不。我们群峰之巅的人不像你们这些山下人那么野蛮。"

"那是怎么个比法?"卡拉丁也很好奇。

"那个嘛,"石头扔掉苔藓,拍去手上泥灰,"要喝很多土啤,还要拼命唱歌。"

"这算哪门子决斗?"

"喝到不能唱就输了,坚持到最后的是赢家。然后呢,参加比试的每个人很快都会醉得忘记为什么吵架。"

泰夫特笑着说:"这好过用餐刀打架。"

"那得看情况。"卡拉丁说。

"看什么情况?"泰夫特问。

"看你是不是卖刀子的。嗯?杜内?"

另两人扭头一看,发现杜内已经来到不远处旁听。那个瘦削的小伙子吓得跳了起来,两颊一红:"呃——我——"

石头被卡拉丁的评论逗得开怀一笑。"杜内,"他对年轻人说,"怪名字。有什么意思吗?"

"意思?"杜内反问,"我不知道。名字不一定要有意思。"

石头摇摇头,不太高兴:"低地人。如果名字没有含义,你怎么知道自己是谁?"

"那你的名字有具体含义?"泰夫特问,"奴……马……奴……"

"'奴姆乎库马基雅吉亚伊阿鲁纳摩',"石头说,吃角族母语毫不费力地在他唇边流淌,"这名字是指一块非常特别的石头,是父亲在我出生前一天找到的。"

"你的名字是一句完整的句子?"杜内问,说话还有些胆怯,似乎不能确定是否被这个小团体接纳。

"是一首诗。"石头说,"在群峰之巅,每个人的名字都是一首诗。"

"当真?"泰夫特挠着头说,"那到饭点时,一家子喊来喊去,准有点儿大合唱的意思。"

石头笑道:"不错,不错,所以吵架也很有意思。通常,群峰之巅最好的骂人话都是诗歌,其句式和格律都近似辱骂对象的名字。"

"克勒克啊,"泰夫特喃喃道,"听起来够麻烦的。"

"也许,这就是大部分争吵都以喝酒作结的原因。"石头说。

杜内腼腆地笑笑:"你个胖小丑,臭得像猪头,跑到月色下,跳进烂泥沟。"

石头爆发出一阵狂笑,豪放的笑声在岩壁间回响。"好,好,"他瞪大眼睛说,"简单,但是好诗。"

"简直像首歌啊,杜内。"卡拉丁说。

"我也没细细推敲,随口哼的。可以配《玛丽两相好》的曲子,节奏就像样了。"

"你会唱曲儿?"石头问,"我一定要听听。"

"可是——"杜内说。

"唱!"石头指着他不容分说地下令。

杜内抱怨了几句,但还是唱了。那是一首卡拉丁不熟悉的曲子,讲述了一则滑稽故事,关于一名女性和被她误认为是同一个人的双胞胎兄弟之间的韵事。杜内拥有男高音的纯净嗓子,唱歌似乎比说话更为自信。

他的唱功很不错。进入第二节后,石头开始用低沉的嗓音哼唱,为他和声。吃角族人的歌唱造诣显然很深。卡拉丁回头看了看其余冲桥手,希望能拉来更多人一起聊天歌唱。他冲斯卡笑笑,但只换来一脸怒容。莫阿什和黑皮肤的亚泽尔人西格吉尔甚至看都没看他,只顾低头盯着脚面。

曲终,泰夫特由衷地鼓掌:"比我在很多酒馆听过的都强。"

"能遇见会唱歌的低地人,真好。"石头一边说,一边俯身捡起一顶头盔,塞进麻袋。一路走来,这条深渊似乎没有太多可回收的物品。"我本来以为,你们都和我父亲的斧狐犬一样,对音律一窍不通,哈！"

杜内脸一红，但脚步似乎迈得更自信了。

他们继续前进，不时经过转角或岩壁的豁口，那些地方在水流冲积下堆积了大量可回收的物品。到了这种地方，他们的工作变得更令人作呕，常要捂着鼻子、忍着恶臭，拖出一具具尸体、搬开一堆堆骨头，才能拿到想要的东西。卡拉丁叫他们先别动那些臭得厉害或腐烂的尸体，腐灵喜欢聚集在那种尸体周围。如果随后收集不到足够的物件，他们可以回程时再取。

到每个岔口或岔路，卡拉丁都会用一块白垩板在岩壁上画下白色标记。这是队长的职责，他干得一丝不苟。他不能让手下队员在这些岩缝里迷了路。

他们边走边干，卡拉丁让对话一直持续。他和另外三人谈笑风生——他强迫自己笑，虽然感到自己笑得很空洞，但别人似乎没察觉。或许他们也能感受到，可就算是强颜欢笑也好过笼罩在大部分冲桥手身上的那种自闭而阴郁的沉默。他们不想回到过去。

没过多久，杜内也和泰夫特、石头有说有笑，羞涩感渐渐消散。另有几人落在他们身后不远处——幺克、图人等人——就像被营火的光明和温暖吸引的野兽。卡拉丁试图邀他们加入对话，但没有成功，最终随他们去了。

终于，他们找到一片横陈着大量新鲜尸体的地方。卡拉丁不清楚究竟是什么样的水流构成的合力造就了这片尸陀林——这里看起来和其他沟堑没什么两样，也许稍微窄一点。有时，他们故地重游，会在以前空无一物的地方找到几十具尸体，而原先的富集点却空空如也。

看起来，尸体会在飓风注入的洪水中漂游，当积水渐渐消退，他们便堆积在一起。这地方没有仆族智者的尸体，而且都残缺不全，要么是坠崖时摔烂的，要么是被洪水冲烂的，缺胳膊少腿屡见不鲜。

湿润的空气中透出一股血腥和脏器的味道。卡拉丁举高火把，同伴们纷纷陷入沉默。阴冷的寒气使尸体不至于迅速腐烂，但潮湿又在一定程度上加快了腐烂的速度。尸体的手已被飓虫啃破了尸体受伤的皮肤，挖掉了他们的眼珠，不用多久，胃部也会胀气凸起。一些微小的红色半透明腐灵在尸体上游来游去。

茜尔飘落到他肩头，发出几声嫌恶的嘤咛。和往常一样，她没有为自己突然消失做出解释。

众人知道该怎么做。就算有腐灵，这地方也实在太丰硕，不能视而不见。他们开始干活，将尸体排成一线以便搜找。卡拉丁一边捡拾尸堆旁的地面上散落的小物件，一边挥手招呼石头和泰夫特来帮忙。

"这些尸体穿的衣服是轩亲王的配色。"石头注意到卡拉丁捡起的一顶被敲出凹坑的钢盔。

"我敢打赌，他们是在几天前那场战斗中死的，"卡拉丁说，"撒迪亚斯的部队那回吃了大亏。"

"是光明贵人撒迪亚斯，"杜内刚开口，就尴尬地缩起脑袋，"对不起，我不是要挑你的错。过去我也总忘记加上尊称，主人听见一次打一次。"

"主人？"泰夫特捡起一把长矛，抹去矛杆上的苔藓。

"我曾是学徒，以前做过……"才说半句，他戛然而止，扭头看向别处。

泰夫特说得没错，冲桥手不喜欢谈论过去。不管怎么说，杜内也许做得对。如果有人听见卡拉丁省掉光眼种的敬称，卡拉丁会挨罚。

卡拉丁把头盔塞进麻袋，将火把卡在两块苔藓遍布的大石间，开始帮其他人搬运和摆放尸体。他没有搭话聊天。死者应当得到尊敬——如果搜刮遗体也能聊表敬意的话。

冲桥手们剥下他们的盔甲。弓箭手穿的是皮背心，步兵穿的是钢制胸甲。这批尸体中有一个衣着华丽的光眼种，盔甲更加光鲜。有时，军队会专派一支小分队来回收坠崖的光眼种的尸体，好让塑魂者将尸体变成雕像，没什么钱的暗眼种则被火化。但大部分掉落崖底的士兵都没人管；营地里的人说崖底是神圣的墓场，但真相是回收尸体的工作回报太少，又过于危险。

无论如何，在这里看到无人问津的光眼种尸体，说明其家族并不富有，或没人有兴趣派人来收尸。他的面容毁得无法辨识，但阶级章表明他是个七等光民。应该没有土地，是某个更有权势的军官的随从。

收好光眼种的盔甲后，他们将整排尸体所佩的短刀和靴子挨个取下——靴子总是抢手货。他们没动死者的衣衫，但卸走了腰带，还割下很多纽扣。众人忙活时，卡拉丁让泰夫特和石头去周围转转，看看附近有没有其他尸体。

待盔甲、兵器和靴子都分门别类堆好后，最恶心的部分开始了：在口袋和兜里搜索润石和珠宝。这堆东西体积最小，但价值最高。这回他们没找到布罗姆，意味着没法分到那少得可怜的奖赏了。

众人进行这项令人作呕的工作时，卡拉丁发现附近一块水塘里冒出一截矛尾，那是一开始扫荡时的漏网之鱼。

他心不在焉地拔出长矛，抖了抖水，走向集中摆放兵器的地方。来到那堆兵器边上，他单手提矛，忽然不想放手，一任冰凉的水滴顺着矛杆往下淌，指腹摩挲着光滑的木头。依手感、平衡感和抛光度来看，他知道这是把好矛。制作精良，结实耐用，保养也很好。

他闭上眼，回想孩提时手持木棍的日子。

图克斯数年前说的话又涌上心头，那是个艳阳高照的夏日，是他加入亚马兰军后第一次拿起武器的日子。首先要懂得关怀。图克斯的话语犹在耳畔，有人说战场上必须冷血无情。好吧，想保住脑袋，这的确重要，可我讨厌不带感情地杀人。我见过那些懂得去关怀的人，比起冷酷无情的人，他们战斗得更英勇、更持久，也更出色。这是佣兵和真正的士兵之间的区别，这是为保护家园而战和在异国土地上战斗的区别。

战斗时记住关怀是好事，只要别为此丢掉性命。别试图麻木感知，到头来你会憎恨自己变成的模样。

长矛在卡拉丁手中颤抖，仿佛在央求他挥击、旋动、以矛起舞。

"你这是要干啥，大贵人？"有人说，"拿这矛捅自己肚子吗？"

卡拉丁一抬头，看着说话的人。莫阿什——他仍是卡拉丁身边最大的刺头之一——站在那排尸体旁。他从哪儿听来"大贵人"这称呼的？是不是和盖兹谈过什么？

"他自称是个逃兵，"莫阿什对在他旁边干活的纳姆说，"自称在军队里也是号人物，好像是小队长什么的。可盖兹说那都是自吹自擂的蠢话。如果他真会打仗，就不会被发配到冲桥队来。"

卡拉丁垂下握矛的手。

莫阿什嗤笑一声，回头继续干活。但其他人开始看着他。"你瞧他，"西格吉尔说，"哟，冲桥队长！你以为自己真有那么了不起？比我们都强？成天装模作样，把我们当成你的私人部队，你以为自己能改变什么？"

"别惹他，"德雷赫从西格吉尔身边走过，用肩膀顶了他一下，"至少他尽了力。"

"断耳"亚克斯不屑一顾地哼了一声，从死人脚上扯下一双靴子。"他只想让自己显得高人一等。就算他真当过兵，我敢打赌，他也就是成天刷锅的命。"

看来有些事能让冲桥手跳出沉默麻木的状态：对卡拉丁的憎恶。其他人也相继开口，言辞刻薄。

"……我们会到这鬼地方都是他的错……"

"……难得能轻松下，他倒好，让我们忙得没个人样，就为了逞逞能……"

"……打发我们去扛石头，显得他能随便差遣人……"

"……我打赌他这辈子没摸过矛。"

卡拉丁闭上眼，聆听他们的冷言冷语，手指不停摩擦着木柄。

这辈子没摸过矛。如果他当初没有捡起那把矛，也许一切都不会发生。

他感受着木头光滑的质感，在雨水滋润下，木柄表面是如此润泽。回忆涌上脑海。用训练来让自己遗忘，用训练来滋养复仇的决心，用训练来领会和把握所发生的一切。

他的大脑一片空白，他不假思索地将矛柄夹在腋下，矛尾上翘、矛尖下沉，摆出防御姿态。水滴从矛尾缓缓淌下，浸湿了他的背脊。

莫阿什的下一句刻薄话说到一半，停住了。唧喳不休的冲桥手们突然鸦雀无声，崖底安静下来。

卡拉丁似乎置身别处。

他耳边是图克斯的叱喝。

他耳边是提安的欢笑。

他听见母亲聪慧谐趣地调侃自己。

他在战场上，周围全是敌人，但战友在身旁环成一圈。

他听着父亲略带尖酸的评价：长矛只能用来杀戮，杀戮不能保护任何人。

他孑孑独立于幽深的谷底，手握一把死人的长矛，指节扣紧湿润的木柄，某个遥远的地方传来细微的滴水声。

他把矛头向上一弹，换成攻击套路，周身涌起力量，身体自发地运动起来，舞出他练过千百次的套路。长矛在指间舞动，得心应手，仿佛是躯体的延伸。他与矛共舞，旋展腾挪，绕颈、环臂、连刺带扫。虽然好几个月没摸过兵器，但肌肉知道该怎么做。**长矛本身知道该怎么做。**

压力消融、沮丧退散，哪怕在如此剧烈的运动下，身体的反应也是充实而非疲倦。这份熟悉、这份愉悦，这是长矛存在的意义。

别人一直说卡拉丁的武艺独一无二。第一次拿起木棍时，他就能感受到这点，并在图克斯的帮助和指导下进一步雕琢提高。**卡拉丁战斗时懂得关怀**，他从不冷漠、麻木。他为保护部下的性命而战。

和他同批的新兵中，他学得最快。如何握矛、如何突刺，他几乎无师自通，使得图克斯大为震惊。为什么要吃惊呢？你不会因为一个孩子知道如何呼吸而吃惊，你不会因为飞鳗的第一次翱翔而吃惊。当你给了"飓风恩护者"卡拉丁一把矛，他便知道如何使用，你不应该吃惊。

卡拉丁完成了套路的最后几个动作。他忘了深渊、忘了冲桥手、忘了疲惫。那一刻，天地悠悠，唯其一人，只有清风为伴。风儿嬉笑着，与他戏斗良久。

他利落地收矛归位，矛头朝下，矛杆夹在腋下，矛尾上扬，手握在矛杆四分之一处。他不断深呼吸，浑身微微发抖。

噢，这种感觉是多么令人怀念。

他睁开眼，火把噼啪作响，照亮了一群目瞪口呆的冲桥手，他们站在潮湿的石谷中，湿漉漉的石壁反射着火光。莫阿什哑然失声，张大嘴瞪着卡拉丁，一把润石从指间滑落，"扑通扑通"地沉到他脚边的水洼里，使水面泛起白光，可没人察觉。他们全都瞪着卡拉丁，后者依然保持着战斗姿态，扎着马步，汗水顺着脸庞往下滚。

他眨眨眼，意识到自己干了什么。如果他耍矛的事传到盖兹耳中……卡拉丁挺直身子，把矛往武器堆里一抛。"抱歉，"他向长矛低声致歉，也不知为何要这么做。随后，他提高嗓门："继续工作！我可不想天黑了还留在这鬼地方。"

冲桥手们一个激灵，纷纷行动起来。他看见了在狭缝远处的石头和泰夫特。他们有没有瞧见自己耍大枪？卡拉丁涨红了脸，快步向他们走去。茜尔落在他肩头,一语不发。

"卡拉丁,"泰夫特崇敬有加地说,"小伙子,那可真是——"

"都是花架子,"卡拉丁说,"只是一个套路。用来锻炼肌肉,练习基本的戳、刺和扫,中看不中用的东西。"

"但——"

"不,说真的,"卡拉丁道,"在战斗中像我刚才那样,让长矛绕着脖子转,这可能吗?只要一个心跳的工夫就会被开肠破肚。"

"小伙子,"泰夫特道,"我见过别人耍套路,没人能耍成你那样。你的动作……速度,那份潇洒……还有灵体绕着你打转,贴着矛尖飞来飞去,发出微光,真好看。"

石头咋舌道:"你看得见?"

"没错,"泰夫特说,"从未见过那样的灵体。去问问其他人吧,我看到有几个人在指指点点。"

卡拉丁瞄了瞄自己的肩头,朝茜尔皱皱眉头。她矜持地坐着,两腿交叉,两手交叠放在膝盖上,小眼神拼命往别处歪。

"那没什么大不了的。"卡拉丁重复道。

"不,"石头说,"那绝对不简单。也许你应该去挑战碎瑛武士,你能当光明贵人!"

"我不想当光明贵人。"卡拉丁断然驳斥,自己都没想到会这么粗鲁,把另两人吓了一跳。"何况,"他把视线从他们身上挪开,补充道,"我试过一次。杜内呢?"

"等等,"泰夫特说,"你——"

"杜内在哪儿?"卡拉丁坚决地、一字一顿地问。飓风之父,我得管住自己的嘴。

泰夫特和石头你看看我、我看看你,接着泰夫特抬手一指:"我们在弯角处找到一些仆族智者的死尸,我想应该让你知道。"

"仆族智者……"卡拉丁道,"我们去看看。也许能找到些好东西。"他从未搜刮过仆族智者的尸体，他们掉崖的数量比阿勒斯卡人少。

"不错，"石头举着点燃的火把在前面领路，"他们的武器，嗯，做工非常好。还有胡子上的宝石。"

"盔甲就更别提了。"卡拉丁说。

石头摇摇头："没盔甲。"

"石头，我见过他们的盔甲，他们总穿在身上。"

"嗯，是的，但我们没法用。"

"我不明白。"卡拉丁说。

"来吧，"石头歪歪头，"看了就知道。"

卡拉丁耸耸肩，随二人绕过弯角，石头挠挠下巴，那里有丛红胡子。"蠢毛啊蠢毛，"他喃喃自语，"你终于又长出来了。男人没像样的胡子算什么男人。"

卡拉丁摸摸自己的胡子。过阵子，他要存钱买把剃刀，除掉这些扎人的玩意儿，不过……还是算了，别的地方更用得上他的润石。

转过弯角后，他们见杜内正拖动仆族智者的尸体，摆成一排。尸体共有四具，看样子是被水流从另一头冲来的。附近还有阿勒斯卡人的尸体，数量更多。

卡拉丁大步向前，招手示意石头把火凑上来，然后蹲下检视其中一具尸体。他们和仆族长得很像，皮肤呈现大理石般的红黑色纹理，齐膝黑裙是唯一的衣裳。有三具蓄了胡子，这在仆族中可不常见，胡须上还系着未经切割的宝石。

如卡拉丁所料，他们穿着浅红色盔甲。胸甲、头盔、护臂和胫甲一应俱全。对于普通的步兵而言，这样的盔甲算得上考究。甲面有些裂痕，可能来自坠落或水流的冲击。但其材质并非金属，是某种染过的木头吗？

"你说他们没有盔甲，"卡拉丁说，"现在有什么话可说？莫是不敢从死人身上扒？"

"不敢？"石头说，"卡拉丁，光明贵人中的贵人、英明神武的冲桥队长、无敌的枪神，也许您可以把盔甲扒下来。"

卡拉丁耸耸肩。在父亲的熏陶下，他对死亡已是司空见惯，虽然抢死人东西的滋味不好受，但他不会皱一下眉头。他在第一具尸体上摸索了一番，找到一把匕首，伸手取下，找起固定肩甲的皮带。

可是没有皮带。卡拉丁眉头一皱，把手探到肩甲底下，试图硬扯，可下面的皮肉也连着被一并扯起。"飓风之父！"他一声惊呼，转而检查头盔。头盔和脑袋连成一体，也有可能是从脑袋里长出来的。"这到底是什么鬼东西？"

"不知道，"石头耸肩，"看来他们能长出盔甲，对吗？"

"荒唐，"卡拉丁说，"他们只是人，人是不会长盔甲的——哪怕仆族也不会。"

"仆族智者会长。"泰夫特说。

卡拉丁和另外两人扭头看他。

"别用这种眼神看我。"那个中年人愠色道，"给整成冲桥手之前，我在军队里待过几年——不，我不会说出具体经过，所以风杀的别问。总之，士兵们谈起过，说仆族智者会长出一层硬壳。"

"我了解仆族，"卡拉丁说，"老家的镇上有几个为城主效力的。他们都不长盔甲。"

"他们和仆族不是同类，"泰夫特依然怒气未消，"他们更高大、更强壮，克勒克在上，他们可以跳过深渊。他们会长壳，别问为什么，事实就是事实。"

这一点无可争辩，于是四人闭上嘴，开始搜集能搜集的东西。许多仆族智者使用重兵器——斧头、锤子，这类武器都得背在身上，就像很多阿勒斯卡士兵背着长矛和弓一样。但他们也找到若干短刀和装饰性的佩剑，依然佩在仆族智者腰际，并没有出鞘。

他们的裙子没有口袋，但腰上系着兜。兜里只有铁片、火石和磨刀石，或其他简陋的器物。于是，他们跪在尸体旁，动手将宝石从胡子上扯下来。那些宝石都打了孔，以便穿系，且注入了飓光，但光度并不明显，不如适当切割后的宝石。

石头把最后一名仆族智者胡子上的宝石取下。卡拉丁拿起一把短刀，放到杜内的火把下端详其精细的雕工。"这些符号看起来像是古铭文。"他一边说，一边递给泰夫特看。

"古铭文我可认不来，年轻人。"

噢，没错，卡拉丁心想。如果这真是古铭文，也并非他熟悉的那种。不过，古铭文可以画得复杂无比，让其他人难以辨识，除非事先有概念。刀柄的中心部位有一个顶盔贯甲的人物，身上盔甲非常精美，绝对是碎瑛甲。人物的身后刻着某种标志，从后背延展开来，包裹全身，就像一对翅膀。

石头走上前，想看看究竟发现了什么有趣的东西。卡拉丁也向他展示了一下。"我们以为这些仆族智者都是野蛮人，"卡拉丁说，"没有文化可言。他们是从哪儿得来这种小刀的？我发誓，这绝对是某个令使的肖像。不是杰泽雷泽就是纳兰。"

石头耸耸肩。卡拉丁叹了口气，将短刀插回刀鞘，丢进麻袋。四人一同返回原先的地方。队员们已整理好一袋袋鼓鼓囊囊的盔甲、腰带、靴子和球币，每人挂着一把长矛，就像挂着拐杖，准备返回绳梯。他们给卡拉丁留了一把，但他将长矛扔给石头——他对自己不太放心，担心长矛在手，又会忍不住舞一套矛术。

回程一路无事，只不过，随着天色渐沉，任何动静都令众人心惊胆战。卡拉丁又和石头、泰夫特及杜内攀谈起来，还设法让德雷赫和托芬也稍微开了开口。

他们平安无事地抵达第一道深渊，众人大大松了口气。卡拉丁让其他人先上，自己殿后。石头陪他一块儿等。当排在最后的杜内上了绳梯，谷底只剩石头和卡拉丁两人。高大的吃角族人把手放到卡拉丁肩头。

"你干得不错，"石头轻声道，"我想，只要几周时间，这些人就都是你的了。"

卡拉丁摇摇头："我们是冲桥手，石头，我们没有几周时间。如果要花那么久才能赢得他们的心，我们就死得只剩一半了。"

石头皱眉道："这么一想确实不太开心。"

"所以我们必须马上赢得其他人的支持。"

"怎么才能办到？"

卡拉丁抬头望着悬在崖边、随着攀爬者的动作晃个不停的绳梯。一次只能承受四个人，否则就吃不住重量。"搜完身后来找我，咱们去一趟市场。"

"很好，"见"断耳"亚克斯到了崖顶，石头踩上梯子，"去市场干啥？"

"试试我们的秘密武器。"

石头笑起来："什么武器？"

卡拉丁帮他扶稳绳梯，笑道："说实话，就是你。"

两小时后，趁着初升的萨拉斯的紫色月光，石头和卡拉丁再次走向堆木场。太阳刚落，很多冲桥手会马上就寝。

时间不多了。卡拉丁一边想着，一边示意石头将他们带来的东西放到离第四队的营门不远的地方。泰夫特和杜内正等在那儿，已按卡拉丁的指示用石头围成一个小圈，还从堆木场的废料堆里搬了些边角余料来。那些边角料人人都能随便拿，连冲桥手也不例外。有些人会拿大块的边角料削着玩。大个子吃角族人将包裹往泰夫特和杜内身边一放。

卡拉丁取出一块润石照明。石头背来的是一口旧铁锅。虽是二手货,也花了卡拉丁一大笔靠陀灵草辛苦挣来的钱。吃角族人开始将锅里的食材一样样往外摆,卡拉丁则把一部分木头放进石灶。

"杜内,麻烦取些水来。"卡拉丁边说边取出火石。杜内提着水桶跑向蓄雨水的大桶。石头清空铁锅,一小包一小包的食材在地上码得整整齐齐。这些东西又耗去卡拉丁一大笔润石,他只剩一把清齐普了。

他们忙活时,胡勃一瘸一拐地走出营房。他恢复得很快,但另两个伤员的情况依旧不容乐观。

"你们这是干吗,卡拉丁?"胡勃问。

卡拉丁刚好生起火头。他笑着起身:"来,坐。"

胡勃照办了,他依然保持着近乎虔敬的态度,因为卡拉丁救了他的命。如果说和前几天有所不同,唯一的区别就是他的忠诚感愈发强烈了。

杜内提来一桶水,倒进大锅,随后和泰夫特一起跑去继续提水。卡拉丁生好火,石头开始自娱自乐地哼起小调,将切成块状的食材丢进锅里,撒上一些调料。不出半个钟点,他们就有了一圈旺盛的炉火和一锅沸腾的炖菜。

泰夫特坐到一截树墩上,就着炉火暖手:"这是你的秘密武器?"

卡拉丁在这个老男人身旁坐下。"泰夫特,你这辈子是不是见过很多士兵?"

"是见过一些。"

"你有没有见过哪怕一个人,在结束艰辛的一天后,会拒绝温暖的篝火和一碗热汤?"

"好吧,是没有,可冲桥手不是士兵。"

确实。卡拉丁扭头看着营房正门。石头和杜内开始二重唱,泰夫特则就着节奏拍起手来。一些其他冲桥队的队员三三两两地现身,对卡拉丁等人怒目相视。

营房里有晃动的人影,房门打开了,石头煮的炖菜散发出诱人的香味,越来越浓。

来吧,卡拉丁心想,想想你们为什么活着,想想这份温暖,想想美味的食物,想想朋友、歌声,还有篝火旁度过的夜晚。

你们还没死,风操的!如果你们不出来……

卡拉丁突然觉得这一切是如此做作。歌声是强颜欢笑的产物,炖菜是无计可施的手段,一切都只是为暂时忘却被强加于身的悲惨生活。

有人走到门口。那是矮个子斯卡,留着一口络腮胡。他两眼放光,走到火光下,卡拉丁冲他笑笑,这是勉强的笑容,但有时,笑容是你唯一能给予的东西。但愿这足够了。他祈祷着,拿起一口木碗起身,从石头的锅里舀了一碗。

卡拉丁把碗递给斯卡,棕色的汤汁腾起一股热气。"要不要一起来?"卡拉丁问,"请坐。"

斯卡看看他,又低头看看炖菜。他笑了笑,接过木碗,"只要有炖菜,就算和夜妖一起吃我也愿意!"

"留神了,"泰夫特说,"这可是吃角族人做的炖菜,没准儿漂着蜗牛壳或蟹爪。"

"没有的事!"石头吼道,"你们低地人口味低劣,不能品尝那些美味,可惜。但这些菜是照我们亲爱的队长的吩咐做的。"

卡拉丁笑着看斯卡坐下,长吁一口气。其他人也跟在他后头,接过木碗,坐到灶火旁。有些人直愣愣地看着火堆,一言不发;但也有人有说有笑,唱起歌来。盖兹从附近走过,用独眼瞅着他们,似乎在琢磨他们有没有违反营规。他们没有,卡拉丁查过了。

卡拉丁舀了碗炖菜,向盖兹递去。冲桥士官轻蔑地哼了一声,悻悻然走开。

不能指望一夜之间发生太多奇迹。卡拉丁叹了口气。他重新坐下，端起碗品尝。味道很不错。他笑了笑，当杜内唱到下一节时，他也一同唱了起来。

♛

次日早晨，卡拉丁招呼队员们起床，有四分之三的人来营房外列队，只有意见最大的莫阿什、西格吉尔、纳姆等几人没有听命。令人吃惊的是，尽管昨晚一直闹到深夜，但那些服从召唤的人看起来精神头很足。当他命令众人一起练习扛桥时，几乎所有出来列队的人都照办了。

没争取到所有人，但足够了。

他有种感觉，莫阿什等人马上也会入伙。他们都吃了炖菜，没有一个人拒绝。现在，有那么多人和他一起，其他人会觉得不加入的反倒是傻瓜。

接下来，他得尽量保住他们的命，直到这一切产生意义。

28 决定

我所奉献的目标比从前的一切事业都更重要,在这里发生的这场战争,将会撼动天穹的支柱。所以我再次请求你的支持,不要袖手旁观,让灾难吞噬更多生命。我从未求过你任何事,老朋友,现在我恳求你。

阿多林被吓到了。

他站在父亲身旁,两人在场子里。达力拿看起来……很沧桑。一条条鱼尾纹自眼角向后延伸,裸露的皮肤上显出一道道深沟,黑发中夹杂着无数银丝,就像被风雨冲刷得发白的石头。一个穿全套碎瑛甲的人,一个尽管不再年轻、却依然保持着战士体魄的人,怎可能显得如此老态龙钟?

在他们跟前,两头红甲蟹在驾手的引导下,一步步走上木桥。木桥两端架在两堆石头上,离地只有几尺,用来模拟深渊。红甲蟹鞭子般的触须扭动着,下颚磕巴有声,拳头大的黑眼珠转个不停。它们拖着一座巨大的强攻桥,桥下装着几对吱呀作响的木轮。

"这木桥比撒迪亚斯用的桥要宽得多。"达力拿对站在一旁的泰莱布说。

"为了让强攻桥通过，这是必须的，光明贵人。"

达力拿心不在焉地点点头。阿多林怀疑，他是唯一能察觉父亲情绪低落的人。达力拿外表仍保持着平常那种自信的派头，高昂着头，语气坚定。

然而这双眼睛太红肿、太疲惫。阿多林的父亲感到疲惫时，会变得冷漠、缺乏热情。他和泰莱布说话的语气过于克制了。

突然间，达力拿·寇林就成了一个不堪重负的男人。他会走到这一步，阿多林也难辞其咎。

红甲蟹向前爬行，小山般的甲壳上有蓝色和黄色涂装，雷希人驾手坐在壳上，仿佛端坐于岛屿之巅。当尺寸更大的强攻桥压上，下方的木桥发出令人担忧的嘎吱声。操场四周的士兵都转过头来，连在东边的石地里挖粪沟的工人也停下手里活计，起身观望。

嘎吱声越来越大，接着转为刺耳的断裂声。驾手喝停红甲蟹，看着泰莱布。

"看来撑不住，是不是？"阿多林问。

泰莱布叹道："风操的，我还指望……算了。我们加宽了桥身，所以只能减小厚度，否则重得没法扛。"他看了看达力拿，"抱歉浪费了您的时间，光明贵人。您说得对，这是十蠢附体。"

"阿多林，你怎么看？"达力拿问。

阿多林蹙眉道："嗯……我觉得也许可以继续尝试，这毕竟只是第一次试验。泰莱布，也许还有办法，把强攻桥设计得窄一些如何？"

"那成本会非常高，光明贵人。"泰莱布说。

"只要能帮我们多赢一块琼心石，这些付出就能得到数倍回报。"

"是，"泰莱布点点头，"我会和卡拉娜女士谈谈，也许她能设计出新方案。"

"很好。"达力拿说完,盯着那座桥看了许久。接着,不知何故,他转身望向场子另一头,就是工人们挖粪沟的地方。

"父亲?"阿多林问。

"你说,"达力拿道,"为什么没有可让工人使用的、类似碎瑛甲的装置?"

"什么?"

"碎瑛甲能带来非凡的力量,但我们几乎只把它用于战争和杀戮。为什么光辉骑士只制造武器?为什么他们不做一些供普通人使用的生产工具?"

"我不知道,"阿多林说,"也许因为战争是最重要的。"

"或许如此,"达力拿的语气渐渐平静下来,"又或许,这是他们最后的罪孽,他们的信念应当为此受到谴责。他们总是说些冠冕之词,却从不把碎瑛甲交给普通人,也不肯透露其中秘密。"

"我……我不明白这有什么重要,父亲。"

达力拿轻轻摇头:"该去阅兵了。拉登特在吗?"

"在的,光明贵人。"一名矮个男子走上前,这个光头浓须的虔诚者穿着层层叠叠的蓝灰色厚袍,几乎把手都遮住了,仿佛是一只外壳过大的螃蟹。这身打扮看起来热得要死,可他似乎并不介意。

"派传令兵去第五大队,"达力拿告诉他,"我们随后就到。"

"遵命,光明贵人。"

阿多林和达力拿迈开步子。他们决定在阅兵日穿碎瑛甲,这并不稀奇,很多碎瑛武士利用一切能找到的借口把碎瑛甲穿在身上。何况,让手下看到轩亲王和王子强盛的一面总是好事。

离开场子进入营地后,他们一路都是众人焦点。和阿多林一样,达力拿没戴头盔,不过他的护喉又高又厚,就像金属做的高领,一直抵到下巴。他不停地向敬礼的士兵点头致意。

"阿多林,"达力拿说,"你战斗时有没有激越感?"

阿多林浑身一震，他当然马上就明白了父亲的意思，令他大吃一惊地是从父亲嘴里听到这几个字。这不是一个经常被人讨论的话题。"我……呃，当然。谁感觉不到呢？"

达力拿没有答话，最近他十分寡言少语。那是不是痛苦的眼神？**他前阵子的样子**，阿多林心想，自欺欺人但充满自信，其实还更好些。

达力拿没再开口，两人继续在军营中行进。六年了，士兵们完全在这里安了家。营房涂上中队和小队的标志，营房间的空隙被篝火坑、粪坑和帆布荫蔽下的就餐区填得满满当当。阿多林的父亲不禁止这些行为，但设了规矩，以免营纪废弛。

达力拿还批准了大部分家眷前来破碎平原的请求。军官们都得以和妻子团聚。这有其好处，一对能干的光眼种夫妇确是极佳的团队。丈夫指挥和战斗，妻子读书撰文、设计器械、管理营务。阿多林笑了，他想起玛拉莎。她会不会成为他的佳偶良伴和得力助手呢？最近她显得有些冷淡——但他还有丹岚，他才认识丹岚，可已经为她着迷了。

对于暗眼种普通士兵的要求，达力拿同样大开绿灯，甚至还出一半路费。阿多林曾询问这么做的理由，达力拿回答说他觉得没道理禁止。营地后来一直未遭攻击，所以并无危险。阿多林的推测是，父亲觉得自己的营房奢侈得近乎宫殿，所以手下也应享天伦之乐。

现在，孩子们在营地里奔跑嬉戏；女人们晾起衣服、绘制铭守符；男人们磨砺矛尖、给胸甲抛光。营房中做了隔断，形成一个个房间。

"我觉得您做得对，"阿多林边走边说，试图让父亲走出沉沉的心事，"我是说，让这么多战士的家人过来。"

"嗯，可等战争结束，有多少人会离开？"

"这有什么关系？"

"我还不能肯定。如今的破碎平原实际上就是阿勒斯卡的行省。一百年后，这片地方会变成什么样？那一圈圈营房会不会成为一个个小街区？外沿的商店会不会成为集市？西面的丘陵会不会变作田地?"他摇摇头,"看起来,琼心石会一直出现,只要有那玩意儿,这里就不缺人。"

"那不是好事吗?只要这些人都是阿勒斯卡人。"阿多林笑道。

"兴许吧。如果我们一直保持目前的速度,不断夺取琼心石,那这些宝贝的价值会发生什么变化?"

"我……"这问题问得好。

"我在想,当这片土地上最最稀有、最最抢手的珍宝成了司空见惯的东西,又会发生什么呢?很多事在眼前发生,孩子,很多事我们都没有考虑过。琼心石、仆族智者、迦维拉尔的死。你要做好准备,要开始考虑这些事。"

"我?"阿多林问,"这是什么意思?"

达力拿没有回答,反倒向快步走到他们面前敬礼的第五大队的军官点点头。阿多林叹着气回了礼。二十一和二十二中队正进行近战操练——外行人几乎不能理解这种训练有多不可或缺。二十三及二十四中队则在进行队列展开训练,练习战场上使用的阵型和机动。

破碎平原上的战斗和常规战斗大相径庭,这是阿勒斯卡人从早先一些丢人的败仗中学到的教训。仆族智者生得强壮敦实,还有天生的护甲。其覆盖面虽不及板甲,但比大部分步兵的防护更彻底。每个仆族智者都相当于机动性极强的重步兵。

仆族智者总是成双成对地发起攻击,从不排成正规战列。理论上说,一条训练有素的战列可轻易击败他们。但每一对仆族智者都具备强大的冲击力,而且防护坚固,可以从正面突破盾墙。如果正面突破行不通,他们还能凭惊人的弹跳力在转瞬间将一整队士兵送到阿勒斯卡军的阵线后方。

此外,他们在战斗中的协同机动也独树一帜。他们能以一种无法解释的神秘方式共同进退。起先,阿勒斯卡人以为那只是野蛮人未开化的舞步,后来才意识到其中隐藏着凶险而精妙的杀招。

他们只找到两种能击败仆族智者的可靠手段。一是靠碎瑛武士，这样做效果显著，但使用的次数有限。寇林军只有两把碎瑛刃，虽然强大到超乎想象，但需要充分的支援。身陷重围、孤立无援的碎瑛武士会被敌人打翻在地。实际上，阿多林曾见一名甲刃俱全的碎瑛武士被一个普通士兵打倒，因为他之前被围得水泄不通的矛兵刺破了胸甲。随后，一名光眼种弓手从五十步开外一箭毙敌，赢得了这套神兵。这可不是英雄豪杰体面的死法。

另一种可靠的方式有赖于机动灵活的布阵，关键在于把机动性和纪律性结合起来：用机动性来应对仆族智者出人意表的战斗方式，用纪律来维持阵型，弥补单兵战斗力不足的劣势。

第五大队队长哈弗龙已集结好麾下中队长们，列队迎接阿多林和达力拿。他们向二人敬礼——右拳叩击右肩，指节向外。

达力拿对众人点头："光明贵人哈弗龙，我吩咐的事办好了吗？"

"是的，轩亲王。"哈弗龙体壮如山，蓄着一把吃角族人式样的胡子，下巴剃得光光，有两条长长的鬓角。他有几个亲戚是峰顶的住民。"您要见的人都在觐见帐篷里候着。"

"这是要做什么？"阿多林问。

"少安毋躁，"达力拿说，"先检阅军队。"

阿多林皱起眉头，但士兵们都等着他。哈弗龙让一个个中队接连入场。阿多林从他们面前走过，检阅队列和制服。一切都整齐光鲜，不过阿多林知道，有些士兵抱怨对武器装备保养和服装整洁度的要求太高了。对此，他倒是有点儿感同身受。

检阅结束时，他随意挑出几名士兵，问他们是否有什么意见或想法。没人提出任何意见。他们是真的对待遇非常满意，还是不敢直说？

结束检阅后，阿多林回到父亲身旁。

"你做得很好。"达力拿道。

"我只是沿着队伍走了一遍而已。"

"没错,但你表现得很有气场。士兵知道你确实关心他们的需求,也尊敬你。"他点点头,仿佛在自言自语,"你学得不错。"

"这只是一次简单的阅兵,您想得太多了,父亲。"

达力拿朝哈弗龙点点头,大队长引导二人来到操场一旁觐见用的帐篷。阿多林瞧了父亲一眼,不知他肚子里卖的什么药。

"我让哈弗龙把撒迪亚斯点名的士兵都集中起来了,"达力拿说,"就是上次出击途中被他问过话的。"

"噢,"阿多林说,"我们有必要知道他问了些什么。"

"对。"达力拿踏进帐篷,示意阿多林跟上,两人走了进去——身后还跟着几名达力拿的虔诚者。里面有十个士兵坐在长凳上等候,他们齐刷刷起身敬礼。

"稍息。"达力拿用包着护甲的手拍拍儿子的背,"阿多林?"他冲那些人点点头,示意阿多林主持问话。

阿多林生生把一口叹息呛回去。又来了?"诸位,我们想知道撒迪亚斯问了些什么,你们又是怎么答的。"

"甭操心,光明贵人,"有个人用阿勒斯卡北部的乡村口音说,"俺们啥也没说。"

其他人使劲儿点头。

"他就是条鳗鱼,我们知道。"另一人补充。

"他是轩亲王。"达力拿厉声道,"不得无礼。"

那个士兵脸色煞白,随即点点头。

"他到底问了什么?*说具体点儿。*"阿多林问。

"他想知道我们在营里的职务,光明贵人,"那人说,"您知道,我们是马夫。"

每名士兵都接受过一两种非战斗技能的训练,军中有一群会照看马匹的士兵很管用,这样就不必带平民出击了。

"他到处打听，"另一人说，"或者说他手下到处打听。最后问出是我们在狩猎时照看国王的坐骑。"

"可俺们啥也没说，"第一个开口的士兵重复道，"准不给您惹麻烦，长官。俺们可不会给那鳗——呃，那轩亲王一根麻绳来吊死您，长官。"

阿多林闭上眼。如果这些人在撒迪亚斯面前也是这副德性，那就比割肚带本身更招人嫌疑。他不能因为这些人的忠诚而责骂他们，但他们的行为简直像是承认达力拿确实做错了什么，而且需要包庇。

他睁开眼道："我记得，我之前和你们当中的几个人谈过话。但我要再问一遍，有没有人看到国王马鞍上的肚带有割痕？"

众人面面相觑，纷纷摇头。"没有，光明贵人，"其中一人答道，"如果真见了，我们一准儿会换掉。"

"不过，光明贵人，"另一人补充，"那天乱糟糟的，全是人，和平常出击压根儿不是一回事。还有，呃，说实诚话，长官，宁静园在上，就算我们要保护这世上的一切东西，又有谁会料到还得保护国王的马鞍？"

达力拿朝阿多林点点头，两人一同走出帐篷。"如何？"

"他们恐怕帮不上忙，"阿多林神情严峻地说，"虽然都很热心肠。不，也许就是热心肠才坏事。"

"我同意，很不幸。"达力拿一声叹息，向塔迪特招招手。那名个子不高的虔诚者站在帐篷一旁。"和他们一个个单独谈话，"达力拿轻声道，"尽量梳理出一些具体的信息，问出撒迪亚斯提的问和他们回答时的原话。"

"遵命，光明贵人。"

"走吧，阿多林，"达力拿说，"还有几场阅兵呢。"

"父亲。"阿多林拽住达力拿的胳膊，盔甲相碰，铮铮有声。

达力拿转过身，眉头一拧。阿多林匆忙朝深蓝卫士打了个手势，示意需要谈话空间。卫士们有条不紊地迅速离去，为二人腾出一片无人打搅的场地。

"这是搞什么名堂，父亲？"阿多林轻声但坚决地问。

"什么名堂？我们正在检阅队伍、料理营中事务。"

"你每次都把我推到前面，"阿多林说，"我不得不说，有几次我很尴尬。到底出了什么事？您脑子里究竟在想什么？"

"我在想，你对我的脑子显然有些看法。"

阿多林又好气又好笑。"父亲，我——"

"不，什么也不用说。别担心，阿多林，我只是在做一个困难的决定。一边忙活一边思考对我有好处。"达力拿苦笑道，"别人也许会找个地方坐下来沉思，可我似乎向来不是那种人，要做的事太多了。"

"你在做什么决定？"阿多林问，"也许我能帮上忙。"

"你已经帮了忙。我——"达力拿说到一半便戛然而止，眉头一皱。只见一小队士兵正朝第五大队的操场走去，护送着一名身穿红棕两色制服的男子，那制服是萨纳达尔的标志色。

"你今晚不是要和他会面吗？"阿多林问。

"是的。"达力拿说。

深蓝卫士长尼特跑去拦住那队人马。他有时过于谨慎，可这对护卫而言不是什么糟糕品性。片刻后，他回到达力拿和阿多林身边。尼特皮肤黝黑，留着一口黑色短须，是个级别很低的光眼种，已担任守卫多年。"他说轩亲王萨纳达尔今天不能如约与您会面。"

达力拿脸色一沉，"让我和信使谈。"

尼特有些犹豫，但还是挥挥手，招呼那个高高瘦瘦的信使过来。他走到达力拿跟前，单膝点地，"光明贵人。"

这一次，达力拿没叫阿多林出面，"传话。"

"光明贵人萨纳达尔今天不能见您，他很遗憾。"

"他有没有提出改天会面的日期?"

"他很抱歉,最近事务繁忙,恐怕抽不出时间。不过他很乐意在国王的晚宴上与您谈谈。"

也就是公开场合。阿多林心想,周围一半的人会听到,而另一半——可能包括萨纳达尔本人——恐怕已经醉了。

"我明白了。"达力拿说,"他有没有表示何时能抽出空来?"

"光明贵人,"信使难堪起来,"他说,如果您追问,我该这么回答:光明贵人萨纳达尔已和另外几位轩亲王谈过,能猜到您的意图。他让属下告诉您,他无意结盟,也无意和您联手出击。"

达力拿的脸色愈发阴沉。他一挥手,打发走信使,转身对着阿多林。深蓝卫士仍然与他们保持一定距离,所以说起话来没什么不便。

"萨纳达尔是最后一个了。"达力拿说。每个轩亲王都用自己的方式回绝了他。哈萨姆极尽礼数,贝特哈夫让妻子代言,萨纳达尔则绵里藏针。"现在只剩下撒迪亚斯。"

"我不知和他谈论此事是否明智,父亲。"

"你的担心可能是对的。"达力拿语气冰冷,他感到气愤,甚至满怀狂怒,"他们是在向我传递一条信息:他们向来不喜欢我对国王的影响力,也等不及见我垮台。凡是我要求的,他们就不想做,免得让我重新站稳脚跟。"

"父亲,我很遗憾。"

"也许这是最好的结果。重点在于,我失败了,我不能团结他们。艾尔霍卡是对的。"他看着阿多林,"替我继续检阅队伍,孩子,我有些事想做。"

"什么?"

"只是一些我觉得有必要完成的工作而已。"

阿多林想反对,却不知该说什么。最后,他叹口气,点点头,"不过,你得告诉我究竟发生了什么。好吗?"

"很快，"达力拿向他保证，"你就会知道。"

⛉

达力拿眼看着儿子坚定地大步离开。**他会成为一名出色的轩亲王。**达力拿很容易下定决心。

退到一旁、让儿子取代自己的时刻真的到了吗？

迈出这一步，达力拿就要远离政治，回家乡隐居，让阿多林上台。这是一个光想想就令人痛苦的决定，而且他必须小心，不能太过匆忙。可如果他真像军中所有人相信的那样，在一步步走向疯狂，那他必须激流勇退，而且要快，赶在心智退化到无法迈出这一步之前。

君王即掌控，他回想起《王者之路》中的一段文字，他带来稳定，就像商人带来服务和商品。如果他无法控制自己，又岂能控制旁人的生死？哪个有资格赚取飓光的商人不敢吃下自己出售的果实？

奇怪的是，这些引文依然会从他脑海中跳出来，即使他在怀疑这些文字是不是把自己逼疯的原因——部分原因。"尼特，"他说，"取上我的战锤，带到场子里等我。"

达力拿想在行动和工作时思考。他大步走向第六、第七大队的营房间的走道，守卫急忙跟上。尼特派了几名手下去取兵器。他的号令声里有种怪异的兴奋感，仿佛认定达力拿要做一些了不得的事。

达力拿不明白他为什么会这么想。他踏上场子，披风猎猎，金靴铿锵。等了许久，两名士兵终于用一辆小拖车送来了战锤，又汗流浃背地把它从车上搬下。锤柄有腕口粗，锤头比摊开的手掌还大。两个人也只能勉强抬起。

达力拿一手抓起锤子，扛上肩头，径直走向挖粪沟的工人，对那些在场上训练的士兵视而不见。看到轩亲王身穿碎瑛甲一步步逼近的光景，工人们怕得直打冷战。

"谁在负责?"达力拿问。

一个穿土色裤子、浑身污秽的平民颤颤巍巍地举手:"光明贵人,我们能为您效劳吗?"

"为我休息一小会儿。"达力拿说,"你们出去。"

工人们纷纷从沟里爬出来,神色紧张。光眼种军官聚集在身后,不明白达力拿究竟要干什么。

达力拿抓起锤柄,金属柄身外紧紧裹着一层皮。他深吸一口气,跃进挖了一半的沟渠,举锤便向石头砸去。

这一锤如晴天霹雳,响彻整片场地,碎瑛甲吸收了大部分后坐力,可达力拿的两条胳膊还是震得发麻。石头被砸出一道大口子。他抬手又一锤子,这回有一大块岩石哗啦啦崩落。虽然两三个普通人都很难抬动这块石头,可达力拿单手就抓将起来,往边上一丢,砸得砰砰作响。

让普通人使用的神器在哪里?为何古人如此睿智,却没有创造出哪怕一件能帮助普通老百姓的物品?达力拿不停地砸,砸得石屑四溅。他毫不费神就抵得上二十个劳动力。碎瑛甲本可用来做很多事,让全柔刹的工人和暗眼种都活得更轻松。

干活的感觉不错。做一些有用的事情感觉不错。最近,他觉得自己一直在原地踏步。干点活有助于思考。

他对战斗的渴望确实在慢慢流失,这使他忧心忡忡。因为激越感——对战争的向往和享受——是阿勒斯卡人的立身之本。成为伟大的战士是男性最辉煌的成就,投身战斗是最崇高的感召。全能之主指望阿勒斯卡人在荣誉的战场上磨炼自己,死后加入令使的军队,共同夺回宁静园。

尽管如此,杀戮的念头开始让他恶心。自上一次出击后,这种感觉变得更糟了。下次战斗时会发生什么?他不能一直这样下去。这是他觉得应该让位给阿多林的主要原因。

他继续冲着石头挥舞大锤,一下又一下。士兵们在沟渠两边聚集,工人也没有照他吩咐去休息,而是目瞪口呆地看着一位碎瑛武士帮他们干活。他时不时唤出碎瑛刃,在岩块上划格子,再用锤子把它们敲开。

他知道自己或许很傻。他不可能帮营里所有的工人干活,而且他也有重要的工作,没时间挥霍。总之,他没有任何理由跳进沟里干这种体力活。然而这种感觉实在太好了。能用双手实打实地满足营地的需求,是多么美妙的体验。他往往难以衡量为保护艾尔霍卡所付出的努力究竟有多少成效,但做一些立竿见影、成效显著的事情更能带给他满足和充实。

即便此时此刻,促使他做出这些行动的仍是那些挥之不去的理念。那本书叙述了一名真正的王者如何为其子民肩扛重担,它说领袖是最低贱的人,因他要服侍每一个人。法典、《王者之路》的教诲、启示——亦或幻觉——所呈现的场景,这一切把他包围,使他头晕目眩。

在战争之外,不与任何人战斗。

砰!

用行动辩护,而非言辞。

砰!

相信每一个人的荣誉感,并给他们表现的机会。

砰!

己所不欲,勿施于人。

砰!

他站在齐腰深、最终将成为粪沟的沟渠里,耳中全是碎石的哀号。他开始渐渐认同这些理念了。不,他已经认同了。他正在践行这些思想。如果所有人都按那本书中宣扬的方式生活,世界会变成什么样?

总得有人带头,总得有人站出来做榜样。就此来看,他有不退位的理由。不管有没有疯,他现在的所作所为总好过撒迪亚斯那种人。只消看看他的士兵和臣民们的生活,就能明白此言不虚。

砰!

石头不敲打就不会改变,像他这样的人是不是也一样?为什么一切对他而言突然变得如此艰难?为什么这种事会落到他头上?达力拿既不是哲学家也不是理想主义者,他是个战士,而且在早年——如果他坦然面对事实的话——曾是一个暴君、一个军阀。到了迟暮之年,假惺惺地拾起仁爱之心,想做个好人,这就能洗刷一生沾染的血腥?

他早已开始流汗。在他的捶击下,沟底已能容纳一人横躺,深度齐胸,长约三十码。他干得越久,交头接耳的围观者就越多。

碎瑛甲是神圣之物。轩亲王真的在用它挖粪沟?他是不是压力太大了?害怕飓风、变得越来越懦弱、不肯用决斗来捍卫自己的名誉、回避战斗、希望放弃战争。

涉嫌弑君。

最终,泰莱布觉得让这么多人居高临下盯着达力拿不成体统,便命众人回各自的岗位。他打发走工人,还把达力拿的命令记在心里,要他们坐在阴凉的地方,"以愉快的方式闲聊"。如果换作其他人,这道命令也许是笑着说的,可泰莱布跟石头一样死板。

达力拿还在干活。他知道粪沟应该挖到何处,这项工程是他批准的。挖一条长长的、带斜度的沟槽,再盖上涂过焦油沥青的木板以掩盖臭味。茅厕会建在较高的一头,沟里的粪便每隔几月用塑魂术化为烟雾。

独自一人干活的感觉甚至更好。一个人,敲碎岩石,一下又一下地重击,就像仆族智者在上次战斗中擂响的战鼓——那一天仿佛如此遥远,达力拿还能感受到那种震动,能在脑中听到鼓声,并为之颤抖。

抱歉，哥哥。

他和虔诚者谈过自己所看到的幻象。他们认为这很可能是精神压力过大的产物。

他没理由相信幻象所呈现的一切有任何真实性可言。可为了遵循其指引，他不仅对撒迪亚斯的阴谋诡计视而不见，更大大削弱了自己的勇气与谋略。他已把自己推到身败名裂的边缘，有可能将整个寇林家族拖下深渊。

这是退位最大的理由。继续下去，他的行为很可能会害死阿多林、雷纳林和艾尔霍卡。他愿为自己的理念不惜性命，可能否将儿子的性命也当作赌注？

石屑四溅，撞到碎瑛甲后纷纷弹开。他开始感到身心疲倦。碎瑛甲不能替他干活——它可以提升他的力量，但每一锤得由他自己来挥。由于锤柄千百次的震动，他的手指越来越麻木。做出决定的时刻愈发临近，他的头脑也愈发清晰平静。

他再次挥起大锤。

"用碎瑛刃不是更有效率吗？"一个沉静的女声问。

达力拿身形一顿，锤头落在破碎的石堆上。他转过身，见纳瓦妮站在渠边，披一件蓝色和嫩红色的长裙，黑发中银丝闪闪，反射着夕阳余晖。达力拿一点也没感到时间的流逝。两名年轻女子陪在她左右，那并非她的学徒，而是从军中其他光眼种女士那里"借"来的。

纳瓦妮两手抱胸，日光从她身后打来，仿佛一环光晕。达力拿勉为其难地抬起一条护臂包裹下的胳膊遮挡光线。"玛萨娜，你说什么？"

"你做的石工。"纳瓦妮朝石渠点点头，"我且不冒昧作评，毕竟砸东西是一门男性的手艺。可你不是拥有一把碎瑛刃吗？这把剑切起石头来，按我曾经想到的一个比喻，就仿佛飓风扫倒赫达孜人那般轻巧。"

达力拿回头看看石头,又举起锤子狠狠砸下,石头碎得咯嘣有声,听来畅快无比:"碎瑛刃太锋利,切东西不好使。"

"有意思,"她说,"虽然很难假装认同你的逻辑,但我会尽力一试。此外,容我一提,你有没有想过,大部分男性技艺都带来毁灭,而女性技艺都带来创造?"

达力拿又挥起大锤。砰!奇了,只要不正眼看她,与她对话就容易多了。"我可以用碎瑛刃在两边和沟底割线,但最终还是要把石头砸碎。你有没有试过去抬一块用碎瑛刃划开的石头?"

"我不敢说试过。"

"那很难。"砰!"碎瑛刃的切口太薄,两块石头还是紧紧压在一起,抓不出也挪不动。"砰!"这工作比表面上看起来更复杂。"砰!"我用的是最好的办法。"

纳瓦妮拂去几片沾到衣裙的碎屑,"也更脏乱,如我所见。"

砰!

"好了,你该道歉了吧?"她问。

"道什么歉?"

"失约。"

达力拿挥到半空的手突然停住,他完全把那事给忘了。在她返回破碎平原后出席的第一场宴会上,他曾答应让纳瓦妮为他读书,就在今天。他没有把这安排告知文书员。他转身看着她,一脸懊恼。被萨纳达尔放鸽子使他愤怒,可那位轩亲王好歹知道派个信使来。

纳瓦妮抱胸而立,禁手藏在袖子里,丝滑的罗裙仿佛被阳光舔燃,反射出灼灼光辉。她的唇角挂着一丝笑意。因为爽约,出于荣誉感,他现在只能任她摆布。

"真的很抱歉。"他说,"最近有一些为难的事要考虑,但这不是忘记约定的借口。"

"我知道。我会想出一个让你弥补过失的办法。不过现在,你的一支对芦亮了。"

"什么?哪一支?"

"你的文书说是和我女儿配对的那支。"

迦熙娜!他们有好几个星期没联系了,他发去的信息只换来简短得不能再简短的回答。当沉浸在某项研究中时,迦熙娜往往会把一切都抛诸脑后。如果她主动发信,肯定是有所发现,或是想暂停手头的工作,与亲友叙上一叙。

达力拿转身看了看脚下的粪沟,就快完成了。他突然意识到,他在无心之中已有了打算,准备在完工那一刻做出最终决定。继续干活的冲动抓挠着他的心。

但迦熙娜想要通笔……

他需要和她谈谈,也许可以说服她回到破碎平原。若有她照看艾尔霍卡和阿多林,那他退位也能安心许多。

于是达力拿把战锤丢到一边——这通敲打令锤柄折了三十多度,锤头成了一团奇形怪状的废铁——跳出沟渠。他得叫人锻造一把新的,这种要求对碎瑛武士原本不算稀罕。

"请原谅,玛萨娜,"达力拿说,"我刚乞求你的原谅,现在恐怕又必须恳请你回去。我不能错过这次通笔。"

他鞠了一躬,转身快步离去。

"说起来,"身后的纳瓦妮道,"恐怕是我要恳求你。我已经几个月没和女儿说过话了。请允许我同去。"

他有些犹豫,但刚犯下如此失礼的疏忽,使他没立场拒绝。"当然。"他停下脚步。等纳瓦妮走进轿子坐好、轿夫扛起轿子,达力拿重新上路,那些轿夫和纳瓦妮借来的学徒从后赶上。

"你是个好男人,达力拿·寇林。"说罢,纳瓦妮重新把身子陷进轿子软绵绵的座椅,唇边又漾起那种熟悉而狡黠的微笑,"我恐怕没办法不为你着迷。"

"荣誉感让我易于受人摆布。"达力拿目不斜视地说。**眼下可不是和她打交道的时候**。"我有自知之明,所以请别戏弄我,纳瓦妮。"

她轻轻一笑。"我可不想占你便宜,达力拿,我——"她顿了顿,"好吧,也许我是略微占了点便宜,可我没有'戏弄'你,特别是在过去这一年。你开始变得特别了,虽然其他人也如此自称,但他们全都名不副实。你知道这样的你有多诱人吗?"

"我从不刻意吸引谁。"

"刻意才没有效果!"她凑近过来,"多年以前,我选择迦维拉尔,而没有选你,知道原因吗?"

这句话犹如晴天霹雳,轰得达力拿晕头转向。她的伶牙俐齿、她的存在本身,就像夜光杯里暗红的醇浆,径直灌入他的大脑。靠一身臭汗换来的清醒迅速消失。她何必如此直白?他没有回答,径直加快脚步,希望她明白自己不想讨论这个话题。

这毫无用处。"我选他,不是因为他将登上王位,达力拿。虽然人人都这么说。我选他,是因为你让我害怕。你那炙热的灵魂……连你哥哥都感到害怕,你是知道的。"

他一言不发。

"它还在那里,"她说,"我能从你的眼睛里看出来。但你在灵魂之外裹了一层盔甲,一套光彩夺目的碎瑛甲。这是你的迷人之处。"

他停下脚步,看着她。轿夫也停下来。"没用的,纳瓦妮。"他轻声说。

"是吗?"

他摇摇头,面若冰霜地凝视着她:"我不能做有损于兄长名誉的事。"

良久,她终于点点头。

余下路途中,她没有说一个字,只是不时用满怀心事的目光瞟他几眼。最终，他们抵达达力拿居住的营堡，飘扬的蓝旗上标有塔楼和王冠的象形合对铭——这个纹章最早的设计出自达力拿的母亲，和他章戒上的图案一样，不过艾尔霍卡用剑取代了塔楼。

营堡入口处的士兵纷纷敬礼，待纳瓦妮走到身边，达力拿才一起跨入正门。营堡内部就像洞穴，靠注了飓光的蓝宝石照明。来到前厅后，达力拿又一次感到不自在，才几个月工夫，这里的陈设就变得如此奢华。

他属下的三名文书正在等候，身边还有她们的侍女。当他踏进前厅，六名女子一同起身。阿多林也在。

达力拿朝年轻人皱皱眉："你不是应该在操场上检阅部队吗？"

阿多林一愣："父亲，几个小时前就结束了。"

"结束了？"*飓风之父！我究竟砸了多久石头？*

"父亲，"阿多林走到他跟前说，"我们能私下谈谈吗？"和平常一样，阿多林那头夹着黑丝的金发就像是乱糟糟的拖把。他换下碎瑛甲，还洗了澡，现在身上是一件时髦——但还是和战场相称——的制服，以及两侧排扣的蓝色长大衣，一条笔挺得发僵的棕色裤子。

"我还没做好准备，孩子。"达力拿温言道，"我还需要一点时间。"

阿多林打量着他，眼中满是焦虑。*他会成为一名出色的轩亲王*，达力拿心想，*他一生所受的养育和栽培，都在为这一天做准备。他有我所不具备的好条件。*

"那好，"阿多林说，"不过我还有事跟您商量。"他指向一名文书。那名女子体态柔美，脖子修长，穿一袭绿裙，一头夹杂着几缕黑丝的栗发高高盘起，编成复杂的发式，用四根传统式样的钢发簪固定。

"这位是丹岚·摩拉库萨女士，"阿多林小声说，"她昨天才到营里，准备陪她父亲、光明贵人摩拉库萨待几个月。她主动找我说话，我便擅作主张，让她在逗留期间做你的文员。"

达力拿眨眨眼："之前那个……"

"玛拉莎？"阿多林叹口气，"处不了。"

"这位女士呢？"达力拿的语气和缓下来，但还是有所怀疑，"你刚才说她是几时到营里的？昨天？*她都主动找过你了？*"

阿多林耸耸肩："好吧，我确实名声在外。"

达力拿叹口气，看看纳瓦妮。她就在不远处，近得足够听到，但为了矜持装作没在听的样子。"你得明白，按习俗，你最后只能追求一位女士。"*你需要一个好太太，孩子，也许很快就需要了。*

"也许吧，等我变成无趣老头的时候。"阿多林朝那个姑娘笑笑。

她长得确实漂亮，但到这里才一天啊！先祖之血。达力拿心想，他为追求那个最终成为他妻子的女人花了整整三年。就算不记得她的脸，但他仍然记得坚持不懈追求的劲头。

毫无疑问，他爱过那个女人。但一切与她有关的情感都消逝了，被他永远也不该去触碰的力量抹去，从他的头脑中消失。不幸的是，他却记得自己对纳瓦妮的渴望有多强烈，毕竟遇到那个后来成为妻子的女人是几年后的事。

别想了，他告诉自己。片刻前，他几乎做出了退位的决定，现在没时间为纳瓦妮分心。

"光明女士丹岚·摩拉库萨，"他对姑娘说，"欢迎成为我的文书。有人想和我通笔？"

"是的，光明贵人。"她一屈膝，朝他书架上的五支竖插在笔架里的对芦点点头。对芦看起来和普通的芦苇笔没有区别，只是装了一小块注有飓光的红宝石。最右端的那支正缓缓闪烁着。

莉蒂玛也在屋里，虽然她是前辈，但还是点头示意丹岚去取对芦。年轻姑娘急忙走向书架，取下仍闪动不停的对芦，放到读经台旁一张小号写字桌上。她小心翼翼地在写字板上夹了一张纸，把墨水瓶放进桌上的凹坑，转到不偏不倚的角度，然后拔下瓶塞。光眼种女子都非常善于纯靠一只闲手工作。

她坐在写字桌前，抬头看着达力拿，神情有些许紧张。达力拿并不信任她，这是自然的——如果她想为其他轩亲王刺探情报，现在是轻而易举的事。不幸的事实是，迦熙娜走后，营里就没有一个让他完全信任的女性。

"我准备好了，光明贵人。"丹岚说。她的嗓音沙哑，带有呼吸声，正是吸引阿多林的类型。希望这一回，她不会像阿多林往常看中的女人那般乏善可陈。

"开始。"达力拿挥手让纳瓦妮坐到一张长绒安乐椅上。其他文员也一一落座。

丹岚把对芦上的宝石转了一格，示意对方呼叫已被接受。随后，她检查了写字板四边的水平度——中央有留着气泡的油瓶作为水平仪，让她可以把板完全放平。最后，她蘸了蘸墨水，把对芦的笔尖对准纸面左上方的一点，就这么直直地握着，同时用大拇指拧拧宝石，随后放开手。

芦苇笔保持在原来的位置，笔尖抵着纸面，凌空悬浮，仿佛被一只看不见的手握着。接着，它开始写字，分毫不差地模仿千百里外的迦熙娜用与之配对的芦苇笔写字的动作。

达力拿站在写字桌旁，套着护甲的胳膊抄在胸前。看得出，他靠得这么近，令丹岚有些紧张，不过他心情太急切，根本坐不下来。

迦熙娜的笔迹很优雅，迦熙娜不管干什么都力求完美。达力拿俯低身子，看着那熟悉、但对他如同天书的线条落在纸上，如此醒目，像白色沙漠中一条紫罗兰色绢流。几丝红烟从对芦的宝石中腾起。

笔停了下来，凝在半空不动。

"'叔叔，'"丹岚念道，"'想您一切安好。'"

"我很好，"达力拿回答，"周围的人都很照顾我。"这一问一答是种暗号，表示他不能信任——至少不熟悉——在场旁听的所有人，让迦熙娜留心不要透露任何过于敏感的信息。

丹岚握住笔，拧了拧宝石，写下达力拿刚说的话，把它们传送到远隔千里的迦熙娜眼前。她还在图卡吗？丹岚写完后，把笔尖重新对准左上方的起始点——双方都要将笔尖对准这个位置，迦熙娜才能继续通笔——然后把宝石拧到之前的刻度。

"'不出所料，我最后还是去了卡哈巴兰斯，'"丹岚念道，"'我所寻找的秘密十分晦涩，连帕拉奈图书馆也没有答案，但我找到了线索，一些若即若离的碎片。艾尔霍卡还好吗？'"

线索？碎片？关于什么？迦熙娜确实热衷于戏剧化的表现方式，好在她不像国王那般追求华丽。

"几周前，你弟弟大费周章，过了一把在深渊恶魔爪下死里逃生的瘾。"达力拿回答。阿多林不禁莞尔，肩膀倚上书架。"不过令使显然眷顾着他。他很好，只是你不在，人人都十分想念。你的劝谏一定能帮上他的忙。他现在很依赖文书员、光明女士拉莱依的佐助。"

也许这会让迦熙娜回来。王后不在时，国王的首席文书就是撒迪亚斯的侄女，她和迦熙娜之间谈不上好感。

丹岚撕去上层的纸张，继续写下达力拿的话。纳瓦妮在一旁清清喉咙。

"噢，"达力拿说，"再加一句，你母亲又回军营了。"

片刻后，笔尖又径自动起来，"'替我向母亲问安。别离她太近，叔叔，她会咬人。'"

纳瓦妮在一旁轻噌一声。达力拿这才想到，他没有说明纳瓦妮在旁听。他涨红了脸，听丹岚接着往下念："'我不能通过对芦详述我的研究，但不安的感觉与日俱增。确实有个秘密，隐藏在无数历史档案累积起来的书页中。'"

迦熙娜是求真学会的会员。她向达力拿解释过，这一学者团体试图发现关于过去的真相，希望编纂出不带主观色彩、基于事实的历史叙事，从中推演未来应该采取的行动。他不明白为什么这些人自觉有别于一般的历史学者。

"你会回来吗?"达力拿问。

"'不好说,'"丹岚念道,"'我不敢贸然中断研究。但也许过不了多久我会回来,我也同样不敢远离破碎平原。'"

什么?达力拿心想。

"'先不管那些,'"丹岚继续念道,"'我有事要问你。请再为我描述一下七年前第一次遇见仆族智者巡逻队时的情景。'"

达力拿一蹙眉。虽有碎瑛甲的助力,挖渠的劳作还是令他疲惫。他不敢穿着碎瑛甲落座,于是只卸下一条护手甲,捋了捋头发。虽然不太喜欢这个话题,但他多多少少松了口气,至少不用马上做出那个将改变他一生的决定。

丹岚看着他,准备写下他的话。迦熙娜为何想再听一遍?她不是在父亲的传记中亲笔写下了这些事件吗?

也罢,她迟早会说明原因的,而且,如果过去她透露的只鳞片甲并非危言耸听,那她手头的研究一定有巨大的价值。他多希望艾尔霍卡能有他姐姐一半的智慧。

"那是痛苦的回忆,迦熙娜,我多么希望当时没说服你父亲和我一起去打猎,那样就不会发现仆族智者,他也不会被暗杀了。初次接触时,我们在探索一片地图上没有标出的森林,这片森林位于破碎平原以南一座山谷中,距离枯海大约两周行程。"

年轻时,只有两件事让迦维拉尔来劲——征服和狩猎。平素他若不痴迷于这个,就是执着于另一个。事件发生前夕,迦维拉尔有些反常,失去了对战斗的渴望,有人开始称他软弱。达力拿想让兄长记起两人年轻时的好时光,所以打猎是合情合理的提议。他们出发去捕猎一头传说中的深渊恶魔。

"我碰见他们时,你父亲并不在场,"达力拿一边说,一边回忆——在潮湿的山林中宿营、通过翻译盘问纳坦土著、搜寻爪痕和折断的树木,"我带着一队斥候,沿死弯河的支流往源头探索,你父亲朝下游方向去。我的队伍发现了在河对岸宿营的仆族智者。起初我不敢相信。自由的、有组织的仆族,居然在那里宿营。他们携带了武器,那可不是原始的武器。有剑,有矛,矛杆上还有雕纹。"

他中断了叙述。当他告诉迦维拉尔时,国王也不信。压根儿不存在什么自由的仆族部落,他们是仆人,从来都被仆役。

"'当时他们有碎瑛刃吗?'"丹岚说。达力拿还没意识到迦熙娜已作了回应。

"没有。"

沉默半响,纸笔终于发出沙沙摩擦声,送来回应:"可他们现在有了。你第一次见到仆族智者的碎瑛武士是在什么时候?"

"迦维拉尔过世之后。"达力拿说。

也许两者有关联。众人一直不明白迦维拉尔为什么想和仆族智者签订协议。如果只是想在破碎平原捕猎巨壳生物,那不需要什么协议,仆族智者当时并不在平原上生活。

达力拿感到一阵战栗。难道兄长早就知道仆族智者有办法搞到碎瑛刃?他缔约的目的莫非是想找出仆族智者发现这些神器的场所?

难道这就是他的死因? 达力拿自忖,*也是迦熙娜探寻的秘密?* 她从未表现出艾尔霍卡那种对复仇的执着,她的思维方式和弟弟不一样。复仇不能成为她的动力,*但疑问,不错,疑问可以。*

"'在我回到迷宫般的图书馆里继续挖掘之前,'"丹岚读道,"'还有一件事要说,叔叔。有时,我觉得自己像个乱翻坟头的盗墓贼,为了找点儿东西,不惜把一堆堆长眠已久的尸骨扒开。不提也罢。你曾说,仆族智者很快就学会了我们的语言。'"

"是的,"达力拿道,"不出几天,他们就能说得很好,也能与我们顺利沟通。真是令人称奇。"谁会相信他们拥有如此神奇的智慧?何况还是仆族?他见过的大部分仆族几乎从不开口。

"'他们对你说的第一件事是什么?'"丹岚道,"'切切实实的第一个问题,你还记得吗?'"

达力拿闭上眼,回想与仆族智者隔河扎营那几天。迦维拉尔渐渐对他们感起兴趣来。"他们想看我们的地图。"

"'他们有没有提到虚渡?'"

虚渡?"我记得是没有,为什么要问这个?"

"'目前还是不说为好。不过,我想给你看一样东西。叫你的文员换张新纸。'"

丹岚往写字板上贴了一张新纸,把笔放到起始点后松手。对芦竖立起来,以胸有成竹的迅捷笔法前后左右地挥洒。这是在画画。达力拿站起来,靠近几步,阿多林也弯下腰凑过来。芦苇笔和墨水并非最好的画具,远隔千里的摹拟也并不精确。一边的笔头有时会漏下几点墨汁,而这是另一边没有发生的意外。况且,虽然墨水瓶摆放的位置完全一样——迦熙娜给自己的芦苇笔蘸墨时,达力拿这边的笔也能同时蘸墨——但两边需要续墨的时机并不一致。

尽管如此,跃然纸上的画作依然令人赞叹。**这不是迦熙娜画的。**达力拿意识到,不管执笔人是谁,其绘画才能都远远凌驾于侄女之上。

芦笔慢慢呈现出一个巨大的黑影,笼罩在几栋建筑上方。粗线条勾勒出甲壳和爪子的形状,较细的线条聚在一起,构成阴影。

丹岚把纸取下,重新换了一张。达力拿将画举高,和身旁的阿多林一同端详。这头用线条和阴影勾勒成的可怕怪物仿佛在哪里见过,好像……

"这是深渊恶魔,"阿多林指着画纸说,"有些变形——面部比深渊恶魔狰狞得多,肩膀更宽,只有一对前爪,而深渊恶魔共有两对。但对方想画的显然就是深渊恶魔。"

"对。"达力拿摸着下巴说。

"'这是按我手头一本书里的插图临摹的,'"丹岚读道,"'我的新学徒精于绘画,所以我让她画来给你们看。告诉我,你们从这幅画里想到了什么?'"

新学徒?达力拿纳闷。迦熙娜有好几年没收学徒了,她总说自己没时间。"这是一头深渊恶魔。"他说。

丹岚写下这几个字。片刻后,他们得到回应。"'书中称其为虚渡。'"丹岚蹙起秀眉,歪歪头,"'这本书的文字部分写于光辉变节之前一些年,但插图来自一份更古老的文本。有些人认为这幅画的创作时间只比令使的离去晚两三个世代。'"

阿多林轻轻吹了声口哨。那可是相当有年头。就达力拿所知,影时代流传下来的艺术作品或文字屈指可数。《王者之路》是最古老的文本之一,也是唯一完整的文本。即便如此,保存下来的其实也是译本,原始文本已片纸不存。

"'先别急于下结论。'"丹岚念道,"'我没有说虚渡就是深渊恶魔。我相信那名古代画家不知道虚渡长什么样,所以画下了她所了解的最可怕的生物。'"

但那名画家怎会知道深渊恶魔的样子呢?达力拿心想,我们刚刚才发现破碎平原上有——

不过,那当然有可能。尽管无主山岭如今荒无人烟,过去也是人类栖居的王国。看来某个古人知道深渊恶魔,而且知道得很详细,能够画下来,并称之为虚渡。

"'我得走了,'"迦熙娜借丹岚之口说,"'请替我关照弟弟,叔叔。'"

"迦熙娜,"达力拿字斟句酌地发出讯息,"这边的情况有些艰难,飓风开始肆虐,建筑摇摇晃晃、吱呀作响。你也许很快会收到令你震惊的消息,如果你能回来,助我们一臂之力,真是再好不过。"

他静候回音,直到对芦摩挲纸面的声音再次响起。"'我真希望能定下归期。'"达力拿几乎能听见迦熙娜冷静又冷酷的声线,"'但现在还估不出何时能完成研究。'"

"事关重大,迦熙娜,"达力拿道,"请三思。"

"'请安心,叔叔,我终究会回来的。只是时间未定。'"

达力拿叹口气。

"'另外,'"迦熙娜写道,"'我极想亲眼见见深渊恶魔。'"

"只能看死的,"达力拿道,"我不想让你重复你弟弟几周前经历的一切。"

"'噢,'"迦熙娜回复,"'我亲爱的、保护欲过强的叔叔,在不远的将来,您将不得不承认,您所溺爱的姐弟已经长大成人。'"

"你们什么时候表现得像个成年人,我就把你们当作成年人。"达力拿说,"赶快回来,*我会给你一具深渊恶魔的尸体*。保重。"

他们等了一会儿,看看是否还有回复,但宝石不再闪烁,通笔结束了。丹岚收起对芦和写字板,达力拿向诸位文书致谢,她们随即告退。阿多林似乎还不想走,但达力拿示意他离开。

达力拿低下头,再次端详深渊恶魔的画像,觉得有些失望。这场对话给他带来了什么?更多语焉不详的暗示?迦熙娜究竟在研究什么天大的秘密,连王国眼前的威胁都能不管不顾?

公开宣布决定后,他可以用更直截了当的措辞给她发一封信,说明退位的理由。也许那能把她唤回来。

一瞬间,达力拿震惊地意识到自己已做出了决定。从跨出沟渠后的某个时刻开始,他不再考虑是否退位,而是何时退位。这是正确的抉择。他很不舒服,但也很确信,人有时需要做一些不愉快的事。

促使他下决心的正是和迦熙娜的谈话,他明白了,*是关于她父亲的讨论*。到头来,他的行为举止变得和迦维拉尔一样,有损于王国的基业。也罢,他得阻止自己,以免造成更大的伤害。或许他所经历的一切,只是从父母那里遗传来的某种精神疾病,那——

"你很宠爱迦熙娜。"纳瓦妮说。

达力拿被冷不丁吓了一跳,急忙从深渊恶魔的画像前转身。他以为纳瓦妮跟阿多林一起走了,可她还站在那儿,望着他。

"为什么,"纳瓦妮说,"你为什么如此急切地要求她回来?"

他这才发现她已命两名年轻的学徒随文员一同离去,屋里只剩他们两人。

"纳瓦妮,"他说,"这不合礼数。"

"呵,我们是一家人,而且我有话要问你。"

达力拿犹豫片刻,走到屋子正中。纳瓦妮站在门边。谢天谢地,她的随从离开前厅时没有关门,门厅里还站着两个守卫。这不算理想的状况,但只要达力拿和守卫互相瞧得见,他和纳瓦妮的交谈就勉强还算正当。

"达力拿?"纳瓦妮问,"你到底回不回答我的问题?全世界几乎都在咒骂我女儿,为什么你如此信任她?"

"对我来说,那些人的厌恶就是最好的保荐。"他说。

"她是个异端。"

"她不愿加入任何一家虔诚会,因为她不信那些说教。她不愿做表面文章、发一些违心的誓言,宁可诚实地坦白自己的观点,我觉得这是荣誉的表现。"

纳瓦妮嗤之以鼻,"你们是一副门框上的两根钉,硬邦邦地杵在那儿,让人看着就风杀的想拔。"

"你该走了,"达力拿朝门廊点点头,突然觉得极其疲倦,"别人会说闲话。"

"随他们去说,咱们得合计一下,达力拿,你是最重要的轩亲王——"

"纳瓦妮,"他突然打断,"我准备让位给阿多林。"

她吃惊地眨眨眼。

"一等完成必要的安排,我马上退位,最多就几天。"说出这句话的感觉很奇怪,仿佛一经口出,决心就成了现实。

纳瓦妮一脸愁苦。"噢,达力拿,"她低语道,"这是一个可怕的错误。"

"就算是错误,也是我自己的决定。还有,再说一遍,纳瓦妮,我有很多事要操心,恕不奉陪。"他指着门廊。

纳瓦妮翻翻白眼,但还是按他要求走了,顺手带上了门。

结束了,达力拿长出一口气,我做出了决定。

他坐在地上,头靠着墙,累得没法一个人脱掉盔甲。明天一早,他会向阿多林说明自己的决定,并在本周的某场宴会中宣布。随后,他会回到阿勒斯卡,回到自己的封邑。

一切都结束了。

(第二部分·完)

插曲

莱丝 亚克西斯 泽斯

I-4 莱丝

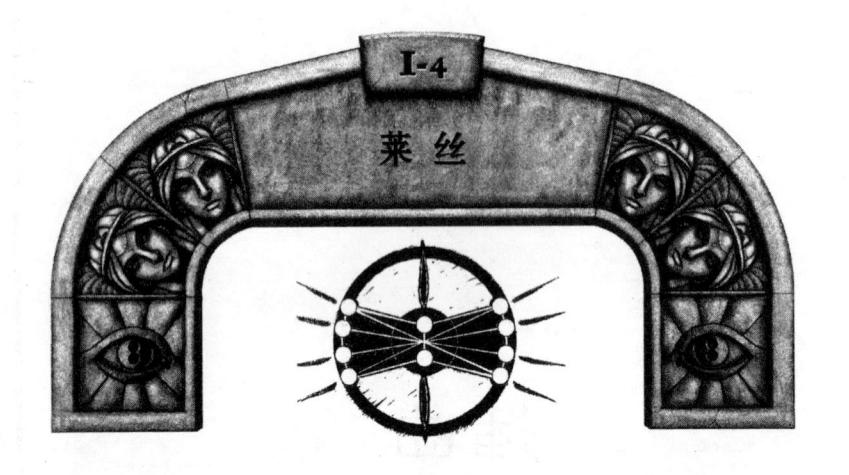

莱丝紧张兮兮地走下车队领头的货车，足底感受到凹凸不平又软绵绵的地面，地表似乎被她踩得稍稍下陷了一些。

这使她发起抖来，更吓人的是，周围这些茂盛得不像话的青草并没有躲起来。莱丝踩了几脚，草只晃了几下。

"这里的草不会动，"乌斯提姆说，"和别地儿不一样。你一定有所耳闻。"他的年纪比莱丝大一些，坐在领头货车的亮黄色的罩篷下，一条胳膊倚住侧栏，另一手握着一沓账本。一条长长的白眉梳到耳后，另一条垂在脸旁。他今天的打扮是一件红蓝两色、浆得笔挺的袍子，加上一顶平顶锥筒帽，这是泰勒拿商人的传统装束，已有几十年不时兴了，但风格仍然十分明显。

"我听说过，"莱丝对他说，"可还是太奇怪了。"她又走了几步，绕着第一辆货车转圈。不错，她听说过这些长在深国的怪草，可本以为它们只是比较呆滞，别人说它们不躲起来的原因是动得太慢。

但不是那样的，这些草完全不会动。它们怎么生存的？这样不会被动物啃光吗？她难以置信地摇摇头，望向平原。平原完全被青草覆盖，草叶挤得密密麻麻，压根儿看不着地面，真是一团糟。

"地面好像有弹性,"她走路绕回去,"不只是草的关系。"

"嗯,"乌斯提姆依旧埋头看账,"对,这叫土壤。"

"感觉好像会陷进去,把膝盖都没掉。深族是怎么在这种地方生存下来的?"

"一个有趣的民族。你该把那玩意儿装起来了吧?"

莱丝叹了口气,但还是走向车尾。车队共有六辆货车,头尾相对,组成松散的大环。她拉下领头那辆车的后挡板,拖出一具差不多跟她一样高的木制三脚架,往肩上一扛,走向这片被青草覆盖的圈地的中心。

她的打扮比她的巴布斯①更时髦,是那个年纪的姑娘最时兴的衣服:一件深蓝色拼花丝绸裙子,罩着一袭淡绿色长袖硬袖口衬衫。长及脚踝的裙子也是绿色,质地挺括,很有生意人的派头,剪裁注重实用性,但也有时尚的刺绣。

她的左手戴着绿手套。不能露禁手属于愚昧的传统,只是沃林文化占了主导地位,所以最好还是装装样子。很多比较传统的泰勒拿人士——不巧的是,她的巴布斯是其中之一——依然觉得女性光着禁手招摇过市不成体统。

她支起三脚架。她已给乌斯提姆当了五个月学徒。他待她不薄,并非所有的巴布斯都这么好。照传统、也按照律法,他不仅是她导师,也是她的父亲,直到他宣布她可以成为独当一面的商人为止。

她并不希望花这么多时间跟巴布斯在这种奇怪的地方转悠。他是世人公认的商界伟人,她本以为这样的大商人造访的该是一个个异国都市和港口,而非某个穷乡僻壤里一无所有的草地。

设好三脚架后,她回车里去取法器。货车后部的车厢密封性不错,厚实的箱板和车顶能抵御飓风——哪怕是西部较弱的飓风也很危险,

---

①收徒传授经商之术的泰勒拿商人的称呼。

至少在通过山口、进入深国境内之前，一点儿也不能大意。

她捧着装法器的盒子快步走到三脚架边，滑开木盖，取出一台大型金属器械，其中镶着一大块金绿柱石。这颗淡黄色宝石直径至少有两寸，散发出柔和的光芒，这么大的宝石应该更亮才是。

她把器械装到三脚架上，调了调下方的几个旋钮，设定好车队成员的识别频率。然后，她从车上搬了把凳子，坐下观看。乌斯提姆为这台设备付出的价钱令她目瞪口呆，这是最近的新发明，能在生人接近时报警。真有这么要紧吗？

她把身子往后一靠，看着法器中的宝石，看看是否会变得更亮一些。深国大地上的怪草在风中摇曳，哪怕狂风大作，也硬是不肯缩头。远处耸立着白雪皑皑的迷雾山脉，这道山峦是深国的天然屏障，令飓风解体、消散，使深国成为柔刹唯一不受飓风摆布的地方。

周围的平原上零星点缀着一些怪异的树木，树干直得离谱，骨架般直挺的枝杈上挂满树叶，没有受风的影响。整片地貌有种怪异的氛围，仿佛没有活气，什么都不会动。莱丝突然一个激灵，意识到自己还没见到任何灵体。不管是风灵、生灵，还是其他灵体，一只都没有。

仿佛整片大地失去了魂魄，就像生来没有大脑的人，不知该如何保护自己，只会挂着口水呆呆望墙。她把一根手指插进地里后拔出，检视乌斯提姆所称的"土壤"究竟是什么东西。那玩意儿脏兮兮的。为什么呢，一阵大风就能把整片青草连根拔起，将这些土壤吹得一点不剩。幸好飓风不能企及这片土地。

仆役和护卫在货车旁卸下一口口箱子，开始安营扎寨。法器突然闪出明亮的黄光。"老师！"她站起来喊道，"附近有人。"

正在清点箱子的乌斯提姆猛一抬头，目光凌厉。他朝护卫队长凯尔姆挥挥手，六名手下拔出了弓。

"在那儿。"一人指着某处道。

远处，一群人骑马朝这里靠近。他们的骑速并不快，后面跟着几头拖货车的大牲口，那就像马，但更矮、更壮。这队人靠得越近，法器中的宝石就闪得越亮。

"很好，"乌斯提姆看着法器说，"看来很管用。警戒范围很大。"

"可我们知道他们会来啊。"莱丝从凳子上站起来，一边说，一边向他走去。

"这一次，我们事先知道。"他说，"可如果碰上黑暗中悄悄逼近的盗匪，这法器就能值回十倍价钱。凯尔姆，把弓箭放下。你知道他们对这种东西是什么态度。"

护卫们遵命行事，这队泰勒拿人在原地静静等候。莱丝下意识地把眉毛往后捋，显得十分紧张，可她不明白自己为什么会心神不宁。这支慢慢靠近的队伍只是些深族人。当然，乌斯提姆曾多次告诫她不要把他们看作蛮子。他仿佛对这个民族怀有很高的敬意。

当他们渐渐走近，莱丝惊讶于深族的装束有多五花八门。她见到大部分人穿着质朴的褐袍或其他工装，但领头男子穿的一定是深族的华服：一条色彩艳丽斑斓、前襟系绳的斗篷把他裹得严严实实，篷边从坐骑两侧披散下来，长度几乎触地。他全身上下只露出头来。

四人在他身边策马而行，装束更低调一些，虽然亮眼，却不如领头男子那般夺目。他们穿着衬衣、裤子和多彩的斗篷。

另有近四十名男子随同步行，穿褐色紧身短袍。还有数量更多的随员驾驶着三辆大车。

"哇，"莱丝说，"他带了这么多仆人来。"

"仆人？"乌斯提姆说。

"那些穿褐色衣服的跟班。"

她的巴布斯笑了："那些人是他的护卫，孩子。"

"什么？他们看起来真不起眼。"

"深族人很有意思，"他说，"在这片国度，武者是最低贱的——就像奴隶。人们用一种小石头代表他们的所有权，并且拿来交易买卖。

任何人，只要拿起武器，就必须成为其中一员，受到同样的待遇。至于那个衣着光鲜的人，他是个农民。"

"您是指地主吗？"

"不，据我了解，他每天都下地。当然，像今天这样，要出门主持协商时可以不下地。他们对每一个农民都如此毕恭毕敬。"

莱丝听得目瞪口呆："可农民在村庄里不是到处都是吗！"

"没错，"乌斯提姆说，"在这里，村庄是神圣的场所，外乡人不得靠近农田或务农的村落。"

真奇怪，她心想，*也许这种生活影响了他们的心智。*

眼见对方人数远远占优，凯尔姆及其手下护卫并不太高兴，但乌斯提姆毫不担心。深族人走近后，他走到车队的圆环外，没有一丁点儿惊慌的样子。莱丝赶紧跟上，裙摆与青草摩挲不止。

*真麻烦。*她心想。这些顽固不化的草带来了另一个问题：如果呆头呆脑的青草害她要买新裙边，她可是会非常生气。

乌斯提姆走到深族人面前，以奇特的姿态鞠了一躬，双手触地，口中念念有词："Tan balo ken tala。"莱丝听不懂是什么意思。

那个裹斗篷的领头男子——也就是农民——满含敬意地点点头，另一名骑手下马向前走来。"朋友，愿好运如风，引你前行。"他的泰勒拿语说得很流利，"增益者为你的安然抵达而高兴。"

"感谢你，伊桑之子塞雷什，"乌斯提姆说，"也感谢增益者的美意。"

"这回，你从你那奇异的国度带来了什么？"塞雷什说，"又是金属吗？我希望如此。"

乌斯提姆招招手，几名护卫扛来一口沉重的箱子。他们把箱子放到地上，撬开盖头，露出古怪的货物。那是一些废铜烂铁，大多都像小贝壳，也有一些形如木片。在莱丝看来，这是一些以垃圾为原料、用塑魂术变成的金属——天知道为什么要这么做。

"啊,"塞雷什弯下腰检验成色,"太美了。"

"没有哪怕一片是从地下采的,"乌斯提姆说,"没有为这些金属打破或熔化半块岩石。塞雷什,这是通过塑魂术,用贝壳、树皮和树枝转化成的。我有一份公文可以证明,经五名独立的泰勒拿公证人签字为证。"

"不必费此周章,"塞雷什说,"在这方面,你早就赢得了我们的信任。"

"我还是想按规矩来,"乌斯提姆说,"对契约疏忽大意的商人交不到朋友,只会树敌。"

塞雷什直起身子,拍了三下手。那群低眉顺目的褐衣男子便放下货车后部的挡板,取出箱子。

"其他造访此地的人,"塞雷什一边走向货车一边说,"全都只关心我们的马,人人都想来买马。可你从不要求,我的朋友,为什么?"

"这些马很难照料,"乌斯提姆走在塞雷什身旁说,"又如此贵重,回报往往很低。"

"那这东西的回报就不低?"塞雷什取出一口没多少分量的箱子,里头装着活物。

"不低。"乌斯提姆说,"雏鸡能卖出好价钱,只要有饲料,也不难照顾。"

"我们为你带来了很多鸡崽,"塞雷什说,"我不敢相信,你竟然为此花钱。它们并没有你们外乡人想的那么值钱,而你却用那些金属来交换!没有破坏任何岩石的金属,这简直是奇迹。"

乌斯提姆耸耸肩:"在我们那边,这些废铜烂铁真的一文不值,只是虔诚者练习塑魂术的副产品。那些新手还不能制造食物,因为一旦出错,食物里就有毒。所以他们把垃圾变成金属,然后丢弃。"

"可那些金属能作为锻造的原料!"

"为什么要用锻造这种工艺呢?"乌斯提姆说,"我们可以用木头分毫不差地雕出想要的形状,然后塑成金属。"

塞雷什只是摇摇头,一脸无法理解的神情。莱丝看着二人,也感到困惑不已。她从未见过比这更离谱的交易谈判。通常,乌斯提姆能言善辩,还价来又准又狠,可在这里,他却毫无保留地坦白自己的货物不值钱!

这还没完,随着谈话进行,双方都苦口婆心地强调自己的货品多不值钱。最后,两人达成协议——尽管莱丝不明白究竟怎么达成的——握手成交。几名塞雷什的士兵卸下一箱箱小鸡、布料和异国干肉,另一些人则把一箱箱废金属运走。

"你恐怕不能换一名战士给我吧?"等候交割的过程中,乌斯提姆问。

"恐怕不能卖给外人。"

"可你们曾经卖给我一个……"

"那是将近七年前的事了!"塞雷什笑道,"你到现在还问!"

"你不明白他为我带来了什么。"乌斯提姆说,"而且几乎是白送的!"

"他是无真奴,"塞雷什耸耸肩,"一文不值。你强迫我接受了某种形式的交易,但坦白说,我最后只能把你给的东西扔进河里。我不能为一个无真奴收钱。"

"好吧,我想这也不能算失礼。"乌斯提姆抚着下巴说,"但如果还有这种奴隶,请告诉我,那么好的仆人我从未遇到过,把他卖掉后,我后悔至今。"

"我会记在心上,朋友。"塞雷什说,"但我想不太可能有另一个了。"他的表情迷离起来,"实际上,我希望别再有第二个……"

完成交割后,两人再次握手,随后乌斯提姆向那位农民鞠躬致意。莱丝也依样画瓢,换来塞雷什和他若干同伴赞许的笑容,他们还用深族语低声交谈了几句。

如此漫长、乏味的旅途,只为如此短暂的交易。但乌斯提姆说得对,到了东方,这些鸡崽能换好多润石。

"你学到了什么?"返回领头那辆货车途中,乌斯提姆问她。

"深族人怪怪的。"

"不是怪,"乌斯提姆反驳,但语气并不严厉。他似乎从来都不会严厉,"他们只是不太一样,孩子。怪是指行为反常,塞雷什那类人绝对称不上反常,倒是有点儿太一成不变。外部世界一直在变化,但深族似乎下定决心要保持本来面目。我曾向他们兜售法器,他们却觉得那东西没有价值,或许是觉得太邪门,不,也许是太神圣了,所以不能用。"

"神圣和邪门差别可大了,老师。"

"对,"他说,"但在深国,两者往往难以区分。不管怎么说,*你究竟学到了什么?*"

"他们喜欢自谦自贬,就像赫达孜人喜欢自吹自擂。"她说,"他们交易时彼此不厌其烦地声明自己的货物多么不值一文,我觉得很奇怪,但这也许就是他们讨价还价的方式。"

他的脸笑开了花:"你比跟我来过这里的半数男子都要聪明。用心听着,这是你今天的收获:*永远别试图欺骗深族*。要坦诚,要说出真相,如有可能,尽量贬低自己的货品。这会让他们喜欢上你,也会让他们乐意掏钱。"

她点点头。两人来到车旁,他取出一口怪模怪样的小罐。"来,"他说,"拿把小刀,挖点草放进去,一定要挖深一些,多带些土。这种植物没土不能活。"

"为什么?"她用手指挤挤鼻子,接过罐头。

"因为,"他说,"你要学着照料这种草。我想让它留在你身边,直到你不觉得它奇怪为止。"

"可这是为什么呢？"

"因为那可以让你成为更好的商人。"他说。

她眉头一皱。他非得成天如此古怪吗？也许这是他能和深族人做成好生意的原因——所有泰勒拿人中找不出第二个，因为他和那些人一样古怪。

她按老师的吩咐去挖草，毕竟抱怨也是白费劲。不过她先取出一副破破烂烂的手套，还卷起了袖子。她可不想为一罐呆头呆脑、傻里傻气、像对着墙发愣的笨蛋般的青草毁了一条好裙子。

就这样吧。

I-5 收藏家亚克西斯

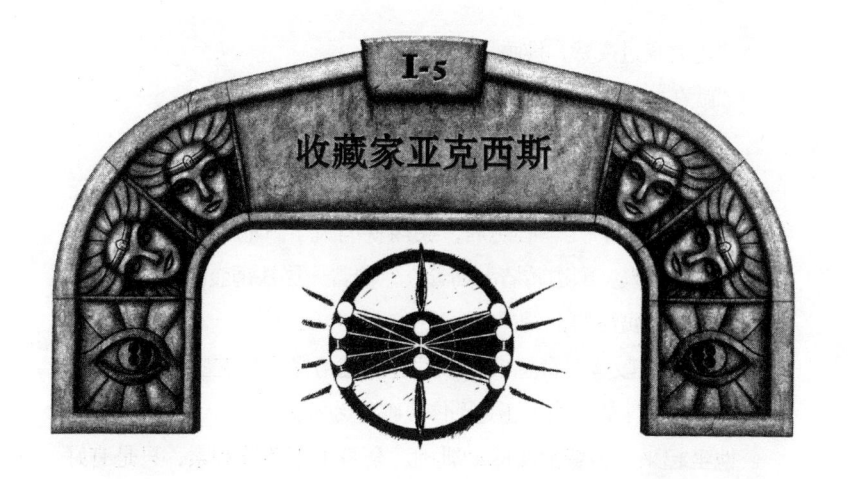

收藏家亚克西斯仰面躺着,不住呻吟,头骨仿佛被人猛捶般阵阵抽痛。他睁开眼,往脚底瞧了瞧,发现身上一丝不挂。

全都枯死才好呢。他想。

好吧,最好检查一下,看看伤得重不重。他的脚趾头冲着天,指甲是深蓝色,作为艾米亚人,这正常得很。他试着扭动脚趾,确实还能动,令他心头一喜。

"很好,至少还是个好兆头。"他喃喃自语,重新把头放到地上。脑后嘎吱作响,仿佛碰到了什么软趴趴的东西,像是腐烂的垃圾。

对,就是腐烂的垃圾。他都能闻到那股又臭又浓的味儿。他把意识集中到鼻头,重塑了那个部位的结构,使自己闻不到味道。啊,他想,**现在好多了。**

现在,如果能把脑袋里的锤子赶跑就好了。这太阳也真是的,非得在他头顶耀武扬威吗?他闭上眼睛。

"你怎么还不滚?这胡同是我的地盘。"一个粗鲁的声音从身后传来,也是一开始把他吵醒的声音。

"我现在就滚。"亚克西斯赶紧答应。

"还欠我过夜费,你睡了一晚。"

"就在一条胡同里?"

"这可是全卡西托最好的胡同。"

"噢,原来我在卡西托?好极了。"

他凝注心神,几下心跳后,头痛就消失了。他睁开眼,这回感到阳光相当悦人。两边砖墙高高耸立,覆着一层铁锈般的地衣,四周散落着一堆堆腐烂的土豆。

不,不是散落,看起来用心摆过。这可怪了。这些土豆似乎是之前闻到的臭味的源头,还是别恢复嗅觉为好。

他坐起来,伸着懒腰活动肌肉。全身上下还算利索,只是有好几块乌青。待会儿要稍微处理一下。"对了,"他转身说,"你是不是碰巧有条多余的裤子?"

那个粗鲁的声音是一个胡子拉碴的男人发出的,他端坐在胡同尽头的一口箱子上。亚克西斯没认出他是谁,也不知这是什么鬼地方。这倒不奇怪,毕竟他被人打了、抢了,还被抛在这里自生自灭。哎,不是头一回了。

还不全是为了学术。他唉声叹气地想。

他的记忆渐渐恢复。卡西托是伊里的一座大城,规模仅次于拉尔艾洛林。他来这里是有原因的,把自己灌醉也是有原因的。或许在挑选酒伴时应该更小心些才是。

"看来你没有多余的裤子。"亚克西斯说罢,站起来查看胳膊上的文身,"如果你有,也还是自己穿吧。你套在身上的不会是装谷子的麻袋吧?"

"你得交过夜钱,"那人不依不饶,"还要赔钱,你搞坏了北地神的神庙。"

"奇了怪了,"亚克西斯回头看看胡同的出口,外面是一条繁忙的街道。对于裸体的他,卡西托的好市民恐怕不会说什么好听话。

"我不记得砸坏过什么神庙。一般来讲,那种事我还不至于忘记。"

"你毁了半条哈普龙街,"乞丐说,"还有不少民宅,那个我就不计较了。"

"您真是太客气了。"

"因为那些居民越来越缺德。"

亚克西斯一蹙眉,转过头来看乞丐,顺着对方的视线低下头,发现一堆堆明显特意摆放的烂蔬菜,仿佛一座城市。

"啊。"亚克西斯一惊,把压到一小片方形菜叶的脚挪了挪。

"那是个面包房。"乞丐说。

"真对不住。"

"那家人出去了。"

"谢天谢地。"

"他们在庙里拜神。"

"就是我……"

"用头砸烂的那个,对。"

"你一定会善待他们的灵魂。"

乞丐眯眼打量他:"我还没想好让你扮演什么角色。虚渡还是令使呢?"

"恐怕我是虚渡。"亚克西斯说,"毕竟,我确实毁了一座神庙。"

乞丐眼中的怀疑更甚。

"只有神圣的衣冠才能把我驱逐。"亚克西斯接着道,"既然你没有……说起来,你手里拿的到底是什么?"

乞丐低头看看手,手底下是一块又破又脏的毯子,盖着一口同样又破又脏的箱子。他蹲在箱顶,就像……好吧,就像俯视众生的神明。

可怜的傻瓜。亚克西斯心想。真该闪人了,免得给这糊涂蛋带来任何霉运。

乞丐举起毯子。亚克西斯抬起手往后躲。乞丐见了，咧嘴一笑，如果他再多几颗牙就更好看了。他跳下箱子，把毯子擎得高高的，亚克西斯又往后退两步。

乞丐一声怪笑，将毯子朝他扔去。亚克西斯当空接住，冲乞丐晃了晃拳头。然后，他拿毯子裹住腰，退出了胡同。

"好嘀，"乞丐在身后喊道，"恶兽驱逐成功！"

"好嘀，"亚克西斯把毯子扎好，"恶兽不用为流氓罪蹲大牢了。"伊里人一丝不苟地奉行他们圣洁的律法，他们对很多事情都一丝不苟。当然，大部分民族都这样——唯一的区别是较真的对象。

收藏家亚克西斯引来了不少注目，这倒不是因为他不合规矩的着装——伊里位于柔刹大陆西北部，气候比大部分地区——例如阿勒斯卡，甚至亚泽尔——更温暖。伊里族男子都长着一头金发，很多人只在腰间兜了块布，身上还涂了五彩斑斓的图案，就连亚克西斯的文身在这里也不起眼。

他引人注目的是蓝色指甲和水晶般的深蓝色眼睛。艾米亚人在这里很少见——就算他是锡奥部落的艾米亚人也一样。又或者，是因为他的影子朝向迥异，乃是迎着光源，而非顺着光射来的方向。这种小事并不起眼，何况太阳当空照，影子并不长。但注意到的人都窃窃私语，或者干脆拔腿就跑。他们应该听说过亚克西斯这一族，其故土被战火尽毁虽非太久远的往事，但足以让故事和传说悄无声息地渗入人们的常识。

也许会有某个大人物看他不顺眼，把他扭送地方行政官。这种事不是没发生过，他早就不以为意了。当你被不合群的诅咒缠上时，就会对所发生的一切随遇而安。

他轻轻吹起口哨，查看自己的文身，对那些目瞪口呆的旁观者视而不见。*我记得在这里写了点什么……*他看看手腕，又扭过胳膊，想看看手臂外侧是否有新的文身。和所有艾米亚人一样，他可以随心所欲地改变肤色、在皮肤上做记号。这很方便,如果你三天两头被人抢得连裤头都不剩,想保管一本像样的笔记是天方夜谭。所以,他必须把要记的事都记在皮肤上,至少要先这么记下来,等到了安全的地方再抄录。

但愿他当时没喝昏了头,把观察到的结果写在某些尴尬的地方。他做过这种蠢事,后来为读到内容,不得不要来两面镜子,还把浴场的侍应搞得一头雾水。

啊哈,他在左臂弯附近找到一条新记录,便用别扭的姿势读了起来,一边顺着斜道往下挪步。

测试成功。发现仅在人大醉后出现的灵体,形如褐色小气泡,依附于周围物体表面。可能需要进一步测试,以证实这不是某种醉酒后的幻觉。

"好极了,"他大声说,"真是太好了。该怎么命名呢?"在他所听到的传言里,这些灵体叫酥肚灵,可听起来很蠢。酒精中毒灵?太拖沓。啤灵?他感到一阵激动。为了逮住它,他追逐了好多年。如果能证明这种灵体确实存在,那将是一场甜美的胜利。

为何它们只在伊里出现?出现的概率又为何如此之低?他傻乎乎地把自己灌醉了十好几次,却只见着它一回。而且,前提是他看到的并非幻觉。

灵体有可能非常难以捕捉。就连最常见的品种——例如火灵——有时也不肯现身。对于一个志在毕其一生观察、编目和研究柔刹每一种灵体的人来说,这尤其令人光火。

他继续吹着口哨,经过市区、走向码头,有好多金发伊里人从他身边经过。金发代表着血统纯正,就像阿勒斯卡人的黑发——血统越纯,金发就越多。而且这不是单纯的金黄色,是真正的金色,与太阳的光辉无贰。

他对伊里人很有好感。他们不像信仰沃林教的东方人那么假正经，也很少争执或打斗，所以在这里更容易寻找灵体。当然，有些灵体只能在战争中找到。

码头上已聚了一堆人。啊哈，他心想，好极了，还不算太晚。大部分人挤在一块专门搭建的观景台上。亚克西斯找了个站脚的地方，整了整腰间那条神圣的破毯，倚着围栏静静等待。

等待的时间并不长。七点四十六分整，一分不早、一分不晚——当地人可以用来对时——一个蔚蓝色的巨型灵体蹿出水面。半透明的躯体仿佛掀起滚滚波浪，可其实那都是幻觉，水面没有被惊动分毫。

其形态为大型水柱，亚克西斯一边想，一边在腿上的空白处留下一段文身，将这些话记下来。灵体中心为类似深海的深蓝色，但外围色度较浅。以附近船只的桅杆为参照，我认为该灵体至少有一百尺高。这是我见过的最大的灵体之一。

水柱侧边喷出四条长长的水流，分别化作手指和拇指，落在市民为它们准备的几个黄金基台上。这只灵体每天会在同一时刻造访，从不失约。

他们直呼其名曰"库斯切什"，意为保护者。有些人拿它当神来拜，大部分人仅仅视其为城市的一部分。它是独一无二的，据他所知，只有几种灵体像它这样找不出哪怕一个同类。

可它到底是哪种灵体？亚克西斯一边做笔记，一边出神，它长着人脸，望向东方，正对飓风的起源地。那张脸不断变化形状，速度惊人；在柱状脖颈上，各种不同的人脸交替显现，令人眼花缭乱。

它的现身持续了整整十分钟。是否有同一张脸出现过两次？他说不准，变脸的速度实在太快了。有些似乎是男性，另一些则是女性。到时间后，库斯切什退回水底，再次掀起虚幻的波涛。

亚克西斯感到疲倦，仿佛体内有什么东西被抽走了。据说这是一种常见的反应。这究竟是预知此事所产生的错觉，还是真实的感受？

就在他沉思时，一个顽童挤到他身边，一把扯开他的破毯，还幸灾乐祸地大笑。那孩子把毯子扔给几名伙伴，随后一同挤出人缝溜走了。

亚克西斯摇摇头。"真叫人恼火。"他说话的当儿，周围人群脸色大变，开始交头接耳。"附近应该有卫兵吧？啊，没错，有四个，太好了。"那四人气势汹汹地朝他走来，金发在肩头飘飒，表情严肃僵硬。

"好吧。"他自言自语，在一名卫兵抓住他肩头的同时写下最后的记录，"看来我又有机会寻找囚灵了。"说来也怪，这么多年来，他蹲了无数次大牢，可竟然一直没能找到。他开始怀疑这种灵体是否仅仅存在于神话之中。

卫兵拽着他走向城里的地牢，可他浑不在意。虽然花了好多天，可毕竟找到了两种新灵体！照这个速度，只要再过几个世纪，他的研究就可以达成了。

那可是了不起的成就。口哨又从他唇边奏响。

I-6 艺术品

深国无真奴、瓦拉诺之孙泽斯蹲在一座地下赌场墙边高高的石台上。石台本是用来放灯的,他的双腿,连同脚下的台子,都被包裹全身的长袍遮掩,使他看起来仿佛凭空挂在墙上一般。

周围光线很暗。马凯克喜欢让泽斯隐伏在暗处。他在斗篷下穿一件黑色紧身衣,下半张脸蒙起,这都是马凯克的主意。斗篷太大,衣服又太紧,对于暗杀者而言,这种装束简直糟透了,可马凯克要求泽斯制造夸张的效果,泽斯便执行主人的吩咐。他永远都那么听话。

也许这身戏服般的行头确实有些好处。见到他只露出眼睛和秃头的尊容,路过的人无不骇然。深族人的眼睛太圆整,也太大了点儿,这里的人觉得这双眼睛像是儿童。既然如此,又有什么好怕的?

不远处坐着一群披棕色斗篷的男子,他们一边闲聊,一边搓着食指和拇指,缕缕细烟从指间腾起,伴随着轻微的爆裂声。据说,摩擦火藓可以让人更容易接受别人的想法和观点。泽斯试过一次,只换来一阵头痛和手指上的水泡。不过看起来,若是能养出茧子,就会飘飘欲仙了。

圆形赌场中央有一条吧台,提供多种价格迥异的酒水饮料。侍酒女穿着领子开口很深的高衩紫裙,禁手无遮无掩,令世代信奉沃林教的巴甫兰德人看得血脉偾张。奇了,不过是一只手而已。

以吧台为中心,各种赌戏在这座赌窟中上演。任何玩法都不凭运气,没有掷骰、没有翻牌,只有快马赌、浅蟹斗,说来也奇,居然还有猜谜游戏——那是沃林教信众的另一个古怪之处。他们回避对未来的公然揣测,快马赌这类玩法也需要投掷,但他们赌的不是投出的结果,而是先抽石头、再投掷,看留在手里的组合定输赢。

这种古怪的原则在泽斯看来毫无意义,但它毕竟深深浸淫于沃林文化之中。即便在这种地方、在城里最邪恶肮脏的角落之一——女人裸着手招摇,男人公然把罪恶的勾当挂在嘴边——也没人胆敢忤逆令使、探求未来,哪怕预测飓风也令很多人不安。可他们却毫无顾忌地脚踏石地,把飓光当作日常照明。他们无视身边的物事所蕴藏的灵魂,饮食随心所欲、不择时日。

咄咄怪事,不可理喻。然而这就是他的生活。近来,泽斯开始怀疑他过去严格践行的某些戒律。东方人怎么可能不在石地上行走呢?他们的大地没有土壤,不践踏石头又怎么走动?

这种念头太危险。除了自己的生活方式,他一无所有,如果对石萨满的教义产生怀疑,进一步便会怀疑自己作为无真奴该尽的本分?危险,太危险。虽然谋杀和罪孽会诅咒他一生,至少死后的灵魂能归入岩石。他将继续生存、接受惩罚、忍受大苦,但不会被逐入虚无。

在苦难中苟活总好过彻底消失。

马凯克一边怀里抱一个美女,在赌场大摇大摆地走着。他精悍瘦削的身材已经走样,脸上渐渐生出一层皮脂膏梁,就像用水浸泡过的果子,愈发圆熟起来。那身强盗的破烂衣衫也不见了,代之以奢华的绫罗绸缎。

马凯克的同伙,就是杀死图克时的那群人,已死得一干二净,全是马凯克命令泽斯下的手,为了隐藏誓约石的秘密。为什么这些东方人对于操控泽斯一事如此羞于启齿？是害怕别人偷走誓约石？是害怕如此冰冷无情的武器会落到自己头上？

如果别人知道控制泽斯是如此轻而易举，马凯克就保不住令人胆寒的恶名，也许他担心的是这个。泽斯无意中听旁人不止一次谈论马凯克手下那个见血封喉的神秘保镖。如果泽斯这样的怪物都肯为马凯克卖命，那这位主人必然惹不得。

马凯克走过泽斯匿伏的地方，他怀里的一名女子发出银铃般的笑声。马凯克瞟了泽斯一眼，颐指气使地打了个手势。泽斯低下蒙脸的头，表示领命。他贴着墙根跳下壁台，大得不合身的斗篷在昏暗灯光下舞动。

每一张赌桌都沉寂下来，所有人，不管有没有喝醉，都齐刷刷转头，看着泽斯。当他从三个正搓着火薪的男子身旁经过时，他们的指头都垂了下来。屋里大多数人知道泽斯今晚要干什么。水邦镇来了个外人，还在这里开了家赌场，想抢马凯克的赌场生意。这名新来者大概不知道马凯克的幽灵杀手有多大名气。也罢，他有理由怀疑，有关泽斯的传闻并不尽然准确。

他远比传闻中危险。

他伏身奔出地下赌窟，拾阶而上，穿过灭了灯的前厅，跑进院子。然后他扯下斗篷和面罩，丢进一辆途经的货车。斗篷只会制造不必要的动静，蒙面又有什么用？他是镇上唯一的深族。只要看到他的眼睛，别人就能认出他。黑色紧身衣还在身上，换衣服太费时间。

水邦镇是这一带最大的镇子，马凯克没费多大工夫就使该镇盖过了斯塔普林镇，现在还宣称要迁到膝刺城去发展生意，当地领主的公馆就在那座城市。如果他真去了那里，泽斯将经历几个月腥风血雨的日子，把不服马凯克的小偷、杀手和赌场主一个个清理干净。

无论如何也是几个月后的事。眼下要料理的是水邦镇的闯入者，名叫加瓦绍的男人。泽斯在街道上悄无声息地前行，不愿倚仗飓光或碎瑛刃，仅凭灵巧而谨慎的身法避人耳目。他享受着这份片刻的自由，这种时刻——离开马凯克烟雾缭绕的赌窟——最近实在太少。

他在楼房间无声穿行，在黑暗中矫健移动，阴湿的空气掠过皮肤，他差点儿以为自己回到了深国。周围的建筑不再是大逆不道的石楼，而是粘土和灰泥垒成的土房；那些低沉的闷响不再是马凯克的另一家地下赌窟传出的喧嚣，而是平原上驰骋的野马发出的嘶鸣和奔腾的蹄声。

不。在深国，他绝不会闻到如此浓烈的恶臭——那是在污水中浸泡了数周的各种垃圾。这不是家乡，真信山谷里没有他的容身之处。

泽斯来到镇上比较富裕的一带，楼房的间隔变得更大了。水邦镇位于山脚，东边有一道高耸入云的峭壁作为遮挡飓风的屏障。加瓦绍的大宅趾高气扬地坐落于镇子东侧，那是管辖全省的领主的地产，他也深得领主宠信。领主听说了马凯克这号人物，得知他在黑道迅速坐大，现在扶持一个对头是遏制其势力的一招好棋。

城主的宅邸是一栋三层高的建筑，周围有片精心打理的庭院，四周围着石墙。泽斯伏身抵近。这里位于镇郊，地上零星长着球状石壳木。他经过时，这些植物簌簌有声地收起藤蔓，条件反射似的闭上外壳。

他来到墙下，紧贴石面。初月已去，次月将至，现在是夜里最黑暗的时辰，他的族人称之为可憎的时辰，因为这是唯一人类得不到诸神照护的时间。墙垛上有兵士巡逻，脚底与石面的摩擦声清晰可闻。这栋建筑的防护措施堪比光眼种重要人的官邸，加瓦绍也许以为躲在这里就能安然无恙。

泽斯深吸一口气，从口袋里的润石中汲取飓光。他的身体开始发光，体表腾起一股微亮的雾气，在黑暗中十分醒目。这种力量从来不是为暗杀而存在，飓能者通常在白昼的光线下战斗，虽然也打夜战，但并不以此见长。

此地不宜久留。他必须格外小心，以免被人发现。

守卫走开后，泽斯等了十次心跳的工夫，然后对墙面施放风行术，使墙壁成为落脚面，踏壁向上疾行。到了墙顶，他向前一跃，即刻朝身后施法，同时屈身在墙垛上打了个滚，重新让自己踏上里侧的墙壁，顺墙向地面跑去。到离地只有几尺的地方，他朝正下方施放风行术，然后纵身一跃。

地上有一株株页岩皮木的盆栽，剪裁成球形，编排成一片小小的景观园林。泽斯压低身子，在迷宫般的园林中择路而行。有几名守卫在润石的照明下把守门廊。泽斯只要一跃而上，吸走润石的飓光，让那些人两眼抹黑，就能一刀结果他们的性命，毫不费力。

但马凯克没有明令他如此大开杀戒。加瓦绍必须死，具体做法却可以由泽斯自行定夺。他选择了无需多作杀伤的方法。只要有机会，他一直都这么做。这是保全他仅有的一丁点人性的唯一办法。

他来到宅邸西侧，对墙面施放风行术，径直跑到屋顶。屋顶又长又平，略向东倾斜——有绝壁的庇护，这种设计并不必要，但东方人总是透过飓风的眼看世界。泽斯迅速来到建筑后部，那里有一小块石质穹顶，覆盖着下方的宅邸。他跳到圆顶上，飓光从体内涌出，化作半透明光雾，清亮明澈，如同五内俱焚后的余光，吞噬着他的灵魂。

在死寂的黑暗中，他唤出碎瑛刃，在顶上切出一个圆形口子，并控制好刀刃插入的角度，以免岩块掉进屋。他把另一只手放到圆石上，注入飓光，用风行术将它甩向西北方的天空。其实让物体落向远方某一点是可以办到的，但无法精确控制，就像朝很远的地方射箭一般。

他退开几步。圆石落向天空，拽着飓光拉出的彗尾扶摇直上，飞向那片以群星为墨泼洒而成的画卷。泽斯跳进洞里，旋即将自己甩向天花板。他在空中一个翻腾，双脚落在圆顶的里侧，就站在他刚切出的缺口旁。以这个视角，他现在站在一只巨型石碗的碗底，缺口位于最底部,从那里可以望见脚下闪闪的繁星。

他顺着碗边往上走,施法让自己附着在右壁上,很快就来到地面,随即恢复正常的站立方向,让穹顶回到头顶。远处传来微弱的撞击声,是那块圆石,由于注入的飓光耗尽,所以它落到了地面。他瞄准的地方位于镇外,但愿没人因这场飞来横祸而死。

现在,守卫被石头坠地的动静吸引了过去。泽斯深吸一口气,将第二袋宝石的飓光吸尽。体内腾起的光雾变得更亮,使他可以看到屋里情况。

他环顾四周,屋里空空荡荡。这是一间很少有人使用的宴会厅,摆放着一张张桌椅,壁炉里的灰烬不带余温。死寂的空气久不流通,带着霉味,仿佛来自墓穴。泽斯快步走到门边,把碎瑛刃插到门缝,割断锁舌,轻轻推开门。体内腾起的飓光照亮了屋外漆黑的走廊。

马凯克刚成为他主人时,泽斯留了个心眼,并没有使用碎瑛刃。但任务越来越困难,他不得不用碎瑛刃来避免不必要的杀戮。如今,传言已是沸沸扬扬,声称他能在石头上切出大洞,死在他手下的人两眼焦黑。

马凯克开始把这些传言当真了。他尚未要求泽斯交出碎瑛刃——否则,他会知晓泽斯两条禁忌中的第二条:泽斯必须一生背负碎瑛刃,直到死去,届时深族的石萨满会从杀死他的人手中夺回碎瑛刃。

泽斯沿走廊前行。他并不担心碎瑛刃被马凯克夺去,他担心的是这强盗头子变得越来越大胆。泽斯越是无所不能,马凯克就越是无所顾忌。还要多久,他将不再让泽斯去杀一些不足挂齿的小对头,转而派他去谋杀碎瑛武士或光眼种显贵?还要多久,别人才会发现其中的端倪?一个深族刺客,拥有碎瑛刃,一身武艺莫测高深,来无影去无踪。会不会就是那个臭名昭著的白衣刺客?马凯克的行径也许会让阿勒斯卡的王公贵族离开破碎平原,率领大军杀向雅克维德。成千上万人会因此丧命,鲜血会如飓风裹挟的暴雨般洒落——浓密厚实、无处可避、毁灭一切。

他继续以矫健的身法在走廊里奔跑,身体下压,反手握碎瑛刃,刀尖探后。至少今晚,他要杀的人死有余辜。走廊里是不是太安静了?跳下屋顶后,泽斯还没见到一个活物。难道加瓦绍如此愚蠢,把守卫全布置在室外,卧房却无人防备?

前方是主卧室的双开大门,在一条不长的走廊末端,无人把守,隐没在黑暗中。有些不对劲。

泽斯悄无声息地走到门边,驻足聆听。周围一片死寂,令他有些犹豫,不由得环顾两侧。一侧有道气派的楼梯通往二层。他挥动碎瑛刃,从楼梯护栏上切下一截小甜瓜那么大的木端柱,又用碎瑛刃点点划划,从一块窗帘上切下斗篷大小的一片布来。泽斯快步回到门前,将飓光注入球形木块,施放基础风行术,使西方、也就是他面前的方向,成为木球掉落的方向。

他切断两半门之间的锁舌,轻轻推开其中一扇。屋里黑暗无光。加瓦绍今晚外出了?他会去哪里?这座城市对他而言还不安全。

泽斯把木球裹在窗帘布里,一松手,这团东西便向着远端墙壁滚落,在布头的包裹下,看起来就像是披着斗篷、伏身前冲的人。

没有守卫躲在暗处给这团东西来一下子。诱饵撞到一扇上栓的窗户,弹了几下,最后附在墙上,飓光还在从中逸出。

光照亮了一张小桌,桌上摆着某种物件。泽斯眯着眼,想看个真切。他悄无声息地钻进屋子,一步步朝桌子靠近。

没错,桌上摆着一颗人头,有加瓦绍的五官特征。飓光投下的阴影令这张狰狞的脸庞变得更加惊悚。有人先到一步,让泽斯扑了空。

"内荼罗之子泽斯。"有人说。

泽斯一转身,碎瑛刃划着弧线落到身前,摆出防御姿态。有个人影立于屋子远端,隐伏在黑暗当中。"你是何人?"泽斯斥问。他屏住呼吸,飓光的光晕变得更加夺目。

"你满足于眼前的一切吗,内荼罗之子泽斯?"那个声音问道。这是深沉的男性嗓音。属于哪种口音?此人不是雅克维德人,也许是阿勒斯卡人?"你满足于这些微不足道的罪行?在偏僻的矿区小村里杀几个无足挂齿的杂碎?"

泽斯没有回答。他扫视房间,留心其他影子的异动。看起来屋里并没有藏第二人。

"我一直看着你。"那个声音说,"你被用来吓唬店主,杀些无足轻重、官方根本不屑一顾的小强盗。你被当作小丑、用来取悦娼妓,仿佛她们是什么光眼种贵妇。真是暴殄天物。"

"我服从主人的命令。"

"你被糟蹋了,"他说,"无足挂齿的敲诈和谋杀不是你的使命。让你干这等勾当,好比把一匹纯正的雷沙迪乌马套上赶集的货车,好比用碎瑛刃来切菜,好比用最精美的绸缎来烧洗脚水。真是作孽。你是艺术品,内荼罗之子泽斯,你是神,而马凯克每天都在往你身上抹粪。"

"你是何人?"泽斯继续追问。

"懂得欣赏艺术的人。"

"别用我父亲的名讳称呼我,"泽斯说,"他的英名不应被我玷污。"

墙上的木块终于耗尽了飓光,跌落在地,在帘布的缓冲下悄然无声。"好吧,"那人道,"可他如此轻率地滥用你的神技,你竟不反抗?你难道不是为伟大的事业而生的吗?"

"杀戮何以成就伟业?"泽斯说,"你的话像是'苦苛吏'才会说的。伟人创造衣食,增益者得崇敬,而我只带来缺损。如果杀的是这等人物,至少我还能聊以自慰,当成是在做件好事。"

"这种话,当真出自一个差点儿掀翻柔刹一大强国的人之口?"

"出自一个全柔刹杀孽最重的人之口。"泽斯纠正他。

此人嗤之以鼻："和那些碎瑛武士在战场上掀起的腥风血雨相比，你所做的不过是清风拂柳。但和你能卷起的滔天飓风相比，那些碎瑛武士又显得不值一提。"

泽斯转身就走。

"你要去哪儿？"那人问。

"加瓦绍已死，我必须回到主人身边。"

有什么东西落到了地上。泽斯猛一转身，压低碎瑛刃。一件圆滚滚、沉甸甸的物事被那人丢下，朝泽斯滚来。

又一颗人头。停下时，一侧贴地，正好面朝泽斯。他认出了这张脸，不禁浑身一凛。那张肥硕的脸颊上沾满了血，死寂的瞳孔依旧透出惊惶之色——那是马凯克的脑袋。

"怎么死的？"泽斯责问。

"你前脚走出赌场，我们后脚就要了他的命。"

"'我们'？"

"我们是你新主人的手下。"

"我的誓约石呢？"

此人摊开手，抖落出一块用链条绑在手指上的宝石，宝石的光亮照出了绑在一起的一件物品：泽斯的誓约石。那人的脸依旧一片黑暗，因为他戴着面罩。

泽斯的碎瑛刃化为雾气，他单膝跪下："您有何吩咐？"

"桌上有份单子，"那人合拢掌心，收起誓约石，"写明了主人的愿望。"

泽斯起身走向桌子。加瓦绍的头颅放在一口盘子里，血液都汇聚在盘中。边上有张纸，他拿起来，身上的飓光照出了大约二十多个名姓，用的是他故乡的战士所用的书面语。有些名字旁加了注释，规定了具体的死法。

如此尊贵的名字，泽斯心想。"都是世上最有权势的人物！六

名轩亲王？一名瑟莱基隆长老？雅克维德的国王？"

"你不用再浪费自己的才能了。"那人走到远端墙边，以手扶墙。

"天下会因此大乱，"泽斯低声说，"人间将经历世所罕见的内乱、战争、混乱和苦难。"

绑在那人掌心的宝石一闪，墙壁消失了，化作烟雾。他是一个塑魂者。

那黑影看了泽斯一眼："没错。你几年前在阿勒斯卡干得很好，我们的主人命令你采用类似的手段。完成任务后，你会接到进一步指示。"

话毕，他从缺口离去，留下惊魂未定的泽斯。噩梦降临了，他落到了那些知道他的能耐、也有野心充分使用的人手里。他于无声中伫立良久，体内的飓光早已散尽。

然后，他虔敬有加地折起纸条。双手居然如此稳健，令他吃了一惊。他应该颤抖才是。

因为这世界很快将会颤抖。

第三部分
垂死闪耀

卡拉丁 沙兰

那士之都京英

海之森林院以河之間,為倫敦大國口岸,為英吉利

29 错慢

"火与灰烬的怪物有如虫群过境,屠戮众生,令使面前露狰狞。"
——记载于《玛司勒语录》第337页。由蔻德雯和哈萨瓦合编。

听起来,你很快就赢得了迦熙娜的好感,对芦写道,还要多久才能调包?

沙兰眉头紧蹙,转动芦笔上的宝石。我不知道,她回复,不出所料,迦熙娜把魂器看得很紧,整天戴在手上。夜里,她把魂器锁进保险箱,钥匙则挂在脖子上。

她拧了拧宝石,等待回复。她在自己的屋里,这是一间石头中凿出的小房间,就在迦熙娜的住所内。她的生活很清苦,一张小床、一张床头柜和一张写字桌就是所有的家具,衣服还放在随身箱子里。地上没铺毯子,墙上也没开窗,因为这屋子在卡哈巴兰斯的大岩宫,位于地下。

那确实是个麻烦。芦笔写道。写字的是长子巴拉特的未婚妻艾丽塔,但三位尚在人世的兄长应该都在同一间屋里——远在雅克维德的老家——参与通笔。

我猜她沐浴时会取下，沙兰写道，等我赢取了更多的信任，也许会让我服侍沐浴。那就有机会了。

不错的计划，对芦写道，长子巴拉特想让我说，让你做这种事，我们觉得非常抱歉。千里孤悬在外，一定非常艰难。

艰难？沙兰提起笔，有些犹豫。

没错，是有点儿艰难。难在让自己不爱上这种自由，难在让自己别太沉浸于学习中。说服迦熙娜收自己为徒才过了两个月，可她已少了一半的羞怯，多了成倍的信心。

而最艰难的，是知道最终的结局。负笈求学于卡哈巴兰斯，毫无疑问，这是她一生中最精彩的篇章。

我还好，她写道，真正艰难的是你们，要留守家宅，守护家族权益。现在情况如何？

过了好一会儿，艾丽塔才回复：情况不太好。父亲的债务即将到期，维吉姆想尽办法才勉强稳住债权人。轩亲王贵体欠安，人人都想探明我们家族对继位一事的立场。最后一批矿石即将告罄，如果外人得知我们没了矿产，事情就糟了。

沙兰蹙额，我还有多少时间？

最多几个月，长子巴拉特借未婚妻之手答复，取决于轩亲王能活多久，也取决于是否有人察觉三子尤术变卖家产的真正理由。尤术是三兄弟中最小的，只比沙兰年长。他那赌博的旧习如今倒帮上了忙。多年来，他经常偷窃父亲的物品变卖，以偿还赌债。他现在假装依然如故，但实际上是拿这些钱给家里救急。尽管有此陋习，他人并不坏，况且考虑到他所经历的一切，他确实不应受太多苛责。他们四兄妹都不应该。

维吉姆觉得还能瞒天过海一段时间。可我们越来越绝望了。快带着魂器回来吧，越早越好。

沙兰顿了顿，这才落笔，这真的是最好的办法吗？也许我们只需开口向迦熙娜求助。

你以为她会伸出援手？他们回复，她会帮一个既没听说过又没好感的雅克维德家族？她会为我们保守秘密？

也许不会。虽然沙兰越来越确信迦熙娜的恶名有夸大的成分，但那个女人确有无情的一面。她不会为帮助沙兰一家而放弃重要的研究。

她伸出手，欲提芦笔作答，但它又开始书写了。沙兰，它写道，我是长子巴拉特，其他人被我打发走了，现在只有艾丽塔和我在。有件事你必须知道，卢维什死了。

沙兰吃惊地眨眨眼。卢维什是父亲的管家，是眼下唯一懂得如何使用魂器的人，也是极少数他们兄妹认定可以信任的人。

发生了什么？她换了张纸，写道。

他死在睡梦中，没有任何谋杀迹象。可他死后数周，有几人来访，声称是父亲的朋友。他们与我单独会面，话里有话地提到父亲的魂器，并极力暗示我必须将魂器交还给他们。

沙兰皱起眉头。她的禁袋里还放着父亲那件损坏的魂器。交还？她写道。

我们始终没搞清父亲是怎么得到魂器的，长子巴拉特回道，沙兰，他一定参与了什么事。那些地图、那些卢维什说的事，现在又冒出那些神秘的访客。我们继续隐瞒父亲已死的事实，不时还会收到其他光眼种写给他的信函，其中语焉不详地提到某些"计划"。我认为他曾计划成为轩亲王，还得到了一些非常强大的势力的支持。

来者不善，沙兰，都是些惹不得的人物，他们还想要回魂器。不管他们是什么人，我估计，是他们给了父亲魂器，让他敛财，以争取亲王之位。他们现在也知道父亲死了。

我相信，如果不能交出一件功能完好的魂器，我们都会面临极大的危险。你必须把迦熙娜的魂器带回来，我们得尽快用它造出新石矿，然后把它交给那些人。沙兰，你不能失败，当初你提出这份计划时，我是有所保留的，可其他出路很快都被堵死了。

沙兰打了个冷战。她把这段话反复读了几遍，才落笔：卢维什死了，我们就不知道如何使用魂器，那是个难题。

我明白，长子巴拉特答道，你能不能弄清魂器的使用方法？我知道这么做有危险，沙兰。很抱歉。

她深吸一口气，写道：势在必行。

对了，长子巴拉特接着传信，我要给你看样东西。你见过这种符号吗？随后出现的图画比较粗糙，艾丽塔并没有太高的艺术才能，幸而图案本身很简单——以奇特方式排列的三个菱形。

从未见过，沙兰写道，怎么了？

卢维什的项链坠上有这个符号。长子巴拉特借未婚妻之手写道，我们在他的尸体上发现的。一个来索要魂器的人手上也有同样图案的文身，就在大拇指下方。

很不寻常，沙兰写道，那么说，卢维什……

对。长子巴拉特接着道，不管他怎么自称，我相信他和那些给父亲魂器的人是一伙。卢维什是局内人，也许是父亲和他后台之间的联络人。我婉转表示可以替代父亲，成为他们支持的对象，可那些人只是笑笑。他们没有久留，也没有明说交还魂器的时限，恐怕一件损坏的魂器不会使他们满意。

沙兰抿抿嘴唇，巴拉特，你有没有想过，我们有可能引起战端？我们要盗取的是阿勒斯卡人的魂器，一旦走漏风声……

不，不会引发战争，长子巴拉特回道，哈纳瓦纳国王会把我们交给阿勒斯卡人，以偷盗的罪名问斩。

真是让人安心，巴拉特，她写道，非常感谢。

谢什么。但愿迦熙娜不会发现是你换走了魂器，她可能以为自己的魂器因某种原因损坏了。

沙兰叹口气。*也许吧*，她写道。

*保重。*长子巴拉特向她道别。

你们也保重。

通笔结束了。她把对芦放到一边，重读整场对话，把内容记入脑海。然后，她把纸揉成一团，走进起居室。迦熙娜不在那里——她很少半途中断研究——于是沙兰将纸团扔进壁炉。

她怔怔地看着炉火，在忧心忡忡中站了好一会儿。长子巴拉特很能干，但生活都在他们身上留下了伤疤。艾丽塔是他们唯一可信赖的文书，而她……唉，为人是相当好，只是不太聪明。

沙兰叹口气，走出起居室，回房继续做学问。这不光是为了帮自己忘却烦恼，如果她总没长进，迦熙娜会发脾气。

四小时后，沙兰对自己的求知欲产生了怀疑。

她确实享受学术研究所带来的快乐。可最近，迦熙娜让她学习阿勒斯卡君主制的历史。这不是最有趣的课题。比枯燥的内容更糟的是，她不得不阅读好几本她认为观点相当荒唐的书。

她端坐在浣纱厅内一座壁读台上，这座壁台专供迦熙娜使用。填满整面巨壁的飓光、壁台和高深莫测的学究已不再使她露怯。这地方开始变得舒适、熟悉。她眼下是孤身一人。

沙兰用闲手揉揉眼，合上书本。"阿勒斯卡的王族，"她自言自语，"真是越看越讨嫌。"

"是吗？"一个波澜不惊的声音从身后传来。迦熙娜走到她跟前，身穿一条光滑的紫裙，后头跟着一个仆族脚夫，挑着一大堆书。"我会尽量不放心里去的。"

沙兰暗暗咋舌，羞得满脸飞霞，"我不是指个人，光明女士迦熙娜，我指整体。"

迦熙娜以优雅的姿态轻轻落到属于她的座位上，朝沙兰挑了挑眉，示意脚夫放下书本。

沙兰依然觉得迦熙娜是个看不透的谜。有时，她似乎是个不苟言笑的学究，为沙兰的打扰恼火；有时，她严肃的表情背后仿佛藏着一丝狡黠的幽默感。不管她是哪种人，沙兰很喜欢待在她身边。迦熙娜鼓励沙兰说出自己的想法，沙兰也欣然从命。

"看你火气这么大，这课题很伤神啊，"迦熙娜一边说，一边整理卷籍，仆族已经退下。"你声称对学术感兴趣。很好，你必须明白，**这就是学术。**"

"学术就是阅读那些不愿正眼看待不同见解的作者所写下的一篇又一篇高论？"

"他们对自己很有信心。"

"我不太懂什么叫信心，光明女士。"沙兰拿起一本书，挑剔地细细打量，"可我想，如果自信心呈现在我面前，我会发现的。但对于这种书，譬如这本梅德利写的，我觉得更似傲慢，而非自信。"她叹口气，把书放到一边，"坦白说，'傲慢'并不十分恰切，这词还不到位。"

"什么词才到位呢？"

"不知道，也许可称之为'错慢'。"

迦熙娜不置可否地扬扬眉。

"这个词的意思是，与仅仅傲慢的人相比，错慢者对自己的正确坚信不疑。"沙兰说，"而掌握的事实却只有前者的十分之一。"

这番话从迦熙娜脸上引出一丝笑意："令你如此反感的对象是所谓'坚信运动'学派，沙兰。所谓'错慢'乃是一种行文策略，那些学者在有意夸大其辞。"

"坚信运动？"沙兰又拿起一本书，"我倒是愿意做他们的后盾。"

"哦?"

"没错,从背后方便捅刀。"

迦熙娜只是动了动眉毛。于是沙兰以更正经的口气说:"我可以理解这种策略,光明女士,但您给我的这些有关迦维拉尔国王之死的书,为维护自己的观点已经越走越远,可以说与理性背道而驰。起初,自负仅仅是修辞手段,可后来,似乎退化成了斗嘴和谩骂。"

"那是为了激发讨论。难道你情愿让学者隐瞒真相?像普罗大众一般安于无知?很多学者确实是这么做的。"

"读这些书时,我觉得学术和无知简直没有区别。"沙兰说,"无知就是没有知识,但学术也可以成为隐藏在智慧背后的无知。"

"那摈弃无知的智慧又是什么?寻找真相,同时不否认自己犯错的可能性?"

"真相是神话般的瑰宝,光明女士,就像晨瑛或荣刃。值得求索,但必须十分慎重。"

"慎重?"迦熙娜敛额道。

"求索会使您出名,但如果真的找到了答案,就全完了。一个人既能极有见识,又能接受所有异议者的见识?我认为这会颠覆整个学术界。"

迦熙娜嗤了一声:"你想得太多了,孩子。如果能把说俏皮话的一半劲头用到功课上,我敢说,你能成为当代最伟大的学者之一。"

"抱歉,光明女士。"沙兰说,"我……好吧,我糊涂了。考虑到我底子那么差,本以为您会让我学古代史,而非几年前的事件。"

迦熙娜翻开一本书:"我过去发现,相对而言,像你这样的年轻人对古代史缺乏鉴别能力。因此我挑选了一个更接近当下,也更吸引眼球的领域,让你的学术入门之路走得轻松些。难道你对一国之君的横死不感兴趣?"

"当然感兴趣,光明女士,"沙兰说,"我们这些小孩子就爱又闪又闹腾的东西。"

"你有时还真不缺这张嘴。"

"有时？难道其他时候，这嘴就没长在那儿？我可得……"沙兰说到一半，咬咬嘴唇，意识到自己过火了，"对不起。"

"永远不要为聪明道歉，沙兰，你不该破这个例。不过，聪明也不能乱用，你似乎一想到什么俏皮话就忍不住要说出口。"

"我知道，"沙兰说，"这是老毛病了，光明女士。我的女侍和导师曾为纠正这个缺点费了好大功夫。"

"是靠严厉的惩罚吧。"

"嗯，她喜欢让我坐墙角，把一本书举过头顶。"

"这种手段，"迦熙娜叹道，"只会让你的俏皮话说得更快，因为你明白必须尽快说出口，免得三思之后把话咽下去。"

沙兰歪歪头，表示不解。

"这种责罚，"迦熙娜说，"用在你这种孩子身上，根本就是鼓励，一切都仿佛成了游戏。要说到什么份上才会招来惩罚？能不能说出一些非常巧妙的话，来把导师蒙在鼓里？在角落罚坐只会给你更多时间来思考如何顶嘴。"

"作为年轻女士，这样说话确实不合适，可我偏偏说个没完。"

"唯一'不合适'的，是没把聪明劲用在正道上。想想吧，你练出的嘴皮子功夫，和令你抓狂的学术范式何其相似：聪而不思——有才智，但缺乏充分地思考。"迦熙娜翻过一页，"按你的说法，这算不算错谩呢？"

沙兰脸一红。

"我希望学生是聪明人，"迦熙娜说，"那样我和她才有共事的余地。我该带你去宫廷走走，至少知策会觉得你有意思——就算没别的理由，你浑然天成的娇羞和能说会道的嘴巴所构成的奇妙组合一定让他感兴趣。"

"是的，光明女士。"

"拜托，请记住，女人的头脑是她最宝贵的武器，绝不能以笨拙或仓促的方式来运用。就像你之前提到的背后捅刀，高明的挖苦必须出人意料，才能获得最大的效果。"

"对不起，光明女士。"

"我并不是责备，"迦熙娜又翻过一页，"只是表述我的所见。有时我也会观察：这些书都起了霉。今天的天空是蓝色的。我的学徒是个伶牙俐齿的捣蛋鬼。"

沙兰笑了。

"那么，说说你发现了什么。"

沙兰的脸色有些尴尬："不算多，光明女士，又或者太多了？关于仆族智者行刺您父亲一事，每位作者都有一套说辞。有人宣称他一定在宴会当晚惹恼了对方。另一些人说整场谈判是彻头彻尾的诡计，仆族智者是想借此接近迦维拉尔，伺机下手。可那说不通，因为此前有更好的机会。"

"白衣刺客呢？"迦熙娜问。

"一个非比寻常的人物，"沙兰说，"关于他的评论充斥着每本书的脚注。为什么仆族智者要请一名外族担任刺客？他们不敢自己动手吗？又或，他们并非幕后主使，而是被陷害的。很多人认为这种可能性不大，因为仆族智者承认为谋杀负责。"

"你认为呢？"

"我觉得依据不足，无法下结论。光明女士。"

"如果得不出结论，那研究的意义何在？"

"我的导师告诉我，只有极其老练的学者才能做出假设。"沙兰解释。

迦熙娜嗤之以鼻。"你的导师是蠢货。年轻人的青涩是三界宙当中最强大的催化剂之一，沙兰，它能带来改变。你有没有想过，造日王踏上征服之道时才十七岁？嘉瓦拉没到二十岁就提出了她著名的三界论？"

"但世间每出一个造日王或嘉瓦拉，岂不还有一百个格列贡斯？"这个年轻的国王向他父亲的诸多同盟王国发动毫无意义的战争，并因此臭名昭著。

"不，何其有幸，格列贡斯只有一个。"迦熙娜苦笑道，"你的观点不无道理，而这是教育的目的所在。年轻人的优点在于行动，作为学者则要知情而后动。"

"还要坐在壁台上读书钻研一场五年前的谋杀。"

"我不会让你学没用的东西，"迦熙娜又翻开一本书，"很多学者以为研究是纯粹的脑力活动，其实如果我们不能凭借获得的知识做些什么，研究的心血就白费了。如果只是为了储存知识，书本比我们强得多——我们能够做——但书本做不到的——是解读。得不出结论的话，还不如不读书。"

沙兰把身子往后一靠，陷入沉思。不知为何，迦熙娜的一席话令她想重新埋首学习。迦熙娜希望她利用那些信息做什么呢？罪恶感再次重重捶击她的胸口。迦熙娜为指导她的学术煞费苦心，她的回报却是做贼，用一件坏掉的魂器换走对方最珍贵的财产。沙兰觉得恶心。

她本以为，在迦熙娜手下学习意味着死记硬背和拼死累活，还少不了被骂成笨蛋。过去的导师都是这么教的。可迦熙娜不一样。她给沙兰设好课题，让她按自己的意愿自由展开研究。迦熙娜会从旁鼓励和启发，两人所有的谈话几乎都会转到此类话题上：学术的本质、学习的意义、知识的美及其运用。

迦熙娜·寇林对学习的热爱是真心的，也想同其他人分享这份热情。在严厉的表情、炯炯有神的双眼和几乎不露笑容的嘴唇后，隐藏着一份坚定的信念——迦熙娜·寇林发自内心地相信自己的所作所为，不管是在做什么。

沙兰拿起一本书，一边眼角偷瞟迦熙娜刚取来的那堆大部头的书脊。又是一些关于令使纪元的著述。神话，评注，一些以想法荒诞出名的作家的作品。迦熙娜手头那本是《勿忘暗影》。沙兰记下书名，打算找来读读。

迦熙娜在找寻什么？她想从这些书中嗅出什么？这些大部分是有若干世纪历史的陈年古籍。沙兰在研究中发现了一些有关魂器的秘密，可迦熙娜探寻的真正目标——也就是王女来卡哈巴兰斯的理由——依旧不可捉摸，令人抓狂。迦熙娜喜欢谈论历史中的女性伟人，那些不仅记录历史，更改变历史的人。不管她在研究什么，沙兰都觉得此事事关重大，将改变整个世界。

*你不能沉迷于此。*沙兰告诫自己，重新埋头于书本和笔记，*你不是要改变世界，而是要保护兄长和家族。*

但她还是得好好表现，做个好学徒。借这个理由，她心无旁骛地用功了两个钟头，直到被走廊里的脚步声打断。可能是侍从来送午膳了。迦熙娜和沙兰经常在壁台上用餐。

闻到食物的香气，沙兰的胃开始叽咕，赶紧欢快地把书本挪到一旁。她通常会在午餐时随便画些什么，迦熙娜鼓励她这么做——尽管自己对视觉艺术并无好感。她说，出身高贵的男性常觉得懂绘画的女子更"诱人"，所以沙兰不该荒废了这门技艺，就算只为吸引追求者也是好的。

沙兰不知这种话算不算冒犯：迦熙娜本人对婚嫁有什么想法呢？她从不在那些更显女人味的艺术领域费心，例如音律或绘画。

"陛下。"迦熙娜徐徐起身道。

沙兰一惊，急忙回头一看。只见卡哈巴兰斯的老国王站在门外，一身橘白两色袍子气派非凡，绣工细密。沙兰忙不迭地站起来。

"光明女士迦熙娜，"国王说，"打搅到二位了？"

"有您作陪总是美事，谈何打搅，陛下。"迦熙娜说。她定然同沙兰一样措手不及,可没显出一丝紧张或不安,"不过,我们马上要用午餐了。"

"我明白,光明女士。"塔拉梵吉安道,"但愿二位不介意和我共进午餐。"一群仆从随即往壁台上送菜,还搬来一张圆桌。

"当然不介意。"迦熙娜说。

仆从们匆忙将一切设置妥当,在桌上铺了两块桌布以分开男女——红色的给国王、蓝色的给女士。两片半月形的桌布中央压上镇子固定。午餐随后上桌,都盛在加盖盘子里:给女士的是一份清冽甘甜的蔬菜冷炖,给国王的是一份气味辛辣的肉汤。卡哈巴兰斯人喜欢以汤水做午餐。

沙兰呆呆地看着他们为自己也设了个座。她父亲从不和子女同席而食——就连最疼爱的小女儿也被打发到单独的桌上。迦熙娜落座后,沙兰也坐了下来,肚肠又是一阵抱怨。国王挥挥手,示意大家开始。和迦熙娜的优雅相比,他的动作显得又丑又笨拙。

沙兰立刻大快朵颐,但不乏女士该有的优雅——禁手贴腿,闲手执餐叉,把一块块果蔬串到一起再送入嘴。国王吃得啧啧有声,很多男人吃饭的动静更大。他为什么屈尊下访?正式的晚宴邀请不是更得体吗?当然,她对塔拉梵吉安的为人已有所了解,这些礼节和规矩他并不擅长。他是个颇得民心的国王,因为兴建医院而受到暗眼们的爱戴,但光眼种觉得他略嫌驽钝。

他并不傻。但不幸的是,在光眼种的政治场上,不够出众就等同于缺陷。杯盘交错间,沉默笼罩,气氛开始尴尬。有好几次,国王似乎想说些什么,但最终还是继续闷头喝汤。他似乎对迦熙娜有点发怵。

"陛下,您孙女可好?"最后,迦熙娜开口问,"恢复如初了吗?"

"她很好,谢谢。"塔拉梵吉安说,仿佛为终于打破沉默而松了口气,"但还不敢去石洞里逼仄的地方。感谢你那天的协助。"

"能为您效劳总是令人满足，陛下。"

"请恕我直言，虔诚者对你的善举并无好评。"塔拉梵吉安说，"我明白这个话题比较敏感，也许不该提，只是——"

"不，请讲，"迦熙娜把叉尖的一小块芦菁送进嘴里，"我所选择的信念没什么可羞愧的。"

"那你能否容忍一个老头的好奇心？"

"我对好奇心向来宽容，陛下，"迦熙娜说，"这是天底下最诚挚的情感之一。"

"你是在哪找到它的？"塔拉梵吉安朝迦熙娜所戴的黑手套歪歪头，手套下遮着她的魂器，"又如何能一直护在手里，没被虔诚者夺去？"

"陛下，这类问题唯恐会引祸上身。"

"因款待你的缘故，我已引来不少新敌手。"

"您会得到宽宥的，"迦熙娜说，"这取决于您选择哪一种虔诚会。"

"我？宽宥？"老人仿佛被逗乐了，有那么一会儿，沙兰似乎从他的表情中读出一丝悔意。"恐怕不会。但那是另一回事。请允许我重申我的疑问。"

"我也必须坚持我的推辞，陛下。抱歉，您的好奇心可以理解，但我无法满足您，这些秘密只属于我。"

"当然，当然。"国王往后一靠，神情有些尴尬，"你也许以为我招待这顿饭食，只是为了刺探魂器的秘密。"

"您还有其他意图？"

"哦，是这样，我听说你的高徒有极高的艺术修养。我想，也许……"他冲沙兰笑笑。

"当然，陛下，"沙兰说，"我很乐意为您画像。"

他开怀一笑，看着她立刻抛下吃了一半的炖菜，起身整理绘画用具。她瞄了迦熙娜一眼,但完全读不懂那个老成的女人脸上的表情。

"您是想要无背景的纯肖像,"沙兰问,"还是把周围陈设也画进去?"

"或许,"迦熙娜哄声道,"可以等用完餐再画,你说呢,沙兰?"

沙兰脸一红,觉得刚才的热乎劲真有点儿傻:"那是当然。"

"不不,"国王说,"我都吃完了。能画大场景的素描好极了,孩子,我该怎么坐?"他把椅子往后推了推,摆好架势,挤出爷爷般的慈祥笑容。

她眨眨眼,把这幅场景定格在脑中。"完美的姿态,陛下,您可以继续用餐了。"

"不用我保持姿势吗?以前画像时,我都得摆造型。"

"没关系。"沙兰让他宽心,一边回身落座。

"很好。"他把椅子拉回桌边,"真对不住,非要让你拿我来作画。就这张老脸,你肯定没画过如此吓人的东西。"

"哪儿有,"沙兰说,"艺术家就需要像您这样的面容。"

"当真?"

"对啊,这——"她生生咽下后半句讽语:这张脸皮皱得就像羊皮纸,完全能做上好的画布。"……这挺拔的鼻梁,还有纵横交错、睿智刻成的沟壑,用黑炭笔表现出的效果一定非凡。"

"噢,那好,请开始吧。可我还是不明白你怎能凭空把刚才的姿态画出来。"

"光明女士沙兰拥有一些独一无二的天赋。"迦熙娜说。一旁的沙兰开始动笔。

"我就知道!"国王说,"我见过她给瓦剌斯作的画。"

"瓦剌斯?"迦熙娜问。

"帕拉奈图书馆的馆藏主管助理,"国王道,"也是我的远房表亲。他说馆员们对你这位年轻学徒颇有好感。你是怎么找到她的?"

"不请自来的，"迦熙娜说，"她需要接受教育。"

国王困惑地歪歪头。

"这些艺术才华不是我的功劳，"迦熙娜说，"她入我门下之前就有了。"

"噢，真是全能之主的恩赐。"

"可以这么说。"

"但你不会说这种话，对吧？"塔拉梵吉安干笑两声，笑得有点儿尴尬。

沙兰下笔很快，已描出了头部轮廓。国王别扭地挪了挪身子："迦熙娜，这有没有给你造成困扰？甚或痛苦？"

"无神论不是疾病，陛下，"迦熙娜话里带刺地说，"不是什么生在我脚上的皮疹。"

"当然不是，当然。可是……呃，没有信仰的对象，岂不为难？"

沙兰略略欠身，笔头依旧不停，但开始把注意力转到两人的对话上来。她一直以为，在异端门下学习会使人更兴奋。关于迦熙娜的信仰问题，她和卡波萨——那个到卡哈巴兰斯头一天遇见的风趣的虔诚者——聊过几回，但迦熙娜本人几乎从不提及、也几乎未被人过问。如果碰上了，她通常会转移话题。

然而，今天她没有逃避话题。也许她感到国王的疑问发自内心。"我不认为我没有信仰的对象，陛下，其实我有很多——我弟弟、我叔叔、我的才能，还有父母的教诲。"

"但关于是非对错，你已经……抛弃了那套标准。"

"我只是不接受虔诚者的教诲，并不代表抛弃了是非观。"

"可对错是由全能之主裁定的！"

"难道非得由某个人、某个看不见摸不着的东西来决定对与不对？难道没有了它，分明是对的也会变成错的？比起那些只因害怕因果报应而循规蹈矩的人来说，我相信我的道德观更扎实、更真实，我对自己的良心负责。"

"可那是律法存在的意义,"国王的口气有些困惑,"如果没有惩罚,世间就只剩混沌。"

"不错,如果没有律法,有些人会随心所欲。"迦熙娜道,"可当损人利己的机会降临时,很多人做出了正确的选择,这难道不值一提吗?"

"因为他们害怕全能之主。"

"不,"迦熙娜说,"我认为,我们人类有种与生俱来的特质,明白追求社会整体的福祉往往最有利于每个个人的福祉。只要得到机会,人类能成为高贵的种族。那份高贵能够独立存在,不依赖于任何神明的旨意。"

"能脱离神的旨意存在的东西,我是一样都不知道。"国王摇摇头,神情茫然,"光明女士迦熙娜,我无意争执,可全能之主的含义不就表明,一切存在都源于他?"

"一加一等于二,对不对?"

"对啊。"

"这是真真切切,不需要神的判决的。"迦熙娜说,"那么,我们能不能说数学存在于全能之主的旨意之外,独立于他?"

"也许。"

"好。"迦熙娜道,"那么道德观和人类意志也可以独立于他,这就是我方才表达的观点。"

"你这么说,"国王咯咯一笑,"就把全能之主的存在意义全抹杀了!"

"正是如此。"

壁台陷入沉寂。迦熙娜的润石灯投射出冰冷、均匀的白光,打在众人身上。他们就这么尴尬地闷了一会儿,唯一的声音来自炭笔与素描本的摩擦。沙兰下笔迅捷有力,但心思被迦熙娜刚才的一席话夺去了。这番话令她内心失落。其中一部分原因是国王的尴尬处境。他是如此和蔼，如此不善口舌之争。这位亲切的老人斗起嘴来绝非迦熙娜的对手。

"好吧，"塔拉梵吉安说，"我必须承认，你的观点表达得相当有力。但我无法接受。"

"我本无意说服您，陛下，"迦熙娜说，"我的信仰只属于我自己。可惜大部分虔诚者难以做到这点。沙兰，画完了吗？"

"快了，光明女士。"

"这才过了几分钟啊！"国王说。

"我想我刚才说过，"迦熙娜道，"她技巧不凡，陛下。"

沙兰往后一靠，检视自己的作品。她太过专注于对话，纯凭手上的本能完成了这幅作品。素描中的国王坐在椅子上，露出一张睿智的脸庞，形如小楼的壁台墙壁在他身后，通往壁台的门廊在他右侧。嗯，很传神，虽算不上她最好的作品，不过——

沙兰一惊，顿时喘不过气来，心脏怦怦直跳。在国王身后的门廊里，她画了某些东西——两个高高瘦瘦的生物，披着在身前分开的斗篷，那斗篷的线条十分僵硬，仿佛是玻璃做的。直挺挺的高领上方是它们的脑袋，或者说所谓的脑袋——两个悬空的大型符号，充斥着各种不可思议的角度和不可名状的几何图形。

沙兰呆坐在那儿，一动不动。为什么会画出这些东西？究竟是什么驱使她——

她猛一抬头，门廊里空空荡荡。那些怪物并非来自刚才她印入脑海的记忆，她的双手只是自发地把它们画出来。

"沙兰？"迦熙娜道。

沙兰条件反射般扔下炭笔，用闲手抓起画纸揉成一团："很抱歉，光明女士，刚才听二位谈话听得太专心，下笔有些大意。"

"好吧，那我们总能瞧一瞧吧，孩子。"国王起身道。

沙兰抿紧嘴唇："不,求您了!"

"有时她会犯点儿艺术家的小脾气,陛下。"迦熙娜叹道,"她说不行,恐怕是真没办法。"

"我会为您重画一幅,陛下。"沙兰说,"真抱歉。"

他捻捻稀疏的胡须:"好吧,这是我打算送给孙女的礼物……"

"今天一定画好。"沙兰向他保证。

"甚好。你真的不用我再摆一次造型?"

"不不,没那个必要,陛下。"沙兰说。她的脉搏依然狂乱,无法从脑中抹去那两个扭曲的形影,于是又把国王的形象定格、记入脑海,打算用这个场景来画一幅更得体的肖像。

"嗯,"国王说,"我想我该走了。我要去一家医院走走,看望一下病患。你可以把画送到我房里,但不用着急。真的,偶尔失手也很正常。"

沙兰屈膝行礼,依然把纸团按在胸口。国王和随从一同离去,几个仆役进来收拾碗碟、搬走桌椅。

"我从未见你作画时出过纰漏,"迦熙娜回身坐到桌前,"至少不会如此糟糕,让你非要销毁画纸不可。"

沙兰涨红了脸。

"算了,大师也难免出错。下一小时,你就继续作画,为陛下画一幅像样的肖像吧。"

沙兰低头看看被揉皱的素描。那些怪物只是她的幻觉,是思维飘忽的产物,纯粹的想象,仅此而已。又或者,也许她的潜意识里有某种想表达的东西,可这些怪物究竟代表着什么?

"我注意到,你和国王谈话时稍微犹豫了一下。"迦熙娜说,"你本来打算说什么?"

"一些不得体的话。"

"但也是妙语?"

"过了那个点，一切妙语就都不那么有趣了，光明女士，只是些傻傻的念头。"

"而你却用一句空洞的赞美来代替。我想你误解了我试图表达的意思，孩子。我不希望你缄口，聪明是好事。"

"可如果我说出口，"沙兰道，"就会冒犯国王陛下。或许他一时无法听懂，还会因此出丑。别人如何谈论他迟钝的思维，我想他一定知道。"

迦熙娜嗤之以鼻："那不过是蠢人的蠢话，但你不说也许确实是明智的。只是你要记住，**引导和压抑是截然不同的两回事**。我非常期待你能想出一些既聪明又得体的话来。"

"是的，光明女士。"

"何况，"迦熙娜说，"我相信是你让塔拉梵吉安露出笑容的。最近他似乎心事重重。"

"那么，你不觉得他是个驽钝的人？"沙兰好奇地问。她本人并不认为国王迟钝或愚蠢，但她觉得，像迦熙娜这般聪慧博学的人，也许对国王那种人没多少耐心。

"塔拉梵吉安是个了不起的男人，"迦熙娜说，"谦和内敛，不怒自威，抵得上一百个自以为是的专家。他使我想起了达力拿叔叔：做事认真、待人诚恳、居安思危。"

"城里的光眼种说他是个软弱的国王，"沙兰说，"因为他屡屡向其他君王让步。他惧怕战争，也没有碎瑛刃。"

迦熙娜没有回答，但看起来颇为不快。

"光明女士？"沙兰试探着问了一句，挪到自己的座位边收起炭笔。

"古时，"迦熙娜说，"为王国带来和平的被视为伟人。现在，同样的人物却被贬为懦夫。"她摇摇头，"前后不过相隔数世纪而已，我们应该为此感到恐惧。我们需要更多塔拉梵吉安这样的人，还有，我要求你永远不得再称他迟钝,随口说也不行。"

"遵命,光明女士。"沙兰垂首道,"您方才那番关于全能之主的言论,您真的相信吗?"

迦熙娜沉默了一会儿:"我真的相信,但也许我有点儿言过其实了。"

"这算是坚信运动的修辞手法吗?"

"对,"迦熙娜说,"我想是的。等下看书时,我可得小心,不能背对着你。"

沙兰笑了。

"真正的学者不会对任何论题盖棺定论,"迦熙娜说,"不管多么确定。我还没找到能说服自己加入任何一家虔诚会的理由,但这不代表我永远不会。只是每经历一次今天这样的谈话,我的确信感就变得更强。"

沙兰咬咬嘴唇。迦熙娜注意到她的表情:"你需要学会控制这种动作,沙兰,否则情绪表现过于明显。"

"是的,光明女士。"

"那么,你为什么咬嘴唇?说出来。"

"因为你和国王的对话并不十分公平。"

"哦?"

"因为他的……呃,您知道,他才识有限。他说得不错,可其他更精通沃林神学的人能进行更有力的论证。"

"会是什么论证?"

"我在该领域的学识并不充分。可我觉得,您忽略了谈话中至关重要的一部分,至少是大大低估了。"

"是什么?"

沙兰轻叩前胸:"我们的心,光明女士。我信仰全能之主,因为当我带着信仰生活,我能感觉到某种东西,感觉到全能之主就在身边，一份亲近、一份平静。"

"思维能投射出你期望中的情感回应。"

"可你本人不也说过吗？我们行动的方式、我们感受是非对错的方式，正是人之为人的定义所在。你利用我们天生的道德感来证明自己的观点，又怎能说我的感受无足轻重？"

"无足轻重？不。心存怀疑？也许。你的感受，沙兰，不管多强烈，总是你自己的，不是我的。而我的感受是，为赢得某个从天上观望我们的存在的好感而耗费一生乃是彻头彻尾的无用功，这个不可见的、未知也不可知的全能之主。"她用手中的笔指指沙兰，"不过，你的辩术有长进，我们需要继续努力，把你打造成真正的学者。"

沙兰笑笑，愉悦感盈满内心。迦熙娜的夸奖可比绿宝石布罗姆更珍贵。

但是……我做不成学者。我要偷走魂器，一走了之。

她不愿想那件事，那是另一个需要克服的毛病。她总是回避那些不称心的事。

"现在抓紧给国王画画吧，"迦熙娜拿起一本书，"完成画作后，你还有一大堆真正的功课要忙。"

"遵命，光明女士。"沙兰说。

但眼下，她发觉画画竟是桩难事。烦乱的思绪令她难以保持专注。

30 未知的黑暗

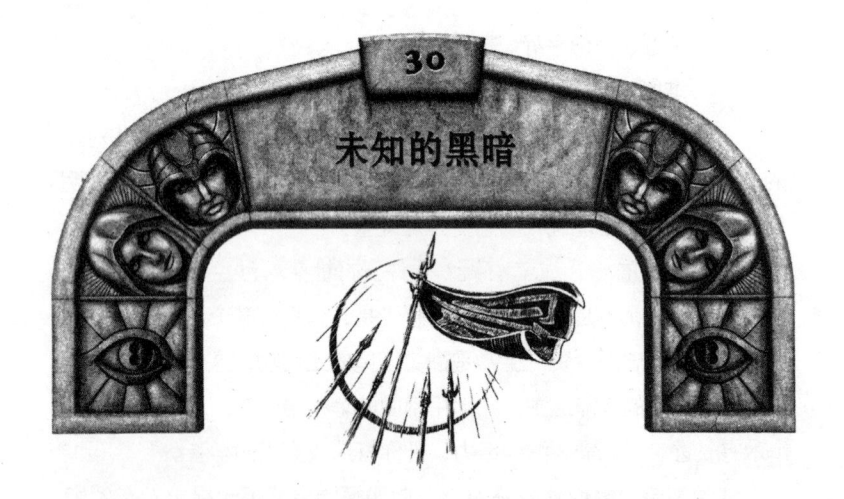

"他们突然变得危险,就像平和的天气突然风暴大作。"

——这段残篇出自一则泰勒拿寓言,后该寓言最终衍生出一则更为人所知的当代寓言。我相信文中提到的可能是虚渡。见伊克西斯科斯的《皇帝》第四章。

卡拉丁走出洞穴般的营房,来到清晨纯净的阳光下。身前的地面有一些石英碎屑闪着光亮,仿佛大地着了火,要从内向外地烧尽自己。

二十九人的队伍跟在他身后。他们是奴隶、小偷、逃兵、外乡人,还有几个除了贫穷别无罪恶的人——他们因走投无路加入冲桥队,得到的报酬总比一无所有强,而且他们还被许下承诺,只要能出桥一百次幸存下来,就能晋升为哨兵什么的。在穷人眼里,哨兵的生活不啻是一种奢侈。干站着东张西望就能拿钱?真是疯了。干这种活儿跟发财没两样。

他们不明白,没人能活过一百次。卡拉丁经历了二十四次,已是经验最丰富的冲桥手之一——当然,死掉的那些人不算。

第四冲桥队跟在他身后,最后一个死硬派也在昨天被他说通,那个瘦瘦的男子名叫比西格。卡拉丁更希望是欢笑、食物和最终引起共鸣的人性发挥了效用,但真正起效的可能是石头和泰夫特的怒视及私底下的威胁。

卡拉丁对这些事睁一只眼闭一只眼。他终究需要这些人心悦诚服,但眼下,仅仅服从也可以接受。

他带领众人完成晨练,这些动作都是他当兵第一天学来的。先伸展四肢,然后跳跃。木匠们穿着褐色的工作裤、披着绿色或棕褐色的斗篷从堆木场经过,见了这番景象不禁又摇头又好笑。营区的起始点是一个不长的高地,士兵们站在上头看戏,边看边笑。盖兹在不远处的营房边旁观,两手抄在胸口,独眼迸出不满的视线。

卡拉丁擦擦额头,与盖兹四目相接了好一会儿,这才转身对众人训话。早餐前还有时间,可以练练拖桥行进。

♛

盖兹始终没有习惯用一只眼看东西。*这能习惯吗?* 他宁可缺一只手、断一条腿,也不愿瞎一只眼。他总忍不住觉得有什么东西藏在视野的死角,他看不见,可别人能看见。那里潜伏着什么呢?能榨取他灵魂的灵体?就像一只啮咬酒囊的边角、让一整囊酒漏光的老鼠?

同伴都说他命大。"那一下子本该要了你的命。"好吧,至少死了不必和这种黑暗为伍。一只眼永远闭着,再闭上另一只,黑暗就能将他吞噬。

盖兹往左边瞄瞄,黑暗往边上退了退。高高瘦瘦的拉马利尔靠着根柱子站在那儿,他并不魁梧,但也不瘦弱。方形的胡须、方形的躯体,浑身上下都是直线,锐利如刀。

拉马利尔招手示意盖兹过去,他不情不愿地走上前,从兜里掏出润石递去。那是颗黄玉马克。交出去的滋味不好受,破财的滋味向来令他讨厌。

"怎么这么少,你该给两颗。"拉马利尔一边责难,一边举起润石,对着阳光检验光泽。

"现在只有这么多,有钱拿你就该谢天谢地了。"

"我没多嘴你就该谢天谢地了。"拉马利尔靠着柱子,懒洋洋地说。这根柱子是堆木场边界的标记之一。

盖兹气得咬牙切齿。他最恨被人敲诈,可又有什么办法呢?*叫他被飓风吃了才好。被发狂的飓风吃了才好!*

"看来,你有麻烦了。"拉马利尔说。

起先,盖兹以为他指的是没交足钱,但那个光眼种冲第四冲桥队的营房努努嘴。

盖兹看了看冲桥手,烦躁起来。年轻的冲桥队长一声令下,冲桥手们便开始小跑,从堆木场一头跑向另一头。他已经开始让他们两人一组地跑,这一变化意义良多,能加快他们的速度、培养他们的团队思维。

这小子当真像他说的那样受过军事训练?那他为什么会被贬成冲桥手?这岂非浪费人力?当然,他额头上有一条标记着"危险"的烙印……

"我看不算是麻烦。"盖兹嘟囔着说,"他们动作快了,这是好事。"

"他们自作主张。"

"还算服从命令。"

"恐怕只服从他的命令。"拉马利尔摇摇头,"冲桥手只为一个目的存在,盖兹,那就是保护更珍贵的人力。"

"真的吗?我还以为是扛桥。"

拉马利尔锐利地瞪了他一眼,凑上前去:"别试探我的耐性,盖兹,也别忘了你的立场。你想当他们的同伴吗?"

盖兹感到一阵钻心的恐惧。拉马利尔在光眼种中地位很低，没有领地，但他毕竟是盖兹的直属上级，是冲桥士官和监管堆木场的光眼种高层之间的中层军官。

盖兹低头看地："对不起，光明贵人。"

"轩亲王撒迪亚斯总比别人领先一步，"拉马利尔回身靠到柱子上，"他之所以能维持优势，靠的是逼迫我们所有人，每一个背负职责的人。"他朝第四冲桥队的队员点点头，"动作快不是坏事，主动性不是坏事。可那种小子如果有了主动性，往往不会安于现状。冲桥手应该发挥他们一贯的职能，不需要改变。改变会带来麻烦。"

盖兹不知道有没有冲桥手当真明白自己在撒迪亚斯的全盘布置中的地位。如果他们知道自己为什么会被如此残酷地对待、为什么被禁止使用盔甲盾牌，也许会径直跳下悬崖。活靶子，他们是活靶子，用来吸引仆族智者，让那些蛮子以为射垮几支冲桥队是桩好买卖。只要不缺人力，这些伤亡对谁都无所谓——除了那些被屠杀的人。

飓风之父，盖兹心想，*我讨厌掺和这种事*。但他已掺和了太久，也恨过自己太久。"我会想想办法。"他向拉马利尔承诺，"夜里捅刀子、食物中下毒之类。"他的内心很是纠结。那小子的贿赂并不多，但全靠这个，他才有钱交给拉马利尔。

拉马利尔从牙缝里迸出一个"不"字。"你想让他成为真正的威胁吗？有些士兵已经在谈论他。"他一脸阴沉，"我们最不希望的就是让他成为殉难的英雄，从而激励冲桥手造反。我不想见到一丁点儿诸如此类的痕迹，不能让轩亲王撒迪亚斯的敌人有任何可乘之机。"拉马利尔看了卡拉丁一眼，他和队员们再次从二人面前跑过，"那个人必须死在战场上，这是他应得的下场。要安排得万无一失。还有，你欠我的钱要赶快付清，否则你就得自己扛桥了。"

他扭头就走，森绿色披风簌簌有声。当兵时，盖兹学到一件事，那就是身份卑微的光眼种最可怕。他们与暗眼种的地位差别不大，因此充满怨恨，然而那些暗眼种又是他们唯一有权管束的对象。这使他们变得危险。与拉马利尔这样的人打交道，就像火中取栗。你没办法躲过被烧伤的下场，只能希望动作尽量快一些，让伤害尽量小一些。

第四冲桥队在列队跑步。一个月前，盖兹还不相信这种事有可能发生。一群冲桥手，在操练？而卡拉丁付出的不过是一些饭食和会保护他们的空口承诺。

那怎么够呢？冲桥手的人生毫无希望。**盖兹不能让自己成为其中一员**，这完全无法接受。大贵人卡拉丁必须死。可如果没了卡拉丁的球币，盖兹就很难喂饱拉马利尔的胃口，最终还是会沦落为冲桥手。**风操的诅咒之地！**他心想，这就像是选择让深渊恶魔用哪一条爪子拍死你。

盖兹继续旁观卡拉丁的队伍。那片黑暗依旧笼罩着他，就像挠不到的痒处、就像不消停的尖叫。一份永远无法摆脱的、刺激神经的麻木。

恐怕连死后也无法摆脱。

♛

"起桥！"与第四冲桥队一同跑步行进的卡拉丁一声高呼。他们脚步不停，将桥举过头顶。这么跑更难，手臂要伸直，不能把桥放在肩上。他感到手臂承受着极大的负担。

"放！"他一声令下。

前排队员撤出桥下，往两侧跑去，其余人迅速放低桥身。桥以一种别扭的姿态撞上地面，与岩石摩擦。他们各就各位，模拟把桥推过深渊的动作。卡拉丁也在桥侧出力。

*我们得在真正的深渊旁练习。*众人完成这次模拟训练后，他心想，*真不知什么样的好处才能让盖兹答应。*

众人望着卡拉丁，精疲力竭但兴致高昂。他朝大伙儿笑笑。在亚马兰军中当了几个月的小队长，他学到一点，那就是该表扬时必须表扬，而且表扬应该发自内心。

"放桥环节还需改进。"卡拉丁说，"但总体上，我很吃惊，才两星期，你们已经像是练了几个月的队伍了。我为大家高兴，也为大家骄傲。喝点水，歇一歇。我们再练个两三把，然后去干活。"

今天的活儿又是采石，但没什么可抱怨的。他已说服大伙儿，告诉他们扛石头能增强力量，还挑了几个信得过的人帮忙收集陀灵草。靠这些药草，他勉强能为伤员维持额外的食物供给，并囤积一些医疗用品。

两星期，对于冲桥手的生活而言，这算是轻松的两星期。只有两次出桥任务，其中一次还到得太晚，仆族智者已带着琼心石撤走，这对冲桥手可是好事。

另一次也不算太糟，只添了两名死者：阿马克和库尔夫；还有两名伤者：纳姆和皮特。跟其他冲桥队比起来，这点伤亡不算什么，但卡拉丁依旧觉得太多了。他勉力保持乐观的神态，走到水桶旁，从一名队员手里接过水舀。

第四冲桥队会被自己的伤员拖垮。健全的人只有三十个，伤员却有五个，他们得不到薪饷，得靠陀灵草的收入养活。算上死者，从他开始试图保护这支队伍至今，伤亡率已达三成。放在亚马兰的军队，这种伤亡率可是灾难性的。

那时，卡拉丁的生活由训练和行军组成，偶有激烈的战斗。在这里，残酷无情的战斗每隔几天就要上演，每次战斗都可能将一支军队生生打残。

一定有更好的办法。卡拉丁一边想，一边把微温的水灌进嘴，又舀了一勺洒在头顶。他无法长期承受一周两人的伤亡。可长官不管他们的死活，他又能怎么办？

他勉强克制住将水舀摔进桶里发泄郁闷的冲动,而是递给斯卡,还挤出一个振奋人心的微笑。这是欺骗,但很重要。

盖兹在另一座冲桥队营房的阴影下旁观。茜尔半透明的身影——现在的形状就如同一团随风飘荡的陀灵草的绒球——在冲桥士官身边晃来晃去。最后,她挪到卡拉丁身旁,落在他肩头,恢复少女的形态。

"他在打什么算盘。"她说。

"他没有插手,"卡拉丁说,"甚至没阻止我们夜里炖汤喝。"

"他刚和那个光眼种说过话。"

"拉马利尔?"

她点点头。

"拉马利尔是他的上级。"卡拉丁一边说,一边走向第四冲桥队营房下的荫蔽处。他往墙上一靠,看着聚在水桶边的队员们。他们现在会彼此交谈、说笑,夜里会一起出去喝酒。飓风之父啊,他可从来没想过,有朝一日,他会为手下外出喝酒而高兴。

"我不喜欢他们的表情。"茜尔在卡拉丁肩头一屁股坐下,"阴阴的,就像雷云。我发现得太晚了,所以没听见他们说了什么。可我不喜欢他们谈话的方式,尤其是那个拉马利尔。"

卡拉丁缓缓点头。

"你也信不过他?"茜尔问。

"他是光眼种。"那就足够了。

"那我们——"

"我们按兵不动,"卡拉丁说,"我不能先下手,除非他们有所行动。如果把精力都耗费在担心他们可能做出什么上,我没法解决眼下面临的问题。"

他没把真正的担忧说出口。如果盖兹或拉马利尔打算杀掉他,他无力阻止。不错,除非临阵不前,冲桥手很少因其他罪行被处死。可就算在亚马兰军这种相对"诚信"的军队里,也少不了关于莫须有指控和捏造证据的传言。而在撒迪亚斯这片军纪废弛、无法无天的营地里，如果卡拉丁这种带着危险字样的奴隶受到语焉不详的指控，管事的连眼皮子都不会动一下。他们会在飓风来临时把他丢在屋外，宣称飓风之父会裁定他的命运，甚至不用弄脏自己的手。

卡拉丁站直身子，走向堆木场的木匠铺。那些工匠和学徒正忙着切割矛杆、桥件、桩柱或家具所用的木件。

卡拉丁走过时，木匠冲他点点头。他们熟悉了他，也习惯了他古怪的要求，譬如长度够四个人抬的原木，用于练习扛着木头步调一致地奔跑。卡拉丁找到一架木桥的半成品，材料是他用过的那块木板。

卡拉丁单膝跪地，检查木料的成色。他右边有群人，忙着用一把大锯子把一根原木锯成一片片薄薄的圆板，可能是用来做椅子的坐板。

他伸手抚摸光滑的木面。所有移动式木桥都采用一种称为玛卡木的木材制成，这种木头的色泽为深褐色，纹理几不可见，既牢固又轻便。整个桥体磨得光可鉴人，散发出锯屑和麝香般的气味。

"卡拉丁？"茜尔凌空走了几步，踏上木板，"你好像有心事。"

"真是讽刺，你看这些木桥的做工多好。"他说，"军队里的木匠反倒比负责打仗的士兵专业许多。"

"这不稀奇。"她说，"木匠一心想做出坚固耐用的木桥。而士兵，我听见他们聊天时说，他们只想杀上高地，抢几块琼心石，然后回营。这对他们来说就像游戏。"

"说得好。你越来越善于观察人类了。"

她嘟嘟嘴："我觉得更像是回忆起了以前就知道的事情。"

"你很快就会完全不像个灵体。你会变成一个半透明的小哲学家。我们得把你送到虔诚院去，让你一生思考深邃而重大的命题。"

"是呢，"她说，"比如说，有什么好办法能让那些虔诚者无意中喝下某种药剂，让嘴唇变得煞蓝。"她调皮地笑笑。

卡拉丁也报以微笑，但手指依旧在木头上不停摩挲。他还是不明白，为什么冲桥手不能携带盾牌？没人肯正面回答他的问题。"他们用玛卡木来做桥，因为这种木头的强度足以支撑重骑兵冲锋。"他说，"我们可以利用这点。他们不肯提供盾牌，可我们肩上已经扛着一面。"

"如果你们这么做，他们会有什么反应？"

卡拉丁起身道："我不知道，但没有其他选择。"

这种尝试有风险，巨大的风险。可他想了许多天，也想不出任何安全的点子。

※

"我们可以握这里。"卡拉丁指给石头、泰夫特、斯卡和莫阿什看。他们站在一座翻转过来、桥底朝天的桥边。桥底结构复杂，共分八排，每排有三个扛位，最多可容纳二十四人。此外，两侧还有十六个把手，一边八个，所以桥侧能站十六人。如果人员齐整，就有四十人并肩前进。

桥底的每个扛位都有凹陷，以容纳冲桥手的脑袋，还有两块弧形木板用来搁肩，以及两根作为把手的木杆。冲桥手都垫肩衬，个头较矮的人垫得厚一些，以填补身高差距。盖兹通常按身高来分配新队员。

当然，这一原则不适用于第四冲桥队。他们只能分到盖兹挑剩下的。

卡拉丁指着几条木杆和支柱道："我们可以握住这里，把桥扛在右边，略带倾斜，笔直前进。让高个子站外侧，矮个子站里侧。"

"那有什么好处？"石头蹙眉道。

卡拉丁瞧了瞧盖兹，他正在不远处旁观，近得让人不舒服。最好还是别把真实想法说出口。何况,还不知这方法管不管用,他不想让众人期望太高。

"我只想试一试,"他说,"如果偶尔换换姿势、交替使用不同的肌肉,也许能轻松些。"茜尔站在桥的一头,面露不悦之色。每当卡拉丁隐瞒真相,她总会露出这副表情。

"让大伙集合。"卡拉丁向石头、泰夫特、斯卡和莫阿什挥挥手。他已任命这四人担任小队长。冲桥队中一般没这个职务,但士兵分成六到八人的小组行动最有效。

士兵?卡拉丁心想,我现在把他们看作士兵了吗?

没错,他们并不战斗,但他们就是士兵。如果你觉得一群人"只不过"是冲桥手,那就太看扁他们了。不带盾牌、笔直冲向敌人的弓箭手,这需要很大的勇气,就算被迫也一样。

他扭头一看,发觉莫阿什没和其他三人一同离开。这个马脸男长着一对深棕色的眼睛,褐发中夹杂着点点黑丝。

"哪里不对劲,士兵?"卡拉丁问。

最后一个词令莫阿什吃惊地眨眨眼,但他和其他人都已习惯了卡拉丁各种不守常规的做法:"你为什么选我当小队长?"

"因为你是反对我领导的人当中坚持得最久的,*而且也最直言不讳。*"

"你让我当小队长,就因为我拒不服从你?"

"我让你当小队长,是因为你的才能打动了我。还有,你不会轻易改变立场,意志相当坚定,这些我都用得上。"

莫阿什摸摸下巴和下巴上的短须:"那好吧。不过,我和泰夫特及那个吃角族人不一样,我可不觉得你是什么全能之主的恩赐。我信不过你。"

"那你为什么服从我?"

莫阿什与他四目相会,耸耸肩:"大概是好奇心作祟。"说罢,他转身去召集队员。

※

究竟吹的什么邪风……盖兹愣愣地看着第四冲桥队从身旁奔过,他们到底在打什么主意?为什么要把桥扛在身侧?

这么一来,他们得以非常古怪的姿势前进,排成三列而非五列,别扭地握着桥底的支撑物,桥面冲右。他几乎没见过比这更怪的事情。他们没法全都找到合适的位置,桥把手也不是为这种姿势设计的。

盖兹挠挠头,看着他们从身前经过,接着举起手,叫住跑过他身边的卡拉丁。大贵人让队伍继续前进,快步跑向盖兹,顺便抹了一把额头的汗:"什么事?"

"这算什么?"盖兹抬手一指。

"冲桥队。扛着一座……我想……没错,是一座木桥。"

"我问的不是这个,"盖兹咆哮道,"我要你解释。"

"把桥扛过头顶跑容易疲劳,"卡拉丁说。他个子很高,足以俯视盖兹。风操的,我可不会被吓到!"这么做是为了利用身体各处的肌肉,就像左右肩膀交替着扛麻袋。"

盖兹猛地别过头去。黑暗中是不是有什么东西一闪而过?

"盖兹?"卡拉丁询问。

"大贵人,你瞧,"盖兹回过头,"把桥举过头也许是很累人,可你们这种扛法是犯傻没商量。这样太容易互相绊倒了,而且把手也很不好使。你的队员连能站的位置都找不到。"

"没错,"卡拉丁用更和蔼的语气说,"但很多时候,只有半数冲桥手能在冲桥结束时活下来。用这种方法,至少能换换姿势,就算人少也能把桥扛回来。"

盖兹心念一动。只有半数冲桥手……

如果他们在真刀真枪地冲锋时这么扛桥,速度准快不了,会变成活靶。那将是一场灾难,至少对第四冲桥队而言。

盖兹笑了:"这也不错。"

卡拉丁一脸惊讶。"什么?"

"主动性,创造性。没错,继续练习,我很想看看你在实战中用这种方式冲向高地。"

卡拉丁把眼眯成一条线:"当真?"

"当真。"盖兹说。

"好,也许我们会试试的。"

盖兹笑着看卡拉丁走开。一场灾难,这正是他所需要的。现在,他只需另找一个应付拉马利尔敲诈的办法。

31
皮肉之下

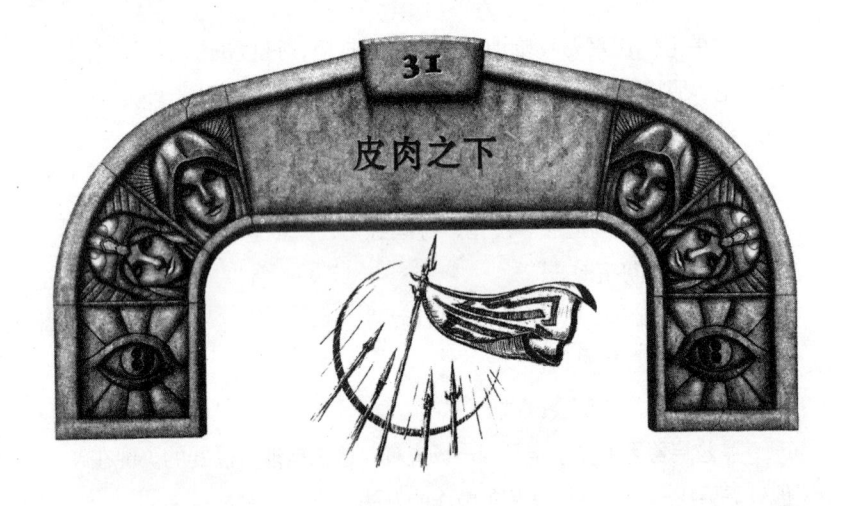

六年前

"别和我犯同样的错误,儿子。"六年前。

正在埋首苦读的卡尔抬头一看,他父亲坐在手术室另一侧,一手支着头,另一手握着酒杯,紫罗兰色的酒汁空了一半。那种颜色的酒是最烈的。

李伦放下杯子,浓重的紫罗兰色液体——飓虫的血也是这颜色——摇晃着、颤抖着,反射着柜台上放的一对润石发出的飓光。

"爸爸?"

"等你到了卡哈巴兰斯,就别回来了,"他的说话声有些囫囵,"别被这个丁点儿小的、落后的、愚蠢的镇子给困住。别强迫你漂亮的妻子生活在穷乡僻壤,远离她所认识和热爱的每个人。"

卡尔的父亲不常醉酒,这晚少见地放纵了一回。也许是因为妈妈被工作累得够呛、早早上床歇息的缘故。

"你一直说我应该回来。"卡尔怯怯地说。

"那是我蠢。"他背转身去,盯着被润石撒满白光的墙壁出神,

"他们不欢迎我,这里的人从来就不欢迎我。"

卡尔低头看着手里的书本。书上有些人体解剖图,展示了肌肉被展开、剥出的样子。图中细节非常丰富,每幅图上都有象形对铭标出各部位名称,他已将这些名称背熟,眼下正在学习手术程序,钻研那些死去已久的尸体。

有一次,拉劳对他说,皮肉之下的东西不是凡人该窥探的。这些书,还有这些插图,是人人都不信任李伦的部分原因。这就好比能看到别人衣服底下的模样,而且还更糟。

李伦又给自己斟了点酒。这个世界变天比变脸还快。卡尔拉紧外衣,抵御寒气。冬季已至,可他们买不起生火盆的火炭,因为病人不再捐钱了。李伦照样给人治病疗伤,只是镇民不再捐赠,全是因为荣寿的一句话。

"他不该这么做。"卡尔小声说。

"可他就是能。"李伦说。他穿着白衬衫、黑马甲和棕裤子。马甲没系扣,前襟敞到两肋——就像卡尔眼前的解剖图,躯干部的皮肉被扯到两边。

"我们可以把这些润石花了。"卡尔忐忑不安地说。

"那是你的教育经费。"李伦断然否决,"如果能现在就送你去求学,我绝不会耽搁。"

卡尔的父母给卡哈巴兰斯的手术师们写过一封信,请求他们同意提前让卡尔接受入学考试。但他们没答应。

"他想让我们把润石花掉,"李伦含糊不清地说,"所以才说了那些话。他想逼得我们走投无路,只好用这些钱。"

严格来说,荣寿对镇民说的话算不上是命令。他只是暗示,如果卡尔的父亲犯蠢不收费,那就不该付钱。次日,捐赠便终止了。

镇民对荣寿既敬又怕,令人无从理解。卡尔觉得,他既不配被人崇敬,也没什么可害怕的。显然,此人就是因为牢骚太盛、缺点太多,才会被贬谪到赫斯通。他绝对不配和真正的光眼种并列,那些英雄正在破碎平原上为实现复仇誓约而战。

"为什么大家拼命想要取悦他?"卡尔望着父亲的后背发问,"他们对光明贵人韦斯提欧从不这样。"

"因为荣寿这人太难伺候。"

卡尔一蹙眉。是醉话吗?

卡尔的父亲转过身,瞳孔反射着纯净的飓光。卡尔发现这双眼里精光闪闪,不禁吃了一惊,父亲其实不怎么醉。"光明贵人韦斯提欧让大家自由自在,所以他们视之如无物;荣寿不加掩饰地鄙视他们,所以他们争先恐后地讨好他。"

"完全没道理。"卡尔说。

"世事如此。"李伦把玩着桌上的一颗润石,用指头捻来捻去,"你得学着点儿,卡尔。当我们觉得世界一切正常,我们会心满意足。但如果见到窟窿、见到缺陷,我们就非要补上不可。"

"按你的说法,仿佛他们做的事还挺高尚。"

"从某种角度看,确实高尚。"李伦叹口气,"我不该对乡亲们太过苛责。他们的确市侩,但那是出于无知。我不讨厌他们,我厌恶的是那个操纵他们的人。像荣寿那样的人,可以把人性中诚实质朴的一面拧成烂泥、踩在脚下。"他举起酒杯,一饮而尽。

"我们应该把润石用掉,"卡尔说,"或者送到别处去,比如钱庄之类的。只要没了这些润石,他们就不会来找麻烦。"

"不。"李伦悠悠地说,"荣寿这人不会对手下败将发慈悲,他会继续穷追猛打。不知是政治上犯了何种错误使他沦落至此,但显然,他没法找对头报仇,我们是他能染指的一切。"李伦顿了顿,"可怜的傻瓜。"

可怜的傻瓜?卡尔心想,他可要毁掉我们的生活啊,爸爸就不能骂得更狠点吗?

人们在灶台边传唱的歌谣是怎么说的？聪明的牧人戏耍愚蠢的光眼种。这故事有好几十种版本，卡尔全听过。李伦就不能想办法还击吗？别干坐着，做点什么啊！

但他什么也没说出口，因为他完全能预料到李伦的回答。**让我来操心，你专心念书去。**

卡尔长吁短叹地回身落座，重新打开书本。手术室内光线昏暗，仅靠桌上的四颗润石照明；卡尔手上还有一颗，专用来看书。李伦把大部分润石锁进了橱柜。卡尔举起手里的润石，照亮书页。书上写着背部手术流程的说明，篇幅很长，他母亲也没法完整地读给他听。她是镇上唯一能阅读的女性，但李伦说，在大城市里，通晓文墨对出身较好的暗眼种女性来说并不稀奇。

卡尔一边用功，一边随手从兜里掏出个东西。那是一块石头，他进屋来准备学习时，这块石头就放在他的椅子上。他认得出，这是提安最喜欢的一块，最近从不离身。现在他把这块石头送给卡拉丁了，提安经常这么做，希望哥哥也能看出这些貌似平平无奇的石头的美感所在。他迟早得去问问提安，为什么这一块如此特别，而提安总能说出个道道。

提安成天跟着镇上的拉尔学木工。李伦勉勉强强答应了，他本希望提安也给他当助手，但提安受不了血腥场面，每次都发怵，怎么也习惯不了。真是麻烦事。卡尔原指望自己离开后，提安能给父亲当助手。卡尔是必须要离开父亲身边的，不管是从军还是去卡哈巴兰斯，这几个月来，他开始倾向于成为矛兵。

如果选那条路，他就不能走漏风声。得等到年龄够大、征募官可以不顾父母的反对让他入伍时，十五岁大概差不多。这意味着还有五个月。不管以后是当手术师还是矛兵，眼下，他觉得多了解了解肌肉组织——还有身体里的重要器官——总是有用的。

房门砰然作响。卡尔一跃而起，那不是敲门，*而是砸门*。又一下，听起来像是某种重物在推挤或猛砸门板。

"这吹的是哪门子邪风?"李伦从凳子上站起来。他从小屋另一头走向门口,敞开的背心拂过手术台台面,扣子与木板发出刮擦声。

又是重重的一下。卡尔手忙脚乱地离开椅子,合上书。他已满十四岁,差不多和父亲一般高了。门上传来一阵抓挠声,像是指甲或爪子。卡尔朝父亲伸出一只手,突然充满恐惧。现在是深夜,屋子里黑漆漆的,镇上一片寂静。

屋外有什么东西。听起来像是野兽,绝非人类。据说附近有个白脊的巢穴,经常袭击过往路人,造成了不小的麻烦。卡尔没见过那种爬行动物,但知道它们的模样——个头和马差不多,背上有甲壳覆盖。难道是一只白脊跑到了门口,又拍又打,想硬闯进来?

"爸爸!"卡尔哭丧着喊。

李伦一把将门拉开。润石昏暗的光线照出的并非野兽,而是一个黑衣男子。他手握一根长长的金属棒,蒙着黑色羊绒面罩,只在眼睛的部位开孔。闯入者往后一跳,卡尔慌得心快到嗓子眼了。

"你没料到屋里有人吧?"卡尔的父亲说,"镇里都好几年没出过贼了,真为你丢脸。"

"把那些润石交给我们!"有个声音从黑暗中传来,另一个人影在黑暗中攒动,接着又是一个。

飓风之父啊! 卡尔用颤抖的双手把书本紧紧按在胸口,门外有多少人?那是来洗劫镇子的强盗!这种事不是没发生过。父亲说,这些年来盗贼出没得愈发频繁了。

李伦怎能如此冷静?

"那些润石不属于你。"另一个声音说。

"是吗?"卡尔的父亲说,"那它们是你们的了?他让你们保管了?"听他说话的口气,这些人似乎不是外来的强盗。卡尔悄悄挪上几步,紧挨在父亲身后,既害怕,又为自己的胆怯羞愧。这些黑暗中的人仿佛魅影，形同噩梦，前后攒动，脸上全蒙着黑布。

"我们要把润石交给他。"有个人说。

"别逼我们动粗，这没必要，李伦，"另一人加了一句，"你反正也不打算花这些钱。"

卡尔的父亲嗤之以鼻，一个箭步跨回屋子。卡尔惊叫失声，也跟着退了回来。李伦一把拉开橱柜，抓起存放润石的大玻璃杯，杯子上罩着一块黑布。

"你们想要？"李伦一边大喊，一边从卡尔身边走过，来到门前。

"爸爸？"卡尔十分惊慌。

"你们想把这些光明拿去？"李伦再次提高嗓门，"那就拿着！"

他扯下蒙布。高脚杯绽放出剧烈的光线，亮得几乎使人目盲。卡尔抬起胳膊，父亲变成了一幅剪影，仿佛把太阳托在掌心。

大高脚杯的光芒是如此平静，几乎带着寒气。卡尔眨眨眼，挤走眼泪，慢慢适应光亮的变化。他现在能看清屋外的人了。方才一片黑压压、充满压迫感和威胁感的人影，现在成了一些以手遮目、畏惧光明的凡人。他们看起来不怎么吓人，说真的，脸上的蒙布可笑极了。

卡尔的恐惧变成了古怪的自信。他自信的源头并非父亲手中的光明，而是他的恍然大悟。*那是路特*。卡尔想。他发现有个人有点跛脚，就算蒙着脸，要认出也不难。卡尔的父亲对那条腿动过手术，多亏了他，路特现在尚能走路。他也认出了其他人。肩膀宽宽的是豪尔，穿着漂亮的新外衣的是包萨斯。

李伦一言不发，擎着一团烈光站在那儿，屋外的整片石砌广场都被他照亮。这些人缩起身子，仿佛知道已被识破真容。

"好啊？"李伦说，"你们威胁要对我动粗，来吧，动手打啊，动手抢啊。别忘了，我这一辈子都和你们做邻居；别忘了，我治好过你们的孩子。进来，把这儿洗劫一空吧！"

那群人遁入夜色，没说一个字。

32 侧扛

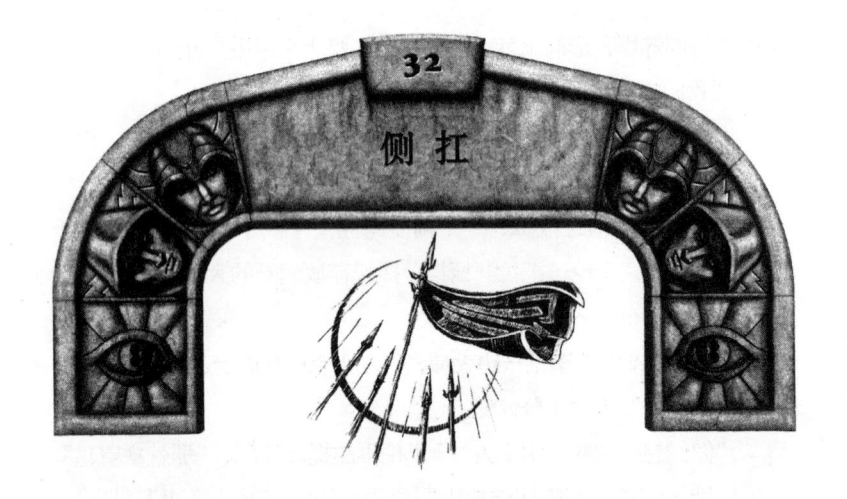

> "他们生活在无人可及的高处,但人人都可造访。而塔城本身并不出自人类之手。"
>
> ——虽然《末夏之歌》是光辉变节之后三世纪的爱情幻想故事,但这一句所指的可能确有其事。见伍热拉译本第27页,并留意脚注。

大伙儿侧边扛桥的技术有所提高,但并不显著。卡拉丁看着第四冲桥队从身前经过,把桥扛在一边,别扭地前进。幸好,桥体下方有很多把手,他们也找到了合适的握持方法。他们没法完全按卡拉丁的设想扛桥,不得不把桥举得略高些、与地面的夹角略小些,这样会暴露出小腿,但也许可以加强训练,让他们在箭矢袭来时调整桥身的角度。

就目前来看,这种扛法行进缓慢,人与人挤成一团。若被仆族智者射倒一个人,其他人就会被那人绊倒。多折损几人,队伍就会失去平衡,桥也必然脱手落地。

这一招用起来必须十分小心。卡拉丁想。

茜尔跟在冲桥队后面飘来荡去,形态就像一把树叶。透过她几乎透明的身形，卡拉丁看到了一群人：一名身穿制服的士兵领着一队衣衫褴褛、形貌枯槁的男子。**总算来了**，卡拉丁心想。他一直在等下一批新队员。他短促有力地冲石头一挥手，吃角族人点点头，接管了训练。本来也该到休息时间了。

卡拉丁一路跑下堆木场边缘不长的斜坡。他跑到时，盖兹正要拦下这批新来的。

"这都什么烂货。"盖兹说，"我以为上次送来的已渣得不能再渣，可这一堆……"

拉马利尔耸耸肩。"他们现在是你的人了，盖兹，怎么分随你。"他和随行士兵一同离去，把这批倒霉的新队员留在原地。部分人还有像样的衣服——他们是才被抓不久的犯人——剩下的额头都有奴隶烙印。看到他们，一些久经的感受又涌上卡拉丁心头。他仿佛依旧站在那道深渊旁，踏错一步，就会滚落绝望的谷底。

"站成一排，你们这些飓虫。"盖兹冲新丁咆哮，抽出腰间的木棍挥舞。他看了卡拉丁一眼，但没说什么。

新人赶紧列队。

盖兹从排头点向排尾，先挑出个头较高的："你们五个，到第六冲桥队。都记住了，否则拿鞭子抽你丫的。"他又点出一队，"你们六个，第十四冲桥队。队尾的四个，到第三队。你，你，还有你，第一队。第二队不缺人……你们四个，去第七队。"

所有人都分完了。

"盖兹。"卡拉丁把手往胸前一抄。茜尔落在他肩头，树叶卷成的小飓风化作少女的形态。

盖兹转身看着他。

"第四队能出动的只剩三十人了。"

"第六和第十四队比你们还少呢。"

"那两队都有二十九人，可你刚分给他们一大批新丁。第一队已有三十七人了,你还分了三个新人过去。"

"你们上一回出桥几乎没有损失,而且——"

盖兹企图溜走,卡拉丁一把抓住他胳膊。冲桥士官身子一缩,举起手中木棍。

*有种你试试。*卡拉丁盯着盖兹的独眼,在心里默念。他简直希望盖兹动手。

盖兹咬咬牙:"好吧,就一个。"

"由我挑。"卡拉丁说。

"随你便,反正都是废物。"

卡拉丁转身走向这批新队员,他们已按盖兹的分配站成了几堆。卡拉丁首先把注意力集中到高个子身上。按奴隶的标准看,他们营养还算不错。有两人看起来似乎曾——

"喂,黑发哥!"有个声音从另一组传来,"喂!您想拉我入伙不?"

卡拉丁一转头,只见一个又矮又瘦的男子正冲他挥手,他只有一条胳膊。谁会派他来当冲桥手?

*他可以挡下一箭,*卡拉丁心想,*在高层眼里,这就是冲桥手存在的意义。*

此人一头棕发,皮肤是深褐色,比阿勒斯卡人的肤色还略深一点。他的指甲是石板色,有水晶般的质感——那说明他是个赫达孜人。大部分新丁的表情都一个样,颓败冷漠,可他却在微笑,尽管额头刻着奴隶的烙印。

*那个烙印有些年头了,*卡拉丁心想,*要么之前的主人待他不错,要么他不愿被命运打垮。*此人显然不明白有什么样的命运在等待他。如果明白成为冲桥手的含义,没有人笑得出来。

"您用得上我,"他说,"我们赫达孜人都是顶呱呱的战士,哥。"最后那个字的发音听起来像是"刚"。"您瞧,有一回,我和几个……"

对，是仨人儿对打，他们都喝醉了，可我还是把他们揍趴下了。"他语速很快，口音浓重，词和词全都连成一片。

这个人当冲桥手一定糟糕透顶。他兴许能扛桥跑，但没法灵活机动。他腰上甚至有些赘肉。不管哪支冲桥队分到这个活宝，一定会把他放在前排，让他吃上一箭，就此摆脱这个累赘。

为了生存，你要竭尽所能，过去的他仿佛在耳边低语，*要把不利转化成优势……*

提安。

"很好，"卡拉丁指着他说，"我要后排那个赫达孜人。"

"什么？"盖兹说。

那个矮子悠悠然走到卡拉丁跟前："多谢，黑发哥！挑我不会后悔的！"

卡拉丁转身就走，从盖兹身边经过时，冲桥士官抓抓脑袋，问："你把我逼到这份儿上，结果就挑了个独臂的矬子？"

卡拉丁没对他说一个字，倒是冲独臂的赫达孜人说："你为何想跟我走？你又不知道各支冲桥队有何不同。"

"您只挑一个。"他说，"那人一定非同一般，和其他人决不一样。而且我觉得您挺不错，看眼神就知道，黑发哥。"他顿了顿，"我的队友在哪？"

此人淡定的态度令卡拉丁不知不觉露出了笑容："你马上就会见到。你叫什么？"

"倨朋。"他说，"有些亲戚叫我倨无双，因为他们从没听过这种名字。我到处打听，大概问过百来号人……没准儿有两百……反正很多人，还真是，没人听说过这种名字。"

卡拉丁被他飞快的语速绕得直眨巴眼。他不用换气吗？

第四冲桥队正在休息，硕大的桥梁侧立在旁作荫蔽。五名伤员和众人坐到一起，一块儿聊天，连雷滕也下了床，真是鼓舞人心。因那条腿的关系,他走起路来还是很费劲。卡拉丁虽然尽了全力,但他依然会瘸一辈子。

唯一闭口不言的是达彼德,战场对他的心理打击实在太深。他跟在其他人后头,从不说话。卡拉丁开始担心,不知这人究竟还能不能从精神创伤中恢复过来。

长着张圆脸、一口牙缺东少西的胡勃——就是腿上挨了一箭的人——已能不用拐杖走路了,再调养些许时日,就能扛桥出勤。这是好事。他们需要把能用的人手都用上。

"你去那边的营房,"卡拉丁对偻朋说,"屋子最里面有堆物品,给自己挑一条毯子、一双拖鞋和一件背心。"

"遵命。"偻朋迈着悠然自得的步子走过去,顺道还冲经过的人挥手致意。

石头走到卡拉丁身边,两手抱胸:"新来的?"

"嗯。"卡拉丁说。

"我看,盖兹也只会给我们这种货色。"石头叹道,"那杂碎,我们该料得到,他只会把最最没用的冲桥手给我们。"

卡拉丁本想附和几句,但有些犹豫。如果这么做,茜尔大概能看出他在撒谎,而且会不开心。

"这种新的扛桥方式,"石头说,"我觉得不太管用。这——"

他的话被一声响彻营地的号响打断,号声在营地的石质建筑之间回响,仿佛远方巨壳野兽的哀号。卡拉丁神经一绷。今天轮到他们值班。他怀着紧张的心情等待,直到第三组号声吹响。

"整队!"卡拉丁大喊,"我们出发!"

不像另外十九支值班的冲桥队,卡拉丁的手下没有慌慌张张、乱作一团,而是整齐有序地集结成列。偻朋一边冲出营房,一边往身上套背心,眼见第四冲桥队分成四个小队,又不知该去哪边了。如果卡拉丁把他安排在阵前,遇上敌人铁定死无全尸,不管他站哪儿,大概都会拖慢行进速度。

"偻朋！"卡拉丁喝道。

独臂男抬手敬礼。难道他真以为自己是正儿八经的军人？

"你看到那边蓄积雨水的木桶了吗？找木匠的助手要些水袋，他们答应会借我们一些。能装多少水就装多少，然后赶上队伍。"

"遵命，黑发哥。"偻朋说。

"起桥！"卡拉丁走到前排把位，大喊，"肩扛式！"

第四冲桥队开始前进。当另几支冲桥队还在营房边乱作一团时，卡拉丁的队伍已经穿过堆木场。他们头一个走下斜坡，甚至在军队完成列队之前，他们已来到第一座固定式桥梁。到了那儿，卡拉丁令众人放下桥待命。

片刻后，偻朋迈着碎步跑下山坡——令人吃惊的是，达彼德和胡勃也来了。胡勃的腿瘸了，所以他们走不快，但他们用两根木条和一块油布造了一架类似轿子的工具，油布上堆放了二十多个水袋。三人就这么一路小跑着赶上队伍。

"这是什么？"卡拉丁说。

"您让我尽量多带水，哥。"偻朋说，"我们就从木匠那里搞来了这东西，他们说是用来搬木料的，现在也用不上，所以我们便拿了。是这么个事儿吧，闷哥？"最后那句是对达彼德说的，后者没说话，只点点头。

"闷哥？"卡拉丁问。

"就是闷声不响的意思，"偻朋耸耸肩，"您瞧，他好像不咋开口。"

"明白了。好吧，干得不赖。第四队，各就各位。大部队来了。"

接下来的几个小时是他们所熟悉的冲桥手生活：带着极度的疲惫、扛着沉重的木桥穿过一座座高地。随行的饮水帮了大忙。军队偶尔会在行军途中给冲桥手水喝，但从来都不足以满足需要。每穿过一片高地后能喝上几口，效果就跟多了五六个人一样显著。

但真正的差别来自训练。每次把桥搭好,第四冲桥队的队员不再感到筋疲力尽。扛桥的艰辛依然如故,但他们的身体已做好了准备。卡拉丁发觉自己的队员毫无崩溃的迹象,还能嬉笑打闹,其他队伍不止一次投来惊讶或羡慕的目光。实际上,一周出一次桥得不到足够的运动量,而若每晚加餐再辅以训练,便能强健体魄,有备无患。

这次出击的路途很长,是卡拉丁从未经历过的长途跋涉。他们往东行进了几小时,这不是个好兆头。当目标高地较近时,他们通常能比仆族智者先到一步。但这次距离如此之远,他们没机会比敌人早到,只能尽量抢在仆族智者带着琼心石撤走之前抵达。

也就是说,最后的冲锋可能会相当艰难。侧扛式还没有练成。当他们最终接近一块巨大的高地时,卡拉丁不免紧张起来。这块高地的形状很不寻常,向上高高隆起。他对此有所耳闻——这里被称作塔地,任何阿勒斯卡军队都未曾在这里赢到过琼心石。

他们在倒数第二道深渊前架桥,让斥候通过。卡拉丁心里有不祥的预感。塔地为楔形,地面崎岖不平,东南角直入云天,形成一面陡峭的斜坡。撒迪亚斯带来了一支大部队,这片高地面积巨大,可以展开较大的兵力。卡拉丁在焦虑中等待。没准儿他们运气好,仆族智者已带着琼心石离去。以此地之遥,这是有可能的。

斥候策马飞奔来报:"敌军已在对面高地边缘布阵!他们把石蛹打破了!"

卡拉丁一声轻叹。军队开始过桥,第四冲桥队的队员们看着他,表情严肃而凝重。他们知道接下来会发生什么。他们当中的一部分人,也许是很大一部分人,要死在这里。

局势非常严峻。之前,他们还有缓冲余地,哪怕折损四五个人,也还能继续前进。而这回,他们只有三十个人扛桥,每损失一人都会严重拖慢行进速度,如果再少四五个人,桥体就无法保持平衡,甚至会翻倒。届时,仆族智者会向他们集中火力。他见过这种情形。如果某支冲桥队开始摇晃,仆族智者就会全力猛击。

而且,仆族智者总会挑选明显人手不足的队伍射击。第四冲桥队有麻烦了,这一战很有可能死上十五到二十人。他必须想想办法。

决定了。

"大家过来。"卡拉丁说。

众人一脸疑惑地围到他身边。

"我们从侧面扛桥,"卡拉丁小声说,"我在最前排掌握方向,随时准备跟我转向。"

"卡拉丁,"泰夫特说,"侧扛速度较慢。这主意挺有意思,可是——"

"你信不信我,泰夫特?"卡拉丁问。

"呃,算是吧。"这个一头灰发的男子看看其他人。卡拉丁看得出,很多人并不信任他,至少不是完全信任。

"这行得通。"卡拉丁热切地说,"我们要以桥为盾,遮挡箭矢。我们得加快脚步,跑在最前面。以侧扛的姿势跑过其他冲桥队并不容易,但我想不出其他主意。如果这办法不管用,反正我在最前面,我会是第一个送命。如果我死了,便改回我们训练多时的肩扛式吧。这样一来,至少你们能甩掉我这个麻烦。"

冲桥手们一语不发。

"如果我们并不想甩掉你呢?"马脸男纳塔姆说。

卡拉丁笑笑:"那就腿脚利索些,跟着我的步调。我会半途突然转向,随时准备跟上。"

他回到桥边。步兵正在过桥,骑马的光眼种——包括一身华丽碎瑛甲的撒迪亚斯——也在朝另一头进发。卡拉丁和第四冲桥队随后过去,将桥收好。他们用肩扛法赶到军队之前,将桥放到地上,等待其他冲桥队就位。偻朋和另两个运水队员与盖兹一起留在后方,看来他们不会因无法冲锋而遭到责难,算是全能之主给予的小小恩护。

卡拉丁觉得额头渗出了豆大汗珠。他已能勉强看到悬崖另一侧的仆族智者战阵。一个个黑红的人影，短弓在手，弓箭上弦，蓄势待发。塔地巨大的陡坡在他们身后隆起。

卡拉丁的心跳开始加速。期灵从军队的战列中探出头来，但他的队伍里没有。他可以引以为傲的是，惧灵同样没出现——他们并非没感到恐惧，只是不像其他冲桥队那么恐慌，所以惧灵跑到别处去了。

你要懂得关怀，图克斯的话仿佛犹在耳畔，战斗的关键并非冷血，而是受掌控的激情。为了胜利、为了你要守护的对象，你必须懂得关怀。

我懂得关怀，卡拉丁心想，就算我是个风杀的笨蛋吧，可我确实懂得关怀。

"起桥！"盖兹的吼声在阵前回荡，他在重复拉马利尔下达的命令。

第四队开始行动，迅速将桥移到右侧并举起。个子较矮的人排成一列，将桥扛在右手边，高个子组成另一列，顶在他们身后，或是握住下方把手协同将桥举高，或是握住高处的把手稳定桥身。拉马利尔狠狠瞪了他们一眼，卡拉丁紧张得大气不敢出。

盖兹走上前，冲拉马利尔耳语了几句。这个贵族缓缓点头，没有言语。冲锋号吹响了。

第四冲桥队向前猛冲。

他们身后飞来一波箭矢，从头顶掠过，划着弧线落到仆族智者阵中。卡拉丁咬紧牙关奔跑，勉力保持平衡，避免被东一颗西一块的石壳木和页岩皮木绊倒。所幸，尽管他的队伍比平时要慢，但规律的训练和更好的耐力使他们依旧比其他队伍快。第四冲桥队在卡拉丁的率领下冲到了最前面。

这一点至关重要，因为卡拉丁开始略向右拐，就仿佛木桥的重量使队伍脱离了行进路线。仆族智者们跪倒在地，齐声清唱。阿勒斯卡人的箭矢落向他们头顶，使一部分仆族智者受到干扰，但其他的还是举起了弓箭。

预备……卡拉丁默念。他进一步发力，突然感到一股力量从体内涌出。腿脚不再酸胀，呼吸也恢复平稳。或许是对战斗的渴望，或许是对疲惫已然麻木，但这份意料之外的力量令他产生了些许愉悦和昂扬的感觉。仿佛某种东西在他体内，与他的血融为一体，与他共鸣。

那一瞬，他觉得仿佛独自一人拽着木桥，就像一张扯着船前进的风帆。他加大右转的角度，切得更深，使自己和队员完全暴露在仆族智者弓箭手的视线之下。

仆族智者们歌声不停，却明白何时引弓发射，也无需命令。他们把弓弦张满，箭尾贴住大理石般的脸颊，瞄准冲桥手。不出所料，有很多箭头对准了他们。

距离差不多了！

再等几下心跳的工夫……

就是现在！

就在仆族智者弓箭手松开指尖的瞬间，卡拉丁向左急转。桥体随他一同转向，桥面对着弓手，向左前方疾进。箭矢从天而降，狠狠砸在木头上，嵌入木板。有些箭矢射到他们脚旁的地面，沙尘飞溅。桥体在冲击下响个不停。

卡拉丁听见其他冲桥队传来绝望的惨叫。有人倒下，其中很多人大概是第一次上阵。但第四冲桥队无人叫喊，也无人倒地。

卡拉丁再次把桥转向，他的队员又一次暴露出来。惊讶的仆族智者重新张弓搭箭。他们的攻击通常是一波一波的，这给了卡拉丁机会。就在仆族智者把弓拉满的瞬间，他掉转桥身，再度将厚重的桥体当作护盾。

箭矢再次扎进木板。其他队伍的成员再次发出惨叫。卡拉丁的蛇形前进战术再次保护了他的队员。

再来一次。 卡拉丁心想。这一次会很有难度，仆族智者知道他的策略了，他们会抓住他转向的那一刻发动攻击。

他开始转向。

无人中箭。

惊讶之余，他意识到仆族智者弓箭手已把注意力完全转移到其他冲桥队身上，因为那是更容易下手的目标。第四冲桥队前方一片开阔。

深渊就在前方。尽管转了几次方向，卡拉丁还是把他的队伍带到了正确的位置。所有的木桥必须紧紧挨在一起，好让骑兵冲锋。卡拉丁迅速下令放桥。有些仆族智者重新注意到他们，但大部分都继续无视，朝其他冲桥队放箭。

身后传来一声巨响，想来是有一支冲桥队垮了。卡拉丁和队员们一起使劲推桥，阿勒斯卡弓手不断发箭压制，不让仆族智者有机会把桥顶回来。卡拉丁一边推桥，一边回头望了一眼，这么做不无风险。

第二支冲桥队离深渊不远了，那是第七队。但他们举步维艰，箭矢无休无止地飞向他们，把他们整排整排地射倒。他们就在卡拉丁眼皮底下崩溃，木桥重重砸在石地上。第二十七冲桥队开始步履蹒跚，另有两队已经垮掉。第六队冲到了崖边，但相当勉强，有一半队员倒下。其他冲桥队呢？这短短一瞥看不出究竟，他必须回头继续干正事。

木桥在卡拉丁的队员们的努力下轰然就位，卡拉丁大声招呼大家撤开。他们飞速奔向两旁，好让出道来给骑兵冲锋。可骑兵没有出现。卡拉丁猛一转身，大颗大颗的汗滴从额头滚落。

另有五支冲桥队架好了桥，其他队伍都在半途挣扎。出乎卡拉丁意料的是，他们试图模仿卡拉丁这队的做法，倾斜木桥遮挡箭矢。很多人失足跌倒，当一部分人放低桥身提供掩护时，其他人却步调不一，依然在往前跑。

场面极为混乱。这些人没有练过侧扛。一支乱了方寸的冲桥队试图用从未尝试过的姿势扛起木桥，但桥从他们手中跌落。还有两支队伍被仆族智者的弓箭手全歼，对方依旧没有停止射箭。

踏着六座架好的木桥，重骑兵发起冲锋。一般情况下，一次冲锋得有上百名骑兵参与，他们列成三排，每排三十到四十人，而每座桥只能让两名骑兵并排行进。所以，要想对成百上千名仆族智者弓箭手发起有效的冲锋，需要把很多座桥连成一片。

但这一次，桥架得毫无章法。有些骑兵到了对岸，但分散在各处，如果径直冲向仆族智者的阵线，就会陷入重围。

步兵已在帮第六冲桥队推桥。**我们该去帮把手**，卡拉丁意识到，**帮忙把其他桥推往对岸。**

可惜太晚了。虽然卡拉丁本人离战场不远，但按训练时的要求，他的手下已躲到最近的一块凸起的岩架后。他们选择的掩体能充分抵挡箭矢，但也离得不远，足以把战场形势看得一清二楚。初期的冲锋后，仆族智者总会忽略冲桥手，但阿勒斯卡人还是相当谨慎，每次都派后卫把守桥头堡，提防仆族智者切断他们的退路。

士兵终于把第六队的桥推到位，还有两支冲桥队架好了桥。但半数木桥没到崖边。为尽快支援骑兵，军队不得不一边行进一边重整队伍，分成一股股小部队，沿架好的桥依次通行。

泰夫特走出岩架，一把抓住卡拉丁的胳膊就往后拽。卡拉丁没有反抗，但依旧目不转睛地盯着战场。他突然明白了什么，明白了一件非常糟糕的事实。

石头上前一步，走到卡拉丁身边，拍拍他的肩膀。汗水把大个子吃角族人的头发粘到了头皮上，但他照样笑开了花。"奇迹！一个人都没受伤。"

莫阿什走到他们边上。"飓风之父！我不敢相信我们都做了什么。卡拉丁，你彻底改变了冲桥的方式！"

"不，"卡拉丁轻声道，"我彻底搞砸了这场战斗。"

"我——什么?"

飓风之父!卡拉丁心想,重骑兵被截了退路。骑兵冲锋需要连成一排,威吓和声势比什么都重要。

可现在,仆族智者能避开骑兵的锋芒,绕到他们侧后,而步兵无法尽快赶到支援。有几队骑兵被完全包围。士兵在桥口挤作一团,想要过桥,仆族智者却在另一侧堵得死死的,一次次把他们击退。矛兵从桥上翻落,仆族智者还成功地把一座桥整个儿掀下深渊。阿勒斯卡军很快陷入守势,士兵们只顾得上占住桥头,确保骑兵的退路。

卡拉丁看着,用心看着。他从未研究过全军整体在攻袭战中的战术和需要,只考虑自己队员的需要。这是个愚蠢的错误,他本该想得更周全。不,如果他还把自己当成个真正的士兵,那就一定能想到。他憎恨撒迪亚斯,憎恨那人利用冲桥手的手段,可他不该不考虑战场全局就孤立地改变第四冲桥队的方略。

*我分散了其他冲桥队的注意力,*卡拉丁想,*所以我们到得太早,而其他队伍被拖慢了。*

还因为他们跑在最前面,很多冲桥手清清楚楚看到了他如何拿桥做盾,便模仿起第四冲桥队的做法。但最终,每支队伍的前进速度不一样,阿勒斯卡弓箭手不知该集中压制何处才能掩护队伍架桥。

飓风之父!我害撒迪亚斯吃了场败仗。

此事不会就此了结。现在将领和军官们为修正战斗方案抓破头皮,没工夫考虑冲桥手。可等一切尘埃落定,他们自会找上门来。

或许用不了那么久。他发现盖兹和拉马利尔,连同一批预备队的矛兵,正朝第四冲桥队走来。

卡拉丁身后的石头抢前一步,另一侧的泰夫特也神情紧张地走上前,手里攥着块石头。卡拉丁身后的冲桥手们开始交头接耳。

"退下。"卡拉丁轻声对石头和泰夫特说。

"可卡拉丁,"泰夫特说,"他们——"

"退下,想办法领大家安全返回堆木场。"如果我们当中还有谁能逃过此劫……

见石头和泰夫特没有后退,卡拉丁便踏前一步。塔地上的战斗依旧激烈,撒迪亚斯的队伍——由这名碎瑛武士亲率——成功地抢下一小块地方,而且死战不退。双方的尸体都越积越多,战斗和杀戮无休无止。

石头和泰夫特再次抢到卡拉丁身边,但被他固执的目光瞪了回去。卡拉丁转头看着盖兹和拉马利尔。我可以揭发是盖兹让我这么做的,他想,是他建议我在实战中使用侧扛法。

不行,当时没有证人,这是他针对盖兹的一面之词,那不管用。何况,如果他这么说,盖兹和拉马利尔一定会马上把卡拉丁弄死,以免他对二人的上级开口。

卡拉丁需要其他策略。

"你明白自己干了什么吗?"盖兹一边逼近,一边唾骂。

"我搅乱了军队的战术安排,"卡拉丁说,"把整场战斗搞得一团糟。你们是来惩罚我的,这样一来,当上级冲你们破口大骂时,你们至少能表示很快采取了行动,处理了始作俑者。"

盖兹一怔,拉马利尔和矛兵也在他身边停步。看起来,冲桥士官有些吃惊。

"虽然说也白说,"卡拉丁冷冷地说,"但我不知道会发生这种结果,我只想活命。"

"没人指望冲桥手活命。"拉马利尔直截了当地说。他朝两名士兵挥挥手,对卡拉丁一指。

"如果你留我一命,"卡拉丁说,"我保证,我会告诉你的上级,你和此事毫无瓜葛。如果你杀了我,那看起来就像是你想隐瞒什么。"

"隐瞒?"盖兹看了一眼塔地上的战局。一支流矢射中离他不远的一块石头,箭杆应声而断,"我们有什么可隐瞒的?"

"这就不好说了，看起来很像是你先出的主意。光明贵人拉马利尔，你没有阻止我，你可以办到，但你没有，当你看到我的行动时，士兵们都看到你和盖兹在窃窃私语。如果没有人担保你与此事无关，你会非常、非常麻烦。"

拉马利尔身边的士兵看着长官，这名光眼种紧锁眉头。"给我打，"他说，"但别弄死他。"他转过身，返回阿勒斯卡预备队列阵的地方。

魁梧的矛兵向卡拉丁逼近。他们是暗眼种，可他们对卡拉丁的态度恐怕不会比仆族智者更好。卡拉丁闭上眼，准备忍受痛苦。他不能对这些人动手，至少动了手就不可能保住第四冲桥队。

矛尾对小腹的一击使他踉跄倒地。士兵开始踹他，踹得他直抽凉气。一名步卒扯开他腰上的口袋。他的润石——如此贵重的东西不能留在营房里——散落在石地上。不知为何，这些润石没了飓光，黯然无色，它们的生命已经耗尽。

士兵们接二连三地猛踹。

对于四座名城及其基底形状的区分，参考卡哈巴兰斯帕扎奈图书馆档案中的城市布局图。

亚基纳城

对亚基纳城、泰勒拿城、魏德纳城和塔冠城进行如下处理：移除现有的街道和旁道，将街区合并成大的几何形状，并保留作为城市原始建设基础的天然岩石构造，其岩地的基底形状就会显露得更加清晰。

泰勒拿城

亚基纳城具有神圣的十边形对称结构，俯视时尤为明显。从泰勒拿城图形中可见到的显的星状结构。魏德纳城弯弯曲曲的街道显出了井然有序的箭头和圆环。

魏德纳城

再看塔冠城，连城墙都沿着风刃山的岩石构造建成，成为城市基底地形的轮廓。城墙与岩山融合在一起，利用这些天险来强化城市的防御能力。

塔冠城

我不禁遐想，这一切只是巧合吗？如果不是，其中究竟有何深意？

寻城者，卡波萨

33 音形

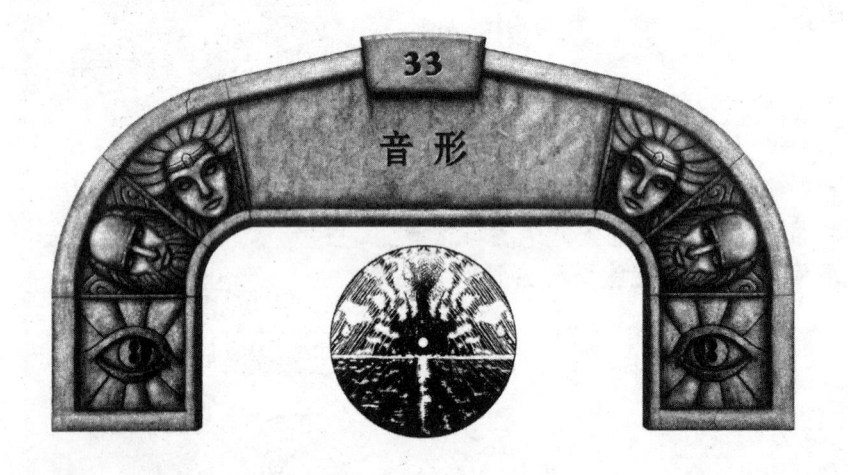

"他们在变化,甚至在和我们战斗的同时变化。他们就像影子、就像跃动的火焰般改变形态。切勿因第一印象而低估他们。"

——据称为塔拉廷所收集,塔拉廷是一名护地骑士团的光辉骑士。此文献来源——辜伏罗所著《化道》——一般被视为可靠资料,但这一段来自"第七晨之诗"的复本残篇,其原本已失佚。

有时,沙兰踏进帕拉奈图书馆——这座环绕着作为阅读区的浣纱厅,存放书籍、手稿和卷轴的恢宏楼宇——会被它的宏大和华美深深吸引,脑子里再没有其他念头。

帕拉奈图书馆的造型就像颠倒的金字塔,尖端嵌入岩石,四面墙壁从最底部的中心向外发散,带有斜度,构成极其壮观的四方棱锥。空中有不少栈道式走道依墙而建,还有一座巨大的阶梯直指柔刹的地心。一台台升降台为读者上下各层提供了更快捷的方式。

倚着护栏、立于顶层走道,沙兰只能看到建筑的半腰。这地方实在太大、太宏伟,简直非人力所能为。墙面上梯台状的分层结构是如何建造得如此精确的?建筑内部的空间是不是塑魂者从岩石中生生变出来的？究竟为此耗费了多少宝石？

这里光线昏暗，没有全局照明，只有小小的绿宝石灯盏，仅能照亮走道的地面。洞彻会的虔诚者定时巡查各层，更换照明润石。这里的绿宝石一定有成千上万，显然，它们是卡哈巴兰斯王室财产的一部分。与固若金汤的帕拉奈相比，这世上还有更好的存放之处吗？在这里，宝石既能得到保护，又能给这座浩瀚无垠的图书馆带来光明。

沙兰继续前进。她的仆族仆役提着一盏润石提灯，里头放着三块蓝宝石马克。石墙反射着柔柔的蓝光，其中一部分墙体以塑魂术转化成了石英，纯粹是为了装饰。扶手先以木头雕成，然后转化成大理石。她用手指抚摸护栏，还能感受出原先的木纹，同时也有石头冰冷而光滑的触感。奇特的糅杂，仿佛存心迷惑人的感官。

她的仆役还提着一小篮子书——全是著名自然科学家的画集。迦熙娜已允许沙兰利用一部分学习时间钻研她自己选择的课题。一天只有一小时，但那是极为珍贵的一小时。最近，她在深入研读麦亚末德的《西海航行》。

这个世界充满神奇。她如饥似渴，想要了解更多，想要观察世上每一种生物，把它们统统画在自己的素描本上，用一张张定格的图画勾勒出柔刹的全貌。她所读的这些书尽管都很精彩，但她总觉得缺了点什么。每位著者或擅于文字、或长于绘画，但很少有人精通两者。就算有，他们对科学的把握也总显不足。

他们的认知中有很多缺漏，沙兰可以填补的缺漏。

*不，*她一边走，一边坚决地告诫自己，*我不是来干这个的。*

如沙兰所望，迦熙娜洗澡时开始让她在一旁伺候，但要把心思集中到偷盗一事变得越来越难。她想要的机会很快就会出现。然而，她学得越久，就越是对知识感到饥渴。

她领着仆族走进一座升降台。里头的另两个仆族转动绞盘，把梯台往下放。沙兰看了看那篮子书。她可以在升降台上看书、打发时间,也许能看完《西海航行》中未看完的那一章……

她把视线从篮子上移开。保持专注。下了五层后,她走出升降台,踏进一条较窄的走道,这条走道通往直接在墙体上开凿的坡道。到达墙后,她向右一拐,又往下走了一小段,这面墙上布满门洞。找到想找的那扇门,她推门而入,进入一间宽敞的石室,里头堆满高高的书架。"等在这儿。"她一面吩咐仆族,一边从篮子底下搜摸出绘画用具夹在腋下,接过提灯,匆匆忙忙扎进书海。

你可以接连几小时隐没在帕拉奈的茫茫书海中,见不到哪怕一个活物。为迦熙娜寻找无人问津的晦涩书本时,沙兰几乎碰不到人。当然,馆里有虔诚者和侍从为读者取书,可迦熙娜觉得让沙兰亲手找是一种重要的锻炼。显然,卡哈巴兰斯的文档归案系统如今已是柔刹众多图书馆和档案馆的标准。

在这间屋子后方,她发现一张玉穗木做的小桌。她把提灯放到桌子一角,坐在凳上,取出画具。屋子又黑又静,提灯光芒照亮了右侧书架的末端,以及左侧一面光滑的石墙。空气中有故纸和尘埃的气味,但并不潮湿。帕拉奈图书馆从不潮湿。也许,保持干燥的秘密与每个房间尽头的长条状沟槽里堆放的白色粉末有关。

她解开系住画具包的皮绳。放在最上层的是空白画纸,接下来几张画的是帕拉奈的馆员。她的收藏里又多了几张脸。

但藏在中间的那组画重要得多——那是迦熙娜施展塑魂术的素描。

公主使用塑魂术的次数不多,也许不愿当沙兰的面多用,不过沙兰还是亲眼目睹了好几次,大多是在迦熙娜心有旁骛时——她显然忘了身边还有人。

沙兰拿起一张画。画中的迦熙娜坐在壁台上,一手放在身旁,触摸一团揉皱的记事纸,塑魂器上的一颗宝石发出闪光。沙兰拿起下一张,画上描绘了几秒钟后的场景。纸团成了一颗火球。不,它并没有燃烧，而是变成了火焰。火舌蜷曲，空气突然变得灼热。纸上究竟写了什么令迦熙娜想要隐藏的东西？

另一张画上，迦熙娜将她杯中的酒化成一大块镇纸用的水晶，高脚杯本身则被用来压另一叠纸。那是一次难得的经历——她们在大岩宫外一座露台上用餐和学习。还有一张，迦熙娜耗完了墨水，便在纸上直接烧灼文字。沙兰看着她把一个个字母烧在纸上，为塑魂术的精准赞叹不已。

看来，这件塑魂器特别适用于三种元素：水烟、火花和光晶。但应该也能创造出十元素——从天风到地骨——中的任何一种。对沙兰来说，地骨最为重要，因为岩石和大地属于这一类。她可以造出新的矿床，供家族开采，这是行得通的。塑魂者在雅克维德非常稀有，而采出的大理石、翡翠和蛋白石都可卖高价。塑魂器不能直接造出宝石——据说这完全不可能，但可以创造价值相近的矿脉。

等新造出的矿藏开采殆尽，他们不得不改做收入较低的生意。那也没关系。到那时，他们的债务应该都已还清，因父亲的死而无法履行的承诺也应能得到补偿。达瓦家族会再次籍籍无名，但将免于垮台。

沙兰再次揣摩这组画像。阿勒斯卡公主似乎对塑魂术很不当回事。她拥有全柔刹最强大的魂器之一，*却用来造镇纸？*当沙兰不在身边时，她还会用塑魂器做些什么？与一开始相比，迦熙娜当着沙兰的面使用塑魂术的次数似乎变少了。

沙兰在袖子的禁袋里摸索，找出父亲的塑魂器。塑魂器碎成了两半，裂缝穿过一条链子，还把其中一块宝石的卡槽一分为二。她拿到光亮处，再次细看那个损伤的痕迹。链条的锁环已经更换过，修复得天衣无缝，卡槽也以同样完美的工艺重新铸好。就算知道裂痕在哪里，她也看不出任何瑕疵。不幸的是，仅仅修复外观上的缺陷并不能恢复它的功效。

她把这坨沉甸甸的金属和链条在手里掂了掂，随后戴上，用链条缠绕拇指、小指和中指。眼下魂器上没有装宝石。她拿这件损坏的塑魂器和画中那件相比较，从各个角度观察。没错，看起来一模一样，她打消了原先的顾虑。

沙兰看着坏掉的魂器，心颤个不停。当迦熙娜只是个遥远、未知的人物时，从这位公主手中盗走塑魂器似乎还是可以接受的做法。毕竟，她是个异端，据说脾气很坏，很苛刻。可真正的迦熙娜是怎样的呢？一位严谨的学者，严厉但公正，智慧和见地高得惊人。沙兰当真下得去手？

她努力平复自己的心跳。早在孩提时代，她就总是这样。她还记得为父母的争吵所掉的眼泪，她不擅长直面问题。

但她勇敢地站出来了，为了长子巴拉特、次子维吉姆和三子尤术。她的哥哥们都指望着她。她用双手紧紧按住大腿，不让自己发抖，反复吸气、吸气。过了几分钟，神经总算恢复控制，她解下坏掉的魂器放回禁袋，并收好画纸。为找出使用魂器的方法，这些画也许能派大用场。她该怎么办？有没有办法从迦熙娜嘴里套出魂器的用法，又不引起怀疑？

一片光晕在附近书架上闪动，把她吓了一跳。她赶紧收拢画集，这才发现原来只是个披长袍的虔诚会老妇，提着灯，身后还跟了一名仆族。到了书架尽头，她掉头走进另一排书架，没看沙兰一眼，提灯光芒顺着书架间的过道渐渐远去。不见其人，唯有光从狭小的缝隙中涌出——就仿佛有一位令使在书架间行走。

沙兰的心再次猛跳，她把禁手按在胸口。*我太不适合做贼了*，她苦笑着想。于是她收好东西、擎起提灯，沿书架夹道往回走。每排架子的起始处都刻着符号，表明书籍的入库日期，那便是图书馆归档整理的方法。顶层放着数不清的橱柜，塞满书目索引。

迦熙娜让沙兰来取的是名为《对话集》的书——一本论述政治

理论的历史名著,并让她读一读。然而,《勿忘暗影》——就是国王驾临时迦熙娜在看的那本书——也存放在这间书库。沙兰查过索引,现在应已重新上架了。

沙兰突然好奇心起,数着编号往书架深处走去。就在书架中间靠近底部的地方,她找到了那本红色的薄册子,还有红色的猪皮外封——《勿忘暗影》。沙兰把提灯放到地上,抽出书来,一页页翻看,感到一股偷偷摸摸的兴奋感。

她被自己看到的内容搞糊涂了。没想到,这是一本儿童故事集,也没什么评注,就是纯粹的故事书。沙兰坐到地上,读起第一篇。故事讲述一个孩子在夜里走出家门,被一群虚渡追赶,最后躲进湖边的洞穴。他把一块木头大致削成人形,放进湖,让它随波逐流。怪物上了当,结果把木头人吞下肚。

沙兰的时间不多——若在底下逗留太久,迦熙娜会产生怀疑——但还是草草浏览了其余故事。类型都差不多,是一些关于幽灵鬼怪或虚渡的小故事。唯一的说明性文字位于封底,声称作者一直对寻常暗眼种讲述的民俗故事感兴趣,并用了多年时间收集和记录。

什么"勿忘暗影",沙兰心想,还不如被人遗忘。

迦熙娜读的就这个?沙兰本以为《勿忘暗影》是深刻的哲学探讨,事关被掩藏在历史长河中的谋杀。迦熙娜是求真学会的会员,致力于重构过去的真相。在这些吓唬不听话的暗眼种小孩的故事里,她能找到什么真相?

沙兰把小册子放回原位,匆匆走了。

※

不久后,沙兰回到壁台,发现压根儿没必要如此匆忙。迦熙娜并不在。卡波萨倒是在。

这名年轻的虔诚者坐在长桌前,翻看一本沙兰借来的绘画书,没发现沙兰已经回来了。尽管有那么多烦恼,她发觉自己不知不觉露出了笑容。她顿了顿,两手抱胸,扮出一副疑惑的样子,开口问道:"又是你?"

卡波萨一骨碌站起来,急忙合上书页。"沙兰,"他的仆族仆从提着一盏灯,灯光被他的光头反射,"我是来找——"

"找迦熙娜的,"沙兰说,"每次都一样。可你来时,她每次都不在。"

"不幸的巧合,"他一手按住额头,"我实在太不会挑时间了,对不对?"

"你脚边的篮子里放的是面包吗?"

"是送给光明女士迦熙娜的礼物,"他说,"以洞彻会的名义。"

"一篮子面包就想说服她放弃异端?我很怀疑,"沙兰说,"果酱倒还有可能。"

虔诚者笑笑,提起篮子,取出一小罐红色辛莓酱。

"我告诉过你,迦熙娜讨厌果酱,"沙兰说,"可你知道果酱是我最喜欢的东西之一,所以还是带来了。这几个月,你带了……噢,有十几次了吧?"

"我有点儿太直白了,是不是?"

"一点点。"她笑道,"其实你是为了拯救我的灵魂,对不对?你担心我,因为我在异端门下学艺。"

"呃……好吧,恐怕是没错。"

"我应该生气的,"沙兰说,"可谁叫你带了果酱呢?"她笑笑,挥手让自己的仆族仆役把书放好,到走廊里等着。当真有仆族在破碎平原上战斗?简直难以置信。她连大声说话的仆族都没见过,他们看起来笨得只会服从命令。

当然,她了解了一些报道——包括在研究迦维拉尔暗杀事件过程中迦熙娜让她阅读的报道——指出仆族智者和其他仆族不一样。他们更高大，会从皮肤里长出奇特的盔甲，使用语言也更频繁。也许他们压根儿就不是仆族，而是某种远亲，属于完全不同的种族。

她坐到桌旁，卡波萨取出面包，她的仆役已到门外候着。一般而言，淑女不能和男士单独相处，仆族当不了称职的陪护，但卡波萨是个虔诚者，所以按规矩，她无需陪护。

这些面包是从一家泰勒拿人开的面包店里买的，自然被烤成了棕色，口感松软。而因为他是虔诚者，也就无需介怀果酱是一种女性食品——他们可以一块儿品尝。她瞥了一眼切面包的卡波萨。父亲属下的虔诚者都垂垂老矣，不论男女，个个皮肤枯皱、眼神严厉、对孩子缺乏耐心。她从未想过虔诚会也能吸引到像卡波萨这样的年轻人。

过去几周，她发觉自己对眼前的人产生了一些念想，一些最好还是打消掉的念想。

"你有没有想过，"他道，"你声称喜欢辛莓酱，就等于表明了自己属于哪一类人？"

"我没想到，果酱的口味也有如此重大的含义。"

"有人研究过这一课题。"卡波萨在一片面包上抹了厚厚一层果酱，递给她，"你既然在帕拉奈图书馆做学问，一定见过一些非常奇怪的书。不难推断，也许世上的一切都被人研究过，这只是时间问题。"

"嗯，"沙兰说，"那么辛莓酱代表什么？"

"根据《人格的味蕾》一书——对了，在你反对之前，我声明这本书确实存在——喜欢辛莓酱代表一种具有主动性的冲动人格，还表示此类人偏好——"一张垫面包的衬纸飞将过来，拍在他的天灵盖上，他眨眨眼，中断了话头。

"真对不起，"沙兰说，"我也不知道怎么地，一定是我那具有主动性的冲动人格捣的鬼。"

他笑笑:"你不同意?"

"不知道,"她耸耸肩,"有人说,能从我的出生日期看出我的个性,又有人说,可以按照我七岁生日时塔恩之疤的位置来判断,或是采用第十种铭文变格的命理推演法。可我觉得,人没么简单。"

"难道人比第十种铭文变格的命理推演法更复杂?"卡波萨给自己也抹了一片,"怪不得我很难理解女人。"

"真幽默。我的意思是,我比一堆人格形容词的堆砌更复杂。我主动吗?有时候是的。你可以如此形容我一路追寻迦熙娜到此地、最终成为其学徒的过程。但之前那十七年的人生,一个人能有多不主动,我就有多不主动。很多情况下——如果得到鼓励——我的口舌相当主动,但我的行为很少如此。我们全都一样,有时主动、有时保守。"

"看来,你承认那本书说得对。它说你具有主动性,你有时主动,有鉴于此,它没说错。"

"照这么说,这个结论对所有人都适用。"

"百分之百正确!"

"行了,不是百分之百。"沙兰又把一口甜美松软的面包咽下肚,"我才说过,迦熙娜讨厌一切果酱。"

"啊,对,"卡波萨说,"她在果酱方面也是个异端呢。没想到她的灵魂如此岌岌可危。"他神色凝重地咬了口面包。

"可不是。"沙兰说,"关于我——还有其他喜欢糖分过多的食物的人类,那本书还说了什么?我们占了全世界半数人口呢。"

"哦,喜欢辛莓酱也表示热爱户外生活。"

"啊,户外,"沙兰说,"那个神秘的地方,我去过一次,那是很久很久以前的事,我都快忘了。告诉我,太阳是否还在闪耀?又或者,压根儿没有什么太阳,那只是我梦中的回忆?"

"你的学习环境肯定没这么糟糕吧。"

"迦熙娜对灰尘的喜爱超乎寻常。"沙兰说,"我相信,她拿灰尘当滋补品,就像红甲蟹大嚼石壳木。"

"你呢,沙兰?是什么为你带来滋养?"

"石炭。"

他起先面露困惑之色,后来敲了敲她的画具包:"啊,对,你的名气和画作在大岩宫里传播的速度令我吃惊。"

沙兰吃完最后一点面包,在卡波萨带来的一块湿布上擦擦手。"这话说的,仿佛我是什么传染病。"她用一根手指捋了捋红发,一脸坏笑地说,"我大概确实带有荨麻疹的颜色,是吗?"

"胡说八道,"他一本正经地说,"你不该说这种话,光明女士,太不敬了。"

"对我自己?"

"不,是对全能之主,他创造了你。"

"他还创造飓虫呢,更别提荨麻疹和传染病了。所以,能和其中之一相提并论,其实算得上光荣。"

"我有点儿跟不上你的逻辑,光明女士。他创造一切,相互类比是没有意义的。"

"就像你那本叫什么什么味蕾的书所作的结论一样?嗯?"

"呃,辩得好。"

"有些东西比传染病更糟。"她漫不经心又若有所思地说,"得了病,你知道自己还活着,你会为所拥有的一切抗争。在病症一步步恶化的过程中,普普通通的健康也显得如此美妙。"

"可你不觉得成为愉悦之源会更好吗?给被你感染的人带来愉快和欣喜。"

"愉悦会消逝,往往转瞬即逝,所以我们用更多时间来渴望愉悦,而非享受愉悦。"她叹道,"瞧我们都说了些什么,现在的我情绪低落,相比之下,连继续埋头做学问都比较刺激了。"

他冲那些书本皱眉:"我以为你挺享受学习的?"

"本来是。直到迦熙娜·寇林闯进我的生活,向我证明,愉快的事情也能变得乏味。"

"我明白了,她是一位严厉的导师?"

"其实不是,"沙兰说,"是我言过其实。"

"我不一样,"他说,"我说她是个不折不扣的、冷酷无情的混蛋。"

"卡波萨!"

"抱歉,"他翻了翻白眼,"抱歉。"

"天花板一定会原谅你的。为了让全能之主听到,你也许该焚符祷告。"

"反正我已经欠他几回了,"卡波萨说,"你刚才说什么?"

"光明女士迦熙娜不是坏脾气的导师。可以说是名副其实,秀外慧中、神秘莫测。能到她门下,我很幸运。"

卡波萨点点头:"都说她是位卓越的女性,只有一点除外。"

"异端信仰?"

他点点头。

"对我来说,这没你想的那么糟。"她说,"她很少谈论自己的信仰,除非被人挑起。"

"那是羞于启齿咯。"

"我不这么看,她只是体谅他人。"

他看了看她。

"你不用为我操心,"沙兰说,"迦熙娜没让我退出虔诚会,她也没这个打算。"

卡波萨往前探了探身,表情更加严肃。他比沙兰年长,在二十五岁上下,自信、自知、为人诚恳。他也许是唯一在没有父亲监护的情况下与她交谈过,且年纪相仿的男子。

但他是一名虔诚者。所以,当然不可能有什么结果。怎可能有结果?

"沙兰，"卡波萨柔声道，"我们怎么——我怎么——可能不担心呢？光明女士迦熙娜是一位非常强势、也非常迷人的女性。可以想见，她的思想具有传染性。"

"传染？我以为你说我才是传染源。"

"我可没说过！"

"是没有。但我说你说过，你就说过。"

他皱皱眉头："光明女士沙兰，虔诚者们都很担心你。我们要为全能之主的孩子的灵魂负责。迦熙娜会令和她接触过的人堕落，这是有前科的。"

"真的吗？"沙兰确实对这个话题产生了兴趣，"是其他学徒？"

"我没有立场谈论此事。"

"那你可以'坐'着来谈论此事。"

"这没得商量，光明女士，我不能说出来。"

"那就写下来。"

"光明女士……"他用抓狂的语调说。

"唉，算了，"她叹口气，"请你放心，我的灵魂安泰得很，一点也没被污染。"

他把身子往回挪了挪，又切了一片面包。她发现自己又在打量他，不由得对这种愚蠢的少女行径感到恼火。她很快就要返回家人身边，而他前来造访的唯一原因只是他的感召。**但她的确喜欢有他作伴。**在卡哈巴兰斯，她觉得只有他是真正能交流的对象，而且他生得一副好相貌，朴素的衣着和剃得干干净净的脑袋无损于形象，只会凸显他的身材和五官。和很多年轻的虔诚者一样，他没有留长胡子，且把胡子打理得整整齐齐。他说话温文尔雅，又饱读书籍。

"好吧，如果你对自己的灵魂如此有把握，"他背过身去，"也许我可以向你介绍一下我们的虔诚会。"

"我已经加入了纯洁会。"

"但纯洁会不适合学者,该会所倡导的荣耀与你的学术研究或艺术创作都没有关系。"

"你所加入的虔诚会未必要和你的感召直接相关。"

"但两者一致总是好的。"

沙兰按捺住做鬼脸的冲动。纯洁会主要教诲成员以全能之主的诚实和身心完善为榜样,不难想象,会员们不知该拿她的艺术痴迷如何是好。他们总是想让她临摹一些令使的雕像、双瞳眼的图画——总之就是他们觉得"纯洁"的东西。

这个选择当然是父亲替她做的。

"我只是在想,你应该把方方面面的情况都了解清楚,再做选择,"卡波萨说,"毕竟,转投他会也不是不允许的。"

"嗯,你真的要跟别的虔诚会争夺会员?这不会遭人鄙视吗?"

"确实遭人鄙视,算是一点可悲的坏习惯。"

"可你还是要做?"

"我偶尔也为这毛病骂娘。"

"我还真没发现,你是个非常特别的虔诚者,卡波萨。"

"你会大吃一惊的。虽然表面上看,我们都是那种拗不弯的蠢木头,其实完全不然。好吧,哈布桑兄弟除外,他成天一动不动地瞪着我们。"他顿了顿,"其实,现在一想,也许他真有关节病。我好像从未见他动弹过……"

"我们跑题了。你不是想拉我入会吗?"

"对对,这也不是什么稀罕事,所有虔诚会都干过。互相鄙视是我们的日常活动之一,鄙视我们那极度缺乏道德的灵魂。"他又凑近身子,表情更加严肃,"我们会的成员相对较少,因为我们不像其他虔诚会那样抛头露面。所以只要有人来帕拉奈图书馆探求知识,我们就要上门介绍一番。"

"自我推销一番。"

"他们迟早会发现自己错过了什么。"他咬了一口蘸果酱的面包,"纯洁会为你讲过全能之主的本质吗?还有神圣之棱,共有十面,代表十位令使?"

"提到过。"她说,"会里的话题主要是如何帮助我们实现目标,也就是……纯洁。我承认,这是有点儿无聊,因为我就算想'不纯洁'也没什么机会。"

卡波萨摇摇头:"全能之主赐予所有人才能,我们选择能充分发挥这些才能的感召,这就是最最基本的崇拜方式。虔诚会——及其所有成员——应尽力促成这一目标,鼓励你设下雄心大志并实现它。"他朝桌上的书堆挥挥手,"这些才是虔诚会应该帮助你追求的东西,沙兰。历史、逻辑、科学、艺术。诚实和身心完善当然重要,但我们应当努力激发人们天生的才能,而非强迫别人屈就于我们自以为最重要的荣耀和感召。"

"我想,这番宏论是有点道理。"

卡波萨点点头,显得若有所思。"很多虔诚会提倡让女性放下艰涩的神学研究,留给虔诚者去搞。迦熙娜·寇林那样的女子会拒绝这种自以为是的要求,难道这令人奇怪吗?我真希望她有机会了解一下我们的教义,还有其中蕴含的真正美感。"他笑了笑,从面包篮里掏出一本大部头,"起初,我还真指望有办法向她传达我的观点。"

"看来她的回应不算积极。"

"也许吧,"他漫不经心地拿起厚重的书本,"但我要成为最终使她皈依的那个人!"

"卡波萨兄弟,听起来你很想出人头地啊。"

他脸一红,沙兰意识到自己说了令他尴尬的话。她扮个鬼脸,暗骂自己的烂舌根。

"没错,"他说,"我是想出人头地,我不该如此强烈地渴望成为让她皈依的人。可我的心态确实如此,要是她肯听听我的证明就好了。"

"证明?"

"我有实实在在的证据,能证明全能之主的存在。"

"我想看看。"话音刚落,她竖起一指,不让他开口,"并非因为我怀疑他的存在,卡波萨,只是好奇。"

他笑道:"我很乐意为你解释。但在此之前,你要不要再来一片面包?"

"我应该拒绝,"她说,"按导师的教诲,避免过量饮食。但我说'要'。"

"因为果酱?"

"那还用说?"她拿起面包,"你那本神谕般的性格占卜书怎么说我来着?具有主动性的冲动人格?若是为了果酱,我可以表现我的性格。"

他给她抹了厚厚一层果酱,往衣服上擦擦手指,然后打开那本书快速翻阅,翻到一张插图处。沙兰凑近了一点,好看得更清楚。那幅图上描绘的不是人物,而是某种有规律的图案,类似于三角形,三个角向三面延伸,中心处隆起。

"你认得出这个吗?"卡波萨问。

看起来有点儿眼熟:"我觉得认识。"

"这是塔冠城,也就是阿勒斯卡的王都。"他说,"它的俯视图。看这些隆起的点和条带,这些城区建在天然的岩石构造上。"他翻到另一页,"这是雅克维德的都城魏德纳。"六边形结构。"亚基纳。"圆形。"泰勒拿城。"带四个角的十字星形。

"这些图有什么意义?"

"这证明全能之主无处不在。在这里、在这些城市中,你都能找到他。看,对称性有多完美。"

"建造这些城市的是人,卡波萨。他们想造得对称,因为对称具有神圣感。"

"对，可每座城都建在现成的岩石构造上。"

"这说明不了任何问题，"沙兰说，"我相信全能之主的存在，但不知道这算不算证据。风雨和水流的侵蚀也能形成对称性，自然界从不缺乏这种现象。人类选中了这些大体对称的区域，然后规划城市，用后期建造来修补其中缺陷。"

他又转到篮子跟前，掏摸了半天，从一大堆杂物里取出一只金属盘子。她刚要开口询问，他竖起一指，把盘子放在高出桌面几寸的小木几上。

卡波萨将细密的白沙洒进金属盘，完全覆盖盘面并抹匀，随后取出一把用来弹奏的琴弓。

"我看出来了，你为这场演示做了精心的准备。"沙兰评价，"你确实很想向迦熙娜证明你的观点。"

他笑笑，把弓弦架在金属盘边沿，以指轻拨。沙粒蹦来蹦去，就像落进热锅的小虫。

"这叫音形，是声音与实体介质互动所产生的图案，有一门学科专门研究这个。"

他再次拨动弓弦，金属盘发出一声鸣响，那是几近纯粹的乐音，甚至还引来一只乐灵，在他头顶转了几转后消失了。做完这一切，卡波萨用力一挥手，让沙兰去看盘子。

"看什么……？"沙兰问。

"冠塔城。"他举起书本让沙兰比照。

沙兰歪歪脑袋。沙粒构成的图案看起来和冠塔城的俯视图完全一致。

他又撒上点沙子，把弓弦放到盘子的另一处并引弦，沙子的图案开始变换。

"魏德纳。"他说。

她又比较一番,同样完全吻合。

他在另一个点位重复这一过程:"泰勒拿城。"随后,他小心翼翼地选定盘子边缘的一点,作最后一次演示:"亚基纳。沙兰,全能之主存在的证明就在我们生活的城市中。看这完美的对称性!"

她不得不承认,这些图案里有某种无法抗拒的力量:"这可能只是某种无意义的关联,也许都由同一种因素导致。"

"对,那种因素就是全能之主。"他落座道,"我们的语言也是对称的。你看铭文,每个词都首尾对称。字母也是,把任意一行文字上下对折,你会发觉完全重合。你一定知道这个传说吧?铭文和字母都是破晓圣灵创造的。"

"嗯。"

"甚至连我们的名字也是。你的名字几近完美,沙兰[1],只要去掉一个字母,就是光眼种女士理想的名字。不算太神圣,但也够接近了。十个白银王国的名字都是完美的对称,阿勒瑟拉、瓦尔哈瓦、深卡尼什[2]。"

他靠上前,握住沙兰的手:"全能之主就在这里,与我们同在。不要忘记这点,沙兰,不管她怎么说。"

"不会的。"她说,意识到对话被他主导了。他说过对她有信心,可还是把证明统统展示了一遍。这既感人、又恼人。她不喜欢被人看低,但谁又能责怪虔诚者布道呢?

卡波萨突然抬起头,松开他的手。"有脚步声。"他站起来。沙兰一转头,正好看到迦熙娜走进壁台,身后是扛着一篮子书的仆族。

---

[1] "沙兰"的拼写为"Shallan"。
[2] 白银王国指的是人类的古王国,当时令使的"约誓"仍然有效,那个时代也被称为"令使纪元"。最后的灭世之后,令使们离去,白银王国也纷纷衰落乃至消失不存。"阿勒瑟拉"拼写为"Alethela","瓦尔哈瓦"拼写为"Valhav","深卡尼什"拼写为"Shin Kak Nish"。

见有虔诚者在场,迦熙娜没显露出半分惊讶。

"我很抱歉,光明女士迦熙娜。"沙兰起身道,"他——"

"你不是囚犯,孩子,"迦熙娜当头喝断,"你可以接待访客。只是要小心检查皮肤,看看有无齿痕,这种人惯于将猎物一起拖下水。"

卡波萨涨得满脸通红,赶紧去收拾东西。

迦熙娜挥手示意仆族将她的书放到桌上:"这位教士,这个盘子能呈现与乌有斯麓一致的音形吗?难道你只能演示四座城市?"

卡波萨看着她,显然大为震惊,因为她对这盘子的用处一清二楚。他拿起自己那本书:"乌有斯麓只是神话中的地名。"

"怪了,大家都以为你这类人总是相信神话的。"

他脸色更红了。收拾完东西,他朝沙兰略一点头,快步走出屋子。

"不知此话当不当讲,光明女士,"沙兰说,"您平时不会如此无礼。"

"我粗俗的本性时不时便要爆发一下,"迦熙娜说,"他一定对我的脾气有所耳闻,我只是满足一下他的期望。"

"您对帕拉奈图书馆的其他虔诚者不是这样。"

"其他虔诚者没有唆使我的弟子跟我作对。"

"他没有……"沙兰嗫嚅道,"他只是担心我的灵魂。"

"他有没有叫你偷我的塑魂器?"

沙兰顿时惊恐不已,闲手伸向腕下的禁袋。迦熙娜察觉了?不,沙兰告诉自己。不,听清楚问题。"没有。"

"瞧着吧,"迦熙娜翻开一本书,"他迟早会提。我见过这种人。"她看看沙兰,神情一缓,"他感兴趣的不是你,他绝不是你想象的那种人。说得再具体点儿,他关心的不是你的灵魂,而是我。"

"您这么说有点自以为是,"沙兰道,"您不觉得吗?"

"不。除非我错了,孩子。"迦熙娜转过身去继续看书,"而我很少犯错。"

34 怀润迎风

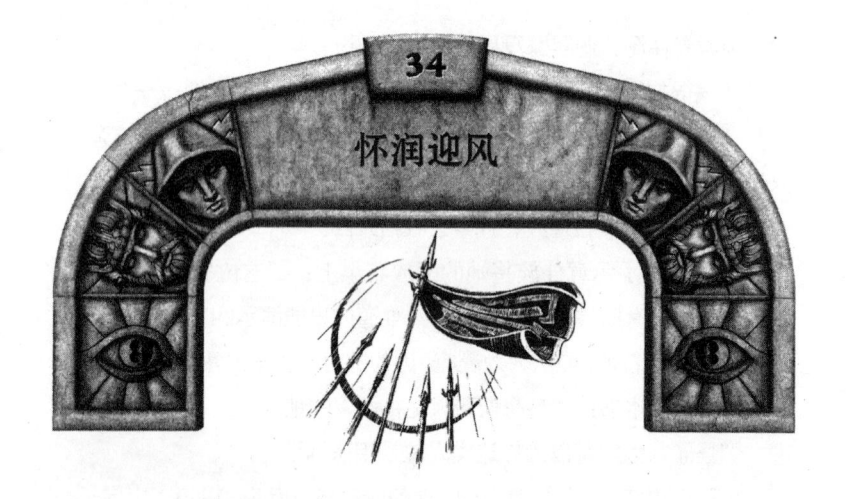

"我从阿坝马坝一路走到乌有斯麓。"

——引自《王者之路》第八篇,似乎与伛热拉和欣比娅的叙述相矛盾,两人都声称此城无法徒步前往。也许此前曾修筑了一条道路,抑或诺哈东的描述只是一种比喻。

没人指望冲桥手活命……

卡拉丁的意识开始模糊。他知道自己受了伤,仅此而已。他失去了体重,脑袋仿佛脱离了躯体,在墙壁和天花板之间弹来弹去。

"卡拉丁!"耳边传来一声关切的轻语,"卡拉丁,拜托,拜托别再让自己受伤。"

*没人指望冲桥手活命。*为什么这句话令他如此不安?他记得之前的事情,以桥做盾,打乱了军队部署,导致了战斗失败。*飓风之父,*他心想,*我是个蠢货!*

"卡拉丁?"

茜尔的声音。他拼命睁开眼,看到一个上下颠倒的世界,天空在脚下延伸,熟悉的堆木场悬在头顶。

不,是他被倒挂了,倒挂在第四冲桥队营房墙外。这是一栋塑魂术造出的建筑,最高点离地十五尺,屋顶略带斜度。卡拉丁的脚踝上绑着一根绳索,另一头应系于固定在屋顶上方的铁环上。他见过其他冲桥手遭此厄运:一个在营地里杀了人,另一个偷东西被抓了五次现行。

他背对墙壁,面朝东方。他的两臂能自由活动,从身侧垂下,差不多能摸到地面。他再次呻吟起来,浑身上下到处都疼。

按照父亲教导的方式,他触摸两肋,检查肋骨是否折断。有几根摸起来生疼,疼得他脸上一阵抽搐,也许折了,至少也是骨裂。他又摸摸肩膀,锁骨恐怕是断了。一只眼睛肿了。时间会揭示他是否受了严重的内伤。

他揉揉脸,一片片血痂被揉碎,散落到地面。头上有道大口子,鼻子里全是血,嘴唇也裂开了。茜尔落在他胸口,两脚定在胸骨上,小手拍个不停:"卡拉丁?"

"我还活着,"他口齿不清地说,肿胀的嘴唇令发音变得扭曲,"怎么回事?"

"你被那些士兵打了。"她似乎比以前小一些,"我找他们算过账了。今天,我让其中一个跌了三跤。"她的神情很是关切。

他不禁笑了起来。像这么倒悬着、血液全冲到头顶,一个人能支持多久?

"当时吵吵嚷嚷的,"茜尔柔声道,"我记得有几个人被降级了。那个军官,拉马利尔他……"

"怎么了?"

"他被处决了。"茜尔的声音变得更轻,"军队刚返回营地,轩亲王撒迪亚斯就亲自行刑。他说了一通,什么责任最终得由光眼种承担之类的。拉马利尔嚷个没完,说你保证会为他撇清责任,还有该受罚的是盖兹。"

卡拉丁不无惆怅地报以冷笑:"他不该把我打昏过去。盖兹呢?"

"什么事也没有,也没降级。我不明白为什么。"

"这是他们的责任观。发生这种灾难,光眼种应该承担大部分惩罚。他们乐于用合乎自己心意的方式做做秀,表明多么遵循古老的传统。我为什么没死?"

"用来吓唬别人,"茜尔用半透明的小胳膊紧紧抱着自己,"卡拉丁,我好冷。"

"你应该不知冷热啊?"卡拉丁一边咳嗽一边说。

"过去没感觉,现在有了。我不明白,我……我不喜欢。"

"没事的。"

"你不该骗人。"

"有时撒个谎也没关系,茜尔。"

"就像现在?"

他眨眨眼,试图忘掉伤痛,忘掉颅内的压力,努力让自己清醒过来,可全都办不到。"对。"他小声说。

"我想我明白了。"

"看来,"卡拉丁脑袋后仰顶着墙,"我要接受飓风的裁决。他们会让风暴杀了我。"

挂在这儿,卡拉丁会直面狂风,还有风裹挟的一切。如果足够小心,采取适当的行动,在户外熬过一场飓风是可能的,但那种经历相当糟糕。卡拉丁以前做过几次,只要能伏低身子,在岩架背风处躲好。可挂在墙上、直面风吹来的方向?他会被风撕得只剩骨架,然后被石头砸烂。

"我马上回来。"茜尔从他胸前跳下,化作一块落石,接近地面时,又变成风舞轻扬的树叶,飘然而去。堆木场空无一人。卡拉丁能闻到清爽阴寒的空气,大地蜷缩起来,准备迎接飓风。这一刻被称做飓寂,即飓风将临时气温下降、气压降低、湿度上升、万里无风的时刻。

几秒后,石头从墙后探出头来,茜尔在他肩上。他偷偷摸摸靠近卡拉丁,泰夫特紧张兮兮地跟在后面。莫阿什也加入进来,虽然他宣称并不信任卡拉丁,但表情与另外两人几乎同样关切。

"大贵人?"莫阿什说,"你醒了?"

"我醒着,"卡拉丁喉咙嘶哑,"大家都没事儿吧?"

"我们的人都没事,"泰夫特抓抓胡子,"可那一仗是输了,输得很惨,死了两百多个冲桥手。活下来的只够扛十一座桥回来。"

两百人,卡拉丁想,都是我的错。我以其他人的性命为代价保护了自己人,我太急躁冒进了。

没人指望冲桥手活命。这句话蕴含着某种深意。可他问不了拉马利尔,那人已得到了应得的下场。如果卡拉丁有权选择,这就是所有光眼种的下场,包括国王在内。

"我们有话要说,"石头说,"代表所有队员。飓风快来了,不能出来太多人,而且——"

"没关系。"卡拉丁低语。

泰夫特用胳膊挤挤石头,让他接着讲。

"好,是这样。我们不会忘记你。第四冲桥队的大家,不会变回从前的样子。也许我们都得死,但我们会让新人看到这种精神。夜里的篝火、欢笑、生活。为你,我们会把它变成传统。"石头和泰夫特知道陀灵草的事,他们能继续赚取外快,购买各类物品。

"你为我们做了这一切,"莫阿什插话,"我们本来会死在战场上,也许和其他冲桥队一样死伤惨重。但现在,我们只损失了一个。"

"我得说,他们这么做是不对的。"泰夫特怒气冲冲地说,"我们商量过是不是该把你放下……"

"别,"卡拉丁说,"那只会让你们也遭受同样的惩罚。"

三人面面相觑。看来他们也认同。

"对于我,撒迪亚斯是怎么说的?"卡拉丁问。

"他说，他理解冲桥手想保命，"泰夫特道，"就算以牺牲别人为代价。他称你为自私的懦夫，又说这完全在意料之中。"

"他说要让飓风之父来审判你，"莫阿什补充，"就是令使之王杰泽雷泽。他说，如果你不该死，就……"他嗫嚅而止。和其他人一样，他知道仅凭肉身无法在飓风中幸存，这绝对行不通。

"我想请你们三人帮我个忙。"卡拉丁闭上眼，以免嘴角淌下的血流入眼眶，因为说话，他的嘴角又裂开了。

"什么都行，卡拉丁。"石头说。

"返回营房后，告诉大家在飓风平息后出来。叫他们来看我，来看被吊在这儿的我。告诉他们，我会睁开眼，回应他们的视线，他们会知道，我还活着。"

三个冲桥手陷入沉默。

"好，没问题，卡拉丁，"泰夫特开口，"我们会照你说的做。"

"告诉他们，"卡拉丁以更加坚定的语调续道，"不会就这样结束。告诉他们，我选择活下去，所以我以诅咒之地起誓，绝不会把这条命交给撒迪亚斯。"

石头又发出标志性的豪迈大笑："'乌里特卡纳奇'在上，卡拉丁，我几乎相信你能做到。"

"拿着，"泰夫特把某样东西塞进他手里，"能带来好运。"

卡拉丁用无力的、鲜血淋漓的手接过。那是一颗润石，一个天马克，已散尽了飓光，暗淡无华。*怀润迎风，庶可有明*。这是一句古话。

"我们只保住这一颗，"泰夫特说，"你口袋里剩下的球币都被盖兹和拉马利尔抢走了。我们抗议过，但又有什么办法？"

"多谢。"卡拉丁说。

莫阿什和石头退到安全的营房内，茜尔离开石头的肩头，留在卡拉丁身边。泰夫特犹豫着不走，似乎想陪卡拉丁一同面对飓风。最后，他还是摇摇头，随其他人一道回了房，嘴里念念有词。卡拉丁好像听见他在骂自己胆小。

营房门关上了。卡拉丁用指头揉摸润石光滑的表面。天空愈发昏暗，这不仅是太阳西沉的关系。黑暗凝聚起来，飓风将至。

茜尔踏着墙面走了一会儿，一屁股坐下，看着他，小脸蛋无比严肃："你告诉他们你能活下来，要是死了怎么办？"

脉动的血流在卡拉丁的脑袋里突突直跳："如果知道我在军队里学会赌钱的速度有多快，我妈会气晕过去。在亚马兰军的第一夜，他们让我拿润石做赌注。"

"卡拉丁？"茜尔说。

"抱歉。"卡拉丁甩甩头，"你的话让我回想起那一晚。赌徒有个切口，叫'孤注'，也就是一次把所有的钱都押上。"

"我听不懂。"

"我正要把一切都押上，来一场漫长的赌局。"卡拉丁轻声说，"如果我死了，他们走出营房，会纷纷摇头，心说早就料到。但如果我活着，他们就会记住，我的幸存会带给他们希望，被他们视作奇迹。"

茜尔沉默片刻："你想成为奇迹？"

"不，"卡拉丁轻语，"但为了他们，我会的。"

这是一份走投无路的愚蠢希望。上下颠倒的东方地平线越来越暗沉。从这种视角看去，飓风像是某种巨兽，正迈着沉重的步伐朝他走来。他觉得头晕得难受，这是头部遭重击后的症状，称为脑震荡。他觉得思考越来越费力，但不想失去意识。他想睁大眼睛看着飓风一步步逼近，尽管这令他恐惧。这份惊恐和他直视黑暗深渊时感受到的一样，他当时差点儿跳崖自尽。这是一种因为看不见的黑暗和未知而产生的恐惧。

飓幕越来越近，它有几百尺高，作为飓风的前哨，它是风雨交织成的幕布，是水、尘埃和石块翻卷成的巨浪。成千上万只风灵在幕前穿梭往复。

在战场上，他能凭手中长矛杀出重围；在悬崖边，他还有后退的道路。而这一次，他一无所有。面对这头漆黑的巨兽，他无法反抗，也无法逃避，那片暗影裹住整条地平线，把世界早早拖入黑夜。黑影从东方侵入，将环绕营地的火山口状岩壁撕出一个个缺口。第四冲桥队的营房位于最外侧，他和平原之间一片开阔，他和飓风之间无凭无遮。

狂怒的风卷携着漫天水雾和飞沙走石，好似巨浪。卡拉丁直勾勾地瞪着这片狂野混沌的风浪，觉得仿佛是目睹世界的终结向他扑来。

他深吸一口气，忘了肋部的疼痛。

飓幕以迅雷不及掩耳之势穿过堆木场，向他狠狠砸来。